서울

第二卷

도서출판 韓國學資料院

THE SEOUL

第六號

京城 漢城圖書株式會社出版部 發行

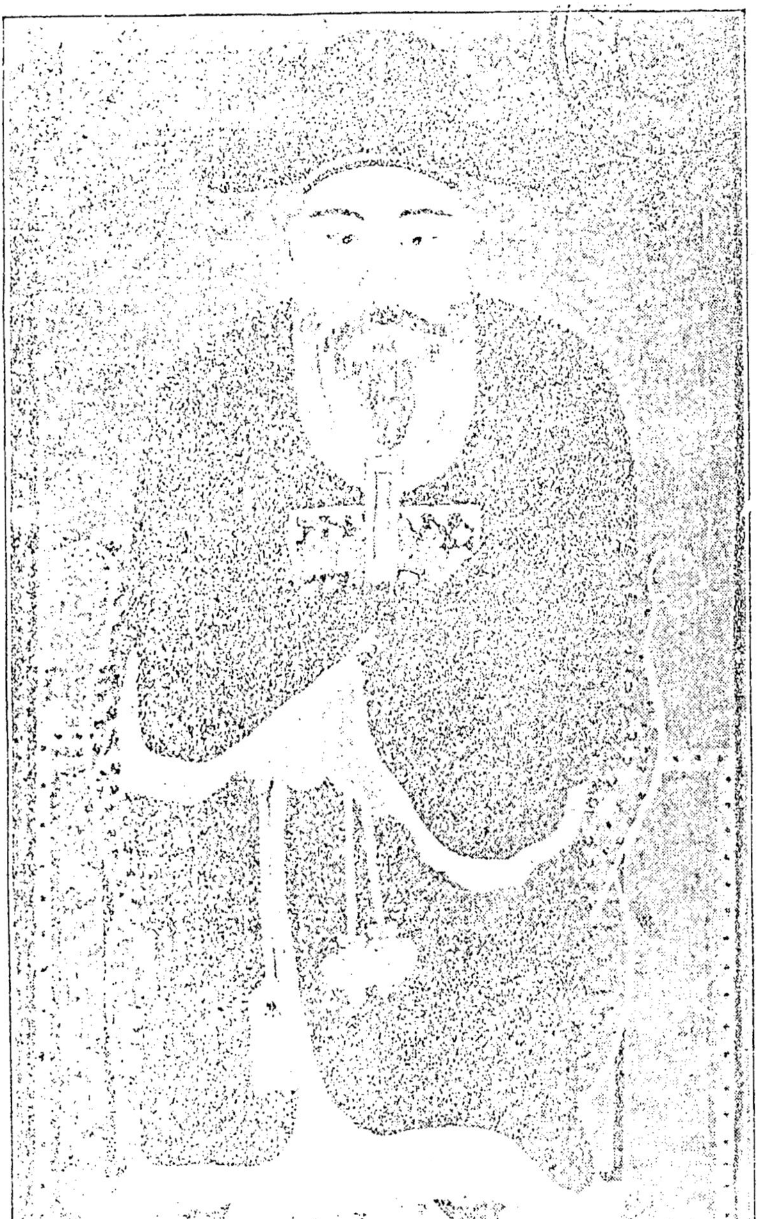

李忠武公

소 만 레 크

東洋의文明은日進月加ᄒᆞ고洋服의必要ᄂᆞᆫ時急月緊ᄒᆞᆫ이ᄯᆡ

外洋服을着用ᄒᆞ시ᄂᆞᆫ紳士諸位ᄂᆞᆫ

價格低廉

製度新式

原料精撰

信用確實

ᄒᆞᆫ洋服을京城維新洋服店으로請求ᄒᆞ옵시면信用的으로迅速親切ᄒᆞ게酬應ᄒᆞ겟ᄉᆞ오니一次其眞否를試驗ᄒᆞ시옵

京城鍾路二丁目七番地

維新洋服店

電話(取次)二四九七番

主任 張洪一

△謹 告▽

商店이라名稱ᄒᆞ고엇시營利라ᄒᆞ지아닌가然이나天下萬事가經營者自己의自由의有ᄒᆞᆯ지라營利爲主ᄒᆞᄂᆞᆫ것도有ᄒᆞ며社會를爲主ᄒᆞᄂᆞᆫ것도有ᄒᆞ다今般弊商會에서內外旅行家諸氏의便宜를圖코자營利的아닌本店은京城에두고長春奉天에支店을開設ᄒᆞ와一般旅行具界의獨特의色彩와目的으로爲主ᄒᆞ야品은良ᄒᆞ고價ᄂᆞᆫ廉ᄒᆞ게都賣散賣를莫論ᄒᆞ고迅速히提供ᄒᆞ겟ᄉᆞ오니四海諸位ᄂᆞᆫ少毫라도疑치마시고即時注文ᄒᆞ시와非旅行時에도家庭에서必要히用ᄒᆞᆯ此物을倍加愛顧ᄒᆞ심을仰望

京城府鍾路(中央青年會館下層)

各種旅行具
各種諸具
及付屬品

製造販賣商

張豐商店

主 張哲煥

月刊雜誌 開闢

第四號重要目次

定價

一冊四十錢郵稅二錢
三個月先金郵稅並一圓二十一錢
六個月先金郵稅並二圓四十二錢
一個年先金郵稅並四圓八十四錢

發行所

京城府松峴洞三四番地

開闢社

振替京城八一〇六番 天道敎靑年會

學生界

雜誌 · 學生

學生界第二號重要目次

十月一日發行

發行所 漢城圖書株式會社出版部
京城光化門通一三二
電話一四七九、振替京城七六六〇番

定價

一部 三十錢 郵稅二錢

半年分一圓八十錢（郵並） 一年分三圓五十錢（郵並）

言論 서울 雜誌

第七號重要目次

十月十五日發行豫告

漢城圖書株式會社出版部

朝鮮의처음

○○○○오리동안기다리든朝鮮人側의唯一한女子病院即英惠醫院이開業되얏슴니다

京城府西大門町一丁目九番地

英惠醫院

院主 女醫 許英肅

婦女科
小兒科
花柳病科
一般診療

六〇六號注射도함

朝鮮의처음

서울

第六號

警醒

우리는지금風雨振作・天地黑暗의中에在하도다우리는지금波濤凶湧・漏船將沉의際에在하도다지금우리思想・지금우리四圍ㅣ참으로危險에危險을極하얏도다

或者는지금을一體樂觀만하도다或者는지금을無上好機라하도다그러나試하야仔細히看하라엇지小驚大懼치아니하갯는가人心은未定하고四圍로來하는空氣는異狀하고局部에起하는事實은複雜하야天下紛紛이實로此에極하얏도다

虎狼이에게물녀가도精神은일치말나는말갓히이런非常한때에우리는精神을채리야할것이라가령四海鼎沸하고萬人顚倒하야混亂茂業한中에라도自己의精神을自己가收拾하야個人이나社會의大軌道를平心으로進行하여야可히써人生의本職을盡할지니라外로世界大局을察하고內로自我現狀을省하야最善의策으로遺漏업시進行하여야可히써最後의目的을貫徹할지니라

무릇世上에조흔일은대개일우으기어려운지라그러나어려움을참으면대개조흔일을일우으는것이라이제天下大事를經營하면서도仔細한定筭업시不徹底한思想上에事業을期成하랴면이엇지過分의想이아니리오더욱危險한時機에處하야回天轉地의功을夢하는人들이야엇지沉著綿密의至寶됨을忘하리오

一括하야말하면우리는지금死活存亾의交代에立한者라이때에우리는一擧手一投足이우리全體生命에莫大한因果가될줄을알라天下의人이勃然히興하야萬事에奔走하는이때에무엇이던지實際所得이잇기를힘쓰라우리는最近에多數한犧牲을供하야온다이犧牲을無用하게虛費하지말라沉着・眞勇・正義・實益을힘쓰라

余의痛哭하는七大事件

主幹

一. 亡國的의自由戀愛說

우리社會의衰亡한原因中一大原因은男女關係의不正事件이다 몟百年來로道德이墮落하야男女關係가매우淫穢하게되얏섯다大臣‧官長等으로一般紳士‧富豪輩와더욱下級人民들이모다이淫穢한中에生活하얏다妾을두흘셋씩두며남의妻女에게犯罪하는일과 妓生蝎甫와遊戱하는것을依例의事인줄알엇다 이에上下가모다이에醉하야마음대로淫佚放蕩한 結果ㅣ社會는고만衰亡하고말엇다이때에 무론彼等은男女의戀愛가만앗섯다다만戀愛가不正하게되얏섯다

이러한故로十數年來의朝鮮有志는이를크게慨嘆하얏다 이에이淫穢한社會를改革하기로呼號하얏다 그럼으로조곰改善된形便이잇섯다妾두는것이不可한줄알고 남의妻女에게犯罪함이不可한줄알고 妓生蝎甫가점점적

어젓섯다이에社會風紀가조곰肅淸하얏섯다 이것이實로우리社會再生의一端이엇섯다

이사이에큰變事가잇다곳 一部靑年男女들이所謂自由戀愛說을唱하는者ㅣ잇다 이것은亾國的의 自由戀愛를循環식임이다어허큰變事로다

彼等은흑自由戀愛가人의本性이라한다 무론食色이人의本性이다 그러나 이것을非文明的自由로하야서는아니된다가령食이人의本性이지만남의밥을쌔아사먹으면 盜賊이되고내밥이라도너무過히먹으면 病이될것이라色도쏘한그러하니正當한精神•手段곳夫婦의戀愛갓혼것은當然하지만이것을함브로하야서는그社會가亂亾할것이라그럼으로道德이이를調和하고。法律이이를制限하야人類社會의生活을健全히하나니라

쏘彼等은흑自由戀愛가新時代의風潮라하리로다 그러나이는過激主義의一部分인女子國有論을裏書하는것이다이는될수업다 新時代의風潮라할수도업다 저英美獨佛等各國을보아라이런無理非道한自由戀愛를許하는나라가업나니라지過激主義의一分歧인某某나라곳지금社會亂亾의 渦中에잇는나라에는혹이런激論이잇나니라그러나이는다亾國的自由戀愛說이니라

佛蘭西의志士는흔히同國의悲運을泣한다이는 곳彼國男女戀愛關係로出來한 淫蕩生活이니라歐美各國中에佛蘭西가가장淫佚歡樂을만히行한다 이에道德은墮落하고人口는減少된다 이곳佛蘭西志士의눈물흘니는大問題니라

이劣等靑年들아너희도눈이잇거니보아라 지금우리靑年中에혹淚와血로 社會에一身을犧牲하는이가만흐며혹社會를爲하야手腕을勞하고腦漿을瀝하는이가만히잇거늘 너희는편안히女學生의궁둥이나쌀아다니며 自由戀愛나唱하나냐너희가一半分이라도人心이잇스면너희는愧死하리라

二、 所謂自然主義의文藝가此이냐

우리社會가衰亡한原因中에最大原因은몃百年來에所謂紳士·學者·先生들이自然을노래하는漢文漢詩짓는것으로天下一事를삼은때문이니라 아모實生活에關係업는詩나지어吟風弄月하면서閒暇히놀기만하고아모일도아니하야우리社會가衰亡하얏나니라 이제저所謂自然主義라하는文藝作者아니그文藝見習者인靑年들을보건대또이전漢文先生의風月짓는格으로되고말엇다 이것은自然主義라도誤謬된自然主義이다

그러나以前에漢文風月짓는사람들은當時儒敎道德에拘束되야다만江山風月을읇조린故로 그害毒이한갓無爲徒遊에긋치지만지금彼等靑年은아모拘束도업는故로種種淫蕩한文字를宣傳하야一般社會의風紀를紊亂하니지금우리靑年끼리의不純潔한思想은대개彼等의筆로만히傳染된지라彼等의害毒이實로莫大하도다

彼等은口로는實生活을절하자하면서自己들은아모實生活에關係업는遊戲的文字를가지고一生의勝事를삼으며또一般社會에宣傳하나니彼等의心事는實로可憐하도다

彼等은言必稱이치미現代式의文藝·西洋式의文藝라하도다과연이것이現代또는西洋의것이다그러나現代에도이런文藝가主된것이아니다 다만一部分危險한方面에잇는것이다 너희는西洋의文藝史를보아라대개루소以前에는흔히너희의主張하는것처럼遊戲的文藝이엇섯다 밋루소以後로는만히實用主義·人道主義로도라왓다이에文藝가비로소正當한길을차젓다 이제彼等이自然主義니무엇이니하는美名下에서遊戲的의文藝를弄하야써自己의一生을誤하고延하야社會에害毒을주니彼等이여彼等을다엇지할가

슬흐다已往에는漢文風月을짓다가亡하고지금은또國文風月을짓기로亡하랴하나 이불상한人生들아언제나바른길을차자글을지으되밥은글을짓게될가나는彼等을爲하야痛哭아니할수업다

三, 더러운黃金萬能主義

우리社會가衰亡하기는黃金萬能主義로衰亡하얏다 저當時貴族大官들이나라를亡케함은이黃金세문이다政

治法律도이黃金으로左右하야 돈만잇스면罪잇는者가罪를免하얏스며進士·及第·郡守·觀察을돈만잇스면사서하얏스며 그以外에온갓일을다돈으로處理하얏는지라 그럼으로 사람은엇지되얏던지돈만잇스면 그만이엇다 돈만잇스면아모일이라도하얏다 그러고 그社會가亾하지아늘수업나니라 이제이黃金萬能主義가더욱橫行에橫行을加한다

人格主義가아니고黃金主義이다 아모것도모르고黃金만안다 돈이야돈이야하는이世上참으로돈만잇스면하나님재책이쉬일수잇슬것갓다 내가돈잇스니너희는다내압헤와屈服하여라하던지 저어린은돈이잇스니저어런에게절하여야되갓다하면그世上은참으로더러운世上이다

무론資本家가一般人의尊敬을밧을것이다 自己가勤儉하야財產을貯蓄한그功力——이財產으로貧民生活을助하는營業機關을施設——公益을爲하야財產을義捐하는그美德이런等으로資本家는當然히尊敬을밧을것이다그러나다만돈이잇스니尊敬을밧겟다던지하겟다던지하는것은더러운일이다

무론財物이社會事業의一生命이된것이다 萬事가다財物업시는아니되나니 財物이엇지重大한物件이아니리오그러나지금흔히돈이잇서야하갓다 돈이잇서야하갓다하야 아모것도다모르고돈만갓출기로힘쓰며돈이라면온갓問題가다解決되랴하나니이社會의現象이참으로걱정이다

所謂紳士라하면서도돈이라면體面도모르고텀베인다國家大事를經營하던사람도돈모흐랴고自己의志氣를내여바린다 돈을모흐기爲하야不正不義한일을한다 交際도돈을짜라서한다婚姻도돈을보고서한다이돈이야는이무슨物件이기에돈의勢力이이러하나

돈잇는사람은돈을자랑하고돈업는사람은돈을절하야 돈만잇다면못할일업시다하랴한다 개가돈을주면개보고라도절을하란다나는이世上을爲하야痛哭한다

四、可恐할西洋崇拜熱

우리社會가衰亾하기는왹外國崇拜熱로亾하얏나니라 朝鮮의것은다니저바리고다만支那만崇拜하야 山도支那의山만崇拜하야泰山•嵩山•華山만차즈며물도支那의물만崇拜하야瀟湘江•黃河水•洞庭湖만차즈며집을지으면支那의집일음을써라黃鶴樓라던지月波樓라고하며 노래를하되支那일을노래하야 赤壁江이나趙子龍을불은다그러닛가사람이야부른黃帝•堯舜•禹湯•孔子•漢沛公•韓退之•李太白의等만崇拜하얏다온갓政治•教育宗教•禮式•風俗을다支那式으로하얏다 그러닛가점점朝鮮이라는精神이업서젓다 朝鮮이라는精神이업서젓스닛가맛츰내그實體시지씨구러젓다이제저西洋崇拜熱이또이와갓다

十數年來로新風潮가드러와支那崇拜熱이조곰업서젓다 老人間에는아즉支那崇拜熱이만히남엇지만靑年間에는업다 그런中에靑年界로는西洋崇拜熱이盛하얏다어허支那崇拜熱이가랴하자西洋崇拜熱이드러왓다

彼等은대개朝鮮歷史를모른다朝鮮文明을모른다彼等은스서로朝鮮은本來못쓸나라이오 朝鮮사람은나준사람으로안다이에西洋文明•西洋사람을極端으로崇拜한다왹己往에朝鮮人이支那에對하야가지던생각을移轉하야西洋에對하야가진다이이히朝鮮사람의奴性이로다朝鮮사람의奴隸的根性이아즉全去치못하얏다

무론西洋의文明을輸入아니할수업다 時勢히 西洋의知識을輸入하고西洋의道德을參互하고 西洋의物質을배우야하갯다 그러나도모지무엇이던지朝鮮의것은못쓰고西洋의것만조타고하야서는아니된다

猶太의創世記는칙일으되우리의檀君史는冷視하며쇡쓰피아니싼테니하면절을하면서元曉나鄭知常은모른체하며씨사니와싱튼이니하면惶悚히追慕하면서東明王이나 蓋蘇文은꿈에도생각아니하며 우리金剛山이조코平壤이조치만彼等은瑞西山水나巴里구경만하고십허하며우리性質•天才•歷史•抱負의等이뉘한데지지안치만彼等은西洋人의爲人만崇拜하도다 統히西洋이라면다조코朝鮮이라면다낫다하며 西洋人이라면다조코朝鮮人

이라면다못쓰갓다하도다어하朝鮮人이어朝鮮人은自尊自立의國民性을언제나恢復할가나는우리朝鮮을爲하야痛哭하가를말지아니한다

五、自殺갓흔外國依賴性

우리社會는外國依賴로亡하얏다古代로는新羅가唐을依賴하고高麗가蒙古를依賴하며近代로는혹은淸을依賴하며혹은露西亞를依賴하며 또어느어느나라를依賴하다가맛츰내衰亡하고말엇다무슨일이던지제힘으로아니하고남의힘으로하는者는亡할밧게업는것이라 이世上은다제가제일을하나니뉘가남의일을하야주나요남을밋기만하고나는가만히잇는者는畢竟에남이죽으라면죽고남이살으라면살게될뿐이니 이엇지宇宙의眞理가아니냐

그럼으로무엇이던지내힘으로아니하고남의힘으로한것은내것이아니라남의것이나남의것이된뒤에내가무엇하리오내가어려운일이잇스면내가내맘을훈텨 그어려운일을解決할지니라 내가조흔일을하랴거던내가내손을썹내여그조흔일을맨들지니마적은일이나큰일이나다내생각내힘내눈갈내몸으로할지니라 이제내일을남에리하야달나고하야내가平安을엇고저하며 내가發達을엇고저하니 남이웨제게조흔일을아니하고내게조흔일을하야조리오그럼으로말聖經에도「일아니하는사람은밥도먹지말나」하얏나니라

이제우리사람은무슨일에던지흔히外國人依賴를依例의策으로하나니 外國依賴로亡한朝鮮人이엇때外國依賴性을내바리지못하은習로罪惡中罪惡이로다.무릇天下에내가아니면남이니 제兄弟도依賴할수업고제父母도依賴할수업는이世上에남을依賴하는愚者가잇단말이냐우리는우리將來를爲하야痛哭아니할수업다

六、奇怪한勢力爭奪戰

우리朝鮮은勢力爭奪로亡하얏다 老論·小論等의勢力爭奪、俄黨·日黨等의勢力爭奪、其他種種의勢力爭奪이참으로奸惡을極하엿다 이에朝鮮은亡하고말엇섯다 其後時勢가大變한後로各種事業經營者의團結이점점생겻다 그러나그어떤方面의一部分을除하고는 대개勢力爭奪戰이업지아니하얏다 이것이항상우리에게大損害를주엇다

昨年以來로我人은思想上大變遷을지낫다 곳一時는朝鮮人三百年來에初見한統一的行動이엇섯다 그러나未幾에또宿病가再發하엿다 昨年以來로朝鮮人의各種活動이多多하다 그러나그各種活動에흔히 勢力爭奪戰이생긴다 참으로不可使聞於他人의事이다

지금朝鮮人이아모勢力도업다 國際上·政治上勢力은勿論이오其他一般의勢力가령宗敎·學術·藝術·經濟等各方面으로勢力은하나도업다 모다남에게지고 남의힘에살아간다 아모勢力업는者들이 勢力을爭奪하랴고싸움을함이야엇지奇怪한일이아니뇨

勢力이잇는者도勢力은爭奪함이不可하다 무론내가일을잘하야 내勢力을길음은自然의事이다 一層깁히생각하면勢力을엇기爲하야일을함은 오히려卑劣한事이다 이제내가일을잘하야勢力을길을생각을아니하고남의가진勢力을쌔아서내勢力을맨들랴함은참으로怪惡한일이다 또勢力이잇는사람들갓흐면 혹勢力을爭奪하는수가잇슬지도모르지만勢力업는者들이 勢力을다톰이야엇지奇怪한일이아니리오

이제彼等을보건대彼等은일을아니하고 勢力爭奪함을일삼는다 彼等은남이임이가진地位를께트려부시고제가占領하랴한다彼等은남이임이 가진事業을쌔아사제事業을맨드랴한다 무슨일을當하매일의成不成을不計하고제일을맨드랴는運動부터힘쓴다

이에흔히後進은先輩를밀어넘엇더리랴先輩를利用하랴할섇이오 先輩를밋어도으랴아니한다 또흔히表面으로同志인체하고內容은自己일을할섇이다 또甚한者는남의잘됨을미워하야온갓手段으로이를沮止하랴한다 이

런일은다誤解이다무릇이社會는先進이後進을引上하며後進이先進을援助하야써그社會組織을完全히한다또무슨일이던지同志는서로붓드러주어야한다또아모리나와私讐의人이라도조흔일을하거던도아주어야한다이것이聖經에所謂「怨讐를사랑」하라는것이다이계아모것도모르고勢力爭奪만標榜하는彼弊은참으로大罪惡이다

勢力잇기前에爭奪부터하는者들아그러케하면참말勢力이오지아니하리라참으로勢力을엇으랴거던먼저和平協同하여라너희가勢力잇는사람이되랴거던먼저너희의勢力爭奪하는罪惡을悔改하여라우리는이를爲하야痛哭한다

七、不徹底한思想界

조곰餘裕가잇는듯하면容易히解弛에陷함은現代朝鮮人의通弊이다지금朝鮮人이무엇이나무엇이나하며天下多事하야조곰生氣가잇는듯하매곳니어解弛에陷한다解弛한지라온갖弊害가니러난다

무릇吾人은徹底한思想을要한다徹底하야어느範圍까지成就하기까지는變更이업서야한다다만時勢에依하야그럭저럭의生活하는사람은참으로不徹底한人生이다

조곰失敗하면落望하고조곰成功하면放心하야大目的의彼岸에到達치못함은實로思想不徹底의結果니라그러하고서이世上에生活을完成하랴함은매우謬想이다此가우리社會의一般的惡現象이다임의잘되고도解弛하면도로못될것이다이제아모것도된것업시解弛하면무엇이던지되야볼수가업다이는참가이업는社會이다老人이나靑年을勿論하고대개不徹底한思想으로生活하는이社會——참으로우리의氣短處이다무릇人生은徹底한思想을要한다徹底한思想이업스면徹底한生命이업슬것이다우리의社會는참으로危險한社會이다

우리는이에痛哭한다우리不徹底한思想界를爲하야痛哭하기를말지아니한다우리社會를爲하야痛哭하기를말지아니한다

朝鮮社會復興策의一二를論함

張道斌

○ 지금우리社會는매우衰弱하얏다百千의事物무엇이衰弱에陷치아니하얏는가이럼으로我人은도모지其力을盡하야社會復興을策하지아니할수업나니라

社會가興함도一日二日의事가아니오社會가亾함도一日二日의事가아니라社會의興亾이반드시그由來의原因이잇나니곳그原因을善造하면興하고惡造하면亾할뿐이니라그러면社會를興코저하는者ㅣ반드시그社會를興케할原因을造함을要할지니라

우리社會가이러케衰한것은꼭그衰한原因이잇나니라이제우리가衰함을避하야興함에入하랴면우리는우리社會의衰한原因을알아이것을고칠必要가잇나니라곳우리社會가무슨原因으로지금이러케衰한것을알아이原因을고치고다시우리社會의興할原因을造할必要가잇나니라

○ 우리社會의衰한第[一]의原因은政治의亂함이니라三國이亾하고南北이興하자南北中世以後로더욱高麗中世以後로는[一]佛·儒의濫盛을따라民粹가倒하고[二]元·明의橫暴를따라外競이挫하고[三]佛·儒의派文武의派等으로分爭的習慣이固하고[四]知德의頹落으로社會의風氣가劣昧하야진等을因하야政治가크게

亂하니라곳以上의諸原因으로內治에公正을失하고外交에柔懦를極하야이에階級政治·黨爭政治·專制政治等이되고同時에奢華政治·自卑政治·柔軟政治等이되얏나니라이에內로民衆을保護開導치못하고오직暴壓橫虐하얏스며外로列邦과對峙並進치못하고오직恐怯自屈하얏나니一言으로括하면곳不正·劣弱의政治뿐이니라더욱近世三百餘年來로는이政治의亂함이極度에達하얏나니라

그러면우리가【一】敎育과宗敎等에注意하야民粹를恢復함【二】自强自尊하야外競의精神을恢復함【三】黨派의禍를絕對로根絕함【四】知德을發達식여人民의能力을發揮식이는等으로써內事를公正히하고外事에光明히하야온갓政治的事業을對內하야는平等·統一·自由의等과對外하야는自我·自尊·自强의等으로하야써人民을協同進步식이고써世界에並駕齊驅하야오직正大·强健한政治的發達이잇서야할지니라

이政治的主義·事業이改善되면비로소政治上우리社會가復興되리라만일그러치못하야지금도以前갓히서로私利로紛爭하고外勢나依賴하는等으로하면設或形式上復興이될지라도實質上復興은아니며一時의復興은될지라도長久한復興은업슬지니오직政治의亂을治에도리커眞正한復興을힘쓸지니라

○

우리社會의衰한第【二】의原因은道德이腐敗함이니라上古中古의世에燦爛히發達되얏던道德은南北의末로高麗를經하야李朝時代에來하야크게衰退하얏나니라公德의墮落이極度에達하야그以私蔑公하는風氣·不規則·無慈悲한狀態·百般의解弛·柔弱·懶惰한慣習等참으로人의醜態를發케하는事ㅣ엇지一二뿐이리오私德도점점墮落하야그無恥淫惡한風俗이또엇지一二뿐이리오이러하고엇지그社會의衰亡을免하리오

昔日高句麗의道不拾遺하던德과新羅의金元述의母가戰敗生還한元述을逐出하던德과不淫不盜의舊人社會(五國時代의事)等온갓公德私德이다어대갓나뇨山河는如故한데人事는수變하얏도다

무릇道德이이러케腐敗한主要原因은【一】政治의亂과【二】宗敎의不徹底와【三】敎育의失當等이라이제우리는아못조록政治社會의淸潔을期하며宗敎의正覺을

期하며敎育의淳美를力하야써一般人民의道德復興을實現하여야하리라우리는社會復興의最大根本이곳이道德復興에잇슴을自覺하야또努力하여야될줄알어라

○

우리社會의衰한第[三]原因은敎育의不良함이니라

古代의우리社會는[一]騎射로身體를健壯케하고[二]經史로道德을涵養하고[三]各種技術學藝로知能을啓發하얏나니그럼으로當時에는能히文으로國家社會의發達을大成하고武로四方諸族의競爭에優勝하얏거늘不幸히南北朝以來로氣風이蒸變하야新羅末世붓터점점騎射를廢하고詩文을主하며밋高麗以降으로佛●儒의專攻에力을際하야一般의精神物質의墮落을來하게하고또李朝以來로全혀支那式文弱敎育에傾하야詩文敎育●訓詁敎育●虛僞敎育을尙하야이에固陋한漢學만專橫하야身體와精神의自由發達을極端으로沮害하고自我自尊의精神과勇敢强健한體力이一擲에歸하고오직狹隘●自卑●虛僞●不正의弊習俗만長大하야天下가고만愚昧劣弱에陷하고말엇다

社會의興亡은卽敎育에잇다그러면우리는이제敎育을크게改良擴張하야[一]身體精神의自由發達을期할事[二]自我自尊의主義를發揮할事[三]世界的의知德을發成할事[四]一般人民의敎育機會를均等하게할事等으로할지니라

敎育의革新밋普及은곳우리社會의生命이다우리社會의新敎育擴張은곳우리의惟一한光明이다衣食은廢할수업는것처럼敎育을廢할수업다書堂을깨트리고學校를세우라面마다村마다學校를세우라自我밋現代式의敎育을主하라

○

우리社會의衰한第[四]原因은實業의頹廢함이다

[一]農商工을士의下級으로하야壓迫虐待를加하며[二]實業을偷한다는政治와道德의誤解로商工業을賤視制限하며[三]勢力家가藝術品을掠奪함으로商工業이不振하며[四]外國의窺覘를避하야工鑛을閉한等諸般原因이잇서商業더욱工業이크게頹廢하고農業도大地主의橫暴等을加하야萎靡衰退에入하얏나니라이에一時黃金時代를論하던우리工藝美術과經濟金融과農鑛物產이점점退步의拙을極하야文明掃地의悲觀을現

하얏도다

이제우리는【一】農業을改良하야農業의發達을促進하고【二】鑛業의中興을努力하야原料의多産을得하고【三】工業을振興하야製造品을自力으로産出하고【四】經濟財政의權能을實行하야物質的生命을救濟할事等으로우리殖産을復興할지니라

因하야吾儕는金融家의團結로財政上大勢力을樹立하야銀行等機關을廣設하며小作制度의改良으로地主의橫暴을禁하야一般土地의開拓을圓滿히하며저國稅政策과工場保護와藝術品奬勵等의善政으로工業의發達을促進함을希望하노라

○

우리社會의衰한第【五】原因은宗敎의誤謬됨이니라

우리上古의敎인天帝崇拜는中古의儒佛輸入으로因하야衰退하얏다儒佛의敎도一時는功德이업지아니하얏지만佛敎가너무隆盛하자迷信誤想도만히起來하얏다이에我人의民粹및武强이만히減衰하얏다그後에儒敎가매우隆盛하자文弱固陋의弊가滋甚하얏다佛敎徒는佛敎圈內에全沒하고儒敎徒는儒敎圈內에全沒하야自我를忘却하고天竺이나漢土나崇拜하며더욱儒敎徒는그思想實際가대개支那人以上支那式을가젓다이런偏僻狡猾한思行을가진敎人들이다른事物에全昧할것은定한일이다그럼으로그末流의弊ㅣ佛敎徒는山中에入하야念佛만하면人生의極樂인줄알고儒敎徒는孔子의書를讀하며傲頑自高함을斯文의大道인줄알엇다이에自我를忘하며迷信文弱에陷하매不正과愚鈍에流入하얏다이것이우리를衰亡케하얏나니라

지금儒佛이다衰하얏다그러나耶蘇敎도잇고天道敎도잇다우리는아못조록儒佛의改革을催하며耶蘇敎徒나天道敎徒가前日儒佛의轍을再蹈치아니하기를祝하노라

此에一言할것은만일今日宗敎徒가령耶蘇敎徒가【一】朝鮮의歷史와道德을崇拜치아니하고美國風이나英國風을崇拜하며【二】耶蘇敎旨以外에는다惡道라主張하며【三】敎旨解釋및宣傳에關하야絶對前人의拘束을넘어新思想의興起를妨害하며【四】敎役者가妄自尊大하야平敎徒와階級的思行이잇스며【五】聖經頌讀。禮拜祈禱만잘하면天國에入한다고誤信하며【六】救主

降臨•神의拯救等만 迷信하야世上事業을等閒히하며【七】敎育에宗敎를孤固하야 時代的進步에落伍하며【八】耶穌敎的知識이잇는 사람을 無識者로 下視하며【九】敎會를濫錯하야虛榮虛譽를釣得하라하며【十】敎徒를擁하야黨派的爭鬪를事하는等이잇다하면此는前日佛儒의弊를耶穌敎徒가再作함이니 그러하면이社會는劣敗衰亡할뿐이니라그럼으로吾儕는宗敎徒가아못조록正大•簡明•平和•革新等의趣旨下에서宗敎의本能을實現하기를切望하노라

○

言이玆에止하게되니매우短促疏略의責을當할밧게업다그러나右의數個는곳우리社會興亡原因梗概니아모리不似한言이라도讀者의一顧를望하노라百弊와千弊를矯捄함에따라서右의數個를矯捄함을望하노라因하야右의數個를一新하게하야우리社會의興할原因을造하기를望하노라

現下社會皮相觀의一端

李鍾駿

一、緒言

社會는健全하여야하겟다。現社會의腐敗墮落됨을肅淸하여라。하는諸聲이各方面에서起하도다。歷史家는歷史의事實을擧하야此를唱하고 宗敎家는宗敎의改革을絶叫하고 敎育者는敎育의根本的改造를說하고 藝術家는衰退한藝術의復興을圖하려하고 實業家는實力充實을主唱하며 또한年少氣銳의新進은其氣銳한바로써 我社會의改造를絶叫하고 各方面에老鍊한先輩는其老鍊한바로써此를唱하야 我社會는昨今兩年以來로頓然히活氣를呈하엿도다。

그리하야某某會가發起되엇다 某某倶樂部가成立되엇다某某會社가創立되엇다 하야雨後族生之勢로各種事業과各種團體가勃興하엿고 將次로도勃興하려하나니 此는實로何許人이든지歡迎할지며忌避치는아니할지오 余亦雙手를擧하야其勃興을迎하고 其隆盛함을祝하는一人이로라。

그러나 余는賤見薄識、能히現今我社會의眞狀을穿하기不能하고 其眞髓를穿하기不能하나 다못其皮相만觀察한愚見에는 前述한諸般現狀이 我社會에利益을增進하고我人의幸福을向上식힘에有効함은無疑하나 其事業을發起하고 其團體를組織함에너무其根底가薄弱하지아니한가하노라。 即物質가不足하고 精神이薄弱한事業이나團體가發起된것이아닌가하노니物質의不足함에在하야는오히려寬容할수有할지나其精神의薄弱함에在하야는實로痛恨의事라하노라。精神이먼저倂存하고、着實하면物質는此에因하야增할수有하되 精神이不能存하고 不着實함에至하여는可得할物質서지도失함이多하도다。

俗에「始作이折半」이라함은何許事業을勿論하고其事業의根底가鞏固하기極難함을謂함이요 耶蘇의砂上에建築하지말고盤石에建築하라함도亦此를敎함이니 其基礎가鞏固하고ㅣ卽其絶對基礎되는精神이薄弱하고는容易히徒勞할뿐이오其結果를收하기難함은明確한事實이라余ㅣ비록皮相觀에不過하다할지라도 亦如此한缺點을認하는同時에 此를無心看過함은 挑發者의其職에不忠하는所以라。故로敢히數言으로써現社會弊害의一端을擧하야諸位에供코저함이니幸須諸位는一笑에附치말고 一顧一省하기를願而不己하노라。

二、誤謬된名譽心

名譽心이란吾人人類生活에不可缺할者의一이오社會前進에不可無할者이니 此名譽心이吾人의全事業을支配하고 吾人人類의幸福을增進케하는原動力이라고는謂키難하나 此가吾人의本能性을沒却하지아니하는以上에 少하여도 吾人은此의支配를不受한다고謂치못할지오 人類의幸福增進과社會의發展에一補助機關이됨은無疑하도다。

義를爲하고事에忠하기爲하야 身을鴻毛의輕에比하는者라도 名이竹帛에垂함을願하는名譽心이少毫도其頭腦를支配치아니한다고謂치못할지오 貧寒을不顧하고艱難과鬪하면서도研究事業에從事하야 吾人人類의福祉를增進하는者ㅣ其功蹟이後世에傳하리라는名譽心이無하다고言치못할지며 千亂을冒하고萬苦을拓하야貯藏한財物로 社會公共의利益을爲하고 不幸한同胞를同情하는者ㅣ또한名譽心의支配될이多大하다고謂치아니치못하리로다 然則名譽心이란如此한意味로는 도리혀獎勵하여야할者이고 排斥

할者는아니니 此를用함에其道를不失하고 此를使함에其法을不誤하면 我社會는비로소前進하고 我人은비로소向上의路에就하리라하여도過言이아닐가하노라。 그러나一段此를惡用하야 用함에其道를失하고 使함에其法을誤하게되면 社會의前進은姑捨하고 人類의幸福增進은제처노코 도리혀社會에弊害를세치는者不少하도다。

余의觀한바로써진대 現今我社會에此種誤謬된名譽心卽小我를爲하는名譽心에汲汲하고 大我卽全社會와共히享有할名譽心의缺乏됨을感하엿노라。 吾人이一社會를組織한以上에吾人自身과社會와의一種契約的關係로互相維持함은言을不俟할지나 此名譽心에關하여도 亦自己個人과社會全體와의關係가不無할지라。 萬一吾人이吾人自身의名譽와社會의名譽가衝突될時는其處理方法이如何。 自己個人의 名譽를爲하야全社會의名譽를犧牲으로하여야할가? 또는自己個人의名譽를犧牲으로하고라도 全社會의名譽를保하여야할가? 此判斷에主하여는 何人이든지後者를擇하리라。 此는更言하면 小我의名譽ㅣ(萬一此名譽를得함으로自己所屬團體나社會가不名譽에陷하게되면共히消失될此名譽) 은爲하야 全社會의名譽(小我의名譽를失하고라도全社會의名譽만保하면 一時失한듯하든個人의 名譽를 消失에서 生케하는 此名譽)를犧牲으로하는愚는無할줄노信함으로써로라。그러나 世의太半은此를知하고口로는此를唱하되實로其反對의行動을取하는愚를敢行하도다。

日前某運動部主將이我運動界의不振은 其所屬部員이自己의個人名譽만取려하고全團體名譽를不顧한으로因함이多하다。 卽此를詳言하면 自己個人의技術의能함을環圍諸人에게示하기爲하야 自己所屬團體가敗伏을當하드러도自己만은技術이能하다함을表顯하기爲하야全軍의連絡을不顧하고單獨行爲를取함으로因함이多하다함을聞하엿거니와此가一見些細한듯하나 其實은 其頭角만水面上에出한暗礁와如한者라할지니此를但히些細한一現狀이라고輕輕히看過할수가업는事實이라하노라。 此가至今까지의 諸運動競技의不成蹟을醸한者임과同히今後我社會는如此한誤謬된名譽心으로因하야刻一刻腐敗 • 墮落의度를增

하도다。 試看하라今日에는東으로 明日에는西으로 奔走히活動하야事業을起코저하는者ㅣ其事業으로因하야社會를爲하고 我人의幸福을爲함보다도 此로因하야自身을以上在顧치리고하는者ㅣ不尠하며 所謂財産을投하야其公事業에貢獻한다하는富豪家中에는但盲目으로社會名譽를釣코저하는者不無하며堂堂한筆을執하고正當한言論으로社會를改善하는木鐸으로自任하는執筆者中料理店에서無錢飮食을行하는者ㅣ不無하며講壇上에서滔滔한熱辯을弄하는者中社會를爲함보다도 自家虛榮을行하는者ㅣ不無한듯하도다。 余는此余의皮相的觀察이그릇됨을願하는者ㅣ나그러나少毫라도如此한缺陷이我社會에存在하다하면 余는各種事業이勃興하는것쁜으로는 前途를樂觀치못하노라。

勿論各種事業이나各方面의團體가勃興함은勃興하지아니함보다는勝하다할지나 그러나如此한基礎上에建하려하는事業에對하야는 實로歡迎치아니하노라。

余는竊思하노니 此等誤謬된名譽心이無하엿드면我社會에서昨今兩年에起한諸般事業이其個數에至하여는少하엿슬지不知하되現在成立된諸事業보다는充實한者가成하엿슬것이오 各種團體도現在의것과如한有耶無耶의內容을有한團體를不産하엿스리라하노라。 그럼으로余는至今이라도 各個人은所屬團體나社會를爲하야貢獻하고此에相當한眞正의名譽를求한이아니면 砂上에建한建物로徒勞에終하고말쁜이라하노라。

三、固陋한黨派爭

一事物에對하야 千人이면千人 萬人이면 萬人이다各其다른意見을가지고此意見을主張하고 此를實行하려고努力하는者이매 如干한大目的下가아니면到底히一致團結하기는極難한事이다。 그러나一個人의獨力으로는他에對抗하기不能함으로畢竟은엇던程度까지其意見을同히하고 利害關係가近似한人等이互相會合하게되엿나니 此가大하여서는各國家로分하엿고 小하여서는一國內에數多한黨派로分하게된것이라。 今各國이分立을認하는同時에派黨의存在

는(一國에及하는影響의善不善을姑捨하고)否認할수엇도다。그러나此黨派는其意見한相異할지오目的한바는同一한者이매此同一한目的下에서各其相異한意見을正當한方法으로主張하고互相意見을交換하야處事할진대도리혀一國家나一社會를爲하야其結果가良好하다고謂하려니와此와反하야但히自己意見만固執하고또는細些한自己利害만掛念하야全體의共同인大目的을沒却함에至하여는實로由由한大非이니如此한派黨이有하고其社會가健全한發達을遂한者ㅣ自古로其例를不見하엿스며如此한派黨의爭鬪가有한國家로衰亡치아니한者ㅣ일즉잇지아니하나니我朝鮮으로見하여도三國時代의衰頹가此로因함이요李朝五百年歷史란것이此黨爭의歷史라하여도過言이아닐지로다。此固陋한黨爭에對하여는更히筆을執함도忌惡의念이起하노라。吾人이假爲如彼한不祥의經驗을當한지年久하고도오히려自覺치아니하며口로는黨爭의弊害를述하고도其實은黨爭에投하는者ㅣ居半이며筆로는滔滔히黨爭을論하되其內幕은亦是此固陋한性에執着하는者ㅣ太半이라할지니吾人이步進하도我社會를向上케하려는念이有하거든먼저此를根本的으로打破치아니치못하리로다。

余는現今各種의超國家的事業이勃興되는此時에黨派其物의存在부터正當하다謂치못하나니如此한時에區區小利로互相固執不下함이何許利益이有한가。더욱이一團體內에서小黨派로分하야互相固執함에至하여는實로廢棄할만한者ㅣ라하노라。方今我社會를一瞥하라。一會가有하면其會에는반듯이黨派가有하고一會社가成하면其會社에반듯이黨派가有하야其小團內에서些細한感情•利益을爲하야連日口角飛泡할뿐이오全社會나또는其團體에對하여는少毫도顧慮함이無한듯하도다。그리하야非非不決하고物物相執하야他로하여금其隙을乘하게하는者ㅣ非一非再라하노니前日喧傳된東亞日報對備生事件은我社會의時流를遺憾업시世에發表한者의一이니此外은實로其時流의一端이露出하엿슬섇이라。如此한相가我社會內幕에서跋扈함이얼마나甚한가。此속속트리浸入한此思想을如何히處理할가。萬一此固陋한黨爭의根底가深遠하니만큼此를破壞함에도同一한時

日을要한다하면 余는我社會를爲하야痛泣하는一人이로라。思컨대局에立한吾人은互相警戒하고互相努力하여써一日이라도速히此를驅除함이아니면 我社會는一向循環할뿐이라하노라。

四、文弱의諸般弊害

我社會가往昔文化의發達이其極에達하엿든結果其反面으로文弱의弊를蒙함이甚하엿도다。自近五百年間은前日健全明快의風이一掃하고 自上至下에奢侈游逸의風이盛行하엿슴은 此를玆에更論할餘地도無하거니와 現今에至하여도 前日此風을矯正하지못하엿슬뿐아니라。新思潮新文化가我社會에流入함과共히輕躁浮華의風이尤甚한듯하도다。即吾人은此新思潮와新文化의眞髓를求함보다도其餘弊인諸缺點을遺憾업시追求함이아닌가하노니 京城一帶는勿論이오地方僻地에至하기까지前日淳厚質素의風은掃한感이不無하도다。

或者ㅣ此淳厚質素의風은 人文人智의發達과共히漸次消滅됨이當然의勢라謂할지不知할지라。余도또한此說에首肯치아니하는바는아니나 現今我社會에如此한美風이 失됨이人文人智의發達로因함이아니고 但히輕躁浮華의缺點으로此淳厚質素의美風을代함에不過함이라하노라。假令一個人으로言하드래도其人의品性이各般으로善美한點이多한者로도一二의缺點이有하다하면 此를或容許할수는잇다고할지언뎡 全然히無關하다고謂키는難하거든 況其實力이不充分하고其修養이不足한中에上述과如한弊風만盛行한다하면 如何한眼으로觀하든지決코容許할수無하다하노라。

自國人이나外國人을不問하고 我社會의現狀을察한者ㅣ我社會를爲하야서는痛嘆치아니할者ㅣ無할줄노知하노니 看하라 一間斗屋에壁은頹落하고朝夕이간대업되一次外出하게되면 夫된者ㅣ身에는百餘圓의洋服을纏하고胸間에는金色이燦然하며 妻된者ㅣ油頭粉面에綾羅로飾하야 娼妓로더부러區別키難하게되며 父母는飢寒에泣하고 妻子는路岐에彷徨하되 朝에는人力車 夕에는自働車로豪游를極하는者ㅣ多하며 勞働者는一日勞苦하여所得한金錢으로此를

貯蓄하야將來를備코저는아니하고 酒色에蕩費하며靑年男女等은離婚이란不祥事를敢行하고 富豪家는二三蓄妾으로도리혀호강으로思하도다。自古로論者ㅣ其當時처럼奢侈時가無한듯이言하나 現今이야말로奢侈의風이其極度에達하엿다고謂하리로다。此에從하야隋怠游逸의風은尤甚하고 因하야詐欺等諸惡風이例事로流行하게될지며 社會는漸漸墮落의度를增할지니 噫라現我社會를爲하는者ㅣ誰가此를慨嘆치아니하랴!

此亦其根底가深遠하야 長久한歲月을通하야吾人의生活을沈淪케한者이라。一朝一夕에急遽히改善하야此를一掃하기는實地로不能한事이나 그러나此를그대로放置하고注意하는者ㅣ無하며 注意하는者ㅣ有하드래도通常事로看過함에至하여는 其弊害는去去益甚할지오我社會는淪落을極하리로다。그럼으로余는今番各地에勃興하는地方靑年會에서 知識이나修養方面도勿論極力하여야할지나 먼저前日淳厚質素의維持함에努하고此를宣傳하여써 著著히實行되도록務하기를願하며 上으로指導의地位에立한者ㅣ率先躬行하여써 受導者의向할바를明示하고 因하야我社會로하여금 健全한域에進케함을願하노라。

五、蓄妾熱의流行

安逸하고隋怠한民族에限하야此蓄妾함을見할수有하나니 此蓄妾一事로만도能히社會의內幕을窺知할수有하도다。모하메드敎徒는一夫四妻까지는許하엿고 支那에는第一夫人 第二夫人 第三……等夫人이有한後에다시妾이有하다。그리하야此兩個社會는墮落할대로墮落하엿고 衰頹한대로衰頹하엿도다。我人은支那의弊風을蒙하야 大官•有力者•富豪家等은此蓄妾을一種의호강으로思하며 前社會는此를容許하엿도다。玆에其蓄妾하는理由를擧하여보면 一子孫을得코저함이니不孝之中에無後가其一이라는思想에因하야夫된者ㅣ妾으로因하여서라도其後를得코저하고 妻된者ㅣ其夫에게此를勸함으로써賢妻라하게되엿스며【二】本妻에對한不平이니 當初父母의指定으로結婚할時는夫婦間互相의理解는無하엿스되 亦互相의不平도無히平凡하개經過하여或子或女를得하엿든者ㅣ今에享樂이니 戀愛이니하는皮相的語調에醉하야 夫된者ㅣ漸次本妻에對한不平을感하게되엇고 그러하다고離婚할膽力은못된者ㅣ此를行하게되며【三】富豪家中假히호가兼情慾關係로 蓄妾하는者이며【四】貿易商及其他大資本으로經하는商人等의墮落의原因으로因한者이며【五】輕薄無學한青年輩가 盲目的情慾을不持하야此를行하는者等大畧如此한理由에基因하엿도다。그러하야 今日所謂富家●權力家는勿論이고月給二十五六圓의給料를得하는面長面書記巡查類에至하기싸지蓄妾치아니하는者ㅣ殆無한狀態이라。此는我社會의結婚制度의不完全함과時代思潮의誤用等으로因한者며 其中同情할만한者無함이아니라。그러나其理由及動機의善不善을論할바가아니고 다만此로因한結果를論하야 其結果가社會에害毒을流한다하면 다가치社會에對한責任을不免하리라하노라。

玆에此蓄妾으로因하야 社會에直接又는間接으로弊害를써치는者一二를擧코저하노라

一、家庭의不和이니 全社會家庭의不和는此蓄妾으로因함이八九割에至할지며 此蓄妾한家庭치고 平和롭게和平하게團樂하게지내는家庭은一個도無하리라。그러하야夫된者ㅣ妾家에서幾分情慾的慰安을得할지나 一次家庭에入하면冷靜無愛한態度로變하야自然家事에等閑하여지고 甚한者ㅣ家事를不顧하야身을亡하고 家를敗하는者ㅣ一二가아니니 此ㅣ엇지써社會의大損이아니며

二、子女의墮落이니自己가亡하고自己가苦生함은自業自得이라更言할必要도無하거니와 第二代를承하고社會의第二後繼者인子女로하여금墮落케함은實로容恕치못할大罪라하노니 大槪兒童이란感化力에富한者라 胎敎에必要를說하고 孟子의三遷之敎가有함이다此로因함인대 此感化力만흔兒童이不和한家庭에生長하야 日夜憂愛히父母의氣色만窺하게되어서는何에서活氣를見할수有하며何에서愛情을得하리오如此히하야天眞爛漫한그의頭腦는漸次惡化하야 終乃는世人이唾棄排斥하는所謂不良男女로變하게되나니 萬一彼等이良家에서生長하야相當한敎育을受하엿든들 如此한不良男女를出하지아니하엿슬뿐만아

니라。 도리혀 作爲의 靑年으로 變하엿슬것이어늘 吾社會는 此와 反하야 二重의 損失을 生하게하니 實로 痛嘆할 事이며

三、社會風氣의 墮落 此는 自然히 避치 못할 現象이라。萬一 此 遊蕩者 一人이 增하면 그만큼 弊害가 大할지오 一日이 延하면 그만큼 더 墮落이 甚하리로다。元來 蕩된 者 — 奢侈安逸을 取하며 遊蕩者 亦 彼를 滿足케하기 爲하야 此를 應하야 漸次 奢侈淫逸의 風이 盛行하게 될지로다。

遊蕩에 對한 弊害가 上述한 者에만 限함이 아니라 其 一端만 하여도 如此한 大弊가 有하거든 此를 不顧하고 但히 一時的 快樂을 得코저 하는 者에 至하여는 自身의 一時的 快樂을 得함에 너무 忠하고 社會를 爲함에 너무 不忠함은 實로 慨嘆할 事라 하노라。

余亦 此 遊蕩에 對하야 如此히 써지 論함을 좇겨 함이 아니로라。그러나 此에서 各種의 惡影響이 誘發됨은 默過할수 잇슴으로써니 一般 遊蕩家 諸位는 一次 考慮함을 告하노라。

* * * * * *

以上 數條가 我社會에 對한 余의 皮相觀이나마 其 全般에 亘하엿다 하고 說치 못할지며 또 其實을 穿하엿다 하고도 謂치 못할지라。그러나 此亦 輕輕히 看過할 現狀이 아님은 何人이든지 開認할줄로 信하노라。我社會가 그 개 向上을 圖하고 或은 各種 事業이 發展된다 하되 上記 數條를 根本的으로 改革하야 更新케 함이 아니면 其 結果는 亦 過去 吾人의 慘憺한 經驗을 循環식힘에 不過할줄 知하노라。

即今 般各方面의 事業에 當局하여 處事하는 이나 또는 其下에서 當局한 者를 幫助하는 이를 不問하고 一次 愼重히 考慮함을 要하나니 宗教家는 宗教에 關하야 諸般 弊害를 根本的으로 革新하여야 하겟고 實業家는 今日까지 繼續하든 諸般 缺點을 根治하여야 하겟고 教育家는 教育에 關한 吾人의 通弊를 校正하여야 하겟스며 執筆者는 其 執筆에 忠하는 同時에 亦 自身을 誠하야 筆行 相反되는 弊害를 除하여야 하겟고 一般 富豪家는 恣然히 從來의 態度를 固執하지 말고 根本的으로 反省하여야 하겟스며 年少氣銳의 新進은 恣然히 先覺의 過失만 攻할바가 아니고 먼저 自己의 缺點을 補하여야 하겟스며 經驗 만흔 先覺는 年少한 後進을 開導함으로 得策이라 思하지 말고 誠心誠意로써 社會를 爲하고 我人을 爲하야 盡心하여야 하리로다。如此하야서 비로소 我社會는 向上하겟고 我人은 幸福의 道를 得하리라 하노라。

(一九二〇、六、二五)

敎育制度論 (二)

某敎育家談

南北國을지나高麗朝가되매敎育主義는더욱宗敎或支那式으로偏하엿다高麗太祖以來로歷代君主가만히學事를振興하얏스나대개儒佛의學에多少專門的學術곳醫學•法律•天文等을敎授하얏다其中에普通敎育은대개漢學으로偏하엿다이것은高麗光宗이科擧곳漢文의詩賦明經等으로써人才를選하야官職을授하는唯一의方法을作한後로一般人民이漢文을힘쓰게되얏다이것이곳朝鮮敎育制度를漢化하야漢學式敎育을專主하게된大段落이다무릇三國時代에는騎射로人才를選하야官職을授하얏더니南北國의末世新羅元聖王이비로소此를廢하고漢文으로人才를選하얏다이제高麗光宗이科擧의制를用함으로千年以來漢文敎育의基礎가鞏固하고말엇다漢文을잘알으야行世하고벼슬을하니가天下人民이다이漢文工夫에沒頭할것은定한일이다이에上下貧富를勿論하고모다漢文만工夫하얏다當時社會의精神은一部分儒學派를除하고는대개佛敎主義이엿다當時高麗王室은佛敎의中心이되고一般民衆도佛敎의影響에生活하얏다그럼으로當時多數人民의敎育狀況을보건대【一】思想은佛敎【二】學科는漢文이엿다當時一部人士곳崔沖等의大儒는儒敎의振興을힘써佛敎에對峙하랴하얏다무론佛敎가弊害를漸貽하니가이런儒學派의活動으로世道를救하랴는形勢가잇섯다이에崔沖의私塾生徒곳崔公徒等十二徒가잇섯다此는다有名한私學이다崔公徒는그傳統이三百餘年에亘하야高麗의末世까지其中으로多數人物이輩出하고또이餘風으로安裕•白頤正•鄭夢周等名儒가起하야未來李朝時代의儒敎全盛을生하얏다當時官學은또한隆盛하얏나니高麗中世仁宗의定한學制곳國學(國立大學)鄕學 (郡縣學校) 은매우周密한制度이엿다國學은대개三國時代를模仿하얏스나支那式의制度를만히加味하얏다그러니가高麗時代의敎育은隆盛하얏다隆盛하얏지만漢學式으로隆盛하얏다그러나當時도三國의餘風이오히려遺傳되야人民의尙武的練習이적지아니하얏다곳武官을尊重히하고武術을尊重히한結果로一般人民의騎

射鍊習이多하얏다이곳高麗時代에우리가매우衰弱하야진中에오히려多少先民의元氣를保한것이다그러나이武强의元氣는小部分이遺存됨에不過하고人民의大部分은文弱迷信에入하고말엇다此는곳儒佛學――더욱漢學式의敎育을專尙한까닭이다우리가小하야지고弱하야지기는高麗時代에始하얏는바그原因中의一大原因은곳當時敎育制度의罪이다곳이敎育制度의結果로【一】점점自我를忘하고外國을崇拜하며【二】武强을賤하고文弱을馴致하며【三】知識이退步하야迷信에入하고【四】道德이墮落하야懶惰・私慾에陷하고【五】國民性을狹小케한等이생긴때문이니라

高麗朝가亡하고李朝가建設되매敎育制度는더욱惡化하고말엇다【一】儒敎를專尙하고【二】漢學으로專尙하고【三】尙武敎育은全然抑壓하고【四】支那崇拜主義를確立하고【五】壓制主義・退縮主義・文弱主義의敎育을主하얏다其中에도普通敎育은絶對로漢文・漢詩를主하얏다곳一般人民도科擧에赴하야官吏가될目的으로漢文、漢詩工夫에熱心하얏다이外에는모모지아모것도알냐고아니하얏다무론李朝에도成均館(國學)과鄕校(地方學校)가잇섯다그러나그敎育은다漢文・漢詩敎育이다 또儒學者의私塾은매우隆盛하얏다金宗直・李滉・李珥・金長生・宋時烈・許穆의等은其中有名한敎育家이다그러나此도다漢學・儒學에誤謬되얏다以外에各洞里마다書堂이잇다이것도漢文工夫이다무론李朝도各專門科곳醫科・法律科・天文科・外國語科・武科等이잇섯다그러나此等敎育은다等閒히視하얏는故로此等敎育은다委靡不振하얏다李朝五百年來의敎育制度는곳朝鮮人을文弱的支那人化하랴는敎育制度이엇다이것이우리를아조亡케하얏다이에前代朝鮮의온갓아름다운것은다업서지고말엇다온갓못된것만길너오고말엇다우리가지금이러케조치못하게된것은쑥이敎育制度의罪이다

二

지금新敎育을한다하지만매우不完全하다學校數도매우不足하다其中에도朝鮮人의手로敎育하는것은專혀업다고함이可하다여간잇다는學校가다總督府經營의學校이거나西洋人經營의學校이다朝鮮人은무엇을하나뇨自己의子女를專히他人의手로敎育식일뿐이니

朝鮮人의無能이此에在하다도지村里에는지금도漢文書堂이잇슬뿐이다지금二十世紀天地에서千字나小學을읽는兒童들彼等이엇지生存을得하리오또이書堂에도다니지못하고國文한字모르는兒童이百에九十九를占領하나니이兒童들이다엇지生存을得하리오學校에배우는者도極히不完全하게배우고書堂에배우는者는오즉滅亡할工夫나할뿐이오또아모것도못배우는兒童들이야더욱엇지하나고말할것이나잇스리오兒童들이어참불상하도다朝鮮人이여참불상하도다朝鮮人이깁히自覺이업시서敎育制度를改良치못하면朝鮮人은살을수업스리로다朝鮮人의前途가이러케危險하거나朝鮮人이敎育制度를엇더케하겟나뇨

지금朝鮮에在한敎育制度가不良하다함보다차라리敎育이업다고함이可하도다若干의專門學校나普通學校가잇다한들此로서朝鮮敎育이잇다고할수잇슬싸朝鮮에有心한人이라하면이敎育問題에痛切한感覺이업슬수업나니라不完全한中等以上學校十餘個●不完全한普通學校四百餘個●朝鮮人을亡케하는書堂二萬五千四百餘個——이것을朝鮮敎育이잇다고할수잇슬가朝鮮에눈뜬사람이잇다하면이敎育問題를爲하야울지아늘수업나니라敎育이업스면民族이野蠻이될수밧게업고敎育이업스면民族이업서질밧게업나니라

三

이제敎育制度의目下救急策을조곰論하려한다[一]師範學校와高等師範學校를세워小學校員이나中學校員을養成할것이다그런師範學校나高等師範學校의制度는日本과歐米의制度를잘히模倣하고朝鮮現像에適切하도록組織하여야하갯다지금官立高等普通學校師範科學生이조곰잇고各道에臨時敎員講習會가잇지만이것으로는아니된다不完全한普通學校이지만그學校에라도相當한敎員이別로히업다하믈며中等學校리오敎員이업스니엇지敎育할수잇스리오敎員이조치못하거니엇지조흔生徒가잇스리오이에서師範敎育의開始擴張을觀한다그經營方法은官立이나私立이다조흘것이다[二]小學校나中學校나專門學校나各種實業學校나大學은다相當히配置하되그制度는대개日本과歐米의制度를取하고朝鮮事情을參酌하야朝鮮에適宜하도록하여야한다그經營方法은美國式의敎育制度곳敎育區

會均等의大法則을따라經營하는同時에쪼英國式의私學을模倣하야一般人民의自力敎育이擴張되기를希望한다그理由는이러하다朝鮮에는學資不足한生徒가너무만흐니美國式을取하여야就學者가만하질것이오朝鮮에는特히지금朝鮮人의手로된敎育機關이必要하니아못조록私學이發達하기를努力할밧게업도다

【三】以上各敎育機關의精神‧主義는【一】現代的知識道德을廣求할【二】自我存在를標榜할【三】體育의旺盛을圖할것等이니라

너무簡單한言으로重大問題를論及하얏다우리人士의反省을促하기爲하야우리社會의將來를爲하야一二의愚見을敢陳하얏다

우리靑年은먼저우리歷史를硏究하라

黃達永

一

무엇으로우리靑年의口로하야곰우리民族의過去를말하게할고오쟉歷史로써할지니라무엇으로우리靑年의心에서우리民族的觀念이生케할고오죽歷史로써할지니라무엇으로우리靑年의手足으로하야곰우리民族을爲하야拮据하며踴躍케할고오죽歷史로써할지니라무엇으로우리靑年의腦로하야곰우리民族을爲하야福利를硏究케할고무엇으로우리靑年의毛毛髮髮로하야곰우리民族을爲하야森立케할고무엇으로우리靑年의血血淚淚로하야곰우리民族을爲하야熱滴케할고이모든것이歷史로써할外에他道가無하니라

二

民族이잇스면반다시歷史가잇고其民族은반다시其過去의歷史를讀하여야하나니싸모리其의歷史에不世

出의와싱톤과如한其他의神이잇슬지라도其民族이此를不知하면업슴과一般이오아모리其의歷史에大帝國을建設한비스막크와如한鐵血宰相이잇슬지라도其民族이此를不知하면업슴과一般이니엇지過去의光榮을몰으거나엇지現在의自己立脚의位置를知하며엇지現在의自己立脚의位置를몰으고서엇지將來의永久建設을理想하리오이믜過去現在將來에對한經驗과知識과理想이乏하얏스니民族的觀念이何로조차生하며하물며民族을爲하야何事이며民族을爲하야活動하며民族을爲하야愛하며何를怨하며憤함이잇스랴?

三

世界에는支那史도有하며米國史도有하며英國及佛國等東西의外國史가許多하야此를一讀할必要가有하지마는余는우리靑年에게몬저我國歷史의硏究를勸하노라外國史는彼我의長短을比較하야大勢順應에對한知識을得하며民族的觀念을涵養케함에는有助하나우리民族的觀念의主動은되지못하나니其主動은우리의歷史를硏究함에서비로소生하나니라

우리四千年歷史에도政治史도有하며宗教史도有하며文學史工業史其他各般에亘한記錄이許多하야此를玩味할必要가有한은毋論이지만은余는몬저우리靑年에게政治史의硏究를勸하노라宗教史文學史工業史等各般의歷史는時代思潮의變遷과藝術文物의進化에對한知識을向上케하며啓發케하야우리民族的觀念을强케하는一資料됨에는足하나우리民族的觀念의胚胎는되지못하나니其胚胎는우리政治史의硏究에서비로소生하나니라

四

우리의政治史에는燦爛한文化가彌漫한時도有하며長劍大刀로耀武揚威하는時도有하얏스며素車白馬로城下의盟을受하고孤城落日에臥薪嘗膽하든恥辱도잇섯스며峨冠博帶로廟堂에坐하야垂拱의治를行하든王政도잇섯나니우리半島의靑年은반다시우리政治史의硏究에게으름이업시豐富한知識을싸흘지어다

우리始祖檀君이太白山下에서森林을斫伐하야우리의宮室을作하시고荒野를開拓하야우리의粒食을敎하신洪恩을思할時에는우리는跼蹐未安의念이動하며一族의史로百萬의隋唐兵을殲滅한乙支文德楊萬春의偉

功을開할時에는우리의肉血이趣時에飜飛하며契丹을懲治하든姜邯贊을爲하야는自然膝을屈하며六州城을開拓하든尹瓘을爲하야는自然頭를叩하는도다劉徹의名을聞할時에는我의劍이躍하며刀가鳴하고李世民의事를語할時에는目이裂하고髮이指하며六七千里의土地를征服한廣開土王과滿洲廣野에大帝國을建設한金俊의爀爀한偉業은平生우리의合掌禮拜하며擊膝稱快하는者이라某時에何勸業이잇섯스니我도此를步武하리라某時에何屈辱이잇섯스니我는此를雪하리라何朝의政治는文弱으로澌衰하얏스니我는써殷鑑을作할지오何代의外交는卑屈로써失敗하얏스니我는써前車의覆轍을戒하리라하야이모든政治史의硏究로좃차우리로하야곰喜케하며우리로하야곰怒케하며우리로하야곰笑케하며우리로하야곰哭케하나니然則우리의五官七情을任意로支配하는者는우리의政治史가안이고무엇이랴

五

近古의우리는우리民族的關念이如何한程度에在하얏나뇨卽民族的關念이强하얏섯는가弱하얏섯는가우리는自屈의말이지마는近古의우리는이民族的關念이薄弱하야乃終에는其를事實上으로表顯하는運에까지에至하얏스니噫라其源因은우리들의우리政治史硏究에너머冷泊한緣故이니라

試하야近古우리祖先의一家族에對한觀念의如何히愛的이며如何히熱的임을見하라現今生存하야잇는上而祖與父母와下而子及弟姪의間에서로全身을犧牲하야名譽와權利를擁護한은冥論이오自己의幾代祖墳墓의所在한山地內에他人의犯葬이有하면莫大의不名譽로思하는父子兄弟가族首相吊하며闔族全部가怒目瞋臂하야이名譽를恢復함에는生命도金錢도顧慮함이업시쏫쏫내의競爭으로果然目的을達한後에야已하나니此가一小小例에不過하나其他의모든家族的關念도이山訟과갓치强하고熱하나니其强하고熱하게된源因은何에在하뇨

우리네의家族에는반다시族譜라하는譜牒이有하야我의民族의終來와我의門閥의如何를熟知하야我의先人에게는翰林提學의榮啣이有하며我의先人에게는文正武愍의美諡가有하거늘僻ㅣ焉敢生心코我를侮蔑할

수ㅣ잇스랴? 비록刀劍下에居鐵을被하며囚刑中에粉碎를當할지라도子는其父를繼하며弟는其兄을述하야萬折不屈의決心이有함은其家乘裏에深深遺臟한譜牒의效力이如是히偉大하며如是히牢乎不拔이니라

六

또近古우리祖先이우리民族에對한觀念이如何히薄弱하며如何히消滅되엿슴을見하라私利를爲하야는公益을犧牲하며自我를爲하야는民族을無視(全部는안임)하야廟堂上에서一國의政令을料理하는執柄者이나林下에서獨善潔己하는儒學者이나다一般으로口으로忠君愛國을唱明하나實로終身躬行한者ㅣ極少하얏나니所聞은南北老少의黨爭에不過하고所見은文蔭武蔭의仕宦爭奪에不外하얏스니其의民族的觀念이如是薄弱한源因이何에在하뇨

噫라壬辰亂을經하고居民이遷都하든其翌日에우리와皮膚不相關한史略通鑑을其의子弟에게가르첫고丙子大辱을當하고和議締成하든其翌日에痛癢不干한詩傳書傳을其의子弟에게가르첫나니라近古의우리祖先은우리의神聖한歷史를除外하야此를自己도不讀하얏스며此를自己子弟에게도敎授치안이하고다못畢生間研鑽한것이支那史뿐이엇는故로支那의記錄을도리혀우리의記錄보다幾千倍이나明晳히修得하얏스며支那의歷代興亡에對한觀念이도리혀우리의興亡에對한觀念보다親切하며逼近하얏고間或우리의記錄을研修한다하면東國通鑑三國史와如한歷史는一瞥의暇를不喫하고金笠의行詩와柳東賓의科表等과如한者에不過하얏스니嗚呼라우리의政治史를工夫치못한우리祖先의우리民族的觀念이薄弱함이엇지恠異타하리오

七

우리의民族的觀念이薄弱함은全혀우리의政治史를無視함이니幾十代의譜牒으로도能히우리의家族的觀念을强熱케하거든하물며四千載의神聖하고偉大하고名賢巨傑의叢表인우리政治史로써엇지우리靑年의心으로口으로手足으로腦으로毛毛髮髮로血血淚淚로우리過去를讚頌하며우리將來를理想하며拮据하며踴躍하며研究하며熱滴치못하게할가

余는우리靑年中에서學府에서우리子弟敎育의任을司한者에게는何科보다도우리政治史에가장注重하라고付托코자하며余는우리靑年中에서雜誌新聞을經營하야一世의耳目과警鐘이되는者에게는每日第一面에반다시우리政治史의讀物을記載하라絕叫코자하며余는우리靑年中에서講演會이나論說會에서演壇을主한者에게는반다시우리政治史中에서演題를選擇하기를希望하노라

우리半島靑年은반다시余와同一한見解를抱하얏슬줄로余는確信하노라

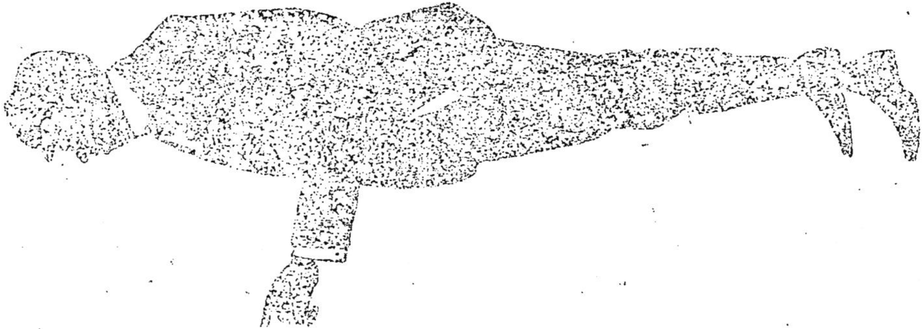

國際聯盟에對하여

(Interstate alliance.)

金成龍

一

大抵國際聯盟이라하는것은무엇인가? 이것을몬저생각하여야한다。그것은말할것도업시 이번과갓히六個年동안에巨大한財産과數多한人命을犧牲한悲慘한大戰이 다시惹起되지안케하기爲하야――卽國民과國民의係爭問題를 腕力으로써解決하지안코 法律觀念에依하여 平和的으로解決하려는本旨에서나온것이다。

簡單히말하면 이러한希望으로부터 國際聯盟을成立하라는輿論이니러낫다。그런데처음에이意見을提出한歐洲의모든學者는 國際聯盟에屬한모든나라는 一切國際紛爭을 國際裁判으로써解決할것이라하며

萬一이裁判을服從치안는國家에對하여는 國際軍隊로써 威壓할것갓흐면 各國은이威壓을두려워하여不得不服從하리라하엿나니 이案은決코近日에와서새로提唱한新案이안이요 벌서붓허여러學者가主唱한바이다。

그러나이提案은腕力主義、帝國主義를삼삼는者들에게 아모힘을주지못하고 그럭저럭지나왓다。 그러하든것이一九一九年二月十四日에至하여 巴里에서처음으로國際聯盟의草案에發表되엿다。 그後에여러輿論을參酌하여六月二十八日에야改作成案이되엿으나 이國際聯盟規約을볼진대 새로히成立된國際聯盟의目的은 첫지에絶對로平和를保存하자함이안이오可成的으로國際間에는戰爭이니러나지안토록하자는主旨이다。 即聯盟規約前文에잇는

一、各國은戰爭하지안을義務을질것。

二、國民과國民間은 正義正直한關係를가지고 恒常公明한處置를執할것。

三、國際法律을尊重히할것。

四、條約上義務를重視할것。

이러한四個條를主眼으로한것을보드라도明白한事實이다。 그러한으로새로成立된國際聯盟은 但只聯盟國間의平和를保하며戰爭을避하려할뿐안이라 各國民으로하여금더욱더욱文明的向上을식히기爲한것이다。 이것으로써보면國際聯盟이라하는것은 人類進化上에至極히必要하다。

國際聯盟의主旨는大概이러함으로 自然히그가운데에殖民地統治問題라든지 殖民地에잇는土民保護問題라든지 交通及通貨自由에關한問題라든지 通商에對한問題라든지 赤十字에關한問題、勞動問題等여러가지가包含되엿다。

二

이國際聯盟이라는四字는東洋式의意譯이지만은英國에서는『國民의聯盟』이라하고 佛國에서는『國民의社團』이라고하나니 엇잿든지國民間의一致協調를意味한말이다。 그러고國際聯盟은一會議가안이오國民과國民이合하여一聯邦을形成한것도안이오 또各國民의우에一國家를形成하여 各國民은그命令을服從하여야한다는性質의것이안이다。 國民과國民은國

際法을써라 互相自主로 獨立國과獨立國이規約으로써社團을지여 互相間의問題를協力調停하는것이오 各國民은互相約束에拘束되여 그前과갓히腕力으로써하지안이함이 聯盟의趣旨이다。

그러고國際聯盟을法律上으로보면 이것은但只條約이라는것이안이오 聯盟그것에意思와人格과權利가잇다。 그러함으로國際聯盟은『總會』와『理事會』라는機關이有하여 自己의意思를發表하며 더욱國際聯盟은財産權을所有할수잇나니 國際法의觀念으로써보면 國際聯盟은一權利主體요 一人格者이다。 即國際間에對하여 一權利主體로서行動할수잇는것이다。

國際聯盟은一人格者이지만은 各國民의우에立한人格者는안이다。 各國民은서로約束을하고 自己의代表를聯盟會議에出席식히여 그出席代表者가全會一致로決한바를服從할뎌름이다。 그러함으로各國民은國際聯盟그것의任意命令을服從함이안이오 自己의約束을重視하고이것을履行하는셈이다。 그리고國際聯盟은權利의主體인同時에一人格者임으로 이人格을條約의文面으로볼것갓흐면永久히存在할것이오 決코一時的設備가안이다。 그러함으로聯盟規約中에永久의書記局 永久의軍事委員會를設置한다는明文이잇다。

또聯盟規定第一條第三項에 一次加入한國家로서脫退함을得한다는明文이잇다。 이에對하야米國上院은極히反對하엿지만은 萬一一次加入하엿든國家가國際聯盟으로브터脫退하는때는여러가지不利한點이잇다。 假令聯盟의一員이되여 聯盟의領土를委任밧아 所謂委任統治를行하는境遇에 萬一聯盟으로브터脫退할것갓흐면 그委任은解除되여 從來로統治하여오든土地를聯盟에돌녀보내야한다。 그리고萬一統治하든土地를도로聯盟에返納한다하면 여러가지로損害가不少할것이다 그러함으로한번聯盟에加入한以上은언제까지든지脫退하지안함이利益이다。

三

國際聯盟이 世界平和를確立할目的으로써됨은 임의말한바이지만은 그目的을達하기爲하여여러가지方法을規定하엿다。

一은豫備的方法이니、 聯盟規條第八條에잇는平和

維持에關한豫備方法을細別하면【一】軍備縮小方法【二】個人經營에屬한兵器取締方法【三】軍情과軍器에關하여조금도隱匿업시列國에通報하는方法等이다。

이것을다시細說하면 軍備縮小는一國民의安寧을保全하며 一國民이國際間義務를完全히할限度에서軍備를縮小한다는條件이잇다。 그러나如何한程度의軍備를하면一國民의安寧을保持할가 또一國民이國際的義務를完全히履行케하기爲하여는얼마나한兵備를要할가 이러한것으로보면如干쉽게는決定하지못할것이다。 그런데大戰以來로모든國家는더옥海陸軍을擴張하기에努力한다。 그러한즉眞正한意義로서軍備를縮小한다는問題는 얼지는못하거니와그리速히는實現될것갓지못하다。

또兵器取締로말하면民間의兵器製造는 製造業者個人의利益上으로보아 여러가지運動을하는까닭에國際間의平和를紊亂케할염려가잇음으로 民間의兵器製造는禁한다하지만은 官衙의兵器製造와貯藏에關하여는아모制限한바가업다。 이것으로써보면 軍備縮小라는意味는 一面兵器制限이라는意味로도된다。

軍情軍器其他에關한工業上事項을通報한다는義務에對하여는 但只通報한다하엿을뿐이오 이에關하여서로干涉할權利가업는故로 明確한通報를엇기는到底히不能할것이다。 佛國人은平和를確立하기爲하여는 各國軍器에關하여 列國이隨意로檢查할條規를制定하자고主張하엿지만은 윌손、과모든米國人은反對하엿다。 萬一佛國提案대로하면 各國工場에서諸種軍器를秘密히製造하지못하고 따라서五十二珊砲갓흔것이업서질터임으로 軍備制限과平和維持에關하여도 깁흔意味가잇지만은 現在國際聯盟은 이러한것을規定치안엇음으로 軍備縮小는 이點에對하여充分한意味가업다고생각한다。

聯盟規定第九條에는常設委員을設하여 그委員의助言으로써 問題를解決한다하엿으며 第八條第三項에는十年마다調查를하여 減할것은減하고 增할것은增한다하엿으나 이것은國民의安寧幸福과世界平和維持上에 至極히重要한問題이다。

四

二는國際問題解決方法이니 第十三條에는두가지方法이規定되엇다。卽【一】은仲裁裁判에依할것이오【二】는聯盟理事會의調停으로할것이다。

仲裁裁判에對하여如何한種類의事件을裁判할가? 이것은從來로國際間에서쓰는原則과大同小異하니卽法律問題——詳言하면條約의解釋 或은國際法에關한問題갓흔것을仲裁裁判으로간한다하엿다。 그러고雙方의合意로써 一定한事件을仲裁裁判所에告訴하게하여 仲裁裁判所의判決을밧게하엿다。 萬一一方에서一定한問題를仲裁裁判所에 提出하려할지라도一方에서承諾하지안으면 如何히할수업는狀況이다。

仲裁裁判所에서는 그受理할事項을豫定하여 그綜閣에서訴狀의提議를바든때는 當然히그것을受理하여야갓지만은 國際聯盟第十三條第一項을보면 仲裁裁判所에提議한國際紛議事件은 明細히定치안이하고 但只이에關한原則만定하엿음으로 一方의意志로만 엇더한係爭事件을裁判所에提出한다 할지라도 裁判所가直時이것을受理하여 一方當事者를呼出할수는업다。

理事會의調停은第十五條에 國民間의係爭問題를當事國一方의意思에依하여 理事會에提出하고 理事會는이것을審理하여 解決方法을定한다하엿다。그러면如何한事件을理事會가受理하갓는가하면 이것은明確히定하지못하엿다。聯盟理事會의受理管掌할것은 모든世界平和에關한問題 其他國際聯盟의管轄한事項을記錄하엿지만은 그러나如何한것이世界平和의問題인가 如何한事項이國際聯盟管轄에屬할것인가뇨 明細한規定이업슴으로 如何한것을理事會에提出할지는 조금明瞭하지못하다。 그러함으로萬一聯盟理事會가賢明한處理를한다하면 今日支那가靑島問題와山東問題에關하여 이것을理事會에提出한다고主張함도 亦是一理가잇다고생각한다。

聯盟이受理할問題에對하여適當한調停을바든제에는聯盟國民은宜當服從할것이오 다른聯盟國民에對하여戰爭을하지못하게하엿다。 그러나聯盟調停에關하여 聯盟國民이一致 卽代表의議論이一致하지못하면 聯盟各國民은 各各自由行動을하게되엿다。 그러함으로 이러한境遇에는할수업시 쏘戰爭이니러날것이다。

五

三은威脅手段이니 列國平和를保하기爲하여聯盟國民이不法함에對하야서는 威壓手段을쓰게되엿다。그러나이威壓手段에對하여는 最初佛國이提唱한常設國際軍隊로써威壓하는機關은업지만은 第十六條로써平和를紊亂이하리는國家에對하여 다른聯盟國은 그兵力을合同하며 作戰上協同一致하게規定하엿다。그러하으로그前과갓히所謂政治上同盟을하여가지고 第三國을侵略하는等事는決코하지못한다。 그러나엇더한問題에關하여 一國이兵力으로하려할때에 一國이同盟치이가지고威壓하려할지라도 이것도쏘한係爭이된問題이나 이때에萬一다른國民에對하여重大한利害關係가잇스면 兵力同盟運用은 極히困難할것이다。 이點으로보면 佛國이主張하는바와갓히 미리國際軍隊를設置하여두엇다가 이러한때에그軍隊의힘으로써 直時威壓할것갓흐면 効力이確實하갓지만은 第十條와第十六條의規定과갓치 今日聯盟條規는 但只서로合하여不法者를處罰하는方法을取할것이오 共同兵力의自由通過를함이可하다함에不過하는故로 그効力은實로貧弱하다。

쏘聯盟規條第十六條를보면 이것도한가지威壓手段으로 不法國에對하여 各國은經濟的으로合同할約束이잇고 쏘財政上으로援助할것도約束하엿다。 뿐만안이라 不法國에對하여는 聯盟으로붓허宜當除外하갓다는 規則도잇다。 그러함으로一國民으로서萬一제마음대로行動할것갓흐면 經濟上이나財政上으로 同盟한여러反對國際이니러나서 各各이편을向하여攻擊하갓으며 或은여러同盟軍이周圍를包圍할터임으로 各國民이조금한일로因하여 前日과갓히紛爭을니르키너가지고 兵力을弄함은적어질것이나 이것은確實히聯盟이各國에對하여 平和를保証하는것이다。 그러나不法한國家에對하여서는 聯盟條約이얼마나그効力을낫하낼지는 아주疑問이다。 엇잿든지前日과갓히 强者가弱者에對하여 或은優者가劣者에對하여 조금만하면兵力腕力으로써威壓하며 或은領土를强奪하며 或은一國의安寧을妨害하는等事가 업서지는것은實로吾人의感謝하는바이다。 이와갓히하면 우리東洋에도반듯이殺風이잇는侵略主義가멀나가고 平和의消息이차자올것이다。 實로以後의世界는確實히그리되어야한다。

六

나는前五章에서 國際聯盟의性質과 國際聯盟의經過와 또그規定된重要部分을 極히簡略하게말하엿으나 다시『聯盟과國際政策』에對하여 말하려한다。 大抵至于今한各國의外交는 넘어秘密하엿엇다。 모든全部가全혀秘密外交가안이엿음은 外交條約等을공빈되게世上에發布한것으로보아도 否認할수는업지만은 그러나그重要한大部分은全혀秘密되엿엇다。안이至今도秘密을實行한다。 一國의政治外交가如何히되여가는지를 알아야할國民으로하여금 政府의하는일이무엇인지를알지못하게함은 今日까지의外交政治이다。 그中에서도 더욱帝國主義를가진國家、侵略主義를宜當히할일로아는國家는 一層甚하엿나니

그러함으로秘密條約은종종世界의平和를 妨碍하는事件이생기엿다。 卽今當歐洲戰亂이 그全部를代表하지안엇는가。 ——새로된國際聯盟條約은 前文及第十八條와二十條로서 絕對로秘密條約을禁止하기로하엿으며 國家와國家의條約은반듯이公表할뿐안이라 聯盟理事局에報告하여 그登錄을엇지못하면全혀效力이업게하엿다。 이것이卽王室의外交、貴族外交、官僚外交가轉變하여 참으로民族的公然한外交가된것이니 確實히新時代가要求하는外交이다。 要컨대弱肉强食時代로못히 이만한理想時代에達하엿다。

外交는公明正大를主旨로하여 實行하게되엿지만은 外交事務를行함에當하여는——卽아즉確定치못한外交事件에對하여는 時時로그情況을發表할수는업다。 巳往巴里平和會議開催에對하여보드라도 四國이會議한바는모다發表치안엇다。 그러함으로國際聯盟條規에이른바外交公明이라함은 그大旨는條約은發表할지니 秘密한條約을締結하지못한다는데로歸着한다。 議院政治로말할지라도 議員의討議를公開하여 一一히民衆에게發表하며 卽時記錄을만드러一般世人에게發表하도록되어야한다。 이러한程度까

지가는것이 國際聯盟의 最大精神이다。

國際聯盟이 完全히 成立한다할것갓흐면。一般外交는 公明正大히 發表되어서 오 또外交家는 그전과갓흔貴族的交際官이아니오 或은勞働者로 或은赤十字에關한博愛家로 或은醫學에關한專門家로 或은殖民制度에關한學者로 或은軍人으로서되어가지고 훌륭한民衆的外交가되리이다。이것은 우리가精誠을다하여야라는바이다。

七

그런데 一八一五年九月에 巴里에서 調印된『神聖同盟』과 一九一九年에된 國際聯盟을 比較하여보면 前者는君主本位이오 後者는國民本位인것이 明白하니 이것이우리의가장注目할바이다。神聖同盟은純粹한 帝王本位이엇다。그條目中에는 『三帝王은 次의條項을贊同함』等이 明瞭히表示되엇다 그러나이번國際聯盟은全然國民을本位로하여 『國民의聯盟』이라는文字를使用하게되엇다。大抵英國이나佛國에서는國家라는文字를쓰지아니코 國民이라는文字를쓴다 이것은 참으로데、모、크、라、씨思想上으로 그러할듯한것이니 國民이라는文字는 生息하는人民그것을主眼으로한意義로쓰고 國家라는文字는 權力의主體인法律上의人格그것을表示하기爲하여쓴다。國民이라는文字를使用하드라도 그意義는 國家를指目함이나 特히國家라는文字를避하고 國民이라는文字를使用하는곳에 데、모、크、라、씨의意義가잇고 時代觀念을明白히말하는證據가잇다。

이번의聯盟은正確한國民의聯盟이오 國民의社會이다。決코君主의聯盟이안이다。即國民聯盟이라하여야할가或은國民의社會라하여야할가——이것은一九一九年에처음으로聯盟案이提出된當時에 佛國新聞들이여러가지로討議한바이다。그러함으로써본것갓흐면 이聯盟을國際聯盟이라함은 正確한命名이라고는할수업다。即英國의 League of Nations 佛國의 Socie te des Nations 獨逸의 Voikerbund 에對하여 今日에使用하는國際聯盟 (Interstate alliance) 라하는것은조금不適當하다。

엇잿든지國際聯盟은國民本位이니 國民本位라함은即데、모、크、라、씨的이다。그聯盟을表示하는文字自體가國民本位일뿐안이라 이內容이데、모、크、라、씨的이다。國民의安寧을保하며 過去의秘密條約을廢止하며 外交를正直公明히하며 國際紛爭을列國代表者의輿論或은仲裁裁判으로解決하며 小弱國의幸福을考慮하며 人道를尊重히하며 勞働의神聖을尊重하며 交通自由를重視한모든規定이即民主的이다。

이로븟허의世界는 무슨일이든지民主的이될것이다。안이라그리되여야한다。모든일이官僚的으로븟허民主的이되는곳에 참文明의進步가낫하날것이다。

八、

나는國際聯盟이란 如何한것인가를 大槪말하엿다。그러나이國際聯盟에對하여 가장主要한人物인同時에 有力한提唱者인윌손이 이聯盟에關하여提出한十四個條에對하여말하여야갓다。

一九一八年一月八日에米國大統領윌손이 上下院合同會議에對하여 平和條件十四個條에關한敎書를公表하엿는대 그大要는

『……………征服及領土擴張時代는임의過去한同時에 特定政府間에締結되여가지고 豫期치못한時機에世界의平和를顚覆하는秘密條約時代도過去하엿다。……………그러함으로吾人의要求는조금도吾人自身의特別事情이안이오 世界가適當히棲息하며生活의安全을엇게하기爲함이다。……………吾人이他國에對하여正義를行치안으면 正義가吾人을保護치안을것이다。世界平和의唯一可能한計劃은……………』

이라하고 十四個條를記하엿는데 그大要는

一、平和條約은공번되게締結하여公表할것。그後에는如何한種類의秘密國際的理解라도하지못할것이며外交는恒常公然되며且輿論을따라行할것。

四、國內의安固를保할가장小限度에서軍備를制限할것。

五、모든殖民地의要求를 自由로公平無私히處理할것(下略)

十三、獨立폴넨드國을建設할지니 폴넨드國은正確히폴넨드人民의住하는地方이오(下略)

十四、大國小國을勿論하고政治上獨立 及領土保全의 相互保證을하는目的으로써 特別條約下에諸國民의一般的團結을組織할것。(下略)

윌손의十四個條는그大旨가이러하엿다。그리하여 이번의國際聯盟이成立되엿다。

엇잿든지보스니아州사라에보에起한一皇儲暗殺事件으로서 十九個의交戰國、十二個의國交國、總動員六千餘萬、死傷四千餘萬、戰費四千億萬圓이라는것을作出한空前絶後의大戰은 果然永久的으로世界平和를保全한國際聯盟을順產하엿다。吾人은이로븟허國際聯盟이 더욱完全히되여가지고 永久한世界의平和로하여금 吾人人類의머리우에나르게하기를 두손을들고바라노라

(一九二〇、六、三〇)

家庭과結婚의關係

徐椿

一社會의起原◦如何에 社會라는 人類團體가 비로소 成立한때에 무슨理由로 되엿는가? 하는 問題、다시말하면 社會組織의 起原에 關한 問題는 네로부터 잇던 問題이 別로 새로운 問題라할수는업지마는 此를論하는 學者에 싸라 各各그意見이 一致하지를 못하는故로 언제나 立論할 價値는 잇는것이다◦ 그러나 이論文은 社會의 起原에關한 學說을 主題로삼아 쓰는 바이 아님으로 區區多端한 社會起原說을 一一히 紹介할 餘地가업다 싸라서 本題에 關係되는 部分만을 常識的으로 記述코저한다◦

우리人類에게 今日보는바와 가튼 社會組織이 太初부터 잇지아니한것은 明白한事實이다 그러면 人類界에 아조 社會制度가 업던 時代의 狀態는 如何하엿슬싸를 한번 想像해보자◦ 그時代에는 아마 今日의 虎豹와갓히 싸로싸로 個個人이 써러저 살엇슬것이다 亦是다른動物에게서 우리가 보는바와갓히 生殖期를 當하면 男女가 暫時相逢同居하는 인운 그째에도 이섯겟지◦ 그러나 이는 暫時에 不過하고 生殖의目的을 達한後에는 또 各各 싸로 헤여저서 저갈대로 갓슬것이다◦ 이時代사람의 每日하던 일은 무엇이엇슬싸를 또한번생각하자◦ 勿論글도 업고 그림도 업는이時代사람의 生活狀態를 본듯이 드른듯이 歷史的事實인듯이 記錄하기는 難한 것이다 故로 今日에 諸學者가 或은 社會學上으로 或은人類學上으로 또或은 比較生物學上으로 社會起原에 關하야나 太初人의生活狀態에 關하야 云云하는것은 다推測에 不過하는것이요 想像에 不外하는것이라。若干의 證據品이 잇다하야도 이는今日의 野蠻生活과 太初人(原始時代사람 의 生活을 比較함이기나 또는 所謂化石을 推測材料로함에 不過한다 그러면 우리도 이제부터 太初人의 生活狀態를 想像하자。太初人에게는 團體가 업섯다 索居孤立하야 獨立生活을 經營하엿다 그때 사람도 먹고야 살엇지 먹지못하고는 살엇슬수 업슴은 明白한 事實이다 그러나 그때사람은 牧畜할줄도 모르고 農事할줄도 몰낫다 하물며 今日에 보는바와갓흔 商工業이 업섯슴은 말할것도업다 그러면 그때사람은 엇더케 먹고살엇슬가? 먹음즉한 鳥獸魚鱉은 따라가서 잡아먹고 먹음즉한 樹果木實은 直接으로 그나무에 가서 따먹엇슬 것이다。이만만하고 말아가지고는 當時의 生活狀態를 잘그리어 냇다고 할수업스니 한層을 更進하야 좀더생각해보자。사람이 完全히 自己의 生命을 保全하고저하면 두가지 活動을 하여야된다함은 네나이제나 다름이 업다 두가지 活動이란 무엇인가하면 곳【一】强敵防禦를 云함이요【二】弱者攻擊을 云함이다。사람은 사람보다 弱한 鳥獸를 먹고살거니와 사람보다 强한 즘승으로 사람을 먹고저하는놈이 잇다 例하면 猛獸、毒蛇갓흔것이다。故로 完全히 自己의 生命을 保全코저하는 사람은 몬저 猛獸、毒蛇의 襲擊에 對하야 防禦할能力이 잇서야한다。於是에 사람과 猛獸、毒蛇의間에 競爭이 生하는것이요 따라서 許從로 이 强敵을 防禦하노라고 莫大한 困苦를 當하엿슬것이다。今日과갓흔 家屋制度가 업시 或은穴居하며 或은 巢居하던時代사람의 困苦는 如干이 아니엿슬것이다。더구나 製火術이 아직 發明되지못한 그때사람으로 暗夜에對한 恐怖心이 엇더하엿다함은 問할것도업다。밤에잠을 자고저 穴에 居하며 巢에 入하면 左에는猛獸가 잇서 나를 먹고저 날치고 右에는 毒蛇가잇서 나를 삼키고저 달겨들때라 엇지 恐

怖가 업스며 엇지 不安이 업스리요。이는 猛獸、毒蛇와 사람과의 關係로하야 生하는 不安과 恐怖다 다시말하면 强敵防禦로 因하야 生하는 不安과 恐怖다 다시 弱者攻擊에 對하야 맨마듸 할것이 잇다 弱者攻擊이라는 말이 좀 適當치 못할는지는 모르나 左右間그 때은 곳 사람의 食物될만한 動物을 獲得하는 手段을 이름이다 이밧게 攻擊새지아니하고도 엇을수잇는 食物이 잇스니 곳樹果木實이다。左右間同種類의 食物을 먹는 動物이 여럿이 한데 모히면 그사이에 食物의 爭奪이 生함은 確實한 事實이요 不變하는理致다 사람도 動物의 一種이니 엇지 그例에쌔지리요。簡單히 말하면 食物째문에 사람과 사람과의 사이에 싸홈이 난다는말이다。爭奪이 생긴다는말이다。如斯한 몃가지의 理由로하야 太初사람들의 生活에는 不安이 만헛다 只今우리가 動物에게서 보는 貌樣으로 그들은 아직 모여살줄은 모른것이다、男女同居까지도 一時에不過하고 一生에 繼續한다든가 그럴줄은 모른것이다。혼자 單獨生活을하얏다 게다가 生活에必要한 攻擊武器라던가 防禦器具가 充分치못하엿다 故로 不安이 只今보다 만코 恐怖가 現代보다 甚하엿던것이다。

오늘날은 우리가 大路街上으로 마음노코 廣袖闊步를하지마는 太初人은 한거름을、내여집흐면서도 그 操心이 如干이 아니엿다。압헤 毒蛇는 업는가。뒤에 猛獸는 아니짜라오는가 이러케 사람을 害하려는 動物에게 對하야 疑訝、恐怖가 有하엿슴은 勿論이어니와 上述한바와갓히 사람과 사람이 서로 맛나도 疑心、恐怖가 如干甚하지아니한것이다。다시 簡單히 말하면 太初에게는 疑心、恐怖 不安이 만흔것이다。그러하야 그들은 될수만잇스면 힘 미치는데로는 이 恐怖를 減하고 不安을 除하려고애를 썻슬것이다。그리하야 그들은 다른 여러가지 手段方法이 만헛겟지마는 여럿이 한데 모여서 團體를 組織해 사는것이 이恐怖不安을 減除하는데 크게 有益한줄을 알엇다。하나、둘、모여사는데 큰 힘이 잇는줄을 알엇다。猛獸毒蛇를 驅除하는데도 크게 有益하고 食物을 獲得하는데도 크게 도음이 되는줄을 알엇다 이러한 理致를 안은後로부터 太初人은 모히기를 始作했스나 처음에는 한둘이 모여보앗겟지 그러하다가 次次次次만히 모히두룩새 不安恐怖를 滅除하는데 더 有益한줄을 알아가지고는 漸漸만히 모히기始作하야 次次部落이되고 民族이 되고 社會國家가 成立한것이다。約言하면 社會는 太初人이 不安恐怖를 滅除할 目的으로 맨든것이라는말이다。生存의 完全을 得하기爲하야 맨든것이라는말이다。

二、家庭의起因、혼자사는것보다 모여살면 攻擊防禦에 다 必要한故로 社會團體를 맨든것이다。그러나 우에도 暫間말하엿거니와 同種類의 衣食住를 要하는 사람들이 모여사나새 그間에 自然히 內爭이 또 날것은 分明한 理致다。사람이 만으면 만아갈사록 그團體內에 內爭은 더욱甚하야갈것이요 人智가 漸漸發達하면 發達할사록 이內爭은 더욱 甚하여갈것이다。그러고보니새 그團體以外의 讐敵으로 因하야 生하는 恐怖不安의 心은 만히 滅除되엿지마는 이제는 또 內爭으로因하야 生하는 恐怖不安이 다시 사람의 마음을 괴롭게한다。이 內爭으로 因하야 生하는 恐怖不安은 前日對外關係로 生하든 恐怖不安보다는 [illegible]는。左右間對外關係로因하야 生하는 不安恐怖를 滅除하기에 成功한 우리人類는 다시 內爭으로 因하야 生하는 不安恐怖를 輕減하며 生活에 慰勞를 受할만한 手段과 方法을 오래ㅅ동안 硏究도하고 實地로 試驗도 해보앗다。그러면結果 이內爭으로 因하야 生하는 不安恐怖를 輕減하고 生活에 慰安을得하는 有益한 手段으로 家庭이라는것이 생기여낫다。不安恐怖를 避하고저하는 마음은 卽平和를 바라는 마음이다 故로 家庭의 目的은 平和에 在하다。

英人타스킨은 이眞理를 說破하야 갈아대「家庭은 平和의 處所라 모든境遇에서뿐만아니라 損害、恐怖疑訝、分離(不和)로부터의 避隱處라」하엿다。

三、家庭의不和。家庭이라는말은 英語의 홈ㅣ에 當하는것이다 一夫一婦가 모여서 一家內에 居하는것만으로는 家庭이라할수업다 平和로히 一生을갓치하야 滋味잇게 지내며 前代의 祖上을 繼嗣하야 後代의 子孫에게 繼傳할 目的으로 一家를成立한

後에야 바로소 家庭이라는 일음을 엇을것이다。이와갓히 家庭의 理想은 平和에 잇것만 事實은 이에 反하야 家庭이 不和의 原因이되는수가 間間잇다。서로 猜勢하며 서로 助力하는것이 家庭의 原則일것이지마는 그리케 못하고 서로다투고 서로싸호는수가 間間잇다。家庭이란대개父母、夫婦、子孫으로 된다하겟지。間間이 여러가지 要素中에 몟가지가 欠缺하는수도 잇지마는。그런데 父子間의 싸홈도 잇고 母女間의 싸홈도 잇고 그中에 別別가지 싸홈이 다 만켓지마는 그中에 第一數로만코 가장紛擾을 만히 세치는 싸홈은 곳 姑婦間의 싸홈、다시말하면 시어머니와 며누리와의 싸홈과 夫婦間의 싸홈이다。故로 家庭의 平和를 잘 維持하자면 시어머니와 며누리의 생이서로 마져야할것이요 지아비와 안해가 서로 생이 合하야 될것이다 이두가지 條件을 所願대로하랴면 家庭問題는 畢竟結婚問題로 넘어가고만다。

四、結婚의種類 家庭의 單位는 夫婦라 故로 一家庭의 平和를 維持하랴면 그單位되는 夫婦間에서로 平和로히 지내도록 되는것이 第一必要한것이다 그런데 이제 結婚하는 人員數의 相違로하야 生하는 結婚의 種類를 列記하고 家庭의 平和를 保有하는데는 何種類의 結婚이 最可한가를 陳述하고저한다。

【一】雜婚。太古野蠻時代의 結婚風俗이다。女子에게는 一定한 지아비가 업고 男子에게는 一定한 안해가 업슴을 니름이다 故로 昨日은 甲의 妻던것이 今日은 乙의 妻도 되는수잇고 今日은 甲女의 지아비던것이 明日은 乙女의 지아비가 되는수도 잇다。이때의 生活狀態를 推測하면 女子는 時勢를 싸라 지아비를 갈아대고 男子는 所好에 싸라 婦人을 밧구던때라。時勢만 조치못하면 昨日의 夫婦도 今日의 夫婦가 아니요 눈에만 들면 昨日의 他人도 今日의 夫婦가 되는것이다。이것은 時勢를 싸라 所好를 싸라 그날 그날의 生活을 營爲하는것이요 永遠한 計策이업는것이다。그런故로 雜婚은 家庭의 單位될만한夫婦가 못된다 繼續的同居生活이 업는 곳에 엇지 家庭이 成立되리오。

【이】 一夫多妻主義。 한 지아비로 여러 안해를 둠을 니름이다 妻잇고 妾잇는 사람은 一夫多妻主義의 例로 들날것이다。 이主義는 家族主義가 發達된 東洋諸國에는 今日도 間間보는바라。 孟子의 말슴에 不孝有三하니 無後爲大하는것이 잇다 如斯한 敎訓習慣에 深染한 東洋諸國民族은 子孫업슴을 큰 不孝로 알며 子孫업슴을 큰 羞恥로 알앗다。 故로. 不孝의 罪를 免키爲하야 羞恥의 辱을 當치안키爲하야 正妻의 몸에 子女가 업스면 妾을 엇는것을 公許하얏다 小學에도 아들이 업스면 비리라는 말이 잇다 左右間家族制度를 가지고 論하면 妾을 엇는것도 도모지 根據업는것은 아니다。 그러나 지아비되어서는 안해의 愛를 獨占하고저하며 안해되여서는 지아비의 사랑을 獨占하고저함은 사람의 常情이다。 우리가 萬若 이 常情을 無視하는 習慣制度를 立한다하면 이는 모든 不和의 原因이요 모든 爭鬪의 根本이될것이다。 그런데 이 一夫多妻主義는 안해되는이가 지아비의 사랑을 獨占하지못한다하는 點으로보아 吾人의 希望하는바 理想的結婚이 아니다。 나는 이 一夫多妻主義는 家族制度에는 足脚地에서서 보면 相當한 存在理由가 잇다하는뜻이 記述하엿다。 그러나 今日가장 文明한 道德으로보면 비록 子女가 업다할지라도 妾을 둠이 不可하다。 또自來로 우리나라에서나 其他東洋諸國에서는 一夫一婦의 間에 子女가 업스면 이는 곳 女子의 心身에 缺陷이 잇서 然한줄로만 思하지마는 이는 決코 그런것이 아니라 女子는 完全하면서도 男子의 心身에 缺陷이 잇서 子女가 업는수도 잇는것이다。 그러면 子女가 업다하야 곳 百年을 偕老하기로 굿게 約條하엿던 正妻를 아조 비리거나 疎忽히하고 妾을 기르는것은 大히 不可한것이라 此를 一言으로 約하여버리면 一夫多妻主義는 文明時代道德으로보나 사람의常情으로 보나 存在함이 不可한 結婚이라함이다。 하물며 子女가 업다던가 그러한 아모理由도 업시 다만 서로 살기가 滋味적다는 한 理由를 가지고 離婚을 하느니 바리느니 妾을 엇너니하는 쥬으로말하면 우리人類社會에서는 容許할수업는 가장 조치못한 일이라할수밧게업다。

【3】一妻多夫主義。今日도 오히려 西藏等地에는 이러한 結婚法이 잇다함을들엇다。이것은 前述한 一夫多妻主義와는 正反對되는 結婚法이다 안해가 하나에 지아비가 이럿이라는 말이다 한집에 三兄弟或은 四兄弟가 잇으면 이 여러兄弟가 合同하야 한 안해를 엇어 갓히 산다는말이다。그사이에 子女가 나면 長兄의 所有가 된다던가? 左右間文明한 우리가 보기에는 異常해보이지마는 經濟的方面으로思하면 그럿듯한 結婚法이다。그러나 사람의 常情을 無視한 結婚法인것은 前述한 一夫多妻主義와 莫上莫下다。그럼으로 이러한 結婚法으로는 家庭의 平和를 保有할수업다。

【4】一夫一婦主義。今日에 가장 文明한 道德의 標準으로보며 사람의 常情으로보나 조곰도 흠할點이 업는 結婚法은 이 結婚法이다。지아비 한사람에 안해 한사람。지아비의 사랑은 안해가홍으로 占有하고 안해의 사랑은 지아비가 홍으로 占有할수잇는것이다。따라서 사랑이 난호임으로 말미암아 生起하는 紛忌分爭이 업슬것이다。故로 比較的理想하는바에 갓가운 家庭의 平和를 保有할수잇는것이다。今日文明諸國이 擧皆一夫一婦의 結婚制임은 諸君이 熟知하는바다 西洋에 이制度가 確立하는데는 基督敎의 道德이 크게 有力하엿다。基督敎의 聖經에는 太初에 하나님이 一男一女를 맨드섯다는말도 잇고 한지아비와 한안해는 合하야 한몸이 된다는말도 잇다。우리나라에서도 네전에는 一夫一婦의 美制度로 오던것이 高麗末年啓하야 支那의 風度를 밧아 蓄妾하는風이 생기엿다는 말을 드럿다。簡單히말하면 上述諸種類의 結婚法이 잇는中에 家庭으로 바라는바 理想的結婚法은 一婦一夫制다。

五、結婚의目的 에三種을區別할수가 잇다。男女가 서로 性을 달니함으로말미암아 生起하는 自然의 性情即性慾을 遂키爲하야 夫婦의 關係를지음이 結婚의 目的의 하나이요。一男一女가 서로모여 그사이에 子女를 엇기爲하야 夫婦의 關係를 지음이 또한 結婚의 目的의 하나이라 다시말하면 生殖의 目的을 達키爲하야 結婚함이 [illegible]

이라는말이다。 그다음에는 家族制度로보면 좀危險하다할는지모르나 生活의安定을 엇기爲하야 夫婦의關係를 作함이 또한 結婚의 目的의 하나이다。 上述三種의 夫婦의 關係中에 다만 性慾을 達키爲하야 하는 結婚이 조치못하다함은 多言을 費치안어도 누구나다 알것이다。 그다음에 또生殖하기爲하야 結婚하는것을 들어 議論하면。 우리人類社會뿐만아니라 모든生物界가 生殖이라는 作用이 잇기째문에 一代에 滅亡치아니하고 萬代永遠히 繼續하여가는것을 보면 生殖할 目的으로 結婚하는것이 不可하다할수는 도모지업는것이다。 그러나 全혀 生殖할目的하나만으로 夫婦의 關係를 作한다하면 우리가 他動物과 다른點이 무엇이 잇스리요。이는 넘어 사람을 器械視하는것이요。 이는 넘어 사람의價値를 나추는것이다。 그럼으로 生殖이 結婚의目的中에 하나이라면 可하거니와 結婚의 目的은 이밧게 다시업다하면 이는 大端히 섭섭한일이다。

社會의起原을 論할째에 暫間말하엿거니와 我人類가 索居孤立的不安을 除하기爲하야 團體生活이라는것을 案出하고 團體的安全을 [illegible] 爲하야 家庭生活이라는것을 案出하엿다함이 眞理일진대 生活의 安定을得하기爲하야 夫婦의 關係를 作한다함이 가장合理한것이다。 이는 生活의安定을 得하자는 目的만 達하면 夫婦의 사이에 子女의 有無는 不問한다고 보면 家族制度에 浸潤한 東洋사람의 頭腦로보아 非難을免치못할것이나。 生活의 安定을 참으로 圓滿히 得하라면 그사이에 子女도 잇서야된다하는 點으로보면「生活의 安定」이라는말에는「子女를 엇는다」는 뜻이 抱合된것이다。 쌔라서「生活의 安定」이라는 이한말에는 性慾을 達한다는 뜻가지 抱合된것이다。 그러면 結局婚姻의 目的은 生活의 安定을 得하기爲함에 在하다할것이다。 上述【四】와【五】의 大旨를 畧記하면 家庭의 理想은 一夫一婦制요 一夫一婦制의 理想은「生活의 安定을 得하자」하는 目的으로 하는 結婚에 在하다함이다。

六、結婚六法。 太初부터 今日까지에 我人類社會에行한 結婚方法을 畧述論評하고저한다。

【1】 掠奪結婚이니 古代에 行하던 結婚方法이다。 理致로말하면 女子가 男子를 掠奪할수도 업지아니하겟지마는 歷史的事實로말하면 女子가 男子를 掠奪한例는 別로 업고 大槪는 男子가 女子를 掠奪한것이다。 古代에 部落生活이 잇섯다함은 前述한바어니와。 古代의 結婚法의 하나로 一部落의 男子가 自己의마음에 드는 女子가 居하는 部落에가서 그女子를 奪來하야 안해를 삼는 風俗이잇섯다。 혼자가서 目的을 達할것갓지아니하면 自己의 兄弟나 親族을 만히 다리고가서 쌔아서 오는수도 잇섯다 左右間이러한 結婚法은 野蠻으로 部落生活하던 古代에나 잇슬게지 現代에 行할수는 업는 結婚法이다。

【2】 賣買結婚 이것도 理致로만말하면 女子가男子를 사서 自己의 지아비를 삼는수도 업스라는法이 업겟지마는 古代에는 男子가 女子보다 아모方面으로나 勢力이 만햇던故로 賣買結婚이라하면 大槪男子가 女子를 사서 自己의 안해를 삼는것을 니름이다。 古代는 말말고 只今도 賣買結婚을 하는곳이 間間잇슴은 諸君이 잘알줄로 안다。 그러나 「人格은 物品을가지고 交換할수업다」하는말이 無上한權勢를 가진 今日에 잇서서는 이러한 結婚이 蠻風이라함은 두말을 기다리지안코 누구나 다 알것이다。

【3】 政略結婚 近代에도 잇지마는 古代上流社會에行하던 結婚法이니 本來微賤한사람으로 王侯將相한데依附하야 勢力을 엇기爲하야 自己의 딸或은 姉妹를 王侯或은 王侯의 子孫에게 시집보내는 事實이 잇섯다 또國與國間交際에 相互의 親善을圖하기爲하야 一國의 公主或은 宮女를 他國의 君主或은 有力者에게 주는수도 잇섯다。 左右間以上三種의 結婚法으로말하면 사람을 人格視하지아니하고 物品視하는것이요 사람을 目的視하지아니하고 手段視하는 劣等結婚法이다 故로 今日과갓히 文明한世上에서는 行할수가 업스며 女子의 覺醒이 今日파갓흔 世上에서는 行할수업는것이다。 그러면 今日文明諸國에 行하는 結婚方法은 幾種이나 되는가를 畧記論評하려라。

【十】干涉結婚。 夫婦가 될 男子와 女子의 意思 다시말하면 當者될 男女의 意思로 되는 結婚이 아니요 夫婦가 될 處女와 總角의, 父母의 意思로 成立하는 結婚을 니름이라。 女子便으로 말하면 處女가 自己의 마음에 맛는 男子를擇하야 지아비를 삼는것이아니요 自己의 父母들이 擇하야주는 男子로 지아비를 삼게되고 男子便으로 말하면 總角이 自己의 意思에 合하는 女子를 擇하야 안해를 삼는것이 아니라。 父母가 擇하야 주는 女子로 自己의 안해를 삼게되는 結婚法이다 如斯히 男女가 娶하고 嫁하는데 父母의 干涉히 업시는아니되는 結婚法인 故로 此를 干涉結婚이라하는것이다。 우리나라에서 自來로 하여오던 結婚法은 干涉結婚이다。 하나에도 父母의 干涉이요 둘에도 父母의 干涉이엿다。 女子가 시집을 갈때에 自己가 가고십혀 가는것이 아니라 父母가 가라니깨 갓고 男子가 장가를들때에 自己가 들고십혀 드는것이아니라 父母가 들나니깨 든것이다。 父母가 가라면 가기실은 시집도 가야만하고 父母가 들나면 들기실은 장가도 들어야만되던것이다。 이것이 純粹히 父母의 干涉으로 되는 結婚法의大綱이다。 이結婚法은 첫재 시집가고 장가드는 當者의 意思를 尊重히녀기지아니하는 點으로보아 大不可요 둘재 百年을 偕老할 配偶를 求할때에 自己의 마음에 맛는 사람을 求하지못하고 父母親戚의 意思或은 엇던手段에 合하는 사람을 求하게된다는 點으로보아 大不可라할것이다。 自己의 눈으로 보며 自己의 귀로들어가지고 注意해서 撰擇하야도 自己의 마음에 드는 配偶를 求하기가 難한 世上에서 남이 擇하여준 配偶가 제마음에 똑맛기를 엇더케 바라리요。 또當初에는 서로 意合하는 夫婦라도 歲時를 經하노라면 或不和를 惹起하는수가 間間잇는데 처음부터마음에 맛지도아니하는 夫婦로 엇지 一生을 偕老할수가 잇스리요。 나는近來에 우리나라에 離婚하는 傾向이 多함을 甚히 근심한다 될수만잇스면 이不美한 傾向이 업도록하고십다 그러나 이弊端이 生起하는 原因이 何에 在한가하면 早婚도 그原因에 하나이려니와 干涉結婚도또한 離婚의 原因을, 作하는것이다 그러면

離婚의弊端을 減除하는 方面으로보아도 極端의 干涉結婚은 업서야할것이다。當者되는 男女의 마음에는 실흔것을 父母되는 사람이 强制로 夫婦를맨드러노흐면 그父母가 生存하는 동안에는 父母가무서워서 그양 실흔것을 참고지내지마는 父母가 죽은後에는 다시 强制하는사람도 업고 干涉하는사람도 업서지니까。실흔것은 실타하야 서로 離婚해버리고 意合하는男子가 서로合하고저함이 또한 사람의 常情이다 그러키하야 父母의 干涉으로 된夫婦는 父母가 도라가시기만하면 곳離婚하여도 可하다는말은 아니다。다만可하다는말이아닐뿐만아니라。비록父母死後에도 一旦百年을 偕老하기로約束된以上에는어듸까지든지 그約束을 직히어야 될것이다。우리가 임의 單身孤立하야 獨立한 一個人으로 살수업고 社會의 一員으로 살어야된다하면 吾人은 社會의道德을 尊重히하여야할것이요 團體의 風俗習慣에 服從하여야할것이다。故로 離婚은 社會의 道德을 蔑視한다하는點으로보아 또는 風俗習慣을 紊亂한다하는點으로보아 大히 不可한 行爲라아니할수가업는것이다。 그러나 世에道德心이薄弱하고 人格이卑賤한男女가 잇서서 이러케 不道德한 行爲를敢爲하도록맨기는 그原因이 何에在한가를 溯究하면 早婚과 干涉結婚이 그責任을 질수밧게업다 그럼으로離婚의 弊를 減除하는 方面으로보아도 極端의 干涉結婚은 조치못한것이라할수밧게업다。

【5】自由結婚이니 이는 말하자면 最新結婚法이요 文明한結婚法이다 前述한 干涉結婚과 反對되는 結婚法이다。干涉結婚은 父母의 意思로되거니와自由結婚은 시집가고 장가들 男女當者의 直接意思로 되는 結婚法이다。한處女와 한總角이 長時日을 두고 서로 交際해보아서 處女가 總角의 意에 合하고 總角은 處女의 意에 合하는 境遇에 비로소 結婚하야 夫婦의關係를 짓는것이다。當者의 意思로 되는 點이 이自由結婚의 長處요 各者自己의 所好에서라 配偶를求함이。 이結婚의 長處라 故로 이結婚法으로 夫婦가 되면 적어도 夫婦되는 그때만은 서로 意合할것이요 서로 조와할것인故로 家內에 不和가 生起하는 弊端이 업다 그러나 이結婚法도 長處만은

가진것이아니라 短處가잇는것이나 次次로 試述하려한다。四十五十이 넘어야 비로소 장가들고 시집가는總角處女도 업지는 아니하지마는 이는 한例外요 대개는 어린男女 或은 젊은男女가 서로 交際하야 自由로 配偶를選擇하게되는故로 老熟하고 經驗만흔長者父母와갓히 愼重한 態度로 여러方面으로 보아深深熟考한 然後에 去取를 決하지못하고 現在만보고 眼前만보고 輕忽이 決斷하고마는 弊端이잇는것이다。經驗적은 젊은 男女인故로 서로 一時的인顏色과 風采에만 醉하야 일을 輕忽히하고 말기가쉽고 철이업슨 어린사람들인故로 먼 將來事와 周圍의 事情을 잘 살피지아니하고 일을決定하기가쉬운것이다。故로 當初에 夫婦의 關係를 지을제에는 조왓지마는 날이가고 달을 지내는 동안에 漸漸히 厭症이 生하는 境遇가 잇스며 周圍의 事情을 잘 살피지 아니하는故로 얼마되지아니하야 서로分離하지아니하면 안될 境遇도 生起하는것이다。故로 絶對干涉結婚에 離婚이 만히 생기는 貌樣으로 極端의 自由結婚에도 離婚이 만히 생기는것이다。

米國은 新興國이며 別가지 新風度가 다만흔中에 自由結婚이라는 新式結婚法도 米國에 만타 짜라서 이結婚의 弊害인 離婚도 만타는말을들엇다 約言하면 自由結婚은 婚姻하는當者의 意思를 尊重히하야 서로 意合하는 配偶를 求한다는 點으로 보아 長所를 가지엇지마는 結婚하려는 當者는 아직 經驗이 적은 幼少男女인故로 圓滿한選擇 長久한選擇을 못하는 弊端이 多한 點으로보아 短所가 잇는것이다 故로 이結婚法도 우리가 바라는바 理想的結婚法이라할수업다。前記干涉結婚法과 比較하야 엇던方面으로보면 낫다할수도 잇겟지마는 낫다해도 別로 낫지못한것이다。故로 나는 極端의 自由結婚法에 贊成할수업다。

【6】折衷結婚法 그러면 理想的結婚方法이 무엇이냐?가 次來하는 問題다 그러나 世上모든일에는 이러케하면 疑心업시 잘된다는 方法이 업스며 아모러한 境遇에나 眞理될 手段은 업슨것이다 詳言하면 空間上으로말하야 何處에서나 適當한 手段方法、時間上으로보아 何時에나 理合하는 手段方法은

엽슨것이다。故로 이러케하는것이 쪽 理想的結婚法이라고 斷定해말할수는업지마는 比較的弊端이少한結婚法이 무엇이냐？하면 나는 干涉結婚法과 自由結婚法을 折衷한 結婚法이라고 對答하고십다 이러케하면 兩結婚法의 短處를 捨하고 長處를取할수가잇는까닭이다 干涉結婚法에依하면 經驗만흔父母長者의 意思로 된으로 마는 弊端은 적지마는 夫婦되는 當者의 意思에 合지못하는 短處가잇고 自由結婚에 依하면 當者의 意思에 合하야 서로結婚하지마는 元來經驗이 적은 男子女子라 將來事와 周圍를 充分히 생기지못하는 弊端이 잇스되 이 折衷結婚法에 依하야 직졉當者되는 男女의 意思를 무러가지고하며 또서 經驗만흔 父母長者의意思를 무러가지고하는것인故로 夫婦間에 意合지아니하는弊端도적고 萬事轉報이되는 弊端도 적을줄로 한다。그러면 結局結婚의 種類로말하면 一夫一婦制가 조코結婚의 方法으로말하면 可及的折衷制를 씀이 家庭의 平和를保任하기는 理想에 近한것이라는 結論으로 歸着하고맛다。

(一千九百二十年五月二十八日午後九時半畢)

○이原稿를畢하기三十分前일이다。 나는 그의 教訓그의忠告를넘지안으려한다。 三十分동안에 만흔不安、恐怖、羞恥、戰慄中에서 이原稿를맛치엇다。 그러나三十分이지난뒤今에는 내속에一點의不安이업스며 그恐怖가업스며 그羞恥가업스며 戰慄이업다。마음은 맑어지고 悅은구더지엇다。 나는倍前奮發하야一生을이리이리저리저리지내리라 아아나는괴로운사람、나는幸福된사람。

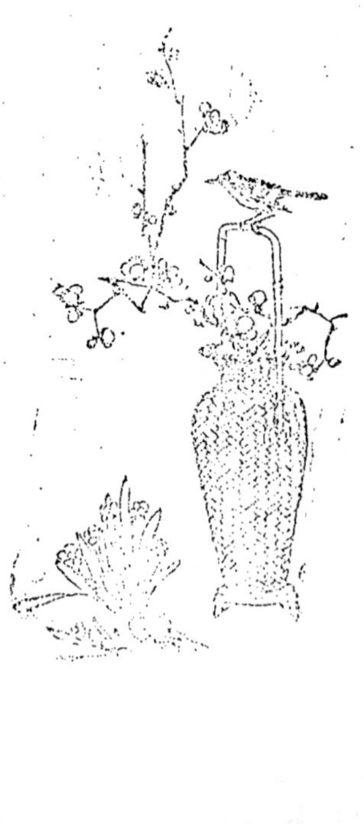

勞働問題(續)

盧子泳

五、消費組合

職工組合은前章에임이記錄하엿거니와 그本質上目的은 勞働者의收入을增加케하랴함이나 그러나職工組合의變形이라고할만한 곳勞働者의支出을輕減키爲하야 組織한것이所謂消費組合이다。 消費組合은 發達되야요는勞働階級에對하야는 極히重大한意義와價値가잇다。消費組合은職工組合과갓치 純全한勞働者만爲하야 利益을企圖하는것이아니나 그러나實際上으로는 勞働階級에對하야 만흔利便을與하는것이다。그런故로勞働問題를말하는者는 이消費組合에對한硏究를無視할수가업다。

消費組合이消費者를團結하야 그들에게利便을與하는것은 共同購入과共同分配를計略함인새닭인대 그方法에對하야는大略左記三個條를列擧할수가잇다

1、그利益은物品을어대서지든지安價로購入함이다。이것은仔細히說明치아니하야도 常識上明白한일이다。

2、消費組合은一種의强制貯蓄을實行식히는것이다

여러消費組合에서는 物品을消費組合販賣所에서

販賣할때에 그物品은極히安價로販賣한다。 그러나그市勢의相當한金額을支拂케하야 安價와差餘되는金額은消費組合에서保管하엿다가 年末이되면다시拂戾하는制度를採用한다。 이때문에이制度는實際上매우簡便한强制貯金이된다。 그리하야組合員各自가 아모强制力을늣기지아니하고 年末이되면 大端한金額을손에쥐도록된다。

3、借金經濟에서벗게되는利益이다。모든組合은確固히現金拂의原則을支持하는故로 一切의借金經濟를許諾하지아니한다。 이때문에勞働者는 그不幸의唯一根本인 借金經濟에서解放을밧는所以이다。

이러한方法으로 消費組合에依하야助勢된바 賃銀勞働者의購買力의增加는 合理的支出經濟를敎하고 또는組織된家庭經濟의確立을與하며 一步를進하야 個人의勞働者뿐만아니라 勞働階級全般의利益을招來하는것이된다。 只今은그結果로 消費組合은 職工組合의職分과目的을實行하는데 가장必要한條件으로理解하도록되엿다。 이러한意味로英國갓흔나라는 이兩者의有機的關係를맷기爲하야 職工組合과消費組合의密接한同盟이實現하도록되엿다。 兩組合은그許諾하는範圍內에서自由로提携하야 勞働階級의福祉와利益을增進하도록努力한다。 獨逸에서는消費組合의發達이 職工組合의 發達과싹갓치 發達되엿는데 이事實은 兩者의關係를가장雄辯的으로說明하는것이된다。 그리하고이事實은 消費組合의組織이 極히有効하게職工組合의達成을援助한것을알수가잇다。

六、勞働者保護法

勞働運動의社會改良主義的理想아래 實行되는方面은 勞働階級의自主的運動과 國家保護의二方面으로分類할수가잇다。 그러나이兩方面이서로協力되고서로妥協되여야 처음勞働問題의解決을엇을것이다

勞働者保護法은 通常工場法의冠詞를用한다。 곳이것은 現代勞働關係를規定함에際하야 그契約을締結하는當事者間의任意의行爲를制限하는 여러工場立法에關한成法을總稱하는것이다。 故로勞働者保護法은 勞働能力이잇는勞働者에게關係잇는것인대 곳

勞働에從事하고잇는勞働者에게만 保護를與하는것이다。

勞働保護法은 이것을個個히類別하여본則 左의四方面으로區別할수가잇다。

1、幼年勞働者、少年勞働者、婦人勞働者의從業을一般的으로禁하며 或은個個의勞働作業에對하야 衛生的其他設備經營을規定하는것

2、勞働作業者에對하야 許容할수잇는限度의勞働時間의規定

3、工場內作業場의對한淸潔과換氣等設備의關한衛生上의規定과 밋男女工間의一切風規上의關한規定。

4、賃銀拂渡의種類와밋方法에關한規定인대 勞働者에對하야 賃銀代身에物品을拂渡하는것을禁하는規定도包含하야잇다。

要하건대 勞働者保護法이라는것은 임이記述한바와갓치國家의힘으로 工場勞働者에對하야 各方面의法規를制定하고 이로써勞働關係와勞働條件의改善을企圖하는것이다。今日에이르러 各階級에對한이勞働者保護法은承認이되엿스나 그러나이에對한反對思想도또한적지아니하다。

몬저【一】勞働者保護法은 勞働者의個人的自由를絶對干涉할것이라하는 自由主義者의主張과【二】勞働者保護法은 勞働者의過分한時間과金錢의餘裕를준故로 勞働者의生活을怠惰荒廢케한다는保守主義者의主張과【三】勞働者保護法은 一國의工業으로하야금 競爭不能케한다는企業家側의反對論等이다。

그러나이러한反對論은 第三者의冷靜한立場으로부터보면 極히明瞭하게理議를判別할수가잇다。더구나企業家側의主張갓흔것은 今日에는가장有力한反對論으로認証한다。그러나이도亦是荒唐無稽의反對論에不過한다。그러나엇재뜬 이主張은 가장깁흔根據가잇는故로 勞働者保護法을國際的으로擴張하라고 國際勞働保護法이라는것이製定되엿다。 一九〇〇年巴理에서開催되엿슬째에 國際勞働者保護協會가設立되야 一九〇一年에는 國際勞働局이라는것을設立하고 本部를쌔ㅣ쎌(瑞西)에두엇스며 各種의規定을發表하고 各國에支部를設立하야 社會改良에

努力하도록하엿다。

特別히歐洲戰爭이終熄된後 國際聯盟이組織되여 國際勞働會議도 그런아의內容으로 勞働保護案에對하야서도 各國이共同的法規에統一하도록된것이다

七、勞働保險

賃銀制度아래잇는現代勞働者의 生活狀態를 보면 뎌들은겨우一日에勞働力의價格인賃銀으로써 그生活을支持하고잇슴에不過한다。萬若勞働者가 엇더한境遇에依하야 그勞働力의使用이不可能하게되는 때면 忽然히굶어죽지아니할수업는形便이다。쏫차서勞働者에게對하야 가장恐怖할만한것은 뎌가所得不能에빠지는때이다。뎌는이리하야 참意味로의貧乏과싸우지아니할수업다。大概勞働者는資本家와갓치 資本의所得이잇서서生活하는者가안이오 每日勞働力의對價로써生活하는까닭이다。이까닭에엇던境遇에 그勞働力을일허바리면 所謂進退維谷이라는엇절수업는苦痛에쎄진다。여기對하야適當한豫防法을講求하는것은 社會改良上에매우緊急한問題이다。勞働保險制는이러한意味로出來한것이다。

勞働保險制의目的이라하는것은 이러한意味에對하야 勞働者가特別한事情으로 勞働能力을滅失하고生活의方途가끈허짐으로 苦痛을免치못하는것을豫防하라고 곳勞働者의生活安全을 圖謀함에不外한다。

엇재뜬 勞働者로하야금勞働力을滅失케하는事情은 業務災厄과病疾과老廢等의諸原因이잇다 이러한災厄은 未然히防備하라고한지라도 可爲어려운일이다。쏫차서이러한災厄에걸리는境遇를생각하고 이에對한正當한用意가업스면 아니된다。勿論여기對하야는平常時부터貯金하라는主張도잇지마는적은賃銀中에서貯蓄하는것은 極히困難할뿐만아니라 一旦이러한災厄에遭遇한째에는 保險이면 支拂한保險料의多寡를不拘하고定額의保險料를엇을수잇는便利도잇는것이다。그런故로積極的으로不能所得者의救助方法으로는勞働保險이가장有効하다고아니할수가업다

勞働保險組織의種類에關하야는 그數가甚하만타 그러나그가운대에 一般으로通行하는것은 左의四種類

가잇다。

【一】營業保險

【二】單獨保險

【三】相互保險

【四】官業保險

營業保險이라는것은 그性質上勞働保險과서로갓지아니하다 그것은大概營業保險이 營利만目的하는새닭이다。

單獨保險이라는것은 큰工塲主人이 自己의傭人인勞働者에게만對하야行하는것이나 이도亦是寥寥不振의者인대 保險그것으로는어대셔지든지 完全치못한것이다。

相互保險은 다시이것을三種類에分類한다

【一】勞働者가 相互間救濟하기爲하야組織한바 組合

【二】工塲主가 相互間救濟하기爲하야 組織한바組合

【三】勞働者와밋工塲主가協同하야 組織한바組合

이相互保險은 가장今日에넓히行하는바保險인대 各自가各自를爲하야組織한故로 그組織도堅固하고 또는堅實한發達을行하는것이다。

勞働保險에關한思潮로는 歐洲各國에는 任意保險主義와 强制保險主義의두가지種類가잇는것이다 이區別은 政府가勞働者나 或은資本家에게 勞働保險에加入하는義務를負擔식히고 식히지아니함에잇다。

勞働保險에關한費用 곳保險料와其他經營에要하는費用의負擔에就하야는 保險의種類에依하야 그趣意를別달리하엿스나 이것을一般的으로말하면 勞働者 資本家 밋固定的共同負擔側로되여잇는것은 近時各國의立法의趨勢이다。

次에災厄保險、疾病保險、老衰保險等 三種類에對하야 一言을述하고저한다。

災厄保險은말할必要도업거니와 業務災厄에對한바保險이다。業務災厄이라는것은 勞働者가從業中에外部의事情으로因하야 일어나는災厄인대 病疾과밋老衰等으로因하야 일어나는內部的事情과는 그性質이다르다。더구나工塲設備가不完全한것과 밋器械等屬이잘整頓치못한點에서 直接勞働者의身體生命에及하는弊害가만흔故로 各國民法은 여기對하야相當한法規를制定하엿다。

災厄保險의種類에對하야는 그主義에對하야 그組織에對하야 種種의區別이잇다。

【一】法律로써 災厄을當한境遇에 勞働者가工場主에게對하야 要求할만한賠償의範圍와밋그程度를定하고 또는엇더한方法으로救援할가를 全혀工場主의意志에放任하는制度

【二】災厄에關하야 法律로써工場主와勞働者의關係를定하는同時에 官營保險으로特別히災厄保險局을設하고 工場主로하야금할수잇는대까지 이를効則케하는制度

【三】災厄의救濟는 반다시保險制에依케하며 그러하고保險組織에關하야는 法律로써設立된 特定한設備에限하고 또는保險主義에對하야는 加入을强制하는同時에 設備도强制하는制度

【四】災厄의救濟는 반다시保險方法에依케하며保險組織에對하야는 兩者를不問하고 保險主義에强制加入을取하는制度

以上四個條의理論을取하야 各國에서多少의差違는잇슬지라도 着着히이를實行하랴고힘쓰고잇는것은事實이다。

다음은 疾病保險이다 疾病保險은各種保險中 가장만흔歷史를가진것이다 그까닭은 이疾病이普通다른災厄이나 老衰보다 그度數가頻繁함에起因함이다 또疾病保險은 그組織에對하야서도 그經營에對하야서도 各種의勞働保險中 가장簡便히行使되는理由도잇는까닭이다, 그뿐만아니고 疾病保險은營利를目的삼고 組織한營業保險과는그性質이매우相異하야 勞働保險의普通方法 곳相互法險으로써行하는故로 그發達이現著하게된것이다。

疾病保險에關하야는 그主義로 任意主義의相互保險과 强制主義의相互保險의二種類가잇다。任意主義의相互保險의組織은 英國을初頭삼아 獨墺二國以外에는 어나地方에서든지 通常共濟組織의形式으로써行한다 勿論共濟組織은 疾病만을取扱하는것이그目的이아니지만 그러나이것을中心삼아出來한것은 掩치못할事實이다。다시歐洲各國에서는 社會改良主義에依한職工組合이 疾病保險의事業을取扱하고잇는것도 亦是적지아니하다。

疾病保險에依한强制保險主義는 獨逸로써 그實行의先驅가되엿다。그리하고그다음은墺太利가實行하엿스며 各國도亦是그後 이것을効則하랴하엿스나 只今까지이것을完全히實行한나라는 別로업다。强制主義에依한相互保險의組織은 相互保險으로써그保險의主眼을삼고 그우에强制加入主義에 一層强制設備主義를加하는것이다。換言하면 法律範圍內에잇는勞働者에게對하야 保險에加入할義務를負擔식히는同時에 다시法律의規定으로써 새로히相互保險의設備를强制하고 다못特別한境遇에는 除外例를認하는것이다。그리하고이經營은 勞働者側에서金費用의三分의二를出하며 資本家가三分의一을出한다는것이다。注意할만한事項으로는 今後의成果를기다릴뿐이다。

第三에는老廢保險이다。老廢保險은 窮民救助制와密接한關係가잇는대 各種의勞働保險中 가장勞廢不振의者이다。大槪老廢保險은永久히勞働力을일허바린者에게 永久的年金을준다든가 그러치아니하면 一時的으로多額의金을給與한다든가 이러한두가지方途밧게업는대 이것은全혀勞働者自身이負擔치아니하면아니되는故로 이모양勞廢不振하는것이다。

그런故로老廢保險의主義는 다음과갓치分類할수가잇다。

【一】任意主義에依한官營主義인대 佛白二國은半世紀前부터實行하는것이다。

【二】强制主義에依한相互保險인대 獨逸에서이것을實行한다。

엇재쓴이러한二兩面으로主張하고잇스나 老廢保險의事實은 어나나라에서든지 長足進步를하고잇다고는할수업다。

要컨대 以上槪論함과갓치 勞働保險의事業은 極히有用한者이나 그發達은將來에기다린다。

八、失業者救濟

賃銀制度에當然히附隨되는問題로 가장注意할만한것은 勞働者의失業問題이다。勞働者는 그勞働力을팔아서 겨우그生活을維持하는故로 萬若勞働者가故意的으로 或은强制的으로 勞働에서떨러나게되면

되는곳그날부터生活을維持할수가업다。

이原因에對하야大槪左의三部分으로分할수가잇다。

【一】勞働者가勞働할수잇는健康한肉體와 精神을所有함에不拘하고 勞働할機會를願치아니함으로因하야生하는일

【二】勞働者가勞働하기를願할지라도 疾病과其他個人的原因에依하야 勞働할수업는일

【三】勞働者自身이勞働하기를願하며 또는勞働할수도잇지마는 그勞働者에對한需要가업서서 就職口를發見할수업는일

以上三者에對하야 【一】과 밋【二】는直接特別한關係가잇스나 【三】의境遇에는 이것을稱하야『社會的失業』이라한다。 이『社會的失業』者問題에對하야는 한번考究할必要가잇는바 곳이것이本篇의目的이다。

社會的失業은 資本主義의經濟的組織을持續하여가는동안은 到底히이것을解決할수가업다。 이問題는임이以前부터 그範圍와밋意義가廣大하엿지마는 또는一般社會에서重大視하게되엿지마는 正確한統計에就하야 從來空想的批評에對한正確한評準을與한것은 極히近來의일이다。 正確한統計에依하면 失業者는 다못엇던範圍에만屬한勞働者에限하고 其他다른範圍의者는 조금도勞働不足을感치아니한다는事實이了解되엿다。 곳勞働不足을感하는것은 農業勞働者나 婦人勞働者의多數에만限한다는것이다。

前者에屬한者는 工業勞働者와 밋商業使用人인대特別히賃銀勞働者인 職工階級에屬한者이다職工階級에在하야는 彼等은그雇主인資本家의意響如何에依하야 어나때든지失業을確認하야잇스며 其他前述한境遇에遭遇하면 그날의生活도 放棄치아니할수가업다는것이다。

그러면 이失業問題를엇더케防備할수가잇느냐하는대對하야는 다음三個條中어나것에든지依치아니할수가업다。

1 現在提供되는勞働力을調節하는일
2 勞働者에게就職口를提供하는일
3 失業者救濟할方針을樹立하는일

大體失業하는境遇도이러가지나 그重要한原因은

地位를얻지못한勞働者가 勞働市場의需要에對하야 十分智識을有치못한까닭에 어대서自己를要求하는지 아지못하는境遇가大部分을占領하야잇다。 學文上으로는、이것을「主觀的失業」이라한다。 그리하고 이것을救濟하는方法으로는 勞働紹介의組織이設備되야잇다。

元來勞働者가 勞働을求하는대對하야는 今日에는 大概左의方法中 어나것이든지擇한다。

【一】가장原始的方法인대 工場에서工場으로 勞働者自身이巡回하며 就職口를求하는 所謂個人的方法에依한者

【二】新聞其他廣告로職業을求하는者

【三】私人的職業案內所에依한者

【四】慈善的勞働紹介 곳公益博愛의組合또는社團에依하야設立된勞働紹介이다。

【五】關係者의協約에依한勞働紹介 이것은同職組合과資本家側의二三組合과 또는勞働者側의多數로써 組織된것이다。

【六】公共的勞働紹介 政府의勞働局에依하야 行하는勞働紹介이다。 그러나이것은 今日의現象으로는 完全히實行되는地境에일으럿다고는할수업다。 그러나公共的勞働紹介는 가장必要한것이며 現今各國은 이發達의道程에잇는것이다。

公設勞働紹介는 都市行政의一部分으로 組織되지아니하면 아니된다。 大概都市는 勞働市場과便宜的關係가만흔故로 이組織을採用하기 매우適當하다。 公設勞働者紹介所外에 오히려다른幾多의組織도必要하나 그러나이것은 當然히公設勞働紹介所에附屬될것이라고 見做하여도 相關업다。

그리하고 勞働紹介所의管理는 嚴重히公平을保全하도록하며 資本家나勞働者나 모다이에對하야 充分한信用을엇도록하지아니하면 아니된다。 그管理는官吏의손에委任하고 그게企業家와밋勞働者에依하야 平等히成立된補助機關을要하며 그리하고一切紹介手數料를取하지아니하여야한다。 이것은大體獨逸社會改良論者의主張이나 그리나只今은 大概各國에서漸次그勢力이增加되는中이다。

勞働紹介所의使命은 大體로以上과갓흐나 그러나

이것은世上에서 勞働者의地位가空虛되는째뿐인대 萬若그러치아니한原因에依하야 勞働者가失業을하는境遇에 이것을救濟하는것은 到底히勞働紹介所의職能으로써擔當키難하다。 이러한失業者에게對하야는 前者에比하야 이것을『客觀的失業者』라고命名한다。 이客觀的失業者를救援하는것이 現代的으로가장緊要한位置를占領하엿다。 곳不景氣한外的事情에依하야 失業하는多數勞働者에게對하야는 다른엇던方針에依하야救濟치아니하면 아니된다。 이러한突發的失業에就하야는 一時的彌縫策을取하야 窮迫에싸진勞働者를 速히救濟하는方案을定치아니하면아니된다。

곳그것은【一】緊急職業供給【二】緊急失業者救濟의二途이다。

緊急職業供給의方法으로는 公共團體에만對하야行하는바勞働團體로써 非常히緊急한境遇에싸진勞働者를充當케하는것이緊要하다。

이方法은獨逸에서 가장發達되엿스나 그補給金庫는 何等의損害도밧지아니하엿다。 이事實은公共團體가率先하야 失業者救濟에對한勞働施設에努力하여야할것을 말하는것이다。 失業者의直接救濟에就하야는 國家와其他公共團體가 이것을實行하여야할것인대 그實行에對하야는 다음과갓흔順序로써行하여야할原則이잇다。

【一】몬저最初에婦人과밋小兒를救濟할일

【二】할수잇는대까지現物을供給하는일

그러나이緊急職業供給과밋緊急失業者救濟는 永續的의施設로見做할수가업다。 또는이를事實上許諾할수업는것이다。 이를確實히保證하기爲하야는 勞働者와갓치 이失業者를保護하는것은 國家法規에加入할外에 다시別方針이업다。

九、勞働爭議

勞働者와밋資本家새이에서 勞働條件에對하야일어나는爭議에는 法律上의爭議와事實上의爭議의二種類가잇다。 法律上의爭議라는것은 임의契約한勞働條件의履行에關한爭議나 後者의爭議에關하야는 雇傭契約의繼續이나 又는變更에關한것이다。 法律

上의爭議는그性質上 何等普通裁判과다른바가업스나歐洲各國에서는 特別히工業裁判局을設立하고 이에서一切의管理를主한다。大槪勞働에關한爭議는 普通民事上의訴訟과달나 그解決에迅速을要하며 또는手續이라도 매우簡便케하며 그리하고訴訟費用도極히적게하는것이 必要하다。萬若그러치아니하면 資本家에比하야勞働者는 自然히訴訟을廻避하고 權利를放棄하며 퍽히資本家에게屈伏치아니할수가업는것이다。

歐洲에對한工業裁判局의嚆矢는 佛蘭西인대 墺、伯、伊諸國이그다음이며 그後漸次各國이 工業裁判局의制度를取하도록되엿다。

工業裁制局은 任意的設立의機關으로 各自治體의發達에依하야 政府가이것을認定하는것이다。그러하고 工業裁判局이强制力을有한것은 何等普通裁判局과다른바가업다。또如干한境遇에는 上訴를許諾하지아니한다。이것도前述한바와如히 資本家와밋勞働者의經濟力의差違에依하야 勞働者에게不利한結果를일으킴에不外한다。萬若이것을許諾하면 普通裁判所에提起하는새판이다。

資本家와밋勞働者의事實上爭議에關하야는 이를工業調停局下에置하엿다。이것은前者에對하야 勞働問題上極히重大한地位를占領한者인대 同盟罷行이나 同盟解雇等의事實上爭議에關한것이다。

工業調停局制度에對하야는 任意主義와强制主義의二思潮가行한다。곳勞働爭議를國家의權力下에置할가 或그러치아니한가하는分岐點에在한것은 言을不待한다。

任意主義의工業調停局은 이를다시二種類에區別할수가잇다。

【一】私的調停。이制度는調停局의制度가 全혀私人의事業으로政府와아모關係가업는者이다。이것은將來의調停局을生할先驅者라고見做할수잇는대 英國에서는一八六〇年에이것이誕生되엿다。

【二】公的調停。이制度에依하면 勞働爭議에關한當事者의要求로因하야 政府는臨時調停局을創設하든가 或은미리設立한機關에依하야 調停을開始하는者인대 이에對하야는 何等의强制力을加하지아니하고

이것을當事者의自由에放任하는것이다。

다음은强制主義의工業調停이다。여기도二種의區別이잇다。一은調停開始를求하는때에 當事者의一便이 政府에向하야 이것을要求하는境遇에 政府는 이를拒絶하지못하는것이다。곳이것은調停開始의强制라고할만한것이다。이에反하야 第二의境遇는 調停條件의强制인데 政府는調停條件의實行에對하야 當事者의意思如何를不拘하고 裁判에依하야이것을實行하는것이다。곳普通裁判의効果와 조금도다른바가업다。

엇재뜬 이兩者의境遇에對하야는 그何者를不問하고 工業調停을公的機關에依하야行하는것이다。

이制度는前者가加奈太에서起하고 後者가濠洲에서起한故로 前者로써加奈太式工業調停이라稱하고 後者로써濠洲式工業調停이라고稱한다。

【一】加奈太式工業調停 이制度는一九〇七年에처음加奈太에生긴것인대 그範圍는公益에直接關係가잇는業務에만限한다。이調停의手續에對하야는 이러한業務에서爭議가生하는境遇에 當事者의一便이政府에開하야 事實의審査와밋調停을要求하면 主務大臣이委員會를組織하고 審査調停의任에當하는것이다。

그리하고本法適用의範圍에屬한業務에서는 同盟罷行이나 又는同盟解雇를行하랴면 三十日以內에豫告하며 오히려當事者의一便이調停을要求한지八週日內는 雙方이 모다同盟罷行이나 同盟解雇를行할수가업다는것이다이로써미루워보면 加奈太式工業調停의特徵은調停强制를認하는同時에 調停進行中一定한期間까지는 同盟罷行이나同盟解雇를禁止하는것이다。그뿐만아니고調停의實行에對하야는 雙方의自由에放任하고 何等의强制를加치아니하고 調停의結果를公表하야 事實의眞相을曝露하며 爭議에關한責任의主體에對하야 輿論的判斷方法을採하는것이다。

【二】濠洲式工業調停 이制度는뉴ㅣ、지ㅣ、란드에서施行된것으로 그嚆矢를삼는다。그다음은濠洲에서施行되엿스나 이것은加奈太式과달나 決코公益事業의範圍에만限하지아니한다。適用範圍內에잇는業務에對

하야 勞働者는職工組合에屬한것으로써適用의條件을삼으며 資本家는 同業組合에屬한것으로써 適用의條件을삼는것이다。 그런故로職工組合이나및同業組合에加入치아니한者는 이에서除外를밧는다。

調停의機關은 이것을二種에分하야 仲裁局下에和解局을設하고 仲裁에附하기前에和解의手續을經하도록 하는것이다。

和解局組織에就하야는 全國을몃區部에分하야 各區에一局을設하고 資本家側과勞働家側으로써 同類의委員을選出하며 그和解條件은 어대까지든지強制力이잇다。

仲裁局은又一名式의委員을 資本家와밋勞働者의兩階級에서選出하고 政府가이에最高裁判所의判事로써委員長에任命하는것이다。

和解局과仲裁局의職能의差違는 仲裁局은和解局에 和解가成立되지아니한境遇에이를調停하는것이다。

그러나이強制調停은 加奈太에서든지 濠洲에서든지決코良好한結果를擧한것은아니다。 勿論利益된것도적지아니하나 調停條件의強制로써生하는必然의結果로 大衆이害惡에對한全部的責任을 負擔치아니하면아니된다는것은明白하다。

一〇、終 言

以上二號에亘하야 大略說明한바로써 勞働問題의槪意는 盡하엿다고思한다。 다못產業組合에對하야一言도費치아니하엿스나 이것은 別로히勞働問題와密接한關係가(勿論關係가잇다하면 업는것은아니나) 업슴으로 이것은專門家에게마기는것이다。그리하고以上各部分에對하야 詳細한硏究는 여러專門諸彥에게付托하고이만筆을擱한다。

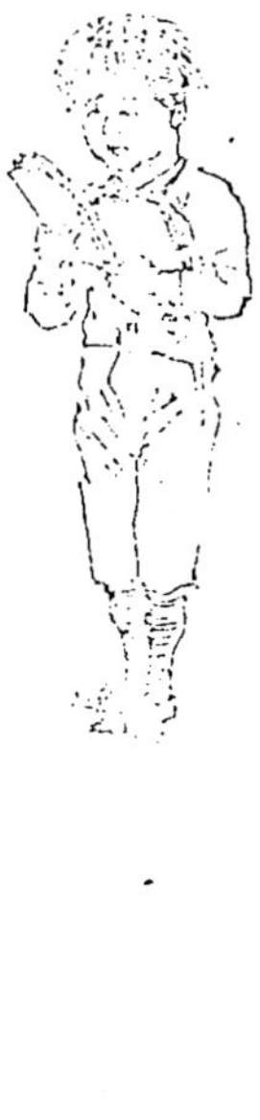

上海이야기

月桂園 玄佐健

一、佛蘭西公園에서

「아 츰」

붉은일홀로東便에서 가만히
걸어나오는太陽에
젖고 妙한 잔디에 매친
이슬이 울어 번적이고、
모개 풀숙이고 잠자든
아리따운 五色花草、
香氣나는 어엿분 얼골
신그빗히 눈고아 양펏다。

○

엇태、큰울밀고 모혀드는
支那아마、日本아마(乳母)、
적은발로 되똑대고
큰발로 게다、신고、
綠陰사이 벤취로向한다。

○

아아! 저便!
男模외제 미핀꼿밧에
○붉은、저고리 힌초마로、
朝日을○鮮明케하는
우리나라○婦人三四人、
女性의天眞한 목소래로
○○○○○○를부른다。
아아! 나의누이!。

○

巧妙하게 짓고 아릿답게花斑식힌
、、、羅馬式큰넙 집우에、
자랑하는 얼골로
萬人의視線을 가저가는、
번뜻한時計!
여덜시를 가르켯다。

「夕 陽」

西便구름을 별거케
칠업는夕陽은 나무꼿헤。
哀惜한듯 써러지기를!

○

히고 누리고검은各國人種、
이언덕꼿밧 저綠陰속으로、
아름다운自然에취하야
이리 저리 비틀댄다。

○

綠陰으로 싸노는公園中間、
널분잔듸밧헤 遊戱하는
사랑스러운朝鮮小學生、
十餘名이몰켜 ○○잡기한다

○

히고고흔손목 하늘청하게!

음소리로도 [illegible]
歌聲이 그들의 치마폭을치며가
夕陽은 이옥히 드러다본다。

○

센、취에三、四人朝鮮○人
古鄕을生覺하는愁心빗을
西便불근해빗이 슬퍼하는듯ㅣ。
푸른잔듸우에露西亞人
前에 우숨을생각하고、
只今눈물을 슬퍼하는듯ㅣ
진한숨내불고、
바람부드치는 물결만본다。

「밤」

술술부러오는 바람에
부드처 문의 꼿은 연못물도、
인제는달빗과電氣燈불을밧어
潺潺하게 조용하게 잠자는듯ㅣ

○

낫에勢力잇시 흐르든
人工瀑布水ㅣ點點하고、
물面에서 才操부리든
하얀오리
香氣색리고 사랑피우는
꼿(花)품(懷)에깨어、
단꿈을꾸는듯ㅣ點點하게ㅣ

寂寞을 서러하는듯
「써세ㅣ써세ㅣ」
프른電信 窓에번떡 번쩍ㅣ
公園엽 프랜쓰無線電信局、
搖亂하게 寂寞을업샌다。

○

「씨세ㅣ씨세ㅣ」소래죽고
淸雅한音樂소래 큰넙에서、
조용한밤空氣를波動식혀
내귀로 상큼 드러온다。
피아노 매이오링 맛처
、센、쓰하는女子ㅣ 힌나비갓치 훨훨ㅣ
큰넙、二層琉璃窓에얼는얼는ㅣ
끈한자 슬픈자를慰勞한다。

○

「오ㅣ사랑아ㅣ自然아ㅣ춤추자ㅣ」。
피아노맛처
自然을노래하는 귀뜨래미가、
「춤추라네」………。

日本人著術한 李忠武傳

陸軍大尉 柴山尙則
湖巖生譯

第一章 總論

遠하면 壇浦의 戰에 船이 沈하며 檣이 摧하야 浮屍가 海를 蔽하나 그 狀이 慘憺하고 近하면 函館의 戰에 砲가 轟하며 丸이 飛하야 鮮血이 河를 成하니 그 勢가 激烈하도다 然하나 今에 日本의 日本인 觀念을 輕去하고 世界의 日本인 處地로 試論하면 猿獺이 魚를 驅하는 勢로써 源廷尉가 萬頃波頭에 平家를 擊沈하던 武勇과 猛虎가 嵎를 負한 威로써 榎本氏의 五稜廓頭에서 槊을 橫하고 詩를 賦하던 意氣가 蝸牛角上에 蠻觸의 相爭함이 아니면 반다시 芥子粒中에 蟭螟의 戰함이라

何故오 그 勝敗이 一國의 榮辱에 補益이 되지 못하고 그 敗績이 一國의 恥辱에 關與가 되지 아니함이라

만일 外國에 對한 戰에 至하야는 是에 反하야 그 勝이 小하야도 自國의 榮譽를 揚함이 大하고 그 敗가 微하야도 自國의 恥辱을 貽함이 多할뿐더러 歷史上의 勝敗榮辱의 跡이 往往 現在의 그 國勢를 推測하는 唯一의 材料가 되나니 엇지 크게 戒愼치 아니하랴 (以下三頁略)

第二章 舜臣의 世系

李舜臣의 字는 汝諧이니 德水人이라. 그 先世에 諱ㅣ 邊이 有하니 官이 判府事에 至하야 直名으로써 聞하고 曾祖의 諱는 琚이니 일즉 掌令이 되야 權貴를 彈劾하야 絲毫도 假借치 아니함으로 百僚ㅣ 皆畏하야 虎掌令이라 稱하다 祖諱는 百祿이니 門蔭으로써 官을 得하고 父諱는 貞이니 隱居하야 出仕치 아니하다 舜臣이 仁宗元年三月八日에 漢陽乾川洞邸에서 呱呱의 啼聲을 始揚함에 母夫人의 夢兆로써 舜臣이라 命名하다

第三章 舜臣의 性格과 出處

舜臣의 稟性이 雄偉豪俠하야 幼時에 群兒로 더부러 戲嬉할새 弓矢를 常持하고 閭里를 橫行하다가 그 意에 稍合치 아니하면 輒射함으로 長老가 此를 憚하야 舜臣의 家門을 過치 아니함에 至하다 李氏累世ㅣ 儒로써 朝廷에 仕하더니 舜臣에 至하야는 武科에 及第하야 權知訓鍊院奉事가 되다

時에 兵曹判書 金貴榮이 庶女로써 그 妾을 삼고자 한

대舜臣이가로대내ㅣ엇지官路에初出하야權門에結托하야서不義의榮達을求하랴하야此媒書을固辭하나

兵曹正郞徐益이次를踰하야그昵親者의게官을授코자하거늘 舜臣이公을堅執하야不許하니 徐益의爲人이闒傲自用하야同僚가皆憚하는者라盛怒하야舜臣을脅迫한대 舜臣은더욱從容히抗辯하야絲毫도屈縮의色이無하니 大抵朝鮮中葉에世道가衰微하고人心이壞敗한時를當하야 舜臣이호올로富貴에淫치아니하고威武에屈치아니하야凜然히特立獨行하는 그大丈夫의擧動이 일즉識者間에藉名을傳播케되다

그後 舜臣이咸鏡道慶興府管造山萬戶에任하니 時에北陲가紛擾하야虜兵이出沒하더니 舜臣이一計를按出하야虜將인于乙其를誘擒하야兵營에解送한後로부터虜患이漸息하다 該道觀察使鄭彥信이人材됨을知하고舜臣의게命하야鹿島屯田을護衛케하더니 一日에濃霧四塞하야咫尺을辨키難할새 部下士卒이隴上에盡出하야禾를收하고柵中에는僅히十餘人이라倉卒間에敵騎가襲來한대舜臣이 이에柵門을閉하고柳葉箭을抽하야柵內로부터射하야數十騎를 殲하니虜가大驚하야逃去하거늘舜臣이 곳柵門을開하고突出하야單騎로賊을追하야被掠된男女와財寶를奪還하다

舜臣의平生武勇이此와如하되 다못豪邁磊落한性質이小朝廷에서一日의苟安을偸하는彼姑息의輩와相容치못함으로十餘年을朔風寒雪에서虛送하다가四十六歲에 비로소全羅道井邑縣監이되다

第四章　柳成龍의擧薦

宣祖二十四年(天正十九年)에舜臣이全羅左水軍節度使가되야順天府에赴任하다 이에먼저豐臣秀吉이韓을略하고明을伐할宿志가有하더니 是年春에朝鮮修信使金誠一、黃允吉이歸國할새書를作하야그意를告하니 朝鮮政府가大驚하야邊務에曉暢한人物을選擇하야要地를守하게할새 金睟으로慶尙監使를삼고李洸으로全羅監使를삼고 尹先覺으로忠淸監使를삼아 相爭하야城池를修하고器械를備하야써國防을鞏固케하더니 더욱全羅道水師는東으로慶尙을控하고西北으로忠淸과京畿를扼하야 位置가頗要함으로 政

府도 크게注意하야 그適任을物色하더니 當時名臣인柳成龍의擧薦으로舜臣이一縣官의微職으로써數階를超하야水使의重任을膺하니 他日에舜臣이日本舟師를大破하야朝鮮에는大革勝이오日本에는大恥辱인運動이實로此에서醉胎하다.

舜臣을擧薦한柳成龍은慶尙道安東人이니能히舜臣의人物을識別하야 朝廷羣議의際에斷然히群疑를排하고此를微官末職에서擢用한藩鎭에至하야는 彼바라將軍이 될시로品의一個兵士官인者彼輩의才能을透察하야 合히[illegible]도다 舜臣의人物이該當에卓越하되當時柳成龍其人이아니면神出鬼沒의智勇이凝結한木과如히埋沒하얏슬지오 然則日本舟師는西道陸軍과提携하야八道關西半島를略取하얏슬지니 後世에誰가能히舜臣이有함을知하랴 要하건대朝鮮의運命은舜臣으로因하야恢復됨을得하고舜臣의勇略은成龍으로由하야表彰됨을得하다

第四章　右水軍의敗績

舜臣이交鋒하기前에慶尙右水軍과日本舟師의間에戰端이開하다當時日本舟師의諸將은九鬼嘉隆、脇坂安治、加藤嘉明、藤堂高虎、毛利勝信、來島康親等이니 그才勇이陸路諸將의게一籌를讓치안터라 그兵員도僅九千四百五十人인즉殆히陸路軍의十六分의一에不過하도다

壬辰四月에日本舟師가釜山을發하야慶尙沿岸으로西航하야右水軍節度使元均으로더부러戰할새 藤堂高虎는朝鮮兵船이唐島에屯集함을聞하고 이에輕舸를飛하야朝鮮船을襲하야百餘艘를鹵獲하니元均이日本의銳鋒을畏하야再戰함을不肯하야船艦과器械를海水에自沈하고部將玉浦萬戶인李雲龍과永登浦萬戶인李英男과共히四船에分乘하고南海島海面에至하야陸上에逃竄코자하니 이에慶尙右水軍萬餘人이全潰하게되거늘雲龍이諫하야가로대使君이國家의重任을受하얏스니義에맛당히封疆을死守할지오 하물며南海는兩湖의咽喉이니此地를一失하면兩湖도좃차危할지니 援을湖南水使李舜臣의게請함이可하다한대均이그言을納하야 이에英男으로하야금援을舜臣의게求하니 舜臣이水軍이分界가各有하야擅越키難하다하

야此를辭하거놀均이 다시 英男으로往請케하니무릇往返數次에英男이歸來할時마다 均이船頭에立하야서眺見하며痛哭하다

舜臣이分界를推諉함은國家의危難에際會하야小行細節에拘泥하는小丈夫의嫌疑가有하나膽略에富하고非識에明한舜臣으로써엇지此와如히齷齪하랴 意컨대當時均이全力을傾注하야防禦에從事치아니한儒劫行動은舜臣의不屑하는바ㅣ엿더라 均의意中에舜臣의兵力을借하야功을成코자하는野心을看破하얏슴으로再三托辭하야舜의怯怯한頭腦에針砭을下함이라果然舜臣의後來運動이 그心跡을明證하다

第五章 巨濟洋의大戰

日本舟師는均을破하고艦隊를三分하야그一隊는唐島에本營을置하고그二隊는巨濟島를繞航하야南海近方에出하고그三隊는巨濟島東海面에游戈함과如하다

이에먼저 舜臣이均의請援을拒絕하얏스나一向坐視키難함으로드대여戰艦八十餘隻을率하고 巨濟洋에來하야均과兵力을合하야彥陽縣監魚泳潭으로써水路嚮導를삼아巨濟南島를迴航하야東方에至하니五月四日이라此에在하던日本艦隊와玉浦에서會戰할새舜臣이諸軍을督進하야火筒을齊發하야써日本軍艦二十八隻을燒破하니 海水가盡赤이라敵軍이潰走하니이에日本第三艦隊가先敗하다 玉浦戰이終함에舜臣이日本舟師의一部가南海島附近에在함을聞하고船首를轉하야此를追跡하야 더부러露梁에서戰할새日本船十三隻을燒破하니日本軍의溺死함이甚衆하더라 此戰에舜臣의左肩이飛丸에中하야流血이淋漓하야踵에싸지至하되終日督戰하다가戰罷함에 비로소刀尖으로써抉出하니丸入이寸餘이라觀者는失色하나舜臣은談笑自若하더라 이에日本第二艦隊가繼敗하니 捷報가至함에嘉善을加하다

舜臣이 다시棹를東方으로返하야唐浦海面에서日本水師를襲擊할새 一將이大艦에登하야金冠錦衣로諸軍을指揮하거늘 順天府使權俊이此를弓射하야海에墮한대舜臣이兵을促進하야日本船十二隻을燒破하니日軍이大敗하야海岸에奔走하다

六月四日에全羅右水軍節度使李億祺가船二十五隻

을領率하고舜臣에게來會하야다시唐項浦에進航할세 먼저哨船으로敵情을偵察케하니哨船이海口에纔出하더니 문득放砲로變을報하거늘舜臣이日本軍을急히迎擊하야그戰艦百餘隻을燒破하다時에日軍中에三層大樓船이有하야外에는靑繡帳을垂하며前에는靑蓋를樹하고一將이兀立하야督戰하다가亂箭中에射殺되니이에日本第三艦隊가全滅되다捷報가至함에舜臣은資憲을加하고億祺는嘉善을加하다

第六章　閑山島의大捷

唐浦에在하얏던日本軍本營의諸將은舜臣이進하야見乃梁에泊함을聞하고七月五日夜에毛利勝信의營中에서會飮하야 進擊의策을議할세脇坂安治가로대맛당히巨艦大砲로써戰을挑한後에 敵艦을奪取하리라 加藤嘉明이가로대敵船을擒獲코자하면 먼저小船으로써弱勢를示하야誘致한然後에襲取함이可하다한대安治가로대此事가至難하니만일水師가一敗하면陸軍이써라서危하리라 엇지輕擧를戒치아니하랴 嘉明이此를聞하고大怒하니 高虎가中間에서和解하야爭詰이遂啟하다 勝信이가로대諸公이命을千里海外에受하야今日에赤誠으로相輔하니戰事를何憂하랴하고因하야酒를侑할세 酒數行에九鬼嘉隆이가로대今夜三更에解纜하얏다가平明에進擊할지니 大小船艦을整列하라하더라 嘉明이이에潛起하야廁에如하더니軍吏를急招하야期를先하야 進擊할세 拂曉에見乃梁에至하야走舸三隻으로써舜臣의戰船二十隻을奪取하니日本諸將이踵進하야大襲하거늘元均이前勝에狃하야곳逆擊코자한대舜臣이가로대公은兵法을曉解치못하는도다此處는海口가狹隘하야用武에不適하니 敵을大海에誘出하야擊破함이可하다하고 이에水軍을麾하야佯退하니日本軍이朝鮮軍을追擊하야閑山島前洋의海水甚濶한處에至하거늘舜臣이機를見하다가金鼓를一打하니水軍이一時에柁를轉하야左右翼을作하야肅然히海上에擺列하니兩軍의船艦이 거의接近擁濟하야中間의距離가겨우十數步러라

初에舜臣이水使로順天府에赴任함에平生의意匠을凝하야龜船을創製하니 그大가板屋과如하야上에甲板을覆하고中間에十字細路를設하야通行에便케하고

全船體에刀錐를排列하야着足할隙이無케하고前部는龍頭요後部는龜尾를作하야써砲穴을삼고 側部에는六口를設하야써銃穴을삼아兵士를船底에藏하얏다가四面으로鐵砲를發射케하얏는데戰時에는編茅로써甲板을覆하야刀錐를隱蔽하니敵人이登蹈하면此에觸斃하고敵船이挽圍하면銃砲를齊發하니進退縱橫에迅速함이飛鳥와如한지라玉浦와唐浦의諸戰에此龜船을使用하야 日本舟師를制하더니今에兩軍이相接함에龜船이 자조大砲를發射하야頃刻間에日本兵船七十三隻을燒破하니腥血이海에漲하다 先鋒將來島康親은戰斃하고脇坂安治는士衆을盡失하고單身으로脫走하니 이에日本의一艦隊가全敗하다是日에또安骨浦에서日本援船四十隻을擊沈하니死者가九千人이라捷報가至함에正憲을加하다

第七章 舜臣의逸事

留後에舜臣이閑山島에常駐하야巨濟近海를游弋하야日本水軍의西侵을防禦하더니

明年六月에三道水師統制使를置함에舜臣으로此를任命하니 이에閑山島에本營을設하고一堂을 그附近에並構하야運籌堂이라하고將卒로하야곰 그意見을自由로來陳케하야軍情의疏通을務圖하야戰略上에遺憾이無케하다 見乃梁戰이終한後에兩軍間에數回小戰이繼續되얏스나勝利는舉皆舜臣의게歸함과如함으로 玆에그戰事를省略하거니와玆에 一事의記載할바有하니 舜臣이 일즉洋面을巡邏하야見乃梁에碇泊하니是夜月色이晝와如하고海波가激灔한데舜臣이甲을帶하고鼓를枕한대로假寐하더니 中宵에忽然히起坐하야酒를命하야諸將을招飲하야가로대此夜에月色이明朗하니敵軍이詐計가多하야夜闇한時에도我를襲할지며月明한時에도我를襲할지니 맛당히警備를嚴히하라語를畢함에虎角을吹하야諸船에게令하야錨索을半擧하고敵을待케하더니夜深함에月이西山에掛하야海面이半陰한데無數한敵軍이 그闇黑中으로驟至하거늘斥候船이此를報하니舜臣軍이一時에砲를放하며吶喊하니萬雷가俱發하더라敵이警備가有함을知하고小銃을亂射하야退去하니大盖舜臣의此等擧動은그才略이綽綽히餘裕가有한明證이라

第八章　日韓水師의大勢

吾人은茲에記者의範圍를暫離하야身을軍事家의境遇에置하고兩軍全體勝敗의分하는原委를講究코자하노니 비록越俎代庖의譏를免치못할지나 然하나此等論評이 도리혀世人의興味를惹起할뿐더러 往往그指摘이肯綮에中하야當局에刺激을與하게되나니 多少의效果가無하지아니하리라

當時日本諸將은大略이相若하고勝智가相均하야功名을競爭하며意見을偏執할뿐이오衆才衆智를驅하야同一模型中에鎔冶하야堅强한大勢力으로써朝鮮水師를當할만한雄才가乏함으로甲將의行動은乙將과背馳하고左軍의進退는右軍과離隔하니此는一失이오艦體가脆小하야破碎키容易하나此는二失이오短兵接戰을專尙하야巨砲의價値를閑却하니此는三失이오兵員이寡少하야一敗하면元氣를恢復키難하니此는四失이라一失만有하야도海戰上에勝利를收키難할지어늘 今此四失을並有하니 그敗機가交鋒前에伏在하얏지相戰한然後에야勝負를辨知할바라

舜臣을轉觀하건대彼同班同僚의將 元均、李億祺를善히御馭하며龜船을創製하야此에巨砲를備置하야日本船艦을크게擊沈하며三道水軍을合하야統一的艦隊를編成하야偉大한勢力을發揮하니是皆日本諸將의能치못한바를能히하며日本舟師의備치못한바를備함이니 다못此等의長所로만觀하야도 이의十分의勝算이有하다彼見乃梁戰에港口의狹隘를避하야海面의廣闊한處에誘出하야서一齊攻擊을行함과夜間에斥候船을派送하야서敵情을偵察함과如함은實로現代艦隊戰術의常規와暗相符合하니 그用意의周密함과그才略의縱橫함이日本諸將의右에逈出하니然한즉兩軍勝敗가엇지理由가無하랴 舟師勝敗의影響이다못一局部에止할진대 그勝利가頌歎할바아니며 또그敗績이悲嘆될바아니나然하나征韓全軍失敗가實로舟師의微弱이그大原因이되니吾人의遺憾은巨濟洋의水와千古에其深을爭하리라請컨대當時日本陸軍의狀況을述하야彼此對照하리라

第九章　日本陸軍의實情

이에먼저日本陸軍將小西行長은慶尙左道의各地를陷落하고鳥嶺을踰하야忠淸道忠州에至하니加藤淸正은右道諸郡을襲取하고忠州로轉向하야並力長驅하야京城을直擣하니時는壬辰六月初旬이라　이윽고淸正은咸鏡道로更進하야會寧地方에入하고行長은平安道를向하야平壤에據하니　이에京畿、忠淸、平安、咸鏡、慶尙、黃海六道가日本占領에殆歸하다。時에行長의意見은諸軍을督率하고鴨綠江을直渡하야一擧에遼東을攻略코자하고　總大將浮田秀家의意見은全羅江原이未定하니懸軍深入하면顧慮가必有할지니舟師의迴航을待하야水陸並進함이完全의策이라하야兩說이相差함으로行長은獨進치못하고　한갓平壤을踞守하야日夜로舟師의來會를苦待함이七個月에亘하되日本의錦首歸帆이黃海上에集하기前에　明國大兵이鴨綠江을飛渡하야風馳鼓譟의勢로殺到할줄을誰가能知하얏스랴

嗟에日本舟師로하야금失敗치아니하얏더면八月前에大同江에得達하얏슬지며　水陸並進하야攻伐하얏더면個年內에八道를占有하얏슬지라　이와갓치陸海全軍을擧하야防禦에盡力하얏더면鴨綠江以東의地가반다시淸兒馬蹄의蹂躪을免하얏슬지어늘오직舟師의將才를不得함과船體의脆小함과兵員의寡少함으로因하야巨濟洋面에서大敗績을取하야進하야는陸軍의羽翼이되야八道를日本의版圖에歸有치못하고退하야는水陸相應하야明兵을防止치못하야內로太閤의雄志를畫餠에徒了케하고外로半島의海波에千古의恥辱을長流케하니言念이此에至함에勃然히腕을扼하고慨然히腸을斷하다

第十章　舜臣의冤獄

舜臣이閑山島에駐屯하야日本舟師를防禦한지五個星霜을經하야宣祖三十年（慶長二年即伐韓後役의初年）에至하야는淸正을海上에要擊치못한罪로써政府에逮捕되야獄에投하다初에右水軍節度使元均이舜臣의救援함을深感하야交情이頗衛하더니　그後에猜念이漸生하야中外諸人과結托하야舜臣을誣譖하기餘力을不遺하야가로대舜臣이戰意가初無하얏더니均의勸告로不得已하야交戰하얏다고誣布하야勝捷의首功을

隱然히自己의계歸하니 時에廟議도紛紜하야或은均을左袒하며或은舜臣을左袒할새舜臣을擧薦하던柳成龍까지舜臣을攻駁하되 호을로右議政李元翼이封界各異하니戰意ㅣ無함이罪아니라는說을主持하야舜臣을辯護함으로舜臣이그地位를僅保하더니是歲에日本이再擧함에諸將이將帥할새小西行長이韓語에嫻熟한要時羅를慶尙右道兵使金應瑞의營에送하야가로대和議의不成함이實로淸正의罪이라某日에淸正이孤軍으로渡航하니此를海上에要擊하면容易히捕獲하리라하니大槪行長의意는舜臣을誘致하야前敗의恥를快雪하려는詭謀에在할지或은淸正을深疾하야此를要擊케함에在한지를今日에明言키難하나行長의性質과平素에兩將이仇視하던關係로觀하면 그意가 後者에在한듯하다時에應瑞ㅣ此를聞하고政府에急報하니宣祖씌서곳舜臣의게進擊함을命하신대舜臣이敵軍의詭計를疑하야躊躇하야不進하더니淸正이此間을乘하야釜山에先到하거늘諫臣이朋起하야舜臣을拿鞫함을請한대慶尙道玄風人인朴惺은時論을承하야舜臣을處斬하기를上疏하니政府가이에義禁府都事를遣하야舜臣을逮捕하야京城에監禁하고元均을統制使로任命하다

宣祖씌서諫官의言과朴惺의疏가不實한가疑하야成均館司成인南以信을閑山島에派送하야그事實을詳查케하니以信이湖南에入함에軍民이進路를遮하고舜臣의至寃을訴하되以信이此等民情을隱蔽하고僞奏하기를淸正이海島에서淹滯함이七日에至하얏스되舜臣이逗留하야써戰機를逸失하얏다한대宣祖ㅣ大臣의게命하사罪를議하게하니判中樞府事鄭琢이가로대舜臣은名將이라進退가그宜를俱得하얏슬지며또軍機의利害는局外者의遙度치못할바니請컨대그罪를赦하야後效를責하소서宣祖ㅣ그議를嘉納하야死刑을減하고官職을削하야白衣로從軍하야써贖케하다

初에舜臣이監禁됨에獄吏가舜臣의兄子인莞의게密語하되賄賂를用하면死를得免하리라舜臣이此言을聞하고大怒하야가로대大丈夫가當死즉死이니 엇지道理에逆反하야偸生함을求하랴舜臣의老母가忠淸道牙山鄕에在하야愛子의繫累됨을聞하고大憂로病을成하야長逝하니舜臣이獄門에出함에痛哭歎息하야一心忠孝가此에盡하얏다하고素服單身으로全羅巡按使權慄

의麾下에往投하니時는三月이라

吾人이일즉朝鮮當時의大勢를考察하니宋室南渡에可比할지라　비록事勢의緩急과時機의難易가相異하나南以信等이妬功嫉才하야舜臣을誣陷함은實로莫須有의疑獄을惹起하던秦檜의亞流이오日本舟師를擊破하야偉勳을奏하던舜臣의將略은彼金人이「撼山易、撼岳家軍難」이라고讚歎한岳飛其人과相似할뿐더러中途에讒說을遘遭하야潔白의身으로써縲絏의辱을蒙하던義禁府는朝鮮의大理獄이아닌가　오직彼岳飛는맛참내姦人의毒手에罹하야回天의雄志를空抱하고獄中의義鬼가되얏스나舜臣은鄭琢의扶護한바되야光天化日을再視하니舜臣의私幸뿐아니오朝鮮의大幸이라할지라

十一章　元均의敗死

秀吉이前役舟師의微弱함을深恨하야宣祖二十年의後役에는艦船을增發하며兵員을增徵하야全力을水軍에傾注하야써威勢를强盛케하나　그首領은依然히前役諸將이多數를占하고此를防禦할任에當한朝鮮將帥는元均이라　均이舜臣을代하야統制使가되야閑山島에赴任함에前日의節度를變更하며將校를罷免하고營中에愛妾을蓄置하야重籬로隔閤하고每日痛飮大醉하야將校와士卒을亂刑濫殺하니軍心이離畔하야命令을奉行치아니하니當時日韓兩軍의現象을批評하면日本舟師의手足은前役에比하야强大하나頭腦는依然히舊物인諸將이오朝鮮舟師의手足은百戰의經歷이有하되그頭腦는또한腐物인元均이라

七月某日에日本諸將이唐島에碇泊한朝鮮의一艦隊를進攻하니元均이數百隻으로迎擊할새日本先鋒將藤堂高虎、脇坂安治等이槍을揮하야奮戰하며加藤嘉明이繼至하야劍을拔하야朝鮮의一艦上에躍登하야數人을立斬하고그船艦을奪取하야力戰大破하니均이殘兵을收拾하야閑山島에入保하야出戰함을不肯하거늘巡察使權慄이每日均을促하야進戰하라하니均이前日舜臣의逗留하야서誤機함을彈劾하고스사로그官職을代取하얏슴으로비록進戰의不利함을預知하나敢히命令을抗拒치못하고是月六日에艦隊를領하고釜山으로向하니時에小西行長은全羅道에下陸할預定이더니均의

進航함을開하고 이에兵을功德島에潛伏하고絕影島海面에서舟師로遊戰코자하더라是日에均이絕影島에至하니風濤가洶湧하고天色이昏暗한대彷徨하야向할바를莫知하다가日本舟師의出沒함을望見하고諸軍을督進하야交戰하니 均의水軍이閑山島로부터終日休憩치못하고航行함으로士卒이疲困하고또飢渴이甚하야櫓舵를操作할餘力이업서諸船이規律을全失하야一左一右하며一前一却하거늘日本舟師는此를討破하기爲하야진交鋒치아니하고佯走하는狀을示하야誘致하니夜黑深하고風濤搖하야均의水軍이四散飄蕩하야다시收拾치못하게된에均이殘船을領하고加德島에退至하니喉渴이滋甚하야士卒이다토아上陸하야水를取飮하더니日本伏兵이大至하야將士四百人을屠戮하거늘均이狼狽하야漆川島에引退하다權元帥慄이固城에在하야均의敗走함을聞하고檄召하야杖罰을嚴加하고令하야進戰케하라한대均이大憤하야陣中에還한後에痛飮醉臥하야軍事치아니하더니行長이此를偵知하고十六日黎明에此를急襲하니均兵이大潰하다이에均이海邊으로逃至하야船艦을棄하고陸地에登하니身體ㅣ肥鈍하야疾走치못하고松樹下에休憩하더니時에左右皆散하고均은日兵의게被殺하다

全羅右水使李億祺는投水하야死하고慶尙右水使裴楔은均이漆川島에碇泊할時에均의게諫하야가로대海水ㅣ淺窄하야繫船에不適한즉他處로移陣함이可하다하되均이不聽하거늘그윽히一處를擇하야變을待하더니 이욱고 日本軍이來襲함을見하고錨를拔하야先走하얏슴으로그軍이獨全함을得하다楔이閑山島에還至하야廬舍、糧穀、器械를盡燒하고島民의게命하야敵鋒을急避하게하다

行長은騎虎의勢로長驅하야南海順天諸城을次第로襲取하고豆恥津에上陸하야南原을進薄하니湖南擾이大騷하더라

向者吾人이日師敗績을記述할새硯池에不平한波瀾이起하고紙頭에不快한惡毛가生하더니此에至하야는幽鬱한眉宇가自展하고牢騷한胸襟이頓快하야宛然히雨後에晴日을親함과如하고病餘에蘇生을得함과如하다然하나此等愉快가一朝夢幻에復歸할줄을誰가知하라

第十二章　鳴梁峽의大捷

均의敗報ㅣ政府에至함에朝野震駭하더라宣祖셔서群臣을急召하야善後策을諮詢하신대다ㅣ應對할바를不知하더니오직慶林君金命元、兵曹判書李恒福等이奏하야가로대此는元均의罪이니舜臣을再擧하야統制使를拜하소서宣祖ㅣ其議를從하야舜臣의게統制使를除授하니舜臣이聞命하고匹馬單身으로歷何道晉州에서順天府會寧浦에馳至하니新敗한餘에船艦器械가蕩然盡失한지라　이옥고裵楔의引率하얏던戰艦八隻과露梁의戰艦一隻과또全羅右水使인金億秋의諸艦을聯合하야十三隻을僅得하야써一隊를編成하다

時에沿海民船이亂을避하야舜臣의게歸依하는者ㅣ首尾相接하거늘舜臣이命하야水師를聲援케하고　스사로艦隊를引率하고珍島碧波亭下에至하야戰備를亟修하니舜臣의榮譽잇는再度運動이玆에發軔하다

日本舟師가元均을擊破한後에全羅海面에這出하야忠淸道畿를衝코자할새九月十六日에先鋒將菅正陰等이船艦四百餘隻과兵士四萬餘人을率하고華盛頓灣(最近에西人이命名한灣口)을發하야珍島碧波亭下로向하니舜臣이軍中에下令하야가로대靜肅하라敵이勝勢를乘하야猛進하나吾ㅣ計로써破하리라이옥고砲를放하야吶喊으로突進하니日本軍이應戰하더라勝敗를決치못하야舜臣이軍을回하야鳴梁峽에退하니日本軍이追擊함을急히하거늘舜臣이巧妙히洋中에出沒하야戰況과海流를睥睨하다가頃刻間에潮水의駛退함을乘하야火砲를載하고來攻하니矢石이雨注하더라直히渡口石梁에橫沉하얏던鐵索에敵艦이無數히掛하야顚覆하니後船이前船의沉沒됨을知하고返棹코자하되海潮가甚激하야回旋함을不得하야一時에殲滅된者가四百餘隻에至하니大槪此戰에菅正陰以下四千餘人이戰死하다

碧波亭一戰에日軍이大敗하얏스나舟師全體의運命을左右할大激戰은아니어늘日本諸將이此後로는　잠갓海上無人島畔에繫泊하야明將와往還할뿐이오進하야舜臣으로더부러　一大雌雄을決하야前敗의恥辱을快雪할勇氣가全乏함은何故오　그卑劣한舉動이千載下에婦竪의嗤笑를免치못할뿐더러有心人으로하야금그肉을啗하고　그皮에寢하려하는憤恨을起케하는지라

第十三章　舜臣의理財와御人術策

宣祖三十一年(慶長三年)二月十七日에舜臣이古今島에陣하니　그焦思하는바는　糧餉의匱乏에在할새이에海上通行의免狀을發하야三道船舶으로來往에반다시此를　携帶케하며만일所持치아니한者는奸細로罪를論하니避亂船舶이萃至하야每日免狀을求하거늘舜臣이　船舶의大小를三等에區分하야　大船에는三石中船에는二石　小船에는一石을徵收하니　旬日間에糧餉一萬餘石을贏得하고다시島民을募하야銅鐵로大砲를鑄하고伐木으로船舶을造하니凡事가咄嗟에辦하다

時에遠近이兵亂을避하야舜臣의게歸投하는者가日增하야廬舍를築하고商賈를營할새全島에立錐할地가無함에至하니舜臣의財政活機에通함과民心收拾에長함은此에그一斑을窺知하리라

四月에明舟師提督陳璘이浙江水軍五百餘隻을率하고湖南으로向할새璘性이悍鷙하야人과多忤함으로衆이舜臣을爲하야皆危하니宣祖가綸諭를下하야款待하라하거늘舜臣이크게畋獵하야猪鹿을만히獲得하야酒饌을盛張하고璘의至함을待하야그軍을犒하니將士가醉飽하야相語하야가로대果是良將이라하더라

十六日에舜臣이正히璘으로宴할새　敵軍이來襲함을開하고　스사로部下를領하고此를擊退하야首級을多獲하야스되璘의部下는獲得함이一無함으로璘이慚恚하야怒하거늘舜臣이　곳首級으로써璘의게讓與하야　그功을　삼게하니璘이大悅하야自是로凡事를　반다시　舜臣의게諮問한然後에行하며出入에敢히乘轎를先行치못하더라　舜臣이　드대여璘과約하야明軍을韓兵과同法下에置하야　民家의一縷만奪하야도　捕捽하야棍打하니島中이肅然하다璘이舜臣의게感服되야일즉明帝의게上疏하야가로대統制使는經天緯地의才와補天浴日의功이有하다하얏스니舜臣이璘을掌中에弄함이此極에至하얏도다

第十四章　韓明聯合軍

後役에日本陸軍은加藤清正、小西行長으로先鋒을

삼아南原、全州를連陷하니全羅道는古來로豪傑을輩出하야史上에異彩를放하니前役에도士民이隨處에서爭起하야義旗를揭하고恢復을圖하니後役에日本諸將이 먼저該道를定略함은實로此에基因함이라 時에日軍이京師를直擣코자할세毛利秀元으로大將을삼고黑田長政으로先鋒을삼아九月에湖西로轉進하야全義館에陣하야韓明兩軍과稷山에서砲火로相見하니此는後役最北의戰이라自是로南下하야淸正은蔚山을退守하고行長은順天을退守하야明將楊鎬等으로더부러激戰하며危難中에是歲를送하더니翌年四月에秀吉이使를遣하야行長、淸正、小早川秀秋等十餘將軍을留陣하고그餘는 다ㅣ龍歸케하니이에 日本諸將이四屯에分하야淸正은蔚山에據하고行長은順天에據하고義弘은泗川에據하고秀秋는釜山에據하니四城兵이合하면約十萬이라明將麻貴는淸正을攻하며劉綎은行長을討하며董一元은義弘을伐하니三將의引率한明兵의數가日軍과伯仲이되더라 明將陳璘이舟師으로더부러古今島에屯하야海上을游弋하야日軍을合擊함이또한此時에在하다

後役에諸將이一步를稷山에踏하야北進치못함은何故오 後役의諸將이前役의諸將보담拙함이뇨 否라後役의諸將의重要한人物은 거의 다ㅣ前役諸將이니拙劣이何有며然한즉 京城을陷落키難하야 然함이뇨或陷落하야도防守하기가難하야然함이뇨 否라京城은兵備가薄弱하야陷落키容易하고地勢가險要하야防守키容易하다然한즉嚴冬에寒氣가慄烈하야戰爭함이能치못함이뇨否라前役에行長、淸正이平安咸鏡에서嚴冬寒雪을經過하얏스니惟獨今日에堪耐치못할理由가有하랴 吾人이 이에 그重要한原因을 다시 舟師의微弱에歸하노니만일日本舟師가强盛하야三道水師를一擧大破하고漢江에直入하며大同江에更進하얏더면陸路軍이戰時에는 그勢餘를籍하고守時에는 그糧道를通하야明兵이殺到하야도前進의望이有하고韓軍이襲來하야도後顧의慮가無하야橫行濶步하며勇進邁往하야前日의失敗를快雪할뿐더러太閤의雄志가成就하얏슬지어늘 다못舟師의微弱이彼와如함으로陸軍의失敗가此와如하야諸將前進의勇氣로하야금軍路上에懸軍深入을許치아니하는原則에制限이되야稷山으로

最北의戰場을삼아退守의運動을取하게됨은實로遺憾의極이라.

第十五章　舜臣의戰死

宣祖三十一年(慶長三年)八月十三日에豊臣秀吉이不世出의雄才를抱하고九原의客이되다 訃音이一傳함에日本諸將이歸裝을各理할새數月을不出하야天下名將李舜臣이此役에烟雨中에長逝할줄을誰가知하라 初에行長이順天에在하야劉綎과相持하더니 이윽고 그圍한바되야九月에陳璘 舜臣이兵船千餘隻을率하고猫島에歸帆하야陸兵과相應하야夾攻의策을講하야十月三日에綎이璘과密議하고夜潮를待하야夾攻할새璘이殊死하야싸우나先登潮水가忽退함에船艦이海岸에困着하야四十餘隻을失하고退하다이에璘이大憤하야翌日에그舟師를盡率하고來攻하다가또敗하야還하니行長이 비록勝戰하얏스나 孤軍이久滯키難함을悟하고一面으로使를泗川에遣하야義弘의게急을告하며一面으로賄賂를用하야劉綎과和하고또白金寶刀를璘의게贈하며銃劍銀兩을舜臣의게遣하야路ㅣ假하기를求한대舜臣이璘을勸하야此를斥退하니行長이大窘하다義弘이行長의勢ㅣ急함을聞하고十一月十八日에南海島에至하니時에 舜臣과璘이諸船을左右兩隊에 編成하야舜臣은南海島觀音浦에陣하고璘은昆陽郡竹島에陣하얏더니義弘의來함을見하고韓明兩軍이並力迎擊하야日本船을만히燒破하니義弘이敗하야退却하다是夜三更에舜臣이皇天의게禱하야가로대今日의戰에一死를已決하얏노니天이여此賊을殲하소서 十九日黎明에스사로銳師를領하고璘과共히日本軍을觀音浦에서掩擊하야戰鬪가正酣할새明兵이火를失하야總兵鄧子龍의船艦이焚하니日兵이躍登하야子龍을即斬하거늘舜臣이矢石을冒하고來救하다가飛丸이右하야胸을貫하니左右가帳中으로扶入할새舜臣이從容히誡하야가로대戰事가方急하니삼가我死를言하지말라하고瞑目長逝하니享年이五十四라時에日軍이璘船을掩圍하야 거의此를獲하게됨에그子九經이身으로 捍禦하다가槍을被하고舜臣의兄子인莞이喪을秘하고戰을督하야璘을殆死에서救出하니行長이此間을乘하야猫島로遁去하야義弘으로더부러加德島에退至하야 다시

對馬島로引歸하다　璘이舜臣의死함을聞하고悲極하야船上에　三起三仆하고南民이奔哭하야吊祭가千里에繹絡하며甚至酒를廢하고素를服하는者까지有할뿐더러明軍中에서도爲하야肉을禁하고哀를擧하니報가政府에達함에右議政을贈하다

第十六章　東洋넬손

吾人이 日韓當年史로써歐洲近世史에比觀함에 李舜臣의功業이 더욱壯烈偉大함을徵할지라 拿破崙이龍跳虎躍의雄略을挾하고歐洲列國의大亂을乘하야四海를倂呑코자할새帝王公侯가　다ㅣ膝下에慴伏하야그驅使를自甘하며豊臣秀吉이賤奴에身을起하야羣雄을征服하며天下를蹂躪할새喑噁하면山岳이崩頹하고叱咤하면風雷가色을變하니兩傑의性行이엇지그相類하뇨

拿翁이莫斯科에서一敗하며鄂達路에서再敗하야身이絕海의孤島에幽囚가되야波濤嗚咽에百代의遺恨을長流하고秀吉이一歿함에姦雄이偉業을支離滅裂케하야千古에血食을永絕하니兩傑末路의悲慘함이一轍에同歸하도다

그런대拿翁의失敗는英國에在하고英國의平衡은海軍에在하고海軍의生命은넬손其人에在함으로拿翁雄志의成否는英國과의勝敗에係하고英國과의勝敗는곳그海軍과의勝敗에係하니質言하면一個拿破崙과一個「넬손」과의勝敗에係함이라「트라팔가」一戰에拿破崙이敗하고「넬손」이勝하니此時에大事가已去하얏거늘엇지異日莫斯科의戰을待하며鄂達路의役을俟하랴

太閤의朝鮮에도此와彷彿함이有하야舟師가陸軍과相應互援하야同進並行하는與否는　곳大戰勝敗의決定되는바라換言하면日本舟師와舜臣과의決戰은全局輸贏의分歧點이라噫라前後兩役에日本舟師가크게舜臣의게挫折되야對朝鮮史上에莫大한汚辱을留하얏스니兩傑의失敗가다ㅣ海軍의微弱에基因함이　또한奇異라　此로觀하면當時英國을保護하야拿破崙의戰塵을一掃한者는英國의舜臣其人의功業이오朝鮮을防禦하야豊臣秀吉의銳鋒을再摧한者는實로朝鮮의「넬손」其人의雄略이니舜臣의功業이偉大치아니하랴　더욱

——(以下八六頁로續함)——

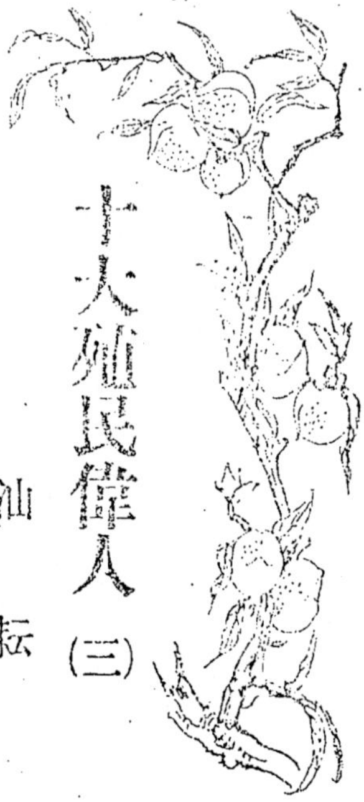

十大殖民偉人 (三)

汕耘

營州에契丹이있어仲象이營州에往하야契丹을依하얏더라契丹은高句麗初世부터叛附가無常한一種族으로在하다가高句麗中世부터高句麗에專屬하얏더니高句麗最末에契丹酋長李窟哥ㅣ叛하야唐에通하더니是時에高句麗가亡하매契丹은니어營州附近에在한지라是時高句麗故地에獨立軍이蜂起하야天下大亂하매仲象이이에銳를潛蓄코저하야西으로營州의契丹을依함이더라

二、仲象의東來

仲象이契丹을依하야時機만待하더니不幸히契丹의亂이起하매仲象이衆을率하고東으로太伯山(白頭山)의東北에往하야奧婁河(松花江支流)를依하야自固하니子祚榮및乞四比羽가다從하얏더라

仲象이此地에서兵營을設하고庶事를經紀하니高句麗人및靺鞨人이만히集團되야점점大勢力을成한지라仲象이雄傑한身手와闊達한度量으로衆을善히團結하니天下의人心이만히歸附하고敵國唐人은크게憂慮하는지라仲象이더욱威德을施하야民을懷하고地를整하니隱然히一強國의形勢를形成하얏더라이에唐이大懼하야大兵을出하야來侵하더라

三、渤海太의出來

唐兵이來侵하거늘仲象이子祚榮및乞四比羽로더부러敵을防할새맛춤仲象이病卒하고乞四比羽는敗死한지라唐兵이크게橫暴를肆하더라

이째에渤海太祖가出來하니곳仲象氏의子인祚榮이라太祖ㅣ弩末의餘力으로大敵을當할세天門嶺(吉林等地)附近에서敵을大破하니唐將李楷固ㅣ겨우單身으로走한지라太祖ㅣ이에內治外交를善修하야渤海大

國을建設하니此時는檀君三千三十一年(高句麗亾後三十一年)이더라

渤海의建設과渤海二百二十八年의大文明은곳仲象氏의功이그基礎니라渤海의建設은무릇高句麗人의再造니이再造의元勳은不可不仲象氏를推할밧게업나니라

第六、任雅相

渤海가建設되야高句麗故地를盡有하니四方諸異族더욱粟米靺鞨은잘臣服하거늘오직黑水靺鞨(黑龍江邊에在한靺鞨)이叛하야唐에附하거늘是時渤海太祖는崩하고武王이登極한中이라武王이怒하야王弟門藝를遣하야黑水靺鞨을征伐하니門藝ㅣ恐怯하야敢히前進치못하거늘武王이怒하야門藝를召하고王舅인任雅相으로大將을拜하야門藝를代하니라

任雅相이大軍을率하고進하야黑水靺鞨을擊하야專히勝利하고靺鞨全部를征服하야그人民을取하고그土地를理하니이에靺鞨七部가다渤海의所有되고因하야渤海가黑龍江以南은무론黑龍江以北으로千餘里를有하야實로五京十五府六十二州의大版圖를完成하고이에我人國家生活以來最大地域을가진南北國時代를完成하얏더라

任雅相이凱還하니上은嘉賞을加하시고一般人民의愛慕가多한지라이에黑水地方에我人으로首領을삼아各州郡의靺鞨人을統治케하고因하야我人의北方蕃殖이大增進되니라

第七、令俊

一、令俊의殖民

南에新羅가亾하는時에北에渤海가亾하얏다渤海는異族에게亾한故로그土地가我의所有되지못하다是時高麗平州(平山郡)僧侶令俊이北으로完顏部(咸北鏡城郡附近)女眞人部落에移住하다부릇高麗가新羅를代하야興하야渤海의南部故地를領有한새그러나西으로鴨綠江까지와北으로咸鏡南道를겨우가지고그以北은다女眞(靺鞨人의子孫)•契丹等에게失한지라그럼으로朝野가만히故地恢復을夢想하나아즉實現치못하얏더라이機會에令俊氏의北方移住가잇섯다

二、金俊이女眞을統治함

金俊이完顏部에移住하니年이六十餘라兄阿古迺는佛을好하야高麗에留하고金俊은弟保活里로더불어完顏部에居하다그런中에完顏部의士人二派가서로鬪鬨하야解決치못하는지라士人들이金俊더러曰만일이兩族의怨仇을解하야[illegible]하면部의賢女六十에未嫁한이잇스니써配匹이되게하갯다하거늘金俊이이에往하야兩族의鬪를調停하야平和한生活을하니部人이다金俊을信服하는지라部人이이에靑牛一로賢婦를倶하야金俊에게歸하거늘金俊이靑牛로聘하야娶하고子烏魯斡魯孛菫을生하고因하야完顏部長이되야部人을統治하니라

三、金俊과阿骨打

金俊이部長이되야衆을잘信服식이다가死하매그子孫이또繼하야酋長이되얏다가六世孫인阿骨打ㅣ生하매英傑雄武하야天下를經營할새먼저女眞．

（未完）

―(八三頁에서續함)―

히最後의絕命時에도士氣가沮喪할가恐하야死를秘한事實은彼千八百五年十月廿一日에「넬손」이「트라팔가」灣頭에서負傷하야流血이淋漓한中에艱臥하야서도오히려戰狀을顧慮한것과暗相符合하니兩傑始終의性行의彷彿함이此에至하야는참一大奇象이라謂할지라

順天左水營畔에一祠가有하야巍然히天空에聳出하야倫敦城中의「잘밍크、쑤로쓰」와遙相掩映하야千古雄魂毅魄의長存함을表하니兩傑이死하야도遺憾이無할지로다 （終）

現代偉人 크레만소 (二)

金成龍 譯

더욱同紙上에낫하난그의論評은매우好評이엿섯다

크레만소의이新聞記者生活中의特筆할——社會의耳目을聳動한問題는뜨레ㅣ퓨쓰事件이다。當時에佛國에서는파나마疑獄事件以來로猶太人排斥熱이甚하엿는데 더욱軍人社會가一層甚하엿더라。째에猶太人인뜨레ㅣ퓨쓰砲兵大尉는元來剛直한人이엿음으로同僚의嫉妬로讒訴되여佛國의軍事秘密을獨逸에게賣하엿다는嫌疑에依하여 一千八百九十四年에軍法會議에서訊質한結果 終身禁錮의命을受하여亞佛利加가나에流謫되엿다。그러나當時는아모도그寃罪를知한사람이업섯다。그런데그後파칼大佐가參謀本部情報局長이되엿을때에 大佐는이事件의疑心을내여여러가지로調査한結果에비로서이問題는世人이注目하게되엿다。크레만소도처음은 이것을信하지안엇으나 事實의眞相을知한以來로는 斷然히그態度를變하며文豪에미ㅣㄹ。쏘라와共히奮起하여뜨레퓨쓰의無辜한寃을雪함에努力하기로決心하엿다。

當時全國——더욱巴里에서는모든사람들이猶太人뜨레ㅣ퓨쓰는敵國의間諜이라고認定하든터임으로크레만소는自國의民衆軍人等으로敵을삼고 더욱非人望의地位에立하여孤軍奮鬪하며몸을危地에드리면서도能히뜨레ㅣ퓨쓰의無罪를辯하고 그리고이事件과僧侶社會及軍人部內의締結한秘密을暴露하며 自己의主宰하는「曉天」紙上에쏘라의有名한彈劾狀잡규ㅣ즈를揭載하며政府에對하여뜨레ㅣ퓨쓰事件의再審을肉迫하엿다。이때에世人도漸次이事件의眞僞에對하여거의눈을뜨게되엿으나 一千八百九十六年에멜린ㅣ의保守黨內閣이成立되자 政府는世論을無視하여크레만소等이主張하는再審을拒絶하고連하여쏘라는流謫刑에處하엿다。於是에크레만소는더욱政府에肉迫하여再審을遂行하게하려하엿으나 王黨及軍人派는어데까지든지反對하며 뜨레ㅣ퓨쓰를辯護하는者는非國民이라고까지罵倒하엿다 그리고王黨은이事

件을利用하여共和政을顚覆하려하엿음으로 問題는一轉하여政治問題가되어 世論은騰騰하고 人心은漸漸沸騰하엿다。 그리자메린ㅣ 內閣은解散되고 一千八百九十八年에쓰리손의急進共和內閣이組織되엿다 이때에政府는議事件再審의議를容하여通常裁判所의審議에委任하기로하엿드니不久에또쮸ㅣ퓌이의保守黨內閣이見하여 쓰레ㅣ퓨쓰事件의再審을正法會議에付托하여審議한結果 다시有罪로되여쓰레ㅣ퓨쓰는十年禁錮의刑을밧게되엿다。 크레만소와內外志士는이判決에對하여크게憤慨하여 極力으로政府의非行을詰責하며 人道를爲하여絶叫하엿다。 그럿드니翌年六月에共和黨쭉ㅣ베ㅣ가大統領이되여서는이事件에對하이無干涉主義를表明하엿다。 다음또共和黨와르덱、루ㅣ소ㅣ가首相이됨에及하여비로소이事件을再審하기로되이 一千八百九十九年九月에再審의宣言을公表하고 그結果는特赦로써禁錮를解除하엿다。 그러나쓰레퓨ㅣ스及그를援助하는크레만소一派는이恩惠的判決에조금도服치안코 다시政府에對하여쓰레ㅣ퓨스의無罪를主張하며쓰레ㅣ퓨스는크레만소가主宰하는『曉天』紙上에 『共和國의政府는나에게自由를還送하엿다。 그러나名譽업는自由는나에게아모價値도업다。 나는今日에裁判上過失의犧牲임으로이後라도宣告의正誤를追求하리라』하는一宣言書를發表하엿다。 一千九百六年에는파라엘ㅣ 이大統領에就任하고싸리안의內閣(共和派)이成立됨에及하여쓰레퓨ㅣ스가비로소無罪로되고 다시靑天白日의몸으로復職이되엿다。 이事件은前後十二年을經過하엿드라。 이에크레만소의名聲은이때로붓허隆隆히昇하엿으며 또쓰레ㅣ퓨스의事件再審의宣言이決定되자(一九〇二年)크레만소의勢力은舊에復하여 다시元老院議員으로 조금잇다가同院의巨擘이되엿다。 實로크레만소는十年만의再興이러라。

八、政治生活의再興

이時代에佛國政界를가장煩惱케한問題는國家와宗敎의分離問題이엇섯다。 일주나포레온一世가羅馬法皇퓨스와締結한콘콜다ㅣ의協約은幸히政。敎兩者의調和를圖하엿으나 이第三共和政의時代에至하여敎

會의勢力은日로强盛하여　昔年의敎育ᄭᅡ지그大部分은僧侶가干涉하엿다。이에크레만소는將來의可恐한政敎衝突이來할것을觀破하고이곳이共和政前途를爲하여寒心할것이라하여言論으로「文章으로政・敎의分離를唱道하고　제의콤부內閣을助하여王政黨의激烈한反對에遭遇한에不拘하고　그는地方敎會設立의小學校廢止案을通過하기에盡力하엿으며(一九〇四年)進하여敎會를國家로붓터分立식힐法案을通過식히엿다(一九〇六年)　그는如此히共和政을爲하여恒常王政黨과싸홈하다가一千九百六年의大統領選擧를當하여서다시王政黨과激烈한競爭을하엿다。卽이選擧에크레만소一派의共和主義者는上院議員인파리엘ㅣ을推薦하고　王政黨은ᄯᅩㅣ메ㅣ를候補者로推薦하엿다　그런대王政黨이推薦한ᄯᅩㅣ메ㅣ는元來共和黨의出身으로　後에王政黨에轉한人物이엿섯다。크레만소는이點으로써『그는欵을王黨에通하여共和의親友와離하엿다。卽그는右黨僧侶黨의노름감이다。이러한人物을大統領으로選擧함은實로共和政의前途를危케하는所以라』하여攻擊하고　投標한結果에幸히共和黨의파리엘ㅣ이大多數로써大統領에當選되엿드니　同年三月에共和黨의싸리안內閣이組織되자　크레만소는비로서內務大臣이되엿드라。五月에佛國北部에서坑夫의大同盟罷工이起하엿다。이때에그는單身으로坑夫들이集合한鑛山에赴하여理로說하여坑夫를慰撫하고　激昂한彼等을極力鎭撫하기에努力하엿으나아모效力이無할줄을알고　그는疾風雷雨的으로軍隊를動員하여武力으로써鎭壓하엿다。이硬强한手段은곳社會黨의敵意를挑發식히여　爾來그는社會主義者로붓허큰敵의怨眼을밧지만은　그러나　그는이러한非難攻擊은當初로붓허조금도介意치안는다。

　一千九百六年六月의議會에서佛國無二의雄辯家요ᄯᅩ社會黨首領인ᄯᅩㅣ레쓰가이問題에關하여質問을한즉　크레만소는이에對하여그當然히非常手段을取치안이치못하게된事情을述하여斷乎히答辯하고　ㅡ써佛國政界에이러한硬骨漢이잇음을立證하엿다。그리고內相이되여年年도不過한一千九百六年十月에싸리안首相은病으로因하여政務를보지못함으로　크레만소는代하여首相의地位에就하엿다。이때에그의年이六

十六이드라。 크레만소는爲先그閣員全部의更迭을斷行하고 인죽그가主宰하든正義에執筆한세순(當時駐支公使로서現今外相)을外務大臣으로 또레ㅣ퓨스事件에自己와進退를共히한쎠칼ㅣ將軍을陸相으로 其他쎠젠ㅣ을法相으로 카이요ㅣ를大藏으로 쎄리안을文部로 톰손을海軍으로 또ㅣ메르씌를商務로 쎄르두를工務로 새新設된勞働省에는社會黨의 비비아니를大藏으로迎하는等。當時佛國政界의諸星을網羅한理想的內閣을組織하엿드라。

九、 實際政治家인크레만소

크레만소가在任中(一九〇七年)에佛國南部葡萄栽培地에暴動이突發하엿다。同地方은葡萄의耕圃가增加하고釀造法도發達하여오는때에 一方亞弗利加아ㅣ제리아로부터多額의葡萄를輸入하며 또이때로붓히混成酒釀造가盛히流行하게되엿음으로 葡萄及葡萄酒는갑작이生產過剩이되여금새는大下落이됨으로釀造家와栽培者는그生活이危地에陷한大恐慌을惹起하게되엿다。 그暴動은이것으로써政府의取締緩漫罪라하여 同年五月에갑작이暴動을起하엿는데 政府는軍隊를出動하여鎭壓하려하엿으나暴動은더욱더욱波及하여容易히鎭定되지안엇으며 當時暴動의首魁者만제란·알베아는더욱煽動식혀南部에新共和國을建設하려하엿다。政府는暴徒鎭壓의一方法으로混成酒釀造禁止案을發布하엿으나 暴動은더욱더욱擴大하여질뿐임으로 政府도엇지할수업서그擇路에彷徨하게되엿다。 크레만소는이때에一策을생각하고爲先알베아를巴里로招來하여會見한後에여러가지로說服하고萬一이로붓허더욱騷動을繼續하는境遇에는容恕업시暴徒를投獄하리라威喝한우에 能熟한語調로알베아를對하여利害得失을말하고歸國할旅費로百法의金行券을주엇다。無智한알베아는이謀計를조금도알지못하고크레만소가주는百法에눈이어두어그것을바닷다。이에크레만소는곳各新聞社에通知하여알베아는百法으로政府에買收되엿다하고 一面으로는그部下를拘留하엿음으로如此하든大暴動이全혀鎭靜하엿다 이와갓히크레만소의政治的手段은辛辣하엿다。또그의勇往邁進은如何한强敵을對할지라도自己의所信을

服하지안엇다 그一例를들면一千九百八年十一月에 모록코라하는카사쓰란카駐屯佛軍에屬한獨逸人三名이다른外國人二名과共히逃亡하랴고獨逸領事館에逃避하얏을때에 佛軍은獨逸領事를無視하고右逃亡者를逮捕하얏음으로 獨逸政府는佛國政府에對하여謝罪하기를要求하얏드라。 그래이事件으로因하여一時는歐洲의平和가擾亂되려하엿으나 크레만소는謝罪할必要가인다고斷然히이要求에應하지안엇다。 佛國이獨逸에對하여如此히硬强한態度로써正面으로對峙하기는第三共和創始以來로처음이다。 그러나크레만소의內閣은列國에對하여는平和主義를標榜하엿나니 外相피숑은一千九百七年六月에日本과協約을結하여淸國의領土保全을保障하여東洋平和를維持함에努力하엿으며 또露國과의交情을不失하여二國의同盟을持續하엿다 크레만소는在職中에그舊友로一代의文豪이엿든에미루·쏘라의英靈을誠으로써慰하엿다。쏘라는쓰레ㅣ퓨스事件에連坐하여流謫된中에不幸히客死하엿다。 크레만소는一千九百八年쓰레퓨ㅣ쓰事件이解決한後에쏘라의遺骸를巴里로移安하여판테온堂內에奉祠하엿드라。 이판테온寺는루ㅣ소ㅣ、볼테야、유ㅣ고ㅣ等志士人傑의靈을奉安하엿으며 더욱그合祠者는모다舊敎徒인데쏘라와갓흔猶太人으로서이곳에入參함은一種破天荒地의感이不無하다當日은大統領以下多數朝野名士로爲始하여平素에쏘라를仰慕하든數萬名學生이會葬하는當時의盛壯한儀式이잇드라 크레만소는政界에서『猛虎』라는別名을듯는同時에一面으로는이러한美擧도하엿다。

一〇、第一크레만소內閣의瓦解

크레만소內閣은三年六個月間이나繼續하엿다。 如何한內閣이라도一年乃至ㅣ길어도二年쯤이면그更迭이맛히走馬燈과갓흔佛國에서크레만소의內閣은實로異數한現象이엿섯다。 그러드니一千九百九年七月二十日代議院에서크레만소首相은海軍問題로前外相세로캇세와論爭하여 그만內閣이瓦解하엿다。當初에는이ㅣ나號爆沈事件으로佛國海軍部에는驚駭한腐敗事件이暴露한結果 海相톰손은引責하여辭職하엿다。代議院은該事件의調査委員으로하여금다시事實眞相에

對하여調査의步를進함에 海軍의醜態는漸漸暴露되어世人으로하여금더욱憤慨의念을품게하엿다。例를들면佛國은過去十年間에十二億法의製艦費를支出하엿음에不拘하고그成績은이보다훨신적은費用으로한獨逸海軍에劣落될뿐아니라 그前은英國次位에在하든佛國이이세에는列國中第五位에下落하엿다。 더욱建造中의戰鬪艦은벌서그期日을經過하엿으나竣工하지못하고 設或竣工하엿다할지라도곳故障이낫섯다。그러하여改良砲를備置하여야할戰艦이實인즉舊砲를備置하엿으며火藥庫에는爆發하지안는火藥과彈丸만備한怪事實이쉬킹이시發露되엿다。 그러고七月二十日에이事件調査委員의報告에對한討議를열자 劈頭로海相피칼ㅣ은演壇에立하여『當局도決코海軍不正事件을否定하는까닭은안이로되 世上의傳하는批評은事의眞相을穿解한것이안이라』고熱烈한論調로 辨解하엿다。 滿場은拍手로써喝采하엿는데 突如히前外相떼르캇세가演壇에登하여적히亢奮한낫흐로諄諄히海軍現時의失態를痛論하고 다시一轉한論鋒을首相크、레、만、소에게向하여『이海軍의失態는首相이또한그責任을저야한다。 宜히議院은크、레、만、소、의信認을奪어야하리라』하고陳述하자 議院은俄然히色彩를變하엿다。크、레、만、소는간신히몸을이르키어떼、르、캇、세는무슨까닭으로써이러한暴言을敢히하는가。 일즉佛國으로하여금아르제씨스라의屈辱을밧게한當局者는 國防準備不完全에對하여 現今政府를凌罵할資格이업는니라』하며大膽히말하엿다。 首相은怒하고 前外相은憤함에滿場의視線은이兩雄에게로會集하엿다。

【註】 떼르캇세는排獨主義者로그의年來主張은英國을近히하고伊太利와親하며 西班牙와和하여獨逸比斯麥의偉業을破壞하여써佛國을孤立의地位로붓허救出함에在하엿다。 그가外相當時에팟쇼더事件으로英國과妥協하고 이로써그는모록코에對한自由手腕을두루려하엿다。 그러나果然獨逸로붓허抗議를提出하여 獨逸은佛國이모록코問題에關하여獨逸을度外視하엿다하여佛國을威脅하엿다。 떼르캇세는獨逸이모록코에何等利害關係가無한緣由로써이抗議에對하여强硬한態度를執하엿다。 그런

대當時의首相루비유ㅣ는獨帝를두려워하여세르캇세의意見에左袒치안코　形勢가엇지하지못하여그를辭職식히고　結局佛國은아르제뤄스會議에서獨逸의抗議에屈服하엿드라。

크레만소의말이쏫나자세르캇세는다시서서「크레만소首相의言動은甚히奇怪하도다。現下의政策을論함에當하여余의在職當時의外交策을非難하려함은무슨싸닭인가。予는英國과協約을結하며　西班牙와條約을定하여國際關係의融和를保하엿다。이努力은現佛國代議院도亦是認知하는것인데　그것을가지고佛國으로하여금屈辱의位地에立케하엿다고함은그저듯지못할말이로다。다시貴下의하는바를보라。貴下는이海軍不正事件에對하여決코그責任을免하지못하리라。貴下는過去二十五年間에組織되는內閣마다殘忍無雙한批評을더하엿고또海軍調査會總裁로서海軍의內情을알면서도　今日의그義務를다하지안음은무슨싸닭인가。吾人은鼓를鳴하여크레만소內閣의信任을뭇지안으면不休하리라」고語語가銳하며句句가强하게首相에게肉迫하엿다。그러나有名한論壇上의老雄크레만소가엇지沈默할소냐。　그는直時起立하여「세르캇세는余의質問에　甚히苦惱하는듯하도다。余의質問은非他라往年에세르캇세는內閣의一員으로서큰屈辱을佛國에게씻첫다。卽그는佛國을驅하며危殆한渦中에投하려하엿다。그런데當時佛國軍備가陸海軍共히不完全하엿음은當時陸海相이公言하엿음에不拘하고데르캇세는이軍備의不完全도不顧하고突然히頑强한態度를執하여結局은佛國으로하여금아르제시라스會議에參與하게하지안엇는가。如此히하여세르캇세는祖國을辱되게하엿다。그러나予는아주佛國西를辱되게한일은업섯노라」고　滔滔히論하고　내종은세르캇세의人身攻擊에까지論鋒을進하엿음으로　議員의反感을不少히買하여信任投票의結果、三十六票의差로써不信任이可決되여　크레만소內閣은그만瓦解하엿다。

一一、爾後의크레만소

다음後繼內閣組織者는아리스티ㅣ드、쎄리안이엿섯다。쎄리안은本來크레만소의同僚이엿드니　크레만、소는後에셰리안의政敵이되여攻擊할地位에立하얏다。由來佛國政界에서는乙을助하든甲이丙을攻擊하기爲하여는翌日이라도乙과分離함이通例일다。一千九百三年大統領選擧에際하여셰리안은當時首相兼外相이엇든셰와카레ㅣ를推薦하엿섯으나 從來共和主義의擁護者로서任하든크、레、만、소、는셰안카레ㅣ가王黨帝政黨의推薦에依하여候補가되엿음을憤히여이여如此함은共和政治의威信을害함이라하여猛烈히反對하고카이요ㅣ、[illegible]와共히셰안카레ㅣ를外務省에訪하고候補辭退를 勸告하엿으나 셰안카레ㅣ는「予는共和黨員이로다。諸君이何故로予를共和黨員에加入케못하는지를나는異常히하노라。余는政友의勸告에依하여斷然코候補를辭退하지는못하겟노라」고答하엿다。크、레、만、소、는斷然히도라왓다가同夜에直時셰안카레ㅣ에게便紙를보내여그를痛罵하엿다한다。그리고크、레、만、소、는귀쓰를候補者로推薦하여極力셰안카레ㅣ一派와競爭하얏스나 그러나팜쓰는그만落選되고셰안카레ㅣ가大統領으로當選되엿다。이에크、레、만、소、는셰안카레ㅣ의後를이어首相이된셰리안을同志와共히攻擊하야 맛츰내이로因하야셰리안은在職한지겨우五十六日에掛冠하게되엿다。爾來크、레、만、소、는셰안카레ㅣ及셰리안의政策을非難하야恒常反對의態度를가젓섯다。그러나크、레、만、소、의慧眼은能히獨逸의野心을看破하엿슴으로그의同僚카이요ㅣ等이主張한二年兵役制는反對함을表明하고 도로혀셰안카레ㅣ、셰리안等이主張하는三年兵役制를贊成하야期於히該案을通過식히엿다。當時에萬一크、레、만、소、가카이요ㅣ等과共히二年兵役制를通過식히엿드면 現役兵은現在보다도減하엿을것이며 同時에今回大戰에獨軍을防禦하지못하고悲慘한失敗를免하지못하엿을것이다。果然라크、레、만、소、가豫期함과갓히一千九百十四年에至하야大戰亂이勃發하엿드라。그리자獨軍은巴里를向하야襲來하엿음으로巴里는거의危地에陷하엿다於是에佛人도國內黨爭에만奔走할때가안임을翻然히悟하고 神聖聯盟의名目下에翌月二十六日로써元老政治家總出의所謂擧國一致的內閣을組織하엿다。即首

相은 비비아니、法相에 써리안、外相에 째므캇세 藏相에 리보ー、陸相에 께므란 殖相에 쓰ー메르그 오、그다음 社會黨으로 붓허 工務相에 삼바ー 오、無所管相 셈ー드ー 二人을 用하엿다。 이 때에 크레만소는 自己로서 辭讓하엿는지 或은 衆議가 그를 排斥하엿든지、엇잿든지 그는 이 內閣에 不入하고 依然히 그가 主筆하는『自由의 人』이라는 新聞을 行하야 侃諤의 論으로 恒常 當路의 失政을 警醒식히엿다。 그리고 이 비비아니의 擧國一致內閣은 반캇의 形勢가 不善함에 鑑하야 人心을 새로히 하려고 翌年十月에 總辭職을 하고 써리안이 그 後를 繼하여 善조아(各黨首領)를 始하여 프레시네ー、컨브、리보ー、비비아니等 各前首相의 諸元老를 綱羅한 聯立內閣을 組織하게 되엿다。 그러나 大統領 써안카레ー、「써리안」、비비아니等의 政策에 滿足하지 못하는 크레만소는 勿論 이 內閣에도 入閣하지 안코 「그대로『自由의 人』에 立하야 이러한 政策을 批難攻擊하엿다。 當時 軍事的 制限은 一切 言論界에 及하엿으나 그는 조금도 그 制限에 拘束되지 안코 言하려한을 言하며 筆하려 思하는 바는 忿慮업시 筆하엿다。 그럼으로 新聞은 자주 軍機保護法에 制裁되야 來終에는 發行停止를 當하엿다。 이에 크레만소는 益히 翌日로 붓허『束縛된 사람』이라고 改題하여 더욱 當局의 偸安不徹底를 痛擊하기를 말지 안엇다。 翌一千九百十七年七月三日에 써리안內閣이 瓦解하고 리보ー內閣이 代하엿을 때에 前首相 카이요ー의 獨探事件이 暴露되엿다。 이 카이요ー에 對하여는 有名한 피가로ー 新聞主筆 카ー멧트 銃殺事件이 잇다。 一千九百十四年三月十七日에 쌔의 藏相 캇이요ー 夫人은 피가로ー 新聞社를 訪하여 主筆室에 引導되자 突如히 五連發短銃으로써 一擊의 下에 主筆 개ー멧트를 射殺하엿다。 그 原因은 피가로ー 新聞이 카이요ー의 財政政策은 그가 率한 急進黨員의 費用을 獲得하려하는 詐欺的 行爲라고 猛烈히 攻擊하고 且 一千九百十一年에 카이요ー가 首相으로 獨佛談判의 重任을 負하엿을 際에 그가 獨逸에 對하야 執한 軟弱한 態度에는 疑心나는 点이 잇다고 批難하고 더욱 人身攻擊에 移하야 일즉 그와 그 夫人間에 去來한 情書까지 發表하엿음으로 夫人은 夫의 仇를 報하려고 이와 갓히

카ㅣ맷트를射殺한것이드라。裁判한結果에夫人은刑의執行猶豫를바다放釋되엿다。그러나이裁判中에카이요ㅣ는巴里에서發行하는週刊新聞『본누·루ㅣ쥬』에四萬法을與하며每日刊新聞으로하엿다。그리고이新聞은開戰後에露骨히講話促進論을唱하야一面으로는獨逸을便하며 或은佛國의態度를非難하고 또는勞働者同盟罷工을敎唆하는等佛國에對하야서는甚히危險한것이엿섯다。그럼때에이때의內相말비는이危險한新聞에對하야每月八千法의補助를給與하는事實이나여暴露되엿지。이事實에對하야크레만소는크게憤慨하야元老院秘密會에서內相에게對하야質問으로써肉迫함으로 政府도할수업시主筆알메ㅣ더를捕縛하고그家宅을搜索하기드디어意外에國防에關한機密書類를發見하엿음으로말비內相의身邊도漸漸危殆하게되엿다。알메ㅣ더는그後에警察留置場에서縊死를하엿으나 이죽음에對하야는누구가自殺을幫助하엿다는所聞이狼藉하엿다。

그러나알메ㅣ더의自殺로因하야秘密은永久히秘密이되고말엇것만은 內相말비는그職을利用하야佛國의機密을獨逸에게賣하엿다는嫌疑를免치못하엿다더羅馬尼의敗戰은그가獨逸에게軍事를漏洩한結果라고써지風說하엿다。크레만소는此等事實에對하야近世의文豪쏘ㅣ데ㅣ의子레오·쏘ㅣ데ㅣ와갓치猛烈히內相攻擊을繼續하엿음으로 九月二日에말비는不得不內相의職을辭함에至하엿다。말비는至于今下院의最多大數黨인急進黨과政府의唯一連繫者이엿스나그가辭職하엿음으로 內閣의地位는갑작이動搖하기始作하고 리보ㅣ首相은後任人物을尋함에努力하엿으나 適任者를엇지못하엿고 同月八日에는不得已한事情으로總辭職을하게되엿드라。

二一、第二 크레만소內閣

이에前陸相판르베ㅣ가後繼內閣組織에從事하엿으나 그가前首相리보ㅣ를外相으로하려할때에社會黨領袖알베아·토ㅣ마一派는極力으로此에不同意를唱하야反對하엿음으로판르베ㅣ는全然히社會黨을除外한內閣을組織하게되엿다。쌘르베ㅣ는有名한數學者

로人格、識見이共히當代第一流의人物이엿지만은 이紛亂한時局에立하야縱橫의術策을揮함에는조금그手腕이充分치못한感이不無하엿다。一面으로는當初社會黨은內閣反對의地位에잇고 또알메ㅣ더事件은그後에더옥局面이擴大하야內相이辭職한지三週日만에獨探의中心人物 또로바지아가逮捕되엿다(포로바시아는再昨年二月十五日에死刑의執行을受함)이獨探포로事件은實로當時佛國朝野를震駭식힌大事件이엿섯다。포로파시아는獨逸의手足이되여可驚할大陰謀를하려하엿다。그의使命은佛國內部에平和思想을宣傳하야擧國一致의團結을攪亂식힘이엿섯다。그래서爲先巧妙한手段으로佛國의大新聞『류쥬르』를買收하엿다。勿論買收費는當時駐米獨逸大使쎄른스토르쯔의손을經하야獨逸政府로서出한것이다。그는巧妙히政府의內部와代議士等의群에加入하야頻頻히政府의機密을偵探함에腐心하엿다。이運動費가一千九百十六年만으로도實로三百二十萬法의巨額이라고한다。쌘만안이라이 포로事件과 카이요ㅣ事件과는무슨關係가잇스리라하야政府를攻擊하는소리는더옥甚하엿다。그러나쌘르베ㅣ首相은 말비及카이요ㅣ等이率한下院의多數黨인急進黨의反抗을憚하여 이事件에關한斷乎한處置를하지못할뿐안이라 도로혀 또ㅣ데ㅣ一派機關新聞의發行을禁止하엿슴으로 크레만소는 더옥政府의不法을難詰肉迫하여 쌘르베ㅣ內閣은드듸여一千九百十七年十一月十三日에在職二個月로써崩壞하고말엇다。쌘르베ㅣ內閣이瓦解되자 다음後繼內閣組織者에對하여는衆評一致로 크레만소를推하엿다。卽크레만소는上院의獨探事件攻擊의急先鋒이오 말베ㅣ辭職과 리보ㅣ內閣의瓦解와 쌘르베ㅣ內閣의倒壞等에盡力하엿슴으로 事勢上後繼內閣의首班이됨은當然한일이다。또其實은그가안이면이擧國的政治家를一掃하고時局을收拾할사람이업섯슴으로 衆議는一致로 크레만소를推하고 大統領뽀안카레ㅣ도또한一切私情을拋棄하여從來政敵이엿든크레만소의內閣組織을勸하엿다。 크레만소도快諾하엿스나 實로八年만에다시內閣에立하게되엿드라。

一三、크레만소의內閣集中政策

크레만소가就任한時에戰爭을宣言하여曰『戰爭일가나戰爭일가나ㅣ戰爭을除한外에는아모무엇의重함이엄다』라고納得시켯다。또는그出征壯士를恆常慰懷할必要를力說하야말하되『吾人의義務는簡單하니라。兵과함가서共戰하고兵과한가지로生하고兵과한가지로苦하고 또兵과한가지로戰할지니라 於是에吾人은祖國以外의事는一切忘却하여야할지니라。只今吾人의前에吾人이佛人되엿음을誇할時期가來到하리라』하엿다。엇더한때에一議員이 크레만소에게戰爭의目的을問함에 그는곳『그目的은戰勝者가될에在할뿐이다』라고喝破하엿다。그리고議會에서社會黨議員이그의演說을妨害함이잇으면 그는冷然히『내가늙어서귀가먹엇음으로 諸君의말함이들니지안음은老人의一利라하노라』하고弄談으로報하드라。그는다맛勝利에向하야突進하엿느니 카이요ㅣ一派의賣國的政治를一掃하고國論을統一하지안으면名譽의勝戰은期待할수업다。勝利를엇기까지는佛國民은如何한犧牲일지라도참지안으면不可함을痛切히感한지라 그는假借업시 카이요ㅣ一派의賣國的行爲를痛罵하엿다。카이요ㅣ의徒는 크레만소가아모리首相인지라도『재가敢히엇지하랴』하여不動하엿으나 크레만소는國民의企待에反하지안코 容恕업시 카이요ㅣ의賣國的行爲를指摘하여議院에서演說하여曰『余는前에新聞記者의資格으로서成者의名을發表하엿지만은今日內閣議長의資格으로는明言하려안노라』하며暗暗裏에서 카이요ㅣ를目할때에 議員의눈은이니듯카이요ㅣ에게도파가 카이요ㅣ는얼굴이붉어저서答辯하려고三次나니러섯댓으나 크레만소는不關하고攻擊演說을繼續하엿다。이와갓히하야그는 카이요ㅣ、말비의徒를爲始하야조금이라도賣國奴의嫌疑가잇는者에對하여는嚴重한制裁를加함에躊躇치안엇다。말비는昨日까지內相으로서國內一切政務를處理하엿으며 카이요ㅣ는前首相이엿으며 佛國下院의最多大數黨인急進黨首領이오 四次나總相이되엿든非常한手腕家라는名이잇을뿐안이라 前首相 센리안갓흔大政治家일지라도그가旅券을得하야伊太利에가서 聯合軍의不利한運動을하지못하게한有力者다。그런것을 크레만소가한번當局에立하자 即時카이요ㅣ、말비等賣國奴의頭目은一齊히投獄하여 佛國政界의裏面에跋扈跳梁하든賣國的政治家의運動이消滅되엿다。 이것은크레만소內閣이안이면到底히되지못한事業이다。 如此히하여國論은統一되고 國內는鞏固되여 擧國一致로軍隊의後援을힘쓰게되엿다。 그리고一意愛國의熱誠으로못히이難局을收拾한 크레만소는老翁의再生이라는名聲이잇는 폿슈將軍을拔擢하여全力으로써後援하엿다。 聯合軍이 크레만소에게向하여感謝하여야할것은 이폿슈將軍을用함에全力을다하여後援한一点이다。 萬一이번聯合軍側에老首相 크레만소와 폿슈將軍이업섯다하면 비록米國二百萬의援兵과無盡藏의物質로써라도名譽의勝利는엇지못하엿을것이다。

一四、폿슈將軍을發見한 크레만소

今番世界的大戰爭은佛國天地로하여금天才輩出의機會를주엇느니 폿슈將軍갓흔이는實로이新天才의一이다。 폿슈將軍의名은벌서못히佛國軍人社會에서有名하엿지만은 一般國民間에는그리有名하지못하엿다。 일즉말스開戰의처음에際하여英國皇帝가親히佛國戰線을訪問하엿을때에 英國에서는陸海武勳의表彰인바스大赤十字章을바든사람이두사람이엇섯다한사람은當時佛軍總司令官쪼프將軍이오 또한사람은이將軍의親友로그右腕이라고할만한폿슈將軍이엇드라。그러나이事實을英國新聞이揭載하엿을때에 모든英國사람은폿슈將軍이란엇더한사람이냐하는疑問을품엇섯다。 그것은그리한것이나 佛國사람일지라도그가總司令官이되엿을때에 그의出生地를知한사람은極한少數이엇섯다。 폿슈라는獨逸人名갓흔일홈을想像하여 그는아마알사스의뗏츠出生이리라고한사람도잇섯지만은 그實인즉그는一千八百五十一年에쪼프元帥의出生地로못히數百哩隔한 西班牙에近한오ㅣ、피레니ㅣ縣의달고에서生한 今年六十九歲의老年이다。 그의집은近方을치고도세지지안는舊家로兩親은善良한天主敎徒이엇섯다。

못슈將軍은一千八百七十年普佛戰爭의際에十九歲로서出戰하엿고 戰後에는砲兵學校에入하엿으며 卒業後에는쎈브衛戍地에出하엿다가二十七歲에大尉가되엿다。 그다음陸軍大學에入學하엿고 卒業後에는騎兵中隊長이되엿나니 그後에그는陸軍大學에서戰略戰術을가르쳣으며 一千八百九十八年에는中佐가되고 五十六歲에는中將이되엿나니 그昇進은實로遲遲하엿더라。 그러나 그레만소는그人物을認定하엿음으로 一躍하야陸軍大學校長이되엿다。 못슈가陸軍大學校長이될때에대하야는逸話가잇다。 當時에이大學校長의椅子를바라는사람은實로적지안엇다。그러나 째의그레만소는벌서胸中에銓衡의案이立하엿다。 그는잇던한날못슈將軍과로도여晩餐을갓히할때에 그는이問題에對하야一言도發하지안엇드라。 그러다가마즈막도라가려할째에문득생각난듯이못슈將軍을對하여「그런데여보게 자네에게할말이잇는데 實인즉자네가今番에陸軍大學校長으로任命되엿느니」라하엿다。 이소작히하는말에못슈는놀나여 「厚意는感謝하노라 그러나不肖는그任이안이로라」하고拒絕하엿으

나 크레만소는엇든그러나만서任命하엿으니재 엇지할수업지。 그러고君이면識所適材란말이야」하고말하엿다。 大概크레만소의性格은이러하다。

그後에將軍은第十師團 第十八師團長을經하여今番大戰勃發當時에난씨ㅣ軍團長으로出征하엿다。 그리고一千九百十四年九月의마르戰爭째에는第九師團을指揮하여成功하엿음도누구든지아는事實이다。 實로佛軍이마르에서勝戰함은못슈將軍의絶倫한武勳으로千古不滅의큰功蹟이다。 또그의이ㅣ쌀戰勳도實로큰지라 同年十月末日에獨軍은兵力을佛軍北部에集注하여大攻勢로猛烈한攻擊을開始하엿다。 北部佛軍과白耳義軍도極力努力하엿으나 數의不足은엇절수업다。 못슈將軍은眼前에서愛將가戰한을보면서不得已總退却을할形勢가되여 英軍의損害도不勘하엿음으로 이러한못슈將軍도如何할바를알지못할危地에立하엿다。 이제에못슈將軍은무슨計策을가히생각한듯이十一月一日새벽두点에單身으로英軍司令部에쓰렌취將軍을訪하여 「敵의十六個軍團에對하여聯合軍은今하여僅히十個軍團이다。 萬一이즈음에貴軍이退却

하면予는殘部八軍團으로써二、倍의敵軍을當하여야겟다。予는假令佛軍이一人도남지안코全滅할지라도退却하지안으려노라。 武士의一言에決코虛僞가업다。貴下의意見은엇더한가』하고말하엿다。 쯔렌취將軍은暫間默然히잇드니『자、싸홉시다!』 그는突如히英合將軍의손을붓들고이와갓히 勇猛히陣中의盟誓를하엿다。 잇흔날은千古에紀念할포란더ㅣ스의大活劇이起하얏다。 카이제로는親히大軍을率하여一擧에聯合軍을殲滅하려하얏음으로 그形勢는實로不可當인觀이엿섯다。 그러나士氣를一新한英佛軍의將卒은火石을부름쓰고必死的으로戰鬪하얏음으로 그翌日夕陽에는이ㅣ퓰戰場에累累한彼此의死屍가凄慘히流血에漂하얏드라。 將軍은如此히하여前後二次나佛國의危機를救하얏다。 쪼풀元帥가 일즉將軍을激賞하되『포슈는實로歐羅巴의가쟝偉大한戰略家요、또稀罕한謙遜家이다』하고하얏드라。 將軍은엇더한때에『戰勝은敵의弱点을發見한때에乘하여突進함에잇다』한대한將校는『萬一敵에弱点이업는때는엇지하리까?』하고反問하얏다。 將軍은卽時『그러한때에는敵軍에게弱点을만드러야한다』이와갓히喝破하얏다。 이러한것으로도將軍이戰術家인것은알수가잇다。 將軍은또말하기를『余는戰爭할誠意가잇다고自稱하는士卒을要하지안노라。 어데서지든지必勝을期하여勝하리라는士卒을愛하노라』하고。 이러한意氣로 將軍은戰하량이면반듯이勝하리라는 自信이잇는사람이다。將軍의勇大하고鬪厲한戰略、猛烈하면서도冷靜히打算하는攻擊、그迅速果斷한바는實로크레만소로하여금絕對無二의好將軍이라고賞讚하게한所以러라。

크레만소가안일지라도 將軍은이赫赫한功績이戰爭마다그로하여금佛國軍隊의大首腦者가되게하엿음것이다。 그러나 名實을共히그地位에至케하엿스며더욱引續하여聯合軍의總司令官이되게함은實로이크레만소의努力이라고안이할수업다。 一千九百十七年十月에伊太利軍의失敗는聯合國의當路者會議를베사이유에開하게하엿다。 由來聯合軍에統一이無하엿음은聯合軍의一大弱点이니 獨帝는이것을知하고故後의勝利는반듯이獨逸이得한다고恒常公言하엿섯다그런데크레만소가十一月에內閣을組織하자 爲先聯

合軍을統一함이喫緊中의急務임을痛論하여熱心으로폿슈將軍을總司令官으로推薦하여 드대여將軍에게이大任을託하게되엿다。 그러나當時의自慢이甚한英國人側은佛國出生의將軍에게大陸出征軍의統帥權을委任함에는不少한反對가낫다。 그러나크、레、만소는熱心으로英國首相로이드、쪼ㅣ지를爲始하여聯合國側을說하여期於히快諾을하게하엿다。 果然일가나將軍이總司令官이된以來로聯合國側의指揮統率이맛당하여戰場에잇는軍隊의士氣는漸漸旺盛하엿다。 卽一年前으로붓허이때에至한獨軍의數次攻擊도그때마다聯合軍에게阻止되고 다시七月中旬으로붓허聯合軍側은도로혀攻勢를逆轉하여 이러한獨軍을괴롭게하엿다。 이때로붓허獨軍勝利의望은次次로업서짐으로 中歐同盟은勃牙利의一角으로부터崩潰하고 土耳其、墺匈國도또한脫退하엿슴으로 이에獨逸은單獨聯合軍과戰하지안이치못하게되어其氣가갑작히阻喪하엿다。 그러드니十月에는國內에革命이勃起하여 그만카이제르는退位하고强하든獨軍도폿슈將軍에게對하여不得已한休戰을提議함에至하엿다。 그러한즉大戰에聯合軍이 이赫赫한勝戰의光榮을得한은폿슈將軍의힘이지만은또이功의大半은將軍으로하여금이地位에立하게한首相크、레、만소에在함을記憶하여야한다。 實로크、레、만소는이意味로서聯合諸國의大恩人이오 이偉勳이잇는老宰相크、레、만소가今回記念할만한空前의講和會議에서議長으로推薦되어世界的大事를議하엿슴은本來로得宜한것이라고안이할수업다。

一五、크、레、만소와社會黨

佛國新時代의開拓者는恒常哲人이오 新聞家요 著述家이엿섯다。第二共和制에는라、말、틴、第三共和政에는빅톨、유ㅣ고ㅣ와갓흔 또크레만소와갓흔이가모다比比皆然이다。『思想은世界를指導한다』함은眞實은實로크、레、만소의全生涯를通하여明白히證據할수잇다。 말한것도업지今次의戰亂은經濟的大介關이지만은 聯合國側이敵國에向한旗幟는民主主義、正義、自由이엿스며 이智識的、哲學的、道義的勢力에依하여聯合國은名譽의勝利를得하엿드라、 그러고이民主主義、正義、自由——이三條件은實로크、레、만소가全生涯

에舊鬪하여온標語이엇섯다。 그는이러한主義主張의實現을妨害하는凡百의敵을對하여極力으로反抗하며攻擊하기를말지안엇다。 아마第三共和政의政治家中에크레만소와갓히國民을『데모크라씨ㅣ』의方面으로引導한사람은또다시업슬것이다。 그의傲悍하며非妥協的인個性은一部로서는非難을밧는다할지라도 그는이러하기째문에今日까지保守主義者의勢力과對抗하엿드라。 그리고그의이極端인民主的傾向은맛츰내그로하여금急進黨을組織하여約二十年間下院에서孤軍奮鬪로써許多한改革을經來하게되엇다。 이急進黨의創設者인크레만소가一千九百七年第一次內閣組織에當하여는社會黨과提携하엿다。 社會黨은政黨으로서漸次形勢를擴張하여그들의主義를새經濟狀態에適合하도록하려고努力하든中임으로크레만소는이러한事情을理解하엿스며 當時에아즉名聲이놉지못한社會黨首領아리스틔ㅣ드•쌔리안、 루니•비비아니 두사람을拔하여쌔리안을文相으로 비비아니를新設한勞働大臣으로任命하엿다。 이社會黨으로二名閣僚를取하엿슴으로保守派는非常히憤激하엿다。 그러나그는조금도假借하지안코이두사람을對하여『君等은아즉도年少하다。 君等은佛國敎育制度의改革을맛하며또勞働組合의改革을바라지안는가。 그리하면크게活動하라ㅣ』고激勵하엿다。 그後에쌔리안과비비아니는名聲이次次놉하저서 내중은모도首相의椅子를차지하게되엿더라。 크레만소는또社會改革方面에그多年抱負를實行하기爲하여內相을兼任하엿다。 그는本來醫師出身임으로特別히境遇――卽貧困이라든지遺傳으로붓허나는社會問題에興味가有하엿다。 그는몬저警察制度를改革하려하엿다。 다음은賣淫을絕對로根絕하려고하엿스며 또禁酒問題로도活動하엿다。그는이러한것을實行하기爲하여峻嚴한規則과條例를지엇더라。

一六、記者•文人•辯士인크레만소

크레만소는新聞記者로서그一生을貫通하엿다하여도無妨하다。 그는廿歲째에발서쏘라와갓히『勞働』이라는雜誌를發行하엿섯다。 이雜誌는數號에그만廢刊이되엿지만은 그러나 그는四十年後에首相이되자第

一로勞動省을創立함은그主義에對하여忠實한무서운耐忍力과國民을爲하는確固한信念이잇슴으로볼수가잇다。

『正義』는그가그다음에創刊한新聞이라。當時그는中年으로下院에서는자못雄辯家로 또政論家로누구든지指稱하엿다。 그後에그는 쓰레-퓨쓰事件으로『曉天』(黎明)을發行하야被告 쓰레-퓨쓰의無罪를絶叫하며 軍閥과警察을놀라게한奮鬪는實로壯觀이엿섯다。 그리고今番開戰後三年間은『自由의사람』紙上에서軟弱한政府의政策을指摘하여 盛히痛擊을加하며 民心作興에努力하엿다。 開戰以來로그가草한論文은實로一千篇以上이라하니 그貢獻이偉大함은누구든지認定하는바이리。 그의約六十年間의奮鬪的生活과 靑年時代로붓터懷抱하여온理想의動치못할信念은 그가創刊한以上新聞雜誌의題號——『勞動』『正義』『曉天』(黎明)『自由의사람』에依하야밝히볼수잇다。 悄然그는이四個의旗로써共和政을爲하야戰爭을繼續하여왓도다。

그의演說은鋒利「直截하엿스며 때로는爆裂彈과갓히 그破壞力은多數의死傷者를派하엿다。 開戰하기前에社會黨首領쪼-레-쓰에對한攻擊演說갓흔것은가장酷烈하엿느니 일즉쪼-레-쓰가快辯의名을擅하야크레만소의對獨政策을攻擊할때(一九〇九年)에그는이에對答하기爲하야웃숙니러『貴下가余의政策을非難함은貴下의任意이지만은 그러하는貴下는貴下로서의政策을說明하지못하지안는가……』라고反問하야 쪼-레-쓰로하야금다시開口하지못하게함도잇섯다。 그가演說할때의態度는두손을포켓트에너은대로두뺨에微笑를씌우면서低聲이지만은威力이잇는소리로가장坐談的으로活潑縱橫히幾何가自由하며戲弄인듯諧謔인듯하고또政敵을攻擊할때에는會言何何가사람의肝膽를긁는듯이압헤는아모무엇이當하지못할觀이잇다。 至于今하도록議會에서자못그와對立한者는오즉故쪼-레-쓰와前首相쌔리안쌘이엿섯다。쪼-레-쓰는華麗한修辭로써隱然히周圍를둘넛스며쌔리안은當意即妙의平民的雄辯으로겨우크레만소의銳鋒을避하엿섯다。그러나 그는哲學·法律·經濟等凡百方面에該博한智識이잇고또記憶力이强함으로如

何한때라도一片의草稿도업시二時間以上의長廣舌을揮하엿느니 『佛蘭西사람으로는제一長演說이라고할만하다。

크레만소는政界退隱中에眼前히新聞紙上으로만大椽한筆을揮하엿슬뿐안이라 때로는哲學的思索에沒頭하며 興味가나면小說이나脚本도쓰고 或은美術批評에도執筆하엿다。 그의小說脚本中에代表라고할만한것은 "La Malee Social" (社會의爭鬪) "Les Plus Fo-rts" (最强者) "Le Grand pau" (大坩堝) "Le Vo-ile du Honheur" (幸福의夢) 等이다。 이著書는모도不正義,法律上의不公平,强者의壓制를極力排擊하며그가懷抱한理想을高唱한것이다。 그리고그는保守主義를非難하여 萬一保守的勢力이滔滔히民主主義思潮를阻止하려하면그는絕對的으로反對하며對抗하엿다。 그의著書『大坩堝』의序文은有名한것인데 이것은人生의迷妄──永久히人生에게付纏하는虛榮,淫樂으로못히離脫한사람이안이면能히쓰지못할것이니그는이序文으로서文章家로, 또思想家로서는자못絕頂에到達한때라고『自由의사람』主筆 안티,말탄,쎌잔은한히賞稱하엿다。 그는우스트와갓히 『世上事가무슨價値가잇느냐』 라고도한이하고 또쎈데와갓히『모든希望을捨하라』고도한이한다。 그는決코現代를가지고滿足하지안은人物이다。

그의小說『幸福의夢』은일즉巴里오떼온座에서上演하엿고 또最近에紐育에서도上演하여非常한喝采를博하엿다。 그脚本의內容은支那의帝王을主人公으로하고 그帝王이한美婆姿를溺한中에 王이偶然히失明한터에妻婆等은王의失明을好機로하여各各淫樂에耽하며 또見孩틀은여러가지妄想的行動을한다。後에王의眼病이快한때에王은이狀態를보고 自己가盲目이엿슴이도리혀幸福이엿슴을嘆息한것이다。 이脚本을읽으면그主人翁이作者自身임을想像할수잇다。 그는人生에게同情함보다도도로혀白眼視하느니 이는그의處地로無理한것이안이다。 何故오하면至于今하도록그의生涯는恒常中傷을當하며 迫害되고 엇더한때는賣國奴라고까지陷搆를當하여모든慘苦에虐待된사람이니라。 卽그의胸中鬱懷는그로하여금五十歲때에이러한諷刺的小說을쓰게하엿다。 이것이그의自身經

驗으로못하出來한것임은容易히想像할수잇드라。그러나그는人生의進步를믿는다。그不充分한資性의完成을믿는다。 그리고그完成은自然대로放任하면不可하다그目的을達하리고行爲와手段의結果로써하지안음이不可하다고主張하엿다。如此히그는實際的人物이다또그의著書를읽어보면 그가如何히貧者에對하여溫情을두엇나 또如何히壓制에對하여反抗心을가젓나如何히自由를熱愛하엿는지알수가잇다。放縱은그의非常시排斥하는바이라。이러한意味로써그는無政府主義者를不好하느니 일즉엇더한革命煽動者로붓허示威運動에對한依賴를바닷을때에그는答하되『그대와나는職을달니하여잇는處地니라』하엿다。이말은그가穩健思想을抱持하는一端을알게함이充分하다。그가靑年時代에벌서區長이되엇을때에검문暴民에加入하지안음도其의까닭이다。

그레만소는本職이醫師인사람이엇든지 科學에對하여非常한興味를가젓느니 그硏究에는牛痘에關한書類가만히잇다한다。또그는『음소닌』(白血球內의病菌救濟을目的한다고생각한血液中의한物質)과甲狀線等에對하여도仔詳히硏究하엿으며 메치니코프의不老長壽法硏究에도多大한興味가잇다。그는英語가堪能함이有名한事實이지만은 또佛蘭西語도잘하여「테오크리쓰트」를原書대로본다한다。實로그는政治家될뿐만안이라文士로서、學者로서도훌륭한사람이다

그는또非常히東洋的趣味가만하서 줄거東洋諸國의風俗、習慣에關한書類를만히읽엇느니 小說「幸福의夢」의中에야쫏未見인支那의風俗과習慣을巧妙하描寫하엿다。東洋趣味的人物로더욱滋味잇음은 그레만소는顔骨이高秀하고현수염이支那袁世凱와恰似하여 그風貌가支那大官갓흔点이다。다맛그眼光이銳하여사나운氣운이외面目이眼中에낫하난다。또그는談話할때에東洋人의習慣과갓히눈을떳다감앗다하는癖이잇다。音聲은高透하고 言語는非常히率直快活하며 더욱意味明析하다。그는哲學者이지만은 그人物과事件을論評함에는決코神秘的曖昧한言語를不用하고 率直히『然否』로써斷定하는性味라。그가發하는모든言語는即그胸中確信을表示하는것이니이는그가今日國民의信賴와稱美를밧는所以이다。

一七、크레만소와家庭

政界에서는『猛虎』의別名을듯는크레만소도家庭에서는一個好好爺이다。巴里프렌크란에잇는그의집엽헤小學校가잇는데 兒童들이던지는뽈이잇다금담을넘어庭園에서花草를심으는老首相의둥근머리를싸리는적도잇다。이러한때에老相은허허웃으면서다시運動場으로던진다한다。크레만소庭園에는그가豆하하는孔雀과비듥의무리가잇으며 花壇에는그가親히심은花草가滿開한다。그밧게小禽家畜도 만히길으며每日낫는鷄卵으로써假饌을한으로唯一의樂을삼는다그는틈만잇으면庭園中央에잇는卓子에倚하여아름다운天然의中에서여러가지일을생각함으로樂을삼는다그의生活은또規則이整齊하며 食物에對하여서도極히注意를한다。그가活動家인所以도이에原因한것이다。戰爭以來로如何히奔忙할지라도 그는이規則이正齊한生活을破한적이업다。밤에는八時에색자서 七時間은熟眠하며 아츰은三時에起하야처음에『自由의사람』『束縛된사람』을다시更題한것)의論說을쓴다。그쓰는글은크레만소一流의諷刺的文字로써一千五百語式은반듯이쓴다。六時에는그날의雜務를處理한後에야食卓에就한다。正午까지는큰卓子에倚하여秘書官을相對로하여自己美麗의筆蹟으로 書類를調査한다。十二時에는반듯이晝食을먹으며 그食堂에는佛國革命黨首領의肖像을掛하엿다。晝食後에는一時間을睡眠하고 다시事務를處理하며 밤에就眠하기前은姪女에게佛國古文學을읽히여듯는것으로樂을삼는다。그가恒常元氣滿滿함은一은이러한趣味가넓고 研究心이깁흔것이有力한原因이갓지만은 또一은그는餘翁과갓히언제든지 또何處에서든지睡眠하는까닭이다如何한旅行의疲勞라도이休養으로써곳치는크레만소는自働車內에서도能히睡眠한다。별사이유에軍事會議가開催되엿을때에도크레만소는晝食後한時間은반듯이자고 다시씩씩한精神으로對人하엿다한다。

그는再昨年五月二十八日이滿七十七의生辰임으로各處로븟허賀表와祝辭가山갓히드러왓다。그러나그는家庭에서設宴도안이하엿으며 當日은勞働者의紛擾事件을調停하고곳그길로戰線으로出發하여포쉬將

軍과面會하엿다。 如此히그는恒常活動하며 더욱 戰爭中에는조금도쉬이지안엇다。 그는首相就任以來로 여러번出戰士卒을慰問하엿다。 일즉上院軍事委員長으로써戰場에視察할새에 陸軍側에서上院議員으로써 遇待하려는것을 그는부러 拒絶하고 一新聞記者의資格으로서戰地의實情을視察할새 彈丸雨飛中을平然히 도라단이엇다。 그때에敵의砲擊이激하엿음으로彈丸의飛片이四方으로飛하야甚히危險하엿다。 參謀將校는速히避難하기를勸하엿스나 그는 『余와如한老軀를?』하며 容易히움직이지안코 眼前에展開한慘狀을 보며感慨無量하엿다 한다。 그가如此히實戰場의狀況을目擊하엿음으로出征將卒에게非常히同情을表하엿으며 萬一國民中에不平을말하는者가잇으면곳兵士의戰地에對한自由와困苦를들어比喩하엿다。 政務餘暇에는中折帽子에一個短杖으로親히戰地에赴하여 兵士를慰撫激勵함으로 그의얼골을본將卒들은狂喜하여迎接하고 이老政治家를讚仰하여 『戰地의父』라고불넛다드라。

一八、크레만소와 藥縱

昨年(一九一九年)二月十九日에巴里各報는놀나온報道를하엿느니 크레만소氏가二月十八日朝에自働車로自邸를나와街道를通行하는中에突然히勞働服을입은一靑年이크레만소를狙擊하여 그一彈은不幸히命中하엿다。 犯人은當場에서捕捉되엇으나 그는코-탄이라는一無政府主義者이엇섯다。 本來佛國은無政府主義者가非常히만하서 二十年前의大統領칼노-는이無政府主義에게無慘히죽엇다。 크레만소는政敵이만코兼하여『人生은爭鬪니라』는말은그가恒常하는말이지만은 事實그가그主義主張을爲하여서는如何한사람이라도敵으로하기를서리지안엇다。 그는前述한바와가히開戰하기前새지는佛國政界의實權을잡은急進黨의首領카이요-、말비-의獨探的行動을憎하여 斷然히카이요-를下獄하엿음으로 카이요-一派의怨은骨髓에徹하엿드라。 또이번講和會議에서도 그는議長席에잇서윌손이獨逸에對한微溫的態度에不滿하여賠償을主張하엿으며 알사쓰、로-렌의返還은

力說하여어데까지든지目的을貫徹함에努力하여如干
하지안은월숀으로하여금拱手케하엿음도最近世界가
周知하는事實이다。 露國過激派를壓迫하며 西伯利
亞出兵을第一로먼저主唱한사람도그이엿음으로 이
兇行이카。이。요。ㅣ一派의所行이안이면 露國過激派든
지或은敵國獨逸의行爲라고할수잇다。 그런데其後의
外國電報를보건대 犯人코。ㅣ。탄。은그해에겨우二十三
歲의神經質인 無政黨에서는그리有名치도못한者이
엿섯다。 그는처음에軍隊에잇섯으나다시飛行場에勤
務하엿다가곳解雇되엿드라。 그는軍隊生活에恒常軍
律을犯하며 上官에게反抗하엿다한다。 그의自白에
依하건대그는七個月前에警官이自己들의共產主義者
集會에干涉한當時로부터크레만소를暗殺하기로決心
하고 短銃을買入하여發射練習을하엿단다。 그리하
여恒常機會를보다가이러한凶行을하엿다。 이凶行이
이러나자 群衆은直時凶漢을捕縛하여毆打하며 私
刑으로써하려고하엿다。 크레만소는徒步로悠悠히自
邸에도라와 臥床을勸한도拒絶하다가 主醫의强勸으
로겨우臥席하엿다。 그彈丸은크레만소의肺內에入하
엿섯으나 醫師는彈丸을取치안코 그대로와。라。퀸。으로
彈丸을包하는包埋法으로(果實의核子와갓히核化식
히는法) 炎衝을豫防하기로決定하엿다。 그後經過는
非常히善良하여負傷한지九日(二十六日)午後에는外
出하여短距離散步를한뒤에 午後二時에는다시自邸
로부터뻴。사。이。유로向하엿다。 이곳은그가一千八百七
十年普佛戰爭後에議會一員으로國民議會에參席하엿
든곳이다。 그리고四時에도라왓으나別로히疲勞를不
感하엿음으로 翌二十七日朝에는다시長距離散步를
試한後에公務에就하엿고 午後에는自己司令下에서
猶太民族問題를討議하엿으니 이一事로라도能히그
剛毅精悍한性格을알수가잇도다 (쯧)

크레만소

헨리·쌘싸익博士의來遊

柳瀅基

宗敎家로 大學敎授로 詩人으로 外交家로 일홈잇는 쌘싸익(Dr. HenryVanDyke)博士의來遊하리라는 息을 今春에도 듯듯하다。預定대로五月에天洋丸이米國文學者를 日本에모서왓다。

博士는 牧師로 名聲을니르켜 文學者의일홈을엇엇다。大戰中에는 日蘭駐在米國公使로 外交界에活動하고 目下는 푸린스톤大學英文學敎授이라한다。

五月十六日午前十時쯤히 靑山學院高等學部講堂에서 特別히專門學生을爲하여 講演한다는 廣告를보고時間을기다리고기다리고다시기다려 그의講演을드르려드러갓다。 十時가조금지나니써 경해안젓든 學生들이온다온다하는소래에 돌녀다보니써 기다리고기다리는 博士의一行이엿다。講堂은日本學生과 外國男女紳士로 가득하엿다。

博士는 一八五二年生의老人인데 年齡에比하면 靑年이엿다。 博士라니써 머리털도 다ㅣ써러지고 眼鏡도 버텨슬줄 짐작하엿는데 나의生覺하든것파는正反對로 머리털도 아직 本色이며 眼鏡도써지안은米人으로는 적은體格을가진 老成人이엿다。院長의紹介가잇슨뒤에 곳ㅣ講演을始作하엿다。무삼어ㅣ러ㅣ운演說일줄알고 바짝바짝죄엿더니 平凡한談話體의 니야기엿다。或ㅣ通譯도업시 外國學生의게 演說을하니써 알어듯기쉽기爲하여 그러하엿는지는 몰나도 大端히 平凡한談話이엿다。或文學的 政治的講演을드르려는企待를가젓든이는 失望하엿슬듯도하다。

以下는그의 演說의 大略이다。問題는 敎育의必要라는것이엿다。

今日은 어대를가든지 데모크라시라는말은안드르려야 안드를수업시되엿슴니다。이러케 民智가發達

되여 前에 듯지못하든말을 今日은 大端히 頻頻히 듯게됩니다。 그러나 나는 모든새모크라시를다ㅣ贊成할수는엽슴니다。 그가운데 不可한것도잇슴니다。 곳 無學한者들의 부르지지는 民本主義는 아모價値도업는것이라구生覺합니다。 그런故로 今日은 前日보다 더욱敎育이必要하다하는것이외다。 敎育、敎育 나는 참意味의敎育을 主唱합니다。

特別히 代議政治、或은民主政治를 가진國家는 더욱이國民敎育이必要한것은多言을 不要합니다。 或其國民이 無智愚昧하여 人猿에不過한다 假定하여보시오。 其國家의前道가얼마나 暗慘하겟슴니샤。其國家의隆盛을期待할수가 잇겟슴니샤。 그런國民이 正當한代表者를選擧할수가잇겟슴니샤。 그런故로今日은 무엇보담 必要한것이 國民敎育입니다。

今日 女子參政權運動이 一層熱烈합니다。 勿論조흔일이겟지요。 그러나 나는一言을加코저합니다。그들이參政權運動보다、 男女同等權主唱보다 먼저그러한 自格을엇을만한 修養이必要치안을가합니다。 男 女는 本質붓허 相異합니다。 神이創造하실쌔붓허相異합니다。 男女의할일은各各다릅니다。 女子의할일은 今日婦人運動보다 더욱重要한일이만치안은가합니다。나의 안해는 夫人參政權에反對하지마는 나는 구타여反對는아니합니다。 그들이 相當한勢力이잇스면 自然히될것이아닌가합니다。

人生以外에 動物은 本能의支配를밧슴니다。 그러나우리는 一層을나가서 智能의支配를밧슴니다。 이智能 (Intellect) 은 敎育으로붓허나는것입니다。 그런故로 우리는 무엇보담도 먼저 배홈必要가 잇슴니다。 諸君은 文의好意로 이런 훌륭한學校에서 每日工夫하시는諸君입니다。 아못조록 이런時期에만히배호고 만히 硏究하십시요。

나는 敎育에對한、아니學生들의 注意할것 네가지로 諸君에게 뭇싸이를부르겟슴니다。

一、明確히觀察할것 (To see clerpy)

諸君은 무엇을볼쌔든지 明確한觀察이 必要합니다。 이것이知識을엇는方法입니다。

二、活氣잇게想像할것(To imagine vividly)

諸君이만일 想像力이 缺乏하면 詩가튼것은넘

을수가업습니다。또한깁흔硏究를할수가업습니다。엇더한學問에든지 想像이必要합니다。

三, 正確히將思할것 (To think corsertly)

이는 近日靑年의게 더욱必要합니다。엇던이들은 二와二가四라는 明瞭한 理致도誤解하고二加二는五或은六으로滿足하는이가잇는것갓습니다。우리는 金錢上에라든지 其他무슨方面에든지 正確한思想이必要합니다。

四, 高尙한意志를가질것 (To will nobely)

諸君ㅣ 어느부분을보든지 靑年諸君의게는必要합니다。諸君이 여기서工夫하실때에야 다ㅣ以後有爲의人物이되고저하시겟지마는 實上實社會에나가보면 有爲有能의人物이적습니다。다시말하면 成功하는이가적은싸닭입니다。그러면諸君ㅣ 아못조록 高尙한意志를가지자고 國家를爲하여社會를爲하여 世界를爲하여 有爲의人材가만이여러분가온데서나시기를바랍니다。못짝이ㅣ諸君이(五, 十六)

博士의講演은 東京各大學에서 여러번잇섯스나一

一히參席치못한것은 大端히遺憾으로生覺한다。學校에 대한사람으로 如意히못되엿다。同時에 讀者諸君의게 一一히紹介치못함도 섭섭하다。지금쓰려는것은 五月十八日午後二時붓허 早稻田大學에서한것의 骨子뿐이다。처음인사와 始作은 大槪비슷한고로 또슬必要가업다。亦是처음에는 今日敎育에必要한니야기를始作하여 세가지로論하엿다。

五十年前까지 大學이라할만한設備가업섯다는日本이 今日은多數의大學이設立되야 高等敎育을밧게된것은 大端히깃분일입니다。米國에는 今日大學校와專門學校數가 七百以上입니다。그는엇재든지 父母의게學費를엇어 平安히學業에從事하는諸君은 이學校를卒業하고 社會에나가 特殊의待遇를밧을것입니다。그러나 同時에 諸君의게는 큰 責任이잇습니다。나는 眞正한大學卒業者의必要한 三要素를가지고 卑見을 陳述코저합니다。

一, 事의大小를勿論하고 大學卒業者는 其從事하는것에 충실한實行을가지지아니면안될것입니다。一事를完全히 正確히 理解하여實行하는것이第一의要

業이라구 하고십슴니다。나의專門으로말하면 나는詩、論文、小說等을 完全히 또는 他人의게有益을줄만한價値잇는것을 쓸만한能力을가지지못하면 안될것입니다。諸君! 諸君이 如何한方面으로 專門을하시든지 그專門하는方面에 完全한 理解를가지실 必要가잇슴니다。그리고 諸君의專門하시는 科目은 諸君이아니면 完全한것을 일울수업다。곳 나의專門하는―이것은 내가 하지아느면 他人은 할이가업다하는 確信을가지고 硏究하십시오。 그리하여 完全한무엇을―◎만드러가지고 實社會에나아가십시오。

二、諸君의專門하는것이 諸君의周圍 또는全世界에 如何한 關係를가젓는가에關하여 充分한知識을가질必要가잇슴니다。그는 人生이란 孤立的生活은到底히不能한싸닭임니다。그런고로 諸君은 實社會에 나가기前에 먼저 諸君의 專門이 諸君의 活躍하려는 舞臺와 如何한關係를가진것을 熟知하지아느시면안됨니다。同時에 諸君은 知識과 智慧를 共有할必要가잇슴니다。예수께서 『順하기는 비듥이갓치하고 智慧는 배암갓치하라』하신것이 이싸닭임니다。

三、諸君은 世上에나가 훌늉한紳士가되시려구只수못히 努力할必要가잇슴니다。標準的紳士가 各各되십시오。諸君은 좃기어 善한일을하시지안으면안됨니다。諸君의義務以上의 善行을世人의게 하십시오。諸君은먼저 諸君自身을 훌늉한人格者를만드시오 그리구야 諸君의國家 諸君의社會를 훌늉케만들수가잇는것입니다。「나는마즈막 諸君의게「貴金非」노 나의 인사를밧고겟슴니다。(五、十八)

(一九二〇、六、十三、靑山에서)

◎本會社出版部囑托을新任한諸氏의芳名

姜邁氏 洪秉璇氏 金瑗根氏 金道熙氏 文一平氏 朴用拇氏

漢城圖書株式會社出版部

賢妻퀴。리。

——化學家의異彩——

一記者

□ 머리말

우리社會의婦女들도若干覺醒하재는모양이다。『解放』『自由』『男女平等』 이러한소래가 四方에서귀가압흐도록이러나니。 아ー얼는생각하면 이것은참말아름다운現象이다。 依例히女子도이러한主張을가살내밀고 大言壯談히여야할것이다。 그러나나는이러한流行語에 압흔趣味를붓치고 그들에게同情하는同時에 一便으로不安한마음도적지아니하다果然우리女子들이 男女平等이나 自由解放을 그러트시獅子吼할實力을가젓는가? 世上萬事는 모다實力如何에關係된것이다。 萬若女子들이 相當한實力이잇다하면 自由平等——이러한問題는 말을아니하여도自然히解決될것이다 그러나 아모實力 아모修養업는 맛썬생이가 空然히 말만하면 그것은自己의 드러운羞恥만사는것이다。 이러한意味에서 相當한賢婦도되고 賢妻도되며 또는相當한主婦도되야 女子의內政上 一部의觀念도 업시된後에야 이러한流行語에도參與하여볼것이다。 더歐美女子가 女子參政權을運動한다고 또그네들이 男女平等을主張한다고아모主見업시함부로 날뛰여서는아니된다。 그네들은 모다相當한修養과實力이잇다。 곳모다賢妻요 모다良母요 모다完全한主婦이다。이리하야 그들은土臺가튼튼하고 基礎가堅固함으로、손을四方에펴서社會上運動에도 時代的으로活動하는것이다 이러한見地에서 本記者는 우리여러婦女들에게 몬저賢母가되고 몬저良妻가된後에 男女平等과 自由解放等을絕叫하십시요한다。

다음에紹介하는큐ㅣ리는賢妻良母의模範이니 우리여러사랑하는婦女들은 이女史의生涯에一顧를주기를바란다。

□ 女流明星兒

왈사우라하면 以前은俄羅斯의一大都會이엿스나 이번巴理講和條約에依하야 堂堂한폴랜드國의首府가되엿다。그왈사우에只今부터五十餘年前에 한총명한女子가出生하엿다。 그의父親은 同市第一流의學校에 敎鞭을잡은物質學敎授 엠쓰•코로섹스카ㅣ라고하는篤實한理科研究家엿다。

□ 少時의境遇

少女는그의幼年時代를父親의實驗室에서보내엿스며 조곰長成하야는 친히행주치마를입고 한번손에비를든後 或은父親의實驗室을 쓸며 或은精緻한器具等을整頓하며 或은父親의하시는일을求見하엿다。그러나年齡이만하짐을조차 科學에對한興味도大端히깁허젓다。父親에堅忍不拔的研究에 관혼同情을부어 自己의할수잇는限度까지는 어데까지든지父親을扶助하엿스며 그리하고自己에게는 極히些少한일이라도 父親에게는大端히重大事가됨으로 그는全力을다하야 父親의研究에供獻함이만엇다。

□ 學者의資格

큐ㅣ리는 벌서科學者第一의資格인 自我를바리고耐久不倦하며 研究에熱中하는精神을가젓다。 그리하고第二의資格인緻密한思想과 또는어나것이든지輕忽히역이지아니하는注意心도가젓다。이리하야每日父親의實驗을보는것으로 無上의快樂을삼엇는대이써큐ㅣ리는 父親에對하야 가시돗엇는조흔弟子엿다。

□ 學校生涯

맛참내완사우女子大學에 우리사랑하는큐ㅣ라는 入學하야 그敎授의助手서지되엿스나 同窓의學生은 모다『女敎授』라別名하고 大端히 그를敬愛하엿다。後에巴理에가서 오히려熱心으로學業을硏究하엿는대 萬般貧苦가그를包圍할지라도 그는조금도屈하지아니하고 高等學師를마쳐하 및참내『物理數學의準學士』라고하는學位를엇이다。

□ 好評嘖嘖

女敎授는 精力이倍倍하야 熱心硏究에努力하엿스며 조금도怠慢하지아니하고 엇더한苦難과試驗이잇슬지라도 이대서지든지참고견딤으로써 唯一의信條를삼엇다。이러하야四圍의여러사람은 그의誠力을稱讚하며 그의將來에祝福하엿다。

□ 理想의結婚

임이우리의尊敬하는女敎授는 結婚하엿다。世上에는結婚의賤尺을脫하는同時에 一切의希望과精神을放棄하고 忽然히平凡化하는者가적지아니하다。大槪그들은 米國의가라처준 理想과抱負를단꼽한新婚從一時에 또다抱負를상실하고만다。그러나우리의尊敬하는女敎授는 어대서지든지 女敎授이다。그良人을擇함에 自己의精神과 自己의理想을理解할만한一心同體의名士로하엿다。엘봉은큐ㅣ라고하는대巴理市의物理化學의敎授로 以前부터篤學界에有名한者이다。篤學의士에 篤學의女, 서로그精神이感應하야 이에理想的結婚은成立되엿다。이를저容貌에求하며 財產에求하며 名與에求하는 卑劣한婚姻에對하야 참말天壤의差가잇다。

□ 婚後의硏究

琴瑟이相和하야 夫婦兩人의硏究的精神은 漸漸熾烈하야 細大의各部分을서로擔當하고 徹頭徹尾어대서지든지 충분한發明에努力하엿다。다못男便은 妻에게比하면 想像力이만흐며 妻는또男便에게對하야 堅忍不拔의德이잇서서 兩者의缺陷을圓滿히補助하엿다。

□ 發明의野心

이째敎授쎄계렐ㅣ은 우라니움이라고하는 電氣를

傳達하는元素를發明하엿스나 그光輝가大端히盛大하야매우學術界의注目을끌을엇다。큐ㅣ리夫人은 생각하기를 유라니움보다도 오히려盛大한光輝를發하는것을發明하라고 夫妻가힘을合하야 發明에極力苦心하엿다。 이째夫人은 한번도交際場裡에몸을 낫타내지못하고 全혀實驗室에파무처잇섯다。 다못天然을對敵삼고 그天然의秘密을들어내기에汲汲하엿다 廢殼는山갓치싸이고 器具는뒤버려잇서서 그奮鬪의光景이 참말慘憺하엿다。 良人은얼굴이蒼然하야 日夜로妻를도으며 妻는熱心으로 金屬試驗에눈을뒤굴리고잇섯다。

□ 大發明

一八九九年十一月에 多年間苦生하며 研究하든結果는낫타나나 特別히보헤미아鑛山에잇는 瀝靑우란이라稱하는鑛物에서 一種의化學鹽을發明하엿다。이鹽은 유라니움의發光의性質을모다갓추엇스며 그리하고 그光輝의强烈한度數는 유라니움의二百萬倍에及하야 이에近接하는物體는 모다그能力을分與한다고한다。 夫人은말하기를室內의空氣도、實驗者의衣服도 모다發光해요」하엿다。 아ㅣ처음이훌늉한光輝에接할째에 夫婦의깃븜이엇더하엿슬가? 그들의苦生과艱難이깐한핫슴과가치 그들의깃븜과愉快도이와比例로 大端하엿슬것이다。

□ 夫妻의共働

이研究를하는동안 夫婦는맛치아담과에와모양으로 서로집팽이를依持하고 全然히一心同體的으로活動하야 맛참내이榮譽잇는發見은 夫婦共有의것이되엇다。 그러나良人은 이功勞를妻에게돌리며 妻는이名譽를良人에게讓하엿다。 그러나實驗緻密한觀察眼으로써 그實驗하는金屬中에 나지못하는發光力이숨겨잇슴을看破한者는 夫人이다。 또자조實驗의步를進하야 이推定의確實을證한者는良人이다。아ㅣ이學術界의近代의一大發見은 夫人이안이면되지못하엿슬同時에 또한良人이아니면 能치못하엿슬것이다。

□ 家庭

夫人은一見學者의態度로 會話도잘하며 또는外國

語로能通한다。무샹인에든지 一心不亂의精力的傾向이잇서서 一種他의魂을沓迷케하는힘이잇다。

夫婦새이에九歲의女兒가잇는데 그活潑하고 無邪氣한言動은 大端히両親에게깃븜을주워 一陣의春風은 恆常家庭에불고잇섯다。

□ 名 譽

一九〇三年에 夫婦는노벨賞 金八千磅을 밧앗다。노벨賞金은 十九世紀에瑞典化學大家 아례후렛드、노벨이 學術奬勵를爲하야 그遺産一千七百五十萬圓의利子를使用하기로定한것인대 每年科學과文學과世界平和에對하야 가장貢獻한者에게分配하는것이다。婦人은그後에불쓰學校에敎授가되엿스며 그後도쉰치지아니하고 硏究에沒頭하고잇다。아ㅣ이네로因하야 科學界에얼마나한曙光이빗최랴는지!!

□ 良妻의資格

『사람의안해된者는 男便을잘慰勞하야 안으로內政에煩悶이업게하며 밧갓으로는힘써일하도록 도와주어야한다』이것은조곰時代遲의말이다。 그러나여기도無限한意義가숨어잇슴은 다시말할必要도업거니와 큐ㅣ리女史는『男便이可品畵家가되여 바다를그리거든안해된者는 배(舟)를그리며 男便이可品變士가되야 말로原稿를읽거든 안해된者는 붓으로原稿紙에쓰며 男便이可品農人이되야 광이를가지고 田園으로나아가거든 안해된者는 호믜를가지고 갓치나가야한다。果然이러하여야 안해이며 또는그러치아니치못할것이다。』하고말하엿다。果然이것이큐ㅣ리女史가 男便에게服從하고 信奉한 一生의信條엿다。이말한마대로 그가男便에게對한態度를알수가잇다。

□ 마지막말

以上記錄한바큐ㅣ리生涯에對하야 여러婦人네들은 무엇을늣겻는지하지못하거니와 今日우리女子들은 아모實力과根據가업스면서도『賢母良妻』는『賢淑한主婦』이러한것은 도리혀건방지게 新時代의婦人의입으로는 말하지못할羞恥한것으로안다。 아니다。여러분은이큐ㅣ리의生涯와 및그의男便에對한信條에 깁히同感하라!! 그러한後에야 社會上에도손을펴 活動할것이다。

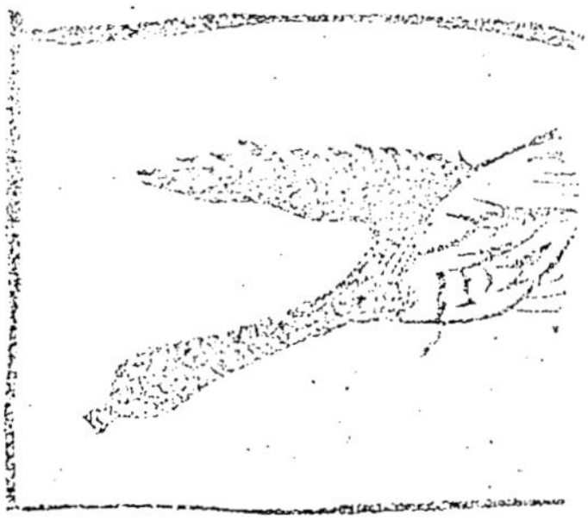

平壤行

李東園

平壤行을하게된理由는말치아니하거나와 아모리 보와도不祥事라고할만하다. 全體로보와도그럿코同勞共苦하던C君의一個人으로보와도 亦是그러하다 人生은本來明日의出來事를 不知하고살으라는命令下에 生活하지만 就中近頃의우리의生活과갓치 走馬燈의觀이有함도흔하지못하다 如何間夜間十一時의北行列車를苦待하야가지고南大門停車場에나오닛가 나와갓흔方面으로가려는사람들이 各各그先을抑制하려고뒤쓸는다 나도一列로並立하야 出札의時間을기다리는 叢衆에섯겨서 뒷사람한테밀려서압흐로 나가고잇노라니 本町署에서勤務하는K君이 내가가는지엇지알앗던지 目的地도뭇지아니하고 슬그먼이 車票를사주며 京釜線을通行하는奉天行은 恒常자리가좁기가例事니 먼저드러가라고하며 出入門을열고 안으로引導하더니 구석房에가서수군수군하고 車票를적어다준다 이런때에는注意人物로便利할때가 잇슴을깨닷고世上의萬事가一利一害이라고생각하엿다 尾行을當하여성가신때도만이잇지만 一夜의安眠을잇으리만한 便利도자저아니하다 京釜線車가南大門驛에到着한後 乘客들이下車한다음에 넘직한자리를혼자차지하고 안저잇다가 밧게나가넛가 交興社의R君과S君이왓다 二四日이면도라올旅行인대深夜를不關하고 餞送와나준는好意는感謝할뿐이엇다 定刻이되매車가汽笛이외순後에 出發을始作한다 나는「어린벗에」바칠原稿를쓰기爲하여 흔들니는 車間에서抑志로되자하야 원재로쓰고잇섯다 이것이비록罪行文이나 내게는여러가지意味를가진것이다 人生의새經驗한一段이라할수도잇고 或은엇던點은回轉期의一劃이라고함도可하다 이原稿를쓰노라고 係念이업는대 엇던女學生인지 머리를귀스덜미에다 틀어부친女子가車間으로드러와서 두리두리하더니 마참내내엽헤와안지니 年紀가六十이넘은老人겻헤자리를占領하고 冊褓를푸러놋코 무슨편지인지 이리뒤적저리뒤적하고잇더니 나는그것을잇다금것눈으로보기만하며 내일에熱中하얏섯다 그런대어느덧十二時가거진되엿다 그老人은잠도아니자고잇다금菓子를먹고잇더니 무슨생각이잇던지 無心中에그女學生보고어대를가서요 무럿다 그女子는무슨辱이나當한것처럼 開城이오하고 퍅쌍하야서對答하고 정말알믜운을하엿다 感情으로사지아니하고 다만天眞에서 나히그만하도록사라온그老人은 그女子의語態도생각지못하고 또다시금곳가다오시우하고무럿다 그女子는그째야말로정말怒하여 그건아라멀하오하고 핀잔을주고조금잇다가 다른자리로갓다 그老人이어이업는지멍하니한참그女子를멀니보더니 엽헤잇는나를向하야여보이양반내가그말무른것이무슨큰失數인가오하며웃는것갓기도하고 嘆息함도갓햇다 나는우스면서연세만흐신이가 그런걸웨무르셋습닛가 하니까 그老人이다시 나도셀자식이잇기로 남의생이라고그럿케工夫하는것이 貴엽워서무럿지오하며 개탄하는語調로다시말을하더니 그웃는語態로 녀도덕리깁고工夫한男子로고나하는表情을하면서 工夫하면더러케다무섭게되나요 老兒도學校卒業하엿소하며 그女子의분을내게다푸르려든다 나는분한老人을對應하기가未安하야 工夫하면그런것이아니고 工夫아니함으로그러치오 그런女子가萬若工夫나아니하엿던덜

엇던言行을할지누가알닛가 하고그老人을安靜식이려하엿다 그제야그老人도더怒한말을發하지아니하고 그만우스면서 그래서야 . 누가딸을學校에보내겟소하고 마즈막말을귀운여서맷고만다 이때에나는이런생각을하엿다 朝鮮女子는本來로 羊이나비달기와갓치 마일드、하더니 只今은호랭이나獅子와갓치 와、일드、하여진것은 무슨까닭인가 時勢가그들을더렷케와、일드、하라要求하엿다 또는自己들이自取하얏다 이것이조흔徵兆일다 不吉한表象일다 勿論우리는 女子들에게無理를行하고말하면서 無條件的順從과 恭敬을請求하려하지도아니하지만 그만한일에老人으로對面케하는것은 아모리보아도稱讚할수업다 그것도只今自己의身分을젊은靑年이무르면 코칭을한번주는것도痛快하갓지만 自己의父親이나다름업는老人을그럿케待接하는것은 其코침이잘못되엿다 日間에所謂工夫하엿노라고 머리트러붓친女子는 번적하면男子가女子를虐待하더니 自己네는男子의附屬品이니하는 새文學을製造하야가지고 떠들지만더럿케老人을待接하는것도 附屬品을免한다거나 虐待를免하는데 큰貢獻은업슬것이다 如何間그런것이다女子界에對한吉報라고 壯談할수업다 新知識은아지못하는老人國文모르고 漢文모르고 算術、物理、日本語、英語에에이、세씨、歷史니 地理니다모르는老人은 勿論더럿케梨花學堂式으로머리갈나붓친 아가씨눈에야참말價値업시보일것이다 그러나그들이암에萬若하이갈라洋服이나 잡아쨋치고 대가리에는밀기름이나발나서쌕갈나붓치고 金테眼鏡에다 팔뚝金時計에졉내가물큰물큰나는所謂當代紳士가 셋스면 옷술기를벗슬가하야 손이여러번올나가고 또는상판에紛이석러잇슬가하야 周圍에잇는反射面에는 행여나얼골을빗치여볼가하련만 나만은老人이라고저러케虐待가甚하도다 以前에는三綱이니 五倫이니하면禮義도적힌다고햇다더니 只今은그그림자도업다 五倫가운대所謂長幼有序라는것은根本부터破壞로다 長者를尊敬함은東西를勿論하고 差異가업다는대 더女學生들은學校에서修身書를배울때에 長者에不順이라는新道德을特別히硏究하엿는지도몰낫도다 嗚呼라더런女子들이부르지지는 所謂新生活이여 참말命數가업마나남앗나하는생각으로 남모르는가슴을혼자앓코잇노라니 汽車는어늬停車場에停車하엿는대 盲人하나이막대를집흔손으로車間을더듬어드러온다 나는平素에도盲人을퍽조와하얏슴으로 내엽에와서서가지고 자리를찾지못하는盲人을引導하야 내동뒤에안치웟다 나는의미업시 惻隱한빗이나랍난것처름깁벗다 그盲人은가슴에붓친무슨板대기를 내게다내밀어보이며自己가가는停車場을밋치나되느냐고 뭇는다 그의路程記를보니얼마더아니가서下車할사람이다 등에질머진것은그의보퉁이 卽이世上에서가지고잇는財産全部, 가슴에붓친조고마한木板에 어대를간다고路程記, 한손에는그의갈바를가르쳐주는 指南針이라할가 꼿우귀의杖이며 한손을세서손에들고다닌다하면알기쉬운말이며 또한손에는短簫를들엇다 그것은그이生命을이世上에서支持식이는 福神의權化로다 그것을불어가지고서야겨우 남의다남은밥을엇어먹고입다남은옷을엇어입는다 그가내게다한曲調불닛가請하기로 快諾을하엿다 明月下에山川을부르고다라가는 汽車의가운대서 들니는短簫의처량한노래여音樂의神이즈나降臨하는것갓햇다 悲慘歌를부는대슬픈대목이너머갈제에는슬픈表情 기븐곳제는愉快한表情 그가短簫부는동안에 나는그의얼골에表情만보앗다 그는果然藝術家이다 그短簫하나에全人이表現된다 그것을불재에는 눈못보고 배고푸고 옷못닙은 모든서름을잇어비리고 이저비리고 淸雅한소래나는 短簫의소래에 黙醉한다 全人이그가운대드러가서 그의슬픔과압흠이 短簫구멍으로소래가되어나오는것이다 -나는藝術의偉大함을다시깨다랏다 그변변치못한短簫라도그것으로그는사는것이다 이世上에서남들이가지고 조와하며웃는 黃金이나사랑은못가졋스나 오즉그短簫하나의 그가가진것이모든것이다멧曲調드른後에略干한金錢으로報酬를주고 자리에안저서다시더이런생각뎌런생각하다가 안즌채로잠이드럿다 깨치니 그盲人은언제나렷다 翌朝에平壤驛하니아즉도東天에서해가오르지못하엿다 그압旅館에드러가서 밥사이에못잔잠을자고 朝飯을먹은後에人力車를命하야타고 그곳에가서C君의安否를뭇고面會를請하니言不可當이라고한다 얼마後에다시와서 私食堂人의許諾을맛으라는命令을맛아가지고 大同門通錦城病院으로 그人力車를타고갓다 二年前과는其病院이만이變하엿다 變한것이아니라發展이엿다 院長C氏를만나 오래隔阻한人事를하고 下平의目的을告한後그집에다 本營을陣하고數日間滯留하게되엿다 其日午後에街家에나가서 C와P에게差入식일것을사다가두엇다가 明日午前을기다리기로하엿다 物品을사서商店에맛기고 西門밧게K君의學監노릇하고잇는女學校를가려다 基督書院主K君이街家에안젓다가 반가이마주나오면서 엇더케왓느냐고多情하게뭇는다 其書院은아즉建設中이다 設備完全치는못하나新刊雜誌가수두룩하게노엿것과 文房具와書籍이整齊하게노인것을보닛가 金錢이라는或은동굴하거나 또는종희자박지하나만目的하는것과는갓지아니함을發見하엿다 그길로西門外S女學校에가니 아가씨되기도하고 大部分아즉未成品인아해들이모진지만은마당에庭球도치고 遊戲하는것을보닛가큐-피드의사랑의살대가 언제날너올올지도몰랏다 K君도반가이만내고 또는H市에가서工夫하던 K孃도만내엿다 그길로또다시발을돌려서 日間은東亞日報紙上에毎月과論戰하던 總大將K君을차자갓다 君의卜居는참맛鮮耕家치고는 그야말로理想的이엿다 繁雜한거리를써나서閑寂한곳에 華麗치는아니하나무엇이숨어잇고 或은보이는것갓흔집 또君의書齋야말로참맛잇고십게맨드러노왓다 東南西로바람이불거나 해가빗치면언제던지빗치우게되고 北面壁에는書籍이갓득이싸여잇다 君은내가드러가는새에맛치寫眞現象을하고잇다가 藥뭇고붉웃은손으로握手을請하며반가이마저준다 나는이번에平壤에가서맛은印像中에 第一强한것이고또는오래남을것이라고생각한다 K君은年齡으로 分類하면少年의部類에屬할것이고얼골의表情새지아즉도少年을말한다 나는K君을批評할言辭가업섯스나 다만 로시아의 또스토에쯔스키나 라스킨에幼年時代는K君과갓햇슬가하엿다 K君과갓흔將次靑年을所有함은平壤의자랑이고 또는우리朝鮮의자랑이라고생각한다 其印像깁흔語句가輕快하지못한代身에重量이잇고 其表情에는天才의閃光이보엿다 나는무엇보다K君의發展을갓는다 平壤의名物은平山파국수로다 이번에국수도 하로에五六器式식먹고 수건도실컷보왓다 전반갓흔녕초당기에다 인기설키를너언고 가는모시수건을 질끈잘나맨것은 끼이드렷다고할는지 그다지美的이라고 稱讚하고십지는안이엿다 差入再作으로그곳을 다시人力車우에서지가며가碑九里라는것을보고D君의妻家이이갓워실어세기나서 差入식이려갓다가못식이고 도라오는길에결울차자갓다 차즈려고만이고 생울하다가거긔서저거가닛가 移舍를하엿다 番地도 모르고 그移舍한곳을차자가려고 冒險을始作하고 보는사람마다 무러가지고간신히 그집을차젓다 D君의夫人C氏는나産後에야속품이뎌치못하야 對答하려 나오지는못하더니 안房으로드러오라는命令이라 初面은初面이지만비위좃케 또내맘가운데는 舊面갓흔맘을가지고 안房으로드러가닛가 얼골빗이蒼白한 夫人이 압혜서비이해를누여놋고 이러서서人事를하고 나더러안즈라고勸한다 그래서나는누구라고일홈을쌈하닛가겨우빈가워하며 눈을내리깔고 어린아해를본다 必要인는것이라도微笑로 몃마대나야기하고 어린에기를좀보자고請하야 快諾을엇어가지고보닛가 卵生毛가일골을덥혓는데 나는결핏이애가언제娘이되나하고 몃분동안보다가다시자리에안지잇노라니 平壤의名物冷麵이한상드러온다 나는D君의夫人을보고서여러가지늣김이잇섯다 그가獄中에서고생할때에胎體에서자는 그애기도獄苦를가젓겟고 只今은産後가二週間이넘엇서도아즉快差하지못함도 亦是獄苦의餘毒이엇다 그리고그는世上에서建設하노라고無限한勞力을하엿다 그얼골이蒼白한것은 建設의苦라고한가努力이라고생각하엿다 그집을떠나서 大本營으로가서平壤의名物이고 非新日은平壤의자랑이라고부른K君과 特赦로出獄한商舖의前科者 R君 基督書院의K君파四人이作隊하야 浮碧樓遠征을始作하얏다浮碧樓의美는永遠할것이다 나갓흔雜誌의讚辭는도로혀그美觀을損傷하리라고退步한다 그리고 榮華熱의餘毒이라할는지 우리의歷史上에謎와갓흔箕子墓도求景하고 日淸戰爭에彈丸의傷處를만이가진압하하는乙密臺도보고 도라오는길에K君이내게다 平壤의名物을무수는다 平壤의[illegible]은[illegible]

도보왓지만目睹하기는난처음인대都市街의裏으로는
右便이오西로는左便인한겹은퇴다히려서꿋처지엇는
대二層집으로朝鮮式洋製或은滿洲집이잇는것이나로
하야금平壤은只今再築期에잇다는것을말하는것이고
將次半世紀만되면平壤은工業地로朝鮮의大都會가되
리라는것을내게다누가말해주는것갓햇다　일즉은朝
鮮의文化를中心하엿던平壤이長久한時間을醉眠에잇
다가今日이야　新活氣를가지고二十世紀의文明과步
調를갓치하라는것갓햇다　그런대K君은平壤에對하
야大端히　慨嘆을한다　平壤사람들처름돈만아는사람
들도朝鮮에는업스리라고하며　新風潮가그럿케도世
界를뒤집혀도如前히돈만보고　싸라가더　日間에朝鮮
新刊雜誌가　各處에서歡迎인대　오즉平壤에서만沈默
하고　讀書力업슴이平壤이都會치고　朝鮮에第一이라
고한다　그리고또하나慨嘆할것은基督敎長監理敎의
競爭이　極甚한대　其例를들면崇德中學校라는것도長
監敎會와合同하라하다가　쓰더서둘을맨들고　崇義女
中學校도合同하야잘하던것을　또쓰더서둘을맨드럿
다한다　이말을드르닛가　예수가말슴하시기를　집이
집과서로싸오면서지못한다는말은　平壤信者들은쌔
서내버린것갓다　또其中에滑稽하기도하고痛快한것
은　女子들이合同하야무슨일을하나하려하면　監理敎
便女子들은自己네는○○○○出身이고　學問이놉흐
니모든會의[illegible]
는그러지안는다하야　서로곳싸움만하고　아모것도
아니된다한다　朝鮮에서는○○○하나만두고　다른
女學校는다업서하던지　그러지아니하면　○○○○設
程을좀낫초아지　그대로하다가는　그것은戰鬪準備하
는곳이지　사람을養成하야　事業을目的하는것과背馳
의差가잇다　될수가잇스면　○○○○은우리半島에女
學校大本營을삼고　其他의女學校는聯隊를삼엇
스면　理想的이될것이다　平壤서엇던親故가이런忠告
을한다　내가○○○○攻擊하얏다고　○○○○出身인
平壤女子는다憤慨하고　네가다엇더케하던지손맛을
보이련다고　참可笑롭다　朝鮮에잇는것을다稱讚하고
마즈막으로時間이잇고　稱讚할物件이업스면　그때는
稱讚하리라고決心한다　女子들은엇재튼지稱讚만하
야주면　조와하는무슨先天的固有性이잇는지모르겟
다납조하하라고無條件으로稱讚하기는실으닛가나는
辱을먹어도내눈에보이는대로말할이다　나를야속다
간말고　그들이좀反省을하얏스면　그學校出身이京鄕
間에엇던稱讚을맛고잇나　平壤에서도○○○○出身
이업스면批評欄이寂寞하갓고　로만스가들니지아니
할만하드라　歸程에K君과R君이돈지만은길을거러
서停車場까지나왓다　사람은마음으로사괸것이다
世上에잇는아모物件도아니다

一九二〇、六、四、京義線中에서

漢詩

呈漢城圖書會社

于岡 李達元

圖書社設賴諸賢只恨機關未有前五十光陰餘白髮四千載史付青年百流細派無窮海萬疊頑雲自在天今日同舟同室友喜悲憂樂是同然

發南大門驛有感

曾年失脚走紅塵恨不歸田早養神木覓山青餘舊色漢江水白間前津物華豈是來中外世態誰能辨賢貢門戶洞開君莫說倘虛無實反傷人

사랑의 絕叫

李東園

「서울아즈머니 아비지가아 건넌房으로오시래요」하는 어린게집아해의족소래에 默想의나라에서無限히彷徨하는 恩順은 그부름을듯고 對答하기보다도 모든것을다이저버리고 沈默에안젓다가 맛치새벽鍾소래에잠이깬것갓치精神이새로워진듯햇다다시눈精神을차려서 自己의안젓는周圍를도라보니 冊床우에노여잇는 榮淑의편지는 「네가나를비리면 나는죽는다」는 죽음의恐怖로써自己를脅迫한단것갓치보인다 그편지를보면서 恩順의가슴에서는 「내마암變치아니할터이니죽지마십시오」하고 부르지지는것을깨다랏다 「엇더케하면조흘가」하는 썰고도씃이업는疑問이다시 가슴에서쌀키始作한다 할수업지 그새진것아모케나살다가죽지」하는 生에對하야아모對抗도업고 흘너가는물에배타고 나려가듯이形便되는대로하겟단마암이 니러나면 곳그다음瞬間에는「내運命을내가開拓하고 運命의종이되지마라」하는生의强한絕叫가 가슴에올닐째에는 모든것다비리고 온世界를망대로征服해보리라는勇氣가생겻다 그리고더욱더하기어려운것은「내가猶若周圍를抵抗하지못하고形便닥치는대로살면 榮淑은엇지될가하는」생각이 머리에가득해질째에는「아니다 아니다 父母가누구며同生이무엇인가 只今이瞬間부터서는 父母와同生그리고周圍가모도다 나를죽으라고 또는榮淑을죽이라고 나의生과榮淑의生을呪咀할뿐이다 그럿케나를사랑하야주는榮淑을죽이고는 나는살수잇다 父母에게對한反抗과周圍의對抗은 第三者로보면反抗의逆謀와갓지만 우리두사람에게는 이것이곳生의第一步로다 우리의生은反抗을强하게하고 못함에달녓다 反抗에지면우리는죽을것이다」 이런생각이가슴에쏠을때에는 恩順의表情에서 새지大膽한緊張이보엿다 어린쌀을식여서恩順을오라諭한徹哲은 건넌방에서 담배을피여물고 입파코으로 나오는烟氣가空中으로말녀올나가는것을보매 어덧케하면自己의누이를說

服식일가하는생각으로 如斯如斯한말을하리라하고 머리가음대나리나는생각을收拾하야 順序잇게整理를식이고 其順序가다시히트러지기前에 恩順이가건너왓스면하고안젓다 기다리기가支離한것처름 기침을한번크게햇다 恩順이는 그기춤소래가넓은마당을지내서 파이부서지아니하게들넛지만 아새어린게집아해의 애생음니는목소래보다더무서웟고 또는쌀니건너오너라하는命令인줄分明히알앗다 이命令을듯고보닛가恩順이도自己오라바니서對戰할作戰計劃을생각해야되게다 凡수새지 니러나는空想은다엄히누르고 自己의오라바지가이러케말하면 더러케反駁하리라하고 오라바니가할만한말과또는 그것에對한反駁새지解說하게머리에그리고 別한意外의質問은엽술것은預測하야가진後에 선듯니러서서 其冊床우에노인恭存의편지를한번더보며「나는君을죽이지아니하리다」하고 맛치生命을千軍萬馬의長驅에내노코 九死의一生도卜하지못할戰士가自己의愛人에게最後의一瞥을주는것갓흔 마암으로그가방을새나기실은것을제다렷다 祭壇압으로울녀가넌 羊파갓치무거운발거름으로반소래가나는것을무시워한갓치오라바니잇는건넌房門을잘어머니어렷다 敏哲이는오래동안담배만퓌이고안젓다가 모래가께여지는恩順의발소래를듯고 한거름두거름갓가와오는줄을아럿슴으로 別로意外의感도업고 담배네물한입부렷다가열핏내불고 正面으로마조치는恩順이를본다 恩順은입부러오라바니의視線을피하려고 바른편으로어골을도리키고 은근하게默禮를한後에 其房옷목에한무릅은곳추세워또그리고안젓다 敏哲은비록恩順이가오기가느즘을재촉햇지만얼골을對하니가무슨말을먼저하면조흘지 아지못하야二三分동안담배만퓌이고안젓는디恩順도對答하기어려운말이나 실은말은못지아니하면조켓다하고 오라바니의正面을避하얏스나각금것눈으로 其表情을자세이보려고힘썻다 敏哲은속이상하는일이생기면담배피이는것과 얼골빗이검해지는것이그의特性인대 오늘은담배는만이피이지만얼골빗은파이검지안음을보고 恩順은좀安心하려는생각이낫다。

敏「恩順아」하고情답기도하고 威嚴이잇는것갓기

도한오라바니의부르는소리에 忍順은다시금嚴肅한氣分이생겨서 안젓는模樣을한번도라보고 오라바니의얼골을보면서「네」하고들릴락말락한적소래로대답하엿다

敏「忍順아 너와나와同生이아니냐 만치도못한同生이로구나 三男妹가아니냐 그러나實相二男妹밧게못되는셈이다 너도아듯이네형善順이는그만그럿케되고말지안엇니 네형이日本서工夫할째에 東彬이와사랑하는것을집에서反對하엿던後悔가몃슈난다 그러다잘못될가하야 처음에는反對하다가 東彬이가卒業하고 本國으로나온後에 만나보닛가果한흠이잇는사람은아님으로 그後는默認하는가운대두엇다가 네형이그學校나卒業하고나오면 成禮를식이려고햇더니 또그럿케도다른사람과사랑인가하여가지고 일이망하게될줄누가아럿니 참생각하면니가갈닌다 東彬이가露國過激派에갓다가 探偵의혐의을밧아가지고死刑宣告를當햇다는것이얼마前에新聞에낫지만 네그것을보아라 그래도그만한靑年이우리朝鮮에서일할것을그런運命에싸지게함도 네형의責任이잇다 昨年夏이다만 너는그때學校에잇섯스닛가모르갯지만 東彬이가그사람이卒生에먹지안턴술을엇더케먹엇던지얼골을아라볼수가업시되고 밥줄에우리舍廊에와서우는것은그것참말사람처고못보겟더라 우리가三男妹로자라낫다가 네형은더쩔텨고인제너와나둘밧게업스니그리고너는또랑내쌀아니냐父母께서쌀을눈을나아섯다가 그래도너하나는살녀보고도라가시갯다고卒生에원이신대 네가웨獨身生活이니무엇이니하면서몃수그조혼婚姻자리를곳처랴고그러니아새아츰에도말하엿지만 그世煥으로말하면참말조흔사람이다 몃수釜山에서큰磁器會社를經營하고 將來에希望만은實業家가아니냐 또는그집이嶺南에有名한富者다 어대로보던지조금이라도不足한것이업스닛가 나는네게다勸하는것이다 그래다시생각해보닛가 네意見은엇더하냐」하는情이가득한오라비니말을한참들은忍順은 얼골을붉히면서「실혀요」하고對答햇다

敏「그러면너 그사람이喪妻자리라고그러나보고나前

妻에아희는둘이나잇다겨라만 너더러繼娶노릇하라겟니」

恩「繼娶한것도問題가아니고 繼娶노릇하는것도問題가아닙니다 내가萬若그이를사랑하면 그까진것이다무슨問題가되겟슴닛가」

敏「그러기에인제부터 그사람과交際해보고 사랑하면그만아니냐」

恩「交際도그런條件븟치고하나요 그런것은난실혀요」

敏「條件븟치기실으면 븟치지말고하렴」

恩「실혀요」

敏「이야 덥허놋코실한셈이무엇이냐」

恩「글세 그것부터가실은일이야요」

敏「이야 내가네게조흔때는分明하지 그러면 내가네게다언지아니한일을勸하겟니 조혼일을勸하겟니」

恩「오라바니야勿論조혼일을勸하시지오 조타고생각하시고勸하시게지오 그러나이것을생각해보십시오 내가다쌀爲하야 조혼것을하려고하겟슴닛가 일우러언지아니할것이라도하겟슴닛가」

敏「그것이야勿論조혼것을하라가지 그러나네가어느것이조코언지아니한지아니」

恩「그것이야몰나요 나는어련아헷가요」

敏「그럿지안타 웃사람말드러서해한것이업다」

恩「오라바니나父母께서야조혼줄아시고 그러시지만재게실은것이야엇지합닛가」

敏「너는누군지아지도못하고실타는까닭은무엇이냐」

恩「모르닛가실타지오」

敏「그러기에親히交際해보라닛가 지난번에우리집에왓섯지 서울잇는致佑先生하고」

恩「……………」

敏「사람이점잔치 그래무슨흠이잇데」

恩「흠이잇는지 무엇이잇는지제가암니가」

敏「내가엽다면 엽는줄만알고잇거라」

恩「……………」

敏「致佑先生으로말하면 내가서울서學校에다닐쩍에敎師도敎師려니와 親하기가同生갓지아느냐 그래그가잘모르고 네게勸하겟니 썩親히안다는데世煥이가우리집에다婚事를뭇든지 請한것도아니고

致誠先生이몬저그사람보고말을하고그다음에나보고한말이다 父母도다조타고하신것이니 너만좃케생각하면 일은다된것이다」

恩「그래도저는실슴니다」

敏「아니네가정말실타는것이냐」

恩「그럼弄談하갓습닛가」

敏「나는네心理를알수가업다 무슨때닭으로실타니네가獨身生活을主張하면 정말平生을獨身으로지낼만한覺悟가잇니 只今무어점學校나다녓다하는女子들은번적하면獨身生活한다고하더라만 나보는바에는그게지원치안터라」

恩「저는사랑업는婚姻은周圍의壓迫이나 父母의抑制로하는것보다 차라리獨身生活하려는것입니다」

敏「그러면 世煥이와交際하는가요대 서로알게되고사랑하게되면좃치아니하냐 그러면더욱조코나 그사람이 그다지急하게 지금곳婚事한다는것이아니닛가」

恩「저는交際하기실혀요」

敏「交際하기실흘것이야무엇어잇니」

恩「저는언제던지다른男子와交際할수업습니다」

敏「무어 ! 交際할수업서」

恩「네다른男子와交際치못할義務를젓습니다」

敏「아니그건다무슨소리냐」

恩「그리고남한테는또다른 女子와交際하지말나고義務를지엇습니다」

敏「아니그건무슨義務인가지우기도하고지기도하니」

恩「네平生을갓치웃고갓치울자는言約이올시다」

敏「아니네게그런일이잇다는말이냐」

恩「네」

敏「대관절그게누구냐」

恩「오라바니도아시는이올시다」

敏「그러면누구냐」

恩「…………」

敏「누구야」

恩「저永明學校에校監으로잇는李榮春이올시다」

敏「응李榮春이」

恩「네」

敏「야이거참別일이다만타、그사람이무엇이그다지분

게잇던」

恩「남은그래도제개야……」

敏「이애마라라、그기밋친소리아니냐아니글세 그사람이무엇이그다지조흔사람이라고 네가그러니 웅그래서무어獨身生活이니單身生活이니햇고나 이애아버지나어머니드르시는대 그런말하면큰일이나겟다 아모말말고 내말대로만해라 그러면집안도편안하고 너도幸福이다」

恩「나는…………」

敏「이애생각하여보아라 네동생되는너는父母가네게잘못할일을할리는萬無하지 더욱서울계신致僞先生께서하시는일인데」

恩「그래도지금은할수업습니다」

敏「그러지말고、속케 이를재에드러두어라」

恩「假令世煥氏가 오라바니말슴하시는것과꼭갓치將來에朝鮮에有名한實業家가되고 또는그러케完全無缺한사람이된다하여도 저는참말하나님압에서盟誓하면서두리定한約束을 내가몃수조흔곳이생긴다고 슬그먼이배길수업습니다 오라바니는勿論저를사랑하심으로저의將來를생각하시고 그러시지만 또제가오라바니의사랑으로하시는말슴을反逆하기가참어렵습니다만은저도英淑氏와서로그럿케變치마자고定한것을엇지인제깨트리갓슴니가」

敏「네말도理致업는것은아니다만은 사람이라는것이一時的衝動으로一生을지내지못한다 將來를잘살펴보고일을하야지 네가輕忽하게그러다가는정말失敗한다 네가不幸이라하면父母나同生이보기조캇니」

恩「그것이야勿論그러시갓지오 그러나……」

敏「사람이모든일을할재에 輕重을달아보고 엇던것을比較해보아야지 너몃수보아라 英淑이로말하면 其永明學校校監이지月給으로보더라도五十圓이못되지아니하나 그래그사람이좀잘하여야小學校校監이나하갓지 내보아라 世煥이로말하면벌서實業界는名聲이낫고 그사람의將來는참말크다 네가이조흔것을보지못하고 다만一時에된마음으로만가다가는平生을울어도 자래지못할後悔할재가올터이다 그러지말고어서내말을드러라」

恩「나는못듯갯습니다」

敏「네졍말이냐」

恩「네」

敏「에익, 그싸진榮春갓흔년석과婚事하갓다고 그만두어라」

恩「오라바니세서는 나더러比較해보라고하서지만 아직은그럿치못합니다 萬若榮春氏와世煥氏가一時에우리집에다婚事를請하엿다하면 아비지던지어머니던지 오라바니나또는제가 比較를하야가지고조혼것을取하갓지만 그러나榮春氏와저와는별서사람이생겨서다시比較하지못하게되엿습니다인제比較를하야가지고 이것이조흐니擇한다하면榮春氏에게對하야서는 제가平生을다하야도容赦치못할罪를짓습니다」

敏「네가榮春에게罪되는것이무엇인가」

恩「그것이罪아님닛가 罪라도게서더큰罪가어대잇습닛가 그사람으로하야금다시며곳치지못할失望을주어야갓스니 그罪를무엇으로말하갓습닛가」

敏「에익, 그만두어라 罪고무엇이고듯기실타 그싸진小學校敎師자박지와婚事하겟다고훌융한實業家를물니친단말이냐 그싸진년석이무엇이훌게잇더고」

恩「오라바니가정말그럿케抑志로하시다가는 제가萬若오라바니의말슴대로世煥氏와婚事한다하면東春氏의事件이또한번우리집에생깁니다 東春氏가언니게落心을當하고 그럿케똑똑하던사람이그만一朝에墮落을하여서 마즈막에는浮浪者무리에드럿다가 그도못견듸어서 露國過激派로갓다가 死刑싸지當하지아니하엿습닛가 오라바니도아싸그말슴하시고 맘이좆치안어하섯지오 저도그생각을하면언니에게對하야서무엇이라고말할수업습니다 그런대제가只今榮春氏를背反하면그는漢江에세저죽던지그럿치안으면仁川바다의鬼神이될터인대그럴줄을알면서야엇더케그런일을하갓습닛가 오라바니말슴과갓치榮春氏가小學校敎師로平生을지낸다합시다 그래도그가만약그것을忠實하게一生을하엿스면朝鮮에對하야忠實한사람이오 하나님압에도착한사람이아님닛가 저는榮春氏가貧窮할사록그의地位가賤할사록同情을합니다 그의一個月

에五十圓未滿받는月給은다른實業家들이勞働의피와밥을싸서牧人되는幾萬圓보다더神聖하고 그가입는더러운옷에는 實業家의옷빗에먼지로한勞働者의피ㅅ빗보다 神聖한색가뭇엇다고생각합니다 오라바니가이기우세가하야주십시오

敏「에익, 난모른다 네세상것거지가되면 밥을버러먹던 누가아니 네가조와서버러먹갓다는것을누가막나실컷하여이던두버러먹어라」

恩「네사랑이는婚姻을해가지고 사내덕에 모파는갑스로好衣好食하는것보다 사랑하는사람과둘이버러먹기를願합니다」

敏「그만두어라 밥장맛게 버러먹고십걸난 실컷버러먹어」하고칼날갓치말을쏘고는憤이漲天하야서밧그로나간다 敏哲의말소래가왼房을占領하얏던房은갑작이부엇게조용하여젓다

二

敏哲에게對한反目言들으며憤慨하는얼굴을볼때에는마음이무서웟지만 敏哲이가밧으로나간以後에는맛치暗黑에서光明의구멍을막앗다가 그것을차고그리로거름을向하는것갓치맘이가벼워저서 出房에는짓기가실음으로나려서서自己房으로도라왓다房門을열고冊床을바라볼적에눈에얼핏씌우는것이榮春의편지엿다 冊床압헤와서안저서 그편지를다시손에들고榮春이라고自筆로쓴그의愛人의글씨를한참보왓다 恩順의생각은맛치죽어가는愛人을救한것갓기도하고인제부터는사랑의勝利를튼튼히손에주인것갓햇다두근거리며쒸노던가슴도安靜에도라가고 무겁던마음도가부여워젓다 이쌔에恩順이생각은더욱榮春에게向하고緜緜絶壁에다生命파뭇간흔사람을매다라노코남모르게苦히근심하고잇는榮春의얼골이恩順의압에보이는것갓고「불상한愛人을、弱한生命가진者를바리지마시오」하는소래가들니는것갓치 귀에쟁쟁햇다 恩順이는自己의强健한사람의態度를그愛人에게보이고一刻이라도밧비깃븜을주고십헛다 허트러젓던머리를다시곱게얹고 옷은그채로다시가든하게치켜매고榮春이가寄宿하는永明學校近處로가려고 이러서서房門밧게나왓다 해는西便으로만이기우러젓는데큰大門에서바로보이는仁川바다의잔물결우에는명쥬한

꼭만치길게金波가히물히물웃는다

바다우로부터오는저녁때바람은 金波를하나식가져다가 恩順을주면서 사랑스러운處女여 너는사람에살어다하는 사랑의神의우슴파갓햇다 문압에돌로노은階階를하나식둘식나려서서洋傘을펼처서낫게밧아가지고 지내가는사람이누가自己를볼가하야부서워하는模樣갓치 速步로사람만이다니는거리를지내여內里禮拜堂아랫골목인榮春의寄宿하는집으로차자간다 그愛人의寄宿하는近處가갓가워올사록 거름을더빨니거러서一刻이라도몬저愛人을보리라하고 좁은골목을드러간다 의숙이다니던집입으로아모도부로지안코自己집처름드러와서 그愛人이잇는房압헤이르럿다 발을멈추고人氣를하면서「내가왓슴니다」하는人事를하얏다以前갓흐면依例히門을열어볼터인대아모消息이업다한번더크게人氣를하여도消息이업슴으로門을방싯이열어보니房이텡텡뷔웟다 조금놀내여서房안에드러와서보니 別다른것은업고 편지쓰던종희와冊이冊床우에와房바닥에느러노인것밧게업섯다房안에모양으로推測해보면 멀니간것은아니고어대散步를갓던지 그러치아니하면무엇을사러나갓슬것이라고생각하며 편지쓰다버린종희도이것저것집어보며도라오기를기다리고잇섯다 아마속이상하야서어대로소풍을갓나 어대가서울지나안나하는여러가지의憶測이차례로니러난다 이런생각저런생각에時間가는줄을모르고 아마한十分이나되엿갓는때멀니서부터발소래가나더니차차갓가워오는것을싸라榮春이가도라옴을分明히알고 恩順은「인제오나」하고기다란다 분주한것처름도라오던榮春은 낫익은구두가自己의房압에비서노인것을보고 멋석서며니房門을왈칵열고드러온다

恩「아이인제오십닛가」

榮「네」하면서힐긋보며니 富者집색시님이엇더케이럿케도降臨하심닛가」

恩「그건무슨말슴을그리하십닛가」

榮「富者집색시님아니십닛가」

恩「…………」

榮「日間은아조所聞이굉장하던걸이오 저金由燉君會社專務取締役이라나 우리갓치부식한녀석은안

홍도쓰기어려울名目을가지신實業家紳士양반하고 婚姻定하섯다지요? 그런貴夫人이되실富者집짝님이 이런거지사는房으로降臨하셧스니 榮光이라면 榮光이올시다만 너무過하신謙讓이시넛가요 或은 日間新聞을보넛가부슨女王殿下와王殿下가貧民窟을御觀覽하셧다는것도잇는世上이넛가 한번 오시기로例라이미그법이지만 제가對하야서는견대지못할榮光이올습니다

恩「웨그이게말삼하십넛가 內情은모르시고 남들하는소리로 우리집에서하는말만듯고 그러케생각하심넛가 에이! 나는참不幸한女子로다 집에서는 自己네말듯지안는다고밥낫조르고 사랑하는사람이라고멋고오진 그러케앙호게걸려 쓰더서말하고……」

하더니 그만울게맷지못하고 그만꼿거구러지더니엎드리진채로느기고잇다 얼골에다가興憤된表情을가지고물구름이모여가 榮春은갑작스럽게 恩順을흔들며 옴먹옴먹하는목소래로「니러나시오 무슨말이잇스면 하시오 내가실수했거던 용서하야주십시오」하면서 점점더말소래가울음소리와석거처나오며「어서니러나서요」한다 그래도自己의설음에북밧치는恩順은 榮春의말하는소리를드른동도여시 그냥울고만잇다 榮春의勸務하는말소래가나면날사록恩順의울음소리는더커간다 榮春은더견되지못하야 自己의눈물을 씻으면서 엎드러진恩順을안아서니르키고 옷깃처서리지는恩順의눈물을씨처주며 우지말나고달낸다 실컨우럿던지 또는自己의우던것을보고고가숨이압파하넌榮春이가볼상하던지 흑흑늣기면서소리나는우름을끗치고우름의彈力으로아주도自己의恩順을말하지는못한다

우다가머저진恩順의얼골을처다보면서 榮春의잘못되엿다 불상하다」하는생각이가득하지고 恩順의恩順이가自己의말을알아호게아랏던지 또는怨하여서우럿다하면 엇더케면용서를請할가하는생각을하다가 「잘못되엿습니다」하고恩順을安心하게된다 恩順이는아주도늣겨가는것을참아가면서 원망스럽기도하고사랑스럽기도한表情을얼골에씌웁다

榮「내말한것이잘못되엿스면 용서하십시오」

恩「暫時라도내가되고보시요 그럿케도모르시고 나를원망하십닛가」

榮「나도모르는바는아니라아랏지만 남들이너무떠들고하기에나는어간가슴이압흐지안코 수상하는가운대順이한때그런말햇슴니다」

恩「글세생각해보서요 제가이전에무엇이라고햇슴닛가榮도나를생명으로아노라고「生命의順」이여라고부르섯지요 나를그럿케부를때에 나를밋고부르섯다하면오늘그럿케저게다말하십닛가」

榮「못밋어그런것이아니라 나도혼자의심가운대잇다가갑작히順을만나닛가 그런원망이일어낫슴니다」

恩「내가오늘이럿케차자온것은 우리의사랑의勝利를엇엇슴으로 그깃붐을갓치하려고하던것인대榮이그럿케말슴하시닛가 다시더말할勇氣도업고 실컷울다가가겟슴니다 이世上에서는 나의哀願을아는사람이업는모양이올시다 나는以前에엇수까지榮을第一로밋고 내가슬플때에갓치슬퍼하시는줄을아랏더니 오늘말슴하시는것을보닛가 나는슬퍼하는대鼻笑하십니다」

榮「아니오 내가그것이참말鼻笑가아니라 압흠과슬픔으로우러나오는反響이올시다 내가웨조금이라도順을鼻笑하겟슴닛가

恩「그러면그것이무엇입닛가 내가깃븐것이곳榮의깃붐이니야요 그런대웨그럿케말슴을하시오 나는돈잇는집딸로생긴것이 平生에원망이올시다 그러기에오늘은다버리고 거지가되기로父母압헤盟誓하얏지오 사랑업는곳에서 好衣好食하는것보다사랑잇는나라에서거지노릇하렵니다」

榮「그만한決心을가젓스면 진작내게다말슴을하지웨오늘이야알게하닛가」

恩「그동안이야父母와 오라바니의動靜만보고잇섯슴닛가左右를定햇서야지오 집에서도내게直接말하지아니하는대 내가먼저이러저러하자고말하기도멋해서 오늘까지기다렷슴니다 오늘이야비로소오라바니가말슴하시기에 다시더말할餘地가업게分明히말햇슴니다」

榮「무엇이라고하십뎃가」

恩「진말이만치 새자고보면貧寒한사람한테出嫁하면
苦生한다고하지요」
榮「사람의生活과物質이 그럿케도써나기어려운가요
사람은썩으로만사는것이아니고 하나님의입으로
나오는말슴으로산다한것은 그리스도當時에나
適用하던言代이지 二十世紀와갓흔黃金萬能時代
에는말도안되는것이지요」
恩「집에서야우리의內情을모르닛가 그러시지오 아
모러나인제는우리가自由로하게되얏는대요 아모
근심마서요」
榮「그러나그自由라는것은「아웃캐스트」의自由아니
오 父母의便으로보면自由가아니라無關心입니다」
恩「아모려면엇더닛가 無關心아니라 게서더한것일
지라도우리가自由로할수잇슴은그만이지오」
榮「그것이야우리가父母의隷屬되야가지고야 산다하
면그런無關心이問題라하얏지만 우리는獨立한사
람으로써시미기수잇스닛가요 勿論말할必要도업
슴니다」
恩「그러기에이제부터는 우리의압페는 사랑의開拓
地가無限하게열려잇는것이라고생각합시다」
榮「그럼으로나는順에게다시감사함을드림니다 내가
모르고한것이아니니 아쎄한말을용서하야주십시
오」
恩「사랑은다먹는것인게 그것을내가무엇맘에다지하
두갓슴닛가」
榮「다이저바리오」
恩「그럼은요」
榮「그래順의집에서는 그問題에對하야서는아조斷念
인가요」
恩「그것이야누가다압닛가 한은아재요라바니가 모
른다 네맘대로하라고 성이나서하시기에 그러면
더좃슴니다하엿지오」
榮「그러다그問題를다시쓰러내여가지고 또조르면엇
써케할가요」
恩「그러기에저는이럿케생각합니다 나를보기만하면
그런말을다시하려고할테이니 집에가지아니하여
야하겟서요」
榮「요르케좀은바다에서집에아니가면모르나요」

恩「아니오來日이라도서울學堂으로올나갈겻이오」

榮「집에서그런말햇슴닛가」

恩「勿論아니햇지오」

榮「그러면찻지오」

恩「그싸진것을누가암닛가」

榮「이러케된境遇에 우리가只今周圍의事情을볼餘暇는업슴니다」

恩「그런대우리가언제더잇서서 내가집에서쫄니는것보다 우리의사랑을남으로하야금쌔지못하게하도록速히婚禮式을하고맙세다」

榮「글세그것이第一良策입니다」

恩「내가요.學堂에올나가서 堂長보고許可맛흘게요」

榮은多少間準備만하서요 今日은木曜日인대 來日아츰에서울올너가서學堂안에禮拜堂牧師보고도말할게요 모래土曜日로式을합세다」

榮「나도머準備는別것이업스닛가 입던옷그냥입고올나만가면그만입니다」

恩「네그러닛가돈들것도업슴니다」

榮「그런대남한테라도우리는夫妻새리라는 廣告를하야될가요 사람모도아놋코 우리가夫妻새리되는것보시오하여야世上인은줄니다 우리世上에서날들이직히는形式은다내버리고 좀自由롭게지낼수업슴닛가」

恩「婚禮式하는것은特別히神聖하다고하는것은 좀幼稚하지만 그다지形式의종이된다고생각하실必要가무엇이잇슴닛가 예수세서洗禮요한한테洗禮맛으려가니요한의말이 내가洗禮를밧으려가야될터인대 主세서와나잇가한대에 예수의말삼이暫間용셔하라하지안엇슴닛가 그러케잠간용서라는마음으로지냅세다」

榮「그러치요 로마에가면로마사람되라는것과갓치남들과갓치한면 그들하는公約을셔라가는것도편치안치오 길게말해무엇합닛가 그러면來日學堂에올나가서서 다準備해노으시오 나는여기서午前새지學校에일보고十二時二十分車로곳올나갈게요」

恩「來日아츰에나와갓치올나가십세다」

榮「아니오 나야올나가면무엇합닛가 學校를쉬이고堂長이勿論許可도할것이고 禮拜堂도土曜日午後

는現像가엇갓지오」
恩「그럿갓지오」

　두사람의婚禮式에對한計劃은여기에맛치고　다시 暫間동안은房안을沈默이支配하엿다　어늬덧해는저서黃昏의幕에두렵게싸우고　사람만이다니지아니하는榮春의寓居에는한적은　밤이四五更이나된것갓치조용해젓다　主人主婦가기지오는좁은상에서夕飯을오래간만에둘이갓치먹고信仰에關한이야기와　親舊들의로맨쓰와쓸데잇는말쓸데업는말로밤이들도록잇다금큰우슴을우스면서이야기하엿다

　아츰에니러이러시좁은房에다두사람이바해노은蔬菜가가득하여그런지　머리가퀭하엿다　둘이서열핏洗手를하고朝飯을먹은後에榮春은學校로가고恩順은粗飯驛에서서汽車를타고京城으로올나왓다

　作者의말。 이는今日까지短片小說의試作을하여본것은文學的藝術의見地에서쓴것보다　누구라고指名하야　나의一生을말할수업서서　小說의人物을비리　苦痛을告하는同時에自然히　無邪女性을메既하엿슴니다　그러나　今番에試作한「사랑의絶叫」라는一片은　其主人公되는恩順의사랑에對한　勇猛한態度를　나는나의事件과關係한가운대　其女主人公을稱讚함으로써　이一片을假想的恩順의　背後에잇는女主人公에게　그의사랑에對하야敬意를表함으로小說의心理描寫도　拙劣하고　作品으로서價値가그다지업슴을　아는바이지만　事實로써其女主人公에게드리는맘으로썻슴니다

世界大事件

一 記者

（一九二〇、六、一六－七、一六日）

▲六月十六日……水曜……

◎米國勞働組合大會는日本人을逐出하기로決議하엿드라。

▲六月十七日……木曜……

◎過激派는米國의對露態度를不承認하다。

▲六月十八日……金曜……

◎米國가즈노氏가大統領候補로推薦되다。

▲六月十九日……土曜……

◎新獨逸皇帝윌헤름氏는病勢危篤하드라。

▲六月二十日……日曜……

◎南京은獨立하다。

▲六月二十一日……月曜……

◎白耳義도婦人이上下院議員의參政案을決議하다。

▲六月二十二日……火曜……

▲六月二十三日……水曜……

◎羅馬尼皇太子가日本東京에來泊。

▲六月二十四日……木曜……

◎北長老宣教師會를京城에開하다。

◎伊國新首相은세올니치氏러라。

▲六月二十五日……金曜……

◎日本의重要地圖를某國에密賣하려든大山大將의족하大山綱紀의共犯이被捉。

▲六月二十六日……土曜……

◎朝鮮教育會創立總會를京城에開하다。

▲六月二十七日……日曜……

◎東京朝鮮基督教青年會에過激宣傳書가來到하엿는데巴里의消印이잇드라。

▲六月二十八日……月曜……

◎獨逸全國에大暴動이突起하다。

▲六月二十九日……火曜……

◎印度는聯盟에加入。

◎東京衆議院門前에爆彈이破裂하다

▲六月三十日……水曜……

◎萬國海員制委員會는一日八時間制를可決하다。

◎浦鹽斯德極東大行議會는共産主義를決議하다。

▲七月一日……木曜……

◎米國兵은海參威에上陸하엿드라。

◎國際聯盟은印度의民族自決案을通過하엿드라。

▲七月二日……金曜……

◎岳淵가陷落되다。

◎獨逸은新內閣을組織。

◎英國은近東에用兵치아니하드라。

▲七月三日……土曜……

◎上海에過激派組合部이設立되다。

◎加州의排日法案을通過되다。

▲七月四日……日曜……

◎大韓國民會員六十餘名이被捉되다。

◎今日은米國第一百四十四回獨立紀念日이러라。

▲七月五日……月曜……

◎伊國에는過激派의大風雲이起하다。

▲七月六日……火曜……

◎比律賓의一靑年代表者는米國民主黨議員會에서熱烈한態度로獨立을要求하엿드라。

▲七月七日……水曜……

◎海參威에서聯立內閣을組織。

▲七月八日……木曜……

◎漢江의增水는三十餘尺。

◎沉水六千餘戶

▲七月九日……金曜……

◎北京에서外交團이會議하다。

▲七月十日……土曜……

▲七月十一日……日曜……

◎段祺瑞는張作霖에게最后通牒을發하다。

▲七月十二日……月曜……

◎大韓獨立黨首領四十七人의公判開始。

▲七月十三日……月曜……

◎日本普通選擧案은否決되다。

▲七月十四日……火曜……

◎猶太人은建國하기爲하여倫敦에서建國會議를하엿드라。

▲七月十五日……水曜……

◎高等法庭에서崔南善이獨立宣言書趣旨에對하여說明하다。

▲七月十六日……木曜……

◎波蘭에서義勇兵을募集

——(以下次號에)——

돗뵈기건너서

晲眼生

▣요사이所謂우리文士라고하는사람들가온데 몹슬버릇을하는이가만하짐을본다。 바로말하자면 남의글도적질말이다。 무슨新聞에連載하는長編小說도시친이를싹세고가장自己의創作처럼아ㅣ모人事한마대업시종종싯는것을본다。 또어느雜誌에詩도적질을보앗다。 創造멧號인가에서도琴童人이라는別號로 여긔에對한攻擊이잇섯슴을안다。 하거든 아직도이런버릇이벗지아니하야惡心엇헤참을수가업서다시問題를써냇다。 藝術家로서의良心으로는到底히許諾지안을것이다。 내가글넛다 그들을藝術家로보는。 何如間나는原作者를위하야憤慨안을수업고 우리文壇을위하야悲嘆안을수가업다。 글도적질군들아·藝術家가되랴거든 하로라도밧비 고러한野卑한根性을버리고 眞藝術에忠實하여라。

▣大抵每日이란新聞六月二十八日치第三面「京城消息」에東京留學生親睦講演團講演演士十六名은全部獨立事件의前科者임으로자못危險한分子라하엿다。 잘도거즛말을吐하엿다。 참말하도터문이가업서서말이안나온다。 十六名中前科者는二三名에不過하다。 이런말을써렴도업시吐한記者의虛言을어리석은日本讀者는참으로만알고이를信用할생각을하니 참말우숩기도싹이업다。 新聞記者된자 적어도事實을分明히調査하여야할責任을 가지지안엇는지。 모ㅣ든것이 ── 이리캐虜먹는것도 ── 다ㅣ朝鮮사람된탓이라면할수업거니와 하도어굴하니싸憤셈에조곰써다。 今後로또다시 그러케쉬웁게 주둥이를놀니면 그째는容赦할수가업다。 今後注意하라 在文局記者된자

▣우리文壇에는別別雜誌가다ㅣ文藝雜誌라는일홈을가지고나온다。 活動寫眞雜誌싸지라도文藝잡지。 中學生들의作文 ── 落第点의價値밧게안되는 ── 들을이것저것모화노코도藝術잡지니무엇이니하고써든다。 하도우스운것은어느文藝雜誌라고自稱하는新刊物에社員의寫眞이실녓는데 其中大部分은동굴帽子인것이다。 여거에대야또무슨말을

하랴。 이런것은가지고우에 따짓거리는것은 마치쥐와싸호는것갓해서 고만둔난다。 마즈막 한마대수後그런雜誌는만약作品雜誌로나 謄寫版에박어서親從들새리돌나보도록하는거이 우리文壇을爲해서나 또는그當者들을爲해서나 上策인줄알고忠告한다。 [illegible]文藝에對한니야기기낫스니 번이지우리社會의一部讀者들가온데에 小說이며小說의冊子를全部事實노알아라가지고 作[illegible]한다。 小說家들을誤解한다。 그리하야서누가小說을쓸수잇슬가。 藝術의範圍가그리좁은것이아니다。 原來小說家의作品을보는눈이鈍하고常識이[illegible]우리社會讀者이니 斷念할수밧게업다。 [illegible]日本人의朝鮮人에게對한差別待遇는참으로感心을엇기지[illegible]리만침도지시찰찰하여지간다。 仁川서日鮮人이[illegible]하야野球大會를열엇섯는데 朝鮮人側에優勝의[illegible]이고일[illegible]에主催者側(勿論日人)에서賞은一二等이외다[illegible]言하엿다。 마는不幸히 아니多幸히天運으로[illegible]이敗하게되매主催者側에서는다시賞은一等밧게업다하엿다。 또庭球戰에서도요리한편벽된行爲가만하서朝鮮人側은크게憤慨하엿다。 數千名人衆下에서自己의狹隘한野心[illegible]思想을發露식히잘은생각지못하고오직臨時的快樂을맛보라하는버러지의根性으로요리한行動을못그럽업시잔한다。 모ㅣ든것이朝鮮사람된듯이다。 별수업다。 요사이京鄕各地方에靑年團體가무척무척생긴다。 慶賀할일이다。 그러나들으니任員問題로因하야서로서기를하며當選爭을한다한다。 任員이貴하나 事業이貴하냐。 그러한좁으러운功名心을압세우고 무슨일을하랴하는우리人士들은몬저事業의目的을第一의理想으로自己를犧牲식히기를바란다。 [illegible]어느禮拜堂에서[illegible]主日이엇다기에求景갓섯다。 매우滋味잇섯다。 그러나한가지遺憾되는것은 天眞爛漫한[illegible]갓흔男女兒童들이遊戲하는데 當日司會者되는사람이中間에나아와[illegible]說明을加하야 일것잇엇든神異한趣味를깨트리게하엿다。 司會者는다만紹介의任을다하면그만일것이어늘公然히헛데를다녀여들어觀覽者의感情을害케하엿다。 果然유감이엇다。 또요사이무슨會가만히생김을따라 무슨演說會라講演會라討論會라하는날이업다라。 廣告가重要하나 禮拜가重要하나。 어느禮拜堂에서는 선지어어는學校同窓會員들이船遊하겟다는廣告까지너저분히너러놋는다。 速記者나다리고다니면서手帖에적어나두어야다ㅣ記憶하게될는지。

寄稿歡迎廣告

寄稿하시는諸位는左의事項을注意하시압

一、寄稿는每月三十日以內로付送하시압
一、寄稿의揭載與否는本社에서定함
一、寄稿는返還치아니함

『서울』編輯室에서

文藝 創造 雜誌

第六號目次

(定價四十五錢)

定價表

冊數	先金	郵稅	合計
壹冊	一圓十五錢	六錢	一圓二十一錢
六冊	二圓三十錢	十二錢	二圓四十二錢
拾貳冊	四圓六十錢	二十四錢	四圓八十四錢

廣告料

等級	特等	一等	二等	三等
一頁	三十五圓	十六圓	十三圓	十圓
半頁	……	……	七圓	六圓
四半頁	……	……	四圓	三圓五十錢

大正九年九月十三日印刷
仝 九年九月十五日發行 （每月壹回十五日發行）

著作兼發行者 京城府光化門通一三二番地 張道斌

印刷者 京城府黃金町二丁目二十一番地 崔誠愚

印刷所 新文館

不許複製

發行所 京城光化門通一百三十二番地 漢城圖書株式會社出版部
（電話一四七九番 振替口座京城七六六〇番）

新年號 評論

曙光

第七號重要目次

定價

一冊四十錢、郵稅二錢、三個月分先金一圓二十錢(六個月先金二圓四十錢、一個年分先金四圓八十錢(但二個月或二冊以上先金請求에는不要郵稅함)切手代用에는一割을增함

▲特別廣告▽

地方分賣店에게告함

「曙光」第七號가發行된바印刷部數의制限이有하오니販賣部數를推定하야速히通知하심을望함

地方分賣店增募

本社에서地方分賣店을增募하오니有意諸氏는本社로照會하심을望함

地方讀者諸君에게告함

本誌를愛讀하시고代金을積滯하신분은速히送金하심을望하오며以後로는先金으로請求하심을切望함

地方通信을爲하야

本社에서는地方愛讀諸氏를爲하야今後는特히「地方通信販賣部」를設하고各種雜誌와一般新舊書籍과其他各種物品을注文에依하야多少不拘하고迅速히[illegible]하오니[illegible]을多數注文하심을

……發 行 所……

…京城[illegible]…文 興 社…振替京城[illegible]…

第一號

漢城圖書株式會社出版部

△雜誌▽

十一月號豫告

定價……拾錢……郵稅二錢

發行所 [illegible] 株式會社 [illegible] 振替口座京城一一二〇六番

エンゲルバルグ磨擦精米機

第六號型

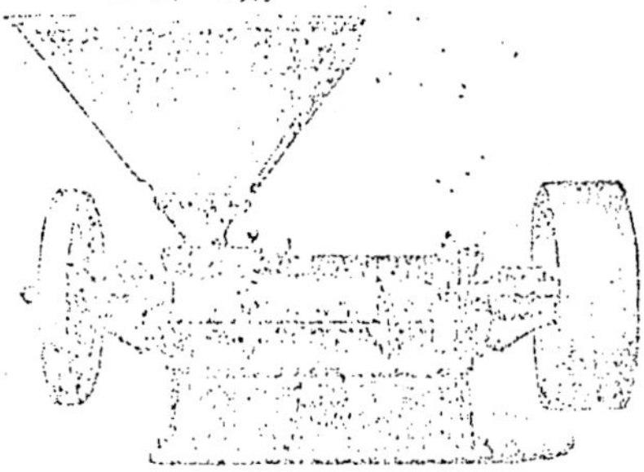

第三號型

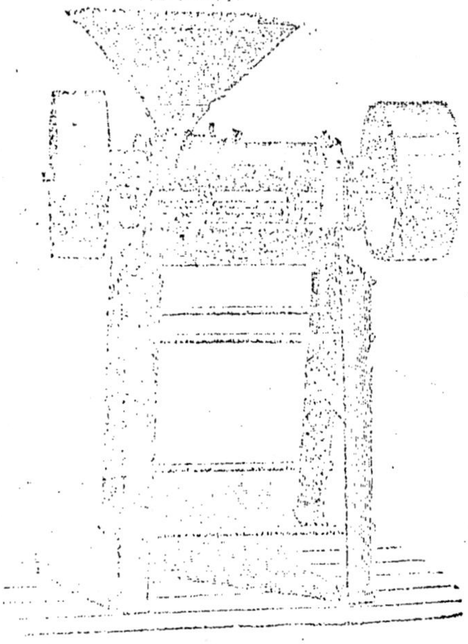

製作堅牢하고價値이
良好하야全世界에定評이
有하온바今番大小型
을備置하엿사오니使用
코자하시는이는書信으로請求
하시옵소서

▽營業科目△

エンゲルバルグ精米機械

籾磨機械　精米用諸機械

粉末製造機　穀物用製粉機

粉挽籾挽割機　肥料用粉碎機

馬力發動裝置　高壓式石油汽關

易搬式蒸汽機鑵　灌漑排水用喞筒

精米研磨用革砥　機械油各種

原動機類及諸機械直輸入販賣

米國[illegible]シンラキヤ社

エンゲルバルグ精米機械會社

東洋總代理店

京城南大門通五丁目十九番地

[illegible]

主任　韓[illegible]

電話一六六六番[illegible]

本店東京市京橋區木挽町一丁目

學生 雜誌

十一月號豫告

【定價十錢……郵稅二錢】

[illegible]

エンゲルバルグ磨擦精米機

第六號型

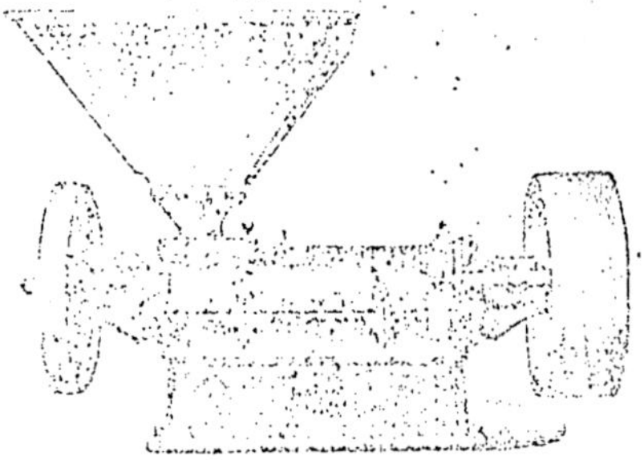

第二號型

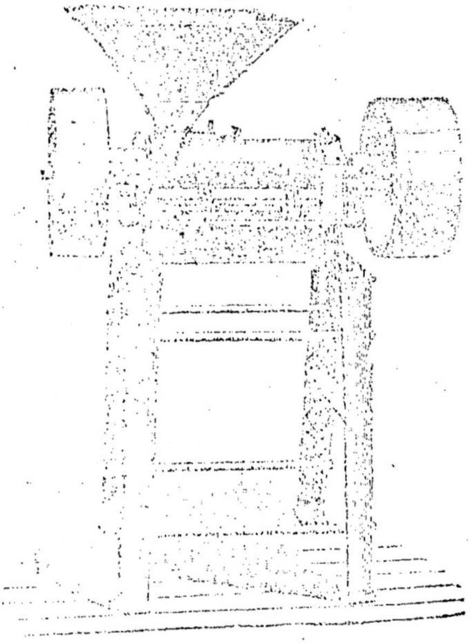

製作發売하고成績이
良好함은全世旣定許이
有하온中今番大小型
을精米機에完全備
하오니多數購入請求
하시오[illegible]

▽營業科目△

エンゲルバルグ精米機械
籾磨機械　精米用諸機械
粉末製造機　穀物用製粉機
粉挽雜挽割機　肥料用粉碎機
馬力發動裝置　高壓式石油汽關
易搬式蒸汽機罐　灌漑排水用喞筒
精米研磨用革砥　諸機械油各種
原動機類及諸機械直輸入販賣

米國滊罐汽管用シラキツ派
エンゲルバルグ精穀機械會社
東洋總代理店
京城府大門通五丁目十九番地
[illegible]
[illegible]
電話[illegible]
本店[illegible]

□十一月十五發行□

시초

第七號

正直

正直으로興하고私慾으로亾하며勤勉으로興하고懶怠로亾하며儉素로興하고奢侈로亾하며强毅로興하고文弱으로亾하며自尊으로興하고卑怯으로亾하며博愛로興하고暴虐으로亾하며眞實로興하고詐僞로亾하며恭謙으로興하고驕慢으로亾하며精美로興하고麁鄙로亾하며善으로興하고惡으로亾하나니라

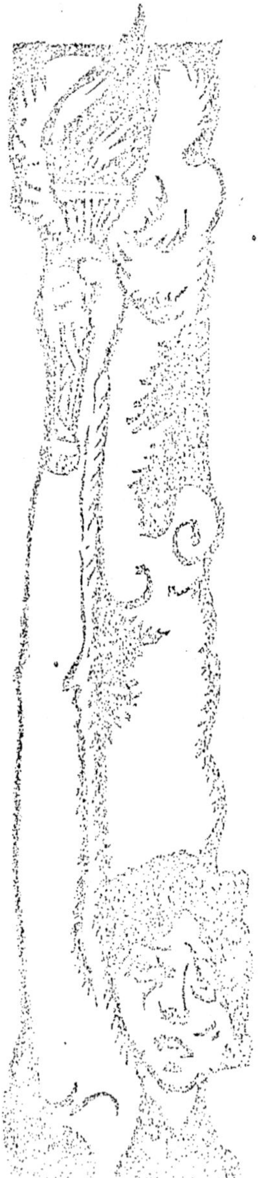

思想界變化論

張道斌

一

와싱톤、[illegible]年에 發表한 平等自由의 思想이 윌손의 十四個條를 짜라 天來의 福音갓치 世界에 喧傳되자 맑크쓰 크로포트킨 諸氏의 主唱한 産業革命思想이 레닌의 赤旗와 함께 世界에 휘날린다 이에 全世界는 政治革命思想、産業革命思想에 세우고[illegible]잇다

美國이나 露國은 무론、저 歐羅巴各國、亞細亞各國、亞米利加各國、濠洲、埃及이나 못을 勿論하고 이 思想이 浸浸히 驅入 아니[illegible]이 업고 또 이를 따라 實行이 점점 만히 생긴다 이러무섭게 變遷하는 時代이다

무릇 이 思想이 어대던지 自由自在로 驅入한다 思想이 잇스면 이 思想이 맛춤내 發動하야 事實로 現出한다 이것은 막을수업다 하엿슨[illegible] 지금은 西國이 勃然히 動하야 쉬히 自己의 變遷을 힘쓰닛가 一二國家나 一二民族의 利害[illegible]情으

로到底히이를막을수업다世界의大勢오人類의共通된性質이오 萬國의同然한趨勢니神의힘으로도이를沮止할수업는일이다

그런데이에注意할곳이잇다무론世界의變遷이思想을싸라오는것인데이思想의輸入을막을수업슨즉 그思想으로못허생기는弊害은뎌욱막을수업는것이다그런즉注意할곳은곳思想輸入에關하야서다

社會의思想界가變化하자그社會의弊害이變化한다 그럼으로思想界變化에對하야 吾人의深甚한注意를要한다이제이思想界變化곳思想輸入에對하야注意할멧가지를말하랴한다

二

첫재는明快를要한다世界가喧鬧하야各種의思想이自由自在로發達하니가四方으로 傳播되는思想의潮ㅣ또한各色各樣을驅來한다갓흔民衆主義지만혹은急하고혹은緩하며 혹은强하고혹은弱하며갓흔産業革命이지만혹은高하고혹은低하며혹은平하고혹은激하야 天下萬人이各히掌을抵하며雄을稱한즉吾人은이新思想輸入에對하야무론明快히이를觀察하며이를攝取할것이다

무슨主義가어느나라에서盛行되고그結果로그나라가 잘되엿다하더라도우리는꼭그主義를모다그대로取來할것은아니라 가령英國에서婦人參政權을許諾하엿다하더라도우리가이婦人平等主義를輸入하되반드시相當한覺悟는잇서야할지니우리의婦人이아즉全部參政權을가지기어려운事實은覺悟하여야할지라만일우리婦人도今時로全部參政權을가진다는思想을輸入한다하면 許多한過誤에陷할지니라또가령勞働問題에도猝然히勞働者同盟罷工의思想을英國式이나露國式의그대로輸入한다하면 우리勞働者는아즉그럴必要업시突然히流行性威勢를行할지니라또가령民衆主義라하더라도 英國의民衆主義가우리에게合當할새美國의民衆主義가우리에게合當할새露國의民衆主義가우리에게合當할새 이를잘看取하야가장우리에게合當한대로輸入하여야할지니라

지금저歐米의어떠나라를보라英國人民은 新思想을輸入하되比較的英國에適宜한思想을輸入하나니英國勞働階級의思想은대개着實한主義로勞働本位를要求하고 美國人民은新思想을輸入하되比較的美國에適宜한思想을輸入하나니 美國政治社會의思想은대개漸進의主義로平等自由를實行하도다 埃及은埃及에適宜하도록新思想을輸入하얏나니彼는産業革命보다政治革命이急한故로먼저政治革命思想을主張하얏스며 露西亞는露西亞에適宜하도록新思想을輸入하얏나니 彼는政治革命과産業革命이同時에必要한故로政治및産業의革命思想을同時에宣傳하얏도다이에英•美•埃•露等이다各히自己의일을自己가進行하는現象에잇나니라

이와反對로이新思想을輸入하되잘못輸入하면그社會는대개잘못될것이라가령英吉利에서 露西亞式의革命思想이起한다하면가佛蘭西에서獨逸式의革命思想이起한다하면그는有害요 無益이리라露西亞에서美國式의宣傳을하라던가獨逸에서英國式의改革을하라하면또한意味업는일이니라 (當局忌諱에因하야以下七十行削除)

또엽의勞働者의手에政界全幅을供한나라가露•獨을爲始하야歐洲의半을占하라하도다그러면勞働者의平等自由는안될수이업다하다그러하고女子의平等自由運動도또한到處에成功된다獨•英等歐洲各國으로爲始하야美國까지엽의婦人參政權을許與하얏다 또이것이점점世界各國에流行되라한다그러니가女子의平等自由運動은또한안될수업슨일이다 그다음에被治者된民族의平等自由運動이또한世界를通하야니러낫다이것도또한平等自由의成功을위하야 하기는말지아니할것이다 저愛蘭을보며埃及을보라저印度를보며比律賓을보라어느나라이던지그平等自由를차즈랴아니하는나라가업다 무릇既往에는强한民族이弱한民族을壓迫함을當然의事로알앗섯다그러나지금은弱한民族들이모다平等自由를찻지못하고는못살을줄을알엇다 엄의못살을줄을알은以上에는어대까지平等自由를차즈랴한다 무엇이던지犧牲하고平等自由를차즈랴하니이를엇지막을수잇스리오또强한者便에서보아도그리弱者의平等自由를막아所用이업다 저번歐洲戰爭을보아라그의大原因은곳各國이各히窮兵黷武하야領土를擴張하고勢力을維揚하는競爭에서나왓나니그러하야所謂强者側各國에서 三千餘萬

人口가死傷하고四千億圓의財物이업서지고그文化는破壞되고그生活이悲慘하야진것을보아라 領土野心乃至異族壓迫하던效果가무슨幸福을造하얏는가도리혀不幸莫大의禍根을作하얏슬뿐이아닌가 이에저强者中에가장明敏한나라들은이를感覺하야저英國이印度의自治를主하며 埃及의獨立을認하고저美國이比律賓의獨立을論하고世界民族의自決을唱하얏나니라 곳지금부터는弱者인各民族은다점점覺醒하얏는故로그平等自由를絶對要求하야不成功하면不已하고强者인各民族은또한다점점覺醒하야 各히自己의自然膨脹主義를取하게되지오그리弱者의平等自由를絶對로禁遏할機會가아님을認하는便이잇는것이다 그러닛가弱者의平等自由가도라오고야말것이다만일弱者側에서이를힘쓰지아니하면 곳自己의生存權을拋棄함이오만일强者側에서이를反對하면此는世界의大勢에逆行함이니라그런즉此에對하야注意할것은弱者側에서 新思想을輸入함에매우强健한을要할지니곳그思想을虛弱하게말고그思想을紛雜하게말고 오직그思想을强健히하야그內容을充實히하는同時에그勢力을永續케하야그目的한바를達치아니하면말지아니할만한大源泉을삼어야할지니 此가곳强健한思想이라야最后勝利를엇는理由니라

넷재는精密을要한다지금新思想을輸入한다고老少가써들지만과연新思想을徹底하게 秩序잇게源由잇게곳精密히輸入함이가매우적다 民衆主義라하야마연民衆主義를徹底하게하야腦와手로徹底히이主義를主唱實行할만한이가매우적다흔히는그名辭나게우알고남이써드니나도써드는것이라 이런사람은百萬名이잇슬지라도眞正한成功을바라기어렵나니써徹底히아는사람이만히생겨야할것이다 徹底한新思想을가질方策은곳精密히新思想을輸入하는道밧게업다新思想을精密히輸入할道는오직切實한硏究를積하야 新思想의文字를博覽하고新思想의事物을窮理하야써新思想의精髓를輸入하야此를咀嚼活用하여야할것이다

다숫재는我本主義를要한다아모리世界新思想을輸入하되아못조록我本主義는固持하여야하나니 곳우리가歐洲民衆主義를輸入한다고全然히朝鮮人이라는것은이저바리고다만一歐羅巴化만主한다하면그結果ㅣ實로

危險이萬千인지로다가령우리가旣往에佛敎思想을輸入한時에畢竟은我本主義를 바린故로朝鮮도佛敎的朝鮮이되얏섯고儒敎思想을輸入한時에畢竟은我本主義를바린故로朝鮮은儒敎的朝鮮이되고말앗도다 곳우리生存旺盛을爲하야佛敎를信仰하거나儒敎를信仰하지못하고오직佛敎의擴張을爲하야 儒敎의擴張을爲하야우리가存在하얏섯도다그럼으로우리朝鮮은 맛츰내他思想의征服을밧앗슬뿐이오그를따라서利益업시우리의萬般을犧牲하고말엇도다이제우리가新思想을輸入함에또한그러하나니 곳우리가新思想을輸入하되我本主義가업시하면우리는우리의生存旺盛을爲하야新思想을輸入함이아니라 우리가新思想을輸入하기爲하야存在함이되고말지라 곳우리가우리의生存旺盛에必要한條件이업시다만新思想을따라다닐뿐이니곳우리가新思想을輸入하면朝鮮的新思想을맨들지오新思想的朝鮮이되지말어야할지니라이所謂我本主義를세운道는【一】朝鮮의族粹와國史를尊重하며【二】民族主義를益益發揮하며【三】同胞의民族的運動을完全實現함이可하니라

三

玆에余는筆을擱하랴할때終에臨하야更히一言할것은곳思想界大變化의 時機는그民族存亡盛衰의一大關門이나이時機에思想의變化가잘못되면그民族이잘못되는것이니 우리同胞는이時機에매우全心全力을傾하야最善의道로新思想을輸入할지니라

朝鮮敎育의根本問題

(仁川永化女學校主催仁川地方各女學校職員會席上에서講演한草稿)

培材學堂敎師 裵 邁

汎 論

現今우리의敎育界는諸氏의認識하실바와갓치 가장混沌한狀態에잇사외다 萬頃滄波가汎濫澎湃하는中에一葉片舟가그의針路를일코서一擧手、一擧足은生死活의分界를밧괴알時代이외다 아아우리敎育界는暗黑가임의極하고虛僞가임의甚하야傳統的誤謬의思想과因襲的固陋의法式이到處에橫從하엿나니 이에銳利의刃을揮하야그의大體를切開하고 一線의光明을빗최이지못하면우리의行路를阻碍하는諸般迫害를除却할수업는것이외다

吾人은如此한路程에잇사외다 우리敎育界의新生命을開拓할者는 곳우리로부터始作하지아니치못할境遇에到達하엿사외다 大抵敎育이라는語句는勿論彼西方의人의創作한者ㅣ아니오我東洋史上에도幾千年前부터使用하던者이져오 우리朝鮮으로말할지라도檀君이立國하신以來로敎令으로써人民을啓發한時代도잇섯스며

學校를設立하야人民을敎化한時代도잇섯사외다 勿論道學諸公의優秀한哲學도잇섯고文章諸公의流麗한詞章도잇섯사외다 그러나幾百年부터特히儒敎主義가全盛하던時代부터서는그의學問又는그의事物은支那使臣의陳腐의舊態에서彷徨하야一毫의生命을가지지못하엿고 社會全般에는文化가頹敗하엿스며間或偉人의創作이업지아니하엿스나이는다有耶無耶間에埋沒되어精益求精이라던지日新又新이라는文字는 一個空語에不過하고그의當時의典型까지도散亡하고말어서 오날날까지保全한者ㅣ幾個가업슴은엇지痛歎할바이아니리오우리는흔이外國의博物館에서古朝鮮의遺物 즉 우리의先祖의手로創作하고 또는그들의精神으로發明한事物을볼때마다感泣을抑制하야마지못하엿나이다

그뿐아니라우리는이러한理由를發見코저하야演繹的或은歸納的으로이를思考한時도적지안엇사외다 勿論이와갓치서이方面에干涉하야이를求하려하엿스나畢竟은敎育問題에歸着하고말엇사외다 즉이러한사람은各各그의時代를通하야敎育에盡善치못한사람이라고하고말엇사외다 朝鮮의敎育은古代或은現代를勿論하고極히虛榮的이엿고頑固한極端的保守的이엿다이가튼主義는곳우리의文化로하여곰죽고말게하엿고또는極히專制的이엿고極히非人的이엿사외다 이러한主義들은곳우리의聰俊으로하여곰귀머거리와소경을만들고말앗사외다 그다음모든敎育者에싸여잇서서新鮮한者어던腐敗하게하고優秀한者어던拙劣하게하고堅强한者어던 懦弱하게한여러가지主義들이잇섯나니大綱세여볼것가트면 貴族的의思想 男尊女卑의思想 勞働을賤視하며官階를尊崇하며儀式에汨沒하며階級의思想、 黨派의因習 淺薄한儒敎主義를誤解하는等種種의理由이겟지오

우리가現今朝鮮敎育界의黎明期에서잇서서又는回轉期、革命期에서잇서서舊家屋을破壞하고새建設을計劃함에當하야[illegible]한糊塗、 傾頹、 無自覺、 神經한으로써敎育界의新生命을開拓하지못하면엇지한갓自己의不忠에곳치리오 우리압헤두대어이르는새朝鮮人을엇지하오리가?

以上의자뭇簡單한理由는오날에臨한本人으로하여곰吞吞함을맛지못하게함이외다 더욱이우리敎會內에學

校들로말하면彼西洋人의新思潮에接觸되여新文化의建設者로自任하야 現代의가장健秀한理想을供給하지아니함은아니로대 모든學校에對한施設은彼等의財産을仰하야그들의優越한盛旺을中心으로하게되엿슴으로朝鮮在來의思想又는諸般慣例에蒙昧한萬里外國의人士에게絶對的解決을求치아니치못하게되엿사외다 勿論彼等은學識이優越하고經驗이豐足하야新敎育을擔任하기에滿足하다할지나우리건대 朝鮮人을本位로하는敎育에는그適任될것을首肯하기어려운理由가업지못하나니 이는彼等도自知하는바이라 그러나아직도彼等의눈에빗최이는朝鮮人은이가튼重任을付託할人格者를發見치못한지라 이는彼等이莫大한資力을投하며幾多의困難을맛보면서朝鮮人敎化에誠意를다하되 오히려朝鮮人一部人士의非難과攻擊을甘受하는바ㅣ라 우리는이에對하야一部의熱血노써彼等에게謝하며또는힘써勉勵하야人格을高尙하게하며信用을博厚하게하야 朝鮮人敎化의使命을彼等의手에서옴기여우리의손으로掌握하지아니치못할者ㅣ이외다 우리가만일이러한自覺이업고한갓感情의눈으로써彼를批評하며彼를冷嘲할진대이는참으로愚者임을免치못할것이외다 뭇노니彼萬里外國人된合衆國의宣敎師들이朝鮮人敎化의責任을擔當할義務가어대외나잇가 이뿐아니라朝鮮人을敎化하는使命은決코他人에게讓與할것이아니외다 그런대우리의손으로할것을우리가하지안코彼等에게使役한배되여도리혀그職務에忠實치못하거나또는우리의事業을擁護하야 彼에對하지못한다하면이는엇지곳그럽지아니하오릿가이는우리들의敎會學校에奉仕하는者ㅣ가크게警醒하야猛省할배라합이외다

더욱이現今朝鮮思想界는新舊가衝突되여創造、改造、解放、들의呼聲이三千里를振動하되우리의舊社會는一步를前進하지못하야新生命을阻礙하는別別의醜態가根難하나니이는우리가눈으로보는배라 굿하여長說할辯論을허롱할必要가업사외다 다만一例를들어보건대近日우리社會에는書堂敎育이復興합니다京城으로말하면一國의首都이라新思潮에接觸이라던지其他學校敎育의觀念들은窮僻한村間에比할배아니로대 그러나우리의先輩들은굿하여書堂들을만드러놋코漢文專習主義敎育에盡力합니다 오히려 千字文、童蒙先習、史略、通

鑑들을育論旨讀하니다 나는매양이러한書堂의압을通過하다가와글와글하는글읽는소리와或은先生님이見違을叱打하는소리를들을때마다깁흔눈길을禁치못하엿나이다 이는勿論그들의曚昧또는無自覺에原因함도잇겟스나또는現代朝鮮의新敎育이그들에게滿足을주지못함인듯하외다이는또한우리가 今新敎育을擔當한우리가熱烈한信念으로써敎育의原理를闡發하며 敎授의方法을研究하야兒童의本能을發揮케하야眞實無僞한新敎育의效果를드러내이 그들의眼前에提供할것이외다이갓치함으로써우리는朝鮮敎育界의新活路를開拓할것이외다 우리가이[illegible]하려할진대여러가지의方策이잇겟사외다

一, 敎育의原理를論究하는敎育學을研究할것이오

二, 敎育上實際施設과管理를論하는學校管理法을研究할것이오

三, 敎育의實際變遷과敎育의學說을論하는敎育史를研究할것이오

四, 敎育學과關係가잇는補助的科學을研究할것이니이에그重要한者二三을들건대

가, 人生의道德行爲에規範을示하며 人生의目的을論하는倫理學

나, 社會의現象과進步의狀態를밝히는社會學

다, 精神의現象과및그發育의狀態를研究하는心理學

라, 正確히推論하며 推理의法則으로써思考作用의規範을定하는論理學

마, 身體機關의組織, 作用과및그의發育狀態를論하는生理學들이외다

以上의列擧한學科는 敎育者의 須臾이라도 떠나지못할者이라 그러나 此等學科의論究는 오날날 이러한集會席上에서 다할배아니라 이는다專門諸氏에게紹介할뿐이외다 그리고나의생각하는現今朝鮮敎育界에對한急務는 敎授의作用又는訓練의方法等에잇지안코敎育의理想을研究하야朝鮮在來의學界를支配하던舊思想을打破하며 이에代身할新思想을紹介함에잇다합니다 그리고 最近十年內外의敎育上世界的變動을論及하야우

리의叅考를만들려합니다 그러면그題目은이와갓사외다

第一, 敎育史上東西思想의差異와 및 그의批判
ㄱ, 敎育史上東洋人의思想
ㄴ, 敎育史上西洋人의思想
ㄷ, 批判
第二, 十年以來歐洲敎育界의新運動
ㄱ, 제ㅣ리ㅣ式學校組織을論함
ㄴ, 윌손, 엘, 킬ㅣ氏의學校面(共和國)를論함

第一 敎育史上東洋人의思想

以上의陳述한바와갓치 敎育이라는語句는東西를勿論하고멧千年前古代로부터流行한者이나 이에먼저東洋古代의儒敎의經傳에서幾個의例를들건대孔子는言하되『我學不厭而敎不倦』이라하고또言하되『吾黨之小子狂簡斐然成章不知所以裁之』라하고 孟子는言하되『得天下英才而敎育之一樂也』라하고子思는言하되『天命之謂性率性之謂道修道之謂敎』라하고宋의朱子는言하되 『一有聰明睿知能盡其性者 出於其間 天必命之以爲億兆之君師 使之治而敎之以復其性』이라하엿사외다 大抵敎育이라고말할것가트면이는勿論敎育者가被敎育者에게對하여何許의行爲를行함이니 우리는이에對하야不可不 그意義와手段을明確히覺悟하여야할것이외다 즉 우리가萬一朝鮮으로부터北米合衆國에간다하면仁川에서出發하야陸路로京城에着하며 更히南下하야釜山을지나서玄海를건느고橫濱을經由하야 太平洋을건늘지니이는一個의路程이라그런대何處에서는汽車를타고何處에서는汽船을타고何時에는出發할것과 何時에는宿泊할것들의行爲를明確히알지아니치못할지라만일 그러치아니하면 우리건대 目的地인北米는始捨하고 跬步라도쏘찬옴기지못할것이아니오닛가이와갓치우리가비록 敎育者인作者를정술지라도만일그目的이何如한것과 手段 方法을如何히할것을알지못한다하면엇지 責任을擔當하오릿가이에以上의列擧한幾個의語句를살피어보아그意義를생각하여봅시다 勿論孔孟그들의主義쏘는思想으로말하면不合理한点、排斥할者도多數하거니와나는特히 그들의敎育思想에對하여는可取할點이업지아니하다하나니이에서 孔孟그들의敎育에對한思想은勿論 被敎育者 中心主義 又는開發的又는積極的인것을發見하엿서외다 왜그러하냐고하면 以上에例擧한바斐然成章 莫知所以裁之라함은 卽裁함으로써 敎한다함을비유하엿거니 卽被敎育者의善美한그것을 더욱善美하게整理한다함이며 又는天命之謂性 率性之謂道 修道之謂敎라함은 卽道를닥는것이敎育인데 道는性에조차行함이오 性은天이命한바라함이니大概性이라함은何人이던지 다具備한것이여서被敎育者의性에對하여는敎育者가抑損하기不可能한것이오다만이를修治潤色하야더욱美케한다함이며 孟氏의言한바英才를엇어서敎育한다함도畢竟은이러한意味에不過하여 卽被敎育者의본디가진것을이를琢磨하여더욱卓越하게한다함이며 朱氏의言한바復其性이라함도 亦是이러한意味이니卽被敎育者의原來所持하던善性을開發하여 이를顯現하게한다함이라 이러한여러가지로견주어볼진대孔孟그들의敎育에對한思想을可히알것이라 그러나볼세다 東洋의幾千年間敎育은敎育者中心主義 專制的注入的 消極的이엿고더욱이朝鮮에잇서서는支那人보다尤甚하엿사외다 이는勿論 朝鮮에서는支那人의思想을輸入하야그대로 삼키인사람이외다 支那人의文物을崇拜하여自我를내여바리도록盲從한재닭이외다

이에는支那人의如何하던것은姑舍하고朝鮮의上下數千年間敎育에對한思想을이야기할세다 우리朝鮮서는以上에述한바와가치 支那人의思想을輸入할새支那는크고自己는적으며 支那는中華이오 朝鮮은夷狄이며支那는優인데朝鮮은劣이라自處하엿사외다 現今우리의常識으로論할진대비록愚昧、未練한人生이라도自己를表彰코저하고自他를賤卑하게녁이는것은何種族은勿論하고同一한現象이라하겟스되 홀로朝鮮人은그러치

아니하엿나니이는勿論支那使의儒學者들이儒學을崇拜하다가 儒學을提唱한孔孟이나程朱네들崇拜하게되고兼하야儒學이發生된 支那의土地 支那의産物 支那의文字 支那에그무엇이던지崇拜하게되엿나니 이른바술에醉한者가 쓰音에도醉한다함이외다 그런데더욱이一種奇異한現象이잇는것은 그들思想의 骨子인것을輸入하지못하고다만그形式이나其他區區한枝葉에만汲汲한것이외다 즉以上에述한바와가치이孔孟그들의敎育思想은開發的에잇섯거늘朝鮮서는注入的이되고孔孟그들의 敎育思想은被敎育者中心主義이잇섯거늘朝鮮서는敎育者中心主義로傳來한것이외다이는다름아니라孔孟의眞髓로말하면 彼儒學의開山인支那에서도繼承하지못하야 荀、莊이分하고楊、墨이分하고朱、陸이分하고其他別別色色의旗幟를세워서儒學의幅을찌젓사외다하물며朝鮮의儒學者들이支那使의思想을盲從하는者이리오

이러함으로現今은支那에도이러한陳腐한思想 즉古人의成案을 盲守하야전거름도나가지못하는思想을打破하고新思想의建設에汲汲하는터이외다하물며우리敎育界는엇더합니까 普通敎育이야말로勿論敎育者中心主義의敎育이외다 被敎育者의思想、感情、本能、 趣味들은물을것도업고 被敎育者의 理解와興味들은물을것도업고史略、通鑑이나盲讀하게하야支那의文字이나조금注入하면敎育의成功이라하는듯합니다나의觀察하는現代文明式에말미암어設立된學校에도形式的又는注入的의主義가盛行하는듯합니다 被敎育者의本能을無視하는듯합니다別別의色眼鏡과種種의假面들을쓰고純粹無瑕한兒童에게對하는듯합내다

이는 우리가깁히늣김을말지못하는바이외다

大抵普通敎育이야말로 이는敎育이라할價値를認할수업슬지니이는新敎育이普及할사록또는우리先進社會의自覺이잇슬때에는漸次改良될줄로밋는바이어니와우리의 新敎育에從事하는者가覺想하야實社會에信用을엇는날에야비로소徹底한回轉을볼것이라고斷言함이외다

敎育史上西洋人의思想

教育史上教育에對한歐洲人의思想은엇더하오니까 이에그들의教育思想을살피건대埃獨諸國의古代로부터教育이라는語는끄으러내인다는意味가抱含하엿다합니다 勿論教育한다는意味도잇슬것이외다이러한意味는다만教育이라는意義의一部이겟지마는教育이되는것은教育者가그무엇을被教育者에向하야 注入하는것이야니라教育이라는것은教育者가被教育者에게잇는그무엇을차저내인다함이分明하외다 彼歐洲最古의文明國인希臘에서는音樂에因하야精神을陶冶하고體操에因하야自身을鍊磨하니 大抵心身을調和發達코저함은希臘人그들의理想이엇사외다「소크라테스」「푸레톤」「하리스도톨」諸氏는가장저명한教育家이엇사외다 以上諸氏의教育思想은勿論理想的積極的이엇사외다 羅馬人이이를繼承하야文化가燦然하엿스나그希臘人보다조곰다른色彩의잇슴은希臘人은精神으로主하야理想家가輩出하얏스나同時에羅馬人은肉體를主하야 實際家가輩出한듯함이외다 歐洲中世期에이르러서基督教의思想이宣傳되야羅馬人의思想에한번부다친후그들의思想은一變하엿사외다 上帝는萬人共通의父이라故로一切人類는다平等이며博愛의思想은倫理의中心이되고또는信仰은萬人에同一한즉個人의價値를尊重하야個人主義의教育을唱道함에이르럿나이다 그러하야基督教의教義는오날날까지歐洲思想界를左右하게되엿사외다

中世時代에이르러羅馬帝國은四分五裂하고 그의文化는暗黑의潮流가汎濫하엿스나이는特히十四五世紀의文藝復興을準備하는發動이라합니다 中世紀羅馬의流行하던것은耶蘇舊教인대이는自由의思想을束縛하며法王의驕奢와僧侶의惰行이極하야基督教의本來인面目을이러바리게된지라 이에學術上文藝復興이생기자宗教의改革이또한밋지못할氣運이엇사외다 이에「루터」先生의宗教改革運動이이러나게되엿사외다이는이른바新教이니舊教가外部的形式의흐름에反하야新教는內部的心理에도라오게하야참인바 基督教的精神은自由인人格에잇다唱道하엿사외다 이에新教는普通教育上 非常한關係를주게되야自由의精神으로크게發揮하게되엿사외다 一邊으로文藝復興은自由研究에精神을鼓舞하야中世期末로부터 近世期에이르기에는理科의研究가勃

與하야種種의新發見이이러나게되엿사외다十五世紀以來로부터 敎育學의始祖라할만한人物들이選出하엿나니十五世紀英國의「코메뉴스」라던지十六世紀의英國에「록크」라던지獨逸에「푸랑게」 라던지十七世紀의佛蘭西에「루소ㅣ」라던지獨逸에「갠트」라던지瑞西에「페스타로씨」라던지 「푸레ㅣ벨」이라던지「허바ㅣ트」라던지十八世紀의英國에「스펜서ㅣ」라던지等은다쟁쟁한者이오그中「루소ㅣ」 의敎育理想은從來인敎育의弊風을削破하야敎育史上에 一大變動을이르키엿나니氏의敎育的理想은가장純粹한開發的이엿고 被敎育者中心主義이엿사외다 이제氏의主張에對하야簡單히드려말하려합니다

「루소ㅣ」의敎育思想。氏는「에밀ㅣ」이라는小說的敎育論을發表하니이는歐洲에서 敎育의寶典이라하야贊賞하게되엿사외다 (以下次號)

危機一髮의我社會

李鍾駿

太平時代에十萬의養兵

온도리혀禍를作하는根本이라하여 此를排斥할時는 當時國內는無事하엿고 太平하엿다。그러나此를排斥한지十年이지나지못하여 釜山港頭에數百艘의戰船이來襲하엿고 釜山을占領한지旬日이지나지못하여京城이陷落하여 大駕는義州로亂을避하게되엿스며 人民은四方에서辛苦를嘗하게되엿다。이에이르러 上下는畢하여振動하엿고 後悔함이잇서 到處에서義兵唱하는者ㅣ蜂起하고一命을擲하야戰場에來하는者ㅣ繼出하게되

여다。 그러하여가우大勢를挽回하엿다。 此時如此한慘憺한經過를當한者ㅣ自上至下에誰一人을勿論하고此를痛歎히頣치아니한者ㅣ無하엿슬지며 크게後悔하이업지아니치못하엿스리라。 그러나其時代人民은此를痛歎히하엿스되곳이젓스며 後悔는하엿스되고질줄은몰낫도다。 그리하야國內가적이平穩히에다시前日黨爭에入하여互相嫉視하게되여 도되어丙子의第二鉄槌를受하게되엿도다。 嗚라我人頭上에下한鉄槌가엇지此一二에止하리라만은 最初一棒을受할時는痛慨하엿고 切齒하엿스되 第二棒이下할時는其怨恨의度가少하여지고 第三棒이下할時는例事로看做하게되며 第四棒이下할時는依例히그러하리라하야平凡하게여기게되도다。 我人頭上에下한鉄槌가不足함으로我人의覺醒이遲함이아니라。 鉄槌가過多하야도리혀遲鈍하여짐이아닐가。 元來將來를慮하는念이不足하고一時에快樂만탐하며 遠大한抱負가無하고但히目前에利得에만汲汲함을

我人의 通弊

라하노니 我人이今番大戰亂에影響으로物質의裕餘함을得하엿고 또한大戰亂이終局됨애더욱이一層活氣를呈하여 오래習慣的으로變하여오든沈滯狀態에서脫하여 活動을開始하엿도다。 可喜可慶할바이며 可賀可祝할바이다。 否이라。 오래동안우리는無能하엿다。 不健全하엿다。 한活氣을걷고기운업시다니든靑年界는 深刻한自己의自由을깨닷고 新進氣銳한바로서 或은東으로或은西로 或은甲으로或은乙로各方面으로活躍을開始하야 一社會가成하매밧듯이靑年이其中堅이되고 一國體가成하매밧듯이靑年이其主腦가되엿스며 多年間老朽로自任하든老輩는「我輩에게도社會에對한責任이有하다」고呼하게되여靑年의事業을援助하고또는靑年을後援할만한元氣로各種事業을振興케하며 五百年來家庭의高等下婢로自處하든 婦人社會도크게覺醒하야婦人의解放을叫하고 男女의平等을呼하야 今日始히我女子의活躍함을見하거아니한이無하도다。 그리고此等我人의活動으로因하야成한事業을一瞥할진대 文化運動이起하야 我人은敎育을要한다。 知識을求한다하

고絕呼하거된結果、敎育會、圖書會社等成立을見하엿고 漸次로도多數의學校가增設될傾向을示하며 勞働共濟會、勞働大會로爲始하야地方에勞働組合等이起하야 써世界新思潮에順應하려하며 經濟會가起하야 經濟에關한知識이普及經濟界의狀況을調査하는等事業으로 我人의經濟思想을皷吹하려하며 體育協會가成하여健全한氣風과强壯한身體를作하여 我社會의風紀를根本的으로治療하려하며 地方에靑年會가起하야 健全質素로爲旨하여 退하여는我靑年界의腐敗墮落을防하고進하야는他靑年界와並行하려는勢를作하엿고 써라저新聞、雜誌等言論機關이成立되여 此等諸般事業을聲援하고贊助하며 指導하고勸奬하여써其完成을期하려하도다。嗚呼라。誰가我社會現狀에對하여不滿을抱하며 不足을嘆하리오。我社會는此로因하여振興할지오 我人은此를因하여向上할지며 我族은此로因하야前途의光明을認하리로다。地下에서泣하든我先祖도이에눈물을거둘것이요 我社會를爲하여勞思하든諸賢도비로소安堵하리로다。如何히하엿든지 現今我社會는되여가는社會요 振興하려는社會요 將來가有望한社會로다。誰가此를祝하지아니하며 誰가此를歡迎치아니하리오。此에至하여는我社會의誰何를勿論하고 余와同感일줄로思하노라。그러나隆盛하는時代에處하야 萬一을爲하여準備하며

勃興하는初頭에立하여

將來를慮함이無益한바가아니라。도리혀그러하여야할者라하노니 이제我社會의現狀을보고 이를歡迎하고 이를祝賀하는바는 이各種事業이完全하고또는完成된結果、我社會를向上식히고 我人文을前進식히여써我族으로하여금福祉를增進케함에有効함으로써니 萬一此事業이不完全하고또는其事業이吾人의瞩望에違背되며 社會에利益주는事業이되지못하면 吾人은此에對한瞩望이多大하엿든이만큼 吾人을落膽케함이또한多大할줄로信하노라。 그럼으로余는方今勃興하는諸般事業에對하여 無限한感謝의念과希望의줄을부치는同時에

此等事業의前途에對하여 또한無限한恐怖와疑惑함을마지아니하노라。가을녁 쑥밧헤 속아서 피여난쑥송이와갓치 또는낙시에걸니엿든魚類가물담은동이에서죠와서노는것과갓치 一時의滿足을滿足으로알고將來를思하지아니하며 今日의快樂을得함에汲汲하여

遠大한將來를忘却

하는等의事業이細少한줄輕視할수업스며 따라서 이믜이러난事業이라도 이와가튼結果맷지못할싹을피이지말고 또는可憐同胞의事情을보고조고마한安樂에만醉하지말기를祈하는바로다。이것이나로하여금 이論文을抄하게하는所以며 이상이默過하려고하여도 默過할수업도록나의頭腦를찌르는바라。이제我社會의이러난現狀을大綱들어보자。이世界人類는두가지로分類할수가잇나니 卽아는사람과모르는사람이다。이世上을엇더케하여야잘살줄을알며 엇더케하여야될줄을알며 엇더케하는것이옳흔줄을알고 엇더케하는것이그른줄을알며 이宇宙에生存하여서살며 또한피도알고 눈물도알며즐거움도알고 슬픔도아는사람들은 今日所謂文明하다는사람이오 이것도모르고 저것도모르고 다만바람부는대로動하는것이未開한人民이다。우리가이제未開의域을脫하고 文明의地에나가려하면 우리는먼저알어야하겟다。換言하면 우리가넉넉한살음을하려면知識을어더야하겟다。 하는말이到處에서이러난다。 卽

「나에게知識을다고!

나를敎育식히어다고!」하는반갑고도슬픈語調를띄인부르지즘이我全土에퍼지엇다。 그리하여各學校는 다入學을許할수업시志願者가늘어가고 길가에서勞働하는勞働者손에도新聞을들게되엿스며 閭巷村落에이르기까지時事의論評을듯게되엇다。 아! 참반가운消息이다。 그러나 우리는알어야한다。적어도남만치는알어

야한다。 아ㅣ 그러하거늘이入學치못한學生을엇더케處理하며 이悽慘한부르지즘을무엇으로써對答하리오。教育에當路한諸位여ㅣ余ㅣ敢問하노니 諸位는果然此에對한成案이有한가？諸位는果然이衰微한ㅣ아니勃興하려는教育界에一身을犧牲으로하고라도振興식히려하는決心이有한가？ 余는種種教育當路者에게서이러한言을聽할때가有하다。「이事業처름困難한事業은업고이事業처름因習的의것이업다。 한번教員으로이事業에投身하면他方面의事業은着手할수업다。」그러하리라。 勿論困難한事業이오 因習的의事業이리라。 그러나木手는新聞記者는못된다。배沙工은自働車運轉手는못되는法이다。何必教育에從事하는教員뿐이리오 그러하거든 木手가新聞記者못됨을그리不平하여하지아니하며 배沙工이自働車運轉手가되지못한不平을말하지아니함에對하야 홀로이教育者인教員間에이러한不平이이러남은是何故이뇨。 此에는勿論 其事業이困難하니만큼其責任이重하니만큼 報酬와社會의待遇가不足한으로因함이라。 그러나 一方으로는教員된者ㅣ其責任에深刻함을不覺하고오즉一時方便으로教育界에投身한者ㅣ多함으로因함이亦多大하니 萬一我教育界에如此한

비슷한教育家

가一人이라도有하다하면 이이믜痛惜不已하는바이거늘余의觀하는바로볼진대 其太半이此에屬하는듯하도다。 如此한教育家에게第二代의中學인青年의教育을委托할수有할가。 如此한教育家의要求하는바報酬待遇가넉넉하엿스면 此에過할者ㅣ無할지나 我社會는諸位의觀하는바와如히諸位의要求를滿足케하기는넘우貧弱하도다。 願컨대教育者諸位는 諸位가이믜教育界에投身한以上에 可憐한우리青年을爲하고貧弱한우리社會를爲하야諸位의잇는誠意를다하야 犧牲的精神으로局에當하여주기를求하노라。 社會의利益을爲하여는自己의貴한生命ᄭᆞ지棄하는者ㅣ有하지아니하뇨。 또한筆을轉하야近日被教育者인學生界를一瞥할진대 可愛할事가一二가아닌同時에可惜한事가또한一二가아니다。 父兄의覺醒과學生自身의自覺으로笈을負하고京師

또는外地로赴하는者ㅣ日增月加하는狀態이다。 그리고萎靡不振하든前日學生風紀가一變하야活氣를呈한듯하다。 그리하여學生會合에는深夜까지燈火가耿耿하고 運動場에는 째。。코의打擊聲、蹴球의킥크聲이不絕하여 智를求하는心이굿세인同時에 德을求함이亦此에不下하며 他方面으로는學生大會、苦學生相助會等의學生團體가起하여學生互相間의知識을相交하며 互相의過失을相戒하고 互相의困難을相救하게하도다。 學生界에는이러한機關이잇시시는아니되며 이러한機關이생기는것을歡迎하며 더욱이이러한일이着實하게完全하게되여가기를希望하야마지아니하노라。 그러나學生으로써貴히녁이는바는 天眞爛漫함에在하며 正直勤勉함에在하며 活氣潑潑함에在하며

勇敢健實함에在하다。

萬一我學生界에諸般事業이起하드래도 如此한美風이無하면余ㅣ決코贊成하는바ㅣ아니며 諸般事業이不興하드래도如此한氣質만有하면 余ㅣ도리혀此를迎함에躊躇치아니하노라。 이제學生界는果然如此한美風이無한가。 吾人은흔히學生의口에서手段、方便云云의語를聞한다。學生에게手段이무슨所用이잇스며 方便이무슨所用이잇스며 權謀術數가무슨所用이잇스랴。學生은오작正義의잇는바에猛進할것이오 義를確信하는바에勇進할것이아닌가。 또는近日學生風紀가前보다는勝한者ㅣ有하다할지나 一方으로漸漸墮落의度가增함을見한다。 이는寄宿舍의不備、一般社會風紀의影響이多하여 社會에서其責을負할者多하다할지나 學生自身도또한責任이업다하지못하리로다。此學生界風紀問題에關하여는 一一히追條함을願하지아니하거니와 敎育者이든지 被敎育者이든지 다此點에對하야一層警戒를要하고一層注意를要할者라하노니 此에對하여其補濟의道를講求치아니하게 我社會의根本인敎育부터其根底가動搖한다고謂치아니치못하리로다。 이제

宗敎界를드려다보자

佛敎이거나 儒敎이거나 耶蘇敎이거나 天道敎이거나 如何한種類의宗敎·敎派를不問하고 또는此等諸宗敎가如何한時代에如何한方式으로輸入또는開宗되엇슴을勿論하고 此宗敎라는것이社會와分離할수업는特別한關係가有함은贅言을不要하는바라。 此宗敎라는것이一時代또는一個人에限하지아니하고 時代의區別이업시또는一般民衆에게許하게됨에至하여는 吾人의時代思潮와 心理와의密接한關係가有하며 吾人의思想이休止하지아니하고漸次向上함에서라宗敎도또한此에相當한進步를遂하는것이다。 그럼으로一國에宗敎가健全히發達하면其國家가亦健全한發達을遂하고 一社會에宗敎가該社會의思想과不伴하거나 또는固有의思想을無視하는發達을遂하면 其社會의思想은漸次混沌한狀態에陷하기易하며 健全한發達을遂하기難한者ㅣ라。 今日我社會의宗敎는果然이러한過渡時代의混沌한思想界를指導할수有하며 또는我社會의思想과 世界新思潮와併行한다謂할수有한가。 余ㅣ此에對하야躊躇치아니치못하노라。 무릇佛敎는數千年來 我社會에大端한貢獻이有하엿다。 直接으로人心을指導한功績은姑捨하고도 間接으로建築·彫刻·繪畫等諸般文物을齎來하엿슨도다。 그러나今日의現狀은果然如何한가。 勿論

李朝五百年間深酷한壓迫

下에서其存在던거오維持한關係가無함은아니나 今日所謂此壓迫制度가解除되엇다는時에도 余는그리活動함을聞치못하엿노라。 此는余의淺見이能히其活動잇슴을不知하는지모르거니와 萬一그러치안을진대實로遺憾으로思하는바로라。 近日二三個處에佛敎靑年會가成立함을見하엿고 月報等의發行함을見함에至하엿스나 亦是大部分은從前의狀態를不脫하엿고 或從前의狀態를脫하엿다는者ㅣ前日의舊風을打破하는同時에突然히傲慢의態度에出하는者ㅣ有하며 甚한者에至하야는淫姿放逸의樂을欲貪코저하는者ㅣ有하니 이는實로佛敎自身을爲하야서도痛惜할者이나 我社會를爲하여實로痛惜에不堪하는바로라。 佛敎徒는一次愼重히深思함을要

하는者이며。다시基督教에入하야觀하려하노니 余亦基督教에籍을有한一人이라。그럼으로

基督教의長所와短所

를僅少하나마不知하는바는아니라。 大槪我社會에此基督教가輸入된것이그러長久한歲月을經하지아니하엿스나 我社會에對하야貢獻한바는多大하도다。 各地에學校를設하여靑年子弟를敎育한것。또는오래동안固習을墨守하여가며門外에不出하든婦女界로하여금解放의路를開하엿스며 兼하야無學한婦女界에幾分의知識이라도注入한것、我社會에對한功勞는實로忘却치못할者이며 近日더욱이活動을開始하야 基督教靑年으로組織된勉勵靑年會와엡웟靑年會等이起하여我靑年界를爲하여貢獻함이多大함은感謝하는바이고 各地方으로巡廻傳道隊를派遣하여 諸般人智를爲하여努力함도可觀할功績이다。 그러하여基督教의活動은近日자못可觀할者가多하도다。 그러나我朝鮮의基督教內에는多數唾棄할만한缺點이伏在하다。 今日은如上한諸般活動으로因하여其缺點이殆히不現하는듯하나 此를掃地함이아니면事實上

沙上에建한建築

에不過하리라하노라。 方今我基督教內에一般信者나敎役者를勿論하고거의反省을要하나니 今日但히建築에만汲汲하지말고오즉이基礎를鞏固히하여써 他日의暴風雨를備하지아니치못할지라。 余가詳論할必要도無하거니와諸位가注意하여虛心으로情思할時에는自然腦間을씨르는者ㅣ有하리라。醒하라。諸位는固陋한態度를墨守하고 進步하여가는新思潮를無視하는弊가有하지아니한가。 突然히不信者를罪人視하고自己만이善한者와如히思하는點이有하지아니한가。 敎會의枝葉인儀式에만넘우重視하고 眞實한精神에至하여는도리혀輕視하는弊가有하지아니한가。 敎徒中에聖經解釋에적이異議를挾하는者ㅣ有하면是非를不問하고異端이라排斥하는點이有하지아니한가。 宗教改革當時羅馬敎會를看하라。 彼等은固陋하엿느니라。 彼等은精神보다儀式을重히녁이엇

느니라。 彼等은驕慢하엿느니라。 彼等은積弊를打破하려는者를焚殺하엿느니라。 現今我基督敎會가彼羅馬敎會보다優勝한者ㅣ其幾步며 腐敗의度가彼此相距함이其幾步이뇨。 當時羅馬敎會의眼으로觀하면 칼빈은異端이오 루터ㅣ는異端이오 후스나웨크립푸는異端이엇다。 그러나當時異端視하든其人이實로天의意에適合하엿든者오 今日吾人의千古師表로追仰하게된者라。 我基督敎는數百萬의信徒를有하엿나니 此基督敎의隆替盛衰는我社會에莫大한影響을세치는者인즉 基督敎徒는一次深思覺醒하기를願하는바이며 此가正히天의要하신바가아닐가하노라。 述하여此에及하매更히筆을轉하야他宗敎가我社會에미치는바影響에對하여다시重疊하야論할勇氣가挫折되노라。 今日我社會에儒敎이거나 天道敎이거나 侍天敎이거나 太乙敎이거나 靑林敎이거나 統天敎이거나 濟化敎이거나 如何한宗敎를不問하고 多少我社會에貢獻함이有하다할지나 或은固陋하고或은偏狹하고 或은迷信에陷하야 我社會에세치는바弊害가亦不少하도다。 民度에適合하지아니하고 前步되는思想에不伴하는宗敎는社會에남기는功績이社會에세치는弊害보다勝하다고할수업나니 噫라 我人은佛敎가輸入되엇스되 此를我民度에適合하게咀嚼치못하엿고 基督敎가輸入되매 此亦善히消化식히지못하며 甚至於我人의創建한宗敎에至하기까지善食할만한物이되지못하엿다。 省하라。

殷鑑이不遠하다

土耳其가此에在하고 印度가此에在하지아니한가。 于是如何한敎를不問하고敎徒이거나敎役者이거나 다가치지히反省함을望하노라。 宗敎에關하여는아즉此에擱筆하고 다시眼을轉하야 我實業界를觀하자。我實業界에微微不振함은更論할餘地도無하엿도다。 그러나大動亂의影響을受하여 一般의物貨가적이有餘하게되엿과生한資産家의蹶起等으로因하야 자못可觀할現狀을呈하엿도다。 昨秋資本金百萬圓의京城紡績의成立을爲始하여二百萬圓의東洋物産、二百萬圓의海東銀行等我社會初有의大資本會社、銀行이成立되엿고 京城、地方을勿

論하고貿易會社、紡織會社等諸般會社가續出하야 或은百萬圓、或은五十萬圓等의資本으로事業을開始하여我實業界도將次前途의光明을認하게되엿도다。 그러나 此現狀으로外國의起한事業界에比하면實로滄海一粟의觀이업지아니하며 더욱이我朝鮮內에起한我人以外의經營하는新設事業에比하드래도寒心함을不禁하도다。我人의經營하는事業中最大의資本을擁하엿다할者僅二百萬圓에不過하거늘 他人의經營하는西鮮殖銀、南鮮輕鐵等資本金一千萬圓에比하면果然如何하뇨。 余ㅣ我人도此等諸事業과比肩할만한會社銀行等諸般事業이起함을願하는一人이나。 그러나衝天의巨樹도其發生할時는一粒의種에不過하는者라。 今日一朝에能히할바가아니며 하더라도이는不可能한事이라。 吾人은모름이此一粒의種이나마 此를善히選擇하고 此를善히培養하여 衆樹를壓倒할만치培植할뿐이다。 하거든今에實業界에投한人士를觀할진대 若干의人을除한外에는 大槪事業에對한誠意가無하며 僅히一波動의餘波를利用하여써得意滿面의狀을作하며 甚한者ㅣ某某社會의重役某某銀行의頭取를擔任하고事業을起하는者까지有하나 엇지써此微少한事業이나마勃興케함을得하리오 그러하여暴風雨의

低氣壓의眼前에서彷徨

하되此를不知하고 但히微少波에勝함으로써自足自處하다가 一次此暴風雨가襲來함애、惶妄失措하여써 如何히處理할바를不知하며 暴風雨가經過한後라도오즉憂慮할뿐이다。 我實業界를爲하여痛泣하는同時에또한我社會를爲하여長嘆치아니치못하리로다。余ㅣ今日所謂貿易家라는人을觀하매 오즉金錢인줄을알고 廉恥의何임을不知하며 오즉淫逸의狀함을知할뿐이오 社會共益의何임을不知하며 目前의小利를貪하고我社會全體를不解하도다。 我社會의風紀를淪落케함이此貿易商輩의所爲로因함이多하다하노니 此社會風紀를紊亂케한大罪에關하여는實로容恕할수업는者다 마당히筆誅를當하여야可할者이다。 余ㅣ此罪를彈함에當하여 또한我

社會의前途를思하고暗泣치아니치못하노라。 如此히我社會에何何節節이使人한驚風에對하야維持하자면限이無하며 如此할새마다吾人으로落膽케함이多하도다。 此에對하여는前號(서울五號)現下社會及相關의一端이란題下에는略論하엿슴으로玆에更論하지아니하거니와 이제

筆을閣하려함에當하여

다시全體를들어觀할진대實로前途의暗暗함을禁하지아니치못하겟도다。 噫라我敎育界이러하고 我宗敎界이러하고 我實業界이러하며 其局에當하야從事하는者ㅣ亦이러하니 何로써我人의福祉를增進하고 何로써我社會의向上을圖하리오 我社會를救할者ㅣ誰며 我社會를濟할者ㅣ誰이냐 天이吾人에好機를與하되吾人은此를利用하지못하며 時我에게有利하되能히順應하는者ㅣ無하도다。 我人頭上에下한警告의鐵槌가不足함으로써나 我人에下한天의책망이아즉새지도少함으로써나 口로는公明正大를唱하되其實은此에不作하며 筆로는不偏不黨을論하되其行은此와反하도다。 嗚呼라天은吾人의奮起를待한지已久하고 機는吾人의覺醒을要한지已遠하도다。 재아즉도늣지아니하니 幸須諸位여 諸位가如何한方面에如何한事業에從事하든지 먼저깁히反省하고自覺하야써我社會로하여금 그릇함이업게함을바라는同時에 筆者가이各方面에諸般事業이勃興하는初頭에立하야泣하지아니치못하는心情을通察하기를願하노라 (終)

一九二〇、八、二一、

藝術天才論

張道斌

一、朝鮮人의藝術的天才

今日의朝鮮人은何의天才도發揮하지못하더라그러나古代의朝鮮人은各種의天才를發揮하얏더라政治的天才도發揮하고經濟的天才도發揮하고道德的天才도發揮하고宗敎的•[illegible]的天才도發揮하고軍事的•外交的天才도發揮하얏스나其中에藝術的天才를가장만히發揮하얏더라

대저朝鮮古代에는政治•經濟•敎育•宗敎•産業•學術의等一切가다輝煌燦爛하얏더라其中에工藝美術의文化가더욱偉大히發達하얏더라그럼으로彼印度의哲學처럼彼漢土의儒學처럼朝鮮의藝術은朝鮮文化의가장主要한分子가되얏더라

此갓히藝術的文化가가장主要分子를作함은무슨理由뇨갈으되當時朝鮮人이가장藝術的天才를만히發揮한所以니라고此는朝鮮人의各種天才의中에가장藝術的天才가特秀한證據니라

今日에坐하야觀하면朝鮮人은아모藝術的天才가업더라지금我等의四圍의中에朝鮮人이가장藝術的天才가업더라그러나千年以前의朝鮮人을見하건대朝鮮人은매우藝術的天才가잇섯더라當時我等의四圍의中에朝鮮人이매우出衆한藝術的天才를發揮하얏더라

이런天才가잇던我等이이제아모天才도發揮하지못하는我等이어試하야古代朝鮮人의藝術的天才가잇도함을思하라我等은참으로愧死하리라하노라

二、高句麗의藝術

文化의發芽時代인五國時代에도임의藝術的天才가發現되얏더라扶餘는錦繡를産하고馬韓은金銀을用하고辰韓은鐵로貨幣를造하얏더라

그러나이時代는아즉藝術이乳兒時代에在하더니라이時代一千年間에一步二步를進하야것층내藝術全盛時代인三國時代에達하니라

대저三國時代의文化는첨에長白山의西方•鴨綠江의上流인國內城(滿洲輯安縣)에서光을放하니距今二

千年前의世界더라厥後約三百年을經하야高句麗가京都를平壤(平壤)에定하니이에平壤은文化發動의心臟이되얏더라이러케三國時代의文化는먼저高句麗에서盛하고其次에이文化의花가百濟에서爛하고其次에이文化의光이新羅에서耀하얏더라宗敎는儒敎와佛敎가다먼저高句麗에入하얏고科學은高句麗가먼저大學을建하얏고文學은高句麗에먼저詩와史가잇섯더라百濟는高句麗의次에儒敎·佛敎를得하얏고博士가잇섯고史를記하얏더라新羅는百濟의次에儒敎·佛敎를得하얏고大學을建하얏고史를記하얏더라宗敎·科學·文學뿐아니라一切의文化가다그러하얏더라이에藝術도또한그러하니라

그럼으로去今約一千五百年前까지는高句麗의文化가가장盛하고以後부터는高句麗·百濟의文化가함께盛하고距今約一千四百年前부터는高句麗·百濟·新羅의文化가함께盛하얏더라그러나高句麗·百濟도三國의末世가곧文化最盛期라이에三國末世約二百年間은三國의文化가一樣으로壯麗한時代가되니라이時代에文化가이러케壯麗한中에藝術이가장壯麗를極하얏더라

대저古代朝鮮은事業으로는文化보다武力이매우盛하얏스며文化로는文學·科學의等보다藝術이매우盛하얏나니此를觀하면古代朝鮮人은매우實用的人民인듯하더라藝術은工藝的方面보다美術的方面이더욱偉大한듯하니此는佛敎의影響이잇는所以인듯하며다못藝術의中에繪畵·彫刻의等이매우偉大하얏더라

高句麗人은三國藝術의先驅로또三國藝術의最廣大한幅을占하얏더라그러나三國의藝術이한세壯麗한中에三國이各히長處가잇슨듯하더라곳高句麗人은建築繪畵가長處오百濟人은建築이長處오新羅人은鑄造·彫刻이長處인듯하더라대저高句麗人이建築·鑄造·紡織·繪畵·彫刻·音樂의等을다盛大히發達하얏스나其中에建築과繪畵가가장優秀하얏더라高句麗의藝術品은殘酷히消滅된지라도모지一點의痕이업시兵火·盜賊·風磨雨洗의中에長逝하얏더라그러나오직金石의一文을留하기는陵墓더라平壤을中心으로하고그四面에大陵墓가種種잇나니高句麗의藝術은이陵墓의中에서避難하얏더라江西郡의三陵은平壤附近에有名한陵

墓라이陵墓는花岡石으로建築하고壁에는美麗한繪畵가잇더라이陵墓는高句麗建築。繪畵의代表者며高句麗藝術의證據品이더라

高句麗人은建築의天才가非常하얏더라當時의宮闕寺院의等은一도保存되지못하얏스나彼江西郡의石造陵墓는高句麗建築의種種을넉넉히說明하더라余는建築學上知識이업는지라그러나余가彼石造의陵墓를見하고그畵的美的神工을驚嘆하얏노라이建築術은高句麗人의創作인듯하고그製作의巧妙는今日朝鮮人으로到底히摸倣치못할지라余가일즉漢土野史를觀하니일넛스되그高句麗宮闕은水晶으로城壁을作하얏스며그가갓치明하야華麗하얏는지라彼石造의陵墓로較著하건대當時宮闕은아마外國人의眼目을驚하얏슬너라이陵墓는一千三百餘年前高句麗平原王時代의建築인듯하더라一千三百餘年을經한建築이一點도老衰가업지昨日의新製作갓치精麗堅緻하더라그러나이製作者의姓名을知치못하는지라我等은이製作者를三陵建築師라命名하얏노라

高句麗人은繪畵의天才가非常하얏더라彼曇徵（一千三百年前의人이라）의法隆寺壁畵는日本史上에暄傳한事實이라今日에도이壁畵가我等의眼目을眩하더라이제江西郡三陵의壁畵는朝鮮에在한高句麗繪畵의大標本이라그入神한手法의實로人의肝膽을寒하더라一千三百餘年前의繪畵로그手法이이러케靈妙하고그彩色이今日까지輝煌함은何人이던지驚嘆이無窮하더라이繪畵는高句麗人이漢土傳來의法式을模倣擴張한듯한지라此는또한高句麗人이外來의文化를模倣擴張하는天才가잇는證據더라그러나이畵伯의姓名을知할수업는지라彼曇徵은法隆寺壁에畵함으로그芳名을日本史上에得傳하고이畵伯은高句麗三陵의壁에畵함으로그姓名을遺失하얏더라此가또한朝鮮人의可痛할缺點의一이아닌가余는이에이畵伯을三陵畵伯이라命名하얏노라

關野氏江西郡三墓記錄을紹介하리라 닐넛스되「三墓가江西郡의西方約十里되는曠濶한平野의中에잇다鳥石山은右에잇고舞鶴山은左에잇다南에는并林山이오北에는國德山이다地形이매우形勝을占하얏다第一墓는最大하니南에잇다그基底의徑이約百七十尺。高

가二十九尺이다第二墓는次大하니西北에잇다第一墓와相距가三百十二尺이된다基底의徑은百五十尺。高가二十六尺이다第三墓는最小하니東北에잇다第一墓와相距가二百八十五尺。第二墓와相距、二百六十一尺이된다基底의徑이約百三十五尺。高가二十二尺五寸이다余는此를大塚。中塚。小塚이라命名하얏다

大塚은昔時에임의發掘되야羨道全部가破壞되얏다玄室은廣이東西가十尺三寸。南北이十尺四寸五分이다天井의高는十一尺五寸九分이다四壁과天井은모다良質의花崗石의大材로架造하얏스매手法이甚히精美하다特히天井의構造는普通構造法과異하야奇巧를極하얏다(中略)玄室의構造ㅣ임의奇巧한데內部의壁畵와天井의文樣等은곳石面에彩繪를加하얏스매매우雄麗하다이玄室의內에한번足을投하면羨道로來하는淡薄한光線에照하는繪畵文樣의等을見하고何人이던지그莊嚴한美觀에驚愕自失치아늘이업스리라南壁入口의周緣에는忍冬文樣을作하고左右에는雙鳳곳朱雀을描하고東壁에는靑龍。西壁에는白虎。北壁에는玄武(騰蛇)를畵하얏다此等四神圖는그構成의壯大。그線條의遒勁。雄渾의氣像。寥廓의風格이實로彼骨法用筆을主하고氣韻生動을倚한六朝時代繪畵의神髓를得하얏다天井第一의持送의側面에는彼法隆寺夢殿救世觀音의光背에現하는忍冬文樣을第二持送의側面에는天人。飛雲。神仙。山岳等의圖를作하얏다그下端에는中央의蓮花。忍冬。左右에蓮花를描하얏다第三의隅三角形持送石側面에는中央에는忍冬。左右에麒麟을圖하얏다下端에는隅에蓮花및忍冬。左右에雙鳳을圖하얏다第四平三角形持送石下端에는모다隅에蓮花및忍冬。左右에는南北에雙鳳。東西에雙鳳을畵하얏다天井中心石에는雲龍文을作하얏스나可惜하기는昔時에그一部를破壞하야雨水가浸入하얏슴으로만히剝落하야鮮明을失하얏다吾人이此等의繪畵。文樣을觀하니分明히支那南北朝時代의特色을顯하고我飛鳥時代의物과最親密한關係가잇다그靑龍의繪는梁의蕭侍中의神道碑에陽刻한것과거의同樣이오그鳳凰은法隆寺金堂의天蓋에懸한것과同樣이오그忍冬文樣은支那南北朝時代와我飛鳥時代의物과符節을合하드시恰似하다그럼으로吾人은此墓가支那南北朝末혹은隋初에築造

된것으로距今約一千三百五十年前頃의物로信하랴한다이런壯麗한墳墓는아마國王의陵이아닐수업다그位置가平野의中央에잇스니아마平原王의陵인듯하다

中塚은玄室의廣이東西十尺二寸。南北十尺六寸八分이요天井의高는八尺五寸二分이다羨道의長은二十二尺九寸이다壁과天井은極한美麗堅緻한花崗石의大材로築造하얏다其四壁은다一枚의石으로成하얏다天井은二重의持送의上에其中心石을設하얏다이中心石도一石으로되얏다南面入口의左右에는雙鳳을圖하고他三面의壁에는靑龍。白虎。玄武를圖함은大塚과同하며그手法은지아[illegible]精練을加하얏다天井第一의持送石의側面에는美麗한忍冬文樣。第二持送石에는一種의忍冬文樣을作하얏스며다南北朝式의特質을顯하얏다그下端에는一個大扁形의奇異한文樣이잇다天井은中央에蓮花。南北에鳳凰。東에는太陽。西에는太陰의象이잇고四隅에蓮花及忍冬文樣을作하얏다(中略)要하건대此墓는構造가簡單하나花崗石面에곳壁畵를作하야그繪畵文樣이前兩者와同形式을顯하얏스니恐하건대前者보다後에築造한듯하다아마妃嬪의墓인듯하다

小塚은玄室의廣이東西十一尺五寸三分。南北十一尺八分이다그四壁의上部가內方으로折曲함은第一墓와同하다三重持送을積出하야其上에隅三角形持送石을置하고곳天井中心石으로此를覆하얏다全部良質의花崗石으로築함은前二墓와同하다다만繪畵。文樣等의粧飾이업다(下略)

余는今日發見한高句麗時代의重要한墳墓를觀하고그外形및玄室의構造와壁畵粧飾의一斑을知하얏다此等은距今約一千三百五十年前乃至一千四五百年前에屬한者니此를因하야高句麗時代文化의性質과藝術發達의狀態를知할뿐아니라此等은當時支那藝術의影響이多한듯한즉彼支那南北朝時代혹은그以前樣式의研究에參考를供할만하고또我飛鳥時代工藝의由來를知할수잇다特히支那六朝時代의繪畵大作은今日까지아즉支那에서發見되지못하얏스니此等은實로東洋最古의繪畵라하리라此等은陵墓의構造한手法과共히東洋의建築史藝術史上多大한光明을吾人에게寄與하얏다」以上은關野氏의記錄이더라

余도이三陵을구경한바그建築및繪畵가대개關野氏

의記錄과갓더라 그러나 余는그繪畫를觀하건대鳳凰・靑龍・白虎・玄武의圖는漢土傳來의法式이오仙人・山岳・飛雲・蓮花의圖는朝鮮固有의法式인듯하더라 곳이繪畫의意匠은朝鮮固有의法式과漢土傳來의法式을會合한듯하더라 其中에仙女四人이長髮을揚하고天으로下하매上半은裸體오下半은靑裳이二人이오紅裳이二人이라 그純美한意匠이朝鮮式의本色을燦然히現하더라

高句麗人은鑄造로는明光鎧가名産이오音樂으로는玄琴이長物이더라高句麗人은鑛山을盛大히開發하얏더라

高句麗人은이러케各方面藝術에天才를發揮하얏더라當時의建築이나繪畫나機織이나彫刻이나鑄造나音樂이나대개다今日我等으로는到底히作出치못할너라彼曇徵・三陵建築師・三陵畫伯以外에도多數한天才者가잇스리라그러나我等은이런天才者의事蹟도可考치못하게되얏더라

三、百濟의藝術

百濟人은距今一千五百年前붓허 一千二百年前까지가彼의藝術全盛時代더라百濟人은藝術發達에가장盡力한듯하더라 그럼으로建築・繪畫・機織・鑄造・音樂・彫刻・諸般의等이다燦爛히發達되얏더라其中에建築이가장優美하니라

百濟의藝術品은또한一掃한드시업서젓더라 그럼으로建築의遺跡도正確한標本을得할수업더라 그러나當時三國의中에百濟가建築術에가장優美한確證據는곳新羅皇龍寺九層塔의建築한記錄이라이九層塔은新羅善德王時代距今一千二百五十年前의建築이니이時代는新羅도各種文化가盛揚한時代이로되新羅人으론이塔을建築치못하갓다하야寶帛으로百濟의工匠阿非知를聘來하야此를建築하얏스니그러면當時에는百濟의建築術이高句麗나新羅를凌駕한證據니라

三國遺事第三卷皇龍寺九層塔記錄에갈오되「新羅第二十七世善德王五年慈藏法師西學、(中略)善德王十二年將唐帝所賜經像袈裟幣帛而還國、以建塔之事開於上、善德王議於群臣、群臣曰請工匠於百濟然後方可、乃以寶帛請於百濟、匠名阿非知受命而來經營木石伊干龍春幹蠱、率小匠二百人、初立刹柱之日、匠夢本

國百濟滅亡之秋、匠乃心疑停手(中略)匠於是改悔、畢成其塔。刹柱記云鐵盤已上高四十二尺已下一百八十三尺」이라하얏더라

百濟人은繪畫의天才도잇셧나니彼高明한畫師로그手法을扶餘의城에觀한者ㅣ多하더라彫刻으로는彫斧가名匠이오鑄造로는金由가名匠이더라百濟人은또漆器製作의天才가잇셧나니金漆鎧는當時有名한製造品이오彼漢土史上에百濟의漆器를嘖嘖稱讚하얏더라

百濟는藝術의國이더라彼는軍事보다藝術이오學問보다藝術이며따라서白馬江의佳麗한風致을對하야가장佛教를盛大히信仰하얏나니彼의藝術發達은이佛教의影響이多大한듯하며따라新羅의塔。鍾。佛教像의等製作은대개百濟의與學을模倣한듯하더라彼京城의蠟石塔은곳이百濟藝術의典型인가하노라

四、新羅의藝術

新羅人은距今一千四百年前븟허一千年前까지가彼의藝術全盛時代며따라新羅人의藝術發達은三國의最後에在하얏스나그藝術의爛漫。그藝術의長譜는三國의第一일너라彼는建築。鑄造。織繡。繪畫。彫刻。音樂의等이다爛漫히發達되얏더라其中에鑄造와彫刻이가장優美하얏더라

新羅人의藝術品은三國의中에가장만히保全되얏더라此는高句麗、百濟는滅亡의慘禍를被하야敵兵의蹂躪한踐踏을當하고其後에도高句麗故地는항상西來하는外寇의戰場이되므로藝術品은거의遺類가업서젓스나新羅人은當時에麗濟를剪除하고오래國運을維持하얏슬뿐만아니라또新羅의地形은半島의南一隅에偏함으로最劇烈한西來外寇의戰禍를免하얏더라此等의原因으로新羅人의藝術品은安全히世上에留하얏더라그럼으로新羅人의鑄造。彫刻의等은또한넉넉히標本을遺하니라

彫刻으로는佛國寺의石佛이그代表인듯하더라三國遺事第五卷大城記錄이갈으되「其佛國寺雲梯、石塔、彫鏤、石木之功東都諸刹未有加也古鄉傳所載如上而寺中有記云景德王代大相大城以辛卯始創佛國寺歷惠恭世以甲寅十二月二日大城卒國家乃畢成之(下略)」라하얏더라今日에我等이彼의石佛彫刻을見하면과연天

下의珍奇한異蹟일을感服할네라鑄造혼奉德寺의銅鍾이그代表인듯하더라三國遺事奉德寺鍾記錄에갈으되「景德王爲鑄黃銅十二萬斤爲先考聖德王欲鑄巨鍾一口未就而崩其子惠恭大王乾運以庚戌十二月命有司鳩工徒乃克成之安於奉德寺寺乃孝成王戊寅爲先考聖德大王奉福所創也故鍾銘曰聖德大王神鍾之銘（下略）」이라하얏더라今日에我等이彼銅鍾을一覽하면과연當時東洋에最雄傑한手法임을欽慕할너라

新羅人은機織이三國의第一인듯하더라建築은今日까지東洋最古의天文臺인瞻星臺가잇더라音樂은伽倻琴이名物이오繪畫는率居가有名한畵伯이더라新羅人은半島를統一한後로安樂。榮華한生活을繼續하고또佛敎의隆盛이三國의第一이엇더라그럼으로藝術은더욱長足으로進步하얏더라以後朝鮮의藝術은만히新羅의典型을留하니라

五、優美한藝術。創作한藝術

古代朝鮮人은이러케藝術의天才를發揮하야世界的優美한藝術을作出하얏더라

其中에一二實例를擧하리라三國의建築은世界的優美의建築이오三國의繪畫。音樂은世界的優美의繪畫。音樂이니漢土는三國의音樂을學하고大和는百濟의建築。三國의音樂。繪畫를學하얏더라新羅의彫刻은當代東洋의第一이오渤海大龍之의掛石畵는漢土史上에도有名하더라

高麗以來로藝術이다衰退하얏스나오히려一二의優美한藝術이잇서더라高麗의大藏經板（高麗高宗四十二年오西洋曆一千二百五十五年에江華및晋州에서彫刻하야지금海印寺에在한것이니八萬六千七百張의經板을精密히彫刻하야十六年만에竣工하얏스매東洋最完美한大藏經板이니라）은世界的의大寶오李朝의蠟石塔（世祖九年에京城에圓覺寺를建하고三國時代의塔을模倣하야造成한塔이니 지금京城에在한것이라）은東洋의珍物이더라

古代朝鮮人은藝術에優美할뿐아니라또한創作의天才가잇섯더라藝術全盛한三國時代에各種의創作이勃興한은當然한事實이니라

其中에一二의實例를擧하리라高句麗의發明한建築

術(江西郡有造陵墓式)을東洋有名의建築이오高句麗의發明한玄琴(거문고)은世界的의樂器더라百濟의發明한樂器는東洋當代의樂器이오伽倻의發明한伽倻琴(가야고)은世界에有貝한樂器더라新羅의發明한弓矢는東洋當代의第一 이오新羅의發明한金錢은世界金貨의始祖며新羅의發明한聚金鍾은世界自鳴鍾의始祖더라

高麗以來로各種의藝術이다衰退하얏스나그러나오히려一二의創作은잇섯나니라곳高麗의發明한磁器는今日世界人의模倣치못하는磁器가아닌가高麗의發明한活字(高宗二十一年곳西洋曆一千二百三十四年에發明)는世界活字의始祖가아닌가李朝의發明한鐵甲船은世界鐵甲船의始祖가아닌가이러케上으로距今三千年前부터下으로李朝의中世까지朝鮮人의藝術的天才가만히發現되엿더라대저엇던人民은創作의天才는만흐나模倣이能치못하며엇던人民은模倣의天才는能하나創作의天才가적으니라이제朝鮮人은創作의天才와模倣의天才가具備하얏더라

그러나朝鮮人은藝術로도繼續의能力이乏少하얏더라昨日大發明家가曠世의藝術을發明하얏스되今日그發明家가逝하면此를繼續하는者ㅣ적엇더라昨日大製作家가絶倫의藝術을製作하얏스되今日그製作家가逝하면此를繼續하는者ㅣ적엇더라무릇千年以前까지는社會心理가勤勉。忍耐等의美德을持하야이런優美한藝術과이런創作한藝術이잇섯거늘이제는이心理도업고이藝術도업더라

六、藝術衰退의原因

이러케三國。南北時代에는建築으로三陵建築師。阿非知의等이出하고繪畵로는三陵畵伯。曇徵。率居。大簡之(渤海畵師)의等이出하고彫刻으로良志。石佛彫刻師。萬佛山彫刻師의等이出하고鑄造로里上宅一典(皇龍寺鍾을造함)强古乃末(芬皇寺銅佛像을造함)奉德寺鍾製造師의等이出하고音樂으로王山岳(玄琴을造함)于勒(伽倻琴을造함)의等 出하고良志(彫刻師)가出하고仇珍川(千步弩를造함)。이出하고各種工藝의大家가出하며各種美術의妙手가出하야모다自家의天才를發揮하얏더라

不幸히千年以來로藝術의天才가매우凋殘하고藝術이日로衰退하고社會의生活은점점다시穴居時代를向하니라

그理由는이러하니라第【一】南北末世붓허人心이점점腐敗하야各種의文化가점점衰退하매藝術的文化도隨하야衰退하고【二】高麗以來로外寇의慘禍가頻頻하야藝術의文化를破壞하매其後에社會가疲弊하야此를恢復치못하고【三】高麗以來로社會의一切事物이縮小하매藝術도發揮할餘地가芟滅하얏고【四】本朝以來로佛敎를排하고儒敎를尙하매藝術의進步를獎勵하지아니하고【五】數百年以來로政治家·學者가節儉을尙하매此가其道를誤하야藝術을抑壓하고【六】數百年以來로社會가黨爭·科擧學·性理學의等空論을主하매實用의藝術은保護치아니하고【七】數百年以來로階級制度가起하야藝術家를下等階級으로賤待하고【八】數百年以來로貴人官吏의輩가藝術品을無料로强奪하고【九】數百年以來로外國의覬覦를忌하야金銀의等貴重品産出을禁止하고【十】近世以來로社會에勤勉·忍耐·研究發達의等美德이亾하야藝術이더욱衰退한시라此等의理由로藝術이이러케衰退하니라

昔日에彼갓히有名한天才者가今日에此갓히無能人이됨은참으로奇異한現狀이라彼漢人은아모리文化가退步하얏다하나彼는今日에도오히려多少可觀할藝術이잇더라彼東京이나大坂에서는千年以前붓허古代朝鮮人의藝術의上에漢土藝術을加하고最近에는또西洋藝術을加하야今日燦爛한藝術的文化를作出하얏더라이제朝鮮人은自己祖上의藝術도擴張치못하며保存치못하야맛츰내藝術上의極端無能한人이되얏더라

七、藝術의今日

今日朝鮮人은各種의文化上으로아즉十七世紀以前의人이더라더욱藝術上으로는十七世紀以前에서도生存을維持키難하리라

今日은藝術時代라蒸汽·電氣의等은오히려往事요飛行船이出하며潛航艇이出하며라쥐음이出하야世界는더욱藝術世界가되얏더라이제朝鮮人은反比例로점점退化하야昔日自己의手로發明한物을今日에는그名稱도忘하며昔日自己의手로製作한物을今日에는理解

도못하나니한울며新時代藝術이며西洋藝術이라오이에蒸汽、電氣의等을製造치못할뿐아니라此를理解치도못하도다한울며飛行船、潜航艇、라듸움의等이리오이에煉瓦屋一間을造하야도漢人의手를仰하며西洋木一尺을用하야도大阪이나神戶에求하며燐寸一個도他人의手로出한物을用하엿도다

他人의手로出한物을使用하는者는他人의手에命을懸한者니라彼先進人民은三四層洋屋에金衣玉食이오汽船、汽車로世界를遍하고電燈、瓦斯燈으로夜를照하며혹은空中에飛行하고혹은水中에潜航하야彼等은快樂世界、文明의利器의福이더라그러나우리朝鮮人은十七世紀以前의人으로이時代를當하니我等은慙愧할뿐이라文明이落後가되고世界가競爭場가되엿다我等은危險處에잇도다

그러나我等은過去의天才가잇던者라다만其間에我가自修치아니하야이天才가鈍하얏도다그러면이제我等이다시我等의天才를鍊하면我等은다시藝術의天才를發揮하리니我等이과연精勵、勤勉하야잘學하고잘硏究하면能히我等의手로出한藝術品으로我等의用에供하리라西洋人의格言에「天才는勤勉、忍耐의産出物」이라아니하얏는가今日我等은藝術이만히落後되얏도다그러나이제라도열심努力하면오히려可及하리라한일이時機를失하면참으로可及키難하리라自覺하여라我等이여時機가急하얏나니라野에는麻와綿花가適하고山에는金鐵과石炭이多하고水에는水力이多하지아니한가我等이自覺하면무슨遺憾이잇갯는가

(木鐸에藝術이라함은特히工藝、美術을論함)

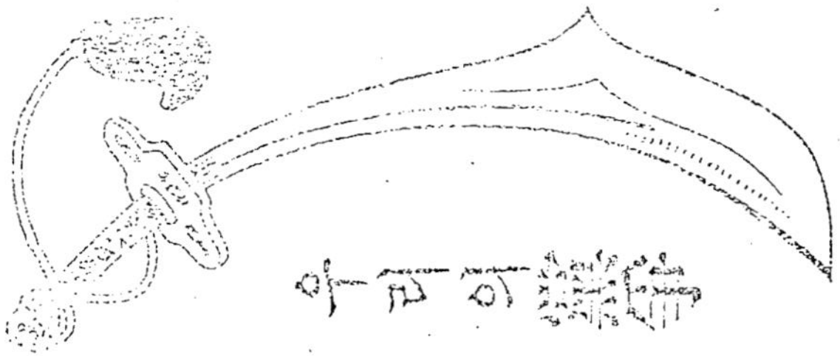

우리의 戰爭

黃 達 永

十年間氷沍이든山河에바야흐로一道의春光이叢微하고黑甜鄕에久沉하얏든民衆이바야흐로睡眠이微動함을見하라見하고冨하라喜하고또懼할이잇스라

이山河는幅員이三千里되는朝鮮의山河이오이民衆은此山河에서棲息하는二千萬되는朝鮮의民衆이라氷沍되엿든山河에一道의春光을조차溶解를始作하엿스니엇지喜치안일가보냐그러나猛烈한雪風의再襲으로아조쓸쓸한曠野가될가懼하는바이며黑甜鄕에久沉하엿든民衆이東方의曙色을조차睡眠을微動코자함에엇지喜치안일가보냐그러나朦朧하고不分明한意識에서다숩내心臟痲痺의絕境에陷치안일가懼하는바이로다무슨因이잇스면果가잇슬것을預測할지며果가잇스면因이잇섯든것을推繹할지라三千里山河와二千萬民衆이其氷沍되고沉睡한果가잇섯슨즉其에對한因이엇지업섯스리오果에對한반다시因이잇다할지면우리山河의氷沍됨과우리民衆의沉睡됨은其因이何에在하뇨

嗚呼라今日우리의氷沍되고沉睡된因은卽少數人爲에서胚胎한者이라此胚胎物이幾百年長期間의發育을經하야終乃에는外來의時勢를馴致하얏스니此ㅣ엇지朝鮮人의本來面目이엇스리오

人爲로써우리를氷沍케하며우리를沉睡케함에는其種類가許多하야文治를偏倚함으로武備를放漫히하얏스며廉恥를誤解하얏슴으로經濟力이充實치못하며民可使由之不可使知之라하야人民에게祭政의道를開치안이하얏스며儒敎의惡用으로人民의精神을文弱케하고鎖國의結果로人民의知識을暗昧케하고秕政의所致로人民의元氣를剝殘케하는여러가지弊害가亦許多하야實로枚擧키難하나그러나此等은病과弊의根本에서

나오는枝葉이며惡과害의發源에서맺친結果뿐에지나지못하나니라

第一病의根이오弊의本이오惡의藪이오害의源은우리의네로부터잇는黨爭이라斷言하노라

우리네의祖先이傳授하시고우리네의子孫이世居할우리半島의過去와現在를보라紀元四千年以來어느새에黨爭이無하엿스리오마는三國時代로高麗中葉까지는其黨爭의得失이相償하얏고高麗中葉으로부터今日까지六七百年史에는黨爭의罪質을除去하면그무엇이歷史라할만한記錄이存在하얏는가王族의黨爭、世臣의黨爭、武人의黨爭、宗敎의黨爭、學者의黨爭、文武의黨爭、外戚의黨爭、世道의黨爭、幾多公私의黨爭이繼續不絶하는中에色別의黨爭에至하야는果然悲慘하며悽絶하며醜辱하며殘忍하얏도다東西의黨爭이分裂하야南北이되며이것이또四分五裂하야大北、小北、肉北、骨北、淸北、濁北、淸小北、濁小北、緩北、中北、淸南、濁南、尹西、中西、淸西、功西、老西、少西、原黨、洛黨、山黨、漢黨、尼黨、懷黨等이有하야其結果는己卯黨籍、乙巳士禍、乙亥黨論甲戌更化、丁未換局等幾千百가지의不祥事가相踵疊하야一波作起에百波作動으로終에는甲黨의居職이行하고終에는乙黨의蠶蝕가起하야殆히政權의安定할日이無하더니近世에至하야老少南西人의公論政治가實現되야其의貪饕로우리民衆은一層더困境에立하얏스며開化黨守舊黨의黨爭과親日親露의黨爭이外來의時勢를馴致하야終末에는期於히結果를맺고말엇스니噫라

黨爭의末弊로또地位의階級이生하야兩色에도階級이生하며文武에도階級이生하야兩班이라中人이라하는中央階級은延하야地方에서더욱色采가濃厚케되얏스니土班에도鄕內鄕外의區別이有하며鄕에도舊鄕新鄕의別이有하야儼然히鴻溝의界를劃하얏스며官尊民卑의遺風으로同一族屬이라도貴賤의別이儼切하고古禮의束縛으로同一人의子孫이라도嫡庶의分이逈然하엿나니우리의中央主權은此少數한兩色의掌中에在하야其의勢力下에는小兒가不敢啼하며其의勢力下에는英雄이用武之地가無하여昨日의入道生靈은甲黨의奴隸供奉에奔走하고今日의半島山河는乙黨의手中에서

伸縮되얏나니라

이黨爭渦中에沒頭한少數執權者가何暇에國家를爲하야무슨謀猷함이잇스며무슨謂策함이잇스며무순進設함이잇스랴人民을爲하야무슨愛護가잇섯스며무슨敎育이잇섯스며무슨仁政이잇섯스랴政令도黨爭의一道具이오人民도黨爭의一玩弄品에不過하엿슴으로우리民衆은敢히朝廷을非難치못하엿거나엇지參政權이잇스며人格의承認이업섯거나엇지奴隷와다름이잇스리오如何한學識力量이有할지라도우리는此를發揮하며此를登用치못하야白首林下에서한갓滿腔의不平을自吟할다름이니그럼으로第一次洪景來第二次東學黨의革命이起한所以라

牢乎不拔의우리黨爭心은今日에至하야其餘燼가尙存하야新舊思想의衝突과宗敎家의互相嫉妬와事業家의互相對立과操觚者의互相反目과敎育者의互相排斥으로些少한言語文字의錯誤와無用의感情에驅馳한바ㅣ되야針小棒大로張目裂眦하야方今에大變이起함과如하니噫라歷史上汚點되는이黨爭、目睹에不忍見인이黨爭、나는이黨爭으로因하야우리山河가또다시氷沍되며우리民衆이또다시蹂躪될가疑懼하노라

그러나우리人類社會에는黨爭이잇지안이치못할지며또는黨爭이不可不잇서야할必要가잇나니卽우리世界는一人이나二人이나極히少數人의居住하는것이안이오五大洲曠漠한宇宙間에十六億이나寄生하야其의容貌에色이異하며其의言語가不同하며其의衣服飮食이各異하며其의風俗이相異하야容貌衣食言語風俗이自己와近似한者들이團合하야一民族을成하고此民族이必要에應하야文物制度를設하야一國家를形成하엿스니容貌衣食言語風俗이異한者卽他民族에對하야排他的性을有함은尙矣無論이오一國民中에서도利益이서로符合하는者들의團體가生하야彼此에是非를論議함이곳黨爭이라그런즉許多한民衆이集合한곳에個人의利益이도모지相反아니될수ㅣ업스며利益이相反되는곳에는黨爭이잇지안일수ㅣ업다그럼으로洋의東西와時의古今을莫論하고政治에黨爭이有하며社會에黨爭이有하며商業에도學府에도其他엇던事爲에든지黨爭이有하야서로優劣과强弱을競爭하나니라.

民族와團體가잇슨以上에는黨爭이잇서야文物이進

化되며習俗이改良되며個人의權利思想을喚起하며國民의元氣가旺盛할지나然이나此에付隨되는弊害ㅣ不尠하야利益의前에는公私를混合하며感情의下에는團體를犧牲하야小하면一族을亡케하고大하면一國을亡케하나니이것은우리의經驗하야익히아는바이로다

故로黨爭의目的이正義오人道일것이면其國이治하고其民이安할지며黨爭의目的이私利이오感情일것이면其國이亡하고其民이滅하나니環球諸國에前例를求하야보면支那、日本、英、佛、米、獨、土耳其、埃及等諸國黨爭이얼마니激甚하엿스며얼마나悲慘하엿슴은우리네의익히아는事實이라然이나日英佛獨米等諸國은此黨爭을利用하야議院政治를行하야堂堂한成績을收하엿스되支那土耳其埃及等國에는親英親米親獨等의各黨爭으로因하야其版圖는임이地圖上附屬의色彩를加한者도有하며將次衰敗의路上에서徘徊하는者도有하니라

故로우리는우리黨爭의歷史를도라보며우리는他國의黨爭利鈍을바라보며우리는우리現在의境遇를구비보아서모든私利의黨爭은棄하고公益의黨爭을할지어다이沒廉恥의黨爭을棄하고有意味의黨爭을할지어다그리하야其黨爭의目的은正義로하고人道로할지어다先進國의黨爭은見者가嘆服하고聞者가欽慕하지마는우리의黨爭은見者聞者가弄笑抱腹하는도다

黨爭에는嫉妬心이大禁物이니同一한國家의興隆과人民의福利를爲하야政令을調理하는執政者의黨爭에此黨이彼黨에對하야더善케하며더美케하기爲하야의黨爭은잇슬지언정彼의善을咀呪하며彼의美를顚倒한은眞正한黨爭이안이오一種嫉妬心의發露이며一世의耳目을作하며萬民의聲鐘으로自任하는新聞業者相互間이나產業의振興을圖하며金錢의融通을掌한會社業者의相互間이나社會를指導하며國是를唱導하는政治社會의相互間이나이러한種類의結社相互의黨爭에는其非를糾하며是를讚하야我가彼에게警醒을得하야將來를戒할지며我가彼에게鞭策을與하야當場의反省을求할지언정無端히彼에게讒謗을試하며嘲笑를加하야公然敵對行爲를함은實로紳士의黨爭이안이오鄙夫의嫉妬心에不過하니이것도極히不祥의黨爭이되거든하물며一黨內에서嫉妬의潮流가暗行하야互相排斥하며

互相踐踏함에야참말太息할者이안이랴近日우리의朋起雜踏하는各種社會는다른源因도勿論存在하려니와其源因의太半은此猜嫉妬의發露이며結果일지니噫라이엇지黨爭의一大禁物이안이랴

黨爭에는共公心이必要하니黨을爲하야爭함에는自己利益의幾部를犧牲함도可하며或은全部도犧牲함이可하거늘共公心이無한者가集合한곳에는二人이면二黨、三人이면三黨、百人이면百黨이되야其本體인事業의成敗는關知치안코自己一身의利害打算에만汲汲하여서로目을反하며唇을反하니이러케共公心이無한黨으로서共公心이豊富한黨과幷驅할수ㅣ잇스며이러케共公心이無한黨爭의國으로써共公心이豊富한黨爭의國을抵抗할수ㅣ잇스랴故로舜은五人의臣으로天下를治하며武王은十人의臣으로紂의億萬을討平하엿스니武王의十人은共公心으로團合한一黨이로되紂의億萬은共公心이無한億萬黨인故이며英國人의語에我人百人과他國人百人을無人絕島에同時에移住케하면十年이못되야我人은他國人을驅逐하고一個獨立國을形成한다豪言하며또한我英人으로하야곰、人이라도共足跡을寄한곳에는비록幾千萬의土民이有할지라도반다시그는我의勢力下에支配되고야만다고하니그는實로一時的放膽滑稽의言이안이라果然至今껏事實이證明한者ㅣ多하니北米合衆國의搬立이며埃及의支配며印度에잇는英人이數萬에不過하되能히二億萬의土民을箝制하는等幾多의事實이잇스니이는英人이極히少數이언마는豊富한共公心의所致이며彼紅人埃及印度의土民은極히多數이지마는其共公心은比하야말하면聚沙爲飯이며緣木求魚의類이니噫라이共公心이엇지黨爭의必要의條件이안이랴

黨爭에는公正心이必要하니엇던目的을標榜한團體가此와同一한目的의團體에對하여서로助力하며서로協同하야其目的을貫徹함은勿論이어니와設令最初에目的에서로相違가잇든團體인지라도엇던事件에對하야利害가서로符合되는境遇에는前日의敵愾心을棄하고서로一堂에서握手케되나니此는平日의甲黨乙黨이라서로分立함은個人의感情問題가안이오黨과黨사이의主義가符合치안인故이잇스나今에同一主義의見解를가진事件에對하야는엇지宿嫌을披瀝하고兄弟와갓

치協和를保치안이하랴萬一그러치안타하면이는公黨이안이오私黨이며이는公爭이안이오私爭이니라孔子의云하신바和가안이오同이며周가안이오比이라往昔에서例를求하면希臘諸國에서로紛爭하며서로侵略하야殆히寧日이無하되波斯의軍이一次來到하면希臘諸國은곳兵을合하며力을協하야波斯軍에對하엿스며近者에例를求하면日本의進步自由兩黨은犬猿不啻의歷史를有하엿스되藩閥內閣의成立을見하고는그만忠憤熱情으로서昔日의感情을捨하고此意味에서卽時兩黨을合하야새로히憲政黨을組織하엿스니이것은다主義를爲하야犧牲바친公正心에出함이오決코變節이나屈身이안이니이러하여야비로소其黨은公黨이며따라서其爭은公爭일지라그럼으로公正心은黨爭에必要한條件이되나니라

우리도共公心으로黨爭하며우리도公正心으로黨爭할지어다우리黨爭에는嫉妬心으로하지말고歷史的因襲性을脫却하시이다

그리하면우리黨爭은비로소前道가光明한黨爭이되며希望이充備한黨爭이될지라

우리의江山草木은우리의意味잇는黨爭의結果를待하야光輝를發揚코자하는도다

비록痟瘠의磽土라도歷年肥料를施하면可히써良田沃土가될지어늘하물며一時荒蕪이엇든元來의良田沃土에야若干의施肥로도嘉禾良穀의收穫이豐富할지며一簣의機具로十仞의山을築한다하면見者의心理에支離할듯하지마는勤勉繼續的으로作業不已하면可히써成功할日이有하거든하물며一簣의土가不足하야十仞의山이못되엿든곳에一簣의力을費하면將來에林木이蓊鬱한名巒이될지니우리民族은一時荒蕪이엇든元來의良田沃土이며우리社會는一簣의土가不足한十仞山이엇스니오랫동안昏夢中에沈眠하든우리는東方의曙色을따라서駘蕩한春風을마자서若干의施肥와一簣土의運搬에아무삼저림이잇스며무삼멈추임이잇스랴

理想과能力의關係

長安城人

一

우리動物界에는造化主의賦與하신腦의機能이有하야其機能의作用으로或은手足으로或은耳目으로或은口嘴로或은爪牙로或은鰭으로陸上에서空中에서水中에서食을求하며生을謀할時에우리人類는輕鳶疾鷹의飛揚하는法이不能하며巨虎猛熊의神勇이無하며長鯨大鰐의浮泳術이無하얏것마는도리혀우리人類는그들을利用하야우리의福利를增進케하며그들은依例히우리人類의使役에供하며犧牲에甘伏함은何故이뇨

우리腦의機能에는緻密하고도堅固하며銳敏하고도沈着한理想力의組織이有하지마는저들의腦에는單純하고浮躁하며片時的이오永久的이안이며渙散的이오統一的이 안不完全의不規則의神靈치못한組織이잇는故로우리人類는天然美가充滿한腦頭에더욱더욱研究를加하며開拓을行하야萬般의施設이거의盡善美의境에達하야蒸氣電力으로陸地를征服하며輪船潛艇으로水界를征服하며飛行機로空中을征服하며近日에는理想을더一層發揮하야우리地球와火星과의間에通信交換까지하려하되저들은依然原始狀態에서도리혀退步되야古生代六紀에生한無脊椎動物은中生代에至하야거의絶滅을當하얏스며中生代三紀及新生代二紀에生한兩棲類爬虫類哺乳類鳥類의動物은冰河世에至하야滅亡을被한者ㅣ不尠하얏스며近世紀에至하야도오히려退嬰의度를減치안임은考古學者의唯一의考證으로하는化石에徵하야明白한事實이니이것은即저들의腦의機能이劣下하야自己의繁殖에對한理想力이無한故이니라

二

理想은이러케우리人類의자랑삼이오우리모든生活에對한武器인故로吾人中에도理想의豐富과理想의善惡과理想의强弱과理想의廣狹과理想의遠近과理想의高尙함과陋劣함이며理想의私的임이며公的임에좃차其人의人格高下와事業成敗가生하나니個人이오相當한理想이無하면其人은落伍의人이며國家이오相當한

理想이無하면其國家는沉淪의國이라故로個人은個人으로서一家에對한社會에對한國家에對한모든理想이잇서야할지며國家는國家로서內治에對한外政에對한모든理想이잇서야할지니라

理想은事實의母이라母가업스면子가生치못함과갓치理想이잇슨然後에事實이現出하나니理想이無하고서事實을求함은平地에一簣의土를不覆하고泰山되기를望함이며一粒의種을不播하고洋洋萬頃의秋穫을祈함과무슨徑庭이잇스리오故로理想과事實은次第로言하면理想은事實의先에在하며動力으로言하면理想은事實의原動力이며體用으로言하면理想은事實의源이니先이업는後가어데잇스며原動力이업는被動機가어데잇스며源이업는流가어데잇스리오

三

然則理想이잇스면반다시事實이잇슬가換言하면理想의後에는果然事實이따라설가理想의原動下에는果然事實이被動될가理想의源으로부터果然事實이洋洋大流를作할가함이니라

理想이事實의母임은누구나다肯定하지만은다못理想만으로는事實을孕胎는할지언정産出은못하나니반다시産婆役되는能力이有하여야비로소事實을完全히産出할지니이能力은理想을成就하는周旋이오이能力은事實을實地에表顯하는關鑰이니라

美國의獨立軍과波蘭의獨立黨이國權을擁護코자하는理想은同一하되其成敗는不同하얏스며支那의洪秀全과孫逸仙은倒滿興漢의其理想은彼此가無하되其起點은逈然하얏스며英佛의勞働黨과露西亞의勞兵會는解放을要求하는理想은一般이로되其利鈍은相反하며猶太族의革命과愛蘭人의運動은祖國을恢復하려는其理想은一軌이지마는其勝負는判異함은他故가안이라一方의理想은能力이伴隨하얏슴으로事實이表顯되얏고一方理想은석파서는能力이적엇슴으로或은其理想이水泡에歸하고말엇스며或은其理想이現實될가못될가하는아직光明이幾微한道上에서彷徨하나니라

四

然則上下數千載와東西六大洲에鴻業期로부터二十世紀에至한今日에모든有形無形의進步와水陸空三界의施設이어느것이理想에서孕胎되고能力에서發現을

得하야非實로서나타나이지안임이잇스랴

콜놈비스의亞米利加大陸을發見함은그의理想에堅確한實踐이後援되얏스며뉴톤의引力論과쿠론의電氣와와트의蒸氣와苦爺의汽車와엔네루의牛痘와맛기숌의飛行機等여러發明家는其理想에多年硏鑽實驗의功이後援되얏스며비스막크의鐵血의後援이안이면獨帝의勃勃한理想을實現치못할지며歐人의財政의後援이안이면埃及의分割을不得일지며東印度公司의面積三里되는土地權의後援이안이면印度의領有를不得일지니後援은即能力이니라

故로能力이無한理想은眞心한理想이안이오一時空想에不過하니其理想은空中樓閣과海上蜃氣와何가異하리오

五

우리民族이文明의民族이되고자하며우리疆域이世界의樂園이되고자하는理想은엇지우리青年뿐이라老人도同感일지며엇지우리男子뿐이라女子도同感일지며엇지우리新式의文明을歡迎하는者뿐이라舊腦頭를혼드는守舊者도同感일지며엇지時勢를通曉하는有志者뿐이랴大局에暗昧한無識者도同感일지니라

우리의男女老少上下階級을莫論하고이와갓흔理想을가지지안인者가업지만은이理想을實行하는能力을가진者는果然幾人이나되는고

우리에게各各이能力이잇스면頑腐한慣習도改良할이難事가안이며饑困에서呻吟하는同胞를救濟할도難事가안이오그리하야三千里疆域內에槿花가滿發하며二千萬蒼顏에서笑聲이喧動케함도難事가안이언마는果然이能力을가진者가우리中에몃사람이나되는가

우리는只今부터이能力을養成할지어다우리가農工商의改革을理想할진댄어서農工商에對한硏究를積하라이것이即能力이니라우리가政治法律社會의善美를理想할진대빨리政治法律社會에對한敎育을受하라이것이即能力이니라이와갓히科學的의能力도毋論養成하려니와무슨理想을實現코자하던지共通的이오不可缺인忍耐와統一과勇敢과正義와自尊心의偉大한能力이잇게힘쓸지어다

그리하야今日까지의우리는理想만가지고能力이업든者이엿스나今日부터의우리는理想도가지고能力도가진우리가될지며明日부터의우리는이理想과이能力으로非實을表顯할우리가될지어다

上海이야기 (二)

玄佐健

□共公公園에서

西便구름사이로 [illegible]旗[illegible]한赤帝는드리갓다 서늘한海風은 땀을씻서주려기 [illegible]며오고 黃黑白色의各國人種은나가고드러오고[illegible]다 公園안에쎈。취란쎈。취에는 솔굿새순[illegible]도엄는무서[illegible] 이번사람은自己질쎈。취를 가지고와서안가서만오엇다 그러나散步를절겨하는 사람은暫時도안이하、서지아니하고 길가는사람갓치 밧부게다[illegible]니 저[illegible]海港[illegible]隆아래에서는 이런아해업는쇠갓튼、[illegible] 다리를꽁이고 얼골이검어코키크고 털만서너[illegible]印度人五六人이돌나안저 노름을하며 明가[illegible]해 天使갓튼少女들이 이리져리뛰고遊戲[illegible]며 [illegible]水는헐건夕陽天을 뚜를듯이 올나가다가 [illegible]는것 도로 내려온다 그러나 그러케[illegible]氣가[illegible] [illegible]한물줄기가 내려올때에는 힘업시各各分散히여[illegible]에내려오고 내려온다。

音樂하는時間이되니音樂堂에서는淸雅하고美妙한曲調로 精神上으로나肉體上으로나終日일하고온사람을 새롭게하며 孤獨하고悲悵한사람을 慰勞한다。

公園밧갓헤 지나가든支那人들音樂소래듯노라고 우둑하니 서잇다 그들의 얼골에는 엇더한빗과 원망하는빗이 나타낫다 洲先의罪惡이라할가自己의罪라할가 上海엇더한公園을勿論하고支那人을公園에못드러오게한다 自己물건을빌려주고도 그와갓치 스룸을밧고 남의물건을빌고도 그갓치物件主人을辱한다

밧아해서 출렁대는 江물우에는佛國軍艦과英國汽船이自己國旗를놉히날니며고 검은石炭연기를吐하며 벌건물을 가르고 다라난다 워낙素質이快活하고[illegible]險을조와하는米國人學生들은 가늘고 기리가긴생트에六、七人이 나라니안저서 各各힘을다하야 [illegible]한살결을櫓로글거떨친다 벌건물은 더욱怒한빗으로 검푸른물을티며 싸ㅎ토를 미러준다。公園옷흐로蘇州河에걸처는人道鐵橋에는靑黃色으로옷입은 法租界電車英租界電車가連絡不絶하고自働車는이곳저곳서 몰러드러 갈바를모르나 衝突할가念慮하는印度巡査는警棒을놉히들고方向을가르킨다。이갓치複雜한다리아래서는 검은煙氣내뿜고機械의[illegible]한소리[illegible]。큰씨게 가튼것으로江밋헤 泥土를 파내는 배가잇다 上海는워낙繁華한곳이라泥土의用道는만흐나泥土는업는故로물속에잇는泥土를파올림이다 또한이갓치함이泥土만目的함이아니라 큰風帆船이自由로出入케하기爲하야江밋흙을글거냄이다。

煙氣는 솜뭉치갓치 뭉게뭉게 여러汽船煙突에서 나와 맑은空氣를 흐려놋코 沿岸에六層七層 큰집들우에서는露西亞 獨逸 米國 日本 國旗가 바람에 힘잇게도날이고 힘업게도날인다。

只今公園안에는 그러케만흔사람들이 몃사람아니나마잇고 夕陽은水平線아래로숨어버렷다 鈍한사람에게 더욱悲感을주고 樂觀者에게는 더욱心臟을快活케하는妙力가진音樂도只今은어대로갓다 사람에게자랑식히든噴水도只今은 입을꽉다물고 잠잣코잇스며 빗치업든街燈은반짝반짝하고 내려오는검은霧을防禦하는것갓다。

(一九二〇、七、七公園에서)

□支那女學生

上海空氣가 단장식힌
그의 맵시가 내視線을끈다、
潤나는머리 압흐로내려
너른 이마에 발을치놋스며、
귀에거러는 눈물방울
그의 月態를 자랑할거리다。
하얀바탕에 紫線두른
비단 저고리 體을덥혓도다、
히고보드런 팔목에는
金製 腕環이 폭얼싸안젓고、
속까지비친 黑色치마
이리 저리로 微風이새린다。
「할노! 할노!」
아—불상타 불상타。
누구를부르는지、
부르는代名詞가 「할노!」
아—불상한 어린아해!
아—이누구의罪인고!
晝夜를不問하고
손내밀며「할노!」가、
너히의使命이야、아니겟지!
自働車의「쌩」소래、
너히의進軍喇叭이고、
洋服입은사람이
너의生命이로구나、
아—불상타! 불상타。

英國勞働黨에對하여

金成龍

一

(當局忌諱에因하야以下十七行削除)

一九〇六年에英國에서처음으로勞働黨이組織되엇다。勿論이것이完全히成立되기까지는不少한時日이걸엿지만은 勞働者가처음으로代表者를웨스트민스타에보내여直接으로政治에關係하려하기는一八六八年이다。同年의選擧法改正에依하야勞働者도選擧權을得한結果「勞働組合은勞働代表同盟(Labour Representative League)을組織하며自派의委員을選擧하여自己等의利益을擁護하려하엿다。그다음一八八〇年에社會民主聯合會(Social Democratic Federation)가創立되엿고 三年後에는 페반協會가 成立되엿다。이두가지會는다社會主義의團體인데 前者의頭領은헤드만・반스이엇으니 資本階級과對抗하여勞働議員을選出하라는政治的團體이오 後者는시드니・웹、아、노르드・페벳드、바-나드・쇼等이頭領으로 中流階級에屬한文士、學者等을網羅하여政治的運動의一手段으로講演、著述로서民衆에게社會主義를宣傳하려하엿다。

그러하드니一八九三年에至하여各種勞働組合及社會主義的團體를統一한目的으로써獨立勞働黨(Independent Labour Party)이組織되고가・하듸、세가그首領이되여勞働八時間制、失業者保護、軍備撤廢、自然所得의課稅等政綱을標榜하엿섯으나 一八九九年에至하여다시一層廣汎한勞働組合과社會主義的團體로서된政治的團體를組織하자는議論이起하여 그結果로一九〇〇年에至하여는勞働代表委員會(Committee of Labour Representation)가創立되엿다。그러하여이團體는一九〇六年의總選擧를當하여二十九名代議士를選하엿다가 自由黨에屬한自由勞働黨員及炭坑夫聯合會의議員과合同하여 비로서完全한勞働黨을成立하엿다。

一九一〇年의總選擧재에勞働黨議員은四十名이되엿고 同年十二月總選擧제에는四十二人이되엿다。이리함으로이때의英國에는所謂勞働不安時代가시작되여 一九一一年에는勞働爭議의數가九百三件, 一九一二年에는八百五十七件, 同十三年에는一千四百九十七件에達하여同盟罷業, 怠業等이全國到處에續出되자 一九一四年에至하는동안은자못物情이騷然하엿다。 그런데同年에不意의歐洲大戰이起함에 이에勞働黨은一時勞働爭議를中止하고政府를支持하며 힘을다하여이未曾有한國難에臨하려하엿다。

그리한으로一九一五年五月에아스키스의聯立內閣이組織됨에 아ㅣ다。헨써손은勞働黨에서起하여勞働顧問이되엿고 一九一六年十二月에로이드。쪼지가內閣을組織할때에 勞働黨에서는헨써손이無所任大臣으로 쏘。호써는勞働大臣으로。쏘。반스는恩給大臣이되엿다가 一九一七年八月에至하여헨써손은스토크호름國際社會黨大會에關하여政府의意見과抒格되는바가잇서 그만辭職하엿느니 헨氏는처음에露都에가서露國社會黨員과合議하고國際社會黨大會에出席하기를約束하엿으나 政府는그出席을말녀옴으로 할수업시職을辭하엿고 니여쪼。반스氏가 그뒤를니엿다。

그러나勞働黨大會는五十五萬票에對한一百八十六萬票의多數로써國際社會黨大會에參加할件을可決하여헨氏信任을決議하엿고 그다음八月二十二日第二回大會에서一百二十三萬一千票에對한一百二十三萬四千票로써다시前回의決議를可決하엿다。 이것이곳英國勞働黨이現政府로붓허分離한第一步이엇섯다。

二

一九一八年은實로勞働黨歷史上에一轉機를畫하엿을뿐안이라 잇지못할紀念할만한해이다。 同十八年以前으로붓허勞働黨은그組織을變更하려고着着히準備하다가 그해正月에노팅감勞働大會에그意見을提出하엿드니 二月倫敦에서開催한同會에採用되엿다 대개그意見은엇더한것인가?하면 元來로同黨은大槪勞働者團體로서成立되엿섯지만은 이로붓허는다시精神勞働者即中流階級과婦人도網羅하며 또至今까지는大概勞働組合과社會主義者의團體를基礎로하엿든것을變更하며一般個人의入會를歡迎하엿다。——엇잿든지前日에는團體本位의勞働黨組織을變更하여이때로붓허는個人本位의組織으로하엿다。 이야갓히勞働者의一階級에만限하엿든同黨의範圍를擴張하여 널리門戶를開放하고그包容을크게한은 即그들이차차로政界에 그羽翼을펴려는一種準備이엿섯다。

이組織變更의前段的階梯가된것은同年二月에制定한人民代表法(Representation of the People Act)이니이代表法으로써英國의選擧權은 顯著히擴張되엿다。即二十一歲以上의男子로서六個月以上同一한選擧區內에사는者、十九歲以上으로서軍務에服한者、三十歲以上婦人으로서스스로一家를가지거나或은自己나그男便이年收五磅以上의不動産을借得한者는모다選擧權을엇게되엿다。 이러한結果로男子의有權者二百萬人과女子의有權者六百萬人이增加하여 以前의有權者數八百萬人을加하여一千六百二十五萬人이라는多數가되엿다。 그리고一八三二年第一回選擧法을改正할때에는五十萬人의有權者가百萬人으로增加하여人口二十四人에對한有權者一人의比例가되엿섯으며同六十七年에第二回로改正할때에는一百五十萬人의有權者가二百五十萬人으로增加되어人口十二人에對한有權者一人의比例가되엿섯고 同八十四年에第三回로改正하엿을때에는三百萬人의有權者가五百萬人으로增加되어 人口七人에對한有權者一人의比例가되엿섯다。

그러나一九一八年에選擧法을改正한結果는人口三人에對한有權者一人의比例가되여漸次政治的으로데、모、크라씨化하엿다。 이選擧法改正으로因하여가장有利한地位를엇은者는勿論勞働黨이니 새로增加한有權者數의過半은同黨과不少한關係가잇는사람들이엿섯다。 그러함으로勞働黨은그黨則을變更하여가지고新有權者의大多數를自己의領域으로誘引하려고하엿다。 이에勞働黨은同年六月에第十八回總會를開催하자 當時黨員의總數는二百七十二萬六千人에達하엿는데 그中에서勞働組合에屬한者二百四十九萬七千人 勞働會議에屬한者七萬一千人 地方勞働黨에屬한者十萬八千人 社會主義者團體에屬한者五萬人이엿섯다。 그러하든것이今年의統計로써본즉그黨員總數는더욱增加하여三百五十萬人이나되엿다한다。

一九一八年後半期以來로歐洲戰局은漸次로聯合國側이有利하게되는同時에戰勝의榮光으로써平和의時期

를떠조러하게되엿음으로 一九一〇年以來戰爭으로因하여자주延期되엿든總選擧는그해十二月에야開催하게되엿다。 이제에勞働黨은三百七十六人의自黨候補者를擁立하여奮鬪하엿는데 그結果는聯立統一黨三百三十四人 聯立自由黨一百三十三人에對하여勞働黨은六十三人의代議士만選擧하엿고 게다가그領袖헨다슨、람세、막트나르드、히랄드、스노덴、로바트、씨밀리、시드니、웹뿌等은落選의運命을當하엿다。大抵勞働黨은이번選擧에는 前回에比하여二十名의議員이增加하엿음은事實이지만은 그들은적어도一百五十人代議士의椅子를엇으리라고밋엇으며 世人도또한이와갓히豫想하엿음에比하면 이結果는참으로失敗라고안이할수업다。

一九一〇年一月의選擧에勞働黨은候補者七十八人을擧하여四十名이代議士가되엿으나當選率의五一%이엿고 同十二月總選擧에候補者五十六名을擧하여四十二名이代議士로되엿으니當選率의七五%가되엿으나 이總選擧에는그當選率이겨우十六%에不過하엿다。 이와갓히選擧權을擴張하엿음에不拘하고 총로勞働黨은總選擧를當하여볼만한成功을하지못하엿음은 果然무슨까닭인가? 이는大體政府가自己에對하여가장有利한時期에만限하이總選擧를斷行한까닭이니 엇잿든지政府의巧妙한策戰에因由한까닭이다 아스키스內閣時代에는戰局이極히不利하여 國民은그前途를甚히悲觀하엿섯으나 로이、드。쪼지內閣은斷然히主戰主義로써極力으로戰爭을繼續하여燦然한戰勝의平和를締結하엿음으로 國民은모다政府를讚美하며謳歌하게되엿다。於是乎軍物에敏捷한로이、드。쪼지는直時로國民의戰勝的心理를利用하려고 休戰條約이成立되자 急遽히總選擧를斷行하여多數한投票를엇엇다。 그러함으로勞働黨은크게不利한地位로빠어저 그들은不少히政府의이러한處置를攻擊非難하게되엿다。

三

그러나昨年以來의補缺選擧에勞働黨은漸次로英國政界에그勢力을增加하게되엿다。 卽昨年의第十二回補缺選擧에勞働黨은政府黨十萬四千四百八十五票에對하여十一萬三千七百八十三票를得하엿으며 今

年三月에至한補缺選擧의때에聯立統一黨의十二萬四千票、聯立自由黨의四萬三千票에對하여勞働黨은十四萬六千票를占得하엿다。이와갓히勞働黨이漸次로擡頭하는結果 國民은勞働黨의將來에對하여多大한注意를하게되엿고 英國政府는次回의總選擧에는勞働黨이顯著히膨脹할것을預想하엿고 그中에는勞働黨의內閣이出現하리라고까지생각하엿다。그러나勞働問題、社會問題로서로는이때에 이러한問題와는가장密接한關係가잇는勞働黨이漸次로그勢力이增大함은참으로自然한事勢이다。그러고이勞働黨이次回總選擧에는더욱그數가增하여가지고 一躍하여勞働黨內閣을組織하리라고는갑작히밋을수업지만은 갓가운將來에는그러한可能性이잇음은全然否認할수업는事實이다。

이勞働黨의擡頭와前後하여英國에서는新政黨組織의運動이니러낫느니 이運動에對하여世人이注意하게된것은一九一九——即昨年七月윈스톤。차틸이聯立派議員會合席上에서新政黨組織의急務를絕叫한때에비롯하여가지고 今年二、三月頃에至하여서야그運動이最高潮에達하엿다。이新政黨은차틸自身은中央黨(Centre Party)이라하고 上議院에서는國民黨(National Party)이라고하엿고 또一部方面에서는國民民主黨(National Democratic Party)이라하며 그일홈은區區不定하엿지만은 엇잿든지로이드。쪼지를中心으로하여統一、自由兩黨을合同하여一箇有力한政黨을만들려는것이다。그러고이政黨은勞働黨을唯一한對象으로삼아가지고計劃된것이니 그들이勞働黨에게對하여如何히警戒하는지를足히알수잇도다。그럼으로一九一六年以來로自由黨은聯立派와非聯立派의二派로分한結果、로이드。쪼지는겨우一百三十名의少數인聯立自由黨을指揮함에不過하게되엿으며 同時에聯立統一黨도또한議會에서獨力으로써過半數를能히制하지못할줄을알고 自己네가長久히政權을維持함에는 서로合同하여一新政黨을만들어勞働黨과對立함이得策임을自覺하엿다。

新政黨의福音을宣傳한主要人物은차틸。바켄헤드、로이드。쪼지等이나 그들은恒常勞働黨을指目하여社會黨이라하고 劇烈한攻擊을앗지안코하엿다。이攻擊中의가장劇烈한代表的을들어말하면　一은차ᆡ릴이한「勞働黨의政治的無能力」이라는攻擊이오　一은로이드。쪼지가한「勞働黨即共產主義的政黨」이라는攻擊이다。即차ᆡ릴은今年一月十日스펜。바레補缺選擧의때　勞働黨候補者가獨立自由黨의名士사。쫀시몬을이기고形勢를大張한當日에　산다란드에서一場演說을試할세　勞働黨은아모政治的經驗이업고　行政的能力이업스니　뎌들로하여금尨大한近代的國家를統治식이며　複雜한政務를處理하게함은極히危險하다고喝破하엿다。이演說은當時英國政界에多大한影響이되여　紛紛한論議가各處에니러낫다。그가演說한지數日後에勞働黨의首領쌤스。헨리。토마스는이攻擊에對하여여러가지로辨明演說을하엿으나　結局은勝利를엇지못하엿다。

그다음은今年三月十八日에로이드。쪼지는웨스트민스타。홀自由黨代議士會席上에서　勞働黨攻擊演說을하엿다。그主要骨子는――勞働黨의主義는私有財產制度를發하여　모든產業을共有하기를主張하느니그는現今의社會制度를根柢로부터破壞하려는것이다

그들의思想은佛蘭西에서는共產主義가되엿으며　獨逸에서社會主義가되엿고　露國에는過激主義로되여表現되엿다。그리고英國今日의群衆은그들의宣傳에魅惑한바되여漸次로社會主義思想으로나위여가느니이러한危險을除去하려면穩健한思想을抱擁한統一自由의兩黨이協力하여그들을壓倒하여야한다――라고하엿다。

이에對하여람쎄。막크나르드는三月二十日만체스타獨立勞働會에서演說하기를「로이드。쪼지가勞働黨을攻擊함은　이것으로써自己네의位置를安固하게하려는一種策術이니　엇잿든지自己를保全하기爲한煽動演說에不過하다。그는勞働黨을目하여階級的爭鬪로써社會를混亂케한다고誹謗하여　天下의輿望을自己의黨派로쓸려하는도다。그러함으로階級的憎惡를釀出하는者는그들이니　이러한企圖는社會의秩序、進步、平和를甚히妨害하는것이안이고무엇이냐」라고絕叫하엿다。그러할뿐안이라　로이드。쪼지의演說로써激動이된勞働黨은오는總選擧時에는斷然히政府에對하여挑戰하여써報復하기爲하여二百萬同志를同黨

中에서蒐集하기로決議하엿다。

四

그러면英國勞働黨의主義는果然엇더한가? 이제그主義의綱領을말하려하노라。—— 英國의勞働黨은果然로이드·쪼지가評하는바와갓히甚히危險한것인가? 이正否를알려면 먼저昨年一月에 發表한勞働黨黨則을檢討함이第一得策인가하노라。 그黨則은大概七個條로되여잇서形式的이지만은 그第四條는勞働黨의根本的理想을遺憾업시發表하엿다。 卽그究竟的目的은『肉體的勞働者와精神的勞働者에게對하여充分한勤勞의結果를得하게하며 生産手段의共有와各種産業及勤勞의民主的管理制度로써가장公平한分配를밧게함』이라하엿도다。 그들은生産手段의共有와勞働者의産業的管理에依하여 勞働階級의利益을擁護하려한다。 爲先第一로生産手段의共有卽國有로써觀察한째에 그들이主張하는바가 私有財産制度下에서는勞働階級은겨우自己의生活을維持할賃金을得할뿐이오 남은利益은全部資本階級의갑이되는것이니이러한桎梏으로서그들을解放하려면現今私有財産制度를廢하고宜當히國有로만들나고主張한다。 英國이實際國有로써計劃하는것은炭坑과鐵道에不過하는데그들은이러한것만말고 造船、海運、銀行、運河、電氣、瓦斯、保險等의産業도國有로써하라고主張하며 土地와産業을國有로할째에國家는此를買收하갓느냐或은沒收하여야갓느냐? 함에對하여는아모說明이업지만은萬一政府가이것을買收한다하면多大한紛亂이生할것이며 또沒收의方針을取한다하면 此는넘어勞働階級의利益만顧慮함이니 이에對하여는 만히硏究할必要가잇다。

그다음産業의國有는 그들이主張하는바와갓히産業私有制度에比하여果然여러가지利益이잇슬가? 萬一모든生産手段이國有로되면그經營方法은할수업시官僚的으로될뜻하다。 이와갓히産業의方法이官僚的이되고말면그經營法은自然遲鈍하여질것이며 過大한浪費와錯誤가生하여 도로혀그能率이 個人經營의째보다떨어지지는안이할가? 그들이이러한것을主張하는有力한動機가모다지히硏究하고打算한結果로서가안이오 但只資本階級의暴利를앗으며 生産의公平한

分配를享有하기에急한点으로서라하면 吾人은조금더깁히考究할必要가잇슬줄아노라。

또勞働階級의產業的管理라함은 生產者가直接으로產業經營에從事하여 從來賃金奴隷의境地로붓허脫却함을意味함이니 元來產業의管理라는것은 그와갓히容易한것이안이다。엇잿든지產業이全然히生產者에게만支配된다하면 그들은恣意로勞働條件을決定하며自己의給料를增額하며 또는勞働時間을短縮할터이니 그結果는多大한經費를要하는同時에 生產方面에減少를致來하지는안이할가?吾人은이러한實例를露國에直接으로目視하엿느니 萬一이러하다하면 그結果는生產物의價格이激騰하여 社會的生活을不安하게함이甚할것이며 짤아서 여러가지弊端이나지는안이할가?이러한點을充分히考究하여야할것이다。

但只이것은吾人의一意見에不過하지만은 英國의勞働黨은前述한黨則을制定한後에 다시四個의新政綱을發表하엿느니 即

一、國民最低限度의生活保證

二、產業의民主的管理

三、國民經濟의改革

四、남은財產의公用

이니 第一項의『國民最低限度의生活保證』이라함은 勞働者는男女 熟練與否를勿論하고 그賃金을一週三十仙以上으로할것이라하며 失業者에게는政府가 여러가지起業으로써 그를職業에紹介하며 이와갓히하여도失業者가잇는때에는政府는一定한給料를주어그들의生活을保證하여야한다고하며 다음三個條도一體로勞働者의地位를가장安全하게하려는意味가包含될것은말할것도업다。

以上으로써英國勞働黨의政綱을極히部分的으로말하엿지만은 元來勞働黨은政府를새질하여 會社政策的施設을하게한것은 큰功勞라고안이할수업다。近來英國에서새로制定한養老年金法、勞働組合法、賃金公定法、失業者保證法、住宅法、國民保健法等은自由黨內閣이나或은現內閣이制定하엿다할지라도 勞働黨이熱心으로主張하여政府를督促하지안이하엿으면 決코아즉도制定하지못하엿슬것이다。로마스가

『吾等은이느大學을卒業하지못하엿으나 困難、貧窮、不幸、悲慘의大學을卒業하엿다。그러함으로 人民의要求에對하여는 가장잘諒解하노라』하엿지만은 何如튼그黨은悲慘한社會狀況을 잘諒解함으로社會政策을實行함에는 가장適當한人物들이다。但只그黨이階級的憎惡의念이强하지말고機會平等主義를附加하며 過激主義의暴力的革命을 그만두고가장健全한民主的政策이되여가지고 步一步로써그主義를貫行하시갓흐면、勿論우리도이主義에는心血을다하여 贊成하고저하느니 이點으로서는조금생각하여볼必要가잇도다。

五

그러나英國勞働黨에는極端으로써하려는過激分子가存在하다。現今同黨에屬한社會主義者의團體를보면 그中에서제일勢力이잇는것은S、L、P로서有名한獨立勞働黨이니 이團體는七百八十餘의支部와五萬餘名의會員이잇다。 이團體가오즉穩健한分子의集合이다。훼비안協會는約三千名會員이잇으며 그統率者시드니、웹、夫婦等은가장熱心의社會主義的思想家들이오 但只英國勞働者에가장過激한것은 英國社會黨(Britisth Socialist Party)이니 이는純全한過激派이다。 그러나 모든社會主義者를合하드라도 全部가겨우七八萬에지나지못하며 그中에서 가장過激한者는二三千에지나지못한다。 그러나이二三千의過激分子가國民全體——世界全體에對하여多大한影響을주는것은吾人의가장注目할바이다。

그러한데近來英國政界一部에서는로이드、쪼지內閣을攻擊하는부르지줌이자못높하서이로因하여勞働黨에게對한同情者가더욱더욱增多하여진다。例를들어말하면貴族中의한사람인햇사卿과갓흔이는各新聞에寄書하여 現內閣의政策은滿足하지못한터이라하여 勞働黨으로본단을려는決心을披瀝하엿으며 그밧게할셴卿과로바트、세시로卿갓흔사람들도모다 勞働黨에對하여多大히同情하는사람들이다。더욱現內閣이勞働黨을唯一한對象으로하엿음은漸漸同黨으로하여금有力하게하엿으며 이로因하여世人으로하여금現內閣의後繼니을者는勞働黨이라고생각하게하엿다。

듯건대、英國은不遠하여總選擧를行한다하나萬一이勞働黨이穩健한主義로써議國한것갓호면 그째의議員은반듯이現著히增加할것이다。더욱그들이아스키스의獨立自由黨파로바트、세스로의靑年統一黨等과提携할것갓호면 勞働黨을中心으로한內閣成立도 쏘한어려운일이안일것이다。 그리고그들은그意見을서로妥協하는同時에勞働黨은階級的觀念을써나眞正한民主的政黨이될것갓호면 그들의提携도쏘한困難한問題가안이다。 英國사람은保守的實際的人種이나 이러한點을充分히注意하여穩健한政策下에서過激한革命的行動을그만두고 機會均等主義의理想으로써步一步나위여가면 이것이 英國人民의幸福이될뿐안이라 온世界人民의幸福이 될가하노라 (中央公論叅照)……………(끗)……………

赤衛軍의眞相

엽 길

一、赤衛軍과발틔산

世上사람들이 생각하기를 발틔산이라하면 곳赤衛軍이라한다。 그러나 赤衛軍파 발틔산은 그組織上 行動上 全然別個의者이다。 昨春日本人에게慘害를加한 발틔산은 곳숩(森)속에刃者라는말이다。勿論발틔산파赤衛軍파에多少聯絡이업는것은안이나兩者를모다一作로생각하는것은大端한誤解이다。

二、赤衛軍眞相에對한演說

赤衛軍眞相에對하야左에보리스、로스탐、쎄코氏가시카코社會黨大會席에서演說한것을紹介한다。

『赤衛軍은 現今四百萬에達하야 가장世界에强烈한軍隊이다。 그러나赤衛軍의目的은다른軍隊와달나 破壞가안이오 建設이로다。

現今各國에서는 軍隊를嚴格히 一般人民과區別하

야 現役中에는政治에關與치못하게하며 豫備期中에는 屢屢히兵營에召集하야 一般市民과別다른訓錬과涵養에 努力한다。 그러나露國에서는軍隊를一般市民과區別치지아니한다。 참말軍人이軍人되기爲하야別다른訓鍊하며 別다른精神을가진다는것은 사람의不然을減行기하야 惡感의素地를만드는 大禁忌이다。 혼시시前方의戰線과및活動의必要가있는背後戰線의兵士外에는 恒常駐屯地에서一般市民과混同시아서 道路修繕과其他各業에從事한다。 이키시나 細農民이나다름없는生活을하는兵士는 機會를주어前方에있는兵士와交代하며 那時中에있을지라도 一種特別한軍隊氣質의發生을防止한다。 이러한制度는 軍人의本然을 害치아니하며 또는駐屯地에農民과 相親相和케하는效果가있다。 最近에至하야 兵士는各自의希望대로 現役中이라도 各工場에서일하야 賃銀을얻으며 그것으로衣食하게된다。 이制度에政府는莫大한軍備를容易히解決하며 언제던지 軍隊를增加할수가있다。 그러하고 豫備後備는武器를 모다自宅에서所有하는故로 召集하는境遇에는 自己의먹을食物을自己가가지고 召集에應한다。

참말國民皆兵의組織인 이러한露國은 現今世界에가장强大한軍隊이다。 他國軍隊는 그組織을露國과갓치改造치아니하면 到底히 이露國을對抗할수가업다。 聯合國政治家軍人들도 몇수은武力으로써 露國을滅亡식힐수있슴을覺悟하엿다。 그러면軍隊를露國과갓치 增加하여야할터인대 그것은社會組織을 露國과갓치變更치아니하면 不可能한일이니재? 참말聯合國도딱한일이다。 이러한意味에서 聯合國諸國은 不可不露國과서로握手하고和親함이 다못唯一의길이오 다못唯一의利便이라하겟다」하엿다。

三、 싹릿드氏의報告

쌕。크。氏의말과갓치「赤衛軍은 世界最强의 軍隊이다」하는말과「赤衛軍과握手함이唯一의利便이라」는말을들으면 그勢力이到底히英米國이나 日本國의軍隊로抵抗치못할것은 分明한事實이다。 그러나 쌕。크。

民의말은 全혀다틀을수는업다。

다시쌕및토氏의말을들어보자。

『現在戰線에잇는勞農陸軍은 百萬乃至一百二十萬可量인대 그들은모다活氣가潑潑한 十七歲로부터二十七歲의靑年들이다。

舊軍隊士官의多數는 新軍隊의軍隊行政上에重要한地位를占領하엿다。그러나그들은恒常信仰가잇흔共産主義者의監督아래서 指揮와訓練을밧는다。그리하고 下級士官들은 모다勞動者를採用한다。그러나그들은 兵卒로의武勇을赫赫히表出하며 또는特殊한士官學校에서, 敎育을밧은者이다。規律은正正하고 軍隊의元氣는極히旺盛하다。兵卒들은 조곰도卑劣한態度가업고 自由民과갓치 浩然한氣象이잇다。余는彼得堡에서 一萬五千이나되는 軍隊의閱兵式을觀覽하엿는대 그行進이巧妙하고 또는구쓰와軍服과 小銃과機關銃과 밋輕砲갓흔武裝이極히優良함에는 歎服을不禁하엿노라 그러나그들은 巨砲나 飛行機나 瓦斯彈이나 流火彈갓흔 非人道的武器는所有치아니하엿다』하엿다。

四、民兵制度의模範

瑞西의民兵制度는 現役三個月인대 各各自宅에서武器를所有함으로 오날까지 世界上民兵制度의模範이라고하나 赤衛軍의民兵制度는 瑞西民兵의以上이라고하겟다。

露國은軍隊를一般市民과區別치안케하기爲하야 一週에一次式 或은一個月에一次式 歸宅을許諾하고또는 名士를請하야 講演을듯게하며 그리하고 兵營周圍에는 劇場과活動寫眞으로包圍하엿다。또는 操鍊갓흔것이라도 極力兵士의趣味잇는것으로 그主要를삼는다。그러나一般市民과和親融合하는點에는 決코露國에及할수가업다。果然赤衛軍은 民兵制度上에模範이로다。

日本思想界의分野

一 記者

○ 맑으스派社會主義者

河上肇。堺利彦。櫛田民藏。荒畑勝三。福田德三山川均。高畠素之。安部磯雄。山口孤劍。石川三四郎。

○ 社會政策主義者

福田德三。河津暹。神戶正雄。桑田熊藏。姉崎正治。堀江歸一。中澤臨川。米田庄太郎。床次竹三郎。

○ 無政府主義者

大杉榮。椎[illegible]義男。山川均。高野若三郎。

○ 基督教社會主義者

安部磯雄。賀川豐彦。森戶辰男。木村久二。吉野作造。生田長江。帆足理一郎。北澤新次郎。

○ 人道主義者

有島武郎。中澤臨川。吉野作造。武者小路一派

○ 톨스토이主義

德富蘆花。加藤一夫。

○ 文化主義者

桑木嚴翼。野村隈畔。土田杏村。大山郁夫。左右田喜一郎。長谷川如是閑。木村久一。

○ 人本主義者

姉崎正治。大隈重信。

○ 國家主義者

福田德三。阿部秀助。佐佐木惣一。三宅雪嶺。田中華一郎。

○ 共產主義者

荒畑勝三。山川均。大杉榮。米田庄太郎。

○ 國家社會主義者

高畠素之。堀江歸一。河田嗣郎。北一輝。北輝二郎。遠藤無水。

○ 길드派社會主義者

河上肇。福田德三。桑木嚴翼。

○ 社會民主主義者

室伏高信。堺利彦。岡部福藏。

○ 길드社會主義者

賀川豊彦。小泉信三。室伏高信。北澤新次郎。

○ 勞働組合主義者

堀江歸一。鈴木文治。福田德三。山川均。荒畑勝三。

○ 分產主義者

中澤臨川。井箆節三。

○ 民本主義者

吉野作造。大山郁夫。佐佐木惣一。

○ 虛無主義者

長谷川如是閑。

○ 英雄主義者

杉森孝次郎。

○ 資本主義

田中萃一郎。武藤山治。大倉喜八郎。遠藤無水。德富蘇峰。

○ 日本主義者

岩野泡鳴。三井甲之。有田音松。

○ 溫情主義者

桑田熊藏。松岡均平。武藤山治。若宮卯之助。添田壽一。帆足理一郎。澁澤榮一。床次竹二郎。

○ 夢想的社會主義者

武者小路實篤。白樺同人。

○ 皇室中心主義者

上杉愼吉。筧克彦。山口孤劍。德富蘇峰。佐藤鐵太郎。乃木希典。山川均。荒畑寒村。堺利彦。鈴木文治。福田德三。

○ 穩的社會主義者

堺利彦。大杉榮。高畠素之。遠藤無水。北一輝。生田長江。茅原華山。

○ 마르크主義者

北昤吉。

○ 藝術的社會主義者

生田長江。

以上

朝鮮活字考

乙卯伏　北齋　金璨根　撰

高麗

鑄字印成

高宗十九年에鑄字를用하야詳定禮文二十八本을印成하야官司에頒하니　李相國集

新刊詳定禮文跋尾　代晉陽公　李奎報作

『原文』夫帝王之典、莫先於制禮、其沿革也、損益也、宜一定之、以激人心、以齊風俗矣、安可因循姑息、不即立常典、使之紛然異同哉、本朝、自有國來、其禮制之損益、隨代屢一、病之久矣、至仁祖廟、始勅平章事崔允儀等十七臣、集今古同異、商酌折中、成書五十卷、命之曰詳定禮文、流行於世然後、禮得其所、而人知不惑矣、是書、跨歷年禩、簡脫字缺、難於考成、予先公、補緝、遂成二本、一付禮官、一藏于家、其志遠也、果於遷都之際、禮官、遑遽未得賫來、則幾若已廢、而有家藏一本、得存焉、予然後、益諳先志、且幸其不失、遂用鑄字、印成二十八本、分付諸司藏之、凡有司謹傳之、勿替、毋負予用志之痛勤也、

書籍院

恭讓王四年에書籍院을置하고活字를鑄造하야書籍을印刷하다　高麗史

大明律徐贊字

大明律의科條輕重이各히適當할사가잇다하야聖上이此를中外에頒布하고자하나그러나그文義의使用을人人마다曉得키難하며하물며三韓時에薛聰의製한方言文字를(吏讀字)土俗에習하야能히通曉치못함으로中樞院使高士褧과余로더부러其事를任하야反復詳究하며逐字直解를서予의二人은前에草創하고三峯鄭先生道傳과工曹典書唐誠은後에潤色한지라功을記하고書籍院에附하야白州知事徐贊의造한刻字로印出頒行하니時는洪武乙亥더라　高麗金祗의大明律跋原文이如此함

此文을詳究하니비로소活字가太宗朝에創치안인줄을알을지라從前의造한바刻字한者는乃木刻活字이니鑄이創造함이안인가或은麗朝부터이法이有하얏고鑄의造한바는更히新様이안인가銅의製가비로소太宗朝에起하얏는지大明律을印한乙亥歲가鑄字한癸未보다九年을先하얏도다金祇의跋는尙友堂이니鄭道傳의門生인듯하고乙亥와道傳의被誅할時와相距가겨우六年에그編閱한書를頒行하얏으니可히當時의法綱이太嚴함을想하갓도다(菁莪記)

妙香山(在寧邊에)普賢寺에高麗版인大方廣佛華嚴經六十三冊이有하니라(共進會古物館出品인대其刊年月을未見함을恨하노라)

朝鮮

癸未字

太宗癸未三年에上이本國書籍이鮮少하야能히博觀치못함을慮하사命하야鑄字所를置하고內府의銅을出하야字를範鑄하야書籍을印할새李稷、朴錫命、李膺을命하야其役을監하고名하야갈으되丁亥字라하다(紀年兒覽)

太宗癸未元年에左右다려닐으사되무릇治國에는반다시典籍을博覽할지어날吾國이海外에在하야中國의書를板刻할時는剞劂기易하고又는天下의書를盡刊키難하니予는銅으로字를鑄하야隨意로印하야그傳함을廣케하면진실노無窮한利가되리라思한다하고드대여古註詩書左氏傳字를用하야鑄하니此가鑄字의始함이라名하야갈으되癸未字라하다(東閣雜記)

庚子甲寅字

世宗庚子에命하야活字를鑄하니此가庚子字요甲寅에또한陰隲字를用하야鑄할새又는金墩等을命하야二十餘萬字를鑄하니此는甲寅字라三百年을行하다(紀年兒覽)

世宗庚子에써하되鑄한바字가大하고不正하다하야다시鑄할새그様이小하고正한지라일노말매암아印치안이한書가無하니名하야갈으되庚子字라하며甲寅에또한爲善陰隲字를用하야鑄하니庚子字에比하면조금大하고字體가甚好하더라또한世祖를命하야綱目大字를書할새세에世祖ㅣ首陽大君이되야드대여鉛으로字

를鑄하야써綱目을印하니지금에남은바思政殿訓義
더라東閣雜記

壬 申 字

文宗朝壬申에安平大君을命하야書케하고字를改鑄
하니此가壬申字니라紀年兒覽

乙亥乙酉字

世祖朝에姜希顔을命하야書케하야鑄하니此가乙亥
字며又는鄭蘭宗을命하야書케하야鑄하니此가乙酉字
더라仝上

乙亥에世祖ㅣ하샤壬申字를銷하야姜希顔으로書케
하고名하야갈으되乙亥字라하니지금셔지用하며其後
乙酉에圓覺經을印하고자하야鄭蘭宗으로書케하니字
體不整한자ㅣ라가이갈으되乙酉字라하다東閣雜記

辛卯癸丑字

成宗朝에十二年歐陽脩集을用하야字를鑄하니此가
辛卯字며又는中國綱目을得하야字를鑄하니此가癸丑
字더라紀年兒覽

辛卯에王荊公歐陽公集을用하야字를鑄하니그體가
庚子字보다小하고더욱精한지라名하야갈으되辛卯字
라하고또한中國新增綱目을得하야字를鑄하고名하야
갈으되癸丑字라하다東閣雜記

壬 寅 字

正宗朝壬寅에命하야五萬字를鑄하니此가壬寅字며
又는關西伯을命하야韓構의書로本을삼고八萬字를鑄
하며又는大小二十萬字를木刻하되大字는十六萬字오
小字는十四萬字라奎瀛新府에藏하다紀年兒覽

活 字 五 種

衛夫人字

復列覽林

世宗朝에鑄한바庚子字와甲寅字라하엿가그書體가晉
代王羲之의師인바衛夫人의筆體이잇는故로此名이有
하니陰騭文閣寶鑑과및內閣藏이모다衛夫人의書體

다라 (復刻版排印字는陰隲中에서取함)

實錄字

世祖元年에姜希孟의書한바字本으로써銅을鑄하야鑄造하니歷代實錄의印刷가모다이活字를用한故로이러한名稱이有하니이鑄字는다만實錄印刷에用한故로外間에는印한書籍이絕無한지라向者에世宗朝實錄을見한즉字樣이衛夫人字와大同小異하더라

韓構字

丘泉池島

肅宗朝二十六年에韓構의筆蹟으로써字本을삼고鑄造할새이에筆者의名으로써名稱을삼다 (右에丘泉池島四字는深廬門文鈔中으로取함)

生生字

華東正音

正宗朝에字典本을取하야三十二萬字를木刻하야內閣에藏하니此가生生字더라 (右에華東正音四字는整理字全韻中으로取함)

整理字舊本

五倫行實

正宗乙卯에整理儀軌를印키爲하야生生字本으로써三十萬字를鑄하니此가整理字라丁巳에小學五倫行實等書를印하다

整理字新本

事君

哲宗朝丁巳에鑄字가火한지라戊午에改鑄할새己未에改鑄한整理字로써國語를印하다 (右에事君二字는國語中에서取함)

活字印刷法

活字印刷法은銅으로輪廓과밋罫線을木盤우에한물고黃蠟을松脂던지或은膠에和하야線內에流한後에字를此에植하고紙로水濕을施하며墨은松烟製를用하되此를溶解하야石盤上에練하고帚로字의面에塗抹하며紙를展한後에馬鬣으로써그上을輕히押捐하면字畫이

正確하고印刷가鮮明하나니라

陶字鐵字

陶字와鐵字의製作은時代가未詳하나그러나그字體를見하면그年代의古심을알겟더라

陶字製式

陶家土를取하야水淘한後에阿膠水로泥를作하야爛擣할새먼저鐵作의石臼로擣하고다시堅强한木을擇하야板을作하되字樣의長短을從하야孔을穿하나니一板에十數孔을穿하야使用에便利케하고板의厚薄은字印의高를從하나니라

擣한泥를取하야字孔에塡하고他平板으로上下를挾하야印壓하되하나 晒乾한즉顆가自落하나니라

刻한後에窯火로燒하야烈灰水에浸하고再燒하야再次塩水에浸하는것이니새로加火하고白蠟을染하나니라

鐵板, 鐵範, 鐵札을鑄함

紙灰를松脂와黃蠟으로和하야板面에塗하고字를布할새印札로써囲하며布키를畢하면板을爐上에置하야蠟이熔한後에平板으로壓하면字의平함이砥와갓흘지라비로소印刷하매印기를畢하거던再次爐에熔하고字를撥한즉顆가沾汚치안이하나니라

假令紙灰가一斤이면可하(鄕灰로) 黃蠟과松脂는各十四兩式할것이나그러나此等斤數에拘치말고和匀으로度를삼을지니라

假令字印의高가四分이면範의高는五分이오灰의厚는一分으로할지니라(東事雜記)

新定玉篇은生生字와整理字로써印頒하얏는지라甲寅에字典을取하야三十二萬字를木刻하야內閣에藏하얏으니此가生生字이오丙辰에整理通攷를編할새生生字本으로三十萬字를鑄하얏으니此가整理字더라(御定奎章全韻義例)

太宗癸未에鑄字所를置하고詩書左傳으로써字本을삼은後에銅字本二十萬字를鑄하야小學과三綱行實을印行하다

英宗壬辰에我聖上이春邸에在하야命하사甲寅字로本을삼고十五萬字를鑄하야外閣에藏하얏고元年丁酉에前本으로또한十五萬字를鑄하야內閣에藏하얏더니

甲寅에 모다 昌慶宮舊弘文館에 藏하고 命하야 갈으되 鑄字所라 하며 또 康熙字典의 字로 大小三十二萬字를 木刻하야 生生字라고 名하얏더니 明年乙卯에 整理儀軌를 印키 爲하야 生生字로 本을 삼고 木字와 갓히 鑄하야 갈으되 整理字라 하다 丁巳에 小學五倫行實鄕禮合編을 編成할새 小學鄕禮合編은 丁酉字를 用하고 五倫行實은 整理字를 用할새 모다 鑄字所로부터 印頒하며 매양 一書를 印할새 반다시 鑄字와 書籍을 從鑄에 藏하야 써 그 廢墜無傳의 義를 諭케할새 是書에 在하야 더욱 深切한지라 대개 字本과 編名과 印書의 所가 모다 兩聖朝의 徽規를 追述함이 符契를 合한 것도다 (五倫行實圖跋尾)

世宗朝甲寅에 爲善陰騭로 本을 삼고 銅으로 範하야 字를 造하니 俗에 衛夫人字라 稱함이 此라 我 聖上이 春邸에 在할 時에 宮僚를 命하야 校正케 하고 十五萬字를 鑄하니 此가 壬辰字되고 元年에 關西道臣을 命하야 十五萬字를 加鑄하니 此가 丁酉字된지라 前後에 鑄한 바 三十萬字를 모다 內閣에 藏하다 鑄字所에서 御定八子百選 朱書百選 史記英選이 모다 此等의 字로 印頒되다 往者甲寅에 上이 陸贄奏議로써 政敎에 益하다 하야 새로히 二十九編을 選할새 粲을 删하고 要를 取하야 써 乙覽에 登하더니 是年丁巳(正宗朝)夏에 다시 纏校를 加하고 名하야 갈으되 陸奏約選이라 하고 命하야 丁酉字로 印進하다 (陸奏約選跋尾)

我東活字印書의 法이 太宗朝癸未로부터 始作되야 經筵古註詩書左傳으로 本을 삼고 判司府事李稷等을 命하야 十萬字를 鑄하니 此가 癸未字되고 庚子(世宗朝)에 工曹參判李蕆等을 命하야 改鑄케 하니 此가 庚子字되고 甲寅에 孝順事實 爲善陰騭等書로 字本을 삼고 集賢殿直提學金墩等을 命하야 二十餘萬字를 鑄하니 此가 甲寅字되고 英宗壬辰에 正宗大王이 東宮에 在하사 大朝에 仰請하야 甲寅字로써 印한 바 心經萬病回春 二書로 字本을 삼고 十五萬字를 鑄하야 芸閣에 藏하니 此가 壬辰字되얏으며 正宗丁酉에 平安道觀察使徐浩修를 命하야 本朝人의 韓構의 書로 字本을 삼고 八萬餘字를 鑄하야 써 內閣에 藏하얏으며 壬子에 命하야 中國四庫書聚珍板式을 做하고 字典字本을 取하야 大小三十二萬字를 木刻하고 名하야 갈으되 生生字라 하다 甲寅에 命하야 內閣所藏字를 昌慶宮舊弘文館에 藏하고 鑄字所라 稱하며 丙辰에 整理儀軌를 장차 印行할새 奎章閣直提學李晩秀와 奎章閣原任直閣

尹行恁을命하야監董할새生生字로本을삼고大字十六萬과小字十四萬餘字를鑄하고名하야갈으되整理字라하야七機에分儲하야鑄字所에藏하니其後六十二年哲宗朝 丁巳에鑄字所가火하거늘奎章閣檢校提學金炳冀와奎章閣提學尹定鉉과 奎章閣提學金炳國을命하야主管할새整理大字八萬九千二百三字와小字三萬九千四百十六字와韓構字 一萬一千八百二十九字를鑄하고燼餘에完存한字十七萬五千六百九十八字를合하야鑄字所에藏하고己未에命하야整理字로써國語를印하니대개鑄字를成한後에一書를試印함이例더라國語修整例

正宗丙辰二十年에御定奎章全韻을刊하다

丁巳二十一年에五倫行實을刊하다

丁巳二十一年에陸奏約選을刊하다

哲宗己未十年에國語를刊하다右는諸書叢編

隆熙帝四年庚戌에後鑄한字를日本總督府에移하고衛夫人字로써靑邱詩鈔一卷을刊하다

淸 朝 哲宗朝

中國은宋朝以來으로써鑄造를삼으니그刻法과書法이모다精巧하야爲함이라明에는善鑄이無하니足히愛할것이無하고今에淸國은宋體를取法하니字體가纖妙하야殿版에서出함으로다시말할것이업는지라我國의鑄字는大者는衛夫人體니時로草氣를帶하얏으나그러나엇지可用할지며小者는正楷體니頗瓜하고整치못하야板本에至하야는字가비록楷正하나또한書卷의氣味가無한지라壽閣에藏한衛夫人字와內閣에藏한新鑄衛夫人字는大字書籍을印함에는不足한慮가無함으로內閣에서다시小字로鑄하기를議하다가定치못하얏더라愚의所見으로는印刊에大中小三等이有할지니今에可히中과小와二等字를鑄할지니中等은淵鑑類函字를用하고小等은全唐詩의字를用하되此를精取精鑄하야活字를삼을것이며年少有才한寫字官을擇하야此二種書法을習摸하면書籍의精妙가中國을讓치안을지라今에我聖上이奎章閣을建하고古文을稽하며 世宗을祖述할새前年에余一成校理大中으로더부러御定八子百選의活字本을監董하고今年에또한더부러國朝寶鑑刊本을監董할새刻工、揚工、匀工이精深한者만흐니上에在하야指教하는者가朴齊家와李德懋같은이잇으면一變의期를可히日을指하리라北學議

校書

刊書의精이專히校書의良함에在하나니校書의宜은맛당이博洽精微沈靜勤勵하야참으로曉書의癖이有한者를極擇하야委任할지니이갓흔四德을具치못한者면事를濟치못할지라書籍은千古에朽치안을盛事니엇지容易하게論하며엇지可히鹵莽鈍滯躁擾懈惰하야文學을膜薄하는流에게付하야大業을誤케하리오書葉中絲左畔의下에반다시臣某는校라하고刻하나니此가四庫全書의良法이더라

書板은當然히愛惜할것

書籍一板의刻이百代의利와萬人의益이되나니此는天下의至寶라校書館의書板이元來로庋閣의制가無하고敗屋에積置하야兩端이冒擦脫棄되고地에親한處는腐濕하며又는그刷搨하는墨이松煤가麤惡하야灰沙를半雜하얏으며廳堦의水로浸하야甎石에洗滌하고粗搗裂磨하야極力으로刷搨하니銅字도또한泐하려든엇지脆木을論하리오한번濕刷를經케하고烈陽에散置하면翻覆皴折하야前功이可惜이라慶尙監營에書板이多하되設하면泥庭에列置하야沾濡를承케하나니可히水火以外에一大厄이라이르리로다海印寺의佛經板은排架가井井하야可히法이될지니校書館에도또한此法을用함이可하며刷搨에至하야는精硯精墨을用하며或은墨末로脂肪에調하야印함도可하니라仝上

板木

書板의材를中國은紅梨木을用하고日人은樺木을用하고我國은椴木을用하나반다시椴木만專用할것이아니오紅梨와樺木을兼用하야그用을廣케하되鹽水로써烹하야乾燥를待한後에비로소字를刻할지니만일濕氣가有하야刻字後에乾하면刻한바絲欄이字로더부러縮小하며衆葉이參差不齊하나니國朝實錄을監造하야刻板할時에바야흐로此理를覺하얏노라仝上

冊葉의輕薄

冊葉은그輕薄한이厭치안이하나國俗이廣大厚重으로써好品을삼는지라그러면因하야竹簡木札을用할것이여늘엇지紙의便捷함을取하리오貼紙細目은一周로

觀키難하며綃紙七寫은寫하야新키難하나一卷의大
몰童子가擧키難한지라寫이重함으로冊을作치못하고
函이업는故로失키易하니例에裝潢한것이今에冊籍이
되며唐에藏存한것이今에譜籍을作하니그書卷됨을엇
지可히勝言하리오又竹簡이穿하며如하야孔을穿綴하고
第次를編傳하야際에革하며如하야여衆의計를차되
際이流하고油가古되야久키難하도다人이
恒常이잇으되冊冊을翻하며보하야연죽보기네中에
의童子는書帙을肩에하며上論下論과上孟下孟을佩夕
으로披讀하되書冊이重하니童子도이와갓치길長
者를可히할지니라書의編綴에잇고書의厚薄에잇지
안은지라另히冊의尺度를用하되大中小三品으로
分하야冊紙의鄉에韻하고紙를造하는法은그至精至
白을務한然後에야構한歸紙가다크廣한弊이나나
歸紙한者는冊이으로赦한者라利가冊工에歸한지
나可히天物을暴하지아니할지며또는製樣이大한故로
斤量이重하고斤이重한故로價本이高하고價本이高한
故로搨印이廣치못하고搨印이廣치못한故로藏弆이易
치안이하나니하물며此等의弊이無하야勸讀을쭈하는
士로滿할이리오全上

附 鑄字沿革

高麗時에活字를創始하얏으니지금과相距가六百八
十二年이며甲寅活版보다二百餘年을먼저하얏고朝鮮
王朝에書籍院을設하고書를印하야
朝鮮太宗三年에새로이鑄字所를設하고左
氏傳等字로써字本을삼고銅으로鑄하야活字數十萬字를
만드니當時에는西洋에活版이無하더라朝鮮活字를四
種으로分하니衛夫人字와實錄字와韓構字와整理字가
잇더라

衛夫人字　世宗十六年에李蕆과金墩等이孝經論語等
書로써字本을삼고鑄함으로二十餘萬字를備하얏으며
英宗四十八年에다시十五萬字를鑄造하고正宗元年에
또鑄하니대개그書體가晉王羲之의師法과衛夫人의筆
蹟이有한故로이名稱이잇으니陰騭文國朝寶鑑과및內
閣版이모다衛夫人의書體더라

實錄字　世祖元年에姜希孟의書한바字本으로써銅
을鑄하야鑄造하고　成宗二年에更히十萬字를鑄하야

公文集等의字本으로써鑄造하고 顯宗九年에또한六萬餘字를鑄造하얏으니歷代實錄의印刷가모다이活字를用한故로이名稱이잇더라 (實錄冊의長은可히鑄尺으로一尺이되고十四行에三十二字이더라)

韓構字 肅宗朝二十六年에韓構의手蹟으로써字本을삼고鑄造하얏으며正宗六年과및 哲宗九年에또한鑄造할새이에筆者의名으로써名稱을삼으니正宗州冢鹿門文鈔와및奎華名選이모다韓構字더라

整理字 正宗朝에整理儀軌를印刷할時에만저康熙字典本으로써本活字를鑄造하되銅으로써하고또한二十年과및 純祖五年과 哲宗九年에또한補鑄하야整理儀軌를印出한故로이名稱이잇으니大學衍義輯要約編纂大學類義等書가모다整理字더라

爾來歷代의鑄造한活字는數百萬字를盈하얏더니今에總督府에藏置한바는六千萬餘字가되더라 (共進會出品朝鮮鑄字沿革參)

嗚呼 死를보내는行進曲이여 (휘트맨)

에 멘 譯

嗚呼 死를 보내는 行進曲이여 너는 나를 즐겁게 하고
嗚呼 銀빗을 가지고 번쩍이는 달이여 너는 나를 慰藉하도다
嗚呼 나의 두 兵士이여 무덤에 드러가랴하는 老兵이여
나는 그대에게 무엇을 드리리잇가。
달은 그대에게 빗을 드리고
나팔과 북은 樂을 드리도다
그리고 나의마음은, 嗚呼 兵士이여 老兵이여
嗚呼死를보내는行進曲이여

나의마음은 그대에게 사랑을 드리노라。

(譯者曰——이것은 北米國의 有名한 民衆詩人 월트·휘트맨(Walt Whitman)의 南北戰爭에 出戰하엿든 二老兵士의 죽음을 슬퍼하는 노래입니다。 日曜日의 서늘한 날은 임의 西山에 저물고 달은 東山에 떠오르는대 二老兵士의 屍體는 樂隊의 哀曲에 셔쳐 나아갓습니다)

버지니아의 숩을 헤매이면서

(휘트맨)

애를쓰면서 내가 버지니아의숩을 헤매일때에 발에 밟피어 부스러지는 나무닙 音樂을 싸라서(때 그런고하니 때는 가을이엇슴으로)나는 발밋헤 兵士의 무덤을 보앗습니다。

그는 몹시負傷되야 이숩길접에 파뭇처 잇는것이엇습니다(나는 쉽사게 모든것을 알수가잇섯다) 午正때의休息,「그때의 나팔나팔! 하는號令」一刻이라도 일허저는못슴나——그러나 이表札이, 무덤가ㅣ나무우에 한줄기 가지에 혼넘굴시로 못

박아둔것이 남어잇섯습니다。

「勇敢하고 操心性잇는 眞摯한 나의사랑하는 벗。」

오ㅣ래동안 오ㅣ래동안 나는 追憶에 잠겨 잇섯습니다。그러다가 다시 헤매이기를 니엇습니다。한 흔時節의 變遷과 한흔生活의 光景이 그로부터 連하엿습니다 그러나 變하야가는 氣候와 光景을 通하야 갑작히 호올로 잇슬제 또는 사람새로 헤거리 가운데세

나의압헤 지ㅣ하지못하는 兵士의무덤이 나타납니다 버지니아의 숩가운데세 거츨게 쓴 그碑銘이 눈에 떠오릅니다。

「勇敢하고 操心性잇는 眞摯한 나의사랑하는 벗。」

풀(草)이란 무엇? (휘트맨)

童子가 나에게 풀한줌을 가저오면서 묻으되「풀이란 무엇?」이라고。

나는 童子에게 무어라 對答하리요? 나는 그것이무엇인지 童子보다 以上아는것이 업노라。

나는 마음하노니 이것은 나의 天性의旗발이라하

希臘의 緋色을 띄엿거든。
或은 마음하노니 이는 主님의 手巾이러라
일부러 세려트린 香氣도는 禮物과 紀念物이러라
그포좋이에는 主人의 일홈이 삭여잇서 우리는 그
것이 누구의 것임을 알수가 잇서라。
或은 마음하노니 이는 萬國共通의 象形文學이러
라
넓은 나라에나 좁은 새에나 다갓치 싹은 내이고
黑人가운데나 白人가운데나 다갓치 자라는 뜻을
품엇서라。
그리고 이제는 무덤에 자라는 아름다운 베이지
안은 머리털갓치 마음되여라。
부드럽게 나는 너를 쓰리라 곱슬풀이여
젊은이의 가슴에서 너는 자란것이러라
萬若 내가 그를 알엇드면 나는 그를 사랑하엿스
리라
或은이에게서나 或은 낫사마자 어머니의 무릅에
서 쌧앗긴 어린아희에게서나
그러나 너는 이제 여긔잇서서 어머니의 무릅이
되엿서라。 (二〇·八·三)

十大殖民偉人 (四)

油 耘

을統一하고進하야契丹을滅하야滿洲。西比利亞。內外蒙古를有하고大金國을建設하다阿骨打ㅣ大金國皇帝가되야支那의北部곳支那大部分을統一하고宋(漢人의國)을征服하얏스며契丹을滅亡하야中央亞細亞에至하고阿骨打氏의後에世宗갓흔聖君이出하야金人은勿論이오漢人사지다金皇帝의臣民되기를樂하얏더라이리케百年의盛業을繼續하야무론世界最强國으로存在하얏나니此는다우리今俊氏가基礎를建設한째문이더라

金國皇室이이러케世界의榮華를極하얏슬時에彼는四方을征伐하야四方다른民族은거의다金皇帝의奴隷가되얏스나오직彼가우리高麗에對하야는항상갈으되高麗는父母의國이라하야우리高麗를侵略한事는존無하얏고오직彼의聘使가我國에來하얏나니高麗仁宗年中에阿骨打가使臣阿只를遣來함을爲始하야金의一代

를終하도록彼此間에往來가不絕하였더라

第八、尹 瓘

尹瓘은高麗睿宗二年(紀元三四四〇年)에東女眞을伐하야九城을開拓한[illegible]이다 전에渤海가亡한後에그東北大地는거의女眞人의割居한바되었나니東部地方곳白頭山以東에있는女眞族을東女眞이라하였다이東女眞이점점南으로내려와우리東海沿岸으로至하니지금咸鏡北道가다거의女眞人의人居한바되었다그런데무릇女眞人은[illegible]高麗에服屬하야高麗의屬民으로自處하더니[illegible]中에東女眞人이定州(定平)關門外에서自己의部族끼리[illegible]鬪하기를我軍이此를防止하라하다가不利한[illegible]에大怒하야此를膺懲하라하다가成功이없고來襲이[illegible]하기를그子인睿宗이繼極하매尹瓘을命하야十萬大軍으로女眞全部落을討滅하기로하니라

瓘이進하야各方面으로擊하야所到에女眞部落을掃蕩하고멀리豆滿江流域까지至하야女眞人을驅逐하고我人民을移殖하였나니此가곳九城의役이라九城은咸州、雄州、福州、吉州、英州、宜州、公嶮鎭、通泰鎭、平戎鎭(以上은지금咸鏡道北部一帶의地)이라南界民六萬八千餘戶를移殖하야北方國防을完成하니라

第九、金 宗 瑞

金宗瑞는朝鮮世宗時代에六鎭을開拓한偉人이다李朝[illegible]에尹瓘이九城을開拓한後에女眞人의[illegible]을因하야서女眞人이九城附近에入居하기를許하였더니及朝鮮太祖ㅣ登極하야서九城을整理하야豆滿江以南을還有하였더니太宗의世에豆滿江附近에서女眞人의入居를許하야거의그地를棄하였더니世宗이登極하매金宗瑞로咸吉道觀察使를삼아豆滿江附近을經營케하였더니世宗十六年(三七六七)에宗瑞ㅣ豆滿江南을盡拓하야六鎭(穩城、鍾城、會寧、慶源、慶興、富寧)을設하고南民을募集하야六鎭에移殖하니以後로女眞人이다시豆滿江以北에入來치못하고豆滿江까지完全히我人의土地가되니라

第十、安 龍 福

安龍福은東萊의[illegible]櫓軍으로在하다가一日에[illegible]

地를整理한者偉人이다참에鬱陵島는本來我人의土地로在한바李朝建世以來로遊覽가繁間치못함을因하야日本人이鬱陵島의地利를窺하고年年히彼의船舶이來하야鬱陵島의遺利를探取하는지라當時我의朝廷에서此를抗議한즉彼는陽從陰逆하더니及肅宗年間에安龍福이鬱陵島에往하얏다가日本人의往來함을見하고크게發憤하야이에東萊에來하야官憲에게訴하나官憲은別로히措置가업거늘龍福이이에自己同類를招集하야船을乘하고鬱陵島에往하야日本人의船舶을見하고彼에게不可한을力陳한즉彼가不聽하거늘龍福이이에同群을식여彼의釜器等物을破碎하 彼를詰責하니彼가不得已退去하니라以後에龍福이또日本地界에入하야彼의官憲에게右事實을陳하야크게論詰하니爾後곳히다시彼의跡이絕하야島民의安寧을增進하니라

過激派首領레닌。

Nicolai Lenine

春城

○머리말

今番大戰亂이終熄되자世界人心은大端히洶洶해젓슴니다。더구나露西亞의過激主義는世界人心에부글부글끌는시샌검불덩어리를너허주엇슴니다。사람마다現在地位를非難하며改造이니自由이니平等이니하며 엇더한理想鄕을찻고저속히말나함은 이過激派의社會組織이 그들에게큰影響을준것이안인가함니다。

이때를當하야 各나라마다 이過激派를恠疾갓치무서워하며 別別方針으로 防禦를行하고 또는世界大學者 大思想家들이 紛紛히論評하며 무엇이니무엇

이니합니다。참말世界의大不安。大騷動의發源은 이過激派라고합니다。

以上意味에서筆者는 이過激派의首領이엇더한인가를世上에紹介합니다。勿論世上에紹介한다할지라도 過激派를辯護하는것도아니오 過激主義를鼓吹하는것도아니며 또는過激主義를批評하는것도아니올시다。다못過激派서 네피도世上에 問題가되엿슴으로 그過激의首領이엇더한사람이며 大槪엇더한徑路를밟고 또는[illegible] 엇더한生活을하엿스며 그리하고 그의人格이엇더氣品이던지 性質이던지가 엇더한가하고 궁금히생각하는사람에게 이글을드릴생이올시다。

◯ 어려서부터怪男兒

니콜라이。레닌은 一八七〇年에 中央露西亞신새루스크에서出生하엿는데 當年五十一歲의怪男兒올시다。그의本名은 우라지밀。이리치。우리아노푸이오 레닌이라는이름은 數만흔그의別名가온데하나올시다。父親은同地小學校의敎員이엿스며 母親은무산事情이잇서서 집을써낫슴니다。그러하야 그는父親과兄님세사람이 家庭을組織하엿스며 父親의외손아래서 發育을밧앗슴니다。그는어려서부터 富者의對한反抗心이만하엿스며 언제던지 가난한집아해와結托하야 自己가親히都將師가되며 富者집兒孩를막아리고 虐待하엿슴니다。이새때에 十一歲되는해에 小學校에서退校命令을밧앗스며 南便露西亞돈河畔에잇는 노우ㅣ。첼카스크라는 伯父宅에이섯슴니다。이재에레ㅣ나ㅣ라고하는少女와 깁흔戀愛에헤매며『戀愛는달콤한꿀이라』이라케戀愛를禮讚하엿슴니다 그후父親의訃告를듯고 大驚失色하여 急히鄕里로도라갓슴니다。그러나兄우리아노푸가엽섯슴으로 그는大端히形勢가難處하며 매우걱정하엿스나 畢竟그는혼자葬禮 지내고 家産什物을모다팔아 포켓트에너흔後 가잔大學으로다라낫슴니다。가잔大學에서生物學을硏究하며 將來에運命을크게開拓코저하엿슴니다。그러나그는 이大學에서 學窓의꿈을그길수엽는큰事件을맛낫슴니다。그것은 그의兄우리아노푸는 一八八七年二月에 알넥산더三世가特來한特別

列車에 爆彈을던진故로 卽히捕縛되여 아모審議도 업시銃殺을當한일이올시다。이사람에 그도嫌疑者의一人으로捕縛이되여 苦生을하엿스나 證據가不充分한理由로 卽히放免되엿습니다。 그러나가잔大學에서는放逐을當하엿습니다。이ᄯᅢ부터 그는革命의ᄯᅳᆺ을품고 兄의復讐를하기爲하야 兄의知己들을모스크로訪問하엿습니다。이ᄯᅢ부터 그는로ᄶᅳᆺ키와知己가되엿는대 그는여러靑年의마음을收攬함에巧妙한手段을가젓습니다。豪農의子弟되는지노바이에ᄯᅮ와 純全한官吏뢰뢰에린과 前에露國總司令官이되엿든 크리렝코들이 모다그의同志이엿습니다。 그리하고 그는愛人레ᅵ나ᅵ를永遠히紀念키爲하야 레닌이라는變名으로 社會黨機關雜誌에만히寄稿하엿스나 官憲의壓迫이甚함으로 모스코에서도 安住할수가업서서 레ᅵ나ᅵ를다리고 멀니南露西亞돈河畔에잇는로스도ᄯ라는ᄯᅡ으로 移住하엿습니다。 그러나愛人의父親은 두사람의關係를甚히反對함으로 그는不得이곳에서도오래잇슬수가업서서 愛人의손목을잡고 다시露都베드로그라도로向하엿습니다。 그것은同志로ᄶᅳᆺ키와 뢰뢰리엔이 그ᄯᅢ맛참同地大學에서 修業하고잇는사람이엿습니다。 그는處世術이매우巧妙하야 얼마동안은 獨逸人의保護를밧앗다하며 그後同地大學에入學하야 다시生物學硏究를繼續하엿습니다。 그러나여긔에서그의性質을알앗든지 同大學에서도退校處分을밧고 卽히무삼理由로官憲에게捕縛을當하야 入監되엿습니다。 마는얼마아니하야 出監되엿다합니다。

○二十九歲에第一流의經濟學者

當時露西亞의社會民主主義的運動은 甚히幼稚하엿습니다。그는日曜日마다無知한勞働者를向하야 革命主義를宣傳하며 熱心으로露國의經濟事情과農民狀態를熱心硏究하엿습니다。 그結果그는말크스主義의理論이 露西亞에도適用할수가잇슴을發見하고 이에말크스主義의宣傳者되기를決定하엿습니다。 그려하야 一八九九年에는『露國에對한資本主義의發達』이라는一書를著述하엿습니다。 이著書는 現代露西亞經濟學上의模範的著作이라는好評을밧아 그는忽

然히露國第一流의經濟學者가되엿습니다。이것은그가겨우二十九歲時의일이엿습니다。그는더며도過激한社會主義로急進하게되엿는데 同年十二月에捕縛이되여 懲役二個年의宣告를밧고 西伯利亞로放逐되엿습니다。後에特赦를밧고 獨逸·瑞西·佛蘭西·墺太利等各國을放浪하며 各國의社會組織과 民情風俗을求搜하엿스나 그동안에도 그윽히故國의社會民主黨을指導하엿습니다。 그는一九〇一「二年頃에「스파ー크」라는機關雜誌를發行하엿스며 그後에도革命主義를論述한雜誌와論文과小冊子를世上에紹介하엿습니다 레닌의革命主義綱領은 一九〇三年스톡홈에서開催한露國社會民主黨第二回大會에서決定하엿습니다。이大會의結果社會民主黨은二派로分裂되엿는데 一은社會革命黨으로[illegible]플레하노푸가首領이되여組織한漸進主義黨이오 一은勞働者의力을集合하야 그들의힘으로革命을斷行하자는過激派인데 곳레닌의主唱하는바이올시다。 그러나이會議에서熱心그의主義를宣傳한結果 意外에도레닌의派가多數를占하야 今日世界를震撼하는볼쉐뷔키의일홈이 그의머리에새려진것이외다。이제부터그는過激派의首領이되여 一九〇五年에 日露戰爭이開始되매 急히歸國하야 革命運動에參加하엿습니다。 그러나革命運動은失敗를當하야그自身은도리혀同志間에反感을사고 形勢가大端히不如意하게되매 그는不得已一九〇七年에 다시國外의亡命客이되엿습니다。그리하고그가指揮하던過激派도 急히勢力이失墜되여 一時는消滅하는地境에이르럿스나 一九一二年부터는 다시勢力을回復하야社會主義의機關新聞 日刊「프라우다」를發行하고 勞働階級의多數讀者를엇어 레닌主義는漸漸그勢力을增加하도록되엿는데 一九一三年에는 過激派에서露國國會에 六名의代議士를選出하도록되엿습니다。

○ 特別列車로露都에

一九一四年歐洲大戰이始作될때에 레닌은墺太利크라코에잇서서 露國의革命運動을指揮하고잇섯습니다。墺太利官憲은 露探의嫌疑로써 그를捕縛하엿스나 露國政府와아모關係가업슴으로 即시放免되엿스며 다시 그는瑞西에나아가 쥬ー리히에서一九一六

年三月까지잇섯슴니다。 그때그는革命의成功期가왓다는말을듯고 露本國에歸하려하엿스나 佛國政府는 더가佛國을通過하기를拒絶하엿슴니다。이러하야 瑞西의社會黨員부란텐의盡力으로 同志三十人파함쎄 獨逸을지나歸國하게되엿는대 獨逸에서는 그를爲하야 特別列車를準備하고 그를優待하엿슴니다。 當時露國政府에서도 여러가지議論이紛紛하엿는대 外相뮤ㅣ리코꾸는 그의歸國을極力反對하엿스며 法相케렌스키ㅣ는

『露國革命政府는 大赦令을發布하야 모든政治犯人을釋放하엿다。 自由인露西亞에서 레닌한사람만容恕치아니한다는理由가업다』。하고異論을主張하엿슴니다。 케렌스키ㅣ도 果然後日레닌에게 自己의政權을쌔앗기리라고는생각지못함이지오。 이갓치그는露國政府의大端한厚意의迎接을밧앗스나 그는여러威謝는姑舍하고 一再昨年四月十七日에露都에到着하자 卽히革命主義宣傳에着手하엿슴니다。 때는맛참英國政府에게拘留되엿든토롯키도 露國에도라왓슴으로 둘이서로손을잡고 政府顚覆을計劃하며 한便으로機關紙『푸라부다』紙上에 『戰爭은資本家의戰爭이다。 資本家를위하야 空然히피를흘리는것은 참말可笑로운일이다 速히武器를더지고 各其故鄕으로도라오라! 그리하고 地主와함께田畓을갈나ㅣ 다못너희의生命은이곳에잇나니라』說하고 또는『富者의돈은掠奪하는것도正義다』『掠奪者에게서掠奪하라!』『輿論의平和』이모양極端으로說하고 無代로新聞을配付하엿슴니다。

그의主張은 가장軍隊에게効果가잇서서 卽히그結果로 戰線에對한敗衄、軍紀의頹敗、後方勤務의亂脈、獨兵파의握手 이러한現象이蜂起하엿스며 한便으로그는皇帝의寵妃크센스카야의居城을奪取하야自己의住宅을삼고 勞兵會도亦是이것을本밧아 壯麗한華族女學校를占領하야 勞兵會의本部를삼앗슴니다。 그러나맛참아조부銀行에 二百二十萬法의預金을有한스ㅣ멘손夫人이 獨探의嫌疑로써 官憲에게捕縛이되여 取調를밧은結果레닌은 同夫人파오래동안 獨逸政府에서保護를밧든事實이聯絡되야 이사실에로토롯키와코론타이女史는捕縛이되고 그는어느틈에自

己와모양을갖초앗슴니다。

○ 一擧에勞兵會의指揮者

九月上旬[illegible]事件과한께 過激派는다시勢力을挽回하야 [illegible]데레쎄ㅣ를放逐하고 勞兵會의全權을掌握하야 大勢는다시레닌을일으키도록되엿슴니다。 [illegible]기를 現政府를倒하고 그勢力을掌握하라면 武力이안이면 到底히不可能이라하고 卽히十二月 [illegible]日에 軍事革命委員會를組織하엿슴니다。 赤衛隊의[illegible]軍을組成하야 銃器를配布하고 擧兵의準備를始作하엿슴니다。 그리하야臨時政府도 이것을放任할수가업서서 北部戰線의兵을 首都에보내랴고하는때에 [illegible]一派도狐疑逡巡키어려워 맛참내十一月七日革命을일으켯슴니다。 레닌은同日夜八時半에 代表者를冬宮의케렌스키ㅣ政府에派遣하야 二十分內에回答하라는最後通牒을보내엿슴니다。 이文牒을接受할때政府의閣員一同은『아！所謂레닌이엇더한놈인가？』하고 熱憤을내여 卽刻으로이것을拒絕하엿슴니다。 그러나이것은레닌의임이豫期한바이매 이에對한手段은벌서整頓되엿슴니다。 即時에헬싱폴스에서四隻의水雷艇과練習艦이 네바河를上하며 그우에아ㅣ로란巡洋艦과合力하야 冬宮對岸에잇는 베드로의바우를占領하고 여긔서大砲를冬宮으로向해걸어노앗슴니다。 이리하야大砲와軍艦에包圍된冬宮은諸高官의才幹으로도 엇지할길이업섯슴니다。 맛참一發의砲聲이콩ㅣ하고 軍號를發하자 四面八方으로冬宮을向하야 大砲알이 빗방울쏫아지듯하엿슴니다。 이때冬宮안에는 約一千名의士官候補者들이護衛하고잇섯스나 어느듯레닌派의兵士는 물결갓치冬宮內에闖入하야 閣員全部를結縛하야 베드로바우로要塞地地下牢에幽閉해버렷슴니다。 이리하야咄嗟間에天下의政權을한손에쥐인레닌은 同八日夕刻에同志토롯키『카메네푸』루나찰스키等重要한者를集合하야 左와갓치勞働政府를組織하엿슴니다。

○委員長레닌　○外務토롯키　○內務루이코우
○農務뮤ㅣ틴　○勞働슈리아부니코우
○商務노ㅣ킹　○郵電아위로우

○民族을○아솔난인이○　○財務스라올초ㅣ약○
○文部나로찰스키○　○食糧프ㅣ모로윗츼○
○法務쇼부포ㅣ로약○　○陸相안트노약○
‖코레이렝코、또어뱅코○

이와갓치레닌의天下가되매　그는조곰도假借업시 反過激派를抑壓하고　有產階級에屬한新聞갓흔것은 全部發行을禁止하며　社會主義의機關紙라고할지라도 過激派에게不有益이라고認定하는것이면 모다押收를行한故로　一齊히一般知識階級에게甚한反感을 사게되엿습니다。 그러나泰然自若히조곰도本意를變하지아니하고 自己의信條대로 露國瓦解를斷行하엿습니다。 그는斷然히土地分配에關한法令을發布한故로 忽然히 農民間에非常한騷擾가일어나서 理想的의農園도 忽然히廢墟이되며 或은一村이大起하야 隣村을襲擊하더 或은地主의邸宅植林을불태워바리는等 露國의產業은 자못破滅로도라가바렷습니다。 또는個人의動產과不動產은 全部國民이共有한다는制令이發布된 새時에 家主는집을일허바리며 商店은店員의所有로 도라가고 工場은勞働者의所有가되엿습니다。 그러하야 한便으로政府는租稅를徵收할수가업서서 그結果로銀行國有令을發布하야 市內의各銀行을占領한 同時에 主要한銀行家를捕縛하야 牢獄에다가두고 或은各市에御用金을賦課하며 그의擔保로는市의有力者를人質로잡엇습니다。 其他過激派政府는破天荒의內外債破棄를斷行하고 或은秘密外交는罪惡이라는그의宿論으로부터 聯合國과의秘密書類를全部發表하엿습니다。 그리하고軍隊를解散하고獨逸과單獨講和의商議를하엿스나 全然히武力을破壞한後에된일인故로 勿論對等의商議를하지못하고 全部獨逸의要求대로 屈辱的講和를締結하야 露國一般에게원망을샀스며 그리하고一般有識階級에게서는 더욱히猛烈한反對를맛엇습니다。 이리하야地方村落에서는中央政府의氣味를보아 自己마음대로委員을選擇하야 所謂自治를實行하엿습니다。 小露西亞를初頭로하야 高架索、西伯利、北露、芬蘭、波蘭等諸種族이次第로獨立을宣言하야 이새時에小露西亞와高架索地方에서輸送하든食糧은一切杜絕하고 또는不換紙幣를濫發한結果로 物價는阻止할수가업시暴騰하엿습니다。이사람에대한一派의政策은 全혀勞働階級의豫期에反하야 最初에는有産階級에만限하든掠奪과壓迫은 上下貴賤을勿論하고關行하게되엿스며 또는職工과農民의暴動이各地에蜂起하야잇습니다。이모양으로再昨年여름부터가을에서 레닌政府는非常한困境에싸졋습니다。그러나一九一八年十一月에 獨逸이聯合國에屈服하야 獨逸國內에革命이勃發한故로레닌政府의形勢는突然히一變하야잇습니다。그우에 레닌、토롯키의뢰에와서는 크게政治의經驗과熟練을엇어 그後地盤이鞏固하여젓슴으로 只今은聯合國側에서도 過激派의勢力을壓縮하도록되엿습니다。

○ 眼中에革命이잇슬뿐

레닌은참말로大好男兒냐하면 即時 그럿타고對答하기는어렵습니다。키ㅣ는普通사람보다조곰크고 爛々한그의眼光은 一種의力이잇스며 風采로말하면 知識階級의代表的人物이라고할수가잇습니다。그는「民衆은元來自發的으로活動하는것이안이오 先覺者의指導를要한다」하며 一流의偉人主義를主唱하면서 自作民衆을指導하는一代의偉人으로서自處하엿습니다。그는再昨年八月三十日밤에 內務長官우리츠키와함께 엇던集會席에나아갓는데 그때맛참도라•카푸란이라는女子에게狙擊을 맛은일이잇습니다。그때그는엇던사람에게말하기를「나는死를무서워아니합니다。現在와未來、아니어느때에던지死를무서워아니하겟습니다」하엿스나 그의眼中에는다못革命이잇고 다못露國의解放이잇슬뿐이외다。다시말하면 말크스의資本論과카우츠키ㅣ의社會革命論에忠實할뿐이올시다。그는참말恒常 自己마음에善이라생각하는바이면 어대까지던지主張하고邁進합니다。좃차서自己와意見이不相合하면 友人이라고할지라도 조곰도容恕하지아니하고 徹頭徹尾排斥攻擊을加합니다。그深刻하고 熱烈한雄辯은 高山流水갓하서 누구던지그의말에는 感服치아니할수가업다합니다。 (끗) (『世界改造의人』에서)

漢詩

湖巖

江都城懷古

重基壇古色蒼然， 歷代王蹤化棘田。 花落宮墟惟見月， 昔荒城址不知年。

蓋臣舉命環塵際， 廢主吞冤故社前。 西戰東和今莫問， 摩尼依舊聳高岑。

景福宮懷古

石獅危坐故行宮， 北斗低懸月上東。 侍女淚紅金殿裡， 忠臣血碧主車中。

昇沈世事終歸水， 虛幻人生只逐風。 四十年間爭政史， 阿房毁盡國隨空。

喬桐島에서

—서울계신油耘先生에게—

天園

油耘先生!—

그것이 지나간 二十三日이엿습니다가 무르씨는듯한 더위를 無情도히서 내여뿜는 七月의 사나운 太陽이 임의 西山에 걸티 朱紅色光線을 우리會社의자랑인 循循回一面에 가로질전에 先生은 先生의特色인 朝鮮內衣를 푸러 노은채 그대로 텅텅뷔인陰沈한 編輯室에서 例의大橡扇을 줄네줄네부치시다가는筆는붓을잡아 「서울」原稿를 쓰시노라고 奔忙하시는 그동안을 차거갓치고 반가울지안은 作別의人事를 드리든날이 밤슈이엿섯다。

저는 그길로 곳仁川집으로 나려와서 새밤을자고 二十五日아츰 유리號라적는 쪽닥이甲板上에몸을실고 기름을 부어노은듯한 물우를 四圍에展開된 大自然에 흠뻑醉하면서 古代의로만틱한 그土地의 歷史談을듯고 녯날을 追憶하는눈물을 머음으면서 한시골老人의 悲慘한 가슴을 에우는듯한 눈물을흘니우는 經歷談을「쓰거운」의 兩面攻擊을맛는 興奮된머리로서 드르면서 甲板上에잇슨지 거의 三時間後에 江華의關門 甲串이라는 一日本人商店外에 五六의朝鮮人酒店잇는 섬에나려 마저나온 두벗과 더브러 나려갓는 五子의불길을 숨이 딱딱막혀오는 훈훈한바람과 석거마즈면서 近五里길이나 걸은뒤에 비로소 江華邑에 到着하엿습니다。

거기서 알든이를봐는 반가히 人事하고 모르든이들과는 새로운 사괴임의 첫딱지를붓쳣습니다。特히 그날밤은 지난봄에 江華찻슬때에 짧은、그러나 滋味로운(滑稽的으로의) 로만스가 잇는 C라는女性을 반가웁게맛낫습니다。

翌日 即二十七日에는 河站이라는 江華邑에서 二十里쯤 西으로써편 진곳에가서 一夜를지나고 八日아츰에 다시길을거러 二十里밧 地点에잇는 寅火城이라는 渡船場에 나려왓습니다。 波濤高한 바다를 건느기爲하야는 不得已 四五時間을 기다리지 아니

치못하였습니다。渡船은 風浪으로因하야 目的地사지 가지못하고 上猫里라는곳에 나리어 지리지리한 괴로운 一夜를 원두막上에서 지냇습니다。

그잇흔날은 아츰일즉이 目的地인 梧桐이라는서투른 섬속에 드러왓습니다。複雜하기 짝이업는都會地에서 머리를알른 저는 只今梧桐이라는 섬으로 귀양왓습니다。

仙蓀先生——

저는 只今 梧桐邑에서 位置로 가장놉다하는 東化女學校(여기가 저의宿所올시다)의 압窓을열고展開된 梧桐島의 自然을 바라봅니다——

滿滿한 바다물을 화ㅣㄹ할건너 저便에는 일홈도 모르는 山들이 옷둑옷둑솟질하고 잇습니다。

타쿠르의 「傑作「郵便局」의主人公아말少年의 말한 何節이 생각납니다。

It seems t o me because the earth can't speak it raises its hands into the sky and bechons. And those who live far off; and sit alone bytheir windows can see the signal.

梧桐島에서

그리고 그압으로는 나무하나업는 岩石만으로된 조곰안 섬기섬하나가 四面으로 狂怒한 물결에부드치워 흣허지는 구슬방울과 부서지재여지는 쇠ㅣ안 안개에싸혀 외로히 서잇습니다。限定업는 蒼空에는 노래에 흐히보는 갈매기조차볼수업고 오직더럽움업는 文明이업는 造物翁이 너어노은 그대로의맑은空氣만 滿滿하여잇습니다。海岸一面에는 農家들의호박넝쿨이 욱어저잇는 울담에 에워싸혀잇고 籬楊이 무르녹는 울안에는 병아리들이 종종 거리며 미이를찻고 잇습니다。뒷뜰에는 키커다란 남어누릇누릇한 玉蜀黍나무가 바람에붓녀서는 쇄ㅣ쇄소리를 질음니다。보기만하야도 지긋지긋하고 소름이 쪽세치는 皮膚를가진 農軍들은 뚜러진대멱만甁子를 쑥눌너쓰고 화확얼어온나오는 쌩내야색둥 마시면서 氣運조케 두멍길을 매고 잇습니다。

西便으로 널녀잇는 田畓사이로는 내다티로 송낙을쓴 원두막이보이고 그밋헤 나즌나무그늘에는 일을마친 소가 閑暇로히 잠을잣고 잇습니다。

물결처오는 바다우에는 손님실은 木船들이 누르

둔 못을 맨길때로 벗기고 순살갓치 다와납니다。

仙桃先生——

梧桐에 맛이 나옵니다。검으룩룩한 옷뚝옷뚝 소슨 山사이로 金盆갓흔 月輪이 가만히 써오름니다。졸닙든 農村의거우 지내가고 安息의 平和로운맛은 왓슴니다。

달빗은 바다 一面에 銀가루를 색이면서 느릭느릭바 天으로 소사옵느미 그림자를 색입니다。

머ㅣㄹ니서 긔키신 하더를우에 燈臺點이 반짝이렴니다。燈긔의 오르고 나림을조차서 불도 或은우흐로 或은아래로 閃爍합니다。고요한 무서운 寂寞하는 바다에 외로히 서잇는 불빗치는때에서는 각금 船人의 기ㅣ 「여기여 차아ㅣ아」 소리가 無限한寂寞과 悲痛을 가지고 隱隱히 들녀옵니다。

"Ships, ships, I will descrie you.
Amidst the main,
I will come and try you,
What you are protecting,
And projecting,
What is your end and aim.
One goes abroad for merchandise and trading,
Another stays to keep his country from invading.
Athird is coming home with rich and wealthy lading.
Halloo! my fancie, whither will thou go?"

그孤寂히 서다니는 때를 볼때에 저는 이러한 英吉詩의 一節을 마음안할수가 업섯슴니다。

고요ㅣ한 마을 平和가 가득한 農家들에는 一家團欒의 아름다운 會合이 생깁니다。집으로써온 이곳特産의 자리를 달빗이 明朗히 비치오는 압들에 두어셋運하야 살아노코 한아버지 아버지는 바다使을向하고안저 長竹에 닙담배를 쭐쭐마바녀고 실실하면 한편에 색색 뻘뻘 한머니 부들에는 청로로는 孫子가 '젊은 때누리는 불는것을 젓메기에게' 아희들은 봉숭아를 띄미노하고 제각금 손고락을 처매이고 조와합니다。동그러케 둘아안즌 이會合에 滋味로온 녯니야기가 재잘재잘나옵니다。마당에는모기쑥는 쑥내가 기ㅣ르게 하늘로 써치고 잇슴니다。

泊痴先生——

저는 눈을감고 都會를 그립니다。

거기서는 壯麗한 建築物, 빛나는商店, 繁雜한群集, 넓은街道, 사람새의乘車馬, 華麗한洋服, 몇이웃고 서노래하는公園, 이것들이 보입니다。鋪路된街道나 南大門通에는 馬車, 自轉車, 人力車, 電車들이 다라나고 뭇파간혼妓生색들이 쑈엇은하며 우스며 지나가고 말숙하게 차린 靑年紳士들은 집행이를 揮揮저으면서 日本말을 석거가며 니야기하고 가는것이 보입니다。

또——는 近代思想, 感情, 人間的인것이 보입니다。文明이 보입니다。假相이 보입니다。欺瞞이 보입니다。虛僞가 보입니다。假飾, 虛榮, 不正, 詭詐, 驕傲, 貪慾, 野卑, 不平, 束縛, 節制, 爭鬪, 嫉妬, 野心, 奢侈, 이모든것이 보입니다。저는 戰慄합니다。

저는 다시 눈을뜨고 이鄕村을 이農民을 봅니다。이 非文明의 農村을 살핍니다。至純한 自然 그대로의 시골을 헤아립니다。

泊痴先生——

아——文明한都會와 文明이업는 이鄕村을 比較하야보는때에 저는 悠悠히서 잇을수가 업습니다。所謂文明이란者가 이世上을 이와갓치 醜惡하게만 만든다할진댄 저는 文明을 批判안할수가 업습니다。뉴—톤을, 쎌을, 프랭크린을, 왓트를, 빼—코스를 批判안할수가 업습니다。스크라테쓰를, 아리스토텔을, 프라톤을, 칸트를, 도로텔을, 루소를, 몬테스큐를, 조라를, 쎄—그손을, 니체를, 스펜서를 批判안할수가 업습니다。

무슨까닭으로 저는 現社會를 批判안할수가 업습니까。저는 뭇수다란 鄕村에 와서서까지도 文明한것 다하는 都會를생각하기에 戰慄하지 아니할수 업거든 하물며 이제부터 다시 都會地로 도라가 都會의 一人 假相의一分子가 되려고생각하오매 至極히 惡하는 良心의呵責을 엇지할수업습니다。

泊痴先生——

現今文明社會의 人間生活은 金錢萬能의 魔手으로 蹂躪되엿습니다。

現代所謂知識階級, 有産階級者들은 誰某를 勿論

하고 人道主義。平等主義를 主唱하는듯 싶습니다。그러나 이것들은 다ㅣ金錢의勢力으로 壓倒되고 말엇습니다。

政治家나、學者나、僧侶나、藝術家나、軍人이나、모ㅣ든것이 다ㅣ 金錢을爲하야 役事하는것 갓습니다。萬若 病院이라는것은 眞正한意義의 救濟事業을 圖謀하는 곳이러할것 같으면 모름지이 病人이 無產者이건 有產者이건 重病者인以上에는 가장 便宜하고 가장 上等의病室에서 가장 貴重한藥으로써 가장 妙를極한技術로써 이를治療치아니치못할것이어늘 그事實은 엇덧습니가。有產者이면 그의病이 비록微弱할것이나 上等의治療를밧으며 無產者는 이와 正反對되지안습니가。

더욱히 우리社會現象을보면 財產家라면 그의學識이나 人格을 度外視하고 다ㅣ高등한紳士로 이를容納합니다。이는會社重役이란 冠벼부친名啣을가지고만 다니면 우리社會에서는 이를名望家나 上流人物로 봄니다。

沺耘先生——

紳士란 財產家를 意味하는 우리社會를볼때에、저는 그들의稱을 비웃지아니할수업습니다。

이러한이에게는 그의勢勵에比하야 붓그러운한치過度의 報酬가 도라감니다。그러나 저와갓흔 無產者는 한달내내 孜孜히 健康을害하여가면서라도 役事를 하여도 恒常不足한생이오 더구나 不意에 病에나걸니면 그때의 형편이와 治療問題을 엇지하나 하는 不安에 쓰기일쑤이니 저의 愚直을 비웃지아니치못하겟습니다。

옳습니다。無產者는 現今世上에는 生活할權利를 가지지못한듯 싶습니다。억지로 權利가잇다하면 一平生有產者의 奴隸生活이나할 그權利밧게 업겟습니다。

沺耘先生——

저는 이글을쓰는 軌道를 脫하야 別의別것을쓰게되엿습니다。아니 썻습니다。

筋肉에잇는 저의鄉村의 感想으로 몃마대 글월을 니라한것이 고만 脫線을하여버렷습니다。그러나先生이여 비록 이것이 脫線이라고는하나 이것이第一

노 이鄕村에서 늣기는바、깨니는바、깨닷는바 이올지다。

저는 이問題에 對하야 좀더硏하게 硏究하고십기는하나 그리다가는 生活지도안은 심이여 생길가念慮하야 붓을 놈니려합니다。

油耘先生――

그러면 문제말슴들인바 이虛僞의文明을 엇더캐하여야 眞正의文明이 되겟습니까。眞正한生活을 認味하는 裝飾업는文明을 엇더케하여야 엇을수 잇겟습니까。現今에잇는 모ㅣ든理想으로서는 到底히이것을 엇을수가업는것 갓습니다。第一노 信賴하여야만할 宗敎도 現今의、現世의 宗敎家가 絕叫하는宗敎로는 決코 滿足히 實現할수가업는줄압니다。

그러면 저는 무엇을 信賴하여야 겟슴니까。저는더욱더욱 썹니는不安에 戰慄을맛지안을수 업습니다。生活의不安、思想의不安、우리와 外部的、內部的不安은 刻刻히 猛烈한勢力으로 突進하여옵니다。

油耘先生――

늘奔走하시고 늘苦痛하시는 先生에게 이러한 변치안은 굳엇을써서 先生을 괴롭게하야 未安千萬한일인줄 아오 제야는바이올시다。그러나 저는貧하야 늘소慮하여주시고 愛護를 밧기도 아니하지는先生에게 오히려 저의 近代病을 알니지아니할이可悚하와 以上과갓치 두어자를 알외엿습니다。

先生이여 저의健康을 늘마음써주신 德澤으로 恒常無病으로 지나오니 念慮마시고 先生께서 도로혀貴體를 도라보시사 過度의役事를 마시옵기 바랍니다。

여긔서 몃칠더留하다가 새달初旬에나 도라가랴하옵니다。

――一九二〇。七。二九夜半――

窮桐島에서

永遠의 꿈

李東園

저녁새 해는 꼿꼿 저가고
새롤색 붉은 치마맘 붉어와
봄을 기다리는 미쁜 가지를
이리흔들고 재미잇는다。

오롱조롱 보이든 만은저무덤
애원한 속이면 적지안켓지
모든원한을 다버서놋코
죽엄의나라에 긴잠을 잔다。

슬픈것 실흔것 다니저바리고
치운것 더운것 相關치안코
차듸찬 이생 깁흔속에서
옴작도 안코 쟝한 잔다。

지나간 슬픔이 어데잇스며

압헤온 깃븜이 어데잇스랴
時間과空間을 훨신 넘어서
永遠한 虛無에 단잠을 내잔다。

웃지못하야 애를 쓰는듯
사랑스럽든 그의얼골이
日月을 쓰다시 못보다니
애닯다 우슴을 일은 얼골。

둥그른 얼골에 빤갓흔 두눈
새벽별갓치 빗나든 精氣가
인제는 다시 뭇시보다니
애달다 한번 감긴 그눈이。

無情한우리들을 누가이러케
죽엄과 사롬 兩界로 난호아
갓흔空間에 이스면서라도
지나간記憶을 혼자만 우다니。

프른닙이나 붉은꼿이야

째롱써타 프르고 곱갓지
꼿이곱거나 님이쓸거나
단잠에 醉한 이의가슴에
過去의記憶이 어데잇스랴

생우에 발집고 섯난 나와
이아래누은 잠자는 그는
갓흔 時間에 숨고섯스나
애답은 내맘을 뚤나주다니。

바다의물결은 춤자 춤추고
흐르는江이야 밤낮을 흐니
永遠의 躍動에 끗이업는것
그갓치 어리도 오래간 잠이다。

음흔하늘은 흐릿다 맑것다
비도와보고 바람도불며
봄에 봄바람 겨울에 찬바람
불새에 불어서 世上을 꿋치나
다만永遠에 醉한잠은

꼿이업서 길게 내잔다。
오랩에 잠드러 긴한숨소래
지나간 記憶을 다니저바리고
忘却의길것은 여기에누은
이이가 언제또 다시깨볼가。

나야 여기서 울거나 말거나
꼿이야 쨔내가 나거나 말거나
새야 노래를 하거나 말거나
忘却의잠을 자는 이이야
가슴에 무엇이 남어잇스랴。

애닯다永遠에 기닌잠
말업시자는 긴한잠
쌍속찬흙에 기닌잠
깰줄은 모르는 긴한잠

아잠이 언제나 다시깨여서
에덴동산의 天使의우숨을
그이의입으로 쏘한번 우슬가。

◇謹 告◇

今番七號에 掲載하려든中『朝鮮獨立運動事件 顚末과 世界에 對한 吾人의 要求』等外 五篇記事는 當局檢閱中 [illegible] 削除하엿사오니 讀者諸位는 諒恕하시압소서.

編輯室에서

[illegible]

朝鮮[illegible] 우리 親友인「新天界」는 여러분의 熱烈的歡迎中에서 임의 第三號 [illegible] 그發賣가 얼마 남지 아니하엿나이다. 이 機會를 놋치지 마시고 곳 振替京城 七六六〇番으로 注文하시와 그內容이 [illegible] 期待하심을 바라지 아니하나 [illegible] 것으로 믿습니다.

定價表		
一冊 定價四十錢 郵稅貳錢		
冊數	先金	郵稅	合計
參冊	一圓十五錢	六錢	一圓二十一錢
六冊	二圓三十錢	十二錢	二圓四十二錢
拾貳冊	四圓六十錢	二十四錢	四圓八十四錢

等級	半頁	四半頁	一頁
特等			二十五圓
一等	七圓	四圓	二十圓
二等	六圓	三圓五十錢	十六圓
三等			十三圓

大正九年十一月十三日 印刷
大正九年十一月十六日 發行 (每月一回十五日發行)

京城府光化門通一三三番地
編輯兼發行者 張道斌

京城府黃金町二丁目三十二番地
印刷者 崔[illegible]

印刷所 全 新文館

發行所 京城光化門通一百三十二番地
漢城圖書株式會社出版部
(振替京城一四七九六〇番)

不許複製

THE SEOUL MAGAZINE
서울
壹週年紀念

謹告

本雜誌一週年紀念號는原稿檢閱하는中에當局에忌諱되야朝鮮青年에게告함.講和條約의正文과各國現勢.朝鮮教育의根本問題.法隆寺.朝鮮青年會聯合期成會의經過等問題는全部削除되얏슴으로預定보다頁數가매우減少되얏사오니 讀者諸位의洞諒을望하나이다

「서울」編輯室

漢城圖書株式會社新建築

美國 하딩氏

日本法隆寺所藏

金堂金銅釋迦三尊像 百濟人鳥佛師作 (一千三百餘年前)

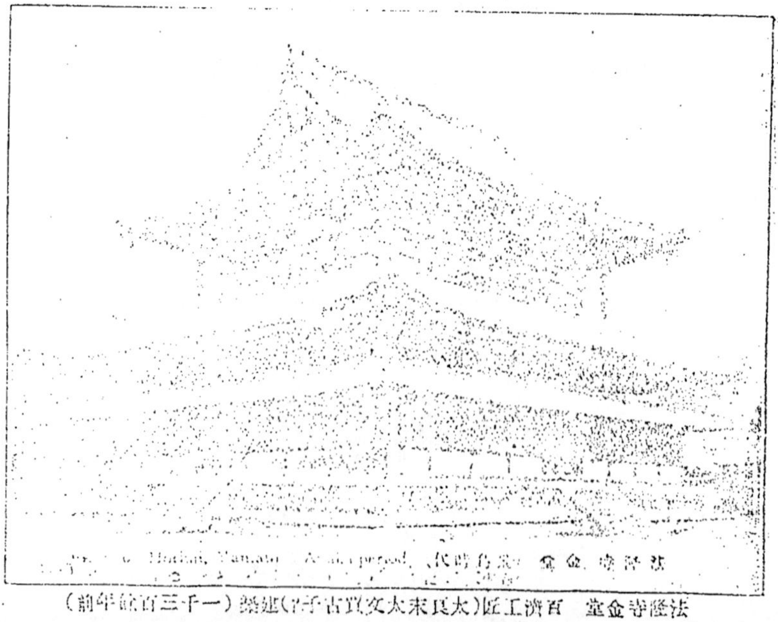

法隆寺金堂 百濟工匠(太良末太文賈古子?)建築(一千三百餘年前)

日本法隆寺壁畫 天人

高句麗人曇徵作 (一千三百餘年前)

謹告

本會社의新建築中이든本館이今月下旬에竣工됨으로本會社位置를十一月一日부터京城府堅志洞三十二番地로移轉하나이다

再、營業部의書冊及文房具의販賣는來十二月一日부터開始하노이다

京城府光化門通一三[illegible]

漢城圖書株式會社

서울

一週年

紀念號

一週年紀念號에

이제우리서울雜誌는一週年紀念을當하얏도다。其間一年의中에種種事情으로素志를伸展치못하고오직一線嫩芽가氷裏에伏在하야春風을苦待할뿐이엇도다장차鵬圖를實試하야鈍로間에暗으로光에入하기를自信하야不已하노라

―(서울晬日에)―

庚申年을 送하노라

이허庚申年이가도다아ㅣ庚申年은우리人類에게比較的多福한年이엿도다그래도正義人道의聲이全世界에遍하고束縛에서解放된사람이만코平和의光이發徵하게오도다이조흔時機에도우리朝鮮사람은別로히大成績이업섯다다만多少의進步的氣風이잇고또점차되랴하는事業이적지안타야모리하던지庚申年이우리에게도한吉年인줄안다오직風潮怒號ㆍ雷霆疾驅의大局이야인제나天氣淸明하야山晴海靜할넌지

——(除夕에)——

우리民族性의長所와短所

黃 達 永

緖 論

現今우리民族의居을삿친土地가 너머 좁으며우리民族의活動舞臺가 너머 나저서이좁은土地와이적은活動으로世界의曠漠한土地와 劇烈한競爭場에比하면果然滄海의一粟으로渺然한듯하지마는도리키數千載의歷史로說하면우리의土地는現今과 갓히 이러케좁은것이안이엿스며우리의活動은現今과갓히이러케微渺한것이안이엿든것이班班한지라엇지하야녯적의우리는 저대도록赫赫하얏스며現今의우리는이댓도록沈淪하얏는가

一國의興亡은 오로지其民族性에關係되나니우리民族性에도長所가이스며短所가이슴은毋論이라우리가其性의長所를顯揚하야는 저대도록赫赫하며其性의短所를發露하야는이댓도록沈淪함이니 그러면우리民族性의長所는무엇이며短所는무엇일가

此問題를論하랴면炯徹한史眼과綿密周到의考察로만저數千年의歷史를貫通하야 무릇國民的活動의中心이되는根本的特性에說及하며 아울너 우리가世界의一分子로서自己의立脚地를認識하는同時에世界人類에對

한關係의位置를明白시하지안이하면 到底히完全한說明을下하기ㅣ不能일지라 하물며 이것을統計하야우리에게서치안記錄이적으고兼하야史學에素養이업는 나 로서엇지敢히此問題를提하야우리民族性의 가로대長하며 가로대短하다하는適當한能力이이스랴 그러나무릇 人類는적으나 크나個性이이스며是이나非이나執者의意見이이슴으로볼수 나는記憶되는대로直感되는대로歷史上上下數千年의우리民族性의長所와短所를論하야우리先祖諸氏의高行을신코자하노라

第一 最古文化의創造로본 우리民族性의長所

遺憾이나마 우리의歷史는檀君으로부터서야 비로소記錄이이섯나니 毋論檀君以前에도文明한制度를가진民族이이슴이分明하다 「神人降于太白山下國人推以爲君」의一節을見하면檀君前의執政者가누구이엿슴은記錄이傳함이업슴으로證明할수ㅣ업스나 그러나檀君前의民族도相當한制度를設하며强固한團體가잇서슴은推疑할餘地가無하니假若相當한制度下에活動하는强固한團體가업섯더면 비록 出傑의人物이出現할지라도武力으로征服하기前에는其民族이此를奉하야君을삼으며人民이其主權下에服從할理ㅣ萬無할지라 그런대檀君은武力을用하야其民族을征服함이아니로대其民族이 즐기어업는本據함을見하면檀君以前의民族이 함부로渙散하야居生한것이아니오合議的의制度로能히信하며能히和하야써民族의治安을維持하다가英特賢明한檀君을마자 執政者로推戴함이니 그런則檀君朝鮮의建設當時로말할지라도그때의世界人類는 아직蒙昧期를未脫하야其生活이蒙昧時代에在함으로모든것이野蠻草昧의原始的狀態에서彷徨하야 한아도 近世制度에비슷한것이업는中에 기우 文明을向하야初步를내여논者는埃及、巴比侖、支那와및印度의數三處뿐이라 그런대우리民族은 檀君朝鮮의훨신以前부터 이믜 文明의程度가國家「制度」君長을必要할만콤進步하얏시며檀君神市時代에至하야는文化가一層漸進하야 內으로는山川을奠하며 道路를修築하야써民生을安堵하며外으로는武力을

張하야異族을驅逐하며穴口(今江華)에三郎城을築하야써外來의勢力을防禦하는等 여러가지꿋꿋한文明事業이캄캄하고曖昧한世界中에서 홀로우리民族에서잇서스니우리는곳世界를向하야最古文化의創造者가될지로다

第一 建設史上으로본 우리民族性의長所

檀君의基業은益益發展되야一方으로扶餘의大國이되야滿洲와西比利亞를有하고一方으로箕朝가되야朝鮮半島의北部를有하고以外에우리民族은 또南을向하야益益前進하야五十四國의馬韓도되며 十二國의辰韓도되며十二國의弁韓도되얏나니라

其後에歲月이換하며星이移하야三韓故地와扶餘및箕朝故地를分하야高句麗와百濟와新羅가되얏스며新羅가統一한後에우리民族의一支는 다시渤海에서大國을建하야東洋天地를掀撼하얏스며其外에우리民族에서 오히려高天王과今俊等의建國이이섯나니라

그러면우리民族이이곳저곳에서建國한土地의疆域을詳考하면今의朝鮮半島및滿洲全幅은毋論이오直隸省의一部와安徽省의一部와山東省의一部와河南省의一部와및東蒙古와西比利亞와露領沿海州等이니그때에우리民族이얼마나建設的天才가잇슴을보라

第二 發展(即膨脹)上으로본 우리民族性의長所

大抵局見이狹하고進取性이無한民族이나 或은險峻한山嶽과廣遼한沙漠이其國土를制限한峽國이던지造端僻의發達치못한時代에在하야海洋으로其國土를繞圍한島國이거나 다만히國土外의一步地를出脚치못하야이게서生하야 이게서長하며老하야自他의物質及文化를交換치못함으로 드되어其民族은峽國이나島國民의根性을作하나니故로民族의發展力은其民族性의狹하며濶함이며積極임과消極임에도關係하며 또其民族의居

住하는國土의四圍狀況에도關係하나니라

造化翁이우리民族의發展力을豐富케하기爲하야우리民族의居住할處地를準備하실새 朱雀·靑龍·白虎는海洋으로써싸주시고 玄武는大陸으로連케한 참말海陸의利便이 와굴와굴하는조흔半島國으로 서우리民族에게與하얏스니三面인海洋에는突出하야 串도되며角도되고陷入하야 灣도되며浦도되며港灣도되야船舶出入에無限한便益가잇스며一面인陸地에는險峻한山岳도廣遠한沙漠도 우리民族의進步를沮止할障礙物이업슴으로우리民族은足을陸으로向하면陸路가坦坦하고足을海洋으로與하면海路가平穩할뿐아니라陸에서得意치못한者는海로向하고海에서失意한者는陸에서其功을收하나니故로 온世界가아직蒙昧한時代即數千年前부터海를出하야 日本·琉球·安南·暹羅等諸國에交通이不絶하얏스며陸으로通하야 漢族의內部까지에勢力을亘하야그때의東洋大地에는우리民族의足跡이印치아닌곳이업고우리民族의手澤이附치아닌곳이업스리만큼發展되얏나니이것은 오로지造化翁이주신地理의恩澤과 우리民族이先天的으로稟賦한發展性의强大한 이두가지源因에말미음이니라

現今을보아黃海渤海中間에서여잇는 녯적부터發展性을만히遺傳하여오는우리民族은中間에쉬임이업시끗끗내繼續치아니난에도사랑하던故國山川을등지고誠敬을바치든祖先의墳墓를바리고遊學의目的으로、移住의目的으로、經濟의目的으로政治의目的으로海路를取하얏던지 日本·支那南部·歐羅巴諸國·南北阿米利加와陸路를取하얏던지 滿洲全幅·露領沿海州等重疊한山岳間과平濶한曠野、언제던지우리民族의團體가업는곳이업나니阿米利加의砂糖業과滿洲及露領의農業과日本의工場等에서 다우리民族發展力의一端을規할지로다

우리民族으로서國土를越하야外國에出稼한者ㅣ그數ㅣ數百萬에不下할지니 그러면우리全民族의數를二千萬이라하면너너히全民族의十分之一即十人中의一人은海外로出稼한세음이니 누가우리民族의發展力이豐富한에對하야歎服치아니하리라

그뿐이라海外로出稼한者는 다相當한成功을得하나니農業을辭하야는水田經營의特才가有함으로滿洲의여수설한荒蕪田은近年에黃實이 爛熳한稻田으로化하야 滿洲土着의長援先生으로하야곰白米飯의기름진맛을보게한뿐아니라昨年과갓혼世國의飢囚은全혀 滿洲在住의同胞의德으로饑餓를免하얏고布哇에넘수록한天地開闢적부터잇는荊棘과茂草는 우리在住同胞의手로此를斫伐하며 此를開拓하야稼穡한砂糖수수의德으로米洲의碧眼黃子로하야곰달콤한맛을보게하며日本各地의工場에서나는망치소리는우리同胞의 억메인手에서생어지며鑛中의金石物은우리同胞의 호뫼광댕이에서나오며 그뿐만아니라外地에出稼한우리民族은相當한金錢을貯蓄한者와 大規模의商業을經營하는者와 新聞雜誌와教育機關을베풀어在住同胞의智識을啓發하는者와自能을不開하고風餐露宿하면서天國의福音을傳하는者와其他各種事業에活躍하는者ㅣ 다現在에括目할價値와將來에期待할希望이만흐니 보라우리民族이엇더케發展力이豐富한가를

第四 政治上으로본 우리民族性의長所

우리民族性가운대政治的天才가잇노라하면우리周圍에잇는 다른民族들은우리가狂言이나하는드시嘲笑하리라 우리가假設이나한드시誹謗하리라 果然그러하다 우리의歷史를모르는그네들은우리의現在의境遇를보고三段論法으로 넷적을推繹하야우리들은 먼祖上부터그러하리라함도無理가아니라하리로다

果然그러하다近古의우리政治는外으로는時勢에 너머暗昧하얏스며內으로는百姓에게 너머殘忍하야참아도보잘것업더니 그의結果로十年來의우리는아모리政治的天才가잇스나手腕을두루칠곳이업게되엿도다

그러나우리의四千年의歷史를훌터노코 마대마대살펴보라歷代의帝王과宰相이 그얼마나民本의政治를行하얏는가

【一】最古의우리國體는共和이엇섯다 檀君이大白山下에나시매其爲人이英特賢明함으로그때의人民이此를

遡하야統治者로奉하얏고其後에箕子ㅣ 멀리漢土로부터우리에게歸化할때우리는箕子의學識이高明하고性質이溫厚함을사모하야此를迎接하야統治者로삼엇고扶餘로부터卒本川에遷來한高朱蒙을奉하야高句麗王을삼음과楊山麓에서生한赫居世를推하야新羅王을삼음과卒本으로慰禮에來한溫祚를戴하야百濟王을삼음은 다그의人格을尙하야選拔함이요決코그네들이武力을用하야엇음은아니라 그러나政治는生物이요死物이아니라時勢에應하야順調로發展치아니하면그때의人民에適合치아님으로 처음에選擧로하엿든共和制도각금變하야世襲君主制가되엿다그러나三國時代에至하야는國體는聯邦君主制로 立憲政治를行하얏스니即그때의七十八國은聯邦制로成한高句麗와百濟와新羅를各代表로하얏더니漸漸世界의軍國主義와兼倂主義에 우리도順應되야諸小國을倂用하는專制獨斷政治로變하얏나니總以言之하면우리民族은共和로부터 聯邦立憲政治로부터君主專制政治에傳達한經路라그러면우리民族은世界의最初共和制의國民임을可히알지니라

【二】우리政治는民族自決主義이요正義人道이엇섯다

歐洲大戰後에米國大統領윌손氏의民族自決主義와正義人道說은 맛치惡魔들틈에天神의福音이나된드시思하며世界開闢後에처음잇는標語인줄로 온世界사람은生覺하지마는 엇지안니오民族自決主義와正義人道說을主唱한主人公은實로數千年前의우리民族이 엇나니今日윌손氏의主唱은아직도聲만大하고實行은조곰도못되얏스나그때에우리民族은主唱할뿐만아니라此를實地로力行하며 表顯하얏스니그ㅣ엇지偉大하다아니하리오 보라前述의箕子의征服을밧지아니하고民族의自決로其中의賢明한者를選擇하야統治者로奉戴하고利害가서로符合하는民族들이條理를協定하야和氣ㅣ藹藹한中에서治安을維持하야共榮共存함은 오로지民族自決主義의賜物이요

그때의우리政治는四面侵略主義의틈에 서여서도能히正義人道를伸張하야三國의强兵으로도無端히隣國에對하야野心을抱한일이업스며驚天動地의軍事的行動이잇다하면 이는自衛的或은發展上不得已함에서出함

이요決코侵略的意思는잇서슴으로 萬若그때에東으로日本이나西北으로支那이나 다우리와갓흔政治를行하엿드면우리의[illegible]는 벌서멀리前부터正義人道의樂園이되얏슬지로다

【三】人民에게對한우리政治는王政이엿섯다 檀君以下數千載의政府는施政의良否와人民의治亂이 다一揆로論할수는업스나 그러나大槪는政治의根本義를人民에置하야宗敎의感化로人民을薰陶하고 大學의設置와官吏의擢擧으로子弟를敎育하며與免法과 黑倉法, 義倉法, 常平倉法等을設하야百姓의飢困을賑恤하며不意의水旱에이스면君主의御饍을減하며 罪囚를放하며 租稅를免하며丁田法, 役分田法, 口分田法을設하야財産附稅의數限을防止하며 花郞의制로人材를廣求하며 律令을詳的하야人民의刑을公正케하는等여러가지仁政은 참말로우리民族이자랑할만한王政이며其政治가얼마나人民에게恩澤을與하얏는가其例를枚擧키難하나暫間一二例를말하면新羅太祖의夫婦를時人이稱하야二聖이라함과 倭人이邊境을侵하랴하다가太祖의神德을聞하고自然退歸함과 高句麗東川王이崩하매國人이其生前의恩德을懷하야自殺하야써殉從한者ㅣ多함과 新羅儒理王時에는城中에草屋이 한아도업고 家家가接角連墻하며歌吹ㅣ路에滿하야晝夜不絕이라함과如한것은其君王이엇더케人民을愛하얏스며其王政이엇더케國民을繁昌케하얏던지를可히알지라 뎌漢族의 써드는唐虞時의如擧將就와日本人의恒常 자랑하는仁德天皇의民間救濟을보고賦役을免한等의것은우리政治史에서는날마다보는일이며듯는일로依例히이常恒茶飯의일로生覺하는者이니 그무엇이우리압헤서야 써들며자랑할것이랴

第五 外交上으로본 우리民族性의長所

檀君의開國은實로支那의唐堯即位二十五年이오日本紀元前千六百七十三年이오西曆紀元前二千三百三十三年이라우리民族의建國이支那보다幾年의後이나 然이나 온世界에對하야얼마나長久한歷史를가졋는가우

리民族은檀君紀元부터 뭇隣國의外交가複雜하야 上下數千載에或玉帛으로사괴여冠蓋가相望한時도이스며或干戈로見하야鼓角으로臨한時도이섯나니檀君朝鮮으로李朝時代에至하기까지에漢族으로堯・舜・夏・殷・周・秦・漢・吳・魏・晉・五胡・宋・齊・梁・陳・隋・唐・後梁・後唐・後晉・後漢・後周・宋・金・元・明・淸과日本族으로倭人・日本과契丹族으로또는東胡・鮮卑・慕容燕・契丹・遼와蒙古族으로는蒙革・蒙古等의關係가有하야우리國土는매우交通上・經濟上・軍事上重要한位置에在하야其價値가 마치歐洲의巴爾幹半島와如하야 걸핏하면國際問題를닐으킬處地임으로外交에조금이라도失手하면 곳戰爭의淵으로化하야四分五裂에다시收拾치못할境遇를當하리니그러면우리의외交는非凡大才가아니면此難局에當하지못하리라

그러나우리歷代의外交는果然善하엿다 엇던때에는巧妙한政略으로彼를利用한時도업지안치마는大槪는正義人道로써彼를感服케하얏스며 엇던때는卑辭厚幣로其歡心을買한時도잇지마는萬若뎌들이우리에게野心을두며侵略的行動이잇슬時는斷然히國交를斷絕하야使臣을拒而不納하며或促囚도하며其甚함에至하야는長劍大鏃으로써뎌에게開罪하야 뎌들로하야곰우리의巧妙한政略에籠絡도되며 우리의堂堂한正義人道에屈服도되며 우리의軍事的策略에買收도되며 우리의堅甲利兵에慴伏도되나니 이러하야우리는國威를損傷치아닐程度에서排斥할者은排斥하고實利를取함이우리의一般國是엿고 또한우리의外交方針이엿섯나니이것을實例에求하야보면新羅에서나타남이이스니新羅는 흔이百濟高句麗의威脅을被함으로唐主에게卑辭厚幣로살을부어唐主로하야금數十萬의生靈과屢百萬의財産을犧牲하야百濟高句麗를엎지른後에는新羅는便安히안젓다가슬금슬금唐兵의歸路를追하야百濟高句麗의故地를回復하얏스며 또高句麗에서好例를發見함이多하니高句麗는아무리正義人道로써뎌를사괴이나 뎌들은도리혀傲慢의言辭와侵略的行動을함에對하야는 각금容赦업시大軍을叱咤하야 뎌들에게懲戒의分을주엇나니우리는柔하여야할時와處에는柔하야지고 剛하여야할時와處에는剛하야지는 참말理想的外交이더니라

第六 軍事上으로본 우리民族性의長族

우리民族은녜로부터外國人이稱하야剛勇하다 하얏스나그러나우리의剛勇은한부로의剛勇이아니라聖人의날부심驕를아는剛勇이니그런故로剛勇하고도亂을조와하지아니하얏슴으로우리民族은 일즉히外國에對하야侵略的行動을하여본일이업고 다만不得已한境遇에限하야劍을쌔엿나니 이는우리民族의立國한國是와外交의方針이正義人道이엿슴이라

그러나우리民族이決코軍事的技能이업슴에말미음이안이니 우리는先天的軍事技能이有하야戰具로는弓矢와鎧甲을製造함에名譽이赫赫하야當時의强大한唐國에서其法의傳授를乞하얏스며 海戰에는鐵甲船을用하며陸戰에는砲車。鐵液。鐵菰等을用하야當時의日本과蒙古로하야곰膽이寒케하야스며戰略으로는敵兵을誘因하얀 淸野의計도用하며伏兵의法도用하야敵兵의勝胃도맛붓게하며敵兵의鋒이도中斷하야敵兵으로하야곰 스서로敗亡케도하며 短兵戰이되여는 두루치는劍과 밧부는弓矢에斬할者ㅣ斬하고射할者ㅣ射하야向하는바에披靡되고止하는바에鐵甕城되야所謂進함에勝하고退함에守하는戰術의上乘法이라 이럼으로當時의隣國은敢히우리를正眼으로엿보지못하얏나니 間或敗績이이슴은우리軍事的行動이其宜를失함이아니오其時의우리內部의內訌이이섯는때에或잇섯나니 試하야우리歷史上의戰爭의數例를擧하면

高句麗新大王八年의坐原戰、故國川王六年의坐原戰、中川王十二年의梁貊戰、故國原王六年의遼東役、嬰陽王二十三年의隋賊、寶藏王四年의唐賊、 百濟文周王十年의魏賊、 新羅文武王時의五年間唐賊、聖德王三十年의日本海戰、高麗顯宗二年의鴨綠江戰、同十年의龜州戰、忠定王二年의百濟戰、恭愍王十一年의紅賊、同十三年의鎭海戰、壬辰役의幸州의捷과珍島의捷等上記한諸戰役은 다우리歷史中의 가장著名한戰爭을擧함인대其中에第一大戰爭掀天動地의戰爭、 世界에처음잇는 戰爭兩大役이이스니即嬰陽王二十三年의隋賊과寶藏王四年

의勝戰이라,

이兩大役가온데 隋賊의例를들어말하면隋煬帝의全國의水陸兵을傾하야우리를侵犯한세軍卒이一百十三萬三千八百人이오 戎車가五萬乘이오 餽輸하는者는此에倍하얏스니餽輸者라함은士兵。輜重兵等을云함인지니然則其時隋兵은、百二十萬에不下할지라 그러나우리乙支公의一個師의게다움마저 乃終에鴨綠水를건느재에는 겨오二千七百人이남앗스니그ㅣ엇지나壯하며 그ㅣ엇지나快하뇨

그때는西曆六百十二年이라 아직歐羅巴에서는凡百것이草創의時代이오亞米利加大陸을發見하기前八百八十七年의間西洋의戰爭은 보잘만한價値도업고우리東洋史에第一大戰爭이라稱하는戰爭을손꼽아보면 楚漢의關中戰에項羽兵이四十萬이오 波斯戰爭이三十萬人이오 曹操의長坂橋戰이十餘萬人이오 漢昭烈의猇亭戰이七十五萬人이오 苻堅의淝水戰이八十七萬人이오 隋陳戰이五十一萬八千人인則그때의二百三十萬의隋兵은果然如干한일이아니오 오금이저릿저릿한大戰爭이라그러나우리는顔色도變치아니하고一號令에二百三十萬의隋魂을高句麗山谷에因하얏스니其次ㅣ되는安市城。京觀의歷史를말하지아니하야도 이한가지로도足히世界에向하야우리軍事的天才를자랑할진뎌

第七 宗教上으로본 우리民族性의長所

白山黑水의間에서蟠踞한우리民族은檀君적부터우리는天帝의子孫임을信함으로 처음부터拜天의信仰이有하야深山高峰에祭壇을刱造하고天帝에게敬拜하든風이有하며 나려서高句麗에서는每年三月에、百濟에서는每年二月에、新羅에서는每年正月에天에祭하는等우리의一種教는 멀리檀君始祖부터젹지못하얏나니라

佛敎。 世運이東來되고交通이頻繁함을싸라 距今一千五百二十年前에高句麗에는小獸林王二年에秦王苻堅이浮屠順道와밋佛像을보냄으로부터佛教가始하얏고百濟에는枕流王元年에晋僧摩羅難陀의至함으로始하얏

고新羅에는 訥祗王時에沙門墨胡子ㅣ高句麗로부터至하야비로소佛敎가이섯나니라
이後로부터는佛敎의勢力이漸漸隆興하야三國中葉으로부터末葉서지는各處에寺刹의建築과 佛像·塔·梵鐘의藝術이 훨신文明의域에進하얏스나그때社會의思想은 거의佛氏의支配를受함으로身으로써殉한厭髑도이스며 堂堂한王妃로써출가여尼가된眞興王妃도이스며 東宮의位를棄하고法師가된宣服太子도이스며우리의藝術은 다佛敎의感化를受하야印度的色彩가만엇나니라
그리하다가高麗朝에至하야佛刹의光을一層大放하니그럼으로高麗太祖는要訓第一條에「國家大業必資諸佛護衛之力」이라하얏스니 그얼마나그때의우리君臣上下가釋迦如來에게信仰心을두텁게두엇는가 또陝川海印寺의大藏經板과江陵五臺山史庫中에잇는國解의法華經은 참말우리의珍品으로 그얼마나우리가佛敎事業에힘을써슴을想知할지로다
우리佛敎界에는名僧이許多하지마는衆落의偉人을꼽으면詩人의定法師、哲學派의元曉·義相、地理家의道詵。愛國派의西山·四溟等諸師이니 그들은各方面으로우리의思想을指導하며感化하며社會에利益을만히주엇나니라
儒敎。이러케三國時代에佛敎를崇拜하는同時에一邊으로儒敎의輸入이잇섯나니其證據은新羅善德王時에子弟를支那國子監에留學함으로부터聖德王時에至하야文宣王·十哲·七十二弟子의圖畫大學에安置하얏스며高句麗에는榮留王時에子弟를支那國學에入함으로부터비롯하얏지나然이나佛氏의勢力下에서 그리번번치못하더니高麗에至하야明經科로써人才를選拔함으로부터漸漸 머리를드러文宗時에는十二徒의儒學者가有하야許生을會하야經理를講究하는中에海東孔子의稱이잇는崔冲의九齋가第一이엇슴이 슌호며睿宗의養賢庫와 忠烈王의贍學錢은 다儒敎를獎勵하는材料이오五經笥의稱이잇는安珦은祭器樂器와및六經諸子를求入하야廣히學者에게儒敎思想을鼓吹하며忠肅王時의白頤正·李齊賢·朴忠佐等은처음으로程宋의學說을輸入하야性理의學을

研究하며鄭夢周에至하야一層進步되얏고李朝에入하야는如日中天格으로儒敎의燦爛한世界가되야金宏弼(寒暄堂)鄭汝昌(一蠹)趙光祖(靜庵)李滉(退溪)李珥(栗谷)徐敬德(花潭)成渾(牛溪)等이가장儒敎史上의赫赫한人物이다 理氣二元論의宋子直系即嶺南學派의李退溪와 主氣一元論의宋子●張橫渠折衷者即開城學派의徐花潭과.嶺南●開城兩學派折衷者인李栗谷等이有하야儒敎의眞理는精微한곳이업스리만큼밝히엿스며 가리운곳이업스리만큼드러내엿나니라

그제國家의政治도儒敎에依支하야施設하얏스며 社會의組織도儒敎에依支하야形式하얏스며 人民의思想도儒敎에依支하야[illegible]되얏스며 家庭의治理도儒敎에依支하야引導하얏스며 冠婚喪祭와衣服飮食과言聽觀動이 조리儒敎에依支하야되얏스나우리가儒敎에얼마나信仰이잇섯슴을可히알진뎌

耶穌敎。 耶穌敎는歐洲로支那에入하고支那로부터우리에게再傳하얏나니 우리經濟學者로有名한丁若鏞이먼저此敎를信奉하다가康津에竄配한後로부터우리政府는 크게此敎의宣傳을嚴禁하야正祖十五年에는邪書를焚하고憲祖五年에는佛國僧侶三人과信徒百五十餘人을殺戮하고太皇帝時에는佛人과밋信徒數千餘人을虐殺하얏스며 其外山東의佛艦擊沈과鍾路의大院君石碑는 다耶穌敎의傳人을防遏함이라然이나그제의우리는天堂의光明에서照하며耶穌의福音에마음이陶醉하야 禁할이嚴할사록信心이더욱굿으며殺戮할사록宣傳이더욱盛하엿나니只今에와서는十室의邑에반다시天主를讚頌하는禮拜堂이잇스며 三尺의童子라도오히려「아부라함」의事蹟을記憶하는도다 그ㅣ엇지나天國의光明이우리腦에印象을주엇는가

天道敎。 이敎는우리拯濟崔先生이唱道한人乃天主義로新羅의古京인慶州一隅에서 一線의微光을發하야漸漸우리全土를征服하야只今에는信徒數가百萬에不下한셈이니라 昨年朝鮮獨立運動의宣言者인孫秉熙는此敎의敎主임으로 온世界의觀線이此敎에集中하는도다

그러면우리民族은最初神市時代의拜天敎로비롯하야三國及高麗時代에는佛敎國이되얏섯고 李朝에서는儒

敎國이되얏섯고 現今에는儒敎·佛敎·天道敎·耶蘇敎四敎並立의時代가되얏나니우리民族은 어느時代、무슨宗敎에든지 宗敎를依支하지아니하고는靈的의慰安을밧지아니하얏나니우리民族은果然宗敎에對한信仰心이豐富하도다

第八 道德心으로본 우리民族性의長所

上述과如히우리民族은宗敎에對한信仰心이豐富함으로우리政治의本領이나 社會의組織이나 生活의方式이그때의行하는宗敎의支配를受할뿐아니라우리民族의心理가 다宗敎에根本을두엇나니宗敎는무슨宗敎이든지 다善道로써民衆을眼導함으로宗敎에信仰心이豐富한우리民族性에는自然道德心이充滿한것은勿論이라故로宗敎라하면 얼는道德이聯想되고道德이라하면 먼저世界中에우리民族의專有物로聯想되는도다

佛敎全盛時代의우리民族性에는寂滅·淸淨의主義로판을싸스매貪慾心이업슴으로紛爭이적으며功利心이적으며猜忌心이적으며淫亂心이적엇슬것이며함부로 殺生을하지아니함으로兵亂이적으며爭鬪가적엇슬지오儒敎全盛時代의우리民族性에는仁義禮智信과五倫의大義로根本을삼엇슴으로우리의 크나적은行動은 죠히仁義禮智信으로써準則을定하얏스며君에對하얀忠、父母에對하얀孝、朋友에對하얀信、夫婦에對하얀別、長幼에對하얀序、이모든것이極度의照暐에達하야燦爛한道德이世界에果然比類가업섯나니今日의우리處地를보고高展先生과長鼻大漢은朝鮮人은무슨事業에든지道德이업는者이라고 결핏하면함부로되지못한惡評을加하나그러나그짜짓말은馬耳東風으로돌어줄價値도업는者이라果然우리는 그네들의野卑橫慢에比하면 얼마나점잔코大人스러우랴 더욱이男女·父子·長幼의關係에서우리의道德을볼수ㅣ잇나니故로歷代의漢族은우리道德에對하야恒常讚揚을不吝하얏도다今에其一例를擧하면「東方有君子國其人好讓不爭」(山海經)「君子國人雅好禮讓」(郭璞讚)「恒恭坐而不相犯相譽而不相毁見人有患投死救之」(東方朔神異經)「天性柔順無橫暴之風」

(北史)「新羅君子之國」(唐玄宗)이라하는等이다우리道德을欽慕하는讚辭이니라

近來에는佛教와儒教의折衷한道德에다가 耶蘇教의博愛主義를色彩하야우리의道德은漸漸佳境으로入한感程일지니그러면우리民族은徹頭徹尾의道德的民族이됨에 조곰도붓그럼과遺憾이업슬진뎌

附記。우리歷史上에서道德的代表人物의列을擧하라면其數ㅣ너머만하서 이기여記錄함에겨를이업슴으로此를省略함

第九 藝術上으로본 우리民族性의長所

우리民族은果然藝術的民族이더니라우리民族은 온世界가아즉蒙昧할때부터巧妙한天才를發揮하야여러가지藝術品을創作하야우리의實用도되게하며美觀도되게하며 아울너外國에傳授도하야當時에藝術의國民稱號를得하얏나니 論보다證據로論컨대우리藝術上의大略을記코자하노라

우리民族의藝術發展의進程은 먼저高句麗에種子를播하고百濟에서萌가結하고新羅에서花가開하얏스나高句麗와百濟의藝術品은漢族의蹂躪으로因하야 거의泯滅하야至今에는遺蹟을셔치업이적엇고 오즉新羅에는漢族。日本의蹂躪을지조납으면서도 오히려百에한두가지남음이잇스나

卽高句麗의全盛時代에는詩。建築。音樂。鑄造。機織。繪畫。彫刻等이全盛하얏스나그러나至今에남은者는各地에散在한高句麗의遺墟와江西。龍岡及江東等地에古陵과壁畫와日本法隆寺壁畫等뿐이니其中에古陵의構造한意匠과壁畫는 뉘라셔다라할수업는藝術의天才를發揮함이니故로今日의東西洋人이이것을보고 뉘ㅣ嘖嘖然歎치아니하랴

百濟는혼이高句麗의藝術을輸入하얏스나 그의建築。鑄造。音樂。漆器。彫刻。機織。繪畫等이當時에有名하얏스나 只今남아잇는者는鳥佛師의手로成한法隆寺의佛像等數個뿐이로다

新羅의藝術은高句麗百濟로부터輸入하야此에다 唐土의風味를加하야極히精妙한藝術을成하얏스니于勒의伽倻琴、法知의歌、萬德의舞、金生의書法、率居의繪畵等外에建築物이高句麗百濟에比하야只今까지保存한者ㅣ多하니石造物로는慶州의九層塔、佛國寺의多寶塔、釋迦塔、東洋最古의瞻星臺、永川郡의三重塔、海印寺의三重塔、扶餘에在한百濟塔、慶州에在한武烈王의石龜等、鋼製物로는奉德寺의梵鍾、佛國寺의毘盧遮那像、彌陀의坐像、栢栗寺의釋迦立像等許多한中에石窟庵의石佛과如한者는實로天下의珍物이니라.

高麗時代에至하야는外寇의侵掠으로因하야其藝術이三國時代에比하야 훨신減하얏스나然이나開城의滿月臺、華嚴寺의七重塔、妙香山의九層塔、平壤의十三重塔、與敬寺의五重石塔、成佛寺의五重石塔、恩津의彌勒、開城南大門에在한梵鍾과大藏經板、活字其他世界에名聲이赫赫한磁器가 이스니只今의外國人이 이磁器의破片한조각을엇으면 바로世上에업는寶物을엇은드시生覺하나니라

李朝에至하야는더욱藝術이四圍의形勢로因하야步武를退하얏고衰하야壬辰役을經한後로는藝術品이 거의失亡하얏스되 오즉일홈을傳하는者는簡儀、玉漏、測雨器、印地儀、震天雷、鐵甲船等이오建築으로는開國時代에在한者로京城의南大門、開城의南大門、平壤의普通門、崇仁殿、京城의昌德宮、圓覺寺의軸石塔等이니라

以上大槪우리三國時代以來의藝術의一端을言하얏스나各種記錄에散在한우리藝術史中에서 한두가지讀者에게紹介코자하노니詩歌로는箕子朝鮮의麗玉의箜篌引과高句麗의人蔘讚과新羅僧侶의巫俗諸、音樂으로는高句麗의胡旋、芝酒의舞、芝栖의歌、百濟의箜篌等竽篪笛의音과新羅의回蘇曲、貨幣로는辰韓의鐵錢、東沃沮의鐵錢、新羅의金銀錢、高麗의銀甁、機械物로는弁韓의廣幅細布와耽羅의毛旄布와高句麗의紫金帶와新羅의朝霞紬、魚牙紬、龍綃、金總布、太平錦과渤海의龍舟紬、文房具로는高句麗의松烟墨과新羅의麵死墨과渤海의白硾紙、靑紫紙와高麗의黃鼠筆、狽尾筆、席物로는高句麗의龍鬚席과新羅의五采氍毹、酒器로는渤海의紫瓷盃와高麗의芙蓉樽其他高句麗의明光鎧、水晶城、新羅의夜明簾、高麗의子母獸壚、翠光屑等、이기여其數爻를헤일수가업도다

米襄陽의粟柵한中國畵는우리의翠紙가아니면冊衣를粧치못하며 黃山谷이우리의擣砧紙가아니면詩를作치못하며우리의猩猩毛筆이아니면蘇子瞻의文章이 그려울니지못할지며우리의翡翠硯가아니드면薛濤牋의보드로온玉屑을대인곳이섞술터이며우리의紅玉支가업섯드면楊太眞의입이 그리香膩롭지못하여술지오우리의機織師의惠澤이잇슨後에야日本人이 겨우벌거숭이를免하얏스며우리技師의手澤을바른뒤에야日本人이비로소播水爲巢를짝나 제법文明의사람이되앗나니라

우리의天才를發揮한藝術品은 너머도만허서어느것을말하여야될는지 몰으리만큼許多하야이것을다記錄하라면 셰오히우리藝術史를編纂하여야할지니 이것은後日에讓하고藝術에關한말은곳처러하다가 다시生覺되는것이잇서 그것으로써藝術의筆을막고자하노니그것은卽

斯羅에서佛國에遺한關物인대 가로대萬佛山이라其高는一丈許나되는대沉檀으로써雕하고珠玉으로써成하얏스니其佛의大한者는一寸을過하며小한者는一八分이오其佛의首는黍米만한者도이스며半菽만한者도잇는대其眉目•口•耳•螺髻이한아도재짐이업고 거기다金玉水晶을鍍하야樹木은맨들고百寮를排하야樓閣臺殿을지엇스나其狀이비록적으나其勢ㅣ飛動한것하며 또그아래에는行道하는僧徒를맨들어두엇스니其數가數千인대下에는紫金鐘이잇스니凡觀이三寸이오鍾上에蒲牢로써銜하야 매양其鐘을擊한則行道하든僧徒들이合掌拜禮하면서 首를頓하야地에至케하고其中에隱隱한梵音이들니나니 대개機關을鐘속에備付함에말미음이라其由을비록萬佛山이라하엿스나其數는可히勝記치못하리라한다 其時의唐人은눈이瞪悅하야人工으로는可히밋츨수업다고降伏하엿다하니 보라우리民族의藝術이이러케훌륭하니라

以上에記錄한것은우리民族의九大長所이니此를歸納하야보면

擬古文化의創造
建國
發展 ⎫ 進取性

政治 外交 ……… 信仁性
軍事 ……… 剛勇性
宗教 道德 ……… 信仰性
藝術 ……… 緻密性

右에依하야歷史上으로 본우리民族性의長所는進取性•信仁性•剛勇性•信仰性•緻密性이엇스니進取性으로는最古文化의主人이되며建國•發展의大手腕을發揮하얏고信仁性으로는能히內로王政•外로正義를踐하얏스며剛勇性으로는國民皆兵의主義를實行하야 尙武의氣魄이充溢하며信仰性으로는 宗教를奉하며道德을尙하야東方君子의稱號를得하얏스며緻密性으로는藝術의天才를發揮하얏도다

嗚呼라녯적의우리祖先에는이러한長所가잇더니今日의우리는 웨이러한長所가줄엇는가 우리祖先에는이러한長所를發揮하야世界人의 침생키는가음이되엿더니今日의우리는엇지하야그長所의發揮가적을뿐만아니라도리혀短所의發露가생겨서世界人의 침배앗는가음이되엿는가 참말우리로하야곰慚愧케하며 우리로하야곰號哭케하는도다悶死할것이잇다하면이것이아니고무엇이며 우리로하야곰憤死할것이잇다하면이것이아니고무엇이며 우리로하야곰痛死할것이잇다하면이것이아니고무엇이랴

우리民族性은 녜나只今이나變한이업스나 다만우리의先民은 힘써短所를抑制하고長所만發揮하얏스며現今의우리는發揮하파抑制함에 조곰게으름이잇슴으로短所가도리혀長所를가리우려한다 請컨대우리의短所를드르라

우리는緻密性이적다

近代의우리는外國의侵略과政府의壓制와宗教의惡用과文弱의弊, 이러한여러가지의源因으로因하야얼마콤

우리先天的民族性에影響을밧엇지마는우리는 원악繼續性이적엇슴으로우리祖先이披堅執銳하고櫛風沐雨하면서 그荒蕪란開拓하며野蠻으란化服하야 그개建國的天才를發揮하며最古의文化를建設할때에 그네들은엇다나이새문에숨어잇서고 애를드렷슴가 보라꽤처음에漢族의軒轅氏와撼天動地의大活劇을演出하얏고 나려서 우리의征伐로모太原이國을失하며 우리의中立으로殷湯이功을成하얏스며 周穆王에게城下의盟을乞케하고周宣王으로하야곰江漢•常武의詩를뭇게하며慕容氏•楊廣•李世民等의비롯을고치든軍事的行動과西로支那東으로日本에개先生님의賜를뭇던 藝術의黃金時代는只今生覺만하야도可히그네들의苦心慘憺하얏슴을짐작한지어늘슯흐다 水泉이鮮血될孔子順孫이나지를못하야膨脹進取는姑舍하고退住退縮만힘써 오날에일으러는最古文化의建設者로最後落伍者의帳幕에에스코자하며 굿기는金갓고銳하기는劍갓흔勇敢한軍事的行動은 도리혀시골시럽한擺棟가되얏고天地의造化를新하며鬼神의秘訣을探한 아귀자기하고神通하야말할수업는藝術의美觀은變하야 기위하고沒風味 無佳趣의曠野가되얏스니슯흐다

이것은오로지우리의繼續性이적음에말미암음이니 녯것도그러하거니와 只今에를보라 昨日에는어대서實業의機關이勝國되얏다가今日에는어대서敎育의機關이創立되얏다하더니 昨日의것은今日에寥寥하야지고今日의것은明日에消滅하야진다

우리는이性質새문에祖先의훌융한遺業을繼承치못하얏거나 이것을論하야서도 이것을戒하야서도우리는하로밧비이個性를고첫지어다

우리는愛族心이적다

우리는우리同族의興亡盛衰를볼째에秦人이越人의肥瘠을보듯하야 온朝鮮이다써나가도 나의家만富하고나의身만安하얏스면 그만으로生覺하얏나니皮가存치못할때毛ㅣ장차어느곳에付하랴 故로今日의우리는民

ㅣ업는毛ㅣ되얏도다

同族이榮하여야나도따라榮하며 同族이繁昌하여야나도따라繁昌하나니同族의興亡盛衰는 곳나의興亡盛衰를意味함이라故로四年에亘한歐洲大戰도其實을探究하면 게루만。슬라부。種族戰에不過하며今日의喧傳하는日米의加州問題도種族의色가림에胚胎되얏나니라

歐洲大戰史를보면白耳義는蕞爾의小國이지마는 가이제루의侵凌을當하야는 차라리北海의洪流를決하야其國土를淹沒하야全國의土地。財產。家屋。墳墓。人民을 뭉처서巨波中에蕩擲할지라도決코異族의支配를甘受치아니하얏나니此를讀하는者ㅣ 뉘ㅣ肅然起敬하며悚然動容치아니하랴

多言할勇氣가업거니와 우리는암만하야도愛族心이적은듯한感이有하니 絲毫의利와一日의功名을爲하야同族을殘剝하며排擠함은 決코우리檀君子孫으로의名譽되지못하는일이로다

우리는朋黨癖이多함

朝鮮이라하면朋黨의原產地오 朋黨이라하면朝鮮의特產物처럼 나는直感이되나니처음에朋黨의原因을보면 一分의價値ㅣ업는시들시들한見識로卑笑되지마는乃終에朋黨의結果를보면 참말殘忍하고 酷毒하고 冷酷하야 코히리가시근시근한大悲劇을演出하얏스니모든政治、모든道德이 다이朋黨의器具로利用되야 하나도眞正한意義下에셰하며熱烈한誠意下에서도모범이업섯고 이結果를相續한今日의우리도이癖으로因하야敎育。會議。實業等各種文化運動이遲滯하나니 우리는合하라 團結하라 이朋黨癖을버리라 團合함에서더큰힘이업나니라

附記 朋黨論은本誌第七號「우리의黨爭」을參考하라

우리는誘惑性이多함

엇던先進ㅣ우리의短處를評論하다가이러한말에밋처스니 가로대우리民族은너머頑固하다고 너머守舊的이라고 儒學者는陳腐한程朱學을膠守하야硏究는性理學에우리박게나지못하며行動은揖讓進退의관역을 근남겹준다고, 釋學者는深山高峰에서獨善主義로一般社會와交涉을斷絶하고座禪·念佛로一切衆生의濟度事業을夢外觀하야寂然히數千年前印度의原始的狀態를復活하는觀이有하다고, 耶穌敎信者는他敎信者를異族人이라稱하며每日의祈禱·讚頌等이 도모지本山인西國信者보다一層더頑固하다고, 果然그러하다 果然올흔말이다

그러하나나는그것보다 벗지근심되는우리의短處는우리의誘惑性이다 數年來의우리朝鮮은東西南北의 밀어온나못하는潮水, 바야흐로터지랴는火山의火焰과갓흔世界人類의新主義·新思想·新建設·新破壞·모든運動의波動을입어五色가지의思想이五色가지의形式으로發表될새 가로대勞働問題, 가로대男女同等, 가로대戀愛結婚, 가로대個體體美, 가로대共產, 가로대赤化, 이런모든新運動에對하야歡迎하리라生覺하든우리民族은모다하야事實은理想과反對로 舊思想을破壞함에는先鋒이되랴하며 新運動開拓에서는盲從이되랴하는傾嚮이잇도다

보라欠節도업시미는 자랑거리도퍽만혼우리從來의道德을玉石을莫論하고一切破壞하려함에 먼저倫理의根本되는家庭에서버릇하야 나의몸은世界를構成한人類에한목드는者로서 狹義의父子關係로서의 孝되는子가되고자아니하며 生理構造의엇던部分이 좀다름뿐이지個性에서는男子이나女子이나 마찬가지의權利를가진者로서 階級의夫婦關係로서의 賢良한妻가되고자아니하며 文學으로는空想의自然主義가流行하고 思想으로는極端의自由ㅣ論가宜傳되며 남들이同盟罷業을한다하면 나를가라치는學校에對하야입내를내이며 남들이階級을打破한다하면 年德이아울너놉흔先進에게敢히斥候를試하나니 이것은知識이幼稚하고定見이確立치못하야 바람이불길에搖動되고漂流되는우리의誘惑性이多함을示함이니 其結果는將次엇지나되려는가

우리는檀君皇祖의堅忍한血統을바든民族性으로좃차되인 모든習慣道德을너머蔑視하지말지어다 새것이오날의것이라하면 너머醜若渴仰도말지어다. 그러한後에나의分別性을磨鍊하야 取捨의길을精密히할지어다 우리는하로라도速히此誘致性을써여버리라

結 論

우리의先民은九大長所를發揮하야 훌륭한民族이되얏섯고現今의우리는四大短所를發露하야衰敗한民族이되얏도다

그러나 너머悲觀하지말나 舊日에樂觀만잇게한者도우리엿고 舊日의樂觀을變하야今日의悲觀을맨든者도우리엿스니 今日의悲觀을化하야樂觀을맨들미무슨難事이랴

黑雲이아모리濛濛하야도一道의淸風이잇슨後에는 光明한月色의本面이두렷하고 只今의息火山이아모리平穩한듯하야其上에家屋을建築하고耕墾을힘쓰지만은片時의爆發로 다시猛烈한活火山이되기容易하며 森林속에困히잠자는獅子를보고 가장써는蚤蝎만치도두려워하지안치마는 기지개켜고大聲으로고함칠때는山谷이震動하나니 우리의民族은黑雲에가리운明月이며 暫時에威勢를쉬치인息火山이며困히잠자는獅子이니 우리가光明의빗을다시내이며 長遠의鎔液을다시뿜으며 怒吼의大聲을다시부르지지라하면 우리民族性의長所를다시發揮하며 短所를速히痛祛함에잇슬진뎌 그리難事가아니로다

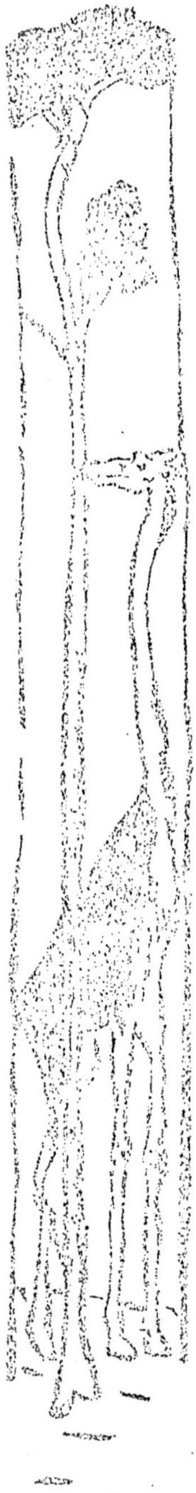

我宗敎界의二大危機

(基督敎를論함)

金 昶 濟

「猶太人은異跡을求하고希臘人은智慧를求한다」(코린도前書一章二十二節)함은二千九百年前人[illegible]바울의通破한名句이지마는今에도 我宗敎界는此二派=主信派와主智派即舊新兩派로分하랴하는도다 主信派는一切智識을魔物視하야極力排斥하고主智派는一體宗敎問題를科學的으로解決코자하나니 故로兩派는時로日로衝突과踈隔이生하야彼此에仇敵이되는도다。 吾人은元來信仰을尊重히녁기는者ㅣ라。人의信仰을함부로迷信이라고嘲笑하는輕薄者가아니라。 절어서異跡을否認치아니하노라。아니찰하리宇宙萬有를다異跡的으로解析코자하노라。宗敎的으로觀察하면森羅萬象이一도異跡아님이업나니一草一虫으로브터極遠極大한諸天體에일으기까지玄妙莫測의奇跡的아님이何有오? 其他人事百般을觀할지라도吾人의뜻대로되는것이나心으로知得할者는殆無하다한지나。 위선最近例로말ᄒᆞ면「我는何故로基督敎를信奉ᄒᆞ는가?」하는疑問에도다만奇跡이라고答할수밧게업도다。 畧言ᄒᆞ면奇跡을否認함은即宗敎를否認함이니라。 故로余는自然과人生을다神의奇跡的으로觀察하고야비로소靈的至安을得하리라하노라。 그런대或者는奇跡을即奇術的으로解析하야一種特別한現象을求코자하야特殊한個人의特有한能力으로看做하야 疾病을治한다던지災難을避하는것을奇跡이라하며또此를行하는特殊의個人을信賴하야 맛치猶太人의祭司長만衆民을爲하야贖罪하는祭祀를奉하며羅馬敎의神父만平信徒의罪를代하야祈禱하는特權이잇는줄로知함과無異하니、是는基督敎의眞理에違反함이라、 萬事에神의使命을服從ᄒᆞ며 神의攝理를信賴ᄒᆞ는者는何等의奇術的現象을求치아니할지며또는求할必要도업슬것이오。 누구던지「主의名」으로求ᄒᆞ면得한다는即神의直接으로求할수잇는理를知하는者는他人을依賴할 必要가업슬뿐더러人을仲介로함은子가父에게對한道理가아니니라 그런대吾人은疾病이나災難이잇슬때에神의恩佑를祈求함을否認하는者가아니라、 그祈求하는要旨는「다만我의意대로마옵시고父의意대로하시옵소서」함이니 만일吾人이逆境에處할時에는此에忍耐할만한能力을與하심을祈求함이是라、 吾人信者의祈禱의妙味가實로此에在치아니한가? 만일基督의眞理를不知하는一般迷信者의奇術的現象을求하는 心理狀態를利用하야儼然히祈禱를行함은是

는一種의魔術者ㅣ오 神을冒瀆하는大罪를犯함이니라。 尤況何等敬虔의態度와信念이업는羣衆이會集한場所에서리오。

其次에主智派에對하야 一言코자하노라。吾人은元來智를尊重히너기는者로라。「神을敬畏함이智慧의根本」이라。眞正한信仰잇는者ㅣ엇지智慧와知識을排斥하리오。有智에立한有罪에無智에立한無罪보다勝함은誰가否認하리오。 信仰과知識의關係를言하면맛치信仰은火와如하고知識은燧料와如하야 燧料分量이强하고多할사록火力은猶熱한지며燃料의分量이弱하고少할사록火力은微弱하고暫消할지니라。 이와갓치無知한信者는一時的烈心이잇는듯하나 長久히繼續치못하고혹은迷信에陷키易하며信仰이라함은點火치아니한石炭과갓치다만暗黑한固塊뿐이니即아모活動이업서人의嘲를惹할가이업스며혹은自身까지도墮落의淵에入하나니라。 觀하라。所謂新神學이니宗教哲學이니하고批評과解析에만汲取하는者들의宗教的活動이寂然함을。

然이나各地方各敎會에서目擊한바一般信者들의너무도無識함에喫驚치아니치못하얏노라。 例컨대特別講演會가든대에 廣告一張이나問題一行을제법써붓칠만人이殆無함에奈何오。 딸어서諸般運動이不熱心이오不規則이라。俚諺에「乞食을ᄒᆞ라해도손벽이마져야한다」는셈으로「孤掌難鳴이라」는嘆息을不禁하겟도다。아아無智는信者의자랑이아니라。엇지知識으로輕視하리오。 더욱可恐할바는新進氣銳의青年有

志들은擧皆敎役者中에서脫退하는樣이며, 敎會에對하야는傍觀的態度를取하거나或은儼然히敵國의觀이잇스니此가엇지我宗敎界의一大危機가아니리오。아아現今我半島의職業的宗敎家들이여! 君等의將來가果然日迫西山의悲境이아닌가? 君等은果然現代靑年을敎養할만한資格이有한줄로自信하는가? 此가엇지杇索으로써御馬를御함과無異한가? 猛省하라! 時가急하도다

終에吾人은靑年諸君에게告하노니 諸君은果然眞知識이잇는가聖書의知識이잇는가? 그리고바울의信仰이잇는가? 요한의愛가잇는가? 以上의諸問에對하야「오! 잇노라」고應答하기까지는堅忍하고修養하여라。 武備업시戰場에出하는兵士는失敗를自招할뿐이니라見卵求晨하고植松望亭함은愚者의妄計니라。 아아滿天下十字架의兵들아! 此時가何時오, 夜가深하고晨이近하얏도다。맛당히자다가깰때라。그時가盜賊갓치來할지니, 猶豫할지어다。危機! 危機!!

一九二〇、一一、一三、

疑問과 奮鬪

吳祥根

想像外의事를疑問이라고도하고 肯定키難한事이實現되는것을疑問이라고도한다 又는意外事이나料外事이隨到되는時에疑問이란것이切實이覺悟된다. 그러나이보다도[illegible]疑問이多生함은自家所料外의事를見할時이다.

故로누구나人間에잇서는何時何事에나疑問이잇겟다고하겟다 人生에게만일此疑問이無하다하면人生生涯에되는일은總히推測과肯定으로出現될지니 測이외서肯定[illegible]苦難生死에發가焉在하며가焉在하라 이에[illegible]은疑問에싸여서生하고死하는것인가한다 [illegible]使哭을君知否아一人間萬種愁라함도[illegible]次疑問의見解이아인가한다

前途를豫測할[illegible]此疑問속에서人生에게關한萬般非爲는時時刻刻으로到來하나니[illegible]好할가

苦海此岸에서[illegible]見하고船에登하야指針을保하고浪을逆하며風을順하야帆도掛하며檣도橫하야어야되야즈어[illegible]向路를指進할[illegible]風이前路를防禦하며深淵[illegible]萬端의疑問을超越하야憂愁艱難이極히障碍가되더라도確乎不拔의決心으로헷치고나가는勇氣「一定不變의指北針이奮鬪的生命을現하야最終의喜樂을得하는것이다、이럼으로人生은疑問속에서奮鬪하여勝利를得하는者에게는喜樂이必至하고疑問에싸여서躊躇猶豫타가頭邊纏落에嗚呼의歎을作하는者에게는悲哀가繼至하리라 이에人生의奮鬪는무엇과합보다疑問과합이最多하고 무엇을勝한보다疑問을破勝한이最先일가한다

於今에雜誌「서울」이一週年紀念號를刊行하게되도이疑問과奮鬪의勝利者라余는斷言한다 이雜誌가果然難乎 不拔의大決心을가지고 進進不息의猛進하는勇氣로 우리社會의指針이되여間斷업시奮鬪한나마今號一週紀念을當하엿도다

余ㅣ本來「서울」主幹油耘君과情交가深久하여多年에 .이雜誌刊行의經營을得聞하고同情의心視이多大하엿으나前途를疑問에부치야모러나樂觀키難하엿섯더니 돌시되는날西山峯頭에 저녁놀이반가케 비치이는새에油耘君을만나今番編輯하는號는「서울」一週年紀念號니今番에는 글을좀써주어야겟다하는鄭重의敎를곳고 한편다시금 생각하여보앗다

오! 雜誌「서울」! 얼마나疑問속에서 奮鬪하엿나! 勞苦하엿나! 古人의言에我가所得所營의事를이루고자하면我의心身을先勞치안이면안이된다 千辛萬苦를憚치勿하고 人生의반다시할勞苦를甘치안으면 成功치못하리라하엿더니 果然여러두고일운한가하는同時에雜誌「서울」이社會의指針이되여 暗黑을쌔치며濃霧를헛치고光明을이社會에드러내기에用하는疑問과奮鬪의勇氣가더욱旺盛하기를祝願하노라

(一九二〇、十一、十五夜)

觀서을 創刊一週年

吳尙俊

夜叉跳踉誰鉅于晨。行路梗塞誰斧于榛。嗟彌室之將
頹兮棟樑柱石不如巨筆之如長杠。大地浮浮爲沙漠
兮舊廈改造新門牕。得機運兮衆喙鳴雨後筍兮發聵。
維翹楚之廣舌兮高號絕叫更無雙。猗歟大氣之升沉
兮惟一言之職由。使命亟兮如須彌天不新地不新兮
誓不休。金口木舌之拔月而一徇兮排除萬難年一週
不用區區賀旣往祈無恙兮亘百秋。

異域의 꿈

曉 星

푸수수써러지는
落葉사이로
구름에쌔힌 저녁해가
作州에서 너머간後
길일흔꼬야에 한마리가
으로로 헤며
들가에 彷徨했다。

指向업는 漂泊者의
쓸쓸한 기름빛은
또다시왓다。
窓밧게 陰濕한비소리는
방오기를 기다렷는지ㅣ
가을밤마다가을비는
가는줄도모르게

第一期지나갓다……

——내가 이담 자라거던
비단옷 銀匙箸해주리다。
엄마가죽으면 누가갓게。
죽지마오 언제까지던지。
그러지안으면 나는안자——
하고 억재의새를 써가면서
부둘어운 팔며개
情답은 자장소리에
乳房의 품안에서
옷풍산 옷웃우는
어린天使의 붉은뺨
林檎가티붉은색을
대여도 보앗다。

粉紅진달래 노란개나리
이리저리 석겨띄고
구슬가튼힌모래동산

느리진버들밝은내ㅅ가에
生을感謝하는가
自然을을프는가——
다른데업는내自然을。
버들피리 불고가는
발벗은少年?
그의발자취를
찾어도 본다。

기름燈검검한冊房에
한자리속에 나라니누어、
——너는舜臣、나는杜翁、
어서어서成功하세——하고
變치안는友情을盟誓하며
손과손을 마조쥐는
希望에빗나난 靑年들。
그들의 머리를
쓰다듬어도 보앗다。
…………………

人聲은 고요하고
밤비는 퍼붓는다………

Home! Country! Brorthers!
O, my sweet memory!

주린者가 貪내듯이
狂者의 發作갓치
보앗다、쥐엿다、부르지젓다。
그러나 그것은
모도다 지는幻影。
그의손에 잡히는것은
異域의空뿐!

쏘다지는 그의눈물은
비와나갓치 그치랴나………

얼마아니되야 그는
덧업시 피우섯다。
그의눈은 눈물안에서
반작인다、빗나다………

爐火의숫불은
소리도업시 맑앗케탄다。

近代思想硏究

盧子泳

우리는西洋近代의思想을알을必要가잇다。이제記者는이近代思想을가장簡單히世上에紹介코저하노라。 本篇은 日本思想硏究의花形인生田文學士가 女子學院에서講義한것을土臺삼아 譯述하는제위며 專門的硏究에對하야는 此界에造詣가만흔이의乘職에게讓任하노라。

第一章 浪漫的運動 (로만틔슴)

——第一人者루—소——

一 루네—산스 (Renaissance)

歷史家는 古來부터今日까지의時代를區別하야 古代中世 及近代의三部分으로分割한다。 그近代라는것은 宗敎改革以後를指함이나 여긔近代라는것은 그近代中에特近代를云함이다。 近代思想의淵源을調査하기爲하야는 亦是近代로부터그槪觀을말하지아니할수가업다。 近世의初葉—宗敎改革의預備로起한文藝復興(루네산스)의運動은 참말近代精神의여러가지萌芽를包含하엿다。 그러면文藝復興이라는것은 엇던것인가? 文藝復興은 世界文明史上의一大運動

으로 그期間이라든지 그意味라든지도 참말種種錯雜하야『이것이라』하고分明히斷言하기는極難하다。 그러나大槪一四五三年東羅馬帝國의滅亡을 그開幕으로삼아 其後大略百餘年間 歐洲에起한人間의自覺的活動의全部를名稱함이라하면 그리大差는업슬것이다。 文藝復興前、中世時代에는 基督舊敎가全歐洲를支配하야 그敎義압헤는 何等의理由와意味도업시 그저盲目的으로服從하지아니하면아니되엿다。 學問이라도敎會의御用學問이엇스며。 그敎義에背馳되는것이면 宇宙萬理를貫徹한金科玉條라도 모다迫害를맛고 모다排斥을밧앗다。 文學도그러하고 藝術도그러하고 敎育政治에至하기까지모다그러하엿다。 그러하고其他여러가지人間의生活은 모다頑固無極한敎義의束縛을밧아 조꼼이라도自由로생각하고 自由로享樂하지를못하엿다。 사람은다못權威압헤盲從할뿐이엿고 自覺自立이라는것은 秋毫만치도許諾지안는狀態엿다。 그러나 사람은各各自己의小世界가잇고 自己의能力이잇는것이다。 壓迫과制裁를加하면 一時的으로는被壓無爲의狀態에잇스나 사람은그壓迫과制裁를맛은것한치 언제든지反動의暴發이잇는것이다。 사람의知識과能力이잇는以上에는恒常이러한無判斷、無理由、無法理한生活에滿足할것이안이다。 無理不法으로抑壓되엿든人의知識과能力은 맛참내一四五三年東羅馬帝國이滅亡하자 그나라學者들이古代拉丁(Raden)文學을擁持하고 伊太利에逃亡한째부터 次次그머리를들기始作하엿다。 古代의拉丁文學ㅣ곳希臘羅馬의學問은 基督敎의御用學問이안인 自由學問이엇다。 이學問에依하야 사람은自由로知識을배우고 自由로硏究할權利가잇는것을알앗다。 곳조고마한基督敎의小世界로부터 日月이鮮明한人生의大世界로脫出한것이다。 中世紀의사람들은 다못神의僕이오 敎會의奴隸엿다。 사람은罪人이며 그罪를救贖하기위하야는 이世上에서는苦痛을밧지아니하면아니된다하엿다。 그들中世人에게는 人生은罪로덥던는旅客이며。 이世上에서罪를救贖함으로써 天國에入하야幸福밧을것을敎하엿스며。 現實에서는秋毫만한自由와 幸福과安樂도업슴을敎하엿다。 아!! 이얼마나 無理不法의敎訓이며。 頑固沒理의制

我이잇는가? 사람은無力自己의運命과 自己의能力을開拓하고發揮하야 나하로心우에自由의樂園을設立하고 이現實우에理想의天國을建設할수가잇다。 엇지一生을苦痛으로보내며。 몽갓흔死後天堂을바랄수가잇스랴? [illegible] 이迷信으로부터사람을解放하엿다。 사람이十字架를지지안코 現世에서努力發展잇는樂園을開拓하야 建設하엿다。 이리하야 近世發中에서숭상하는半宗敎的理想의人生觀이 實際的現實의人生觀으로變하얏다。 現實은單로『이로』宗敎改革을指出한니다 以수에젼感謝합니다 果然惶悚한니다』하미 무리宗敎를勿論하고 絶對服從치아니하면아니된다 이제는思想에서批評을加하고 公公然하게 反抗하도록되엿다。 말경은束縛을벗엇든人間의靈이 그束縛의鐵鎖을깨치고 自由天地로飛翔하게된것이다。

二 自由主義에서浪漫主義에

文藝復興은이리하야 人間自覺의第一聲을擧하엿다○그中에는現世主義、物質主義、個人主義等 近代精神의前途를모아包含하엿다。 그러나아직도自覺의不足함이가잇다。 基督敎의無理한說法의壓迫으로부터脫出하야 自由로나의知識을活動식히고 自由로研究한다는點에는 훌륭히覺醒하엿스나 아직도感情方面에對하야는 拘束된것이잇다。 즉 基督敎의拘束으로부터脫出한사람들은 다시拉典文學古典에拘束되도록되엿다。 古典을崇拜하는結果, 一이나二이나모다希臘·羅馬의古式을模倣하야 在來의法則標準ㅣ곳知巧的이오,形式的이오,現實的인擬古主義(Classic)에陷하야 氣運잇고生命잇는個性의世界를일허바렷다。 無情熱하고 無個人하고 無自我한ㅣ恒常普遍的이오 均一的이오 規則的인世界에 一般을모다取錄코저하엿다。 그러나사람은十人十色이라는말과갓치各各自我의獨特한個性이잇고 自我의特異한世界가잇는것이다。 엇지이러한均一普遍의世界에 自我의個性을죽이고 鬱鬱逡逡히居하고잇스랴? 自我의獨特한世界를開拓하고 個性의權威를發揮하라함은人의常情이다。 이리하야出現한 模型的이오機械的인擬古主義를써나 自由奔放의世界ㅣ곳浪漫主義로

向할것이다。

그러면 擬古主義에 反動으로 일어난 浪漫主義(Romanticism)는엇더한것인가? 文藝復興에依하야知識的으로覺醒한사람은 다시知識方面에拘束이되야 擬古主義에 째젓스나 이번은感情的으로復活하야 標準을바려라!!法則을바려라!!因襲을바려라!!다못自我의個性을解放하여라!!하고絕叫한것이ㅣ곳浪漫運動의主旨이다. 前으로말하면 비록研究上信仰上에는自由를엇엇지마는 社會上으로나 政治上으로는亦是壓迫과制限을맛은것이다。 그러나이번浪漫運動은社會上,政治上으로 自由와平等을主唱하고,宗教上·藝術上으로 自我的·理想的·情緒的·神秘的의主義를高唱한것이다。 이것이「루ー소」의『自然에歸하라』하는自由와平等과博愛의呼號가되엿스며, 佛蘭西大革命의導火線이된것이다。 自由解放의世界에解放된人間은 銳意專心ㅣ自我의世界를開拓하랴고 自覺的活動이活潑한것이다。 생각컨대 文藝復興은思想的革命이오 佛蘭西革命은 此에伴한實行的이오 情熱的의革命인것이로다。

三 第一人者「루ー소」

「루ー소」는 浪漫主義의第一人者인同時에 亦是自然主義의第一人者이다。要컨대近代精神의先驅者로大書特書치아니하면아니될人物이다。佛蘭西革命의動機를준것은 實로뎌의『民約論』과 『人類不平等原因論』等의思想이다。太古人類의生活과갓치自然的이오合理的인狀態로歸하라力說하엿는데 이것곳自然에歸하라!!하는뎌의부르지즘이오 뎌의思想的本元이다。人間의罪惡은文明으로부터起한다 文明의進步는個人의地位를不平케하고 人間의自然性을損傷케하야 人類를墮落케한다고力說하엿다。이自然的이라는것은 浪漫主義와 自然主義를通한要素이다。『民約論』은뎌의쑴꾸는理想的社會制度를말한것인데그大要를말하자면 이러하다。大槪人類가自然的狀態에在하얏는 도다自由요ㅣ平等이엇다。이自由와平等을維持하기爲하야사람이서로民約을結하고 國家와政府를設立하엿다。그러면 國家와政府는 人民의自由와平等과幸福을擁持하는機關이며 各官吏의

政府大官은 모다人民의公僕이오 人民의意思를行使하는代表者이다。 그런데 國家와政府가 人民의意思와 人民의自由平等을無視하고 自行自止함은 本來契約은無視하는謬論敗理의惡行이라고 論하엿다。뎌는다시『에미ーㄹ』에서 敎育에關한意見을陳述하엿다 이것도亦是人爲를排斥하고 自然에放任하라는것이 그論議의眼目이엿다。 卽敎育上에自然主義라고할만한것이다。 이論旨에는매우矛盾된곳이만코 獨斷無理에陷한곳이적지아니 하지만그激烈한感情으로서力說한自由齊等의論은 當時사람들에게 非常한影響을주어 十九世紀初期의浪漫的運動을喚起하엿다。 이것이政治上에는 佛蘭西革命이오 文藝上에는 浪漫主義의文藝이엿다。

附記――「루ー소」의略歷――

「루ー소」는瑞西『쎄네ー바』에서生하엿다。 뎌의多情多恨한性質은 그父母의遺傳이엿다。 어머니는뎌의나하케에 生褥熱로死亡하엿슴으로 뎌는孤兒이엿스며。 敎育도변변히받지못하엿다。 뎌는其著『懺悔錄』中에뎌의死亡으로써 自己最

初의不幸이라고絶叫하엿스나、果然그러하다。아버지와함쎄어머니를생각하면서 十七世紀頃의感情小說을밤이지새여鷄鳴聲이들릴때까지읽으며父子가눈물을흘렷다고한다。 이것은뎌의七八歲時의일이엿다。 뎌의一生은果然非常하엿스며悲慘하엿다。 모든文明을呪咀하고 人爲를呪咀하고 制度를排斥하야 『自然에歸하라』함은 뎌가더가社會에서쫏기고 世人에게서 容納함을엇지못한까닭이다。뎌의思想은感情的이오 그人生觀도哲理라함보다 오히려詩想的이엿다。 뎌는詩人으로도 훌륭한사람이다。

(以下는次號)

歐美各國의 近勢(財政經濟上)

——戰後의 歐米各國——

春 城

一 緖 言

五年동안이나 繼續한 歐洲大戰爭은 有史以來로 未曾有의 人命을 損傷하고 國帑을 浪費하엿다。 平和가 克復된 今日에도 오히려 參戰諸國은 그 疲弊와 困憊를 免치 못하야 [illegible]一層 混迷錯亂의 域에 陷한다 大槪此戰爭이 人類에게 及한바 大影響과 大慘狀은 將來 那邊에 至할지를 敢히 推測키 難하다。 一次 敗地에 倒한 獨逸은 말할 必要도 업거니와 多幸히 勝利의 榮冠을 贏得하엿다는 英佛伊諸國도 亦是 同一한 慘狀에 沈淪하엿다 이 慘狀이야 말로 到底히 筆舌上으로 罄盡키 難한바이나 物質上 變化는 勿論이요 思想上 變化에 至하기 까지 그 度가 激甚하고 酷烈함은 吾人의 想像하는바 幾倍以上이

다。

이제日本內田嘉吉氏가 前後四回歐美에巡遊하야 그의徹底的觀照眼으로써 歐美近勢를詳細調査한바를 世上에紹介하야 吾人의耳目을促코저하노라。

二 伊太利

1、財政狀況。一九一八年에對한伊太利의負債는二十五億磅(一磅이約十圓)이엿스나、一九一九年에至하야는 激然히三十二億磅에達하야 實로一個年間에 約八億磅의莫大한負債增加를見하엿다。以上은英國政府調査에準한것이나 오히려最近美國政府調査에依하면 伊國의負債額이二十九億弗이오 最近의負債額이 百八十一億弗이라고한다。그財政狀況을보건대 一九一九年乃至一九二〇年豫算에 歲出이七億八千八百萬磅이오歲入이三億七千萬磅이며 오히려大藏大臣의報告를보건대 一九一九年으로부터 一九二〇年에亘한歲入의缺陷이實로一億一千萬磅이라한다。그리하고一九一八年十月에對한紙幣發行高는四億五千萬磅이며。다시一九一九年三月十八日에는四億八千萬磅에達하엿다고한다

政府經濟에係한通信、電話並郵便、鐵道는次第로缺損을來케되고 此에糧食의供給을低廉케하기爲하야 年年八千萬磅의補助支出을行한싸닭에 一個年의負債가實로四千萬磅의多數에達하엿다고한다。

2、貿易狀況。伊太利의產業은由來그原料를全혀海外에求하엿스나 그後平和가克復되야 只今은至急輸出能力을增加하엿다한다。그러나輸入超過는依然히底止할바를아지못하야 一九一八年에는 그額이五億萬磅에及하고。一九一九年에는 겨우九個月間에三億八千萬磅의數字를示하엿다한다。輸入原料의主要한것은石炭인대 그國內消費高의約五分의四는 外國으로부터輸入을仰하야 輸入總量이五百六十萬噸에達하엿스며。그大部分은英國으로부터輸入하엿다。그러나오히려그數量에도 膨大한不足을告하야 鐵道其他모든事業에對하야는 事業縮小를斷行치아니할수업는困境에至하엿다고한다。輸出에對하야는 政府와밋民間에서 種種對策을運하엿스나 從前그獨占市場이엿든西部亞細亞에對한

購買力喪失의一部는 伊太利에對하야 一大致命的打撃이라고아니할수가업다。 좃차서只今歐洲의「췌ー코슬로박」・「폴란드」・「루마니아」・「西部露서아」等 新興하는諸國에對하야 그貿易關係를結하고。다시小亞細亞・中美・南美・다시一步를進하여는 支那와에貿易增進에努力하기爲하야 伊太利政府는 勅令으로써 伊太利協會를設立하야 貿易助長에貢케하고。 다시四大銀行으로하야곰商業銀行을設立케하야 要所에商務官을置하는等、銳意專心商業回復에汲汲하엿다。 그러하고民間에서도 伊太利製造業者의團體로國産獎勵에努力한다。 그러나이러한諸努力과活動이잇슴에不拘하고。主要한外國製品은 도리혀國內의消費力을增加함으로 伊太利政府는「콘솔뢰아ー」(Cousoletire)의 方法을採用하야 國內需要者代身으로 共同購入을試驗해보나 이도亦是缺陷과短所가만타고한다。

3、物價趨勢。伊太利에對한物價는 益益昂騰의趨勢를示하야 一九一九年一月에는 戰前의物價指數를一〇〇이라하면 四一二가되엿스며。 十月에는 맛참내四八〇에達하야 그昂騰의比較는 英佛에比하면一層甚大한差가잇서서 政府는食物의價格을低廉케하랴고 필경은以上에記錄한바 年年八千萬磅을支出하게된것이다。

4、運輸狀況。伊太利政府는 戰時中運輸省을新設하야 運輸整理에努力하엿스며。 戰後에도亦是이를繼續하야 事業擴張을計하고잇다。 本省은陸上・海上・空中運輸와 庶務 四局에分割하엿스나 政府管理의運輸事業中 가장重要한것은鐵道인대 鐵道는戰時中 虐使의虐使를重複한사닭에 只今은 車輛의八割八分과 機關의二割七分은 修理를加하지아니하면 使用하기不能하다는것이다。 現今은그補充에銳意專心努力하고잇스나 그完成을보기까지는 오히려그前途가遼遠하다는것이다。 그뿐만아니고 石炭의給用이不充分한結果、運輸狀態는目下容易히回復할餘望이업슴으로좃차서이苦境을脫却하기爲하야 一新生面을開하랴고 六萬噸米를試한다고한다。 또戰時의그대로잇는鐵道運賃은 近時에겨우引上하얏스나 輸送力의激減과함께貨物을

次次輻湊滯되고 또輸送中에盜難을生하는일이 頻頻함으로, 그輸送狀態의不甚氣함은 吾人의敢히 想像치못할바이러라다。

5、勞働問題。 歐州에서가장恐怖할만한것은 勞働問題이다。 勞働者가그作業에努力하기를不好하고。 戰爭에서歸來한兵士도 亦是勞働을不好하야 勞働時間은一般的으로 八時間制를行할지라도 政治上或은經濟上原因에基하야 『스트락키』가頻發한다는 것이다。 本年六月十七日에 『제누아』其他電氣鐵道는『스트라키』에因하야 運轉이停止되고 料理屋의 給仕까지 『스트라이키』를斷行하야 料理店은休業하는狀態에至하얏스며。 其他北部各工場에서行한[illegible] 『스트라키』는 이루枚擧할時間이업다。 그뿐만아니고 往往不穩한擧動을行하야 最近北部地方에서 行한勞働者의工場占領갓흔것은 實로露西亞式의 所謂勞働者工場管理의實現이라할수잇는대 그數가四百餘個所에達하얏다고한다。 이것은『라틴』民族ㅣ더구나伊太利의特有性인, 勞하지안코食하랴는遊惰性과 조고만한官佛에도 卽히感染을밧는그들의性質에基因함이오 더구나그우에 伊太利社會에貧富의差가懸隔하고 또는下層民으로富裕階級에向上키難한狀態임으로 그들은資本制度를破壞하라고翹望하는結果, 이러한行動을除地업시行하는것이다。 露西亞다음에는 伊太利가가장赤色化하기易한傾向이라고한다。

三 佛國의近況

1、財政狀況。 佛蘭西의國債는 一九一四年度에는 三百四十一億法(一法이三十九錢)이엇스나 戰爭의結果, 俄然히其額의高를示하야 戰時中의借上金額은六百九十六億法에達하고 其他國防을爲하야 募集한것이 四百十億法이며。 海外에募集한것이 三百億法이며。 銀行借金이二百三十億法에上하엿다고한다。 그리하고美國政府調査에依하면 戰前負債額이六億三萬四千六百萬弗(一弗이二圓)이엇스며。 戰後負債額이四十六億二千六百萬弗이며。 이에對한利子의支拂만이라도 莫大한金額이라고한다。 조차서歲入은歲出을充用하기不足하야 大

藏大臣의計算에依하면 歲出은大略二百億法이나 一九一九年의歲入의豫算은 百億法에不過하는狀態인故로 그不足額을補充하기爲하야 行政刷新을斷行하고 租稅의徵收를行하야 歲入의不足을補充하랴한다고한다。 通貨는漸漸下落하야 生計의困難이步一步激甚한故로 이를救濟하기爲하야 政府의負擔은漸漸增加하며 法의市勢는次次下落하야 休戰當時에는 一磅에對하야二十五法九五이엿스나 昨年末에는四十法으로下落하엿스며 只今도오히려漸漸下落하는傾向이라한다。 이傾向은佛國財政狀態의反映에不外하는者인대 適切한救濟策으로는 獨逸로의賠償金의取得과 工業의發展을除하고는 解決할方途가漠然하다고한다。

2、產業狀態。 歐洲戰亂으로來한直接의損害는佛國에가장甚하야 그主要工業地며。 北部諸州의全部와其他一部가 獨逸軍의占領으로非常한打擊을맛잇다。 佛國의工場總數는十四萬四千이엿스나 그中의二萬四千은 獨軍의占領地帶이엇섯다。 이새닭에가장困難을感한것은 重要한鑛物의供給이中斷된事인대 佛蘭西의石炭과鐵은 大部分이地方에서產出하얏는故로 戰時中이地方을失한것은 얼마나한打擊인지말로다할수가업다고한다。 戰前一個年에對한產額을보건대 石炭의總產額四千萬噸內에 三千二百萬噸과鋼鐵의總產額五百萬噸內에 三百四十萬噸은 被占領地帶에서產하든것이라한다。 그리하고農產物도 麻布나砂糖이나 羊毛갓흔것은 大部分이地方의產出이엇다고한다。 只今은平和가克復되야 此等地方을回復하고 工業改造省。 解放地省鋒을設置하야 熱心으로前狀回復에努力한다고한다. 그러나이事業은原料를得하기가極히困難하야 多大한難關이압헤橫在하엿다고한다。 그原因은 鐵道其他모든交通機關의不備에基함이라한다。 戰時中獨軍이鐵道를破壞한것이 實로二百九十七基米(一基米九町四間)에及하엿스며。 道路水路에도亦是多大한損害를與하얏다고한다。 戰時中獨逸은 北海로부터瑞西에至하는一帶農業地域에莫大한損害를與하야 牧穫地는勿論이오果樹園•農業•家屋에至하기새지 모다散散히破壞하야 田畓

의荒廢한것이百六十萬『헥타ー루』(Hectare)(一헥타ー루이一畝二合五勺)에及하엿스며,昨年까지回復된것은 겨우四十萬『헥타ー루』에不過한다고한다。생각컨대佛蘭西의各階級中에 農業階級처럼激烈한損害를밧은階級은업슬것이다。一九一九年의收穫高를보건대 戰爭을爲하야激減한收穫은 아직回復되지못한狀態인대 戰前에對하야小麥의生産地域六百萬『헥타ー루』에 年額이七千七百萬『킨터ー루』(一『킨터ー루』는約一斤二合)이엇스나 昨年에는面積四百五十萬『헥타ー루』에 收穫이겨우四百八十五萬『킨터ー루』에不過하엿다고한다。다못佛國에對한가장有名한産物인葡萄의植樹한 戰時中에또其額을減하지아니하엿스며。葡萄酒갓흔것은 도리혀增加의傾向을示하엿다。 家畜은戰時中甚히減少하야馬는戰前에三百三十萬頭이든것이百萬頭로下하고牛는百四十七萬四이든것이百二十二萬頭로減하엿스며。 羊은一千六百萬頭이든것이 四百十六萬頭로減少되엿다。

鑛業의狀態를보건대 戰前에石炭의需要六千萬噸內에 四千萬噸은國內에서産出하엿스나 獨軍의重要한石炭地占領에依하야 그産額은七十二『파ー센트』의減少를來하야 一九一九年에는出炭量이二千萬噸에不過하엿스며。戰前의需要를充하기爲하야는 오히려四千萬噸의不足을告하야 이것을海外로부터輸入치아니할수업는狀態이나 佛蘭西政府는그不足額中百六十萬噸은 獨逸로부터供給을밧으리라고豫算한다。 鉄鑛의年産額은戰前에對하야獨逸의二千八百六十萬噸에 佛蘭西는二千一百萬噸의比較이며。 製鐵額은戰前에 獨逸의一千九百萬噸에對하야 佛蘭西는五百萬噸이엇다。 그러나戰後獨逸은『아로니』州를失한까닭에 鉄의年産額이六百萬噸으로低下하엿스며 佛蘭西는此에反하야四千二百萬噸의産出을得하게되엿다。萬若이것을正確한統計라하면 佛國은美國에다음가는製鉄國일다。 그러나 佛蘭西가此等原料를採掘하야 鋼鉄事業을擴張하랴면 오히려數年의世月을要하며따한다。 佛國이戰後大大的으로 鑛業의發達을計하랴면 몬저 무엇보다도 潤澤한燃料供給에留意하지아니하면아니될것이다。 佛의顯著한産物은農業物이며。 그中에注目할만한것은 生絲인데 一九一八年에對한産額은 五百噸이엿스며。 生絲及絹綢의輸入高는 七千噸이엇다。 絹織物은리온을中心삼아 全産額의九割은 이方面에서産出하엿스나 一九一三年의輸出額은 五千四百噸이엿스며。 그價格은三億二千萬法에達하엿다。

3、貿易狀況。 佛의貿易額은 一九一三年에輸出이六十八億法이오 輸入이八十二億法이며。 輸出入合計가一百五十三億法이엿다。 그中最多한者는英國과의貿易인데 그輸入額은十一億法이오 輸出額은十四億이며。 獨逸과의關係는 輸入이十億法이오輸出이八億六千萬法이라한다。 그러하고 一九一九年의처음九個月間에對한貿易은 輸入이二百七億法이오 輸出이四十八億法이엿다한다。 貿易獎勵는國力發展에가장必要하고適切한것인故로 政府는이를爲하야 多大한苦心을拂하는中。一九一三年八月二十五日에는 法律로써在外商務官의員數를增加하고 外國貿易事務省을開하야 外國에關한

各種의情報를蒐集함으로써 商業上의便益에資케하며 다시國民發展中央事務局을設置하야 國民이外國發展에關한具體的問題에對하야 注意를與하고 便宜를圖하도록되엿다。

從來佛의銀行은 海外貿易助長에對하야 적지아니한冷淡의批評을바닷스나 近時는그業中에在한모든信用을利用하야 새로운機關을設立하고 貿易事業을爲하야 銳意專心便宜를計하고잇다고한다。

4、運輸狀態。 工業의發展上不可缺할重要한者는鐵道인데 佛의鐵道도亦是戰後大端한危殆狀態에陷하엿다。 이것은戰時中輸送力을極端으로發揮하야車輛을虐使하고修繕을不加하며 그뿐만아니라。戰後石炭의缺乏과 熟練勞働者의不足은 그輸送力을顯著히減少한까닭이다。 戰前에對하야 佛의鐵道에屬한機關車는 一萬三千이엿스며。 貨車는三十五萬이엇고 客車는四萬九千이엿스나 戰後大端한打擊을受하야 戰後에는機關車가九百이오 貨車가二萬五千에不過한다。 그러하고鐵道經營에는 損失에損失을加하야 一九一三年에는 六千三百萬法

의損失에比하엿든것이 一九一八年에는 八億七千七百法에達하엿고 一九一九年에는 債로十四億七千萬法에達하는巨額의損失을示하엿다고한다。

四 白耳義의近勢

1、白耳義의問題。白耳義는參戰各國과 그趣가異하야 國民의大部分이戰爭에參加하지아니하고 榮譽잇는戰爭에試鍊을經하야 意氣가漲大하고 國民의政治는 보다明瞭하여진다한다。 兇暴한獨逸의侵入으로부터當하엿든大損害는 休戰後比較的迅速히回復되는中이라한다。

佛蘭西와伊太利에서는 勞働問題가全國에蜂起하야 形勢가자못暗澹하엿지마는 白耳義는全혀이와反對로 失業者는休戰後에는 八十萬에達하엿스나 最近에는僅僅 十萬을數하는狀態에不過한다고한다。 當初부터戰爭으로因하야 밧은바大打擊은 全部그러케容易히回復된것이아니다。 特別히海岸에近한方面에서 戰前狀態에達하랴면 오히려距離가遼遠하다고할수잇는데 原料의不足、運輸狀態의不備、熟練勞働者의減少等은 戰前狀態에比較하면 오히려回復되지못한것이太多하다고한다。

2、財政狀態。白耳義는戰時中相當한巨額에達하야 그金額은英國政府에서借受한것만할지라도 九百萬磅에達하나 그러나政府는 이를全혀改造目的에善用하야 그大部分은産業獎勵에使用한것갓흔일은 가장吾人의敬服한價値가잇는것이다。 同國의財政政策은 將來原則으로는消極主義를採用하엿스나 近來所得稅를徵收하야 歲入의增加를圖하고잇다。 産業獎勵의結果는 輸入高를顯著히減少하야 經濟의回復을招來하게되엿다한다。

3、産業狀況。産業中鐵道工業、皮革工業은 頻繁히發展하는모양이며。 纖維工業도亦是日을進하야 回復의域에進하고잇스나 獨히建築方面이尙今까지不振의狀態에在하다고한다。

4、貿易狀態。貿易額은자못戰前에復하야 一九一九年度에는 輸入額이四十三億萬法이오 輸出額이十八億萬法이며。合計가六十一億法에達하야 全혀回復되엿다고는할수업스나 그到達過程에在함

온 何人이든지否認키難하다。 特別히工業갓흔것은 他國과比較하면 顯히回復의度가速하다고아니할수가업다。 政府는特히 產業回復에 留意하야委員會를設立하고調査하며。 就中農業에關하야는農園을一九一四年의價格으로買收하야 그改良에銳意専心한다한다。

5、輸送狀態。 道路나水路나 鐵道나 大槪充分한모양인데 戰前에比較하면 貨車二萬台、機關車百臺의不足을來하엿스나 그러나엇재던輸送方面에大端한努力을致함은事實이며。 鐵道의收入은자못戰前狀態에復하야 貨物의收入은오히려戰前狀態에不及하는形便이나 旅客의收入은顯著히增加하엿다고한다。

五 獨逸의近勢

1、獨逸의槪觀。獨逸은敗戰의結果、困憊의極에達하엿다。처음獨逸은開戰後얼마아니하야 凱旋式을擧行하리라豫定하엿스나 四個年長歲月에亘하야激戰苦鬪하엿스나 맛참내利롭지못하야 一次敗地에

創設後는 人民은從來의苦惱에沈淪하도록되엿다。 무엇보다第一로食料의不足은 彼等의가장苦痛하는바인대 原料와石炭의不足과함께 工業의回復을不可能케하엿다。『함뿌르히』『쌕렌』『라이뿌치ㅣ』『만하ㅣ므』등『라인』等地方의慘狀을보건대 獨逸에對한食物의不足은 吾人의想像以上이라한다。 食料節約을爲하야 政府는管理解決에努力하나 到底히必要한分量과供給을實行하기不能하며。 就中甜菜의收穫은殆無함으로 砂糖의不足은그絶頂에達하야 一流『호텔』에서도『삭카린』이나 砂糖水에依하야 此를補充하는狀況이다。 또는馬鈴薯나 甘菜의收穫도不充分하야 到底히國內의需要를充키不足하며。 肉類도亦是不足을告하고 또는甚히價額이高하다고한다。 政府는六個月間에六十億『마ㅣ크』(一『마ㅣ크』는 三十七錢九厘五毛)를支出하야 此로食料品의價格을低廉케하랴하엿스나 그經費가巨額인싸닭에 이를오래동안繼續할수가업섯다。獨逸은戰時中 非常한犧牲을拂하야 何等物品을勿論하고 모다戰爭에使用해바린는故로 休戰後原料品

인木材와銅과鹼類와其他若干의軍用品을除하고는 모다飢乏에陷하엿다고한다。
棉花는 和蘭에서, 羊毛는佛蘭西에서輸入하고 銅은相當한供給이잇엇스며。 其他鐵은價格이戰前에比하야十倍以上이나 오히려騰貴의傾向이잇스며。 이不足을補하기爲하야 獨西部의鑛山採掘을經營한다고하나 [illegible]『쿡산맥크』의鑛物은 石炭과 및코ㅣ크스의關聯關係에 엇지할方針이업다고한다。 石炭의缺乏은 獨逸新聞紙의報道를보건대『룰』地方에서는 一九一九年中六個月間의採炭高가 겨우六百萬噸을採掘한때 엇던때는一個月에採炭高가百萬噸에不及한때도잇다고한다。 그러나一九一三年에는『룰』地方에서만도 一億一千萬噸이엇스며。 其他『오베르실레쎈』地方에四百三十萬噸을算하얏스나 一九一九年의出炭高는『라닌』地方에七千萬噸『오베르실레쎈』地方에二千萬噸의豫定이엇다 『알사스』『로렌』을 佛에返還한結果, 石炭特別히『룰』石炭產額에顯著한影響을及하야 『룰』地方石炭은 一噸에十四『마ㅣ크』로부터八十八『마ㅣ크』에 『오베르실레쎈』에서는 同一하十四『마ㅣ크』로부터九十四『마ㅣ크』로騰貴하엿다고한다。商務大臣의報告에依하면 昨年最初五個月間에對한石炭의不足은 實로二千二百五十萬噸이되야 石炭의不足으로 多數한工場은그能率을充分히發揮하지못하엿다고한다。
風說에依하면 一九一八年으로부터 一九一九年에亘한一個年은 各工場은그能力에應하야 半數可量의供給을밧앗스나 一九一九年으로부터 一九二〇年間에亘한約一個年間에는 겨우三分一의供給을밧음에不過한다고한다。 그뿐만아니고 白耳義及佛蘭西에石炭을보내지아니하면 아니될條件에依하야 石炭의不足은一層甚한形便이라고한다。 더구나本年『스파ㅣ』會議에서 獨逸의負擔은一層增加한故로 獨逸의工業回復上에 一大打擊이라고아니할수가업다。
이와갓치獨逸의工業은一便으로原料의不足이잇고또一便으로石炭의不足이잇서서 以上의悲慘을示하엿스며。 戰時中의虐使와 修繕不能의結果는 工

場의能率로하야곰 顯著히低下케하야 各種製品의貯藏한者는모다消耗된故로 生産品의價格은每日騰貴하는모양이라한다。

2、貿易狀況。外國貿易에就하야는 獨逸에對하야輸出을拒絶하는者가잇스며 或은輸出引受를한다할지라도 外國貨幣로써하든지 또는高率의折價로써아니하면 取引契約을不締結한다。 그가장有望한取引에對하야서도 罷業、基本의增加、原料의騰貴、石炭의供給、政府의命令等으로써 그危險條件을삼으며。조차서 約束期限內에 契約을履行치못하리라ㅣ看做한다。

이갓치獨逸의貿易狀態는 製品의輸入은勿論이오原料의輸入도禁止되야 爲替의下落과 豫想不確定한結果로 그價格이甚히騰貴하엿스며。조차서精製加工의能力도甚히減少되야 外國市場에對한輸出도極히적어젓다。故로將來海外貿易의擴張을圖하기爲하야 非常히努力하는데 伊太利‧南美‧支那는가장有望을둔곳이라한다。占領地方面에서는 製品의輸入은何等의制限이업는싸닭에 英佛二國으로부터 巨額의輸入이잇스며 여기서이를非占領地方에輸送하랴고하나運輸機關의不圓滑로因하야容易히進捗되지못한다。占領地方面에는 忽然히貨物의停滯를見케되엿다。昨年부터日本郵船會社는「함색」으로出航하엿스나船體를充當치못하는모양이다。

3、財政狀態。獨逸의國債는 一九一九年三月統計에依하면 一千五百六十億「마ㅣ크」며。一九二○年三月에는 二千百八十八億「마ㅣ크」라고한다。그런데一九一五年三月의統計를보면 國債는僅僅百六十七億「마ㅣ크」에不過하다고하니 생각컨대 그差額은 戰爭으로因하야增加된것인바 隔世의感이업지못하다。그러하고오히려美國의調査를보건대戰前의負債額이一億一萬九千四百萬弗이엿스며。戰後에는 四十八億五萬五千二百萬弗에至하엿고。다시歲入歲出의狀況을보건대、一九一八年、一九一九年度에歲出은모다 七百九十億「마ㅣ크」式에達하엿스며。歲入은二十五億의不足을來하엿는바歲出의重要한者는 戰爭과그復舊로因하야生하는費用百三十億「마ㅣ크」와 軍隊의解散費三十億「마

ㅣ크』와 海軍의解體費六億『마ㅣ크』와 平和條約에 基한責任上支出百七十億『마ㅣ크』等일다。 政府는 그外巨額의補助費를支出하고잇스나特別히商船復舊의補助費는 一億萬『마ㅣ크』에達하엿다고한다。 其他『로ㅣ렌』鑛山補助費로 三千萬『마ㅣ크』며工業補助費로九千萬『마ㅣ크』에上하엿스며占領地帶에對한軍隊維持費로六億二千萬『마ㅣ크』에至하엿다한다。 歲出支辦의主要稅收入目을보건대 大體一九一九年戰時稅、戰時利得稅、非常稅、相續稅、所有稅、資本輸入特別稅等이 重要한者이오 其他種種의方法을用하야 徵稅收稅한다。 例컨대 鐵道通行稅、土地登記料、價格增加稅、印紙稅、資上稅、煙草稅、石炭稅、酒稅、麥酒稅、葡萄酒稅、遊興稅、料理屋稅、茶稅、砂糖稅、燐寸稅、椰子稅等各種目에 及한다。

外國爲替는非常히下落하야 一九一九年初頭에는 一磅에對하야四十五『마ㅣ크』이엇스나 八月에는 九十『마ㅣ크』이엇스며。 昨年末에는다시一層下落하야 一九〇『마ㅣ크』에及하고 或은三百四十『마ㅣ크』에까지達한때가잇다。 이爲替市勢의下落이 海外貿易에惡影響을及한것은 勿論이고。 또補助貨도大端低下하야ㅣ苦痛을밧은結果、錫、鉄의地金을用하엿스며。 各地方이亦是便宜에依하야 各種貨幣를使用하엿다고한다。 貨幣의下落과租稅負擔의莫大한것은 經濟狀態의發展을阻害하야 最近財政計畫도 이새로에實行不能이라고한다。

4、運輸狀態。 鉄道도昨年에는 全혀悲觀할만한狀態에잇서서 何等의改善策도업서섯다。 昨年余(內田嘉吉)가『한색』에到着하매 十一日間旅客輸送이中止되얏는대 이것은 石炭의不足、機關車、其他車輛修繕의不能으로 食料品運搬을敏活케하기爲하야 其他輸送을中止한까닭이라한다。 十一月十六日부터다시開始된것도 一地方一列車主義엿는대 그러나時刻은매우不正確하야 時間表도엇을수업는狀況임으로 旅客의困難은如干이안이엿다한다。 그러나本年에獨逸을旅行한者의말을듯건대 輸送狀態는顯著히回復되야 何等不便이업다고한다。果然이것이事實일진대 그갓흔難局을短期日에處理하는獨逸人의手腕을 果然嘆服지안을수가업다。

(未完)

朝鮮古代地理考

朴用栂
張道斌
共撰

目次

朝鮮古代地理考

第一篇 朝鮮郡縣沿革

京畿道郡縣沿革

朝鮮五國	三國		南北國	高麗	朝鮮
	百濟	高句麗	新羅		
馬韓에屬함	北漢城(國都)	南平壤城	漢陽郡	楊州	京城(一名은漢城)
仝上		買省郡(一名은昌化)	來蘇郡	見州(楊州에入함)	楊州郡
		骨衣奴縣	荒壤縣	豊壤郡(抱川에入함)	
		內乙買縣(一名은內爾米)	沙川縣	沙川縣(楊州에入함)	

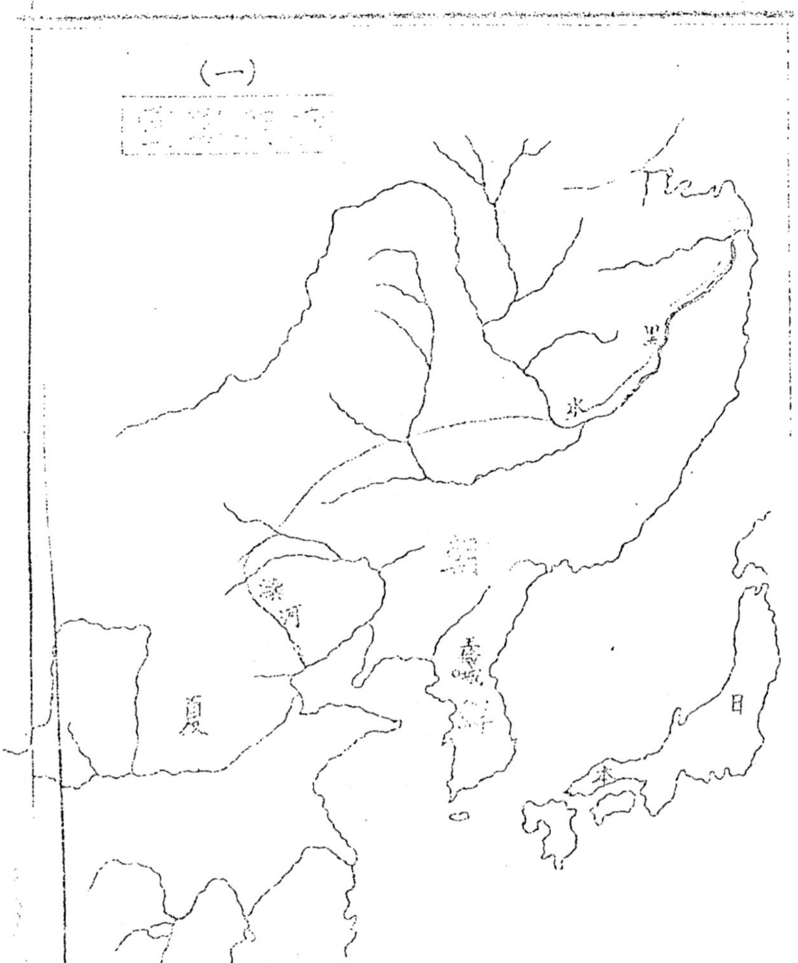
(一)
黑
水
朝
河
夏
日
本

(二)

五國略圖

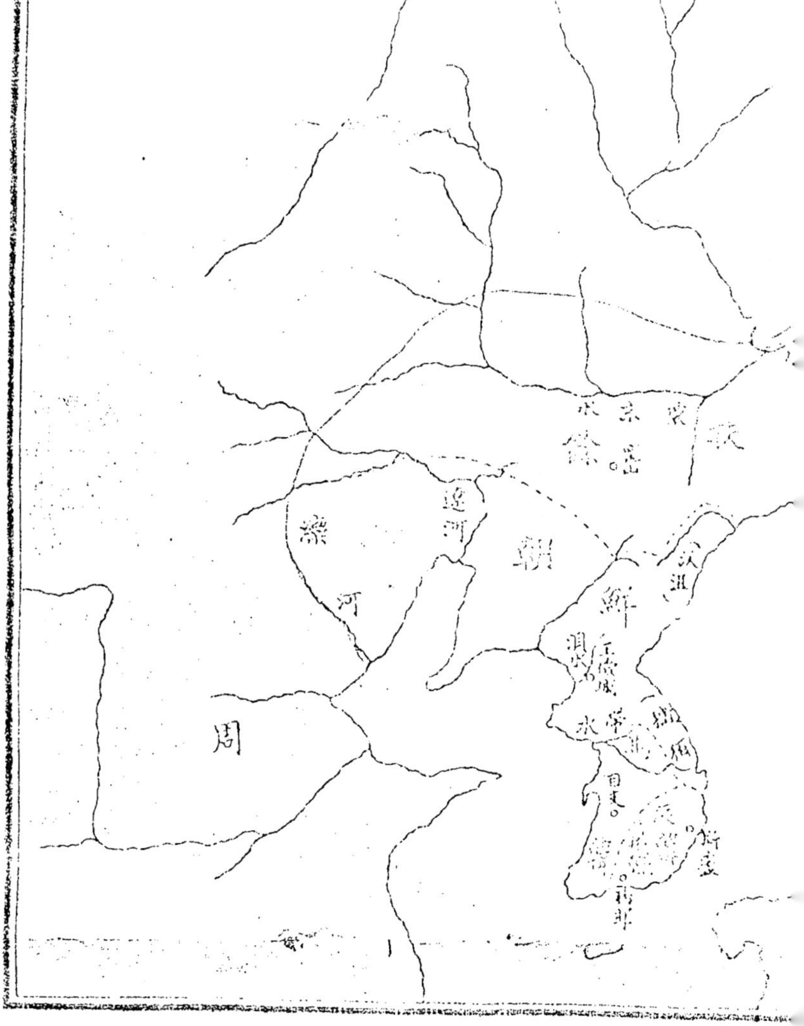

(三)

三國略圖

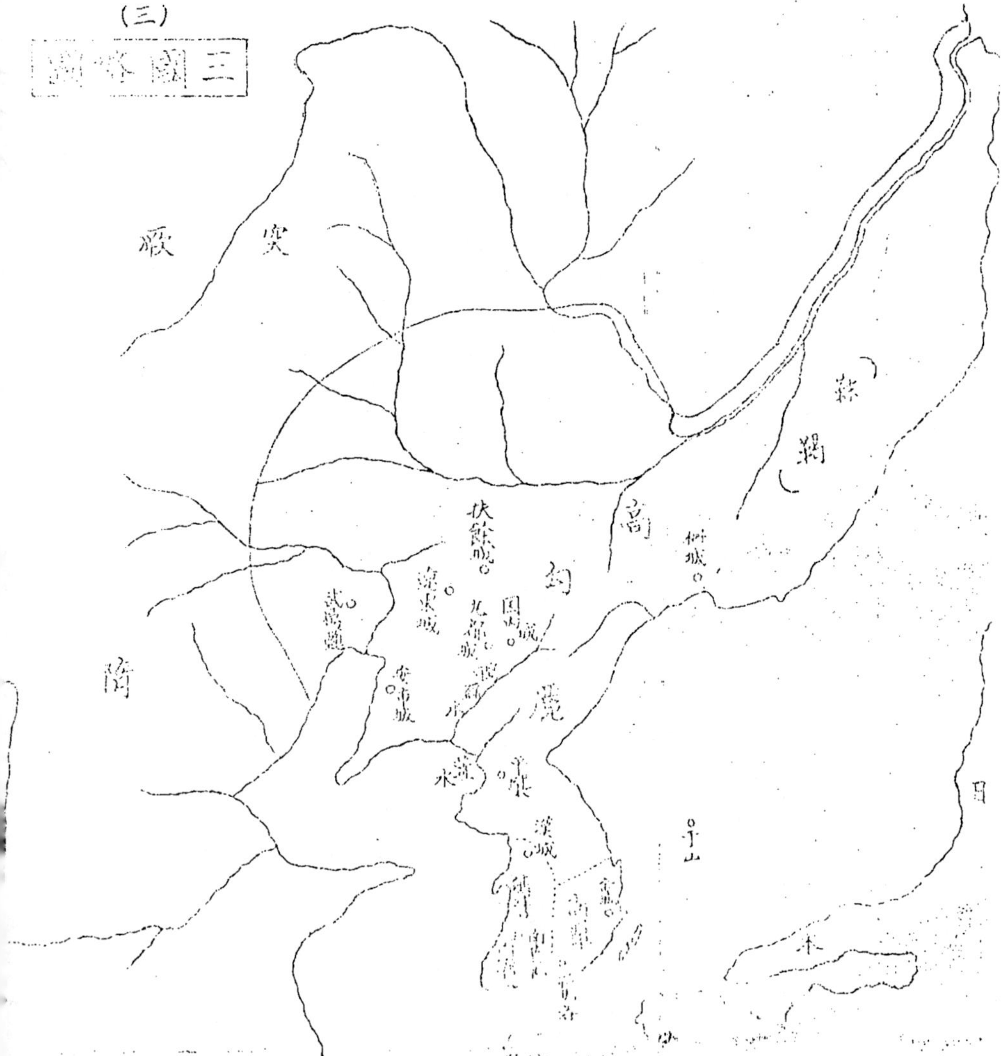

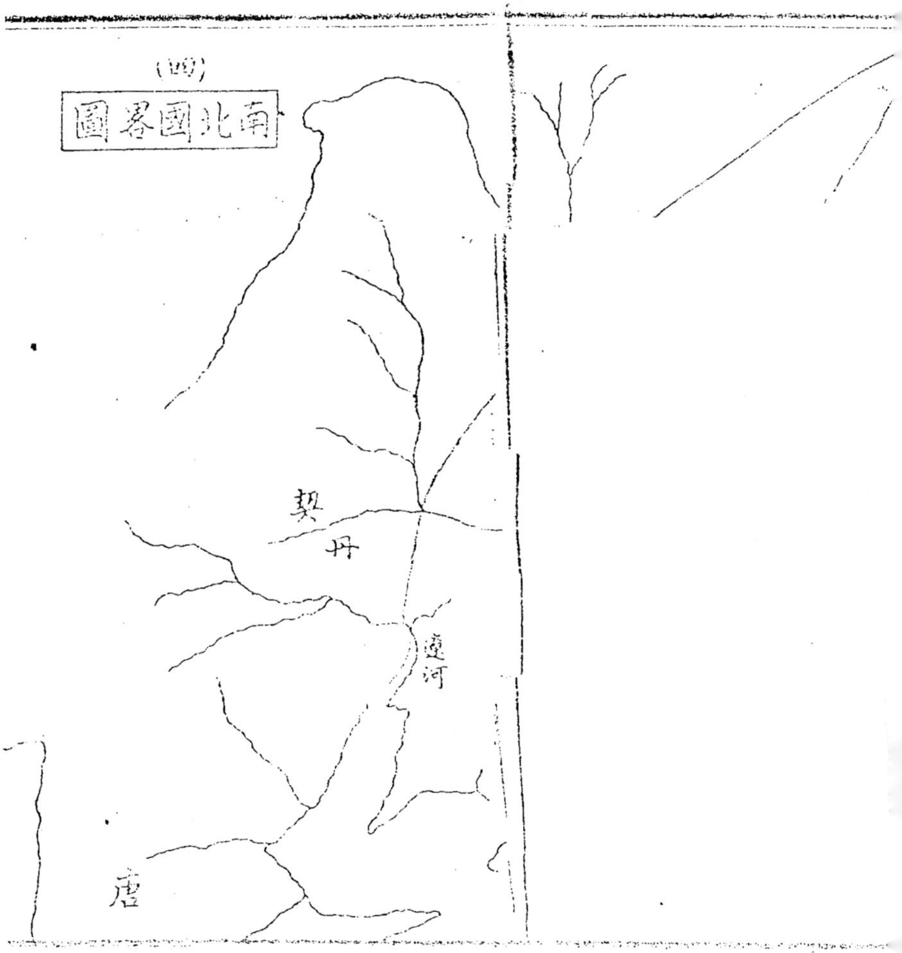

(四)
南北國略圖

(五)
高麗略圖
蒙古
遼
女眞
鴨綠江
高麗
開京
日本
宋

(六)

朝鮮略圖

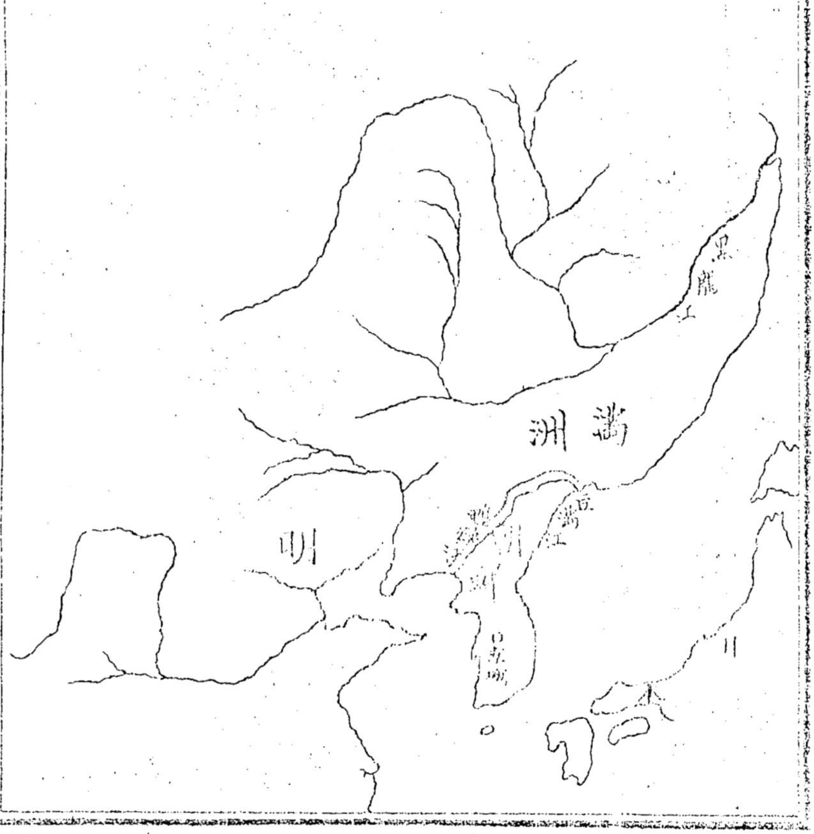

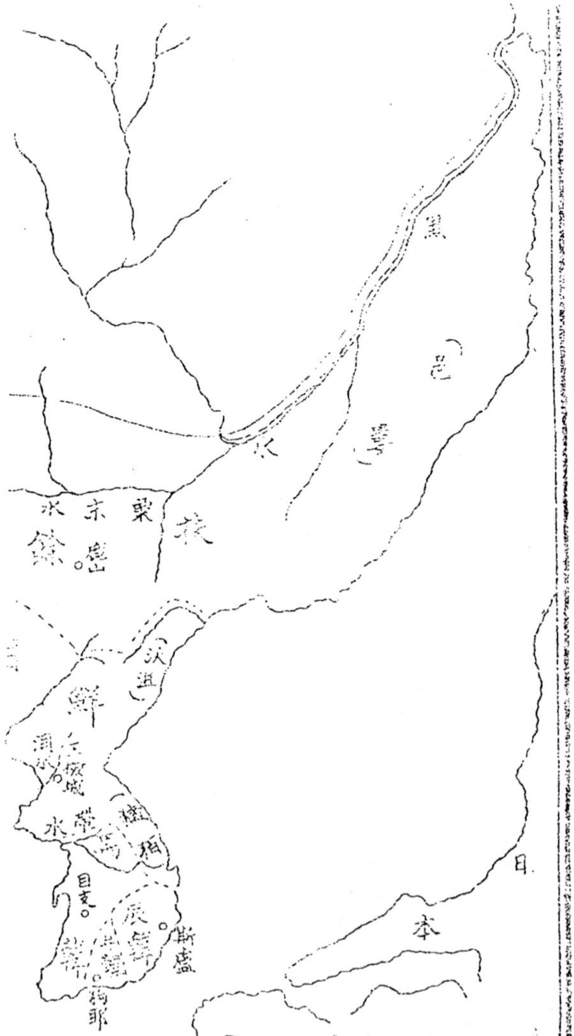
黑
邑
婁
日
本
斯盧

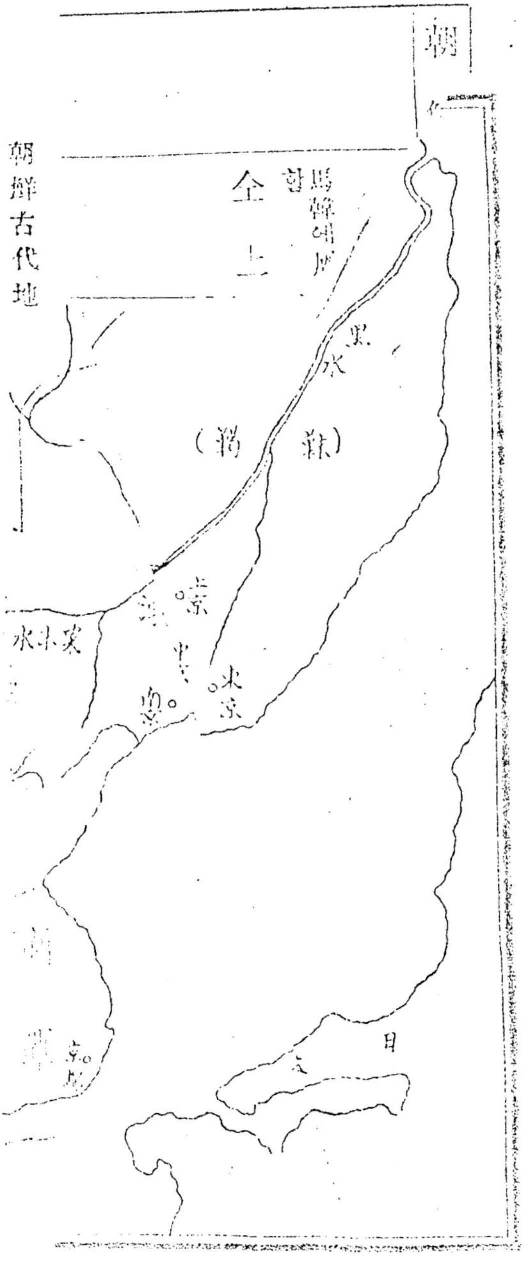

凡例

○ 國都

---- 國境

---- 外國境

仝上		七重縣 一名은 難隱別	重城縣	積城縣	積城郡
仝上	漢山城 國都	漢山郡	漢州	廣州	廣州府
仝上		南川縣 一名은 南買	黃武縣	利川郡	利川郡
仝上		駒城縣 一名은 滅烏	巨黍縣	龍駒縣	龍仁郡
仝上		泉井口縣 一名은 屈火郡 又는 於乙買串	交河郡	交河郡	交河郡
				深嶽縣 漢陽에入함	太祖三年에交河에分入하다
仝上		述爾忽縣 一名은 首泥忽	峯城縣	瑞原縣	坡州郡
		坡害平吏縣 一名은 額達	坡平縣	坡平縣	太祖七年에坡州에入하니州東北三十里라
仝上		達乙省縣	高烽縣	高烽縣	高陽郡
		皆伯縣	遇王縣 一名은 王逢	幸州縣 一名은 德陽	高陽에入하니府南十五里에在함

			富原縣	高陽에入하다
			荒調縣 高陽에入함	
仝上	馬忽郡 一名은命旨	堅城郡	抱州郡	抱川郡
仝上	梁骨縣	洞陰縣	洞陰縣	永平郡
仝上	主夫吐郡	長堤郡	樹州	富平郡
			黃魚縣 富平에入함	
仝上	黔浦縣	金浦縣	金浦縣	金浦郡
仝上	平淮押縣 一名은北史城이오 一名은別史波兒라	分津縣	通津縣	通津郡
	童子忽縣 一名은幢山縣이오 一名은仇斯波衣라	童城縣	童城縣 通津에入함	
	首爾忽	戍城縣	守安縣 通津에入함	

仝上		栗木郡 一名은冬斯肹	栗津郡	果州	果川郡
仝上		仍伐奴縣	穀壤縣	衿州	始興郡
仝上		齊次巴衣縣	孔巖縣	孔巖縣	陽川郡
仝上	彌鄒忽	買召忽縣	邵城縣	仁州	仁川郡
仝上		唐城郡	唐恩郡	唐城郡	南陽郡
				載陽郡 南陽에入함	
仝上		釜山縣 一名은金山縣이요又는松村活達	振威縣	振威縣	振威郡
				永新縣	振威에入함
仝上		買忽郡 一名은水城	水城郡	水州	水原郡
		上忽縣 一名은車忽	車城縣	龍城縣 水原에入하니 南五十里라	
				雙阜縣 仝西四十五里라	

	仝上				貴楓縣 全南十五里라 臨德縣 全南六十里라	陽智郡 水原陽良鄕을割하야縣을삼앗다가郡으로改함
	仝上		獐項口縣 一名은古斯也忽次	獐口郡	安山縣	安山郡
	仝上		穴口郡 一名은甲比古次海島	海口郡	江華縣	江華府
			首智縣 一名은新智	守鎭縣	鎭江縣 江華南二十五里라	
			冬音奈縣 一名은芽音이라	江陰縣	河陰縣 江華南二十五里니右縣은江華島中에在함	

仝上	箕朝에 屬함	仝上	馬韓에 屬함	

高木根縣 一名은 藏岩島이오 一名은 高林이오 又는 達乙新이라	扶蘇岬	冬比忽	貞州	德勿縣 一名은 仁勿	長淺城縣 一名은 耶耶 又 夜牙	獐項縣 一名은 古斯也忽次	若豆耻縣 一名은 之蟾이오 又는 朔頭오 又는 衣頭
喬桐縣	松嶽郡	開城郡		德水縣	長湍縣	臨江縣	如熊縣
喬桐縣 江華에 入함	開城府 國都	開城縣	貞州	德水縣	湍州	臨江縣	松林縣
喬桐郡	開城府	開城府에 入하니 西三十五里	豐德郡 豐德에 入하니 東三十里라		長湍郡	長湍에 入하니 北四十里라	長湍에 入하니 北二十里라

	津臨城縣 一名은烏阿忽	臨津縣	臨津縣	長湍에入하니 南二十五里라
仝上	骨乃斤縣	黃驍縣	黃驪縣	驪州縣 驪州에入하니 西三十四里라
	述川郡 一名은省知買	泝川郡 泝或作沂라	川寧郡	
仝上	楊根郡 一名은恒陽이오又는斯斬	濱陽縣	楊根縣	楊根郡
			迷原縣 楊根에入하니 北六十里라	
仝上	皆次山郡	介山郡	竹州郡	竹山郡
仝上	奈兮忽	白城郡	安城郡	安城郡
仝上	奴音竹縣	陰竹縣	陰竹縣	陰竹郡
仝上	沙伏忽	赤城縣	陽城縣	陽城郡
仝上	功木達縣 一名은熊閃山	功成縣	漳州縣 漳은或作獐字로도用함	漣川郡
仝上	所邑豆縣	朔邑縣	朔寧縣	朔寧郡

	仝上			朔寧에入하니 東三十里라
僧梁縣 一名은非勿縣	蝹梁縣	僧嶺縣		
仝上	砥峴縣	砥平縣	砥平縣	砥平郡
仝上	斤平郡 斤은或並字로用함	嘉平郡 嘉는或加字로用함	嘉平郡	加平郡
	深川縣 一名은伏斯買라	浚水縣 水는或川字로用함	朝宗縣	加平에入하니 西四十五里라
仝上	麻田淺縣 一名은泥沙波忽	臨湍縣	麻田縣	麻田郡

忠淸道郡縣沿革

朝鮮五國	三國	南北國	高麗	朝鮮
馬韓	百濟	新羅		
熊川	熊川 國都	熊州	公州	公州郡

	伐音支縣 一名은武夫라	清陰縣	新豊縣 公州에入하니西三十里라	
	奴斯支縣 斯는叱字	儒城縣	儒城縣 公州에入하니西四十里라	
	所比浦縣	赤烏縣	德津縣 公州에入하니東五十里라	
馬韓에屬함	熱也山縣	尼山縣	尼山縣	尼城郡
仝上	雨述縣 一名은朽淺	比豊郡	懷德縣	懷德郡
仝上	所夫里 一名은泗沘오 또는南扶餘라	扶餘郡	扶餘郡	扶餘郡
仝上	珍惡山縣	石山縣	石城縣	石城郡
仝上	悅己縣	悅城縣	定山縣	定山郡
仝上	黃等也山郡	黃山郡	連山郡	連山郡
仝上	眞峴縣 眞은或貞字로도用함	鎭嶺縣	鎭岑縣	鎭岑郡

仝上	上黨縣 一名은娘臂城 又는娘子谷	西原京	清州	清州郡
		薩買縣	青州縣 淸州에入하니 東六十里라	
仝上			青壙縣 一名은淸淵	清安郡 淸安에入하니 西十五里
		都西縣	道安縣	
仝上	一牟山縣	燕山郡	燕山郡	文義郡
仝上	豆仍只縣	燕岐縣	燕岐縣	燕岐郡
仝上	未谷縣	昧谷縣	懷仁縣	懷仁郡
仝上	大木岳郡	大麓郡	木州郡	木川郡
仝上	仇知縣	金池縣 池는或地字도用함	全義縣	全義郡
仝上			天安府	天安郡
	甘買縣	馴雉縣	豊歲縣 天安에入하니 南二十七里라	

仝上	湯井郡	湯井郡	溫水郡	溫陽郡
仝上	牙述郡 牙는或逆字도用함	陰峰縣 峰은或岑字도用함	牙州縣	牙山郡
仝上	河八縣		平澤縣	平澤郡
仝上	屈直縣	新梁縣	新昌縣	新昌郡
仝上			洪州	洪州郡
			興陽縣 古名은運車이니洪州에入하야南五十里에在함	
			合德縣 본대德豐部曲으로서洪州에入하니北四十里에在함	
	沙平縣	新平縣	新平縣 洪州에入하니北九十里에在함	
	沙尸良縣 一名은沙羅라	新良縣	驪陽縣 運州에入하니南三十七里라	
	牛見縣	目牛縣	高丘縣 洪州에入하니西三十里라	

仝上	樺 郡	樺城郡	樺城郡	河川郡
仝上	代首只縣 一名은夫只縣이라	唐津縣	唐津縣	唐津郡
仝上	結己縣	潔城縣	結城縣	結城郡
仝上	新村縣 一名은沙村	新邑縣	保寧縣	保寧郡
仝上				鰲川郡 본대忠淸水營의屬地라
仝上	馬尸山郡	伊山郡	伊山縣	德山郡
	今勿縣	今武縣	德豐縣	德山에入하니 北十三里라
仝上			貞海縣	海美郡
	餘村縣	餘邑縣	餘美縣	海美에入하니 北三十里라
仝上	任存城 一名은今州라	任城郡	大興郡	大興郡
仝上	古良夫里縣	青正縣 正은或武字로用함	青陽縣	青陽郡
仝上	烏山縣	孤山縣	禮山縣	禮山郡
仝上	加林郡	嘉林郡	嘉林縣	林川郡

	仝上	馬山縣 東城王이 城을 築함	馬山縣 一	韓山縣	韓山郡
	仝上	大山縣	翰山縣	鴻山縣	鴻山郡
	仝上	舌林郡 一名은 南陽	西林郡	西林郡	舒川郡
	仝上	寺浦縣	藍浦縣	藍浦縣	藍浦郡
	仝上	比衆縣	庇仁縣	庇仁縣	庇仁郡
	仝上	基 郡	富城郡	富城縣	瑞山郡
		知六縣	知育縣	地谷縣 瑞山에 入하니 北二十里	
	仝上	省大號縣 號는 或 兮라	蘇泰縣	蘇泰郡	泰安郡
	仝上	德近郡	德殷郡	德恩郡	恩津郡
		加知奈縣 一名은 加乙乃 또는 新浦	市津縣	市津縣	恩津에 入하니 東南二十里라

五國	三國 高句麗	南北國 新羅	高麗	朝鮮
馬韓에 屬함	國原城 一名은 未乙省 또는 薍長城 또는 託長城이라	中原京	忠州	忠州郡
			鎭安縣 忠州에 入하니 西三十里라	
仝上	仍斤內郡	槐壤郡	槐州郡	槐山郡
仝上	上芼縣		長延縣	延豐郡 延豐에 入하니 西二十里라
			長豐縣	
仝上	今勿奴郡 一名은 萬弩郡 또는 首知 또는 新智라	黑壤郡 黑은 或黃字로 用함	鎭州	鎭川郡
仝上	仍忽縣	陰城縣	陰城縣	陰城郡
仝上	蛇山縣	蛇山縣	稷山縣	稷山郡
仝上			慶陽縣 本은 河陽倉이라	稷山에 入하니 西四十四里라

辰韓	新羅	高麗	朝鮮
仝上	奈吐郡 一名은 大提라	奈堤郡	堤川郡
仝上	赤山縣 一名은 赤城이라	赤山縣	丹陽郡
仝上	沙熱伊縣	淸風縣	淸風縣
辰韓에 屬한	三年郡 本히 三年山郡이라	保齡郡	報恩郡
仝上	耆山縣 本은 屈山縣이오 一은 或埼字도 用하니 炤智王이 城을 築함	青山縣	青山郡
仝上	永同郡 本히 吉同郡	永同縣	永同郡
仝上	黃磵縣 本히 召羅縣	黃磵縣	黃磵郡
仝上	管城郡 本히 古尸山	管城郡 沃州	沃川郡
	陽山縣 本히 助比川	陽山縣 沃州에 入하니 南五十九里	
	利山縣 本히 所里山縣	利山縣 沃州에 入하니 南三十里라	

南北國	仝上
高麗	安貞縣 本히 阿冬號縣이나 號는 或 分字로 用함 上春縣 本히 乙阿朝縣
朝鮮	安邑縣 沃州에 入하니 東三十八里라 永春縣 於上川縣 永春에 入하니 西三十七里라
	永春郡

全羅道郡縣沿革

朝鮮五國	三國	南北國	高麗	朝鮮
馬韓에 屬함	百濟	新羅	高麗	朝鮮
	完山州 一名은 比斯伐이오 又는 比自火라 豆伊縣 一名은 往武라 所力只縣	全州 杜城縣 沃野縣	全州 伊城縣 全州에 入하니 西二十五里라 沃野縣 全州에 入하니 西北七十里라	全州郡

	于召渚縣	紆洲縣 紆는或汚字로用함	紆洲縣 全州에入하니北五十里라	
仝上	乃利阿縣	利城縣	利城縣 全州에入하니西七十五里라	
	仇只山縣 只는或智字로用함	金溝縣	金溝縣	金溝郡
			櫟陽縣 陽은或良字로用함 金溝에入하니北七里라	
	也西伊縣	野西縣	巨野縣 金溝에入하니南十六里라	
仝上	高山縣 一名은難等良	高山縣	高山縣	高山郡
	只伐只縣	雲梯縣	雲梯縣 全州에入함	高山에入하니北二十里라
仝上 日支國	金馬渚郡	金馬郡	金馬郡	益山郡
仝上	只良肖縣	礪良縣	礪良縣	礪山郡
	閼也山縣	野山縣	朗山縣	礪山에入하니西八里라

仝上	古龍郡	南原小京	南原府	南原郡
仝上	居斯勿縣	青雄縣	居寧縣 別號는寧城이오南原에入함	
仝上	任實郡	任實郡	任實縣	任實郡
仝上	堗坪縣	九皐縣	九皐縣	任實에入하니西二十里라
仝上	道實郡	淳化縣	淳昌郡	淳昌郡
	礫坪縣	赤城縣 赤은或磧字로도用함	赤城縣 淳昌에入하니東五十里라	
			福興縣	淳昌에入하니西五十里라
仝上	雨坪縣	高澤縣	長水縣	長水郡
	伯海郡 海는或伊字도用함	壁溪郡	長溪縣 長水에入하니北二十九里라	
仝上	難珍阿縣 一名은月良이라	鎭安縣	鎭安縣	鎭安郡

	馬突縣 一名은馬珍或은馬等良이라	馬靈縣	馬靈縣	鎭安에入하니西二十里라
仝上	古沙夫里郡	古阜郡	古阜郡	古阜郡
仝上	皆火縣	扶寧縣 或은戒發이라稱함	扶寧縣	扶安郡
	欣良買縣	喜安縣	保安郡	扶安에入하니西三十三里라
仝上	上柒縣	尙質縣	尙質縣	興德郡
仝上	大尸山郡	大山郡	泰山郡	泰仁郡
	賓屈縣	斌城縣	仁義縣	泰仁에入하니西十里에在함
仝上	非村縣	非邑縣	非邑縣	井邑郡
仝上	屎山郡 一名은所	臨陂邑	臨陂縣	臨陂郡

仝上	馬西良縣 文任는所 島任는失 島田이는 陂山이라	沃溝縣	沃溝縣	沃溝郡
	夫夫里縣	澮尾縣	澮尾縣	沃溝에入하니 東十五里라
仝上	甘勿阿縣	咸悅縣	咸悅縣	咸悅郡
仝上	道乃山 銀所니 一名은 村山所 라		龍安縣	龍安郡
			豊堤縣 龍安에入함	
仝上	碧骨郡	金堤郡	金堤郡	金堤郡
	首冬山縣	平皐縣	平皐縣 金堤에入하니 東二十里에在함	
仝上	豆乃山縣	萬頃縣	萬頃縣	萬頃郡
	武斤村縣	武邑縣	富潤縣 萬頃에入하니 南十三里라	

仝上	進乃郡 (一名은 進仍乙郡이라)	進禮郡	進禮縣	錦山郡
	豆尸伊縣 (豆는 或富字로 用함)	伊城縣	富利縣 (錦州에 入하니 東南六十里라)	
仝上	勿居縣	淸渠縣	淸渠縣	龍潭郡
仝上	赤川縣	丹川縣	朱溪縣	茂朱郡
		茂豐縣	茂豐縣 (朱溪에 倂함)	
仝上	武珍州 (一名은 奴只라)	武州	海陽縣	光州郡
仝上	未冬夫里縣	玄雄縣	南平郡	南平郡
	實於山縣	鐵冶縣	綾城에 入함	南平에 入하니 南三十里라
仝上	屈支縣	祈陽縣	昌平縣	昌平郡
			甲鄕縣 (昌平에 入하니 北三十里라)	

全上			
發羅郡 一名은通義라	錦山郡	羅州	
伏龍縣 一名은杯龍이라	龍山縣	伏龍縣	羅州에入하니北三十里라
豆盻縣	會津縣	會津縣	羅州에入하니西十五里라
木川縣 一名은水入伊라	艅艎縣	艅艎縣	羅州에入하니北四十里라
		黑山縣	羅州海島에入하니西로水路九百里라
		榮山縣	黑山島人이南浦에僑居하는處니今에廢함
半奈夫里縣	潘南郡	潘南縣	羅州에入하니南四十里라
阿老谷縣	野老縣	安老縣	羅州에入하니南二十里라
阿次山郡	壓海郡	壓海郡	羅州에入하니南四十里라

	居知山縣 一名은安陵이요又는屈知山縣이라	安波縣	長山縣 羅州에入하니南西十里	
仝上	秋子兮郡	秋成郡	潭陽郡	潭陽郡 潭陽에入하니東北十三里라
	栗支縣	原栗縣	原栗縣 羅州에入함	
仝上	菓支縣	玉果縣	玉果縣	玉果郡
仝上	武尸伊郡	武靈郡	靈光郡	靈光郡
	阿老縣 一名은葛草또는加位또는谷野라	碣島縣	陸昌縣 靈光에入하니南二十五里라	
	古祿只縣 一名은開要라	塩海縣	臨淄縣 靈光에入하니西二十六里라	
	所非兮縣 一名은所乙夫里라	森溪縣	森溪縣 靈光에入하니東三十三里라	

仝上	上老縣	長沙縣	長沙縣	茂長郡
	松彌知縣	茂松縣	茂松縣 盛光에入	茂長에入하니南二十里라
仝上	毛良夫里縣	高敞縣	高敞縣	高敞郡
仝上	勿奈兮縣 一名은水入	務安郡	務安縣	務安郡
仝上	屈乃縣	咸豐縣	咸豐縣	咸平郡
	多只縣	多岐縣	牟平縣	咸平에入하니東三十里라
	道際縣 一名은陰海오또는大峰	海際縣	海際縣	咸平에入하니西七十里라
仝上	因珍島郡 海島	珍島郡	珍島縣	珍島郡
	徒山縣 一名은猿山이라	牢山縣	嘉興縣 珍島에入하니南三十五里라	
仝上	買仇里縣	瞻耽縣	臨淮縣 珍島에入하니北十里라	
	古尸伊縣	岬城郡	長城縣	長城郡

	臣斯珍兮縣	珍原縣	珍原縣	長城에入함
仝上	月奈郡	靈巖郡	靈巖郡	靈巖郡
	古彌縣	昆湄縣 靈巖에入하니西三十里		
仝上	塞琴縣	浸溟縣 一名은投濱	海南縣	海南郡
仝上		淸海鎭		莞島郡 本히康津海南에分屬하얏던者라
	古西伊縣	固安縣	升山縣	海南에入하니北十里라
	黃述縣	黃原縣	黃原郡 海南에入하니西六十里라	
			玉山縣 海南에入함	
			玉泉縣	海南에入하니東十五里라
仝上	冬音縣	耽津縣	耽津縣	康津郡
	道武郡	陽武郡	道康縣	康津에入하니北二十七里라

仝上	仝上		仝上					仝上	仝上	仝上
	伏忽郡	波夫里縣	冬老縣	烏次縣	古馬彌知縣	季川縣	馬斯良縣	彌陵夫里郡	仍利阿縣	分嵯郡 一名은夯沙라
	寶城郡	富里縣	兆陽郡	烏兒縣	馬邑縣	季水縣	代勞縣	陵城郡	汝湄縣 一名은海濱이라	分嶺郡
	寶城郡	福城縣 寶城에入하얏스니北三十里라	兆陽縣	長興府	遂寧縣 長興에入하니今에府治라	長澤縣 長興에入하니東北四十里라	會寧縣 長興에入하니東四十里라	陵城縣	和順縣	樂安郡
智島郡	寶城郡		寶城에入하니東三十里라	長興郡				綾州郡	和順郡	樂安郡

仝上			高興縣	興陽郡
	助助禮縣	忠烈縣	南陽縣 寶城에入함	興陽에入하니北五十里라
	比史縣	栢舟縣	泰江縣	興陽에入하니北七十里라
	豆盼縣	竹軍縣	荳原縣	興陽에入하니西十五里라
			道陽縣	興陽에入하니西三十里라
			豊安縣	興陽에入하니南三十五里라
			道化縣	興陽에入하니東三十里라
仝上	欲乃郡	谷城縣	谷城縣	谷城郡
仝上	豆夫只縣	同福縣	同福縣	同福郡
			水村縣	同福에入하니北二十里라
			聰谷縣 同福에入하니北二十五里라	
仝上	仇次知縣 知는或禮字로用함	求禮縣	求禮縣	求禮郡

仝上	欿平郡	昇平郡	順天府	順天郡
仝上	遁支縣	富有縣	富有縣	順天에入하니 北六十里라
仝上	猿村縣	海邑縣	麗水縣	麗水郡
仝上	突山郡	廬山縣	突山縣	突山郡
仝上	馬老縣	晞陽縣	光陽縣	光陽郡
仝上	耽羅國	耽羅國	耽羅縣	濟州牧
			歸德縣	濟州西五十里라
			貴日縣	仝西二十五里라
			高內縣	仝西三十五里라
			涯月縣	仝西四十里라
			郭支縣	仝西四十五里라
			明月縣	仝西六十里라
			新村縣	仝東二十里라

五國	三國및南北國	高麗	朝鮮
		歲德縣	仝東三十里라
		金寧縣	仝東五十里라
仝上			漣義郡
		兎山縣	漣義西二十里라
		狐兒縣	仝西五十里라
		洪爐縣	仝西六十一里라
仝上			大靜郡
		猊來縣	大靜東二十五里라

朝鮮				
五國	辰韓에 屬함			
三國및南北國	新羅	珍同縣 同은洞字로用함		
高麗		珍同縣	侃山縣 今에未詳	
朝鮮		珍山郡		

三國및南北國	高麗	朝鮮
排山縣 或은阿英城이라云하고或은景德王이雲峰으로改하얏다云함	雲峰縣	雲峰郡

慶尙道郡縣沿革

朝鮮五國	三國및南北國	高麗	朝鮮
辰韓	新羅		
斯盧	金城 國都	慶州 一名은鷄林府	慶州郡 慶州에入하니北三十里라
	南城郡 本히西兄山郡이라	慶州에入함	
	杞溪縣 本히芼分縣이요一名은化鷄라	杞溪縣 慶州에入하니北卒里라	
	神光縣 一名은神乙	神光縣 慶州에入하니北五十里	
	安康縣 本히比火縣이라	安康縣 慶州에入함	
	約章縣 本히惡支縣이라	慶州에入하니南七里에在함	
	東安郡 本히生西郎郡	慶州에入하니東四十五里에在함	
	臨關郡 本히毛火郡이요一名은蚊化라		

辰韓에 屬함	長鎭縣		慶州에入하니北六十里에在함	
	良州	本히歃良州라	梁州	梁山郡
仝上	巘陽縣	本히居知火縣이라	巘陽縣	彦陽郡
仝上	義昌郡	本히退火郡	興海郡	興海郡
仝上	臨汀縣	本히斤烏知縣이요 一名은烏良友라	延日縣	延日郡
仝上	鬐立郡	本히只沓縣	長鬐縣	長鬐郡
仝上	獐山郡	古에押梁國이라	章山郡	慶山郡
仝上	慈仁郡	本히奴斯火縣이요 一名은其火라	慈仁縣	慈仁郡
	餘粮縣	本히麻珍良縣이라	慶州에入하니西六十里에在함	慈仁에入하니北十里에在함
仝上	臨皐郡	本히切也火郡이라	永州	永川郡
	道同縣	本히道同火縣이라	永州에入하니南七里에在함	
	臨川縣	古에骨火國이라	永州에入하니東南五里에在함	
仝上	新寧縣	本히史丁火縣이니 一名은花山縣이라	新寧縣	新寧郡
	甁白縣	本히買熱次縣이라	新寧에入함	新寧에入함

		梨旨縣	新寧에入하니西二十五里에在함
仝上	河曲縣 本히屈阿火縣이라	蔚州	蔚山郡
	東津縣 本히栗木浦이라	蔚州에入함	
	虞風縣 本히于火山이라	蔚州에入함	
仝上	東萊郡 本히居漆山郡이라	東萊縣	東萊郡
	東平縣 本히大甑縣이라	東平縣	東萊에入함
仝上	機張縣 本히甲火良谷縣	機張縣	機張郡
弁韓에屬함(狗邪)	金海小京 古에金官國(駕洛伽倻)	金州	金海郡
	義安郡 本히屈自郡	義安郡	昌原郡
	合浦縣 本히骨浦縣이라	合浦縣	昌原에入하니西로十五里에在함
仝上	熊神縣 本히熊只縣이라	熊神縣	熊川郡
		莞浦縣	熊川에入하니西三十五里에在함

仝上	漆堤縣 本은漆吐縣이라	漆原縣 縣은或因今之用하別號는龜山이러니	漆原郡
		龜山縣 漆原에入함	
辰韓에屬함	密城郡 本推火郡이라	密城郡	密陽郡
		守山縣 一名은饒山이니密城에入하야西四十里에在함	
仝上	密津縣 本은推浦縣이요一名은竹山이라	今에未詳하니或密陽에入하다云함	
仝上	尙藥縣 本은西火縣이라	靈山縣	靈山郡
		桂城縣	靈山에入하니北十五里에在함
仝上	烏岳縣 本은烏也山縣이요一名은仇道또는烏禮山또는烏道山城이라	淸道郡	淸道郡
	荊山縣 本은驚山縣또는茄山이라	淸道에入함	
	蘇山縣 本은率伊山縣	淸道에入함	
	大城郡 古에伊西國이라	淸道에入함	
仝上	火王郡 本은比自火郡이니一名은比斯伐이라	昌寧郡	昌寧郡

仝上	玄驍縣 本히推良火縣이라	玄豊縣	玄風郡
仝上	大邱縣 本히達句火縣이오 一名은達句伐이라	大邱縣	大邱郡
	壽昌郡 本히喟火郡이오 一名은上村只郡이라	壽城郡	大邱에入함
	河濱縣 本히多斯只縣이요 一名은沓只라	河濱縣 大邱에入하니西三十里에在함	
	花園縣 本히舌火縣이요 別號는錦城이라	花園縣	大邱에入하니西南三十里에在함
	上火村縣	豐角縣	大邱에入하니南七十里에在함
	維省火縣 一名은省良火이라	解顏縣	大邱에入하니北十五里에在함
仝上 弁韓에 屬함	八里縣 本히八居里縣이라	八莒縣	漆谷郡
	巨濟郡 本히裳郡海島라	巨濟縣	巨濟郡
	南垂縣 本히松邊縣이라	松邊縣 巨濟에入하니南三十里에在함	
	鵝洲縣 本히巨老縣이라	鵝洲縣 巨濟에入하니東二十里에在함	
	溟珍縣 本히買珍伊縣이니 右三縣은巨濟島中에在함	溟珍縣	巨濟에屬하니東三里에在함

辰韓에屬함

尙州 古에沙伐國이라

靑驍縣 本히音里火縣이라

化昌縣 本히乃彌知縣이라

化寧郡 本히答達匕郡이요 一名은答達이라

道安縣 本히刀良縣이라

嘉猷縣 本히近品縣이라

單密縣 本히武冬彌知縣이라

尙州

靑理縣 尙州에入하니西二十里에在함

今에來隷하고或은尙州에廢하다云함

功成縣 尙州에入하니南三十里에在함

永順縣 尙州에入하니北三十五里에在함

化寧郡 尙州에入하니西五十一里에在함

中牟縣 尙州에入하니西五十七里에在함

山陽縣 尙州에入하니北六十三里에在함

單密縣 尙州에入하니東五十七里에在함

尙州郡

全上	開寧郡 古의甘文國이라	開寧郡	開寧郡
全上	金山縣	金山縣	金山郡
	禦侮縣 本히今勿縣이오 一名은陰達이라	禦侮縣	金山에入함
全上	知禮縣 本히知品川縣이라	知禮縣	知禮郡
全上	嵩善郡 本히一善郡이라	一善縣	善山郡
	竝井縣 一名은波溶이라	海平縣	
	爾同兮縣 嵩善郡에屬함	今에未詳함	
全上	軍威縣 本히奴同覓縣이오 一名은如豆覓이라	軍威縣	軍威郡
北韓에屬함	孝靈縣 本히芼兮縣이라	孝靈縣	
卞韓에屬함	古寧郡 古에古寧伽倻國이니 一名은古冬攬郡이오 또는古陵이라	咸昌郡	咸昌郡
	冠山縣 本히冠文縣이니 一名은冠縣 또는高思曷伊城이라	聞慶郡	聞慶郡

	嘉善縣 本히加害縣	加恩縣 聞慶에入하니南四十一里에在함	
	虎溪縣 本히虎側縣이니一名은拜山城이라	虎溪縣	聞慶에入하니東南四十里에在함
仝上	竺山 一名은園山	龍宮郡	龍宮郡
仝上	古昌郡 古에昌寧國이니後에古陁耶郡이됨	安東府	安東郡
		甘泉縣 安東에入하니西八十里에在함	
	吉安의部曲	吉安縣 安東에入하니東五十里에在함	
	退串의部曲	奈城縣 安東에入하니北一百十里에在함	
	古의騶介召羅二國의地니後에加也縣이됨	春陽縣 安東에入하니北百三十里에在함	
	德山의部曲	才山縣 安東에入하니北一百二十里에在함	

	直寧縣	本히 一直縣이라	一直縣 安東에 入하니 西南三十一里에 在함	
	日谿縣	本히 熱兮縣이라	今에 未詳하니 或은 安東에 在하다함	
	永安縣	本히 下枝縣이라	豊山縣 安東에 入하니 西三十五里에 在함	
	曲城郡	本히 屈火縣이라	臨河縣 安東에 入하니 東三十三里에 在함	
仝上	醴泉郡	本히 水酒縣이라	基陽縣	醴泉郡
	安仁縣	本히 蘭山縣이라	今에 未詳하나 或醴泉에 被한다함	
	多仁縣	本히 達已縣이요 或은 多已요 別號는 仁陽이라	多仁縣 醴泉에 入하니 西南四十里에 在함	
仝上	基本鎭		基州縣	豊基郡
	殷正縣	本히 赤牙縣이요 別號는 殷山이라	殷豊縣 基州에 入하니 西南三十七里에 在함	
弁韓에 屬함	咸安縣	古의 阿尸良國이니 一名은 阿那伽倻라	咸安郡	咸安郡

辰韓에屬함	玄武縣 本히召三縣이라	成州에入하니今에召三部曲이라	
	聞韶郡 古의召文國이라	義城縣	義城郡
	高丘縣 一名은高近이니本히仇火縣이라	義城에入하니北二十里에在함	
仝上	比屋縣 本히阿火屋縣이니一名은幷屋縣이라	比屋縣	比安郡
仝上	安賢縣 本히阿尸兮縣이라	安貞縣	比安에入함
		義興縣	義興郡
		何溪縣 義興에入하니南三十一里라	
弁韓에屬함	康州 本히菁州니一名은菁蓮이오또는菁州라	晉州	晉州郡
	周村縣	今에未詳하니或晉州에載하다함	西五十里에在함
	班城縣 別號는片月이라	班城縣 晉州에入하니東五十里에在함	
		彰善縣 晉州에入함	
	尙善縣 本히一善縣이라	永善縣 晉州에入하니東四十八里에在함	

仝上	天嶺郡	本히速含縣이요 一名은含城이라	含陽縣		咸陽郡	
仝上	泗水縣	本히史勿縣이라	泗州		泗川郡	
仝上			鎭海縣		鎭海郡	
仝上	嘉壽縣	本히加主火縣이라	嘉壽縣		三嘉郡	
	三岐縣	本히三岐縣이요 一名은麻杖라	三岐縣		三嘉에入함	
仝上	河東郡	本히韓多沙郡이라	河東郡		河東郡	
	嶽陽縣	本히多少沙縣이라	嶽陽縣		河東에入하니西三十里에在함	
			花開縣	一名은陝浦라	河東에入하니西三十里에在함	
仝上			昆明縣		昆陽郡	
	河邑縣	本히浦村縣이라			昆陽에入함	
	省良縣	未詳				
仝上	江陽郡	本히大良州郡이라	陜州		陜川郡	
	冶爐縣	本히赤火縣이라	冶爐縣	陜州에入하니北三十里에在함		

仝上	八谿縣 本히草八兮縣이라	草谿縣	草溪郡
仝上	闕城郡 本히闕支縣이라	江城郡	丹城郡
	丹邑縣 本히赤村縣이라	丹溪縣	東北二十八里에在함
仝上	山陰縣 本히知品川縣이라	山陰縣	山淸郡
仝上	居昌郡 本히居烈郡이오 一名은居陁라	居昌郡	居昌郡
	咸陰縣 本히加召縣이라	加祚縣 居昌에入하니東二十五里에在함	
仝上	宜寧縣 本히獐含縣이라	宜寧縣	宜寧郡
	辛尒縣 一名은朱烏村이오 又는泉川縣이라	新繁縣 宜寧에入하니東北五十里에在함	
仝上	固城郡 古에小伽耶國이라	固城縣	固城郡
	蚊火良縣	未詳하나固城에被하다함	
仝上			鎭南郡
仝上	利安縣 本히馬利縣이라	利安縣	安義郡
	餘善縣 本히南內縣이라	感陰縣	安義에入하니北三十五里에在함

仝上	高靈郡 本히 大伽倻國이라	高靈縣	高靈郡
	新復縣 本히 加尸兮縣이라	未詳하나 高靈에 屬한듯함	
仝上	新安縣 本히 本彼縣이라	京山府	星州郡
	都山縣 本히 狄山이라	未詳하나 星州에 入하다함	
	星山郡 古의 星山伽倻國이니 一名은 里山郡이라	加利縣 星州에 入하니 南五十九里에 在함	
辰韓에 屬함	壽同縣 本히 斯同火縣이라	未詳함	仁同郡
	谿子縣 本히 大木縣 또는 七村 또는 昆山이라	若木縣 仁同에 入하니 漆谷西二十七里에 在함	
仝上		河陽縣	河陽郡
弁韓에 屬함	南海郡	南海縣	南海郡
	蘭浦縣 本히 內浦縣이라	蘭浦縣 南海에 入하니 南三十五里에 在함	
	平山縣 本히 平西山縣이니 一名은 西平이라	平山縣	

朝鮮五國	三國	南北國	高麗	朝鮮
辰韓에屬함	高句麗	新羅		
仝上	及伐山郡	岌山郡	興州	順興郡
	伊伐只縣 (伊는 或自字로 用함)	鄰豐縣	(後에 宋洋하고 或은 興寧郡人하야 云함)	
仝上	奈已郡	奈靈郡	順安縣	榮川郡
仝上	買谷縣	善谷縣	禮安郡	禮安郡
			宜仁縣 (禮安에 入하니 東十里에 在함)	
仝上	古斯馬縣	玉馬縣	奉化縣	奉化郡
仝上	也尸忽郡	野城郡	盈德縣	盈德郡
仝上		眞寶縣 (本히 柒巴火縣)	甫城府	眞寶郡
	助攬縣	眞安縣	(眞安을 合하야 甫城府가 됨)	

朝鮮五國	三國	南北國	高麗	朝鮮
仝上	青巳縣	積善縣	青鳧縣	青松郡
			松生縣	靑松에入하여 東十五里에在함
	伊火兮縣	緣武縣	安德縣	靑松에入하니 南五十三里에在함
仝上	于尸郡	有隣郡	禮州	寧海郡
仝上			英陽郡	英陽郡
			靑杞縣	英陽에入함
仝上	阿兮縣	海阿縣	淸河縣	淸河郡

江原道郡縣沿革

朝鮮五國	三國 (高句麗)	南北國 (新羅)	高麗	朝鮮
濊貊에屬함	河西良 (一名은何瑟羅라)	溟州	溟州	江陵郡

	支山縣 一名은 陽谷이라	支山縣	連谷縣 江陵에 入하니 北三十里에 在함	
	羽谷縣 一名은 玉堂이라	羽谿縣	羽谿縣 溟州에 入하니 南六十里에 在함	
	東土縣	棟堤縣	今에 未詳함	
仝上	仍買縣	旌善縣	旌善郡	旌善郡
仝上	悉直郡 古에 悉直國이라	三陟郡	三陟郡	三陟郡
	竹峴縣 一名은 奈生於라	竹嶺縣	未詳함 或三陟의 次原驛이라 함	
	滿若縣	滿卿縣	未詳하나 或三陟에 入하다 함	
	波利縣	海利縣	未詳하나 或三陟에 入하다 함	
仝上	于珍也縣 一名은 古亏伊縣	蔚珍郡	蔚珍縣	蔚珍郡

	波朝縣 一名은波旦	海曲縣	未詳하나 臨[illegible]에入하다함	
仝上	達忽	高城郡	高城縣	高城郡
			安昌縣 本히偃伊縣이라 高城에入함	
	猪迚穴縣	豢猳縣	豢猳縣 高城에入하니 北二十七里에在함	
仝上	迚城郡 一名은加羅忽이라	守城郡	杆城郡	杆城郡
	僧山縣	童山縣	烈山縣 杆城에入하니 北三十五里에在함	
仝上	翼峴縣 一名은伊文이라	翼嶺縣	翼嶺郡	襄陽郡
	穴山縣	洞山縣	洞山縣 襄陽에入하니 南四十五里에在함	
仝上	休壤郡 一名은金惱라	金壤郡	金壤縣	通川郡

	道臨縣 一名은 助乙浦라	臨道縣	臨道縣 通川에入하니 南三十里에在함	
	吐上縣	堤上縣	碧山縣 通川에入하니 南十里에在함	
	平珍峴縣 一名은 遷峴이라	偏險縣	雲巖縣 通川에入하니 南五十里에在함	
仝上	習比谷縣	習谿縣	歙谷縣	歙谷郡
仝上	奈生縣	奈城郡	寧越郡	寧越郡
仝上	都烏郡	白烏縣	平昌縣	平昌郡
仝上	斤乙於縣		平海縣	平海郡
仝上	横川縣 一名은 於斯買라	潢川縣	横川縣	横城郡
仝上	狌川郡 一名은 也尸買라	狼川郡	狼川縣	華川郡
仝上	楊口郡 一名은 要隱忽次라	楊麓郡	楊溝縣	楊口郡

	三峴縣 一名은 密波兮라	三嶺縣	方山縣	楊口에入하니北四十里에在함
仝上	猪足縣 一名은 烏斯回라	狶蹄縣	麟蹄縣	麟蹄郡
	王岐縣 一名은 皆次丁이라	馳道縣	瑞禾縣	麟蹄에入하니北六十里에在함
仝上	各連城郡	連城郡	交州	淮陽郡
	赤木鎭 一名은 沙非斤乙이라	丹松縣	嵐谷縣 淮陽에入하니西三十里에在함	
	管述縣	軼雲縣	未詳하나 或은 淮陽에入하다함	
	猪守峴郡 一名은 烏生波衣요 또는 猪闌이라	狶嶺縣	未詳하나 淮陽에入하다함	
	大楊菅郡 一名은 馬斤押이라	大楊縣	長楊縣 淮陽에入하니東百三十里에在함	
	文峴縣 一名은 斤尸兮라	文登縣	文登縣 交州에入하니東百二十里에在함	

		藪狌川縣 一名은 藪川	藪川郡	和川縣 淮陽에入하니東五十里에在함	
		水入縣 一名은 買伊縣	通溝縣	通溝縣 淮陽에入하니東南百二十里에在함	
	仝上	鐵原郡 一名은 毛乙冬非라	鐵城郡	東州	鐵原郡
	仝上	阿珍押縣 一名은 窮嶽이	安峽縣	安峽縣	安峽郡
	仝上	伊珍買縣	伊川縣	伊川縣	伊川郡
	仝上	夫如郡	富平郡	金化縣	金化郡
	仝上	斧壤縣 一名은 於斯內라	廣平縣	平康縣	平康郡
	仝上		朔州	春州	春川郡
		昔達縣 昔은或普字로用함	蘭山縣	未詳하나或은春州西北三十五里地에在하다함	

	基知縣		基麟縣 ([illegible]州東 百七十里에 在함)	
仝上	伐力川縣	綠驍縣	洪川縣	洪川郡
仝上	丹城縣 (一名은 也次忽)	益城郡	金城郡	金城郡
	冬斯忽郡	岐城郡	岐城縣 (金城에 入하니 北四十八里에 在함)	
仝上	平原郡 (一名은 北原이라)	北原小京	原州	原州郡
	酒淵縣	酒泉郡 (一名은 鶴城)	酒泉縣 (原州에 入하니 東百里에 在함)	
仝上		于山國	鬱陵島	鬱島郡 (江陵郡 東海島)

黃海道郡縣沿革

朝鮮五國	三國	南北國	高麗	朝鮮
	高句麗	新羅		
箕朝에 屬함	冬忽 (一名은 于冬於忽이라)	取城郡	黃州	黃州郡

			鐵和縣	黃州에入하니南三十里에在함
仝上			新恩縣	新溪郡
：	水谷城縣 一名은買旦忽이라	檀溪縣	峽溪縣	新溪에入하니南三十里에在함
仝上	十谷城縣 一名은德頓忽 또는古谷城古谷郡이라	鎭瑞縣	谷川	谷山郡
仝上	大谷郡 一名은多知忽이라	永豊郡	平州	平山郡
仝上	五谷郡 一名은弓火요또는次呑忽이라	五關郡	洞州	瑞興郡
仝上	獐塞縣 一名은古所於라	獐塞縣	遂安縣	遂安郡
仝上	屈押縣 一名은江西라	江陰縣	江陰縣	金川郡
	牛岑郡 一名은牛嶺이요또는牛知衣라	牛峯郡	牛峯郡	金川에入함

仝上	烏斯含達縣 一名은烏斯또는蛤達또는月城이라	兎山郡	兎山縣	兎山郡
仝上	內米忽郡 一名은池城또는長池라	瀑池郡	海州	海州郡
仝上	息城郡 一名은漢城또는漢忽또는乃忽	重盤郡	安州	載寧郡
			三支縣	載寧에入하니北二十里에在함
仝上	冬音忽 一名은鼓鹽城이라	海皐郡	塩州	延安郡
仝上	刀臘縣 一名은雉岳城이라	雊澤縣	白州縣	白川郡
仝上	嵒郡 一名은鵂鶹城또는租波衣라	棲嵒郡	鳳州	鳳山郡

朝鮮	五國	三國 高句麗	高麗	朝鮮
	辰韓에 屬함		長命縣	長連郡
			連豐縣 長命에 入하니 西十五里에 在함	
	仝上	楊岳	安岳郡	安岳郡
	仝上	栗口라 一名은 栗川이	殷栗縣	殷栗郡
肝藏京	仝上	闕口縣	儒州縣	文化郡
	仝上	升山郡	信州郡	信川郡
	仝上	麻耕伊	靑松縣	松禾郡 松禾에 入하니 東六十里에 在함
		板麻串	嘉禾縣	
			加天縣 松禾縣에 在하니 南으로 三十里라	
		熊閑伊	永寧縣	
	仝上	甕遷	甕津縣	甕津郡 松禾에 入하니 南으로 三十里라

仝上		仝上	仝上
長淵 一名은長淵이라	鵠島	付珍伊	仇乙峴 一名은屈遷
長淵縣 海安縣	白翎鎭	永康縣	豊州
長淵郡 長淵에入하니西로四十五里라 長淵에入하니西南으로六十五里요水路로百里라		康翎郡	豊川郡

咸鏡道郡縣沿革

朝鮮五國	沃沮에屬함		
高句麗	比列忽 一名은淺城	淺谷縣 一名은首乙呑	加支達縣
新羅	朔庭郡	瑞谷縣	菁山縣
高麗	登州	瑞谷縣 西로三十五里에在함	汶山縣 南으로三十里에在함
朝鮮	安邊郡		

		於支呑郡 一名은 翼谷	翊谿縣	翼谷縣 南으로 六十五里에在함
				衛山縣 南으로 二十五里에在함
				右四縣은 安邊에 入함
		薩寒縣	霜寒縣	霜陰縣 安邊에 入하니 東으로 三十里라
				畵龍縣 安邊에 入하니 西南四十里에在함
		岐淵縣	派川縣	派川縣 安邊에 入하니 東九十五里에在함
		鵠浦縣 一名은 古衣浦라	鶴浦縣	鶴浦縣 安邊에 入하니 東六十里에在함
				永豐縣 安邊에 入하니 西로 百十里에在함

仝上	泉井郡 一名은 於乙買라	井泉郡	宜州	德源郡
	賈尸達縣	蒜山縣	今에 未詳함	
	東墟縣 一名은 加知斤이라	幽居縣	今에 未詳함	
	夫斯達縣	松山縣	今에 未詳함	
			鎭溟縣 德源에 入하니 府으로 二十四里라	
			龍津縣	文川에 入함
仝上		渤海에 屬함	高州 高州에 臨한 鎭에 入하니 西로 七十里에 在함	高原縣
仝上	長嶺鎭 或은 唐文 또는 堂文 또는 博牛郡	渤海에 屬함	和州	永興郡
			長平鎭 古에 古昵道이라 稱함	永興에 入하니 東으로 四十五里에 在함

朝鮮	五國	三國	南北國	高麗	朝鮮
	沃沮에 屬함	高句麗에 屬함	渤海에 屬함	定州 古의 巴只오 一名은 宜威	定平部
				預州	定平에 入하니 南四十五里에 在함
				長州 一名은 椵林 또는 鑑谷	定平에 入하니 西南五十五里에 在함
				元興鎭	定平에 入하니 南으로 五十里라
	仝 上	仝 上	仝 上	文州 古의 洙城이라	文川郡
				耀德鎭 本稱頭盧鎭이니 永興에 入하야 西로 一百二十里에 在함	
				寧仁鎭 一名은 淸源이라	永興에 入하니 東으로 六十里라
				靜邊鎭 永興에 入하니 東으로 六十里라	
				永興鎭	永興에 入하니 西北七十里에 在함

			雲林鎭 文川에 入하니 西로 三十里에 在함	
			己上州鎭은 다 都連浦以內에 在하니 高麗本界가 이 뿐이라	
仝上	仝上	仝上	咸州	咸興郡
			德州 咸興에 入하니 南으로 四十五里에 在함	
仝上	仝上	仝上	福州	端川郡
仝上	仝上	仝上	吉州	吉州郡
			英州 吉州에 入함	
			雄州 吉州에 入함	
			宣化鎭 吉州에 併함	
			通泰鎭	
			平戎鎭	
			崇寧鎭 或은 宗寧鎭이라	

			眞陽鎭	
			公嶮鎭 古六鎭은今에未詳함	
仝上	仝上	仝上		城津郡 本히吉州의屬地라
仝上	仝上	仝上		明川郡 本히吉州의地라
仝上	仝上	仝上	北靑州	北靑郡
仝上	仝上			利原郡
仝上	仝上	仝上	甲州	甲山郡
仝上	仝上	仝上		三水郡 本히甲山府三水堡라
仝上	仝上	仝上	洪獻縣	洪原郡
仝上	仝上	仝上		長津郡
仝上	仝上	仝上	孔州	慶源郡 古의孔州또는匡州또는匡城이라

慶興郡	仝上	仝上	仝上	仝上
鏡城郡	仝上	仝上	仝上	仝上
會寧郡	仝上	仝上	仝上	仝上
鍾城郡	仝上	仝上	仝上	仝上
穩城郡	仝上	仝上	仝上	仝上
富寧郡	仝上	仝上	仝上	仝上
富居縣은本히鏡城府富家站으로서富寧에入하니東六十里에在함				
茂山郡	仝上	仝上	仝上	仝上
寧波堡 鎭邊遮堡 柔遠堡 安定堡 右四堡는豆滿江北에在하나本히我國土임으로並함				

平安道郡縣沿革

朝鮮五國		三國 高句麗	南北國 渤海	高麗	朝鮮
王儉城 國都	箕朝鮮에 屬함 王儉城 國都	平壤城 國都	渤海에 屬함	平壤府	平壤府
	仝上		仝上	江東縣 本히 平壤東村地	江東郡
	仝上		仝上	江西縣 本히 平壤西村地	江西郡
	仝上		仝上		甑山郡 本히 江西甑山鄕이라
	仝上		仝上	順和縣 本히 平壤西村地	順安郡
	仝上		仝上	三和縣 金堂呼山縣 井三部地	三和郡
	仝上		仝上	三登縣 本히 成州地	三登郡
	仝上	息城郡	仝上	安北府 本히 高句麗 息城郡이라	安州郡
				安戎鎭 戎은 或 仁字로 用함	安州에 入하니 西六十五里에 在함

仝上	高句麗에屬함	仝上	鬪德鎭 本히高麗平原郡	成川郡
仝上	仝上	仝上	通德鎭 本히高麗平原郡	肅川郡
仝上	仝上	仝上	太安州 本히高句麗地	慈山郡
仝上	仝上	仝上	安水鎭 本히高句麗地	价川郡
仝上	仝上	仝上	陽巖鎭 本히高句麗地	陽德郡
			樹德鎭	陽德에入하니西七十里에在함
仝上	仝上	仝上	宣州 本히高句麗地	宣川郡
仝上	仝上	仝上	威化鎭 一名은古遊化鎭이니本히高句麗地	雲山郡
			延州 本히密雲郡이니一名은安朔	雲山에入하니東四十里에在함
仝上	仝上	仝上	嘉州 本히高句麗地	嘉山郡
仝上	仝上	仝上	泰州 本히高句麗地	泰川郡
仝上	仝上	仝上	龜州 本히高句麗地	龜城郡
			安義鎭 隨州에屬함	文城郡 龜城에入하니南七十里에在함

仝上	仝上	仝上	郭州	本히高句麗地	郭山郡
仝上	仝上	仝上	博州	本히高句麗地	博川郡
仝上	仝上	仝上	順州	本히高句麗地	順川郡
仝上	仝上	仝上	殷州	本히高句麗地	殷山郡
			長興鎭	未詳	
			歸化鎭	未詳	
仝上	仝上	仝上	孟州	本히高句麗地	孟山郡
仝上	仝上	仝上	德州	本히高句麗地	德川郡
			撫州	本히安南部 또는古舊城	德州에入하니西로一百八十里에在함
仝上	仝上	仝上	龍州	本히高句麗地	龍川郡
			椰鐸非縣	龍州에入하니南五十里에在함	
仝上	仝上	仝上	朔州	本히高句麗라	朔州郡
仝上	仝上	仝上	鐵州	本히高句麗라	鐵山郡

寧遠鎭	仝上	仝上	仝上	本히 高句麗 따	寧遠郡
昌州	仝上	仝上	仝上	本히 高句麗 라	昌城郡
泥城府					昌城에 入함
淸塞鎭	仝上	仝上	仝上	本히 高句麗 地	熙川郡
隨州	仝上	仝上	仝上	本히 高句麗 地	定州郡
渭州	仝上	仝上	仝上	本히 高麗 安南郡	寧邊郡
永淸郡	仝上	仝上	仝上	本히 高句麗 地	永柔郡
平虜鎭					永柔에 入하니 北三十五里에 在함
通海縣					永柔에 入하니 北三十里에 在함
咸從縣	仝上	仝上	仝上		咸從郡
龍岡縣	仝上	仝上	仝上	本히 高句麗 地	龍岡郡
義州	仝上	仝上	仝上		義州郡
靜州				初에 松山縣	義州에 入하니 南二十五里에 在함
麟州				初에 靈蹄縣	義州에 入하니 南三十五里에 在함

			鎭州 初에 興化鎭	義州에入하니西五十八里에在함
			威遠鎭	義州에入하니西二十五里에在함
			寧德鎭	義州에入함
			定戎鎭	義州에入하니東八十里에在함
			寧朔鎭	義州에入하니東百二十里에在함
仝上	仝上	仝上	江界府	江界郡
仝上	仝上	仝上		厚昌郡
仝上	仝上	仝上		慈城郡
仝上	仝上	仝上	陰潼	碧潼郡
			碧團	碧潼에入하니西五十八里에在함
仝上	仝上	仝上		楚山郡
仝上	仝上	仝上		渭原郡

朝鮮五國	三國	南北國	高麗	朝鮮
一	高句麗	新羅		
箕朝에 屬함 仝上	忠遂縣、 加火押 夫斯波衣縣	土山縣、 唐嶽縣 松峴縣(中和에 入함)	土山縣 中和縣	祥原郡 中和郡

第[illegible]項 遼水及白山地方沿革

朝鮮五國	三國	南北國	高麗	朝鮮
	高句麗	渤海		
灤河地方 箕朝에 屬함	遼西武厲邏地方	安邊府地方	遼、金、蒙古에 被奪함	中華民國永平府附近
遼水地方 仝上	安市城、建安城、卑沙城地方	定理府地方	遼、金、蒙古에 被奪함	滿洲旅順附近

遼東地方	仝上	遼東城、蓋牟城地方	定理府地方	遼、金、蒙古에被奪함	滿洲奉天附近
扶餘地方	扶餘에屬함北扶餘故都	扶餘城、新城地方	扶餘府地方	遼、金、蒙古에被奪함	滿洲開原附近
扶餘地方	仝上北扶餘故都	積利城、蒼巖城地方	獨奏州地方	遼、金、蒙古에被奪함	滿洲吉林附近
扶餘地方	仝上	木底城地方	鄚頡府地方	遼、金、蒙古에被奪함	滿洲할빈附近
扶餘地方	東扶餘地方	抹鞨地方	中京顯德府上京龍泉府地方	遼、金、蒙古에被奪함	滿洲寧古塔附近
扶餘地方	卒本扶餘地方	卒本、國內城地方	西京鴨綠府地方	生女眞地方	滿洲西間島附近

扶餘地方	東扶餘地方
柵城地方	
南京南海府地方	
熟女眞地方	
滿洲北間島附近	

第三篇 黑水地方沿革

朝鮮五國		黑水地方 黑水地方	肅愼地方 挹婁地方	黑水地方 黑水地方
三國	高句麗	黑水地方	靺鞨地方	黑水地方
南北國	渤海	懷遠府、安遠府地方	東京龍原府、率賓府地方	東平府、鐵利府地方
高麗		遼、金、蒙古에 被奪함	女眞에 被奪함	女眞에 被奪함
朝鮮		滿洲黑龍江省附近	露領沿海州附近	露領黑龍州附近

宗敎上으로見한婦人問題

李 面 隨

一

近代思想界의變遷은可驚할만한지라 別別問題가種種討論席上에나 談話의材料를成한것은 非例를舉하기未遑하도다 就中 婦人問題는何如間二十世紀오날에對한世界共通의大問題라하겟도다 此는世界의大勢와朝鮮도亦是人類가住居하는地球우에其位置를有한者中에一인依로 別數업시 此風에接觸되지안을수업도다 우리로亦是新文明을輸入한지 于今前後三十年에 호올로此問題로因한苦痛을 免키어려운것이라 그런故로 近日에至하야此問題의聲浪가 匝匝生起함을因하야 或은言論界를擾擾케하며 或은文藝界를動搖하고 或은敎育家로 安眠甘食을不得케하는境域에達하얏도다 울치世界에共通된婦人問題를말하자면 參政權問題、職業問題、敎育問題、結婚問題、權利問題等種種의問題가 頗히錯雜하야 知者로하야곰其額을蹙케하며 愚者로하야곰 其眼을閉케하도다

然이나 今日朝鮮에對하야는 歐米에比하야 人文도아즉發達되지못한故로 또한環境와處地가남들과는 判異한故로 參政權問題니 職業問題니하는것은姑舍하고、敎育問題、結婚問題、狹義的인同等權問題를 부르짓는 所謂新女子問題가 第一難關에서解決을急히要求하는者ㅣ라하겟나

今日我朝鮮에在하야는 新女子들이 其數는別로만치못하나 何如間婦人講話會니 女子討論會니하는處노을瞥瞥하며 其思想의根底에動搖가起함을 可히推測하리로다 近來女子界에도敎育이及하야 그知識이前에比하야顯著히發達된故로 女子들도漸次自己의能力을自覺하며 周圍를觀察하고 비로소現在自己네들의處해잇는環境에對한不平을覺悟케되엿다 換言하면敎育의進步와 知識의發達로因하야 女子도亦是人生이라는것을覺悟케된것이다 社會의制度와 國家의法律이婦人界에對하야 于今까지 甚히不公平하얏고 또한隷屬的이오 人生다운生活을못하고 一個寄生虫的生活에不過하얏든것을切感하고 此不公平과隷屬에서超脫하야 人生다운生活을하야보겟다는 그点에서 비로소婦人問題라는 世界一大文化問題가勃起되엿다 或新女子의言語에는 極端에치우친것도不無하나 何如間近日의現狀으로말하면 因襲的壓迫이反抗하는聲은 아즉그度가微弱하다할지라도 旣히그思想界에動搖를現露함이 分明한故로 此動搖가一新에湧起하다가 一夕에靜止될것은아닌故로 반다시그要求는漸次强하야질것인즉 婦人問題는 早晩間解決치안을수업는것이로다 旣히世界의大勢가 如此하고또한機運其物이此에至한지라 此를徒然히 抑壓함으로써만은 此를解決하기는姑舍하고 그反對로激成을招起할것은 勿論을不得할바라 今日의靑年男女는社會의變遷과 時代의要求에刺戟을受하야 그行動과思想가 漸次그變遷에順比하며 그要求에適應하려하게되엿는故로 決코現狀維持는 不可能하며 또한現狀維持를굿이한다하면 畢竟은二十世紀의 落伍者의悲哀를맛기게될것뿐이로다 그런즉우리는 明哲한觀察로依賴을思하고 此에同情하야 發生키容易한弊害는此를排除하고 時代에順應하야 變遷되는그것은 반다시길러야할것이다

그我土에基督敎가그跡을發한지 于今三十有餘年에 敎徒가三十萬으로可計할터인데 그數의半以上은 모다靑年男女라 그런즉基督敎會內에在하야서도 亦是思想의變遷이不無할즉 此動搖의跡을認知한 我朝鮮基督敎會는 此問題를解決하려고 絶叫하는少女輩을如何히指導할는지? 大抵異常한것은 우리生活에善을慕하는것보다 惡을倣함이通例요 益을取하보다害를受함이多하고 長所보다도短處가多한지라 故로社會의變遷과 時代의要求를새로운것도 容易하다하겟스나 近代生活의弊害에從함이 더욱容易한지라然則바라건대 基督敎會에서는 現代의新思想과 그傾向을避할도아니고 그弊害에從할도아닌 適應한變遷과必要의當應으로 變動을因한弊害에陸溺을 被치안토록하기를

二

白樂天詩에「人生莫作婦人身, 百年苦樂由他人」이라함一句는 一方으로女子에게同情한者이고 一方으로女子가그얼마나賤視를受한것을 그냥주사지 露出한것이라 現!!我朝鮮女子들의絶叫하는것도 前述한과如히 그根底에는 女子도亦是一個人生이라云하는個人의自覺이잇슴으로 從來壓迫에反抗하는聲을發한바라 從來婦人은 能히女子로出世한以上은 百年의苦樂을 他人으로말미암을수밧게업는것이라 이것이 곳女子의運命이되야버린故로 女子는男子生活의一方便으로使用되며 一個玩弄物이되얏는것도 少德도怪異히녁이지아니하고 차라리當然한事로 甘受하얏는것이라 然이나敎育의普及과 知識이發達된結果에 女子들도비로소覺醒하야 女子도亦是一個人生이라 함이一個人生이된以上에는 人生으로서實現할만한女子自己네들의目的이有하고 徒然히 男子生活의一方便으로使用되거나 玩弄物이되지안켓다는 自覺이生起하야 女子의個性을無視하고 人格을毁損하는모든制度와 風俗習慣에反對하는聲으로 至今著露를振動식히는분들이 곳新女子이다

다시한번 우리女子界를回顧할진대 至今京城에新町•並木町其他各地에散在한公娼과 藝妓들合하면三千으로可計할지라 이는곳朝鮮女子界에對한 大侮辱이다 何人도此에制裁를加하는者ㅣ無하며 同時에目

益增加되는現狀이라 所謂紳士라는것들도 此를玩弄함으로써 무슨榮光스러운事業을做成하는것갓치 녁이고 決코羞恥로운生覺은念頭에도置치아니하야 新聞의第三面에는 每日如此한醜事로 紙面이不足하게되나 讀者들은此等事를目見치아니치안으니 女子로써男子의玩弄物이되는데 이에서더할가한다 朝鮮의道德과朝鮮의法律은 女子에對하야는貞操를要求하나 男子에對하야는 此를要求치아니하며 同時에此를異常하게녁이지도안으니이리하야 一般女子도 此를甘受할다 안이甘受할수밧게업다 七去法이니 무엇이니하는것이 女子에對하여만設備한者ㅣ며 侮辱을與한者인가 目前에數女子와의談話를할時에 余는如左한質問을發하엿다 戀愛한지今五年에 子息이잇슨후離婚(離婚은女子로부터하는 新式言辭이기不用함)하되라도 罪惡은아니되지ㅣ한다 如此한信念을가진男子들이 住居케되니社會는 社會全體에對하야大不幸이고 同時에女子를爲하야는 더말할必要가업다 그러나이런現狀도女子에對하야 一種의刺戟劑로 女子의新醒한覺悟를 더驚覺케하는것이며 그運動을促進하는것이다. 如此한男子의非態를反抗하고 婦人의權力을伸張하려고 勃興하는新女子의 出現을歡迎하며 同時에 그成功을祝하노라 此問題는至今發起될것이아니라 벌서부터잇서야할것이다 그러나女子를敎育식히지아니하야 그知識이發達되지못하엿든제닭으로 今日에야비로소吾人의注意를惹起케된것은 學校敎育을受한所謂新女子들 覺悟에依함이라 此機會에際하야 可憐한我朝鮮女子로 一般이覺醒하야 一日이라도速히個性의獨立되기를 希望하며 自己네들主張에過히 極端에偏僻된것이不無한즉 如此히不美한點은 挽回할수잇고 眞正한新女子의眞正한運動을企待하노라

三

「나」는모든罪의源이다 그러나 罪는모다 不善인故가아니요 罪에는生命이無함으로 眞로罪는외의연서死의所有에歸한緣故라」고 主張하는新女子도有하다 何如한社會,何如한時代에서도 罪만崇拜하는守舊黨과舊는一切破滅하고新만輸入하려는急進黨의衝突이或은思想上으로 或은現實的으로有한故로 他一方에

余는또는舊의敵이라、或은 主張하는新女子가出現함이 別로强當하며일까는아니라 筆者亦是從舊然에同意하는바는아니다、婦人은男子에게 絕對服從하여야된다던가 又는元來閨房深處에監禁的生活로 社會에接觸스럽게出入함이 不可하다는 生覺은가진時代의落伍요 思考의誤謬를懷한余가아니며 同時에自覺이남기始作한後 新女子들이 決코否認한바가아니라舊는모다生命이無한故로 此를敵으로삼지안을수업다하야 一切의風俗•習慣•制度•道德•宗敎에反抗하야小毫도 그制度에不服從한다함은 亦他條件에 치우친것이요 決코正鵠을得한者가아니라 그러나新時代의人으로 舊를排斥하고新을追求함은 勿論이며當然한理라此에進步가有하고 發展이有한것인즉 나는此를非難하려함이아니다 舊에는生命이無하다 무엇이던지新이라아니면不可하다는生覺으로 根底가無한 皮相的觀察과淺薄한識見으로 此를誤認함은甚히遺憾이라 나의從來에依하건 舊에는모다生命이無한것이아니라 生命이無한것이곳舊라는故로이런舊를破壞함은無妨하지마는 舊는모다生命이無하다하야 此를破壞함은不可하니라

眞理라하는것은 永遠無窮하야 變化가無한者ㅣ라眞理는舊한者라도 生命이有한故로 恒常新味가有하다 所謂에는絕對의舊도업는것이오 絕對의新도업는것이라 맥손이말하기를「吾人의現在라稱하는것은過去와分離하야 그存在를有한것이아니오 過去가發展한現在이며 未來라云하는것은 此現在가스스로發展된그것을指稱함이라 即吾人의背後에는 恒常過去가有하니 吾人은歷史를背하여負하고 社會에立한故로吾人의今日에在한 風俗•習慣•道德•宗敎가過去를離하고 歷史를背한存在가無하고 同時로過去와絕對的關係가無하고는 新風俗•新習慣•新制度•新道德•新宗敎를創作할수가업는것이다 따라서 所謂新思想이라하는것도 그眞理가有한限度以內에서는 舊思想과分離된것이아니오 往昔의無盡藏인眞理로부터 出하엿스니 絕對의新은無하다하겟다 今日의風俗•習慣•制度•道德•宗敎에 勿論改良할点이不少하다 그런故로 이제나우리는生命이無한舊와 可舊思想에固着할必要가無하나 宗敎와道德이 모다舊라하야此를排斥갓치頓하는것은 誤錯도너무甚하도다 그러나非哲敎에는 루더가出하얏스며 웨슬레가生한것과如한力을至今도有하야야하겟다 此는眞理니라 永遠한變遷이無한眞理인故ㅣ니라 今日所謂新女子의 主張하는바는 그出發點이벌서誤解된것이라하겟다 彼等의皮相的觀察과淺薄한識見으로 眞理도 道德도 舊면은是非를勿論하고다버리겟다하며 써드는것은 그들의錯誤다余는新女子된여러분에게 모조록 眞理가有한舊道德舊宗敎를無視하지말고 此眞理로부터 [illegible]加減하야는지自己의價値와使命을 徹底히覺悟한後에 此問題解決에 努力하기를希望하노라(未完)

——(十一月十一日)——

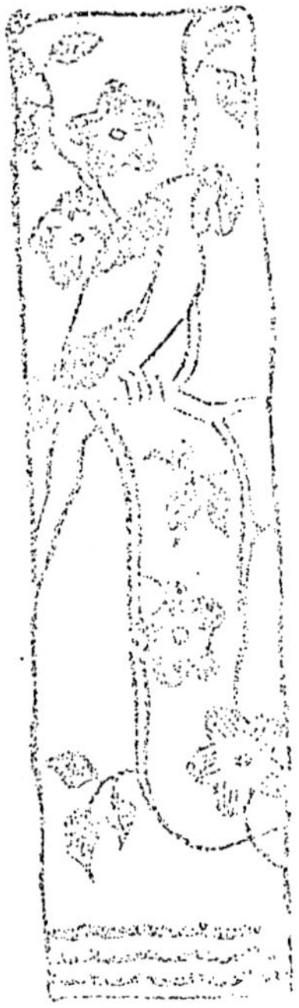

뻬르레인의 詩

에던 譯

The moon's glow

燃빛갓흔 달
숩에 빗나고、
가지 가지에서
목소리 나오는 노래
綠陰진 입사귀에
「오오 愛人이여ー」

바다 깁흔 거울
연못은 빗을 새기고、
검은
버들 그림자
바람은 한숨 쉬너라
설 가이 업너。 깨여라。

부드럽고 빗난
고요한、

무지개、 꽃의지는
밀 하날에서
떠러 질거다。
ー들 어는 밤의 아름다운ー

Soleils couchants

새벽빛 흐릿하야
짐으는 해의
애달픔을
드울에 흘닐너라。
애달품은
짐으는 해에
니저버린 나의가슴에
情다운 노래를 속삭일너라。

異常한 꿈
바다가에 떠러질너라
해와 갓치、
薔薇빗幻影
쉬임 업시、
바다가에 떠러질너라
키ー다란 해와 갓치
쉬임 업시。

開原에서沈村까지 (紀行)

崔 뫼

一

二年나간블與城으로 故鄕하든나는 그립고그립든 故國으로向하는길에올낫다。 그동안나의머리를쎄이고 나의가슴을태우든모든煩悶과모든苦痛은 故國을반가히보겟다는一念에다消散하여지고 오죽 새롭은질기움 새롭은깃봄뿐이 나의一身을輕快新鮮케한다。 깃봄에써인나는前後를分辨하기어렵도록天地가朦朧한中國名物인 몬지(塵埃)가압헤와막 엥기우며 입코할것업시 구멍이란구멍으론 막突入하는데도아모괴로움 하모압흠도깨닷지못하고、오죽一種形論하기어려운질기움뿐으로進行한다。 오고가는雜踏한사람들의색들고 저거럼을뵈이지도안커니와 들니지도안코 오죽鴨綠江건너便의明媚한나의故國江山이 幻影으로뵈일뿐이요 사랑스러운나의귀여운남은 同胞의多情한웃소래가들닐뿐이다。 배가곱흠도다리가압흠도 새닷지못하고 一百三十餘里나되는開原驛을어내듯에다다럿다。 나의生覺갓하서는 그時刻으로 곳펄적날아서 鴨江을건느고십헛스나 나의게는不幸히鵬鳥의날개도업거니와 飛行機飛行船도업다。그뿐아니라 旅行證明이란중크럭은手續을아니할수가업다。아무리맘이躁急할지라도 맷칠이든지 旅行證明이되기까지는 逗留하지안을수가업다。不可不 맘을鎭定하이가지고 一日이라도速히그證明이 되기만바라고잇게되엿다。

二

旅行證明일로 當地所轄領事館이잇는 鐵嶺을往來

하면서 逛遊하는十日間에는 자못눈길바와生覺한바가적지안타。 그러나좁은紙面에 다쓸수가업다。다만그中에 멧가지만쓰고저한다。 첫재로는 中國人의經濟力의偉大함이다。 左右市街에櫛比하게 느러선建築物、山세갓치堆積하여잇는物貨、쏙닥쏙닥하는珠板소래에어느것이 그表徵이아니냐 그러나中國人을爲하여크게愛惜할것은 그別天雄大한市街에도 눈에뜨이는學校나 圖書館、劇場、公園하나가잇스며 볼만한新聞一枚가업다。 이것은眞로 뜻잇는사람으로 크게痛哭하지안을수업게하는것이다。 적어도이몃가지는그民族의文化程度와 將來의興替盛衰를 저울질하는것인데 中國地方에는어데를가든지 滄海의一粟갓치보기가드물다。 그런故로 奉天全省을잡아도 純全한그사람의손으로되는新聞이라고는 奉天城內에서 發行하는日字나 萬字紙에서 摘記하는적어도二三日式을時代에써러지는 四頁紙의東三省公報 하나뿐인가한다。 圖書館이라고는 奉天城裏의조고마한것 하나뿐이며 學校라고도西洋人經營의것과 滿鐵社經營의몃몃學校外에는 볼만한것이 別로업다。 그外무엇무엇도 다그렷타。이것이참으로 寒心한것이아니고 무엇이냐 그리고다음으로興盛한것은 料理屋(妓生鷗市屋)이다。 언제인가日本德富蘇峯氏가「支那人의生活의理想은食、色、賭三者에在하다」라는批評은 生覺나지마는 果然實見한즉 德富氏의感想에同感아니될수가업다。 앗가운靑年男女의身態와 頭腦를 다이料理屋에서 亡殺식히고마는것이다。 全世界가다改造이니、데모크라시니、勞働問題이니、女子問題이니、멘세비키니、불세비키니 하고써들지마는 그네들의게는 아모相關이업는모양이다。 一元二元하며 賭鬪하여돈을버려서는 美姬를左右에擁하고 阿片을吸하며酒肆靑樓로周遊하며 淡蕩히遊興하는것뿐이 그네들의生存하는 唯一의理想이오 目的인듯하다。 滿洲方面에多年經驗한 어느醫師의말을드른則 中國人病者中八九割은花柳病者이며 누구나大槪 다이花柳病에浸染되엿다한다。 아ㅣ 이것이얼마나 戰慄할만한말인가!!

그럼으로痛切히感觸되는것은 우리사람의 지내는狀態이다。 數爻는어지간이만하 市街마다 드문드문

뵈이며、汽車마다乘降客이不少하다。 百幾十圓싸리洋裝에 數百圓어치裝飾品으로 汽車를타면 一二等이요 旅館에들면 一日十餘圓式의上等室로가는 훌륭한紳士요 綾羅錦繡의韓裝이나 華美輕快의洋裝한훌륭한淑女들이 왓다갓다한다。 그러나勿驚하라 그裡面을觀察하면 얼마나驚心駭服處뿐인것을。이紳士님네들은「하루하루主義」의 阿片장사가아니면 料理屋關係者이요 이淑女들은 모든靑年男子의身勢를녹이는鼓生魁首이로다。 우리사람의事業이라고는거우변변치안은精米所一處와 旅館數處뿐인開原驛만해도 훌륭한朝鮮人의料理屋이 四處인가五處라하며 滿鐵沿岸은 安東縣、撫順、奉天、鐵嶺、開原、長春과 哈爾賓等處를始하여 幽僻山邑까지 朝鮮人의料理屋이不知其數라한다 그리고번색번색하게 다니는이는누구누구할것업시 阿片賣藥者라고한다。 그일이不道德●逆人道한것임은 말할것도업거니와 日本人中에는此等事業을하여서라도 相當히成金한者가 不少하지마는我人中에는 그리만어야돈한分貯蓄한이가업고 그날버리그날로지내인다한다。 그리고그이들이 아주쉬운新開한渡변변히넘지아니한은勿論이다。 모되여안조면 阿片이약이 어느개집이좁고 어느개집이 밉다는말뿐이다。 아! 半萬年의歷史를가진 神聖한檀君의後裔가 웨이다지도못되엿는가 이런苦痛저런苦痛으로一刻이三秋갓흔 지리지리한時日을 보내이기十餘日에야 거우旅行證明을엇엇다。 이제까지 쌔여잇든모든苦悶은 다飛去白雲間하여지고 부슨큰勝利나엇은듯한快感中에싸이어서 開原「스테이숀」에 나아갓다。

三

十月三十日午後五時 大連行滿鐵汽車三等室 一隅에 내의몸을실엇다。 이제까지輕快하고 질겁든나의精神은 다시沈鬱하고悲慘하여진다。 모든觸目處●接耳處가 無非나의心理를괴롭게한다。 黑暗天地로 變하여가는自然의風景은 보려고도아니하거니와 漸漸볼수도업게된다。 다만車室內에잇는朝鮮人男女의醜惡한行動●淫蕩한態度、無氣力●無意識하여보이는꼴、中國人의衰退●汚穢●怯懶하여보이는꼴、日本人의 放恣●驕傲하여보이는꼴、이꼴저꼴 모도다 나의좁은미

귀를피롭게만한다。 아! 언제나 이世上이果然純潔하고 平和롭고 自由롭고 高潔平等하여 天使가노래하고 仙女가춤을추며 꿀마시고떡먹게될가!?

어느듯鐵嶺을지낫다。 밤은벌서캄캄하여 아모것도볼수가업다。「[illegible]」械이나 누구나滿鐵汽車中에서種日躍하는바이지마는 오늘이곳에서 나는더욱異常한感情으로車中에서 이러나는한活劇을보앗다。十八九歲가량되는 이 [illegible] 中學生體의 日本靑年一人이극다만 사구라시베이[illegible] 절절을번서 두입술을 꽉담을고 두눈을부릅뜨고 쏘드니 나의엽에서困하게누어자는 四十內外의中國紳士한사람의몸을흔들면서「뉘앙뇌야 나ㅣ베취비」(이사람저편으로가오)한다。 그中國紳士는 [illegible]에 憤慨한表情을强하게하면서 徐徐히니러나서 [illegible]反抗을한다。 그러다가 終是못견듸고입살을씰룩이서고 눈쌀을주면서 日本靑年의命令대로 건느便中國人專用의 車室로간다。 그活劇을傍觀하든 내右便의中國人하나는 매우憤慨한態度를가지며 將次무슨風波을니르킬뜻이하드니 고만한숨을깁게내여쉬이기서 속말로「왕바두즈자우」(큰욕설)하고 눈을감는다。 들은즉이런일이 滿鐵汽車안에서는각금각금니러난다한다。 大抵갓흔사람으로똑갓흔金錢을드리어서 한사람사이에 이런不公平没人道한일이어데잇슬가。 中國各地에서 排日運動이 쉬입업시니러나는것은 아마이갓흔 日本人의行動에서原因됨이 또한不少할가한다。

몃停車場을지나서 車室의좁음을因하야 그南便의中國人車室로옴기어갓다。 室內에가득한사람들이或은섯들며 或은자고 여러가지모양으로 여러가지態度로안젓다。 그런데 그이들의 千言萬語로새드는모든말은 다金錢에關한말색이다。 쿨리(苦力)들은 二角三角의말이요 그보다좀經濟力이 나온이는 一元二元의말이요 그보다더나온이는 十元二十元幾百元幾의말뿐이다。 그리고新聞이나 雜誌等을읽는사람은勿論一人도업다。 經濟觀念이너무도乏小한 우리사람을對照할時에는 부럽기도하지마는 한便으론可笑롭기도하고 愛惜한맘이간졀뿐이다。

이런生覺저런生覺하는間에 汽車는벌서 奉天驛에다다랏다。 彷走하는安奉線의 釜山行列車에 가려올탓다。

四

安奉線車의한모퉁이에 자리를定하고안즌즉 엇던 굴리體의中國人이 내압헤오드니「是車安東行？否？」하며 근심스러운얼골로 내압헤안즌中國人의게뭇는다。 그이는「그럿타」하엿다。 그러나 그는·安心치아니하고 다시나의게向하여 그말을뭇는다。 나亦是「그럿타」하니 새야於是乎安心하고 자리에안는다 이것이 極些小한일이지마는 여게서中國人의性質을 엿볼수가잇다。 中國人은上下勿論하고 懷疑性이 特別히만타。 誰某를對하든지「저사람이도적이나아닌가？ 나를속이지나안을가？ 내의무엇을窺探치나안는가？」大槪如此한觀念下에 사람을對한다。 中國人의여러가지制度와 組織과 現象이 그國民으로하여금 이갓게맨드럿음이지마는 如何間此가中國人의한缺点이다。 여러弊端가此로因하여생김이적지안타。

몃停車場을지나서四十歲假量의農夫비슷한朝鮮人하나이오른다、 얼마후에그農夫는謄寫板刷의二頁鮮漢文刊印刷物을내여본다。 그건느便에안젓든二十內外의朝鮮靑年이 그農夫의게 同情하는表情을하면서 恭遜히「汽車안에서무슨新聞을보십니까」한다。 그農夫는「네ㅣ이新聞은○○新聞은아니야요 興京縣에잇는保民會新聞이올시다 이런新聞이잇가 汽車안에서볼니다」한다。 이말이끗난后에 그農夫는靑年의게「당신어느道에사십니까」라고 出生地를뭇는다。 그靑年은 가장謙虛恭遜한態度에나즉나즉한목소리로「네ㅣ저는 朝鮮사람이올시다」라고말한다。 그農夫는녀무도어이가업서서「朝鮮사람인줄이야압니다마는慶尙道입니까 咸鏡道입니까말이야요」라고微笑를띄이면서反問한다。 그靑年은다시前보다더욱親切溫柔한態度를取하면서「구태여道區別이야할것잇습니까？ 朝鮮사람인줄만 아실것이지요 어느道어느道할것업시 다우리한朝鮮사람이아닌가요？ 朝鮮사람끗내의親兄弟姉妹라는 한生脈밋헤서 서로사랑하고서로尊敬하며 서로扶助하고 서로恭謙할것이아님니까조금도道를난나서 어느道니어느道니할必要가업슴니다」하며 諄諄然히先生이生徒의게修身가라치듯한다。나는 그엽헤서아모말도업시 그두사람의對話만자미잇

계올엇다。 긴혼快感을엇엇다。 그靑年은어대出身으로무슨職業을하는이인지모르겟스나 如何間 凡常한사람은아니다。 年齡은 비록二十內外이지마는 아주老熟하고圓滿하기가 四五十의紳士와갓다 아마生覺컨댄 그靑年은何處에서든지我人의通弊인地方熱·黨派爭에 매우苦痛을가진이인듯하다。 나는속으로 그靑年에게 無限히同情하고 無限히敬愛함을禁치못하엿다。

그리다가 어나곳잠이들어서精神업시자다가 어느사람의흔드는바람에 눈을비비고뜨니 新義州건너便인安東縣이다。 번쩍精神을차리어서 니러안즈니 電燈불은아주도四面에서 반짝반짝하는데 그만흔사람들은 다어데로갓는지자리가텡텡비여잇고 다만흰옷닙은사람이 四五名안저잇슬뿐이다。

나의神經은 漸漸緊張되면서 「자ㅣ오대음이 鴨綠江이지 그대음이나의오랫동안 그립고그립어하든故國江山이지 이世界위에서라도 오랫동안停車를하나 하면서 兒孩들이 臘月臘日夜에잠을못이루고 元朝를기다리듯이 아모生覺도頭緒를차리지못하고 다만어서멀적江을건너서 우리옛터를보고싶은生覺 하나뿐이다。 그러케一時間을기다리다가 차차乘客이 오르드니 鼓膜을째칠듯한 우렁찬汽笛一聲에 나를실은汽車가 快活히다라난다。 鐵橋上에다다랏다 故國의江山이뵈이기始作한다。 발아래는江水가浩浩히흐르며 그左右에는漁船商船等이幾十幾百인지 느리여어잇고 차차車바퀴가굴써록 나를품어주며길너주든情다운나의어머니살과갓이흐르는 우리祖上들의 노리터인 녯江山이明瞭히보이며 피ㅅ줄이갓흔나의同胞의품을담아주는것들이 뚜렷뚜렷이뵈인다。 이刹那의나의맘이야맘로 筆로描寫하기어렵도록 極히微妙하게되여간다。 新聞紙의게머리를숙이여感謝의키스를손니엇다。 남모르게暗淚를滋注하흘니엇다。 어나듯汽車는 新義州驛에다다랏다。

五

나로하여금無限한늣김과 興奮을맛게하든 이汽車가快速度로다하날사록 二年나마 나로漂浪케하든中國山河는 점점멀니써나게하며 몃어머니로하여금나를점점깁히품어주게한다。 어든컴컴한滿洲山河더욱

黃海이하늘을가리우는그街路, 黯黑色의野陋한衣服下에더러운검은때를갓득실은길만손톱에꽃을孤形으로굽혀고蒼白色얼굴(阿片中毒으로)에尸身다니듯하는中國人(흡담비슷하지만)의社會에섞기어잇다가靑衣의손으로그런듯한明媚한山河, 白鷺갓치흰衣服으로天使갓치端莊한鮮美한우리사람의姿態, 또렷또렷한검은눈동자 輕快한모든擧動을처음볼때에無限한愉快味를엇겟다。 陰濕陰鬱한黑窟에서生活하며가淸秀美麗한花園으로 入하는듯한感이不無하다。그러나大陸式의雄大한建築物, 巨像한都市를보다가나즉나즉하고狹小한家屋, 偏小한都市를보며冥黙然한듯한感도亦不無하다。 如何間모든사람이누구나다반기는듯하며左右에서빙긋빙긋지나치는모든山野가다笑顔으로迎接하여주는듯하다。 얼마를지난후에검은服裝에검은테모자를쓰고지팡을찬이二三人이바라갓치室內로뛰어든다 天朗氣淸하고花笑鳥歌하는고은동산에颶風이突起하는듯한感이不無하다。 車票, 旅券을檢査한後身體를낫낫치뒤여본다 江越便에서오는朝鮮人의게는누구의게나다이갓치한다。

宣川驛을지나한三間쯤되는저便에나의지히敬愛하는漢城醫院의K兄이淸秀한洋裝으로안저잇다。나는너무도意外이고깃쌔서뛰여갓다。자세자세히좋려본則K兄이아니다。나는너무도失望落膽하고자리에도라왓다。 大抵緊張가잇든하도엇다

緊張하엿든頭腦가차차冷靜하여지고興奮하엿든心緒가차차沈息하여지자 크게失望의슬품을씻한切實히깨닷겟다。내가海外에서生覺하기는內地에는昨年以來로萬般施設이一新하엿스며一般의思潮도一新하엿고더욱文化運動이猛烈히擧起하엿슨즉部分쯤은汽車內에도男女老幼를勿論하고前日모양으로無語無意識하게안저서졸지를아니하고必히新聞이나雜誌等을손에들고奔走하엿스리라하엿섯다 그러나非常한預想에正反對로亦是古如今한모양이다。輕快한洋裝의靑年紳士는부른모양이다。그러나그이들의새이에는두분두분油面粉面에花顔柳眉으로九尾狐갓혼妓生輩며輩등이석기어서 날봇그리운줄도모르는지白晝衆人前에서野卑醜態한動作을한뿐이다 이것을본내가엇지슬퍼하지안엇슬수잇스랴。

이런悲哀로精神이자못緊張하여저서그조흔鴨綠江山의平壤에서도아모조흔뜻길을보지못하고빗쌋빗쌋지나서午后五時頃에沈村驛에나리엇다。

地球의死

송길 譯

地質學者의말을듯건대 地球는처음高熱體이엿스며。이를包圍하얏든것은 只今大氣보다는大端濃厚하엿다。그러나宇宙의冷氣에觸하야 次次放熱됨을쫏차 그溫度는低下하고。 그面에는凝固體의皮殼을生하도록되엿스나。 그러나그皮殼이放熱冷却하야 漸次濃厚하여지고 同時에 空中의瓦斯도 飽和한者는順次凝集沈澱되고 最後에는比較的輕快한水蒸氣까지물로化하엿는데 地球의凹所를充한것이바다(海)이며陸海兩者가共히適當한溫度에依하야 生物을生할機生케하엿다한다。

그런데이生物을現地上에仔細히硏究해보면 大槪처음은簡單한劣等種이엿스며。時日이經함을쫏차 次第로增加進化하야 맛참내高等動物의發展되는人類까지出現케되엿다。그러나이人類는 只今까지全世界에蔓延하야 그의生存하지아니하는者를補하고는 겨우數指를屈할外에他가無하다。그러고보면 只今은生物全盛의時期라고하여도 決코誣言이안이다。

從容히宇宙를觀察할진대 物質은恒常變化하고잇다。生物과無生物을勿論하고 모다老死의變化를밧고잇다。變化는宇宙의原則이로다。古人이諸行無常이라고한것도 이大原則을說破한데不外한다。

地球는前述함과갓치 生의期를經하야 老의期에入하고잇다。그러고보면 언제든지死의期가오지아니할수가업다。하물며 宇宙의原則이 이를要求하고잇슴이랴?

地球現下의狀態로는 破壞力과建設力이 그面에働作하고잇스나 그러나恒常衝突과爭鬪가繼續하고잇다。例하여말하면 大氣는其表面에動作하야 이를風化分解케한다。그러하고此動作에依하야生하는바土砂는 水에依하야海中에運搬한다。바다도亦是波浪을

起하야 海岸을破摧崩壞하고잇다。「此等動作에對하야 皮殼의收縮은 地球의放熱을조차 漸次其步를進하야 맛참내山脈을隆起케한다。 또火山은物質을噴出하야이를地面에堆積하고잇다。 이를換言하면 大氣와水는地球를壞滅하고잇슴에反하야 地球의收縮과火山力은山을造成한다。

地球의破壞力과建設力은 今後永久히平衡을保全하야 勝敗가容易히決定되지아니할난지、只今推想키難하나 그러나엇더한時期에到達하면 破壞力은 建設力보다優勢가될것은 定한일이다。 그理由를말하라면 地球의收縮과火山力은 地球內部의熱이高하야多少膨脹을來하는時에만 活動하는것이다。 故로收縮力이적어지든지 또엄서지든지하면 山은결코成立이되지못하고 火山力이衰退하면 그噴出物도업서지지아니할수가업다。 이러케되면 破壞力은 時를좃차陸面을磨耗하야 畢竟은地球全面을海洋化할것이다。 此時에至하면 陸生生物은 人類와한께奈然滅亡치아니할수가업다。

萬若陸地의壞滅이업다고할지라도 玆에한가지恐怖할만한것이잇다。 그것은곳太陽의消滅이다。 地球面의生物은 모다太陽의温과光에依하야生活한다。 또는地球內部에도温이잇다。 그러나이温은 生物에何等影響을及치아니한다。

生物의根源인太陽도 只今은참말赫赫한高熱發光體이나 그러나宇宙의原理에로 早晚間放熱冷却하야 那終은消滅치아니할수가업다。 獨逸의「헤름홀즈」博士는 太陽은放熱收縮의結果、只今부터一千七百萬年後에는 只今徑大의四分의一이減하리라하엿다。 이年數는 今日에는오히려數倍乃至數十倍로提算하지아니하면아니될理由가잇스나 엇재든이年數를크게計算할지라도 그것은五十步로笑百步이다。太陽은次第로放熱收縮하는故로 그光과溫이同時에減下하야 畢竟은우리地球同樣으로 暗黑無光의天體로變하고말것이다。

太陽이減熱收縮하면 그地球에及하는바影響은 말하지아니할지라도 明若觀火이다。 먼저地球面이 水의結氷點까지減溫하면 生物로는 微菌을除하고는모다死滅할것이다。 그로부터空中의구름은 눈(雪)

[illegible]

것이다.

[illegible]

이다.

[illegible]

다.

[illegible]

다。衝突이잇스면 此로因하야生하는바大熱은 다시無光의太陽으로하야곰 赫赫한光輝를發하는新太陽으로還生케할것이다。그러면地球面의物質이 滅却解體된後에 그原料로다시 新物質이組立됨과同一한理致이다。混沌에宇宙가불과琉璜으로粉碎되야 開闢天地로變한後에 다시新天新地가出現되리라함은 或이것을意味함이안인가한다。

今日太陽이諸遊星과한세飛行하고잇는方向은 天의北方에位한帝座星일다。이별은 非常히遠距離에잇서서 一秒에七十六萬哩를起하는光線도 이를通過하랴면 十年이걸닌다고한다。그런대太陽飛行의速力은 겨우一秒에五十里인故로 太陽이帝座星에達하랴면 十五萬年餘가걸닌다고한다。그러나하날에는 有光體의星辰外에 無光體의星辰도極히만타。 그리하고그大部分은 亦是滅亡한太陽이다。 太陽이帝座星에達하기前에 此等星辰과衝突하는機會가만흐리라생각된다。

假若太陽이衝突하는境遇에는 萬若그衝突이正面的이안이고 多少斜面일지라도 此로因하야生하는바熱은非常할것인데 極히寒冷한物體라도 이를全部氣化케하야 各元氣에還生케할것은 數學上計算으로確實히證明되는것이다。 그러면衝突에依하야 새로히生한天體는 곳光輝를發하는太陽이될것이다。

그러나이新太陽도亦是前太陽의歷史를反覆하고는 滅亡치아니할수가업다。 이새에世界는生하엿다가 滅亡하며。 滅亡하엿다가다시生할터인대 。이것은生物이生하엿다死하며 死하엿다生함과同樣의理致이다。 이生滅은宇宙不滅의原則이로다。

國仙傳

張道斌 撰

第一 國仙敎의 大意

一、國仙의 起源

古代의朝鮮人은天帝를信하더니天帝는至極히靈하며至極히善하며非常한神能의力이잇슴으로信하더니그同時에여러聖人의偉大한力이잇서衆으로하야곰健壯하게하며正直하게하며勇敢하게하며孝悌하게하며忠信하게하며慈愛하게하며知識하게하매衆은이여러聖人을天帝를代한人으로信하더니이에이여러聖人이道德의中樞가되니

이러케하야神聖한道德이數千年에니르럿더니및三國의中世에漢土의儒敎와印度의佛敎가漸次輸入하매本來의道德이크게衰頹되는지라이에新羅에서國仙이起하다

二、國仙의 沿革

眞興大王은新羅의英主라처음에國仙의敎를興할새美女二人곳南毛娘。俊貞娘을擇하야源花라하고徒를聚하야源花로하야곰그善惡을監케하니그徒가三百餘人이되더니後에二女가爭妬하야俊貞이南毛를誘引하야酒를强勸하야醉한後에北川에投하야殺하거늘南毛의徒가南毛를失하고悲慟하야散하더니或者가俊貞의罪로歌를作하야唱하거늘南毛의徒가聞하고南毛의尸를北川의中에서得한지라大王이俊貞을殺하고源花를廢하다

大王이이에容儀와德行이美한男子를擇하야國仙으로奉하고徒를聚하야道義로서로磨하며歌樂으로서로悅하며山水에遊하야遠하야도至치아니하는데업스며邪正을辨하야賢한者를朝廷에薦케하니이에그敎가크게盛한지라그럼으로金大問이갈오되賢佐忠臣이此

로從하야務하며良將勇卒이此로從하야生하다

하얏고또崔致遠이갈으되

國에玄妙한道가잇스니風流設敎의源이仙史에備詳한지라實로三敎를包含하고群生을接化하니入하면家에孝하고出하면國에忠함은魯司寇의旨요無爲의事에處하야不言의敎를行함은周柱史의宗이요諸惡을莫作하고諸善을奉行함은天竺太子의化라

하얏고또金富軾이갈으되

新羅花郎이無慮二百餘人인대그芳名美事가다傳記와갓호다

하얏고또僧一然이갈으되

人으로하야곰惡을悛하고善을更하야上은敬하고下는順하며五常六藝와三師六正이世에廣行하다

하얏고또讓土唐人令狐澄이갈으되

新羅가貴人子弟의美한者를擇하야此를粧飾하고花郎이라名하매國人이다尊事한다

하얏더라國仙의敎가新羅의世에는이러케盛하더니및新羅가亡하고高麗가興하매國仙은다만虛名만存하야

八關會의助手가될뿐이더니및高麗가亡하매그虛名조저廢하니라國仙의盛世는무릇三百年、그虛名만存한時代를合하면統히八百年이더라

三、國仙의制度

國仙은或은花郎또或은花主또或은風月主라하다花郎風月이라함은다美를取하야稱함이더라

男子가少年이오容儀가美하며德行이美하야人의表準이될만하거던衆이國仙으로推戴하고君主가國仙으로奉하나니이러하면그男子는國仙이되다

國仙은全國이다尊崇하야君主가敬信하며衆이歸하고徒가附하야國仙의郎徒가되나니國仙은郎徒되는人의姓名을黃卷에記入하고郎徒를訓育하다

郎徒라함은國仙곳花郎의徒라함이니郎徒는每日國仙의門에進하야國仙의敎訓을奉하고또郎徒는항상國仙을侍從하다郎徒의數는國仙마다任히多少가잇섯나니或은百人、數百人이屬하고或은千人、數千人이屬하다郎徒를或은香徒라하다

國仙은地閥을用치아니하얏나니곳貴한人이나賤한

人이나다國仙될수잇섯다 또國仙은同一한時代에多數한國仙이잇기도하얏나니곳多數한國仙이各히門을開하야敎를宣하고或은서로親密히協助함도잇섯다 또國仙은一次國仙이되면長久히그職을帶하얏나니곳少年의國仙이되얏스면將壯한後에도國仙의職을行할수잇섯다 또國仙은文官이나武官됨에무拘碍가업섯다

郎徒는勿論門閥의分別이업시다郎徒가되다 또郎徒는異敎를奉하는者라도郎徒될수잇섯나니곳儒敎徒나佛敎徒도郎徒될수잇서一邊은異敎를奉하면서도一邊으로는郎徒의業을修하야 또郎徒는一次郎徒가되면身을終하도록그國仙의部下로在하다 또郎徒는무슨職業이던지다自由로웟다

國仙은郎徒를監하야惡을防하고善을勉할새或은講說로하고或은音樂으로하고或은郎徒와함께四方으로周遊하야民情風俗을察하며名山大川을觀하나니이러한後에善한者를擇하야朝廷에薦하면朝廷에서는此를登用하다 또國仙은郎徒의外에衆에게惡을禁하고善을勸함을力하다

郎徒는國仙의敎訓을奉하야德行을힘쓰며才藝를갈는다 또郎徒는먼저身을修하야衆에게模範을示하며國仙의敎를宣傳하다

무릇國仙의敎는正直、强勇、孝悌、忠信、慈愛를中心우로하다 이敎를或은風月道라하다 또或은花郎敎라하다

第二 薛原郎의小傳

一、薛原郎의來歷

薛原郎은姓은薛이오名은原이오郎은그尊號오新羅眞平大王三十七年(西曆紀元五百七十六年)에國仙이되니곳第一世國仙이더라是時에南毛娘과俊貞娘이다死하매眞興大王이이에容儀가美하고德行이美한者를國仙으로擇하기로하고薛原郎을國仙으로奉하다郎은容儀로던지德行으로던지當世에冠絕하더니및國仙이되매郎徒가만히來集하다

二、薛原郎의功德

郎이이에郎徒를訓育할새道義로서로磨하며歌樂으로서로悅하며或은함께旅行하야人으로하야곰觀를習하고智를發하며惡을改하고善을行하니이에正直、强

[illegible] 政의 道가 모두 [illegible] 論함이 [illegible] 하야、[illegible]

[illegible]

[illegible] 後人이 [illegible] 하야 [illegible]

[illegible](在[illegible]用)에 在하다

第三 [illegible]列傳

一、[illegible]의 [illegible]

[illegible]

[illegible] 大王이 郞의 功을 一等으로 하야 俘

[illegible] 二人과 良田을 賞給하기를 郞이 三次나 辭讓하니 大

王이 [illegible]

[illegible] 이다

二、官昌郞의 [illegible]

官昌郞은 [illegible]

[illegible]

의 [illegible]) 에 [illegible]

[illegible] 하야 郞의 年이 十七에 [illegible]

[illegible]을 爲하야 天에 [illegible]

副將[illegible]가 되야 [illegible]

으되 「[illegible]

하니 我가 [illegible]

太宗이 高句麗에 [illegible]

部下에게 말하되 一人이 力을 盡하면 百人을 當하고

百人이 力을 盡하면 千人을 當하고 千人이 力을 [illegible]

히 하면 萬人을 當하고 萬人이 力을 [illegible] 하면 天下[illegible]

行하리라하고軍을發하야高句麗를向하더니맛츰太宗이放還됨으로役을罷하다是後에出하면大衆이되고入하면宰相이되야맛츰내百濟를滅하다및文武大王이高句麗를擊할새將帥欽純、仁問의等이出發에際하야敎訓을請하거늘郞이갈오대人이上으로天道를得하고下로地理를得하고中으로人心을得한後에야功을成하나니이제新羅는忠信으로存하고百濟는傲慢으로亡하고高句麗는驕傲으로殆하거니我의直으로彼의曲을擊하면반드시得志하리라하더니此役에맛츰내高句麗를取하다新羅의將帥가郞의力이多한지라文武大王이太大角干의爵을賜하니그才能을發하다郞의五子의中에第二子元述이잇더니元述이裨將이되야唐兵과戰하다가敗하야生還하얏거늘郞이朝廷에奏하야誅코저하니元述이敢히家에入치못하고村里로逃하더니및郞이死하매元述이歸하야母를見코자하니母가갈오되

「爾가先君에게子息노릇을못하얏나니我가엇지爾의母가되랴」

하고見치아니하니元述이痛哭하고太白山으로入하다是後에元述이맛츰내唐兵을擊하야功을建하다

三、官昌郞의才藝와勇敢

官昌郞은姓은金이오名은官昌이니將軍品日의子더라郞이容儀와德行이特秀하니衆이國仙으로奉하거늘郞이國仙이되매衆과交를善히하고또年이十六에騎馬에能하며弓射에能한지라및太宗이百濟를擊할새郞이副將이되야黃山(連山郡)에到하니百濟將軍階伯이陣을戰하야當키難한지라品日이郞을召하야馬前에立하고갈오되「吾兒官昌아汝의年이十六에志氣가勇하니今日의役에汝가三軍의先驅가되여라」하거늘郞이갈오되「그리하오리다」하고匹馬單槍으로敵陣에入하니敵兵이郞을生擒하야將軍階伯에게現한대階伯이郞으로하야곰甲胄를脫케하더니郞의年少하고또勇함을見하매참아害하지못하고歎嗟하야갈오되「新羅에奇特한士가多하도다少年이이러하거니함을며壯士랴」하고放하야本軍에還케하다郞이還하야갈오되「余가敵陣에入하야將을折치못하며旗를搴치못하얏스니甚히恨事로다」하고곳兩手로井水를掬하야飮하고再次敵陣에突入하니階伯이捕하야首를斬하야馬鞍에懸하야本軍

오로送하다品日이手로그首를執하고갈으되「吾兒의面目이生한것하도다」하다新羅가此役에맞츰내百濟를滅한지라大王이郎에게級飡의爵을贈하고遺族에게絹과穀을賜하다

四、欽春郎의忠孝

欽春郎은姓은金이오名은欽春이니金庾信郎의弟더라郎이眞平大王의世에國仙이되매仁이深하고信이厚하야衆心을博得하더니및壯하매太宗이百濟를擊할새郎이將帥가되야黃山에到하야百濟將軍階伯과戰할새郎이子盤屈을召하야갈으되

「臣이되야는忠하여야하고子가되여는孝하여야하나니汝가今日에忠孝를兩全하여라」

하니盤屈이갈으되

「그러하오리다」

하고곳敵軍을突擊하다가死하다新羅가百濟•高句麗를滅함에郎의功이多한지라文武大王이郎으로宰相을삼으니郎이忠으로써上을事하고恕로써民에臨하는지라當世가賢相으로稱하다

五、竹旨郎徒烏谷의擇師

竹旨郎은姓은金이오名은竹旨니述宗公의子더라처음에述宗公이朔州(春川郡)에赴任하야郎을生하니郎이英特하더니및長成하매國仙이되얏다가太宗의世부터將帥가되야金庾信郎과함께百濟•高句麗를滅하고太宗•文武•神文의三朝에宰相이되야功德이多하다郎이國仙으로在할새郎徒의中에級飡(官名)烏谷이더욱郎을思慕하더니一日은烏谷이仕進치아니하거늘郎이烏谷의母에게그事故를問하니母ㅣ널으되牟梁里(地名)阿飡(官名)益宣이烏谷으로富山倉直을삼아急히役에赴함으로郎에告別치못하얏다하거늘郎이郎徒百三十七人과함께往하야烏谷을慰勞하고烏谷과함께還코자하야益宣에게請하니益宣이許치아니하거늘使吏(官名)侃珍이郎의愛士함을欽服하야米穀과鞍具를益宣에게贈하고烏谷을送하라하되益宣이또許치아니하더니大王이聞하고怒하야益宣을罰하다처음에烏谷이郎을思慕하야歌를作하야갈으되

去隱春皆理米 毛冬居叱沙哭屋尸以憂音 阿冬音乃

叱好支朗鳥隱 良史年數就音隨支行齊 目煙於尸七
史伊衣逢支惡知作乎下是 郎也慕理尸心未行乎尸
道尸蓬次叱巷中宿尸夜音有叱下是

六、文努郎徒金欽運의正義

文努郎은名이엇지 眞德大王의世에國仙이되다郎이郎徒를訓育하야[illegible]勵할새郎徒中에金欽運이라는人이잇섯다欽運이郎의門에서薰陶를受할새前人의節義를聞하면반드시感動하야慨然히淚를下하더니太宗의世에欽運이郎幢大監(官名)이되야百濟를擊할새欽運이當日에營에서宿치아니하고將士와함께百濟의陽山에到하니百濟人이夜를乘하야不意에襲擊하으로欽運의部下ㅣ[illegible]欽運이馬를跨하야敵에赴하라하니大舍(官名)詮知ㅣ갈으되「이제敵이暗中에起하야咫尺을辨치못하겟스니公이비록死하더라도識할人이업슬지어늘엇지前進하나뇨」하거늘欽運이갈으되

男子가國에當하야職을盡할뿐이니他人이知하며知치못함이무슨關係가잇스랴

하고敵에赴하야死하니이에大監穢破ㅣ少監狄得이다敵에赴하야死하고또步騎幢主(官名)寶用那ㅣ갈으되

欽運은貴族榮門의人으로도오히려더러하거던하물며余갓흔者리오

하고또한敵에赴하야死하더라大王이此를哀慟하며엿다爵을贈하고衆이또陽山歌를作하야哀悼하다

七、近郎徒劒君의正直과仁想

近郎은伊飡(官名)大日의子니眞平大王의世에國仙이되다郎徒의中에劒君이라는人이잇스니劒君은大舍仇文의子며沙梁宮舍人이되얏더니凶年을當하야人民이飢한지라沙梁宮의여러舍人이同謀하야倉의穀을盜할새劒君에게도穀을分與하거늘劒君이笑하며갈으되

余가名을近郎의徒에編하야行을風月의庭에修하나니진실로義가아니면千金의利라도動心할바아니라
余가엇지此穀을受하랴

하니여러舍人이劒君이此事를漏泄할가懼하야이에劒君을殺하기로謀하는지라劒君이此를知하고近郎에게

往하야告別하며갈으되

今日의後에는다시見할수업나이다

하거늘郞이그理由를問한대劍君이言치아니하는지라郞이再三次나問하니劍君이右의事實을言한대郞이갈으되

엇지法官에告치아니하나뇨

하니劍君이갈으되

自己의死함을畏하야衆人으로하야곰罪를當케함은人情에참아못할바니다

한대郞이갈으되

그러면엇지逃亡하지아니하나뇨

하니劍君이갈으되

彼가曲하고我가直하거늘도로혀我가逃亡함은男子의事가아니니라

하고여러舍人에게往하니舍人들이毒을食에置하야勸하거늘劍君이知하고도此를食하고死하다

八、末尸郞徒의禮儀와悔改

末尸郞은名은末尸니眞智大王의世에國仙이되다치음에眞智王大이使者를遣하야國仙될人을求할새京都의路傍에서郞을逢하매大王이見하고敬愛하야國仙으로奉하니郞이子弟를和睦하야그禮儀風敎가蔚然히世를耀하더니國仙된지七年에跡을隱하야出脚치아니하다

郞이國仙으로在할새佛敎徒眞慈가郞의感化를受하야郞徒의節을謹守한지라高麗僧一然이此를記하야갈으되

「眞慈가慈澤을飮沐하고淸化를旣承하야能히스서로悔改하고精修하야道를修하얏다」고하다

九、原郞徒의音樂

薛原郞의郞徒니郞徒들이思內奇物이라는音樂을作하다이音樂이後世에까지有名하다

十、翟昌郞의狩獵

翟昌郞은名은翟昌이니眞平大王의世에國仙이되다郞은郊外에狩獵을行하야鳥獸를多得하다郞은狩獵을行할時에는馬를鞭하며弓을携하고縱橫馳逐을善하다

十一、夫禮郞徒의忍耐와忠實

夫禮郎은名은夫禮니沙梁(部名)大玄의子요孝昭大王世에國仙이되다郎이千人의郎徒를率하매가장安常을愛하더니是後에郎이郎徒를携하고金蘭(地名)에遊할새北溟(江陵)의境에到하매狄賊(靺鞨人)이出하야郎을掠去하니郎徒가皆驚散하거늘오직安常은追往하다大王이聞하고驚하더니또是時에國庫에서玄琴및玉笛을失한지라大王이이에年疑하다가郎이狄賊에게被執하야大都仇羅라하는者의牧者가되야大烏羅尼라하는野에牧하야觀音[illegible]하더니맛춤내安常을逢하야함께還歸할새栢栗寺에니르러또玄琴과玉笛을得하야大王께聞하니大王이喜하야郎으로大角干을삼고郎의父大玄으로太大角干을삼고郎의母龍寶夫人으로沙梁部鏡井宮主를삼다

十二、 膺廉郎의 恭謙과 節儉

膺廉郎은姓은金이오名은膺廉이오憲安大王의世에國仙이되니年이十八이더라一日은大王이郎을召하야殿中에서宴하며問하야갈으되

郎이國仙이되야四方에優遊하얏스니무슨異常한事가잇더뇨

郎이갈으되

臣이美行잇는者三人을見하얏나이다

하니大王이其說을聞하기를願하거늘郎이갈으되

人의上이되야人의下에坐하는者ㅣ그一이오豪富하고도衣服을儉素히한者ㅣ그二오貴勢잇고도그威를用치아니하는者ㅣ그三이니다

하니大王이聞하고郎의賢함을知하야이에淚를下하며갈으되

朕이二女가잇스매郎에게任하노라

하거늘郎이長公主를娶하더니是後에大王이崩하매遺詔로郎이登極하니곳景文大王이더라

十三、 孝宗郎의 慈悲

孝宗郎은姓은金이오名은孝宗이오小名은化達이오舒發翰仁慶의子니眞聖大王의世에國仙이되다郎이國仙이되매年은幼少하나德은老成하야郎徒數千人을訓育하는지라大王이欽服하야兄의女로써妻하다一日은郎이韓岐部(地名)에出遊할새母女가함께哭하는者ㅣ잇거늘郎이問하니女갈가로되

余는韓岐部民連權의女子知恩인데父는早喪하고母를獨養하는바年이三十二가되도록嫁치못하고母를侍하며家貧하야或은傭作하며或은行乞하야母를供하다가今에는不得已하야宦家에身을賣하야婢가되야米를得하야晝에는主家에서役하다가夕에는母의食을供하더니이러한지三四日에母가닐으되向者에는麤食도味가甘하더니今日에는美食도味가甘치아니하니엇지그러하뇨하기로余가事實을告한즉母가더러케哀함으로余도또한哭하나이다하거늘郎이家에歸하야父母세請하야粟과衣를知恩에게贈하고또知恩의主家에錢을償하야知恩을贖良하니郎徒數千人이또各히粟을出하야知恩을贈하다是後에孝恭大王이郎으로宰相을삼다

十四、俊永郎徒의修養

俊永郎은名은俊永이니孝昭大王의世에國仙이되다그郎徒의中에眞才、繁完이라는二人이잇섯다才德을修養하야當世에有名하다

十五、月明郎徒의唱歌

月明郎徒는景德王의世에郎徒가되야鄕歌에善하다是時에天에二日이並出하거늘日官이大王세奏하되郎徒를招하야天災를禳하라한대大王이이에朝元殿에壇을築하고月明을召하야天災를禳하라하거늘月明이이에散花歌를作하야唱하니그歌에갈으되

今日此矣散花歌良巴寶白乎隱花良汝隱、直等隱心音矣命叱使以惡只、彌勒座主陪立羅良

이라하얏더라이歌를唱하자맛츰日의怪가滅한지라大王이喜하야美茶를下賜하다月明이佛教徒로國仙에屬하야鄕歌로有名한지라後人이月明의舊居를號하다月明里라하다

十六、好世郎徒惡宿의博愛

好世郎은名은好世니眞平大王의世에國仙이되다郎의徒에惡宿이라하는者ㅣ잇섯다惡宿이一日은郊外에出하니祖品郎이狩獵을行하야鳥獸를捕하거늘惡宿이郎의轡를攬하고曰余가前往에는公을仁人으로知하얏더니이제公의오작殺戮을恣行하야他를害하야己를使하니此가엇지仁人의行爲이오닛가한대郎이大悲하다

十七、鸞郞의修養

鸞郞의名은鸞이니新羅末世에國仙이되다郞은才德을修養하야當代에有名하다밋郞이死하매崔致遠이그碑文을作할새그篇首에갈오되

國에玄妙한道가잇스니風流라設敎의源이仙史에備詳한지라實로三敎를包含하고群生을接化하얏다하다

十八、居烈郞、實處郞、寶同郞의旅行

居烈郞은名을居烈이니第五世의國仙이오實處郞은名은實處니第六世의國仙이오寶同郞은名은寶同이니第七世의國仙이니三郞이다眞平大王의世에國仙이되다一日은三郞의徒가楓岳(金剛山)에遊코자하더니맛춤彗星이出現하는지라三郞의徒가此를怪異히녀겨楓岳의行을停코저하니融天師라하는人이郞徒를爲하야歌를作하야唱하매彗星이滅한지라大王이喜하야郞徒를楓岳에遣하다그歌에갈오되

舊理東尸汀叱 乾達婆矣遊烏隱城叱肹良望良古 倭理叱軍置來叱多烽燒邪隱邊也藪耶 三花矣岳音見賜烏尸聞古 月置八切爾數於將來尸波衣 道尸掃尸星利望良古彗星也白反也人是有叱多 達阿羅浮去伊叱等邪 此也友物北所音叱彗叱只有叱故

十九、邀元郞、譽昕郞、桂元郞、叔宗郞의唱歌

邀元郞은名은邀元、譽昕郞은名은譽昕、桂元郞은名은桂元、叔宗郞은名은叔宗이니다景文大王의世에國仙이되다四郞이함께金蘭에遊할새君主의治民을爲하야歌를作하니歌가무릇三首인데第一은玄琴抱曲이오第二는大道曲이오第三은問群曲이라이三歌를大王의前에서奏하니大王이喜하야크게稱賞하다

二十、永郞、述郞、南石郞、安詳郞의旅行

永郞은名은永、述郞은名은述、南石郞은名은南石、安詳郞은名은安詳이니다新羅末世의國仙이되다四郞이함께嶺東(江原道東部)에遊할새高城(高城郡)의三日浦에니르러山水의奇麗함을見하고登臨觀覽하며嘆賞不已하야三日을去치아니하다그럼으로그浦의名을三日浦라하고後人이浦의上에四郞亭을作하야四郞을紀念하다

二十一、武官郞의擇友

武官郞은名은武官이니眞興大王의世에國仙이되다郞은힘써良友를擇하야斯多含郞과死生을함께하는友가되다밋郞이死하매斯多含郞이또한死하다

톨스토이

金億

一

通俗期를 지낸 그의後半生은單純한藝術的生活이 아니엇다 차라리藝術的生活과는 아모러한關連이업는生活이라하는것이 올켓다 만은藝術家로前半生의 톨스토이가 偉大한스땡쓰인은 누구나否定할수업는 것이다。

잇던意味로보면 (톨스토이의藝術觀으로보면) 後半生의톨스토이의生活도藝術的이라고하지안을수가 업다。

이러한後半生의宗敎的生活에餘念업서하는톨스토이에게 悲哀한생이 왓다——

사랑하는 벡오 니코라이빗취여、오래동안 막혓습니다、나는只今病이들녀 病床에 누어잇습니다。

나는 아모리하여도全快될만한希望이업습니다 한은 그럿케길게될것도 아닙니다。나는兄과갓흔 時代에난것을名譽로생각합니다하는말을 兄에게 말하고십습니다。하고 내가 마즈막으로兄에게期望할것이잇습니다。사랑하는벗이여、다시文學的事業으로 돌아오시는것이 나의期望입니다。兄이야말로天才입니다。 제일 나의이懇願을들어주신다고想像할때에 나는얼마나깃븜을늣기겟습닛가 사랑하는나의벗이여 우리들의偉大한國民的作家여、나의이願款을 들어주시기바랍니다。

이것은 파리의客地에서 쑤르게니네쎄가 마즈막으로 보낸便紙엿다、하고 이便紙를 쑤르게니네쎄는 오늘일가明日일가하는病床에 누어 힘업는손으로 왼맘의熱望을 다하야 마즈막懇願을 닛지못한 故友에게 懇願한것이라하면 좀더 偉威을 우리는 반듯시 늣길것이다。그러나 톨스토이는 조곰도 故友의마즈막懇願을 들으랴고하지아니하엿다、文學的事業을 다시繼續하랴고하지아니하고 한갓 宗敎的方面에서 무엇을求하랴고하엿다 크리스토의가슴

쎄서, 톨스토이는自己가要求하는바를 차즈랴고一盡徒然하야 다른것을돌아보랴고하지아니하엿다。

톨스토이는綜合的藝術家로만은自足할수가잇섯다 적어도 그는藝術家로서의藝術家로는 自己의要求를滿足식히지못햇슬것을 알것다 後半生의톨스토이에게는 勿論宗敎的方面으로 큰價値가잇다、만은前半生의톨스토이에게도 亦是宗敎的分子가 적지아니하엿음을 認定하지아니할수업겟다。

二

前半生에서「幼年時代」「코삭크」「포리쿠쉬카」「크로이첼 소나타」「家庭의不和」「안나카레니나」와갓흔作品을 쓴톨스토이의後半生에는 엇더한作品이 생기엇는가。그轉迴期(迴轉)를지내여서는「나의懺悔」「나의宗敎」「나의信仰」「참은悲哀」들을 쓰지아니하엿는가。

그와同時에 그의生活도 前半生과는不相容的相異가잇섯다 서로 싸거들이라도關連을 지울수업는 큰河溝가危期前과危期後에 잇섯다。

放蕩兒가 방울쥬리며 말하는放蕩의快樂에 품은

그못하야가危期의로를아래에 어도러저 무슨는것바가죽은 몸은心情을가지고 톨스토이는 로론지내가生活의그못지을 부숫으며 새롭은宗敎的生活에 한갓빛을自己를 밝게하라고하엿다。 그結果가엇더하엿는가 勿論「復活」이라고는할수업섯다 만은그한한結果던 그렇아니가 사람이라는肉體를쓰고出生한사람으로 그만하여도 큰價値가잇지아니한가。그以上은 구태여깊하라고하면 하느님이아닌사람이라는고질품으로는 엇지할수업는것이라고 나는 원험을다하야 톨스토이를위하야 辨明하라고한다는것보다도 다른뜻으로 斷言하겟다。

「農夫들은 이런미러운죽음을하지안는다」함은 톨스토이가 죽을때에 이러게 하고다시잔말이다。이 말을들을때에 누가感動하지아니할사람이잇겟는가。

이것보다도 더悲한 SomeThing Sadfeeling deeply at our heart한 쏘지 케난의「톨스토이訪問記」를 들을때에 누구가 가슴에서 솟음을수업는 쓰겁고쓰거운 感動의눈길을 禁할수가잇스랴 그리해의사람이라도 이것을보고는 몸으는동안에敬虔的큰눈길을 눈기지아니할수잇슬것이다。

「톨스토이는 눈에 눈물을뜨우며」하는것이 또지케난의訪問記의一節이다「熱心히 말을하야가로되「사람들의말이 레오、니코라이비취여。 너는說敎는잘한다、만은 너의實行은 엇더하냐」합니다。 참말이러한質問은 自然的입니다、하고 내가 이러한말을들을새마다 나는무엇이라고말하면 조흘지 씩하여합니다。

「너는說敎는한다、만은 너의生活은엇더하냐」

이러한質問을밧을때에는 나는 이럿케밧게對答할수밧게업다、그以上對答할말이업다。「나는說敎하고십흔생각은잇다、만은說敎하지안으랴고한다」하는말을하며「나의行爲가조흘것갓트면說敎도할수잇다、만은나의行爲가좃치못하나 엇더케說敎을할수가잇겟나 내가하는말은說敎가아니고 다만人生의意義를發見하고십다는내自身의努力에지내지못한다」 하고또 사람들은「만일 내가基督敎밧게는正한生活이업다고생각할것갓트면 웨 너는基督敎의敎訓을 좃지아니하느냐」합니다。「이에對하야는 質問者가 내게잇다 나는評判을밧을만하고 輕蔑을밧을만한사람이다、웨그러냐하면 나는 그敎訓을實行하지못하는까닭이다。만은 나는自己를辯護하는것이아니고 나의矛盾을說明하기위하야 말을하라고하는것은 다른것이아니고 나의前生活과只今生活을比較하여보아라。모든것은엇지하엿는지 내가 그敎訓을遵奉하랴고努力하는것하나는 누구나 알게될것이다。 하고내가 그敎訓의八萬分의一이라도實行하지못하는것은分明한일이다。果然나는評判밧을만한사람이다。만은 그것은 내게殉敎的意志가업는까닭이 아니고 아나는 다만弱하다、힘업는사람이다。나로하야금誘惑의그물(網)에서 벗서날方法을알게하여다구 가르처다구、그리하고 나를 도아다구、나의힘만을 빌랴고하지아니하고 나도努力하겟다。나를수짓겟으면 수짓어다구、나도내自身을수짓는다、만은 나만은 아모리케라도 수짓어다구、그러나 내가가는길을 수짓어주어서는 아니된다。만일내가 집으로가는길은알고내가泥醉하야 길을이리저리가는다하여도 決코 그길이 좃치아니한다는證據는되지못한다、만은만일

내가아죽이면 길을사비리없으기는 나로하야금잘줄 한길로가르쳐 나를붙아주어야하겠다。 한데연인 당신들이 나를무론조시못할길로 引導하야「저모양을 좀보아 저오도갈다번거 개럼(모랑)에새우다」하면서 손질가서하안었가。 당신들이 개천의主아니다。 然사시아니면는 내가혼자서醉與으로개천에새지는것을 今에하시아니하면 나를모아주서야한다。 나의次며은 나나머술에터러리한다、웨그러냐하면 우리는 나게서 길을일헛다。 한데 나는 잇는힘을다하야 길을 헤는데 이저하면 당신들은 나를 조곰도 봇사라하고개다하자아니하고 도로혀 자보아라、그놈이 一번 세치에새지고말앗다」하며 웃으러고함넛가。……하며 당시롱스토이는 말을니어「나는罪가……이다。 나는 험변이라도 내가罪徒라고한적이어 …罪德빗기쉬운사람이다。 생각도하며 놓기가 …나는것을 나는더러번 다말하게아니하는사람이냐。 그것을願하지안는것이아니고 한수업는재닭이다。 말에업지勝敗도하며 誤謬에빠저기로한것이여러번이며。 한데 그것이 나의行爲에 와서는 미끄하다。 나는罪가거진信仰이었다。 쓰圓한사람이다。 真理의世는 님을 섬기랴고하면서도 恒常잘일이지는사람이다。 만일내가誤謬에새진理가업다하면 나의誤謬은必然의結果로 타가치虛僞나僞善으로 보이지아니하면 안될것이다。 그러나弱한사람이라고하면 나는 처부터 내가實際잇는그대로보인것이다。 그것은 엇던것이냐하면 善良한사람이며 善良한하느님의종(奴)이되라고以前에도못지아니하고 今心을다하야 願한엿스며 몃수三派是願하는 불상한誤解한一個의사람이다」。

이것이誠誓記의一節이다。 그것이야말로 톨스토이의眞心에서 울어나온소리엿다。 고진부을 쓰고난 톨스토이는 自己가한든罪惡한經의法則을 살아가기에 남보다몹나되는괴롬을가젓다。「그의使徒가은데는 그보다行行에忠實한사람이 잇엇다 한은教說을며 教師가되는톨스토이는 實行에對하야는 弟子에게 미지못함이만흣승에실하 弟子들의尊行을 그에게微笑의나오의괴롭음을 색만히 주엇다 그것이 그에게는 견댈수업시괴로웟다。

톨스토이에게는家族에게對한사람과하느님에게對한사랑에 괴롭워하엿다 家族的사랑이 그로하야금 더욱信仰을 방해하게하엿다。 하느님을사랑하라고하면 家族을바릴수가업섯다 만은家族을바리기에는 넘우도家族에對한사랑을 늣겻다 이에는 안해의사랑과 아들과딸의사랑이잇섯다。 肉身을가지고 난사람으로는亦是엇지할수업는것이라고하지아니할수업다。 얼마나「톨스토이는 하느님을사랑하기위하야 모든것을 희생하며 바리라고決心하엿는가「그는엇지하엿스나家族的사랑을 피하기는하엿다 그것이 비록短時間이라고하기는하나 뜨거운맘으로 熱情한 하느님을사랑하랴고 모든것을바리엇다」 이만하면 사람으로 그만이아닌가、그以上을 사람으로바랄수가잇스랴。 完全은아니다、만은 그만하여도 그우에 큰갑시 잇기지아니하엿는가。」

三

이압호로 나는「나의懺悔」라는것을分解하려고한다。 말할것도업시「나의懺悔」는 톨스토이의顚轉의經路를밝힌것이다。 그것으로말미암아서 보면 톨스토이는 어렷을때 누려 그때서야正敎會의洗禮를바닷고 그敎會에依하야敎育을바닷다、맛은十六歲가 되엿슬때에 모든것을밋지아니하라고新學說을 맛하얏엇다。 그는 그때에부터보다 知識的自己完成을希望하엿다。 意志、體力兩方面으로自己를完成하라고하엿다。 하느님의압헤서도 그러하여야하겟다는同時에 사람의압헤서도 보다더조케되랴고하엿다。 보다더조케되기위하야는 金錢과名譽를願하엿다。 그때는二十三歲적이엿는데 코카사스에戰爭이생기엿다 그戰爭으로因하야 그의「野心」은實現되게되엿다、그때일을생각하면 부끄럽기도하며 무섭기도하다고「나의懺悔」의作者는「나의懺悔」에 쓰엇다。 戰爭으로 사람을 죽이고 血鬪하야서는 남을죽이엿다。 博賭를하여서는 金錢을엇고 放蕩한賤女와 安逸의快樂을取하기도하며 사람을속이기도하며 모든더러운行爲를다하야 暴虐한일이 하나둘만아니엇다。그結果로는犯치아니한罪가 업게쯤되엿다。 만은「톨스토이가 한時라도 니저바리지못한것은名譽이엿다 그러하야 그는傲慢과慾心과名譽를 엇기위하야 著作의

뭇울잡기始作하엿다。「戰爭과平和」안에 잇는 안드레 쁘「올콘스키」는 「러시아의 나폴네온」되랴고하엿다 이것은 疑心업시 異名同人인 톨스토이가 「러시아의나폴레온」이 되는同時에 第一의책쓰되어가 되랴고한것이라고 볼수가잇섯슬 한데 톨스토이는 어느때든지 覺醒한「적어도 覺醒하랴는自我를가지고잇섯든것을 니즐수가업다。그는 自意識이 굿센 二元的性格의 사람이엇다 이러한野心과 더러운 虛榮心을가지고잇는 톨스토이는 모든사람을 미워하며 누구에게든지 지지아니하려고 自我自我만을사랑하며 單純하고 아희답은웃음을 몰으며 젼하는 一個兵砲兵士官이라는 地位를가지고잇섯던 언제든지 톨스토이는 哲學的思索、宗敎的思索을 게을니한적이업섯다。「코삭크」에 主人公 올레닌은 코카사쓰 山下人民의原始的生活에 적지아니하게 感動되엿다。千古에 녹을줄 몰으는 白雪을 이고 自由이며 創造主의直接的生을 밧은 元氣가 잇는 人의 威風을 부러워하엿다、하고 그 雄力사랑을 草木과 動物이 아모 셰밀업시 生活하는모양으로 自然中生活을營爲하는것을 그는半獸的

으로도생각하며 半神的으로도생각하엿다。그同時에 自然은 醜濁도하며 慈悲하다、하기째문에 自然的生活을하는 그들에게는 惡이잇는同時에 善도잇섯다。이러한原始的生活에서 無限한 意識的調和가 잇섯다 半獸的오래닌은 말할것도업시 톨스토이의 半神的性格이엇다。이原始的生活로 因하야 그의 心中에는 萬有「萬物에 對한사랑의 幸福感이」 (A strange feeling of cavseless happiness in his love for the all) 속에 젓고 새라잣처 솟아올낫다。「사랑은 희생이다 自己를 희생하야서만으로不足하다。사람을 사랑하지 아니하면 안된다」。하는 코로스토敎的信仰이 主人公의 가슴을 서럽다、이것도疑心업는 톨스토이 自身의가슴이엿다。

만은 그의그의 實生活은結局虛榮心을中心으로한生活에 지내지못하엿다。「러시아의나폴네온」되랴고하야 또는 그 名譽를 엇기위하야는「죽음도、負傷도、내家族의滅亡도 아모것도두려워하지아니하엿다」만은 이러한 野心은 잇서서도 그는軍人으로는失敗하엿다、軍人으로 失敗한 그는 作家로 名譽를 엇으랴고하엿다 이名聲는 적어도 톨스토이에게는 큰幸福이엿스며 큰音樂이엿다」。「砲兵士官으로는失敗하엿다。 만은 文學界의將軍이되엿다」하는 그의말을 들으면 조금도 疑心할餘地가업다。

이리하야 젊은톨스토이는 二十七歲때에戰地에서 페트로쓰라드로 돌아왓다 當時文學者들의熱心가득한歡迎을 밧음에쌀아 그는自己를文學者로생각하게도되며 다른文學者들의理想에同化되엿다。 文學者들의理想이라는것은「人生은發展이다 그發展은 대개 우리들思想家、더욱詩人의活動으로 말미암아 되는것이다。 다시말하면,우리의할일은가라치는데 잇다」。 하는것이엇다。 비록 그들은아모것도 가라칠것이라고는 업섯다、만은亦是가라치랴 하엿다「이러한結果、그들의生活은無意味한放蕩的生活에 지내지못하엿다。 톨스토이도 勿論그들과갓치 이理想을 밟으랴고하엿다。 만은「무엇을 가르치느냐?」하는것이 그의첫疑心이엿다。 하고 갓흔文學者中에 自己의主張만을 올타고하며 다른文學者의主張을攻駁하며 서로反目하는것을 그는보앗다。 그에게는 엇더한일인지몰으겟다。이리하야 그는「發展의가르침」이라는 그理想이無意味함에 自己언만은 놀내지아니할수가업섯다。 만은 톨스토이는 조곰도놋슬생각오며 놉혀노흔文學者의地位를 바리랴고하지아니하고 오히려名聲의不足을늣기며 어데까지든지 싸호라는野心을 조곰도 쉬지아니하엿다。 톨스토이의二方面性格이 이點에잇다、感情을쌀아가면 思慮가迷路에 들어가기쉬웟다、思慮깁흔 톨스토이도 亦是感情에 쌀으지아니할수가업섯다。 思慮가 깁흔에쌀아 一층더 괴로운生活을하지아니할수가업섯다。 만은 思慮깁흔톨스토이도 自己의野心을滿足하랴는發展을 생각하기에는 넘우도盲目的이엇다。 다른文學者들과 다른点이 이에나르러서는 亦是여섯다。

西歐유롭의漫遊는 톨스토이에게 적지아니한意味를 주엇다。 文物의發達、科學工藝의進步는 톨스토이에게 所謂文學者의理想이라는「發展」에對하야 엇던充實한意味를주엇다。 發展이라는宗旨는空虛라고하며 새로히進步하는 갓흔것이지만은文明的意味를 가진것을 세우게되엿다。 文明은電線과新聞紙의普

及에있다 이普及의責任을가진 우리文學者들은 누구보다도 솔先行爲한사람이다。 이러한解決을얻은 톨스토이는外國에서本國으로 돌아오자 곳 야스야나 폴니야나로가서 農夫들위하야學校를세우고 進步라는名目下에 그들에게教育을 실혓다。 밤은 그 結局은 그自身은 비록무엇을 가르첫지몰으면서 가르첫다。 이리하야 一年뒤에 다시外國으로가서「進步」라는것은 엇더한意義를가젓는가 또는 엇더한價値가잇는가 엇더케하야 「進步」의目的을達할가하는 것을硏究하엿다。 그는 이러지럭 解決을얻은듯시 다시돌아와서 細面의農夫의教育에從事하엿다。그것도 얼마오래지아니하야엿다。 톨스토이는疑問을가젓다。 하야 젼생을가지엿섯다。 한一年동안은 이럿케 지내잇스나 이것이하야도 所謂「進步」라는것은 톨스토이에게는 매우不滿한것에게 지내지못하엿다。 파리에서 본게 世界旅行의模樣과 長兄의죽음은 單純히「進步」라는기로침으로는 아모리하여도理解할 수가업섯다。

이것이 그에게 괴로움을주엇다。 이리하야 그는世上의모든것을 다가리고 「新鮮한空氣를마시며 牛乳를마시며 動物的生活」을하기위하야 파시킬스地方으로 달아낫다。 失望과期待와 두가지矛盾을가지고 그는 달아낫다。

그때에 그는健康하지못하엿다。 그것은肉體上보다도精神上의不健康이엇다。 學校의일이 더러不分明한意味를가지게되며 쌀하서 그는 무엇을가르치며 엇더케 가르칠것을 몰으고 가르치랴고하엿다。

四

파시킬스에서 돌아와서 곳結婚하엿다 그結婚은 決코無意味한것이 아니고 소피아夫人은 그의生涯에 적지아니한幸福을주엇다。 그때에 톨스토이는三十四歲엿고 夫人소피아는十八歲엿다。 이結婚은萬事를改造식히는曙光을 보이는時期엿다。

「나는結婚하엿다,나는幸福이다,나는 새로운一생말 새로운사람이되엿다」한것은 그때의톨스토이가 友人페트에게 보낸便紙의一節이다 그것으로 우리는 그가家族에게對하야 獻身的이엇든것과 家庭의 歡樂과 또夫婦의愛情을 살필수가잇다。「나는 그때

혜 나의生活의全力은自己의家族,妻子를위하야注中되엿다。生活하기위하야 財産을모흐랴고하엿다」한것은 그의「나의懺悔」의안에잇다。

이새에 톨스토이는 大作「戰爭과平和」를 쓰기에熱心하엿다 엇더케熱中하엿든가는 그가오래동안習慣을지엿든日記조차 니저바린적이 한두번이아니엿다。「이가을이되야 나는나의小說에充分한發展을엇엇다,藝術은길고 生命은짤으다하는것을 나는每日생각한다。 만인사람이 自己가計畫하는일의百分의一이라도ㅣ實로말하면百萬分의一밧게는 쓰지못하엿다,만은 쓰겟다하는信念은 分明히作者로하야금幸福을늣기게한다,아마 그때는 이러한感情을 말할것이다。 只今나는 以前에는업섯든듯시 새로히힘잇게 이것을늣긴다」。한것은 그大作을 쓰든때에友人페트에게 보낸便紙의一節이다。

그동안에 톨스토이는 여러가지困難을지내면서前後六年을虛費하야 미未曾有라고할만한大作을完成하엿다 그다음에는「안나 카레니나」를完成하엿다 이때의톨스토이는 藝術家로의最高潮期엿스며創作力은 무서울만콤한盛期엿다,만은 그는 이때부터藝術에서 써나랴고하엿다 다시말하면 오래동안家庭生活의愉快와 藝術的創作으로因하야 닛고잇섯든宗敎的苦悶이 머리를들어 그의魂을 씹기始作한샘이다。만일前半生의톨스토이를藝術家,後半生의톨스토이를宗敎家라고하면 그때가 宗敎家로의톨스토이가 藝術家로의톨스토이를壓倒하랴고하든때엿다。

엇지하엿스나結婚后十五年이 지내갓다。 비록習作事業이 즐겁지는아니하엿스나 名譽와財産을엇기위하야 中止하지아니하고 繼續하엿다。

「나는 나의著作에서 내가 가장眞理라고 생각하는것을 가르첫다 다시말하면人生의目的은 우리들의家族의가장놉흔幸福이아니되야서는 아니되겟다」는것을 그는 알엇다,하고 이가장놉흔幸福을이으랴고하면 物質的地位를엇지아니하면아니된다고 그는밋고 쏘는實行하엿다。이러한生活에對하야 이러한疑惑을 품지아니하고는 못견데는것은 톨스토이와갓튼性格을가지고잇는사람의必然이며 免할수업는

論理的歸納的이엇다 이러하야事實로나타나는것은「웨」와「무엇때문에」하는問題에서 비롯하게되엇다 그것이 한번이나두번이나 나타난것이아니고 여러번자조자조 톨스토이를 괴롭게하엿다。血變이라는가 프쉬킨이라는가 쇠쓰피어라는가 또는 모리엘이라는가하는 이러한世界的大作家보다도 더偉大한作家가 된다하면 그저이結局무엇이냐 무순益될곳이잇느냐하는問題에對하야 톨스토이는 아모리하여도對答할수가업섯다。또는努力이 다갓치暗黑한深淵으로 들어가지아니하는가 이러한以上에 그것이무엇이냐。우리들은 날마다刻一刻으로 죽음의경호로갓까히가지안는가。人生은無意義하다하는생각이 더며 그의가슴을괴롭게하지아니할수가업섯다。엇더한 또는모든事件은 그의참을수업는가슴의疑問을解決하기에[illegible] 하지못하엿다。 그는不可解的怪問과面接하엿다。呼吸하고飮食하며 睡眠하는人生活動에 生活의積極的意義가 어데잇느냐。사마라에一萬六千에개의土地가잇스며 三百頭의말이잇다,만은 그것이 무엇이냐。이러한問題가解答을要求함다,直接의解答을要求하엿다,이解答이지는 살수가업섯다,한데解答은 여러가지가아니고 다만하나이엇다。

이러하야 그는肉體를生存하기에 아모리한不足이업스면서도自殺하랴고하엿다,얼마나自殺하랴고하엿든가。될수가잇는대로 死滅을생각하랴고하지아니하엿스며 될수잇는대로 보랴고하지아니하엿다。偉大한心靈이며偉大한心靈인사람 곳세계의괴롬을피로움은 그는 다른사람보다도 뛰어나며 견내지아니할수가업섯다。엇던不可抗力的힘이 그를 무덤으로잡아들이랴고하엿다。이러하든 톨스토이는 문득靈魂의길을 發見하게되엿다。그에게는救援의길이 생기엇다。이것이 後半生의톨스토이엇다。

五

「나의懺悔」속에 이러한말이잇다。

엇던旅行하는사람이 茫然한벌판에 무서운즘생과맛낫다 이旅人은自己의몸을救하기위하야 물밧은움물속으로 들어갓다,만은 그속에는龍이 큰입을벌리고 自己를삼키랴고하엿다。하야 이不幸한旅人은

움불밧그로 낫오지도 움불속으로 들어가지도못하고 엇지할줄을몰라하다가 문득 움불을싸즌階段의 돌틈에 적은나무가 잇는것을보고 한때의목숨을安保하랴고 두손으로 그나무를 붓잡고잇섯다。 한대 이번에는 쥐두마리가 검은것과 흰것두마리가 구멍으로 나오드니 그旅人의生命을 依支하고잇는나무뿌리를 싹고잇섯다。 이나무가 떨어지면 그旅人은 龍의입으로 들어가겟고 밧게는如前히猛獸가 그의生命을쌔앗오랴期待하고잇섯다。 이러한危險한境遇에잇스면서도 旅人은 自己가잡고잇는나무가지의닙우에 꿀이 흘너나는것을보고 곳 혀를내여밀어 흘너나는꿀을 할핫다。

生命을依托한나무뿌리를 쉬지아니하고 싹고잇는쥐를 보고는 비록 꿀을 마시기는하나 조곰도 그꿀이 달지아니하엿다 이러한危險한곳에잇스면서 웨 이러한苦悶이잇는가 理解할수가업섯다。 以前龍과 猛獸와 더욱 쥐를보지못하엿든때에는 나는 조곰도 苦悶을몰랏다 이는人生의幸福이라는것의迷妄을 밧고잇섯든사람이다 만은 모수되여서는 그러한人生의迷妄에甘心하고잇슬수가업섯다。 모든것이 한空虛에서 지내지못하엿다 僞善이며 虛榮이엿다。

이眞理를發見한뒤에는 나의家族과 나의藝術이라는人生의幸福ㅣ다시만하면 이무덤을의꿀도 아모맛도업게되엿다。 누구가 이眞理를 숨길수가잇스랴。 知識이만흐면만흘사록 한거름식 더갓새히간다 眞理의압흐로 即죽음의압흐로 더갓새히 나아간다。

藝術이무엇이냐、人生을迷妄케하는裝飾品밧게 더되지아니하며 僞善이다、오래동안 自己는 「아름답은虛僞의藝術」의迷妄에 잡히여 아모味업는生活을 하엿다。 人生의意義라는것은 무엇이냐하는 이疑問은 몟千萬年을두고 내려오는 낡은問題이다、 만은 이것처럼人生에게는 새로운問題가업섯다、 누구나 한번은 이疑問과 만나지아니할수가업는 必然的問題이다。 이것을 몰으게되면 萬事가 다갓치 쉬이지아니할수업다。 모든사람을 기다리고잇는避하랴도 避할수업는 이죽음에對하야勝利를엇을만한 무엇이ㅣ적어도 엇더한意味가 업서서는 아니되겟다。 나의生活에 적어도 엇더한意味가 잇지아니하면 나는

살수가엽다」이럿케 톨스토이는 必然的解決을直接으로要求하는問題와 面接하엿다。 이에는 얼마나 톨스토이는 自己가自己를放棄하라는 굿은決心을하엿든가。

六

톨스토이의生涯는五十이엿다 中途까지 내려온그의生活은 [illegible]으로物慾生活이엿다。藝術的名譽欲과財産慾의生活이엿다。하로의生活이 지내가면그와갓흔恨이 [illegible]서지아니하고 그의가슴을 괴롭게하엿슬것이다。[illegible]엿섯스나 永久性은업는不安不定의生活이엿든것은 짐작할수잇슴에짤아 한갓쓸쓸한 가엽든日月이 지내가고는 또다시 오고는하엿슬것이다。 이리하야 엇더케하든지 죽을때가갓가왓스나 藝術에[illegible]意味잇게 얼마남지아니한몸을 맛기게[illegible]이 그때의톨스토이엿다。第八으로는 그가 [illegible]되겟다는希望이 아모갑업서되엿다 그代와갓흔學者로는 相當한名譽와財産을 엇기는엇엇다。[illegible]人이며未知人에게서 尊敬의表을表하는便紙와 敬賀의言辭이 날마다오며社交界에서는 엇서서아니[illegible]으로생각하며 모든사람들은 톨스토이와 對面하기를 무엇보다도 光榮으로알엇다。 한을「發展」과「進步」라는空虛의가로침으로는 滿足하라도滿足할수가엽섯다。하고 所謂「發展」「進步」라는 거짓의名아래에서는 한낫으로酒色에 살갓치 날을보내며 快樂者의낫을 속이는 밤은虛妄하게에서 精神勝負에依合이 업서하다가 엇지하야 [illegible]하나나면 [illegible]하엿다。한은 조곰도 엔못한心情이엽섯다。이는 맛우도歡樂的生活을 보면재봉이다。모든것에對하야 興이업비 질에쌀아 自然히忘我的熱中도할수가엽섯다 하고 엇지하면 새로운意義잇는生活을 [illegible]가하는것은 조곰도異常한不自然한생각이아니엿슬것이다。中央文明파도 그럿케親密한關連이 잇게되지아니한것도無理한일이 아니엿슬것이다 톨스토이自身이 가만히 지내온것을 생각할때에는 모든것이 다空虛맛게 되지아니하엿슬것이다 생각하면外國漫遊의길에서 本國에돌아와 시골에서 農夫에게「進步」의가르침을力說한것도 한때의辭興이엿다」하고結婚后의家庭의幸福도 豫想하든바와갓치

오래繼續하지못하엿다。

이러한不安不定의生活은 말엽지모내고잇는동안에 또는 해마다變化하는環境에對하야 意義와價値의엇더한가하는疑問을 품자 하로라도 생각하지아니하고 지내보낸날이 하로도 업섯슬것이다。

이러한生活의不安不定을 좃자늣기면서 해를거듭하야 톨스토이는 말서五十의老老가되엿다。 嚴密하게말하면 해마다해마다 헤데니즘으로가라고하는自我와 다른便으로 코리스데니즘으로가라고하는自我ㅣ이 두自我의爭鬪에서 苦悶의生活을하여왓다。 肉的要求와靈的要求의激烈한爭鬪속에서 苦悶하엿다。 肉的要求가 그면볼서올또는곳으면곳을수록 靈的要求도 넘아서고며 엣사서 곳잇것은論理的으로 보다 必理的으로苦定的인것은 말할것도업는일이다。

톨스토이의肉的、또는物的要求가 다른사람보다도 더猛烈하엿다。 이런사람의말과갓치 「톨스토이는 飮酒家로도 남에게 지랴고하지아니하고 痛飮을 하며 情婦를 賭博家로도 大膽하게敵手는恐怖케하엿다。 兵士人으로는 犧生을 외헤두고 快活하게突進하며 兵士로하야금 웃게 세지하엿다。 하야 톨스토이는遊獸도니 할바는 남보다倍나되는 活動을하지아니하고는 말지아니하라고하엿다。

생기가 남보다는 個人的勇氣와天氣을 그개가진톨스토이에게는 그效果에對하야滿足한意義를엇지못하면 그苦悶은 남보다도더한苦悶이아닐수가업엇다。 그가 이러하면自己가自己의生命을放棄하라고한것도 이意味에 지내지못하엿다。一死와不死와肉파靈파를結合하지아니하면 아니되엿다、하야變化속에서 永久性을 찾지아니하고는滿足할수가업섯다。 하느님을純한精神的이나 또는言語上의神秘가아니고 피와고기의神秘이여야하겟다。 고기를먹고 피를먹지안는사람은 永久的生命을 가지지못할것이다。 肉을通하야 靈肉의一致로向하야 비로소하느님에게 니를수가잇다 늣기는것은 해데의말이다。 이것은 헤데니즘의完全한것이라고한말하야、 헤데니즘의傾向일는現世的、個人的、卽헤데니즘은 후승의恐怖나 아모리한現實的苦痛이나 갓기人生의참바가 더되지안는다。 모든悲劇에에서 일지아하는것이 헤데니즘이엿다、하야 또로데서 아스의意志의悲劇과 파우스트의思想의悲劇과갓흔것도 美며 그同時에人生의참이엿다。 안은 톨스토이는 이의한곳에 滿足할수가업섯다、이것은 코리스데니즘의見地로보면 明白한異端이엿다、톨스토이에게 異端的分子는 잇섯나、만은 그의本性은良心이엿다 코리스데니되엿다。 第一期에는 헤데니즘으로 自己의良心을 좃게하엿고 第二期에는 自己의良心으로 헤데니즘을좃게하엿다。 나의懺悔 當時의톨스토이에게는 모든個人的生活은 반듯시肉的이거나 그럿치아니하면物質的이안일수가업다、하야 이런生活은罪惡이라하는結論을發見하게되엿다。

——(以下次號)——

『滿十週年前에世上을떠나신
어머님靈位에올니는말――』

一九二〇첫가을 洪 相 漢

나의親舊가신어시
그의뒤ㅣ를따르다가
花环까지노첫세라――。
――新 顯――

어젯슬때에
어머니에게
붓기색매맛기
몸서실여하던나도
臨終에는
다시한번마저보앗스며 [illegible]하다
참으로그랫스면

도라가신어머니잇는
香藥가진婦人벗보아도
어머니미고
불러보고십다――。

…………………………………

어느래처봄날午后에
花环산에서
別世하신어머니갓혼
容貌가진夫人보고
생김가바로나의심하가
中途에서미다니더

살이 오올듯하다
아! 그러나
이내罪를어이나풀어볼고
現世에선永遠히못할줄알면서도
天堂에선가?
地獄에선가?
이罪를일을수있다하면
地獄에라도가고저——。
——얼유여운——
몇이젓던兄弟
모히들고
시집가잇는
누이새지
오랫간만에
아바지모시고
한房에자보니
도마가신어머니도
그곳에게신듯——。
——鐵 祀——

「어머니, 어머니!」라고맘속
紙榜써노코
어린同生들과
異國의옷을입은채
「神位」압해절하는
나의모양
우스러진우서라——。
——○——
法式에틀닌다고
反對하든아바지
「어머니, 어머니!」라고써노흔
拉神(?)보시고
일생을굿이닷고
보고또보시는
그의神色!
——○——
祭獻前에
同生들다려
어머니生覺하면서

장한가했더니
四兄弟中의엇재同生
「나는어머니좋다!」하다
아아!………。
그러나 그도無事치안타
내가어머니진상
떠나자마자
도라가셧소나——。
——○——
엎드려저히에
意識、無意識으로
어머니、어머니!
우리들을키웁니다
어머니 어머니!
우리들은이 세상에가겟슴니다」하고
念佛하옵
祈禱하옵
하엿다——。
——○——

못해주신슴懷해
四兄弟저희젖치어서는
어머니의恩惠!
어머니!는참말도라가셧슴닛가?
살어實在하시닛가?
어데께
엇더께
생잇것가?
하날잇것가?
저의心與와하시나잇가?
——무덤우의달——
달아달아
靜寂코潔白한
밝은달아
너는무슨뜻이잇서
괴엽고말업는
무덤우에빗첫느냐
말하달아
無心히이저리젓다하는

맑은달아
너는무슨뜻이잇서
뜻잇고말업는
무덤우에빗치느냐
달아달아
쉬움업시흐르는
맑은달아
너는무슨뜻이잇서
뜻잇고말업는
무덤우에빗첫느냐

뫼田하집어마님 作

小說 씸쎄린 (램의「쉑스피어이야기」에서)

CYMBELINE (From Lamas "Tales Fyom Shakspeare)

吳天園 譯

로마皇帝오-가스터스 씨자(Anustus Caesay) 時節에 英國 (그當時는 쓰리테인(Britain)이라고불넛다)에 씸쎄린이라는 王이 잇섯다。

씸쎄린의 처는 세아들 (二男一女)이 아주 아조 어린아희이엇서 世上을 써낫다。 이모젠 (Imogen)이라고하는 녀아희는 第一 마지가 아버지의 宮闕에서 길너 올낫시오 남어지 씸쎄린의 두아들은 마지가 겨우 세살이오 마지이가 아조 젓먹기엿슬적에 奇異하게도 잇바리고말엇다。 씸쎄린은 종시 그 아해들이 엇지되엿는지 또는 누구에게 붓들녀갓는지 알어내지못하엿다。

씸쎄린은 다시結婚하엿다。 後妻는 마음이조치못한 奸狡한女人이엇슴으로 前妻의 쌀 이모젠에게는 사나운繼母이엇다。

계모 이모젠을 미워하기는 하엿스나 皇后는 이 處女를自己의 몬저 男便(皇后도亦是再婚이엿슴으로)의 아들파 結婚시키려하엿다。 이리하야 皇后는 씸쎄린의死後 쓰리테인의王冠을 自己의아들 크로텐(Cloten)의 머리우에 씌우고저함이엿다。 이는 任君의 두아들을 찻지못하는날에는 當然히 王女이모젠이 仁君의뜻을 너올것을 알므로이엇다。 그러나 이모젠은 아버지와 皇后의許諾도업시、아니、알니기새지도 안코 結婚하여버렷슴으로 그計巧는 물거품에 도라가고말엇다。

포스터머스(Posthumus)(이것은 이모젠의 男便의 일홈이엇다)는 當代第一의學者이오 겸하야 가장貴중한紳士이엇다。그의父親은 씸쎄린을위하야出戰하엿다가 戰死하고 母親은 그를 나은지 얼마되지안이 男便의주엄을 슬퍼하다가 싸라 世上을써낫다。

씸쎄린은 이孤兒의 依支업는身勢를 불상히녁여 포스터머스(그의父親이 죽은뒤에 낫슴으로 씸쎄린이 이러케 일홈을 지어주엇다)를 다려다가 自己宮闕에서 敎育시혓다。

이모젠과 포스터머스와는 갓흔先生에게서 글을 배우고 또한 어렷슬쌔브터 놀기동모이엇다。 아희쌔브터 서로 마음깁히 사랑하야 해가 거듭할사록 그들의愛情은 一層더하엿슴으로 長成한오날 秘密히 結婚한것이엇다。

皇后는 一時도 쉬임업시 探偵을노아 이곳쌉의一擧一動을 注目하고잇섯슴으로 얼마안되여 이秘密을 探知하고 發覺하엿다。 하야 곳 그길노 仁君에게 이모젠이 포스터머스와 結婚한事緣을 너야기하엿다。

自己의딸서 自己身分새지도 니저버리고 臣下와 結婚하엿다는 너야기를 들은왕의 심쎄린의 憤怒에는 아모것으로도 能히이길수가 업슬만치되엿다。그는 포스터머스에게 쎄리테인退去를命하야 永遠히 故國에서 그를 放逐하엿다。

皇后는 男便을인하야 哀痛하는 이모젠을 가장 同情하는듯키 것흐로보이며 포스터머스가 放逐當한후로브터 가서살기로 擇하여노은 羅馬를向하야 길써나기전에 둘이가 秘密히 맛나도록 周旋하여다。

皇后는 自己아들 크로텐에對한 將來의所望을 이루기위하야 이와갓치 親切히 보힌것이엇다。 이는 그의男便이 써난후에 이모젠에게 仁君의許諾도업시約婚한 結婚은 正當치못한것이라고 說諭하랴으로한것이엇다。

이모젠과 포스터머스는 씃시 이離別을 애달괴하

엇다。 이모젠은 그의男便에게 어머니의遺愛인 金剛石가락지를 주고 포스티머스는 이가락지를 瞬時라도 놋치안켓다고 言約하엿다。 그리고 그는 사랑의記念物로 如何히 貴重하게 保全하야달나고 빌면서 婦人의팔목에 팔고리를 걸어주엇다。 이러하야 둘이는 永遠히變치안는 사랑과 貞節의盟約을 어러번 매즌뒤에 서로 惜別이되엿다。

이모젠은 父王의宮闕에서 獨身寂寞 곳쓸곳업시 남겨잇고 포스티머스는 放逐을위하야 擇하여노은 羅馬에 到着하엿다。

포스티머스는 羅馬에서 여러外國의 華麗한靑年들과 交際를 매지게되나 그들은 조곰도 셔럽언시 女人에게對한 사랑이 업서서。 제各其 自己나라女人 自己의妻를 稱讚하매 마음업서하는 가저온 포스티머스는 自己의안해 아름다운 이모젠이 이世上에서 第一가는貞女요 知慧잇고 變함이업는婦人이라고 稱讚하엿다。

이紳士들가운데 이아키모(Iachimo)라고 하는자는 생벽테인의 一婦人이 自己의同胞인 羅馬婦人보다

一層더純潔한맛읍은 분하여서 그와갓치 非常한稱讚을 밧는 그대의 안해의貞操가 밋을수업다하야 포스티머스를 激動식혓다。 이야기 論爭後에 마츰내 이아키모의, 自己가 생리테인에가서 임의結婚한 이모젠의 사랑을 엇어보리라는 提案에 포스티머스도 同意하엿다。 둘이는 내기를걸어 萬若 이아키모가 이 不義의計巧에 成功치못하면 巨額의金錢을 科料로밧치기로하되 萬一 그가 이모젠의사랑을 엇어 포스티머스가 사랑의記念物노 保全하여달나고 結誠식바친 그팔고리를 그에게주도록 說破할것이면 포스티머스는 이모젠의 自己男便과 離別할때에 사랑의記物노 준 그가락지를 이아키모에게 주기로하엿다。 포스티머스는 이모젠의貞節에굿은미음을 가젓슴으로 이와갓치 그의名譽의 試驗을하여 보아도 아모런 危險이 업슬것으로生覺하엿다。

이아키모는 생리테인에 到着하야 그의男便의親故라고하는點으로 이모젠의곳에 出入하게되고 또한 深切한待遇를 밧엇다。 그러나 그가 정작 사랑의告白을 하라할째에 이모젠은 侮蔑로써 그를拒絕

하엿다。 하야 이야키모는 明瞭로 自己의 巧妙한 詐巧妙는 徹底히 成功한 希望이 업슴을 깨달엇다。

이야키모는 그때기에 이기고십흔 一心으로 이제는 欺詐를써서 포스터머스를속이려하엿다。 이目的을爲하야 그는 이모젠의侍從및사람에게 贈物을주어 큰궤짝속에 自己몸을감초고 그것을 이모젠의寢室에 갓다두게하엿다。 그속에서 이모젠이 자리에누어 잠이들기까지 숨은속이고 잇섯다。 하다가 궤짝속에서나와 仔細히 그房을 調査한연후에 거긔서 自己의본바를 다ㅣ記錄하고 特別히 그는 이모젠의목에서 검혀(黑點)를 보앗다。 그리고 가만히 이모젠의 팔목에서 포스터머스가 준 그팔고리를빼여가지고 다시 그궤짝속에 드러갓다。 잇흔날 그는 急速히 운마하야 羅馬를向하야 그곳을떠낫다。 그리고 포스터머스에게 이모젠이 自己에게 그팔고리를 주엇슴뿐만아니라 그의寢室에서 하로밤 지나기를 許諾하엿다고 자랑하엿다。 이와갓치하야 이야키모는 거즛말을보태여 니야기하엿다。

『寢室에는』 그는 말하엿다。『비단파 銀의포장이 처젓고 거기에는 고만스러운 코리오파트라와 안토니의 會見하는 그림이 그리엇는데 무던히 졸등히 되여잇네』

『올올세』포스터머스는 말하엿다『하지만 자네는 親히 보지는못하고 니야기만 들은것일더이지』『그리고 굴둑은』 이야키모는 말하엿다『房南쪽에 잇고 煖爐에는 沐浴하고잇는 따이아나의 彫像이 그려잇는데 나는 平生에 그와갓치 산은듯이 그린 그림을 본적이 업네』

『그것도 자네가 所聞만듯고 그러는것이겟지』포스터머스는 말하엿다『만히 詳細를을 하니산』 이야키모는 그房의 집웅에對하야 仔細히 니야기하고 나아가『煖爐에對하야는 거위 니저버렷지만 아마 銀으로만든、재각기 외다리로 서잇는 눈솝박이「큐피트」가 두놈이 잇느니』 그리고 그는 팔고리를 서내노으며『자네 이寶物 일겟나? 이모젠이 나에게 준것일세。 바로 팔목에서 쌔여주데。 아직도 그女子가 보이는것갓해。 하지만 그의 아름다운 擧動은 이寶物보다 활신낫데、거긔서 이寶物도 ㅡ

驚녀 賞혜지거는 이모젠이가 이것을 나에게 주면 서「저도 한편은 이것을 반面히 가져본적이 잇슴니다」이러케 말하엿다。그는 맨那終에 그女子의목에서 김이본니야기를 하엿다。

疑心의煩悶가운데서 이모젠은 巧妙한니야기를 남김업시 듯은 포스터머스는 이모젠을향하야 激烈한 絶叫를 發하엿다。하고 야키모에게 이모젠에게서 밧고리라는 엇이돌려서 沒收하기로 約條한 그

金剛石가락지를 주엇다。

포스터머스는 시기의불길을 억제치못하야 이모젠의侍從으로 ○매事에 그와誠實히 사괴여오든 셔리에인의 一種 피사니오(Pisanio)에게 自己안해의 不正한行實에 對한 여러가지證據를 니야기한연후에 이모젠을 「밀스」의港口「밀포드헤본」에 다려다가 거긔서 죽이어기를 命하는 편지를썻다。同時에 이모젠에게는 속에는便紙를써서 비록 내가 셔리에인으로 되어잇것이면 死刑을當하리라는 命을 밧엇지만 그대를 보지못하고는 一時도 더오래 살수가업서「밀포드헤본」까지 갈터이니 그대가 피

사니오와함께 그의본을찾으면 거긔서 반가히 맛날수가 잇겟다한 內容이엇다。

善良한 忠誠된「무엇보다도 自己男便을 더사랑하는 婦人은 自己生命을 犧牲하여서라도 男便을맛나고십흔마음이 간절하엿슴으로 피사니오와함께 出發을서둘러 그便紙밧은날밤으로 길을떠낫다。

피사니오는비록 포스터머스에게 忠實하기는하엿스나 그의不義한行動에까지 助力하기에는 忠實치못하엿다。하야 둘이의旅行이 目的地에 갓가왓슬때에 피사니오는 自己가맛은 慘酷한命令을 이모젠에게 告白하엿다。

이모젠은 自己의 사랑하든「또는 사랑밧든男便을 맛나는代身에 그男便으로서 오히려 死刑宣告를밧게되야 설움을나오는 울음을 억제할수가업섯다。피사니오는 여러가지로 이모젠을慰勞하고 포스터머스를맛나 그가 自己의不義를 後悔할때가오기까지 참고 기다리라고 說論하엿다。그러나 이모젠은 이러한悲痛가온데서 다시 父親의宮闕로 도라가기를 拒絶하엿슴으로 그는 이모젠에게 旅中의安全

호위하야 少年의服色을 닙으라고 忠告하엿다。이
모젠도 그忠告에 順從하야 變服을한연후에 羅馬에
가서 男便을 맛나보려하고 決意하엿다。 비록男便
은 自己를 그와갓치 虐待하엿지마는 그래도 그는
사랑하기를 닛지안엇슴으로이엿다。

파사나오는 그에게 색衣服으로 準備를식힌후에
그를 밋헤져뭇한길에 혼자남겨두고 自己만 不得
已 宮闕로 도라오지안을수가 업섯다。 그러나 그는
써나기젼에 皇后에게서엇은 萬病에靈効가잇다고하
는 妙藥의병을 주엇다。

皇后는 파사나오가 이모젠과 포스타마스의 親故
임을 미워하야 侍醫에게 命하야 毒藥을만들게하고
그것을 皇샹에게 먹이려 그効能(自己의말과갓흔)
을 試驗한연후에 果然 毒藥이쇽들어잇는줄만알
고 그병을 파사나오에게 준것이엿다。 그러나 그醫
師는 皇后의 邪惡한性質을 잘알엇슴으로 참말毒藥
은 주지안코 오작 먹은것이면 얼時間동안 맛치 쥭
은 사람과갓치 잠잔것뿐이요 그外에는 조곰도 무

순毒가업는 催眠劑를 주엇다。 파사나오는 이調合
劑를 靈藥으로만 生覺하고 이모젠에게 주면서 路
中에 혹시 몸이피로한때에는 이藥을먹으라하엿다。
그리고 이모젠의 安全을위하야「쎄는 그無情의苦痛
에서 벗가하나오기를위하야 祈禱하고 惜別을告하
엿다。

天運이 돌아온지 이모젠의밧은 艱苦스럽게도 어
렷슬젹에 일허버린 두男同生의 사는곳으로依하엿
다。 그들은 盜賊해간 쎄라리어스(Bellarius:라고하
는사람은 元來 심쌔린宮闕의 一貴族이엇는데 이즉
誤解의冤罪로放逐을當한게되야 그復讎로 심쌔린의
두아들을盜賊하야 山속으로 다리다가 窟속에서 숨
어살아온것이엇다。처음에는 復讎할生覺으로 盜賊
하여왓지마는 얼마지나지아니하야 쪽自己親아들갓치
럼 사랑하고 誠心으로敎育하게되엇슴으로 두아는
長成하야 훌늉한靑年이되엇다。 그들의 自수다운性
質는 그들을 勇壯하고 膽大한行動으로 期待하엿다
사냥에 날을보내고잇셧슴으로 그들은 活潑하고 强

謹啓

送舊迎新에際하야
讀者諸位의健康을
祝하나이다

庚申歲末

서울編輯室

定價表				
一冊 本號特價 六十錢 郵稅貳錢	冊數	參冊	六冊	拾貳冊
	先金	一圓六十五錢	三圓三十錢	四圓六十錢
	郵稅	六錢	十二錢	二十四錢
	合計	一圓七十一錢	三圓四十二錢	四圓八十四錢

廣告料	特等	一等	二等	三等
一頁	二十五圓	十六圓	十三圓	十圓
半頁	……	……	七圓	六圓
四半頁	……	……	四圓	三圓五十錢

大正九年十二月十一日印刷
大正九年十二月十五日發行 (每月壹回十五日發行)

不許複製

編輯兼發行者 京城府光化門通一三二番地 張道斌
印刷者 京城府黃金町二丁目二十一番地 崔誠愚
印刷所 全 新文館

發行所 京城光化門通一百三十二番地 漢城圖書株式會社出版部 (電話一四七九番 振替口座京城七六六〇番)

學生 雜誌

《크리스마스號…十二月一日發行》

{定價……一部三十錢……郵稅二錢}

發行所 漢城圖書株式會社 電話一四七九 振替七六六○

[illegible]

京城府光化門通二〇九

[illegible]

淸□丹

調經□□丹

化□散丸

消□丸

肺□丸

□□丸

無□□□丸

□□膏

□□□合

元□□

能效

[illegible]

霍亂吐瀉、內傷腹痛、一切氣疾

食滯腹痛、中暑、小兒驚風

別淸腫排膿、去腐生新

濕痰流注、腫痛

[illegible]

定價 [illegible]

本社에서 人蔘鹿茸唐草乾材를 買入發賣ᄒᆞ던 中 特別이 賣藥製造部를 設置ᄒᆞ고 古來妙方의 丸散과 其他 藥品을 □□ 世間婦人의 妙方을 選ᄒᆞ야 精製販賣ᄒᆞ오니 僉君子는 請求試用ᄒᆞ심을 爲要

京城府光化門通二〇九

蔘茸唐草乾材 名貨賣買製造

漢藥社 主任 李□相

龔惟我　主上殿下在位之十年甲申功成治□□秩樂和□家閒暇遂迺□神至□□□
定禮　國　民物阜康　上迺遊　道恭
玄敎思與儒　群生共植德本同躋壽域如來一代所說三十二部中惟　覺眞頓　眞詮
□□□□□兆□□□□□□□□□□□□□□藏□□□□□大圓□□敎□□
萬之　覲定口訣　將使　於檜
□機□餘釋以□□漢諺交宣□□國人皆得聞大乘之道是年夏四月庚戌孝寧君補豎石
庵東岡豎石鈿層　釋　舍利　仍設法會講圓覺經是夕如來　倫
鍾于天竺山檜□□□　□迦如□□□□□□□□□□□□□□□□現相空中神□徑
上　彌　放光照耀甘泉普洽　身　跡
行壇□瑞氣□布□□□□□□□□舍利分□八百餘粒五月甲寅補具靈□奉舍利以聞
殿下與　粒百官　外　傳旨
□□□　王妃頂禮于含元殿舍利又分身四百餘□□□上箋稱賀乃大赦中□□□
議政府君曰仁賢刼千出迦文氏爲第四道冒十方智周二界說法度生其道　至支那八萬
□□□□□□□□□□□□□□□□□□□□□□□□□□□□□□流□□□□□
部而覺　經迺本起、　予就譯名句發　流　適伯父孝寧君開
四千餘□□圓□一□□□□究竟之果□□□□□□揮其義將以□布□□□□□□□
闡法會諸　佛　如來現顯神變至於如此五濁像季遇此希有宜　名之圓覺
□□□□　□　□□□□□□□□□□□□□□□□□□重營興福舊刹□□□□
寓最上法文　何如群臣拜首稽手曰敢　祇若　王　在國都
用□□□□□之義□□□□□□□不□□　□之休命寺□□□慶幸坊周圍二千

餘□步□初、我□太□祖□康□獻□大□王□定鼎漢陽寺爲曹溪宗本社宗旣革罷寺亦尋□廢□爲公□廨□者□垂四
十年矣越□六□月□乙□卯□殿□下□親□幸□于□玆□周□覽□白□嶽□鎭北木覓□拱□南厥□位□面□陽厥地爽□塏□宜□建□
大□刹□卽□命□臣□□等□爲□提□調監莅其役□先□搆□假□屋□於□艮□隅□始□建□佛像忽見黃雲覆于屋□上□空
花續□墜□五色咸□備□示□等□馳□啓□殿□下□御□勤□政□殿□受□羣□臣□賀□肆□赦□賜□百□官□爵□一級九月甲子寺之
正□殿□上□瑞□氣□騰□涌□上□薄□青□霄□屬□于□含元殿羣臣又上□箋□稱□賀□殿□下□大□赦□於是役徒坌集勿亟
而勸□四衆施□舍□惟□恐□或後至十月□乙卯告訖以□楹□計□者□摠□三□百□有□奇□佛□宇□中□峙□賜□額□大光
明殿左□爲□禪□堂□右□爲□雲□集□門□曰□寂□光□之□門次外曰般若之門次外曰解□脫□之門□栖鍾有宇□曰□雷□
之□閣□供辦□有廠□曰□香□寂□之□寮□鑿□沼東偏植之芙蕖西開園苑□樹以花卉正□殿□之□後庋置藏經曰
海□藏□之□門□又建窣覩婆十有三□層□安□分□身□舍利及□新□譯□圓□覺□經殿堂寮舍倉庫廚各□位
序規模宏斂□金□碧焜□煌壯麗輪奐之美鮮有其儷至於犍椎道具恒用什器恐□贍□恐□備明年四

月八□ □□□□□□□□□□□□□□□□□ 殿下親詣道場令侍從臣僚及□方
日 命召諸山韻釋大設法會轉新圓覺經落之 殊
入賧禮 粉 天 交 翩躚 際 祥選生萬目咸覩
來聘者皆□□□于時五雲□郁□花□雨白龍天矯雙鶴□□于雲□休□□□□□□
特賜寺僧 八日以窣覩婆成設法會
□□□□米布又明年四月□□□□□□□□□ 殿下親幸又有天花瑞氣舍利之
異 氣騰 為數 無 薄 僧 道 瞻仰瞙拜者
□又有白□□上分□□道橫亘空中宛轉成輪重疊□盡日光黃□尼□俗□□□□
以億萬計及還 宮學生耆老教坊皆獻歌謠都人士女塡咽街巷抃舞蹈
□□□□□ □□□□□□□□□□□□□□□□□□躍歡聲如雷 殿
降赦 僚 辭請 異
下□□賜百官僧一級百□合□□曰臣等伏覩創大伽藍建大法幢設大法會奇祥□瑞不
實嘛 罕 佛菩薩道化難思抑我 下至 最上
一而足□□古□聞非惟 □□□□□□□ 殿□□德凝道默契□□之致也請文
示永 筆之 敢以 殿 聖
于石以□□世乃 召臣守溫□□守溫承 命悸慄不□□辭伏惟 主上□下天縱□
智卓冠百王踐 濬哲明炳幾先 定禍亂昭受景命 精圖理不遑
□□□□□在 □□□□□平□□□□□ 卽位以來厲□□□□暇食修
普 雨暘時 歲豐登于至治威加海外僻遠之邦梯
德行□敦化正俗□□□若民和□□□□□□□□□□□□□□航絡繹 盛德隆功

□致□治□之美三□五以還□蔑□以□可矣加□重　□念□羣□黎□長□夜□昏□瞀□輪□回□諸□趣□無□有□出期乃□依了義經　親

自□演譯期於易曉頒布中外於國都中又建大□刹使億萬蒼生近佛慈化去邪□歸□正□咸□爲善俗

同入如來□薩□婆□若□海臣庶百工罔不□扑□子□來□趨□事□鼛□皷□不□勝□不□數□月□而□告□成□於□庭□　□宸謀睿猷

□上□荅　、佛囑下孚興望百神協□順□兩儀效靈自經始以來□嘉□祥騈□集景貺□肸□蠁□猗□歟□盛□哉□我

□覺皇普□濟神□通□之化我　聖上□至□誠□咸□通□之□妙□豈臣□之管見所可得以名言□耶□然臣忝備法從

□覩□玆□盛□美□敢□不□鋪□張□贊□揚使鏗鏘□炳□燿□於□無□窮□謹□拜□手□稽□首□獻□銘□曰　□於□皇我　□后□勇智天錫

炳幾定難亨屯拯溺天□與人歸景命維□僕　奄□臨□大□東□勵□精□圖乂祖述□憲□章三五□與□配□業□業□兢

□兢□無□時□豫怠□普□政□普敎在宥十□歲風淳俗厚□熙□熙□皞□際乃　□念蚩蚩同一性體飄□墮迷□途□罔□知

攸□濟□惟□此□圓□覺□諸□法本冊乃譯乃□訣□章分□句□府諄諄之敎等于□金□口□竪□鉦□設□會宗室之□首□正□法

□弘□宣□如□師□子□吼靈□應□蠁現聞于我　后我　后曰咨來汝卿士　如來神化不可思議□迥□此殊

勝喜□(麗)□(何)□(比)□(倫)□(有)□(寺)□(基)在國都中盡圖重修用敭玄風□(規)□(謨)位次悉自　□(宸)□(衷)乃　□(命)臣補□(乃)
□(董)□(厥)□(工)□(民)□(競)□(子)□(來)□(不)□(月)□(訖)功殿閣寮廡檻砌房□(櫳)翬飛鳥革既枚既實有塔在庭如多寶出鈴
鐸語空擁□(衆)□(聽)□(諦)盛□(會)□(再)□(闡)　□(變)□(興)再□(詣)奇祥異瑞雜沓繽紛□(凡)有耳目孰不歡欣□(邦)□(之)□(四)□(民)
□(及)□(彼)□(殊)□(俗)萬□一□(脩)□(齊)呼□(共)□(耀)□(我)　后神聖應五百□(期)□(武)功文治千載一時我　后聰明洞達
玄敎四□(智)□(之)化十善之□(敎)曉我□(羣)□(迷)□(如)夢□(而)□(覺)□(我)　后大慈方便載施□(載)建塔□(廟)□(載)使民知□(正)
□(果)□(獲)□(成)□(邪)□(因)□(獲)□(離)□(以)□(先)□(覺)□(覺)□(同)□(躋)□(圓)□(覺)□(法)□(施)□(無)□(窮)□(澤)□(利)斯博碣□(昭)□(厥)□(美)貞珉是托　□□七年
四月日立

寄稿欄

조선노래　仁寺洞 외바위

봄꼿

大地에봄바람부러　꼿퓌고입퓌적에
우리집東山에잠자든無窮花도
어늬덧얌전히　먼저핀꼿놀내이엿다

〰〰〰〰〰

가을열음

萬果가成熟하야　자랑을다하는데
앏썰한나의열음　한쪽이푸르것이나
두어라年넘어나온몸이안나든안으리라

朝鮮古代格言一百

耘

天帝의子로牧馬者가안이된다 (東明聖王)

他人의不幸을幸으로녀이는者는不仁한人이니라 (赫居世王)

他人보다먼저取하라 (百濟太祖)

頑惡한人은力으로鬪하기는難하고智로屈服식이기易하다 (扶芬奴)

父업는兒는頑하다 (扶餘婦人)

累卵을毁치말라 (大武神王)

德을恃하는者는昌하고力을恃하는者는亡한다 (松屋句)

過失을改함이곳善이라 (鄒敨素)

威를用치아니하고智로人을屈伏식임이貴하다 (大武神王)

不善한일을하면吉이變하야凶이된다 (高福章)

德을修하면禍를轉하야福이되게한다 (巫)

善한일을하면災가變하야福이된다 (高福章)

直言은藥이라 (次大王)

親의惡을顯하거나親의愛를貽함은孝가아니라 (好童)

崇高한位에居함은淵海를涉함과갓흐다 (新大王)

幼로長을事함은順序라 (帶素王)

禍와福은門이업고오직人이召한다 (新大王)

兵이衆한者는戰이宜하고兵이少한者는守가宜하다 (明臨答夫)

忠義로心을存하고禮讓으로己를克하라 (新大王)

位는德으로進하여야한다 (故國川王)

時를逢치못하면隱하고時를逢하면仕함이士의常이라 (次大王侍臣)

單縷에萬斤의重을係할수업다 (乙巴素)

惡을善으로報함이仁이라 (劉須)

天命을測할수업나니라 (乙巴素)

鼎은三足이잇나니라 (泉蓋蘇文)

絲麻가잇더라도菅蒯을바리지말라 (薛　聰)
交隣의道는誠信뿐이라 (朴堤上)
德이妖를勝한다 (金庾信)
高大한床에坐하지말라 (惠　亮)
人을交함에信이라야한다 (圓　光)
足한줄을知하면止하여야한다 (乙支文德)
奢侈는滅亡의本이라 (馬嶺神人)
同心으로合함이오富貴로合함이아니라 (溫達公主)
兄弟는左右臂니라 (奈勿王)
人을致할지오人에게致하는바되지말라 (未斯品)
窮한寇는追하지말라 (訥祇王侍臣)
龍도魚의形으로飾하면漁父가侮한다 (古海媼)
異常한人이잇고야異常한事가잇다 (異次頓)
上을事하는道는忠이根本이라 (神文王)
生을殺함에는擇함이잇서야한다 (圓　光)
進만잇고退는업다 (金令胤)
人情은測할수업다 (都　彌)

小人이異才가잇스면害되는일을하기쉽다 (訥催郞下)
自己를爲하야他人을害함은道가아니라 (圓　光)
犬은夜를司하고晝를司치아니한다 (寶　壤)
難易를論한後에行함은勇이아니라 (朴堤上)
貧賤이羞恥가아니라道를學하야實行하지못함이羞恥라 (强　首)
義에合當치아니하면千金의利라도動心하지아니한다 (劍　君)
領을振함에裘가正한다 (金庾信)
綱을提함에網이張한다 (金庾信)
一人이力을盡하면百人을當한다 (金庾信)
萬人이力을盡하면天下에橫行한다 (金庾信)
始에善하기는쉬우나終까지善하기가어렵다 (金庾信)
吉과凶은定이업고人이召하나니라 (金庾信)
上으로天道를得하고中으로地理를得하고下로人心을得하여야成功하나니라 (金庾信)

驕慢하면亡한다 (金 庾 信)

自滿하면危殆하다 (金 庾 信)

我의直으로彼의曲을對하면반드시得意한다 (金 庾 信)

男子가事를當하야職을盡할뿐이니他人이知하며知치못함이무슨關係잇슬야 (金 欽 運)

子가되야는孝하여야한다 (金 欽 春)

人의上이되야서도人의下에坐하라 (景 文 王)

富하고도衣服을儉素히하라 (景 文 王)

貴하고도勢力을用하지말라 (景 文 王)

心이不安하면美食도味가不甘하다 (知 恩 母)

心이安하면蔬食도味가甘하다 (知 恩 母)

膏粱이잇서도藥石이잇서야한다 (薛 聰)

人倫의本은夫婦에서始作된다 (文 武 王)

夫婦의道는人의大倫이라 (文聖王侍臣)

志士는功을자랑하지아니한다 (勿 稽 子)

志士는名을求하지아니한다 (勿 稽 子)

竹은曲하지아니한다 (竹 竹)

婚姻은人의大倫이라 (薛 氏)

女의所守는二夫를不事함이라 (桃 花 娘)

上으로天意를逆치말고下로人心을失치말라 (金 庾 信)

義를見하고行치못함은勇이업슴이라 (張 保 皐)

危殆함을見하고救하지아니함은義가업슴이라 (讃 德)

可를見하고進하며難을知하고退한다 (訥 催 部 下)

我는百椽이되지아니하고一棟이되리라 (元 曉)

萬가지가오직心에잇다 (元 曉)

道德이업스면조혼城郭도所用이업다 (義 相)

材木이大하면樑을맨들고材木이小하면椽을맨든다 (祿 眞)

入하면孝하고出하면忠하라 (崔 致 遠)

成功하기가難하거니와守成하기도難하다 (金 庾 信)

成敗는物의大小에잇지아니하고心理如何에잇다 (金 庾 信)

脣이亡하면齒가寒하다 (百 濟 太 祖)

足한줄을知하면辱을當하지아니한다(莫 古 解)
止할줄을知하면危殆하지아니하다(莫 古 解)
軍士는退가업다(圓 光)
滿月은虧한다(巫 者)
新月은盈한다(巫 者)
時機는두번오지아니한다(弓 王 將 臣)
時機는逢하기는難하고失하기는易하다(弓 王 將 臣)
樂을貪하야變를忘하면危殆하다(新 大 王)
心이生하면事가生한다(元 曉)
心이滅하면事가滅한다(元 曉)
前車가覆하면後車가戒한다(李 純)
茅屋에서라도正道를行하면福이來한다(義 相)
一塵이集하야도大山에益하다(金 庾 信)
一滴의水도大淵을補한다(元 曉)
山갓치安하고磐갓치固하라(廣開土王墓誌)

歡迎

同 人

救荒會 今年我土의中部以北더욱黃海, 平安等地는非常히凶作이엿다대개八割七割이減收되얏다한다참可驚할事이다彼多數한飢民이다엇지될단말가

이번京城밋地方에救荒의趣旨로有志의會合이잇다한다매우多幸한일이다吾儕는此時에官民合力으로飢民救濟를斯速히함을祝한다

因하야吾儕는救荒會를歡迎한다有志의奮起를希望한다資產家의奮起를催促한다

舊傳

撫古生

三國時代의新年行事

一、高句麗의新年

高句麗는正月一日에新年을賀하다每年正月에浿水(大同江)의上에서射獵을較할세國人이大會하야射獵을行하매君主는반다시腰轝를乘하고羽衛를列하야此를觀하시다가射獵이畢하면君主는江中에御하고國人은左右二部로分하야水로濺하고石으로擲하야喧呼馳逐하야再三次만에止하다(二十年前까지의正月平壤의石戰은이古俗을因襲함이아닌가) 君主가太廟에祭함은대개二月을待하야行하다

二、百濟의新年

百濟는正月一日에新年을賀하다正月에혼히君主가壇을設하고天地에祭하고太廟에謁하다或은君主가二月을待하야天파始祖에게祭하다

三、新羅의新年

新羅는正月一日에新年을賀하다每年正月에君主는宴會를設하야群臣을餉하고是日에日月神에게拜하고正月二日에太廟에謁하다正月十五日에國人이天에祭하고(지금正月十五日의俗祭가이遺風인가한다대저正月十五日에新羅에서盛大한俗祭가잇서合은非寶이니或은正月十五日을新羅太祖赫居世氏의生辰이라한다) 正月十六日에는糯飯으로烏를祭하다

新話

拾香生

禁酒運動과世界名人

一、佛蘭西의보안가레

보안가레氏가佛蘭西大統領으로地方에巡行할時에잇던禁酒家가佛蘭西禁酒를提議하얏다그런데同國은葡萄多産地임으로禁酒는매우困難하얏다그러나이번에는佛蘭西에도禁酒大運動이開하얏다

二、美國의부래안

美國의共和黨領袖오世界的의雄辯家부래안氏는己往日本에來하얏슬時에上野公園歡迎會席上에서冷水컵부로乾盃하얏다는事는지금까지禁酒家의名談이다

三、英國의로이드쪼지

英國로이드쪼지氏는四年前에氏의協賛으로英國王宮酒類嚴禁이行하얏더라

四、獨逸의카이제루

獨逸前皇帝카이제루는酒의害를覺하야年前에士官學校卒業式席上에서禁酒演說을行하얏더라

五、日本의吉田松陰

明治維新의先導者인吉田松陰은또한禁酒家임을지금도禁酒家의記憶하는바이다

寄稿歡迎廣告

本社에寄稿하시는諸位는左의事項을注意하시압

一、寄稿는每月三十日以內로付送하시압

一、寄稿의揭載與否는本社에서定함

一、寄稿는返還치아니함

編輯室에서

定價表

一冊 定價四拾錢 郵稅貳錢

冊數	先金	郵稅	合計
參冊	一圓十五錢	六錢	一圓二十一錢
六冊	二圓三十錢	十二錢	二圓四十二錢
拾貳冊	四圓六十錢	二十四錢	四圓八十四錢

廣告料

等級	一頁	半頁	四半頁
特等	二十五圓	…	…
一等	十六圓	…	…
二等	十三圓	七圓	四圓
三等	十圓	六圓	三圓五十錢

大正九年二月十三日印刷

仝 九年二月十九日發行 (每月壹回十五日發行)

不許複製

京城府堅志洞百十二番地
著作兼發行者 張道斌

京城府黃金町二丁目二十一番地
印刷者 崔誠愚

仝
印刷所 新文館

發行所 京城府茶屋町八十二番地 서울社 (振替口座京城一六六〇番)

▶金銀美術界의霸王◀

本商會에서今般左記場所에開業하옵고
各種金銀物을特廉價格으로製造販賣함

京城南大門通一丁目九十番地(元銅峴四巨里)

金銀美術
製造販賣

昌信商會

【長電話二〇五一番】

主 李原杓

金部主務 陳昌洪

銀部主務 李貞根

地方
代金
引換

서울雜誌支局及分賣所一覽

京城	鐘路通二丁目	東洋書院	海州	西榮町	金相殷氏
平壤	府內	光明書觀	鎭南浦	築洞	南浦書館
咸興	西陽里	回陽雜誌書林	沙里院	市場	李鍾萬氏
全州	大和町南門通	東文館	濟州	城內校洞	瀛洲書館
晉州	城內	晉陽書館	其他京城		各書館
開城	南大門內	崧南書館	地方		各書館

地方讀者는 先金을 要함

京城府茶屋町八二番地

서울社

振替口座京城七六六〇番

서울 (전2권)

인쇄일: 2022년 1월 15일
발행일: 2022년 1월 30일
지은이: **장도빈**
발행인: 윤영수
발행처: 한국학자료원
서울시 구로구 개봉본동 170-30
전화: 02-3159-8050 팩스: 02-3159-8051
문의: 010-4799-9729
등록번호: 제312-1999-074호

정가 200,000원